Poison conjugal

Greg Iles

Poison conjugal

Traduit de l'anglais (États-Unis) par Jacques Martinache

ÉDITIONS FRANCE LOISIRS

Titre original : *True Evil*

Édition du Club France Loisirs,
avec l'autorisation des Éditions Presses de la Cité

Éditions France Loisirs
123, boulevard de Grenelle, Paris
www.franceloisirs.com

Le Code de la propriété intellectuelle n'autorisant, aux termes des paragraphes 2 et 3 de l'article L. 122-5, d'une part, que les « copies ou reproductions strictement réservées à l'usage privé du copiste et non destinées à une utilisation collective » et, d'autre part, sous réserve du nom de l'auteur et de la source, que les « analyses et les courtes citations justifiées par le caractère critique, polémique, pédagogique, scientifique ou d'information », toute représentation ou reproduction intégrale ou partielle, faite sans le consentement de l'auteur ou de ses ayants droit ou ayants cause, est illicite (article L. 122-4). Cette représentation ou reproduction, par quelque procédé que ce soit, constituerait donc une contrefaçon sanctionnée par les articles L. 335-2 et suivants du Code de la propriété intellectuelle.

© Greg Iles, 2006.
© Presses de la Cité, un département de place des éditeurs, 2010 pour la traduction française.
ISBN 978-2-298-03564-3

*A la mémoire de
Mike McGraw et Ryan Buttross*

« Le vrai mal a un visage que tu connais et une voix à laquelle tu fais confiance. »

Anonyme

1

Alex Morse se rua dans le hall du nouveau centre hospitalier universitaire tel un médecin appelé en urgence, mais elle n'était pas médecin. Elle était agent du FBI, négociatrice dans les affaires de prise d'otages. Vingt minutes plus tôt, elle était descendue à Jackson, Mississippi, d'un avion en provenance de Charlotte, Caroline du Nord, parce que sa sœur aînée avait soudain perdu connaissance pendant un match de base-ball des ligues mineures. Cette année avait déjà eu son lot de blessures et de morts et ce n'était pas terminé, Alex le sentait.

Elle repéra les ascenseurs, leva la tête vers le bandeau lumineux surmontant les portes et vit qu'une cabine descendait. Elle pressa le bouton d'appel, trépignant d'impatience. L'hôpital, pensa-t-elle avec amertume. Elle venait elle-même d'y faire un séjour, mais la succession d'événements tragiques de cette année avait commencé avec le décès de son père. Cinq mois plus tôt, Jim Morse était mort dans ce même établissement, après avoir reçu une balle au cours d'un braquage. Deux mois plus tard, les médecins avaient annoncé à la mère d'Alex qu'elle avait un cancer des ovaires avancé. Elle avait jusqu'ici survécu à leurs pronostics les plus pessimistes, mais ils avaient prévenu Alex qu'elle ne passerait pas la semaine. Puis cela avait été son tour, et maintenant celui de Grace.

Avec un léger tintement, la porte d'un des ascenseurs s'ouvrit.

Une jeune femme en blouse blanche s'appuyait à la paroi du fond de la cabine, l'air totalement épuisée. Une interne, supposa Alex. Elle en avait croisé un bon nombre, ces trois derniers mois. La jeune femme leva brièvement les yeux quand Alex pénétra dans la cabine, les baissa, les leva de nouveau. Alex affrontait ce genre de réaction si souvent depuis la fusillade que cela ne provoquait plus sa colère. Cela la déprimait, simplement.

— Quel étage ? demanda l'interne, qui tendit une main vers les boutons en s'efforçant de ne pas fixer le visage d'Alex.

Alex pressa le 4.

— Neuro, unité de soins intensifs, dit-elle.

— Je descends au sous-sol, répondit l'interne, mais vous remonterez tout de suite après.

Alex hocha la tête et regarda les chiffres lumineux défiler au-dessus de sa tête. Après l'annonce de la maladie de sa mère, elle avait commencé à prendre régulièrement l'avion de Washington – où elle était alors en poste – pour le Mississippi afin de soulager Grace, qui parvenait difficilement à enseigner dans la journée et à s'occuper de leur mère le soir. A la différence du FBI de J. Edgar Hoover, le Bureau actuel tâchait de se montrer compréhensif devant les problèmes familiaux, mais dans le cas d'Alex, le directeur adjoint avait été clair : prendre un congé pour un enterrement, c'était une chose, faire régulièrement mille cinq cents kilomètres pour soutenir un parent en chimiothérapie, c'en était une autre. Alex ne l'avait pas écouté et avait appris à vivre sans dormir. Elle s'était dit qu'elle tiendrait le coup, et elle y était arrivée... jusqu'au moment où elle avait craqué. Le problème, c'est qu'elle ne s'en était rendu compte qu'au moment où elle avait reçu dans l'épaule droite et le visage la décharge d'un fusil de chasse. Son gilet pare-balles avait protégé son épaule... pour son visage, la question demeurait en suspens.

Alex avait commis le péché capital pour une négociatrice et elle avait failli subir la peine capitale. Parce que le preneur d'otages avait tiré à travers une paroi en verre, un blizzard d'éclats avait criblé sa joue, ses sinus, sa mâchoire, lacéré sa peau, déchiré chair et os, lui laissant un traumatisme qui avait bouleversé sa vie. Les chirurgiens avaient promis de grandes choses mais, jusque-là, les résultats n'avaient pas été éblouissants. Ils avaient assuré qu'avec le temps les vilains vers roses blanchiraient (pour le « tamis » de sa joue, ils ne pouvaient rien faire) et qu'un profane ne remarquerait rien. Alex n'était pas convaincue mais, dans la grande marche des choses, quelle place faire à la vanité ? Cinq secondes après sa blessure, quelqu'un d'autre avait payé de sa vie l'erreur qu'Alex avait commise.

C'était deux mois plus tôt. Pendant les jours terribles qui avaient suivi la fusillade, Grace était venue trois fois à Washington pour être auprès d'Alex malgré la fatigue causée par les soins qu'elle prodiguait à leur mère. Grace était la martyre de la famille, promise à la sainteté. L'ironie du sort voulait qu'elle soit maintenant en réanimation, luttant pour survivre.

Pourquoi ? Ce n'était certainement pas une question de karma. Grace montait les marches des gradins d'un stade pour voir son fils de dix ans jouer au base-ball lorsqu'elle s'était écroulée. Quelques secondes plus tard, sa vessie et ses boyaux se vidaient. Un scanner réalisé quarante minutes plus tard avait révélé un caillot de sang dans le cerveau, d'un genre trop souvent mortel. Alex faisait des longueurs dans une piscine de Charlotte (où elle avait été transférée en guise de sanction après la fusillade) quand elle avait appris la nouvelle. Sa mère était trop bouleversée pour parler de manière cohérente au téléphone, mais elle s'était suffisamment fait comprendre pour qu'Alex se précipite à l'aéroport.

A l'escale d'Atlanta, elle avait utilisé son Treo pour appeler le mari de Grace, qu'elle n'avait pas réussi à joindre avant d'embarquer. Bill Fennell lui avait expliqué que si, dans un premier temps, les dommages neurologiques n'avaient pas paru trop graves – paralysie partielle du côté droit, légère dysphasie –, l'état de Grace semblait s'aggraver, ce qui, selon les médecins, n'était pas rare. Un neurologue avait mis la jeune femme sous TPA, un thrombolytique pouvant dissoudre les caillots mais présentant aussi de sérieux risques. Bill Fennell, d'ordinaire plein d'autorité, lui avait donné ces détails d'une voix chevrotante et l'avait suppliée de faire vite.

Lorsque son avion avait atterri à Jackson, Alex avait de nouveau appelé Bill. Cette fois, il avait sangloté en lui rapportant l'évolution de l'état de sa femme. Bien que toujours capable de respirer sans aide, Grace avait sombré dans le coma et risquait de mourir avant qu'Alex ait le temps de couvrir les vingt kilomètres séparant l'aéroport de l'hôpital. Un sentiment de panique qu'elle n'avait pas éprouvé depuis l'adolescence s'était emparé d'elle. Alors que l'avion roulait encore vers le terminal, Alex avait pris son bagage à main sous son siège et s'était dirigée vers l'avant du 727. Quand un steward avait voulu l'en empêcher, elle avait montré son insigne du FBI. Après avoir franchi la porte des arrivées, Alex avait traversé le hall en courant, elle était passée devant tout le monde dans la queue pour les taxis en montrant de nouveau son insigne et avait promis cent dollars au chauffeur s'il la conduisait au centre hospitalier universitaire pied au plancher.

Lorsqu'elle sortit de l'ascenseur au quatrième étage, elle inspira des odeurs âcres qui la ramenèrent deux mois en arrière, lorsqu'un sang chaud coulait de son visage comme d'un robinet. Au bout du couloir l'attendait une grande porte en bois portant l'inscription *NEUROLOGIE – SOINS INTENSIFS*. Elle la franchit comme un parachutiste sautant pour la première fois d'un avion, se préparant pour la chute libre, terrifiée par les mots qu'elle allait sûrement entendre : « Désolé, Alex, tu arrives trop tard. »

L'unité de soins intensifs se composait d'une dizaine de box vitrés disposés en U autour du poste des infirmières. Plusieurs d'entre eux étaient dissimulés par des rideaux mais, à travers la paroi de verre du quatrième à gauche, Alex vit Bill Fennell parlant à une femme en blouse blanche. Avec son mètre quatre-vingt-quinze, il la dominait d'une tête mais il avait le visage creusé d'angoisse et elle semblait s'efforcer de le rassurer.

Sentant la présence d'Alex, Bill leva les yeux et s'interrompit au milieu de sa phrase, se précipita vers elle et la serra contre sa poitrine. D'habitude, cela mettait toujours Alex un peu mal à l'aise mais, cette fois, elle ne pouvait y échapper. Et elle n'avait aucune raison de le faire. Ils avaient tous les deux besoin d'une étreinte chaleureuse, d'une affirmation de l'unité familiale.

— Tu as dû prendre un hélicoptère, dit-il de sa voix de basse. Je n'arrive pas à croire que tu aies fait aussi vite.

— Elle est vivante ?

— Elle est encore parmi nous, répondit-il d'un ton étrangement cérémonieux. Elle est même revenue à elle deux ou trois fois. Elle t'a réclamée.

Alex reprit confiance mais, avec l'espoir, les larmes revinrent. La femme en blouse blanche sortit du box, le visage grave.

— C'est la neurologue, dit Bill.

— Je suis Meredith Andrews, se présenta-t-elle. Vous êtes celle que Grace appelle Kay-Kay ?

Alex ne pouvait s'arrêter de pleurer. Kay-Kay était le surnom qu'on lui donnait dans la famille, à cause de son deuxième prénom, Karoli.

— Oui mais appelez-moi Alex, s'il vous plaît. Alex Morse.

— Agent spécial Morse, du FBI, intervint stupidement Bill.

Alex s'essuya les joues.

— Vous dites que Grace m'a demandée ?

— Elle ne parle que de vous.

— Elle est consciente ?

— Pas pour le moment. Nous faisons tout ce que nous pouvons, mais il faut vous préparer à...

Le Dr Andrews jaugea rapidement Alex.
— Il faut vous préparer au pire. Grace est arrivée ici avec une thrombose, mais elle respirait par elle-même et j'avais un espoir. Son état s'est aggravé et j'ai décidé de la soumettre à un traitement thrombolytique. Pour tenter de dissoudre le caillot. Cela peut parfois produire des miracles mais également provoquer des hémorragies ailleurs dans le cerveau ou dans le corps. C'est peut-être ce qui se passe en ce moment. Je ne veux pas courir le risque de la déplacer pour une IRM. Elle respire encore sans aide, nous gardons espoir. Si elle cesse de respirer, nous l'intuberons immédiatement. J'aurais probablement déjà dû le faire...

Elle jeta un coup d'œil à Bill.

— ... mais je savais qu'elle voulait à tout prix vous parler, or, une fois intubée, elle aurait été incapable de communiquer avec qui que ce soit. Elle ne peut déjà plus écrire.

Alex grimaça.

— Si elle parvient à vous parler, attendez-vous à de graves difficultés d'élocution. Le centre de la parole a été touché.

— Je sais, dit Alex avec une pointe d'impatience. Notre oncle a eu une attaque. Je peux rester un moment auprès d'elle ?

Le Dr Andrews sourit et conduisit Alex dans le box. Parvenue à la porte, Alex se tourna vers Bill.

— Où est Jamie ?

— Avec ma sœur, à Ridgeland.

Ridgeland était une banlieue blanche distante d'une quinzaine de kilomètres.

— Il a vu Grace tomber ?

Bill secoua la tête.

— Non, il était sur le terrain. Il sait seulement que sa mère est malade.

— Tu ne crois pas qu'il devrait être ici ?

Bien qu'Alex se fût efforcée de chasser de sa voix toute trace de jugement négatif, le visage de Bill s'assombrit. Il parut sur le point de répliquer puis prit une inspiration et répondit :

— Non, je ne crois pas.

Comme elle continuait à le regarder, il ajouta, baissant la voix :

— Je ne veux pas qu'il voie sa mère mourir.

— Bien sûr. Mais il devrait avoir la possibilité de lui dire adieu.

— Il l'aura. A l'enterrement.

Alex ferma les yeux, serra les dents.

— Bill, tu ne…

— Nous n'avons pas de temps à perdre avec ça, la coupa-t-il en indiquant du menton l'endroit où la neurologue attendait.

Alex s'approcha lentement du lit ; le visage blême, au-dessus de la couverture d'hôpital, ne lui sembla pas familier. Ou alors, d'une façon indirecte : il ressemblait au visage de leur mère. Grace Morse Fennell avait trente-cinq ans mais, ce soir-là, elle en paraissait soixante-dix.

C'est à cause de sa peau, pensa Alex. On dirait de la cire. De la cire molle.

Elle eut l'impression que les muscles faciaux de sa sœur s'étaient relâchés et ne se contracteraient plus jamais. Grace avait les yeux clos et Alex en éprouvait un étonnant soulagement. Cela lui laissait le temps de s'adapter à une réalité nouvelle, si brève dût-elle être.

— Ça va ? lui demanda le Dr Andrews derrière elle.
— Ça va.
— Alors, je vous laisse avec elle.

Alex fit passer son regard sur la rangée de tubes cathodiques permettant de surveiller les fonctions vitales de Grace. Battements du cœur, oxygénation du corps, tension, et Dieu savait quoi d'autre. Le tuyau d'une unique intraveineuse disparaissait sous un pansement sur son avant-bras gauche. Alex ne savait pas quoi faire et c'était peut-être sans importance. L'important, c'était peut-être simplement d'être là.

— Tu sais ce que cette tragédie m'a appris ? demanda la voix de basse familière.

Alex sursauta, s'efforça de cacher son embarras. Elle n'avait pas remarqué que Bill était encore là et elle s'en voulait toujours de montrer des signes de faiblesse.

— Quoi ? dit-elle, même si elle se fichait de la réponse.

— L'argent ne vaut rien, finalement. Tout l'argent du monde ne peut pas faire disparaître ce caillot de sang.

Alex hocha distraitement la tête.

— J'ai travaillé pour quoi ? poursuivit Bill. Pourquoi je n'ai pas levé le pied et passé le plus de temps possible avec elle ?

Grace s'est probablement posé la question un millier de fois, pensa Alex. Mais il était trop tard pour avoir des regrets inutiles. Pour beaucoup de gens, Bill était un pisse-froid ; Alex, elle, l'avait toujours trouvé larmoyant.

— Tu peux me laisser seule un moment avec elle ? demanda-t-elle sans quitter sa sœur des yeux.

Elle sentit une main forte lui presser l'épaule – son épaule blessée –, entendit Bill dire :
— Je reviens dans cinq minutes.
Après son départ, Alex prit la main moite de Grace dans la sienne et se pencha pour lui embrasser le front. Elle n'avait jamais vu sa sœur aussi désarmée et impuissante. Grace était une pile électrique. Les crises qui paralysaient la vie des autres n'affectaient pas sa foulée. Cette fois, pourtant, c'était différent. C'était la fin, Alex le savait. Comme elle l'avait su lorsque James Broadbent s'était écroulé après qu'elle avait été blessée. James l'avait regardée faire irruption dans la banque quelques secondes avant que la Brigade d'intervention reçoive le feu vert et il avait aussitôt suivi. Il l'avait vue recevoir la décharge et, au lieu de riposter instantanément sur le tireur, il avait baissé les yeux pour savoir si elle était grièvement touchée et cette sollicitude lui avait valu de recevoir la seconde volée dans la poitrine. Il ne portait pas de gilet pare-balles – il l'avait ôté en apprenant que la BI entrait en action – et le coup avait transformé son cœur et ses poumons en ce qu'on voit à l'étal d'un boucher. Pourquoi a-t-il baissé les yeux ? se demanda Alex pour la millième fois. Pourquoi m'a-t-il suivie ? Mais elle connaissait la réponse. Broadbent l'avait suivie parce qu'il l'aimait. De loin, certes, mais ce sentiment n'en était pas moins réel. Et cet amour l'avait tué. Alex vit des larmes tomber sur les joues de Grace : ses larmes à elle, innombrables ces derniers mois. Elle s'essuya les yeux, ouvrit son portable et appela Bill Fennell, qui se tenait à moins de dix mètres d'elle.
— Quoi ? dit-il, affolé. Qu'est-ce qui se passe ?
— Jamie devrait être ici.

— Alex, je t'ai dit…
— Fais-le venir, bordel. C'est sa mère qui est en train de mourir.

Après un long silence, il revint en ligne :
— Je téléphone à ma sœur.

Mue par une impulsion, Alex se retourna, découvrit son beau-frère près du poste des infirmières. Il venait de parler avec le Dr Andrews. Il s'éloigna de la neurologue et approcha son portable de son visage. Alex se pencha vers l'oreille de Grace et chercha un mot, une phrase qui parviendraient au fond du puits noir où se trouvait maintenant sa sœur.

— Sue-Sue ? murmura-t-elle en pressant la main froide.

Encore un surnom tiré d'un deuxième prénom, une tradition dans la famille.

— Sue-Sue, c'est Kay-Kay.

Les yeux de Grace demeurèrent fermés.

— C'est moi, Sue-Sue, c'est Kay-Kay. Je suis rentrée de chez Sally. Réveille-toi avant que maman se lève. Je veux aller au carnaval.

Les secondes s'étiraient en unités de temps inconnues, les souvenirs tourbillonnaient dans l'esprit d'Alex, dont le cœur se serrait encore plus. Grace n'ouvrait pas les yeux.

— Allez, Sue-Sue. Je sais que tu fais semblant d'être morte. Arrête.

Alex sentit un mouvement convulsif dans sa main et tressaillit, mais quand elle vit les paupières figées, elle se dit que ce mouvement venait d'elle-même.

— Keuh… keuh, entendit-elle.

Pensant que le toussotement provenait de Bill ou du Dr Andrews, elle se retourna, mais Grace lui pressa vivement la main et poussa un cri. Alex se tourna de nouveau vers sa sœur, dont les yeux verts étaient grands ouverts. Quand Grace battit des cils, Alex reprit espoir et se pencha vers sa sœur parce que celle-ci n'y voyait quasiment rien sans lunettes ou sans lentilles de contact.

— Kay-Kay, gémit Grace. C'est… toi ?

— C'est moi, Gracie, répondit Alex, relevant une mèche de cheveux tombée devant les yeux troubles de sa sœur.

— O mon Dieu, dit Grace d'une voix gutturale avant de se mettre à sangloter. Merci, mon Dieu.

Alex dut serrer les mâchoires pour ne pas pleurer. Grace avait le côté droit du visage paralysé et de la salive coulait sur son menton chaque fois qu'elle remuait péniblement les lèvres. Elle parlait comme l'oncle T. J., mort après qu'une série d'attaques l'avait privé de la moindre parcelle de son ancienne identité.

— Tu… tu dois sauver Jamie.

— Quoi ? Je n'ai pas compris…

— Sauver Jamie ! cria Grace.

Elle tenta de se redresser dans le lit pour regarder derrière Alex.

— Jamie va bien, assura Alex. Il est en route, il va arriver.

Grace secoua violemment la tête.

— Ecoute-moi !

— Je t'écoute, Sue-Sue.

Elle regarda Alex dans les yeux avec toute la véhémence qu'elle avait en elle.

— Tu dois sau… ver Jamie, Kay-Kay. Y a que… que toi qui peux…

— Le sauver de quoi ?

— De Bi.
— De Bill ? demanda Alex, sûre d'avoir mal interprété la réponse.

Grace hocha la tête au prix d'un effort douloureux.

— De quoi tu parles ? dit Alex, stupéfaite. Bill maltraite Jamie ?

— I... il le fera... dès que je ne... serai plus... plus là.

Alex décrypta difficilement les mots torturés.

— Comment, Gracie ? Tu veux dire qu'il lui fera du mal ?

— B... Bill tuera son âme.

Alex plissa les yeux comme si elle décodait un texte chiffré.

— Bill... tuera... son âme ?

Epuisée, Grace laissa sa tête retomber.

— Gracie, Bill ne fait pas partie des gens que je préfère, tu l'as toujours su. Mais c'est un bon père, non ? Un type correct, finalement.

Grace agrippa la main de sa sœur et dit d'une voix sifflante :

— C'est un monstre.

— Bill ? Un monstre ?

Une larme — de soulagement ? — coula sur la joue paralysée de Grace.

Alex regarda par-dessus son épaule. Son beau-frère parlait au médecin mais il gardait les yeux sur elle.

— I... il vient ? demanda Grace d'une voix terrifiée.

— Non, non, il parle au docteur.

— Le... le docteur... sait rien.

— Il ne sait pas quoi ?

— Ce qu'a fait B... Bill.

— Quoi ? Qu'est-ce qu'il a fait ?

Grace saisit brusquement Alex par son chemisier et amena sa tête près de ses lèvres.

— Il m'a tuée !

Alex eut l'impression qu'on projetait de l'eau glacée dans ses veines. Elle se redressa, regarda les yeux injectés de sang de sa sœur.

— Il t'a tuée ?

Grace hocha la tête, le regard farouche.

— Gracie, tu ne sais plus ce que tu dis.

Elle ferma les yeux comme pour rassembler ses forces.

— Si, je... sais. Toi seule peux... peux l'empêcher. Fais-le... pour moi. J'ai entendu... le docteur, dehors. Tu dois sauver Ja... Jamie pour moi... Kay-Kay. Je t'en prie.

Alex regarda à travers la paroi de verre. Bill continuait à l'observer et semblait sur le point de mettre un terme à sa conversation avec le Dr Andrews. Alex avait toujours su que le couple de sa sœur n'était pas parfait, mais quel mariage l'était ? D'ailleurs, elle-même était tout sauf une autorité en la matière puisque à trente ans elle était encore célibataire. Après des années d'aventures sans lendemain avec des fans de flic, des fans du FBI, elle avait finalement accepté une demande en mariage... pour rompre trois mois plus tard, lorsqu'elle avait découvert que son fiancé la trompait avec sa meilleure amie. Dans le domaine amoureux, Alex faisait figure de cliché, ridicule qui plus est.

— Sue-Sue, murmura-t-elle. Pourquoi Bill aurait-il voulu te tuer ?

— Quel... Quelqu'un d'autre.

— Il a quelqu'un d'autre dans sa vie ? Tu en es sûre ?

— Une femme... J'en suis sûre.

Alex ne fut pas surprise. Pendant ses fiançailles avec Peter Hodges, une sorte de sixième sens l'avait prévenue que quelque chose clochait dans leurs relations. Longtemps avant d'avoir une preuve tangible, elle avait su qu'il la trompait. Si elle avait fait preuve du même instinct dans les affaires criminelles, elle aurait déjà accédé au grade de directeur régional du FBI au lieu d'être négociatrice. Correction, pensa-t-elle, je ne suis plus que simple agent de terrain, maintenant.

— Si Bill veut vivre avec une autre femme, pourquoi il ne divorce pas, tout simplement ?

— L'ar... L'argent... idiote. Ça lui coûterait des mi... des millions... Cinq... millions... peut-être.

Sidérée, Alex ramena la tête en arrière. Elle savait que Bill gagnait bien sa vie depuis plusieurs années, mais elle ne se doutait pas qu'il était aussi riche. Alors, pourquoi Grace continuait-elle à être institutrice ? Elle trouva aussitôt la réponse à son interrogation : parce qu'elle aimait ça. Parce qu'elle ne pourrait pas rester sans travailler.

Exténuée par ses efforts, Grace avait fermé les yeux.

— Dis à maman que... que je l'aime... Dis-lui que je l'a... que je l'attends au ciel... si... si j'y vais.

— Bien sûr que tu iras, ma chérie.

Alex serra les doigts de sa main libre et la pressa contre sa bouche.

La voix forte de Bill Fennell résonna soudain derrière les deux femmes :

— Regardez ça, docteur ! On dirait qu'elle est prête à se lever...

Grace se recroquevilla dans le lit comme pour lui échapper. La frayeur qu'Alex lut dans les yeux de sa sœur lui transperça le cœur mais la fit aussi passer en mode défensif. Elle se leva, barra le chemin à Bill.

— Je crois qu'il vaut mieux que tu n'entres pas.

Bouche bée, il regarda Grace, qui tremblait littéralement sur le lit.

— Qu'est-ce qui se passe ? Alex, tu as raconté quelque chose sur moi à Grace ?

— Non, répliqua-t-elle. C'est plutôt le contraire.

— Je ne comprends pas…

Elle chercha dans ses yeux marron un signe de culpabilité. Les accusations de Grace provenaient probablement du délire d'un esprit agonisant, mais sa terreur était bien réelle.

— Tu la perturbes, Bill, tu le vois bien. Il vaut mieux que tu descendes attendre Jamie.

— Il n'est pas question que je quitte le chevet de ma femme. Pas alors qu'elle pourrait…

— Qu'elle pourrait quoi ? rétorqua Alex d'un ton de défi.

— Eh bien…

Alex se tourna vers le Dr Andrews, qui fit un pas vers Bill.

— Vous devriez peut-être laisser Grace un peu plus longtemps avec sa sœur, intervint la neurologue.

— N'essayez pas de me manipuler. Je suis son mari, c'est à moi de…

— Je suis de son sang, déclara Alex avec une profonde conviction. Ta présence la bouleverse, c'est tout ce que je vois. Nous devons faire en sorte qu'elle reste le plus calme possible, n'est-ce pas, docteur ?

— Absolument.

Meredith Andrews contourna Alex pour s'approcher du lit.

— Grace, vous m'entendez ?
— Ou... Oui.
— Voulez-vous que votre mari reste ?
Grace secoua lentement la tête.
— Je veux... mon bé... mon bébé. Je veux... Jamie.
Le médecin leva les yeux vers Bill Fennell, qui la dominait de toute sa hauteur.
— Je vous demande de quitter ce service, monsieur Fennell.
Les yeux brillants de colère, il fit un pas vers elle.
— Je ne sais pas pour qui vous vous prenez, ni à qui vous croyez parler, mais je donne de l'argent à cette université. Beaucoup d'argent, et je...
— Ne me forcez pas à appeler un vigile, répondit calmement le Dr Andrews en décrochant le téléphone de la table de chevet.
Bill blêmit. Le pouvoir venait manifestement de changer de main, mais il semblait incapable de se décider à partir. Il demeurait immobile. Comme un acteur d'un DVD quand on vient d'appuyer sur « Pause », pensa Alex. C'est alors que l'alarme se déclencha.
— Elle s'en va ! cria Andrews en direction de la porte.
Inutilement, car des infirmières accouraient déjà. Alex s'écarta pour les laisser passer, Bill fit de même l'instant d'après.
— Arrêt cardiaque, diagnostiqua Andrews en ouvrant un tiroir.
Comme Grace se trouvait déjà en soins intensifs, tout le matériel d'urgence était sur place. Le box se transforma soudain en un tourbillon de mouvements

tendu vers un unique objectif : maintenir en vie le corps allongé sur le lit.

— Sortez, s'il vous plaît, dit un infirmier qui se tenait derrière le médecin. Tous les deux.

Andrews adressa un bref coup d'œil à Alex, qui quitta lentement la salle à reculons en regardant se dérouler le dernier acte de la vie de sa sœur. Avec un sentiment d'impuissance effrayant.

Elle cessa de regarder le box, de regarder Bill Fennell, et se tourna vers le poste des infirmières où les moniteurs émettaient des bips et clignotaient furieusement. Comment font-elles pour les surveiller tous en même temps ? se demanda Alex en se rappelant les nuits passées devant une rangée d'écrans, quand le FBI organisait une planque avec du matériel vidéo. C'est alors qu'elle entendit le Dr Andrews soupirer :

— Ce n'est plus la peine. Heure du décès, 22 h 29.

Curieux, l'état de choc, se dit Alex, songeant au jour de la fusillade. Deux plombs brûlants et deux cents grammes d'éclats de verre lui avaient criblé le côté droit du visage et elle n'avait rien senti. Rien qu'une onde de chaleur, comme si on avait ouvert un four près d'elle.

Heure du décès, 22 h 29...

Quelque chose commença à craquer dans sa poitrine, mais avant que la vague déferle, elle entendit une voix d'enfant demander :

— Ma mère est là ?

Elle se tourna vers la grande porte en bois qui l'avait conduite dans cet enfer, découvrit un jeune garçon d'un mètre trente environ, le visage rouge, comme s'il avait couru. Il s'efforçait d'être courageux, mais il y avait de la peur dans ses yeux verts écarquillés.

— Tante Alex ? dit Jamie quand il finit par la repérer parmi toutes ces personnes en blouse blanche.

— Jamie, où est tante Jean ? demanda Bill derrière Alex.

— Elle va pas assez vite... Elle arrive.

— Viens, mon garçon.

Alex se retourna, regarda le visage sévère de son beau-frère, et cette chose qui commençait à monter en elle se déchaîna brusquement. Sans réfléchir, elle s'élança vers Jamie, le prit dans ses bras et se rua hors de la salle, l'emmenant loin de ce cauchemar. Loin de sa mère morte. Loin de Bill Fennell.

Loin...

2

Cinq semaines plus tard

Le Dr Chris Shepard prit une chemise en papier kraft sur le chariot de dossiers placé près de la porte de la salle d'examen 4 et en parcourut rapidement le contenu. Il ne reconnut pas le nom de la patiente et c'était inhabituel. Shepard avait une vaste clientèle mais il exerçait dans une petite ville et il trouvait ça très bien. Le dossier de cette femme, Alexandra Morse, se réduisait au long formulaire que tous les nouveaux patients remplissaient à leur première visite. Il remonta le couloir des yeux, vit Holly, son infirmière, allant de son poste à la salle de radiographie. Il lui fit signe ; elle lança une phrase en direction de la salle et le rejoignit d'un pas rapide.

— Vous n'assistez pas à la visite ? dit-il, étonné. C'est une patiente.

— Elle a demandé à vous voir seule.

— Nouvelle, hein ?

— Oui. Je voulais vous en toucher un mot, mais on est tellement pris avec M. Seward…

— De quoi elle souffre ? murmura Shepard.

L'infirmière haussa les épaules.

— Aucune idée. Elle a trente ans, elle est en pleine forme, aucun problème, apparemment, sauf ces cicatrices au visage.

— Des cicatrices ?

— Sur le côté droit. La joue, l'oreille et l'orbite. Elle a dû passer la tête à travers un pare-brise.

— Elle ne mentionne pas d'accident de voiture, dans le formulaire.

— A en juger par la couleur des cicatrices, ça remonte à quelques mois.

Shepard s'éloigna de la porte, Holly le suivit.

— Elle a fait état d'une maladie ?

— Non. Et je lui ai posé la question, vous vous en doutez.

— Oh, non, soupira le médecin.

Holly eut un hochement de tête entendu. Une femme qui vient seule et refuse de préciser de quoi elle souffre, c'est souvent un problème d'ordre sexuel, généralement la crainte d'avoir contracté une MST. Natchez était une petite ville et ses infirmières aimaient autant les commérages que les autres habitants. A dire vrai, les médecins, ici, les aiment plus encore, pensa Shepard.

— D'après le formulaire, elle est de Charlotte, Caroline du Nord. Elle vous a dit ce qu'elle fait à Natchez, Mississippi ?

— Elle ne m'a rien dit du tout, répliqua Holly avec une pointe de dépit. Bon, vous me laissez faire les radios de l'abdomen de M. Seward avant qu'il se vide sur la table ?

— Désolé. Allez-y.

Holly adressa un clin d'œil à Shepard en chuchotant :

— Amusez-vous bien avec Mlle Scarface.

Shepard secoua la tête, prit une mine sérieuse avant d'entrer dans la salle d'examen.

Une femme vêtue d'une jupe marine et d'un haut crème se tenait près de la table. Il faillit sursauter en découvrant son visage mais il avait vu pire pendant ses études. Les cicatrices de cette femme n'étaient en fait pas si terribles. C'étaient sa jeunesse et son charme qui les faisaient ressortir. Férocement, presque, pensa-t-il. On aurait pu croire qu'une femme ayant cette allure et s'habillant de cette façon aurait fait appel à la chirurgie esthétique pour effacer les traces de sa blessure. Non qu'elle fût d'une beauté renversante, non, mais…

— Bonjour, docteur Shepard, dit-elle d'un ton direct.

— Mademoiselle Morse, n'est-ce pas ? répondit-il, se rappelant qu'elle était célibataire.

Elle prit acte du « mademoiselle » par un sourire mais n'ajouta rien.

— Qu'est-ce qui vous amène ?

La femme garda le silence mais il sentit ses yeux qui le scrutaient, plus inquisiteurs qu'une question verbale.

Qu'est-ce qui se passe ? se dit-il. Une blague du personnel, peut-être. Ou alors cette femme veut de la drogue…

Ça lui était déjà arrivé : des patientes qui proposaient de coucher avec lui contre de la drogue. Il examina ses traits en tâchant de deviner son véritable objectif. Elle avait des yeux noisette, un visage ovale pas très différent de celui des dizaines de femmes qu'il voyait chaque jour. Une structure osseuse un peu meilleure, peut-être, en particulier les pommettes. Mais la vraie différence, c'étaient les cicatrices et, au-dessus, la mèche grise qui ne semblait pas due au talent d'une coloriste. Ces quelques détails exceptés, Alexandra Morse aurait pu être n'importe quelle femme membre du club de remise en forme local. Et cependant, malgré cette « normalité », si le mot convenait, il y avait quelque chose en elle qui la distinguait des autres femmes et que Shepard ne parvenait pas à identifier. Quelque chose dans sa façon de se tenir, peut-être.

Il posa le formulaire sur le comptoir derrière lui et la regarda dans les yeux.

— Dites-moi simplement quel est le problème. Je peux vous assurer qu'aussi effrayant qu'il puisse vous paraître, j'en ai déjà entendu parler dans mon cabinet et, ensemble, nous pourrons le résoudre, je vous le promets. Les gens se sentent mieux dès lors qu'ils réussissent à mettre des mots sur ce qu'ils éprouvent.

— Vous n'avez jamais entendu parler de ce que je vais vous dire, docteur.

Le ton assuré de la patiente le troubla mais il n'avait pas le temps pour ce genre de petits jeux et il consulta ostensiblement sa montre.

— Mademoiselle Morse, pour que je puisse vous aider, je dois connaître la nature de votre problème.

— Ce n'est pas mon problème, c'est le vôtre.

Tandis que, dérouté, il plissait le front, la femme tira du petit sac à main qu'elle avait posé sur une chaise derrière elle un portefeuille. Elle l'ouvrit, tendit le bras pour lui montrer ce qu'il contenait. Il vit une carte portant un cachet bleu et blanc avec, sur le côté droit, les lettres *FBI*. A gauche de l'acronyme, en caractères plus petits, il lut « Agent spécial Alexandra Morse ».

A côté, sur une photo d'identité, l'agent spécial Morse souriait.

— Je me suis présentée comme une patiente parce que je voulais éviter que quelqu'un de votre entourage sache que vous avez parlé à un agent du FBI. Avant que je sorte, vous me ferez une ordonnance pour du Levaquin et vous direz à votre infirmière que je souffre d'une infection de l'appareil urinaire. Vous lui expliquerez que les symptômes étaient si évidents que vous n'avez pas eu besoin d'une analyse d'urine. D'accord ?

— D'accord, répondit-il, trop étonné pour réfléchir. Mais de quoi s'agit-il ? Vous menez une enquête ? Vous enquêtez sur moi ?

— Pas sur vous.

— Sur quelqu'un que je connais ?

— Oui.

— Qui ?

— Je ne peux pas encore vous répondre. Je vous le dirai peut-être à la fin de notre conversation. Pour le moment, je vais vous raconter une histoire. Rapidement. Asseyez-vous donc, docteur.

Shepard tira à lui le tabouret bas qu'il utilisait en salle d'examen.

— Vous êtes vraiment de Caroline du Nord ou cela fait partie de votre couverture ?

— Pourquoi cette question ?

— Parce que vous parlez comme une Yankee[1], mais j'entends une trace de Mississippi dans votre voix.

---

1. Le terme « yankee » fait ici référence aux premiers colons américains qui fondèrent les « treize colonies » (dont la Caroline du Nord). (*Toutes les notes sont du traducteur.*)

La femme sourit, ou plutôt lui adressa une esquisse de sourire, les lèvres serrées.

— Vous avez une bonne oreille. J'ai grandi à Jackson, mais je suis actuellement basée à Charlotte, en Caroline du Nord.

Elle s'installa sur la chaise où elle avait posé son sac, croisa les jambes.

— Il y a cinq semaines, ma sœur est morte d'une hémorragie cérébrale. Au centre hospitalier universitaire de Jackson.

— Toutes mes condoléances.

L'agent Morse hocha la tête comme si elle s'était remise de cette perte, mais Shepard décela de l'affliction dans son regard.

— Sa mort a été soudaine et inattendue mais, auparavant, elle m'a confié une chose qui m'a paru insensée.

— Quoi ?

— Qu'on l'avait tuée.

Il n'était pas sûr de comprendre.

— Elle vous a dit que quelqu'un l'avait… assassinée ?

— Son mari, pour être précis.

Il réfléchit avant de demander :

— Qu'est-ce que l'autopsie a révélé ?

— Un caillot de sang fatal dans la partie gauche du cerveau, près du tronc cérébral.

— Souffrait-elle d'une maladie qui rendait une attaque probable ? De diabète, par exemple ?

— Non.

— Elle prenait la pilule ?

— Oui.

— Cela a pu causer l'attaque, ou y contribuer. Elle fumait ?

— Non. En fait, l'autopsie n'a montré aucune cause anormale de l'attaque. Pas de médicaments dangereux, pas de poison, rien de ce genre.

— Le mari de votre sœur s'était opposé à l'autopsie ?

D'un sourire, l'agent Morse souligna la pertinence de la question.

— Non, pas du tout.

— Mais vous avez quand même cru votre sœur ? Vous avez vraiment pensé que son mari l'avait peut-être assassinée ?

— Pas au début. J'ai cru d'abord qu'elle délirait mais ensuite…

Elle s'interrompit, détourna les yeux et Shepard en profita pour examiner ses cicatrices. A coup sûr des lacérations causées par des éclats de verre, mais l'aspect criblé de la peau indiquait aussi quelque chose d'autre. Chevrotine, peut-être.

— Oui ? dit-il pour regagner son attention.

— Je n'ai pas quitté la ville tout de suite, reprit-elle en le regardant de nouveau. J'y ai passé trois jours pour attendre l'enterrement, et pendant ces trois jours, j'ai beaucoup réfléchi à ce que Grace m'avait dit. Ma sœur s'appelait Grace. D'après elle, son mari avait une liaison. Il est riche et Grace croyait qu'il l'avait tuée pour ne pas débourser ce qu'un divorce lui aurait coûté. Et pour avoir la garde de leur fils, naturellement.

— Des femmes sont mortes pour cette raison, convint Shepard. Des hommes aussi, j'imagine.

— Absolument. Des gens parfaitement normaux reconnaissent avoir des pulsions meurtrières quand ils

se retrouvent face à un divorce. Bref, après l'enterrement de Grace, j'ai dit au mari que je rentrais à Charlotte.
— Mais vous ne l'avez pas fait.
— Non.
— Il avait effectivement une liaison ?
— Oui. Et la mort de Grace ne l'avait pas calmé. Au contraire.
— Continuez.
— Après avoir fait cette découverte, je n'ai pas interrogé le mari – appelons-le Bill –, mais j'ai utilisé les ressources du Bureau pour enquêter. Sa vie personnelle, ses affaires, etc. Je sais maintenant quasiment tout ce qu'il y a à savoir sur lui. J'en sais plus que Grace, et sans doute plus que sa maîtresse. Par exemple, en épluchant ses dossiers d'affaires, j'ai constaté qu'il avait des relations, assez complexes d'ailleurs, avec un avocat local…
— Un avocat de Natchez ? demanda Shepard, tâchant d'anticiper sur un éventuel rapport avec lui.
De fait, il avait pour amis plusieurs avocats à Natchez.
— Non. Celui dont je vous parle exerce à Jackson.
— Je vois.
— Bill est promoteur immobilier. Il fait actuellement construire le nouveau stade de hockey sur glace. Les avocats avec qui il est en relation s'occupent pour la plupart de transactions immobilières, mais pas celui dont je vous parle.
— Ah, oui ?
— Il est spécialisé dans le droit de la famille.
— Le divorce ?

— Exactement. Même s'il s'occupe aussi d'affaires de succession. Testaments, fidéicommis…

— Est-ce que… « Bill » a consulté cet avocat sur un éventuel divorce d'avec votre sœur ?

Alexandra Morse remua sur son siège et Shepard eut l'impression qu'elle avait envie de se lever et de faire les cent pas mais il n'y avait pas assez de place pour ça dans la pièce, il le savait par expérience. Il sentit aussi qu'elle s'efforçait de dissimuler sa nervosité.

— Je ne peux pas le prouver, répondit-elle. Pas encore. Mais je suis certaine qu'il l'a fait. Il n'y a aucune trace de relations entre Bill et cet homme antérieures à la mort de ma sœur. C'est seulement une semaine après qu'ils ont commencé à travailler ensemble.

Shepard avait plusieurs questions à poser mais il se rappela qu'il avait des malades qui attendaient.

— Mademoiselle Morse, votre histoire est très intrigante, toutefois je ne vois pas ce que je viens faire là-dedans.

— Vous allez le voir.

— Vite, s'il vous plaît, sinon, nous devrons reporter cette conversation.

Elle le gratifia d'un regard signifiant : « Ne vous imaginez pas que c'est à vous d'en décider. »

— Après avoir découvert ce lien entre Bill et l'avocat, j'ai élargi l'enquête et je suis tombée sur un réseau de connexions qui m'ont sidérée. Je m'y connais en sociétés-écrans, docteur. J'ai commencé ma carrière au FBI en Floride, j'y ai travaillé sur des affaires de blanchiment d'argent.

Chris Shepard remercia silencieusement sa bonne étoile d'avoir été trop timoré pour répondre oui aux divers amis qui proposaient de le « mettre sur des investissements » dans les îles Caïmans.

— Cet avocat spécialisé dans les divorces a des intérêts dans toutes sortes d'affaires, poursuivit-elle. Le plus souvent en association avec de grosses fortunes du Mississippi.

Cela n'étonna pas Shepard.

— Vous trouvez curieux qu'un avocat riche — je présume qu'il l'est — investisse dans diverses entreprises ?

— Pas en soi. Mais ces associations ont commencé il y a cinq ans environ. Et après les avoir soigneusement examinées, je n'ai pas trouvé leur raison d'être. Ce sont ce qu'on appelle des « accords entre beaux-frères ». Sauf que cet avocat n'est lié à aucune de ces personnes. Ni par le sang ni par alliance. Dans certains cas, il leur a servi de conseiller, la plupart du temps, même pas.

Shepard se leva, consulta de nouveau sa montre.

— Je vois ce que vous voulez dire, mais où est-ce que cela nous mène ?

Morse le regarda si fixement qu'il en fut mal à l'aise.

— Neuf des personnes avec qui cet avocat spécialisé dans les divorces est en affaires présentent un point commun.

— Lequel ? Ils font tous partie de ma clientèle ?

Elle secoua la tête.

— Elles avaient toutes un conjoint qui est mort inopinément ces cinq dernières années. Un conjoint relativement jeune, dans plusieurs cas.

Shepard éprouva en l'écoutant un étrange sentiment, mélange d'excitation et de peur. Il garda cependant le silence et s'efforça d'intégrer pleinement ce qu'elle lui disait.

— En plus, poursuivit Morse, chaque mort n'est séparée de la précédente que par un intervalle de deux ans et demi au maximum.

— Ça n'a rien d'anormal...

— Laissez-moi terminer. Ces personnes étaient toutes blanches, en bonne santé, et mariées à des gens riches. Je peux vous montrer les statistiques de mortalité, si vous voulez. C'est loin de la normale.

Il était intrigué par la véhémence obstinée avec laquelle elle parlait de cette affaire.

— Vous voulez dire que... cet avocat aide des clients à assassiner leur conjoint pour ne pas avoir à passer par un règlement financier ?

L'agent du FBI joignit les mains et acquiesça de la tête.

— Ou pour garder les enfants. C'est exactement ce que je veux dire.

— D'accord. Mais pourquoi me le dire à moi ?

Pour la première fois, Morse parut mal à l'aise.

— Parce qu'il y a une semaine, répondit-elle lentement, votre femme s'est rendue à Jackson et a passé deux heures dans le cabinet de cet avocat.

Shepard eut l'impression que son corps s'engourdissait peu à peu, comme si on lui avait injecté une dose massive de lidocaïne.

— Vous le saviez ?

Il était trop abasourdi pour répondre. Ce qui était une réponse en soi.

— Vous avez des problèmes dans votre couple, docteur ? insista Morse.

— Non, dit-il, content d'être au moins sûr de quelque chose. Ça ne vous regarde pas, d'ailleurs. Si ma femme est allée voir cet avocat, elle doit avoir une autre raison qu'un divorce. Nous n'avons absolument aucun problème conjugal.

Morse se renversa contre le dossier de sa chaise.

— Vous ne pensez pas que Thora pourrait avoir une liaison ?

Il s'empourpra en l'entendant prononcer le prénom de sa femme.

— Parce que vous allez m'annoncer que c'est le cas ?

— Comment réagiriez-vous ?

— Je vous répondrais que vous êtes folle et je vous mettrais à la porte. De quel droit venez-vous ici me raconter ça ?

— Calmez-vous, docteur. Vous ne vous en rendez pas compte en ce moment, mais je suis là pour vous aider. J'ai bien conscience qu'il s'agit de questions personnelles. Intimes, même. Mais dans votre métier, vous êtes forcé de faire la même chose, non ? Quand une vie est en jeu, on ne se préoccupe pas de confidentialité.

Elle avait raison, bien sûr. Un bon nombre des questions du formulaire qu'elle avait rempli étaient de nature indiscrète. « Combien de partenaires sexuels avez-vous eus ces cinq dernières années ? » « Etes-vous satisfait(e) de votre vie sexuelle ? » Il se leva et se mit à aller et venir : deux pas et demi exactement dans un sens, puis la même chose dans l'autre, vu l'exiguïté de la pièce.

— Qu'est-ce que vous essayez de me dire, mademoiselle Morse ? Arrêtez de tourner autour du pot.

— Votre vie est peut-être en danger.
Il s'immobilisa.
— A cause de ma femme ?
— J'en ai peur.
— Bon Dieu, vous avez complètement perdu la tête. J'appelle Thora tout de suite.

Il tendit la main vers le téléphone fixé au mur. Elle se leva à son tour.

— Ne faites pas ça, docteur, je vous en prie.
— Pourquoi ?
— Parce que vous êtes peut-être la seule personne en mesure de stopper celui qui est derrière ces meurtres.

Shepard laissa son bras retomber.

— Comment ça ?

Elle prit une inspiration et, d'un ton éminemment raisonnable :

— Si vous êtes effectivement en danger – si vous l'êtes depuis la semaine dernière –, votre femme et son avocat ignorent que vous êtes au courant de ce qu'ils manigancent.

— Et ?
— Cela vous met en position de nous aider à les piéger.
— Vous voulez que je vous aide à piéger ma femme ?! A la faire emprisonner pour tentative de meurtre ?!

Morse écarta les mains.

— Vous préférez faire semblant qu'il ne se passe rien et mourir à trente-six ans ?

Il ferma les yeux un instant, tenta de maîtriser sa colère.

— Votre hypothèse est totalement absurde.

— Pourquoi ?
— Ces hommes qui, selon vous, ont assassiné leur femme... ils l'ont fait pour ne pas avoir à partager leurs biens ni à verser une pension alimentaire exorbitante, c'est bien ça ?
— Dans la plupart des cas, oui. Mais toutes les victimes ne sont pas des femmes.

Shepard perdit momentanément le fil de sa démonstration et Morse en profita pour poursuivre :
— Dans un cas au moins, et probablement deux, l'enjeu était la garde des enfants, pas l'argent.
— Là encore, vous vous trompez. Thora et moi n'avons pas d'enfants.
— Votre femme en a un. Un garçon de neuf ans.
— Oui, mais elle a eu Ben avant d'épouser Red Simmons. Elle en aurait eu automatiquement la garde.
— Vous avez légalement adopté Ben. Mais cela m'amène à un autre point important, docteur Shepard.
— Lequel ?
— La façon dont votre femme est devenue riche.

Il se rassit, regarda longuement Alexandra Morse. Que savait-elle exactement sur sa femme ? Savait-elle que Thora était la fille d'un chirurgien renommé de Vanderbilt qui avait quitté femme et enfant quand sa fille avait huit ans ? Que la mère de Thora était alcoolique ? Que Thora avait dû se battre rien que pour sortir de l'adolescence et qu'obtenir le diplôme d'infirmière avait été un exploit remarquable compte tenu de sa situation ?

Sans doute pas.

Morse ne connaissait probablement que la légende locale : Thora Rayner travaillait à l'hôpital St Catherine quand Red Simmons, un magnat pétrolier de vingt ans plus vieux qu'elle, avait été admis aux urgences pour un infarctus du myocarde. Elle était devenue proche de Red durant son séjour à l'hôpital et l'avait épousé, six mois plus tard. Shepard connaissait bien cette histoire parce qu'il avait soigné Red Simmons pendant les trois dernières années de sa vie. Il avait connu Thora quand elle était encore infirmière, naturellement, mais il l'avait mieux connue encore pendant les années de maladie de Red Simmons. Et il avait découvert que Red aimait sincèrement sa « petite Viking » – référence aux origines danoises de Thora –, que celle-ci avait été une femme courageuse et loyale, digne d'un profond respect. A sa mort, deux ans et demi plus tôt, Red avait laissé à Thora une fortune estimée à six millions et demi de dollars. C'était beaucoup pour Natchez, mais peu important pour Shepard. Il avait déjà de l'argent à lui, il était assez jeune pour en gagner encore beaucoup.

— Mademoiselle Morse, je n'ai pas l'intention de discuter de ma femme avec vous, dit-il d'un ton neutre. Mais sachez au moins ceci : Thora n'aurait rien à gagner ni à perdre dans un divorce.

— Pourquoi ? Elle est très riche.

— Elle a de l'argent, oui. Mais moi aussi. J'en ai mis de côté dès que j'ai commencé à faire des remplacements et j'ai placé mes économies dans de bons investissements. De plus, ma femme et moi avons signé un contrat de mariage selon lequel, en cas de divorce, chacun partirait de son côté avec exactement ce qu'il avait au départ.

— Je l'ignorais.

— Désolé de torpiller votre histoire, dit-il en souriant.

Morse parut se perdre dans ses pensées et Shepard eut l'impression que, pendant un bref moment, il n'était même plus là pour elle.

— Dites-moi une chose, reprit-elle soudain. Que se passe-t-il si l'un de vous meurt ?

En réfléchissant à cette hypothèse, il sentit un creux en haut de la poitrine.

— Eh bien... Je crois que nos testaments prennent alors le pas sur le contrat de mariage...

— Que prévoit le vôtre ? A qui vont ces bons investissements que vous avez faits ?

Le sang au visage, il fixa le sol.

— Mes parents en reçoivent une partie.

— Et le reste ?

Shepard leva les yeux et répondit :

— Tout le reste va à Thora. Mais...

— Je vous écoute.

— Sa fortune se monte déjà à plusieurs millions de dollars. Elle me tuerait pour deux de plus ?

Morse se frotta le menton, leva les yeux vers l'étroite fenêtre du haut du mur.

— Des gens se sont fait assassiner pour moins que ça, docteur. Beaucoup moins.

— Par des conjoints millionnaires ?

— Sûrement. Et on commet aussi des meurtres chaque jour pour d'autres mobiles que l'argent. Vous connaissez bien votre femme ? Sur le plan psychologique, je veux dire.

— Très bien.

— Tant mieux. Tant mieux.

Il commençait à trouver Morse extrêmement antipathique.

— Vous pensez que ma femme a tué son premier mari, n'est-ce pas ?

— Je n'ai pas dit ça.

— C'est tout comme. Red Simmons souffrait du cœur depuis des années.

— Oui, je sais.

Shepard était exaspéré par la somme de choses que Morse savait.

— Mais il n'y a pas eu d'autopsie, souligna-t-elle.

— Vous ne suggérez quand même pas qu'on en fasse une maintenant ?

Morse balaya l'idée d'un revers de main.

— On ne trouverait rien. Celui qui est derrière ces meurtres est trop intelligent pour ça.

Shepard eut un reniflement méprisant.

— Vous parlez de qui, là ? D'un tueur à gages ? D'un médecin légiste ?

— Il y a quelques années, un encaisseur de fonds de la Mafia se vantait de ses talents pour ce genre de travail. C'était un homme secret, affligé d'un ego démesuré. Il n'avait pas fait d'études médicales mais c'était un amateur passionné. Il a pris sa retraite, en principe. Nous le faisons quand même suivre, au cas où.

Incapable de rester en place, Shepard se leva de nouveau.

— C'est du délire ! s'exclama-t-il. Qu'est-ce que vous attendez de moi, maintenant ?

— Que vous nous aidiez.

— Nous ? Ça doit faire trois fois que vous dites « nous » depuis le début de cette conversation…

— C'est moi qui dirige l'enquête. Depuis le 11 Septembre, nous sommes peu nombreux à nous occuper de ce genre d'affaires. Tout le monde fait dans le contre-terrorisme.

— Le meurtre n'est pas un crime fédéral, pour ce que j'en sais, dit lentement Shepard en regardant Morse dans les yeux.

— Non. Mais quand on tue quelqu'un, on le prive de ses droits civiques.

Il connaissait l'argument. Quelques dizaines d'années plus tôt, des meurtriers racistes du Ku Klux Klan acquittés par un tribunal de leur Etat avaient été à nouveau jugés par une instance fédérale pour violation des droits civiques de leurs victimes. Pourtant, quelque chose clochait dans l'histoire d'Alexandra Morse.

— Le premier meurtre dont vous m'avez parlé – si meurtre il y a –, c'est celui de votre sœur, n'est-ce pas ? Est-ce qu'il n'y a pas là conflit d'intérêts ? Moi, par exemple, je ne suis pas censé soigner des membres de ma famille pour une maladie grave. C'est normal que vous enquêtiez sur la mort de votre sœur ?

— Pour être tout à fait franche, non. Mais je ne vois personne d'autre qui le ferait aussi bien.

Morse regarda sa montre pour la première fois et dit :

— Nous n'avons pas le temps d'entamer un nouveau débat. Je vous contacterai de nouveau d'ici peu. En attendant, ne changez rien à vos habitudes. Il ne faudrait pas que votre femme ou quelqu'un d'autre remarque un changement.

— Qui d'autre le remarquerait ?

— La personne qui cherche à vous tuer.

Shepard se figea.

— Vous voulez dire que quelqu'un pourrait me filer ?

— Oui. Pas question que nous nous rencontrions en public.

— Attendez un peu. Vous ne pouvez pas lâcher une chose pareille et partir tranquillement. Vous allez me protéger ? Des agents du FBI me couvriront quand je sortirai ?

— Ça ne se passe pas comme ça. Personne n'essaiera de vous descendre à la carabine. Si on se fie aux antécédents – et les criminels ont tendance à s'en tenir aux méthodes qui leur ont réussi –, votre mort devra avoir l'air naturelle. Alors, faites attention aux voitures. N'allez pas vous promener à pied ou à vélo là où vous risquez de vous faire renverser. On ne peut pas vous protéger contre ce genre de tentative. Mais le plus important, c'est votre alimentation. Vous ne devez rien manger ni boire chez vous. Pas même de l'eau minérale en bouteille. Rien qui ait été acheté ou préparé par votre femme.

— Vous plaisantez ?

— J'ai bien conscience que c'est difficile, mais nous trouverons une solution. Pour tout vous dire, je pense que nous avons du temps devant nous. Votre femme vient seulement de prendre contact avec cet avocat et ce genre de meurtre exige une préparation méticuleuse.

Shepard partit d'un rire dans lequel il entendit lui-même une pointe d'hystérie.

— Ça m'est d'un grand réconfort, mademoiselle Morse. Je me sens beaucoup mieux, maintenant.

— Votre femme envisage-t-elle de quitter prochainement Natchez ?

Il secoua la tête.

— C'est bon signe, dit Morse en récupérant son sac. Faites-moi l'ordonnance, maintenant.
— Quoi ?
— Le Levaquin.
— Ah, oui.
Il tira un bloc de la poche de sa blouse, prescrivit une boîte de comprimés antibiotiques.
— Vous pensez à tout, fit-il observer.
— Personne ne pense à tout. Heureusement. C'est pour ça que nous coinçons la plupart des criminels. A cause d'erreurs stupides. Même les meilleurs d'entre nous en commettent.
— Vous ne me donnez pas un papier, quelque chose ? s'étonna Shepard. Aucune référence que je pourrais vérifier ? Vous m'avez juste montré une carte qui pourrait être fausse. Il me faut au moins un numéro de téléphone.
Elle secoua la tête.
— Pas question. Vos téléphones sont peut-être sur écoute, y compris votre portable.
Shepard la regarda longuement, eut envie de l'interroger sur ses cicatrices.
— Vous dites que tout le monde fait des erreurs. Quelle est la plus grave que vous ayez commise ?
Comme animée d'une volonté propre, la main d'Alexandra Morse se porta lentement à sa joue droite.
— Je n'ai pas regardé avant de sauter, murmura-t-elle. Et quelqu'un en est mort.
— Qui était-ce ?
Elle accrocha son sac à son épaule.
— Ce n'est pas votre problème, docteur. Désolée d'être venue chambouler votre vie, mais si je ne l'avais

pas fait, vous auriez pu vous endormir un soir en vous croyant heureux et ne jamais vous réveiller.

Morse prit l'ordonnance de la main de Shepard, lui adressa un sourire tendu.

— Je reprendrai bientôt contact avec vous. Essayez de ne pas perdre les pédales. Et quoi que vous fassiez, ne demandez pas à votre femme si elle a l'intention de vous tuer.

Bouche bée, il la regarda descendre le couloir en direction de la porte de la salle d'attente. D'un pas souple et assuré de sportive.

Il sursauta en entendant derrière lui la voix de Holly :

— Alors ? Qu'est-ce qu'elle a ?
— Une cystite. Syndrome de la lune de miel.
— Trop de radada, hein ? J'ai pas vu d'alliance à son doigt.

Shepard secoua la tête devant le ton « je-sais-tout » de l'infirmière puis regagna son cabinet et referma la porte. Il avait une salle d'attente bourrée de patients, mais leurs maladies, pour graves qu'elles soient dans certains cas, lui semblaient maintenant secondaires. Il s'assit dans son fauteuil, écarta une pile de dossiers et contempla la photo de Thora posée sur son bureau. Sa femme était le contraire d'Alexandra Morse. Elle était blonde – d'un blond naturel, contrairement à quatre-vingt-dix-huit pour cent des femmes aux cheveux dorés qu'on croisait dans la rue – et d'origine danoise, ce qui était rare dans le Sud. Elle avait des yeux bleu-gris, couleur océan si l'on voulait en parler de manière poétique, ce qui lui était parfois arrivé. Et malgré son physique de princesse viking, Thora ne prétendait à aucune supériorité. Elle avait été mariée quatre ans à Red Simmons, un gars de la campagne ayant les pieds sur terre. Il avait fait fortune en se fiant à son instinct et avait bien traité les gens après être devenu riche. Shepard était convaincu que l'instinct de Red en matière de femmes était aussi bon que ses intuitions dans le domaine du pétrole. Oui, Thora était devenue riche à la mort de Red, mais où était le mal ? Quand un riche meurt, quelqu'un en profite toujours, ainsi va le monde. Et Red Simmons n'était pas du genre à exiger un contrat de mariage. Il avait vécu quatre ans avec une jeune femme aimante qui avait partagé sa vie pour le meilleur et pour le pire – plutôt pour le pire, la dernière année –, et elle avait mérité d'hériter sa fortune, envers et contre tout. C'est ce que Red aurait pensé, et plus Shepard songeait aux propos de Morse dans la salle d'examen 4, plus sa colère montait.

Il décrocha le téléphone, appela la réception.

— Oooui, fit Jane Henry de sa voix traînante, étirant le mot sur trois syllabes.

— Jane, en fac de médecine, j'ai fait partie de la même confrérie d'étudiants qu'un nommé Darryl Foster...

— Ouais. Et alors ? demanda la réceptionniste au ton fréquemment sarcastique.

— Je crois qu'il est maintenant agent du FBI. Il est de Memphis, au départ, mais ces derniers temps, il était affecté au bureau de Chicago.

— Et ?

— J'ai besoin que vous me le trouviez. Enfin, son numéro de téléphone. Notre confrérie veut agrandir ses locaux à l'Ole Miss[1] et va demander une contribution à tous les anciens.

— Comment je le déniche, votre superflic ?

— En allant sur le Net, je dirais. Vous y passez suffisamment de temps à jouer au poker et à faire des achats sur eBay. Vous pouvez au moins retrouver un copain de fac pour moi.

Jane se racla bruyamment la gorge avant de marmonner :

— C'est bon, je vais essayer.

— Ne vous surmenez pas, surtout. J'ai suffisamment de patients, en ce moment…

Elle raccrocha sans rien dire, mais Shepard savait qu'il aurait le numéro dans moins d'une heure. « Ne changez rien à vos habitudes », lui avait recommandé Morse. Pour ne pas attirer l'attention de « la personne qui cherche à vous tuer »…

— La personne qui cherche à me tuer, bougonna-t-il. Foutaises.

Il prit son stéthoscope et se dirigeait vers la porte quand le bourdonnement du téléphone le ramena à son bureau. C'était Jane.

— Vous avez déjà trouvé Foster ?

— Pas encore. Votre femme veut vous parler.

Shepard sentit à nouveau un engourdissement s'emparer de lui. Thora appelait rarement à son cabinet, elle savait qu'il était trop occupé pour perdre du temps au téléphone. Il baissa les yeux vers la photo de sa femme, attendit que son instinct lui dicte la conduite à tenir. Mais ce n'était pas sa femme qu'il

---

1. Université du Mississippi.

voyait, c'était l'agent spécial Alexandra Morse, qui le considérait d'un œil froid.

« Des erreurs stupides », avait-elle dit. Et aussi : « Même les meilleurs d'entre nous en commettent. »

— Dites-lui que je suis en consultation, Jane.

— Quoi ? s'exclama la réceptionniste, surprise.

— Je suis déjà très en retard. Faites ce que je vous dis. Je la rappellerai plus tard.

— Comme vous voudrez. C'est vous le boss.

Il allait raccrocher mais ajouta à la dernière seconde :

— Vous me trouvez le numéro de Foster, OK ?

Jane chassa toute impertinence de son ton : elle savait quand son patron parlait sérieusement.

— Tout de suite, doc.

3

Andrew Rusk avait peur.

Par la fenêtre de son cabinet d'avocat, il promenait un regard distrait sur le profil dentelé de Jackson, Mississippi. Rien d'impressionnant en matière de paysage urbain, mais Rusk occupait le bureau d'angle du seizième étage. Au nord, la vue portait jusqu'aux plaines boisées où l'exode des Blancs transformait des comtés naguère ensommeillés en enclaves pour jeunes cadres dynamiques. Plus loin, la nouvelle usine Nissan apportait une richesse relative aux ouvriers en difficulté de l'Etat. Certains faisaient jusqu'à cent cinquante kilomètres par jour aller et retour pour venir travailler depuis les petites villes entourant la capitale de l'Etat.

Derrière lui – hors de vue, à l'ouest – vivaient les Noirs sans instruction qui tiraient la ville vers le bas depuis vingt ans. Rusk et quelques amis à qui il pouvait faire confiance les appelaient les « Intouchables ». Ces « Intouchables » s'entretuaient à un rythme alarmant et se prenaient mutuellement pour proie avec une régularité qui provoquait une profonde inquiétude chez les citoyens blancs de Jackson. Ce n'était cependant pas d'eux qu'il avait peur. De son bureau, les

« Intouchables » étaient surtout invisibles, et il faisait tout pour qu'ils le demeurent dans tous les autres domaines de sa vie. A cette fin, il avait fait construire sa maison dans une forêt de chênes au nord de la ville, près d'Annandale, dans un country-club occupant la niche entre les vieilles fortunes de Jackson et les ménages de jeunes cadres aux dents longues.

Tous les après-midi à 16 h 30, Rusk prenait l'ascenseur pour descendre au parking, montait dans sa Porsche Cayenne Turbo noire et prenait en rugissant le chemin de son sanctuaire de pierre et de verre parmi les chênes et les pins. Sa seconde épouse était invariablement allongée près de leur piscine à débordement quand il arrivait. Encore assez jeune pour un bikini à string, Lisa portait rarement un maillot en été. Après un baiser de bord de piscine – ou plus souvent, ces derniers temps, quelques minutes à l'écouter râler pour rien –, il entrait se servir un verre bien tassé. Un dîner préparé par la cuisinière noire l'attendait toujours sur la table et Rusk songeait chaque jour à ce moment avec impatience.

A présent, le goût de la peur dans sa bouche gâtait celui de la nourriture. Il n'avait pas vraiment éprouvé cette sensation depuis vingt-cinq ans, mais il ne l'avait pas oubliée. La peur lui rappelait le collège : se retrouver acculé dans un coin par un élève plus âgé déterminé à transformer votre visage en bouillie rouge, sous le regard de vos copains pétrifiés, incapables d'intervenir, avec votre vessie qui menace de lâcher un océan de pisse sur votre jambe. Rusk porta à ses lèvres un verre de bourbon et avala une longue gorgée. Ces dernières semaines, il s'autorisait de plus en plus souvent à boire au bureau, un remède contre la peur.

Il remplit à nouveau son verre de Woodford Reverse, prit sur son bureau la photo 12 × 18 d'une brune aux traits anguleux et aux yeux profondément enfoncés, des yeux qui semblaient vous fixer même sur une feuille de papier. Rusk savait que cette femme n'aurait jamais gobé son baratin de dragueur. Il aurait fallu qu'il la prenne jeune, elle en première année de fac, lui en dernière, bourrée à une teuf d'étudiants, quelque chose comme ça, et encore, ce n'était pas sûr. Elle avait ce qui manquait à la plupart de ses pareilles, de la confiance en soi, et elle en avait à revendre. La prunelle des yeux de son papa, ça se voyait. C'était probablement ce qui l'avait menée au FBI.
— Agent spécial Alex, murmura-t-il. Sale fouineuse.
Le téléphone sonna, sa secrétaire répondit. Dans sa petite boîte, on avait encore des secrétaires, pas des bon Dieu d'assistantes, et c'étaient des filles de la vieille école, à tous égards. Elles donnaient et recevaient des avantages en nature et tout le monde était content. Rusk avait lu quelque part qu'au siège de Google, à Mountain View, on observait cette règle : un employé ne devait jamais se trouver à plus de cinq mètres d'un point de ravitaillement. On avait donc disséminé des snacks dans tout le bâtiment. La règle de Rusk – établie par son père dans un cabinet bien plus vénérable – avait précédé l'édit de Google de cinq décennies et stipulait : aucun associé ne devait jamais se trouver à plus de cinq mètres d'un beau p'tit cul consentant. Andrew Junior avait introduit cette tradition dans son propre cabinet, avec des résultats très satisfaisants.
Il finit le reste de son verre et s'approcha de l'écran plat de son ordinateur, où tremblotaient les caractères

du portail d'un site web nommé EX NIHILO, un trou noir sur un horizon astronomique. Rusk avait gardé de ses années de lycée assez de latin pour savoir qu'*ex nihilo* signifiait « à partir de rien ». Pour un tarif exorbitant, le site assurait un anonymat total. Il fournissait aussi l'accès à d'autres services exigeant de la discrétion, et c'était à l'un d'entre eux que Rusk avait fait appel ce jour-là. Il soupçonnait que les amateurs de porno juvénile composaient la majeure partie de la clientèle d'EX NIHILO mais cela ne le dérangeait pas. L'important, c'était que cette société pouvait le protéger.

Les associés, pensa-t-il en se rappelant le ton cynique de son père quand il prononçait ce mot. « Toute association finit par capoter, comme les mariages. La seule vie après la mort qu'un être humain peut connaître, c'est en restant dans un couple ou dans une association après que tout est fini. Et ce n'est pas vivre, c'est vivre en étant déjà mort. » Rusk haïssait son père mais ne pouvait nier qu'il avait souvent raison.

Il amena le curseur sur une case vide, tapa *3,141592653*, soit pi jusqu'au neuvième chiffre après la virgule. Enfant, il l'avait mémorisé jusqu'à la quatorzième décimale pour impressionner son père. Immédiatement après qu'il les eut fièrement récitées au dîner, le cher vieux papa avait embrayé sur un petit Indien qui avait mémorisé pi jusqu'au six centième chiffre après la virgule. Réponse paternelle typique chez les Rusk. Rien n'était jamais assez bon pour Andrew Jackson Rusk Senior.

Rusk tapa de nouveau son mot de masse et cliqua sur « confirmer ». Il armait ainsi un mécanisme informatique qui deviendrait peut-être son seul moyen de survivre dans les semaines à venir. Il ne se faisait aucune illusion : son associé ne tolérait aucun risque, il l'avait fait clairement comprendre dès le départ. Ce type avait une telle obsession de la sécurité qu'il s'était donné un nom de code – Glykon – que Rusk devait utiliser dans leurs conversations, qui étaient rares. (En tapant *Glykon* sur Google, Rusk avait découvert que c'était une divinité serpent grecque qui protégeait ses adeptes vers 160 après Jésus-Christ en répandant un nuage empoisonné.) Le Glykon de Rusk avait absurdement insisté pour qu'Andrew pense aussi à lui sous ce nom de code chaque fois que leurs affaires le nécessitaient. « La sécurité repose sur des habitudes rigoureuses », arguait-il et, curieusement, la vie lui avait donné raison. Ils avaient connu cinq années de profits fabuleux sans le moindre problème. Mais si Glykon flairait un risque, il agirait aussitôt pour l'éliminer, Rusk le savait. Et cela ne pouvait signifier qu'une seule chose pour lui : la mort.

Le ciment qui avait maintenu leur partenariat en l'état jusqu'ici était une stratégie typique de la guerre froide répondant au doux nom d'« équilibre de la terreur ». Il n'y avait de paix possible que si chaque partie savait que l'autre avait la capacité de la détruire. (Rusk y voyait une analogie avec les couples où chaque conjoint pratiquait l'adultère.) Mais la situation avait changé et il ne se sentait plus en sécurité. Pour la première fois depuis le début de leur association, un véritable danger avait surgi. A vrai dire, il y avait deux menaces, apparues presque simultanément. L'une interne, l'autre externe. Rusk en était venu à la conclusion que pour que l'équilibre de la terreur soit vraiment dissuasif, chaque partie devait savoir qu'une épée de Damoclès était suspendue au-dessus de sa tête. Un accord tacite ne suffisait plus. EX NIHILO fournirait cette épée.

Si Rusk n'allait pas sur le site chaque jour et ne s'identifiait pas, EX NIHILO transmettrait un gros dossier informatique au FBI et à la police du Mississippi. Ce dossier contenait un compte rendu détaillé de leurs activités conjointes des cinq dernières années, avec photos et documents. Une bombe capable d'expédier pour toujours les deux hommes à la Parchman Farm[1], où les pires des « Intouchables » menaient leur vie misérable et violente. Un délai était prévu, bien sûr. Sans cette précaution, un accident de voiture plongeant Rusk une semaine dans le coma aurait entraîné son arrestation pour meurtre dès qu'il aurait miraculeusement repris connaissance. Mais ce délai n'était guère plus long qu'une semaine. Dix jours, exactement. Après quoi, Glykon serait arrêté, emprisonné... et condamné à mort.

C'était la perspective de révéler cette information à Glykon qui flanquait une telle trouille à Rusk. Dès qu'il aurait dégainé cette « épée », le sol tremblerait sous ses pieds. Glykon et lui deviendraient des adversaires, même s'ils continuaient à travailler ensemble, ce qui n'était pas du tout sûr. Le génie et l'efficacité impitoyable de Glykon en avaient fait le collaborateur parfait, mais ces mêmes qualités en feraient l'ennemi le plus redoutable qu'on puisse imaginer.

Rusk avait honte de sa peur. Les murs de son bureau étaient couverts de photos témoignant de sa virilité : clichés d'un ex-président de confrérie

---
1. Pénitencier du Mississippi.

estudiantine dans diverses tenues de survie. Rusk possédait les meilleurs équipements et il avait appris à s'en servir. Il faisait du ski acrobatique, il surfait sur des vagues monstrueuses à Hawaii, il avait un petit avion qu'il pilotait comme un cascadeur. Il avait même gravi l'Everest l'année précédente, qui plus est pendant une tempête de neige (avec une bouteille d'oxygène, toutefois). Il avait accompli toutes ces prouesses avant d'avoir quarante ans, et cependant, il avait l'impression d'être un enfant devant Glykon. Ce n'était pas uniquement une question d'âge parce que Rusk se sentait supérieur à la plupart des hommes de soixante ans qu'il connaissait. C'était autre chose. Probablement un ensemble de facteurs dont il ne parvenait à identifier qu'un petit nombre.

Rusk savait qu'il avait commis une erreur en acceptant l'affaire Fennell. La sœur de la cible était du FBI, son père avait appartenu à la Brigade criminelle. Décidé à refuser ce boulot, Rusk en avait quand même parlé à Glykon en présumant que son associé paranoïaque le rejetterait aussitôt. A son étonnement, Glykon y avait vu un défi à relever. Comme Bill Fennell proposait un bonus de cinquante pour cent – *cinquante pour cent !* –, Rusk avait fini par céder. Ainsi que l'avait souligné Oscar Wilde, la seule façon de se débarrasser d'une tentation, c'est d'y succomber. Mais maintenant, l'agent spécial Alex Morse mettait son nez partout. Elle s'accrochait à lui comme un rémora à un requin. Il avait cru qu'elle finirait par renoncer, mais non, elle était tenace. Et ce genre de ténacité ne pouvait que déboucher sur un seul résultat.

Rusk était certain que Morse avait pénétré dans son bureau. Il n'avait pas signalé cette effraction à la police, naturellement, et surtout pas à Glykon. Il s'était simplement assuré qu'elle ne reviendrait plus y fouiner, mais ça revenait à fermer la porte de l'écurie une fois que le cheval de la fable avait filé. Qu'est-ce que Morse avait pu découvrir ? Il n'y avait aucune preuve à trouver. Sur son disque dur, les informations relatives à leurs affaires étaient cryptées (même cryptées, c'était une violation des règles de Glykon), mais Rusk soupçonnait Morse de savoir s'y prendre avec les ordinateurs. Probablement aussi avec les dossiers d'affaires. Une enquête discrète sur le CV de la jeune femme lui avait appris qu'elle avait obtenu un diplôme de droit à Tulane et qu'elle avait travaillé un an en Floride dans une unité commune FBI-DEA [1]. Formation parfaite pour démêler l'un des aspects de leurs activités. Morse avait aussi été pendant cinq ans négociatrice dans les prises d'otages, et cela l'avait étonné jusqu'à ce que sa source lui explique qu'il y avait plus de négociatrices que de négociateurs au FBI. Les femmes savaient apparemment mieux que les hommes conduire un conflit à une solution pacifique. Ça, c'était une surprise. Avocat spécialisé dans les divorces, Rusk avait rencontré des femmes aux instincts prédateurs de velociraptor, des créatures assez mauvaises et manipulatrices pour donner des cours de rattrapage à Machiavel dans l'art de provoquer une guerre.

Malgré des débuts prometteurs, Alex Morse ne s'était pas montrée à la hauteur de son métier de

---

1. La Drug Enforcement Administration est un service de police fédéral dépendant du Département de la Justice des Etats-Unis et chargé de la mise en application de la loi sur les stupéfiants et de la lutte contre leur trafic.

négociatrice. La mort de son père et le cancer de sa mère l'avaient manifestement précipitée dans une zone où sa faculté de jugement l'avait abandonnée et elle avait causé la mort de quelqu'un. Elle avait elle-même failli mourir, pensa Rusk avec regret, et son visage balafré l'attestait. Mais fondamentalement, ses émotions avaient court-circuité sa pondération professionnelle. Elle avait réagi instinctivement, sans se préoccuper des conséquences, et ce précédent dérangeant ne pouvait être ignoré.

Glykon devait être informé, pour Alex Morse.

Morse n'était pas leur seul problème. Les menaces internes sont toujours plus dangereuses que celles qui viennent de l'extérieur, et en ce moment, une bombe nucléaire tictaquait sous leur partenariat.

— Un client, marmonna Rusk d'un ton incrédule. Un foutu client escroc.

Il sursauta en entendant le bruit de la porte, qui s'était ouverte juste assez pour laisser passer le buste de sa secrétaire. Au milieu du mois de mai, Janice arborait déjà un bronzage qui la faisait paraître plus proche de trente que de trente-cinq ans, son âge réel. Elle croisa le regard de Rusk avec la franchise absolue d'une intime.

— Presque tout le monde est parti, dit-elle. Tu veux qu'on le fasse avant que je rentre ?

Il pesa la proposition. Janice était plus âgée que sa femme et, quoique moins belle, elle montrait plus d'expérience et d'ardeur au lit que Lisa. C'était l'arrangement idéal. Janice avait pour mari un comptable qui la faisait mourir d'ennui, mais c'était un bon père et elle n'aspirait pas à une position sociale plus élevée. En outre, Rusk la payait trois fois plus que n'importe quelle autre secrétaire de la ville.

— Ça va ? s'enquit-elle en entrant complètement dans la pièce.

Elle portait une jupe kaki et une blouse en lin blanc à travers laquelle transparaissait son soutien-gorge. Les muscles de ses mollets et de ses avant-bras avaient une fermeté acquise dans les tournois de tennis et par une pratique obsessionnelle de la gymnastique.

Il hocha la tête, même s'il savait qu'elle était capable de lire en lui en toute circonstance.

— C'est à cause de ton père ? hasarda-t-elle, sachant que c'était pour lui un point douloureux chronique.

— Non. Il se passe plein de choses, en ce moment.

Elle continua à le regarder mais n'insista pas.

— Tu veux que je me serve seulement de ma bouche ?

Rusk supputa les chances que sa femme ait envie de faire l'amour ce soir. Et puis merde, se dit-il. Je pourrais mourir d'un accident de voiture en rentrant chez moi. Il réussit à sourire à Janice.

Elle s'approcha, s'agenouilla devant le fauteuil de Rusk, ouvrit sa braguette. Elle arrivait en général à le faire jouir rapidement quand elle en avait envie mais, cette fois, elle sentait que cela pourrait prendre un moment. Il baissa les yeux vers la photo d'Alex Morse et laissa ses pensées dériver. Il fallait vraiment que cette histoire arrive maintenant ! Il avait quarante ans et si les affaires se maintenaient au rythme actuel, il dépasserait le revenu net de son père cette année. Andrew Jackson Rusk Senior – A. J. pour ses amis, parmi lesquels un bon nombre de ceux qui avaient gouverné le Mississippi ces cinquante dernières années – exerçait encore son métier d'avocat à soixante-quinze ans. Il avait gagné des millions avec trois affaires récentes qui avaient fait l'actualité au niveau national, dont deux dans le comté de Jefferson, où des jurys entièrement noirs distribuaient des fortunes en indemnités comme des billets de faveur. Difficile de rivaliser avec ce genre de racket quand on s'occupe d'affaires de divorce – même de grandes –, mais Andrew Junior y était pourtant parvenu. Et tant mieux, parce que son père ne le laissait jamais oublier qu'ils étaient en concurrence.

— Attention avec tes dents, dit-il.

Janice marmonna quelque chose et continua à s'activer.

A. J. Senior s'était efforcé d'éliminer toute trace de douceur, d'idéalisme et de compassion chez son fils et dans une large mesure avait plutôt bien réussi. Lorsque Andrew Junior avait vu pour la première fois l'affrontement père-fils au basket dans *The Great Santini* – Robert Duvall faisant rebondir le ballon sur la tête de son fils –, il en avait eu le souffle coupé. Et comme son Bull Meechum personnel n'était pas mort dans un accident d'avion, la rivalité n'avait pas pris fin quand Andrew avait atteint l'âge adulte. Elle n'avait fait que s'intensifier. Au lieu d'entrer au cabinet d'A. J., il avait rejoint celui du père de sa première femme, une erreur qu'il avait mis quelques années à reconnaître. Son divorce avait entraîné la fin de son passage dans ce cabinet, mais A. J. ne lui avait pas offert un poste dans le sien après qu'il avait coupé les amarres avec la famille. Plutôt que de travailler dans un cabinet moins renommé, Andrew avait alors créé le sien et accepté toutes les affaires potentiellement lucratives qui se présentaient. La plupart, apparut-il, étaient des divorces. Et c'est dans ce domaine qu'il avait découvert son don. Au cours des années suivantes, il avait souvent affronté au tribunal des avocats du cabinet de son père et avait chaque fois triomphé. Il avait savouré ces victoires, mais ce n'était pas tout à fait la même chose qu'infliger une déculottée à son vieux. Cette année, se disait-il, cette année, je vais enfin remettre le grand A. J. à sa place.

— Caresse-moi les seins.

Rusk baissa les yeux. La main libre de Janice avait disparu sous sa jupe. Il tendit le bras, lui pinça distraitement un mamelon. Elle gémit, le suça avec une ardeur renouvelée. Il fixait le dessus de sa tête, où les racines sombres de ses cheveux apparaissaient sous le blond de la teinture.

— Arrête, ordonna-t-il.
— Quoi ?
— Je ne peux pas.

Elle leva la tête, eut un sourire d'encouragement presque maternel.

— Mais si, tu peux. Détends-toi.

Elle baissa de nouveau la tête.

— Arrête, je te dis.

Il la repoussa pour se libérer de sa bouche, mais Janice n'abandonnait pas aussi facilement quand elle était excitée. Elle se releva et ôta rapidement sa culotte bleue, retroussa sa jupe et s'assit sur lui. Il ne l'aida pas mais ne l'empêcha pas non plus, malgré un haut-le-cœur. Il la laissa faire, se concentra sur le jeu de ses cuisses musclées tandis qu'elle montait et descendait. Janice grognait de plus en plus fort, mais c'était sans importance, il avait fait insonoriser les murs. Il cessa de regarder la touffe humide là où il disparaissait en elle, fixa la photo d'Alexandra Morse, imagina l'agent du FBI s'escrimant sur lui de cette façon. Puis il inversa les rôles dans sa tête : c'était lui maintenant qui pénétrait la jeune femme avec violence, qui lui faisait payer tous les tracas qu'elle lui causait.

— Oh, fit Janice. Elle est dure, maintenant.

L'image de Glykon envahit soudain l'esprit de Rusk.

— Continue, chéri, le pressa-t-elle, une pointe de panique dans la voix.

Il se concentra sur les yeux de Morse et tordit les seins qu'il avait devant lui, volumineux mais flasques. Les deux enfants de Janice avaient laissé des traces et la chirurgie esthétique ne redonnait jamais à la poitrine son aspect d'avant la maternité, malgré les promesses des praticiens. Morse, elle, n'avait pas d'enfants. Ses nichons devaient être hauts et fermes, comme ceux de Lisa. Avec un QI de cinquante pour cent supérieur. Rusk pinça les tétons sauvagement ; Janice poussa un cri de douleur qui se transforma en un long gémissement quand elle jouit, serrant les dents contre le cou de Rusk pour résister à l'envie de le mordre qu'elle éprouvait chaque fois. Rusk fut étonné de jouir lui aussi, finalement, et le visage de Glykon disparut de son esprit.

— Je te l'avais dit, fit-elle, encore haletante. Je te l'avais dit que tu y arriverais.

Manifestement, elle considérait le plaisir de Rusk comme une petite victoire dans leurs jeux sexuels réguliers. Il hocha distraitement la tête en songeant qu'il devrait peut-être prendre un demi-Viagra en rentrant, au cas où Lisa aurait envie de ses services.

— Qui c'est ? demanda Janice en montrant la photo d'Alex Morse.
— Personne.
Elle ramassa sa culotte par terre, l'enfila.
— C'est forcément quelqu'un.
Il regarda de nouveau la photo, secoua la tête.
— Tu la trouves sexy ?
— Non, répondit-il, sincère.
— Tu mens. Tu pensais à elle en me baisant, hein ?
— C'est vrai, reconnut-il. Tu me connais, Janice.
Elle eut une moue boudeuse.
— Tu n'as pas à être jalouse, la rassura-t-il.
— Pourquoi ?
— Parce qu'elle est morte.

Après que Janice eut regagné son bureau en lissant sa jupe, Rusk prit dans un tiroir un rouleau de papier d'aluminium qui s'y trouvait depuis cinq ans et qu'il n'avait jamais utilisé. Il découpa deux longs rectangles, les posa sur une table près de la fenêtre nord-est de son bureau. D'un autre tiroir, il tira un rouleau de papier adhésif, en coupa plusieurs morceaux avec lesquels il fixa le papier d'aluminium sur la vitre de la fenêtre. Au soleil, les rectangles seraient visibles de l'autoroute, la I-55, surélevée dans la majeure partie de sa longueur quand elle traverse la ville.

Le papier d'aluminium était une autre idée de Glykon. Il conduirait à une rencontre que Rusk redoutait et pendant laquelle il devrait faire appel à toutes ses capacités de persuasion pour survivre. D'une main tremblante, il but un autre verre de bourbon.

Il avait l'impression qu'il venait de se livrer à un rite pour invoquer le mal.

4

Chris Shepard frappa de sa batte, expédiant une balle basse en direction de son arrêt-court, en l'occurrence un garçonnet d'un mètre vingt. Lequel attrapa la balle et la lança vers le première base, Ben, le fils adoptif de Chris. La balle s'écarta mais Ben tendit le bras et réussit à la capter dans son gant, comme par magie.

— Bravo ! le félicita Chris. Vise la poitrine, Mike. Il a un gant, il peut l'arrêter.

L'arrêt-court hocha la tête, s'accroupit pour le lancer suivant. Ben avait les yeux brillants de fierté, mais il demeurait aussi grave et modeste qu'un enfant de neuf ans en était capable.

Son beau-père feignit de frapper une autre balle vers l'arrêt-court puis expédia une chandelle par-dessus Ben, vers le joueur de champ droit, qui rêvassait. Le gamin se réveilla juste à temps pour sortir de la trajectoire de la balle, mais il mit plusieurs secondes à se ruer à sa poursuite vers l'arrière du terrain.

En attendant le lancer, Chris coula un regard furtif vers sa droite. Deux minutes plus tôt, la Mercedes de Thora s'était garée sur le talus herbeux, derrière le terrain où l'équipe s'entraînait. Thora n'était pas descendue et les avait sans doute regardés à travers son pare-brise teinté. Elle est peut-être en train de téléphoner, pensa-t-il. L'idée lui vint qu'elle assistait rarement désormais aux séances. L'année précédente, elle avait été une des supportrices les plus ferventes, apportant toujours une Thermos d'eau fraîche ou même une glacière remplie de Powerade pour chaque enfant. Cette année, on ne l'avait pas beaucoup vue. C'était la curiosité qui l'avait fait venir cet après-midi, Chris le savait. Au lieu de faire ses visites de bonne heure à l'hôpital, ainsi qu'il en avait l'habitude pendant la saison de base-ball, il était passé prendre Ben à la maison juste après avoir fermé son cabinet. Comme Thora était en train de courir, ils s'étaient ratés et il ne lui avait pas parlé depuis l'entretien avec Alex Morse.

Chris agita la main en direction de la Mercedes puis se mit à expédier des balles basses dans le champ intérieur. Il s'était arrangé pour ne pas voir Thora parce qu'il voulait avoir le temps de repenser à ce que Morse lui avait dit, et un cabinet médical très fréquenté n'est pas l'endroit idéal pour réfléchir à ses problèmes personnels. Une séance d'entraînement avec des enfants de neuf ou dix ans n'offrait pas non plus l'assurance d'une méditation de premier choix, mais il avait réussi à grappiller quelques minutes pour repasser dans son esprit les faits que l'agent du FBI lui avait révélés.

Il regrettait de ne pas lui avoir posé plus de questions. Sur les prétendus meurtres, notamment. Combien y en avait-il eu, de ces « morts inopinées » ? Et quelles en étaient les causes ? Une crise cardiaque dans chaque cas ? Il doutait que Morse eût des preuves matérielles pour soutenir son extravagante hypothèse. Si elle en avait eu, elle n'aurait pas eu besoin de lui pour tendre un piège au meurtrier, elle l'aurait déjà arrêté. Pourtant… S'il était totalement franc avec lui-même, il ne pouvait nier qu'au cours de ces dernières heures certains faits qui le perturbaient depuis quelque temps lui avaient trotté dans la tête.

D'abord la question du bébé. Avant leur mariage, Thora et lui étaient convenus qu'ils auraient des enfants à eux. Au moins un, peut-être deux. Chris avait trente-six ans, elle en avait trente. Or, après le mariage, Thora avait rechigné à arrêter la pilule. Deux fois, elle avait prétendu qu'elle avait commencé à entamer par distraction la tablette du mois suivant. Quand il s'en était étonné, elle avait reconnu qu'elle se demandait s'ils devaient passer à l'acte si rapidement. Chris s'était efforcé de cacher sa déception et Thora avait dû la remarquer, car elle avait cessé de prendre la pilule et ils avaient attendu l'expiration du délai de trois mois avant qu'une conception soit totalement sans danger. Durant cette période, leurs rapports sexuels étaient demeurés bons mais beaucoup moins fréquents. Thora se plaignait que le recours à d'autres formes de contraception soit fastidieux après le confort de la pilule. Bientôt, Chris estima avoir de la chance s'ils faisaient l'amour une fois par semaine. Après le délai de trois mois, ils avaient abandonné tout moyen de contraception, mais Thora n'était pas tombée enceinte. Elle n'avait pas même sauté une menstruation. Chaque fois que Chris abordait le sujet, elle suggérait que c'était lui qui devrait faire des analyses puisque l'existence de Ben prouvait qu'elle était capable d'avoir des enfants. Chris n'avait pas répondu à ces suggestions, mais il avait procédé à un spermogramme en faisant appel au laboratoire habituel de son cabinet et la réponse était tout à fait claire : nombre de spermatozoïdes élevé, forte motilité.

Il aurait voulu que Thora sorte de sa Mercedes et rejoigne les autres parents assis sur des couvertures ou dans des chaises longues sur le talus flanquant le terrain. Elle était la seule à rester dans sa voiture. C'était le genre de comportement qui vous valait une réputation de snob dans une petite ville : *l'arrogante femme du docteur*. L'année précédente, Chris n'aurait jamais imaginé que Thora puisse demeurer aussi distante. Elle serait allée saluer chaque parent tout en encourageant les garçons de la touche. Mais peut-être se faisait-il des idées pour rien. Si elle avait envie de rester dans la voiture, où était le mal ? Le soleil était brûlant pour un mois de mai, Thora préférait peut-être la fraîcheur de la climatisation.

— Elle est cinglée, cette Morse, marmonna-t-il en frappant une balle vers le troisième base.

Son couple n'était peut-être pas parfait, mais l'idée que sa femme projetait de l'assassiner était tellement ridicule qu'il n'avait même pas su comment y répondre. C'était comme si quelqu'un venait vous dire : « Votre mère essaie de vous tuer. » Pas tout à fait, cependant. Il n'y a pas de lien de sang entre époux, pas en l'absence d'enfants. Et pour une raison quelconque, Chris Shepard ne parvenait pas à chasser de son esprit le regard mortellement sérieux de Morse.

A l'évidence, elle n'était pas du genre à jouer avec la vie des autres en leur racontant n'importe quoi.

La réponse devait être ailleurs. Dans une instabilité psychologique, par exemple. Morse croyait peut-être au scénario absurde qu'elle lui avait décrit. Etant donné la mort récente de sa sœur, on pouvait aisément l'imaginer. Au cours de sa carrière médicale, il avait vu de nombreux cas de profond chagrin provoquant des réactions extrêmes.

Mais comment devait-il réagir, lui ? Devait-il appeler le bureau du FBI à Jackson pour signaler la visite de Morse ? Devait-il appeler son avocat ? Le siège du FBI à Washington ? Ou chercher discrètement à obtenir lui-même plus d'informations ? Sa réceptionniste avait fini par trouver un numéro de téléphone pour Darryl Foster et Chris avait aussitôt appelé son ancien camarade de faculté, mais il était tombé sur un répondeur. Il espérait que Foster le rappellerait avant qu'il ait parlé à Thora mais son portable n'avait pas sonné. Il ne dirait rien à sa femme avant d'en savoir plus, non qu'il crût le moindre mot de ce que Morse lui avait raconté, seulement, s'il rapportait à Thora la conversation de cet après-midi dans la salle d'examen, elle lui demanderait aussitôt : « A qui en as-tu parlé ? » Et que pourrait-il répondre ? Pourquoi n'en avait-il parlé à personne ?

— Coach, vous êtes prêt à frapper ?

Il cligna des yeux pour revenir à la réalité. Son attrapeur le regardait d'un air perplexe. Il rit pour se donner une contenance puis lança une balle haute au centre du terrain. En suivant des yeux sa trajectoire courbe, il perçut un mouvement sur la droite. Thora se tenait derrière la portière ouverte de sa Mercedes, ses longs cheveux étincelant au soleil. Elle le regardait. Avait-elle remarqué son moment d'absence ?

Elle lui adressa un signe de la main et sourit derrière ses lunettes de soleil qui lui donnaient un air de faucon Art déco peint sur le flanc d'un gratte-ciel. Elle était en tenue de jogging, exposant à tous son corps svelte et musclé. C'est peut-être pour ça qu'elle était restée dans la voiture, pensa-t-il. Non, il se racontait des histoires. Ces huit derniers mois – depuis que le marathon était devenu à la mode parmi les jeunes femmes mariées de la ville –, Thora courait jusqu'à quinze kilomètres par jour. Elle s'était acheté des chaussures à deux cents dollars, un GPS à fixer au poignet et tout l'équipement moderne du coureur de fond. Dans son cas, ce n'était pas uniquement de la frime. Elle avait de réelles capacités. Après trois mois d'entraînement seulement, elle battait les temps de femmes qui couraient depuis deux ou trois ans. L'équipement de Thora était cependant un exemple type des points de tension qui existaient maintenant entre eux.

Quand elle était mariée à Red Simmons, Thora s'habillait de manière classique. Elle suivait la mode mais sans jamais franchir les limites du bon goût. Après une période décente de deuil – dont la fin coïncidait à peu près avec le moment où elle avait commencé à sortir avec Chris –, son style avait subtilement changé. Au début, il avait approuvé. Ce nouveau look révélait mieux sa beauté et signalait un engagement dans la vie dont elle avait terriblement besoin. Mais ces derniers temps, Thora avait commencé à mettre des vêtements qu'il ne l'aurait jamais crue capable d'acheter, encore moins de porter en public : shorts ultracourts, soutiens-gorge remontant les seins (quand elle mettait un soutien-gorge !). Il l'avait taquinée sur ce point en espérant qu'elle comprendrait, mais comme elle s'obstinait à porter ce genre de tenue, il n'avait plus rien dit. Il ne se sentait pas le droit de lui dicter la façon dont elle s'habillait. Peut-être devenait-il vieux jeu, incapable de rester en phase avec son époque. Jusqu'à ce jour, cela ne lui avait pas semblé très important. Ni cela ni le reste. Seul le refus de Thora d'avoir un enfant le contrariait assez pour lui faire perdre le sommeil.

— Grant, dit-il à l'entraîneur adjoint, un autre père d'un membre de l'équipe, on les fait courir un peu et ce sera tout pour aujourd'hui.

Les enfants l'acclamèrent, les parents quittèrent couvertures et transats pour mettre les glacières et les bébés dans les voitures. Après cinq minutes de course, Chris demanda aux joueurs de former le cercle pour pousser leur cri de guerre, renvoyé par un bosquet de chênes situé à l'ouest du terrain. Les garçons rangèrent le matériel – une tradition de l'équipe – puis chacun se dirigea vers la voiture familiale.

Ben et son beau-père s'approchèrent ensemble de la Mercedes. Chris essaya de se vider la tête mais n'y parvint pas : trop de choses refaisaient surface après une période de refoulement. La voiture, par exemple. A Noël, Thora s'était offert une SL-55 AMG. Probablement personne en ville ne connaissait le prix de ce modèle. Plusieurs médecins locaux roulaient en Benz, mais la plupart de ces voitures valaient entre cinquante mille et quatre-vingt mille dollars. La SL de Thora avait coûté cent quarante-cinq mille dollars. Chris ne le lui reprochait pas – c'était son argent, après tout –, mais du vivant de Red Simmons, elle conduisait une Toyota

Avalon : quarante mille dollars, tout compris. De même, elle avait pour montre une simple Timex et Chris avait plusieurs fois plaisanté à ce sujet quand elle était infirmière. Un mois plus tôt, une Patek Philippe était apparue à son poignet. Il n'avait aucune idée de la valeur de cette montre, mais tout laissait penser qu'elle excédait les vingt mille dollars, plus que ce que gagnaient par an quelques-uns des pères qui venaient d'assister à l'entraînement.

— Big Ben ! s'exclama Thora, qui passa devant la portière de la SL avec un grand sourire et se pencha pour prendre dans ses bras son fils couvert de sueur. Tu n'as pas raté une seule balle pendant tout le temps que j'étais là.

Le garçon haussa les épaules.

— Je joue première base, maman. On peut pas jouer première base si on rate des balles.

Chris aurait voulu voir les yeux de sa femme, mais les lunettes de soleil les dissimulaient complètement. Elle pressa rapidement Ben contre elle, se redressa et adressa à son mari son sourire à mille watts. Le regard de Chris se porta sur la Patek Philippe. Arrête, s'enjoignit-il.

— Tu es passé prendre Ben de bonne heure ? dit-elle.

— Oui. Je savais que les visites me prendraient un moment, j'ai décidé de les reporter après l'entraînement.

Thora hocha la tête, ne fit aucun commentaire. Chris ne savait pas trop quoi faire mais Ben lui sauva la mise en demandant :

— On peut aller à la Fiesta, m'man ?

Elle regarda Chris par-dessus ses lunettes mais il ne réussit pas à déchiffrer son expression. La Fiesta était un restaurant mexicain familial où les prix étaient modiques et le service rapide, la salle toujours bondée et bruyante.

— Je dois retourner à l'hôpital, répondit-il. Mais allez-y, vous.

— On a tout ce qu'il faut à la maison, objecta Thora. Et plus diététique que le mexicain. J'ai préparé une salade au poulet cet après-midi.

Ben roula des yeux en plissant le nez.

« Je prendrai quelque chose en rentrant », faillit dire Chris, qui n'en fit rien car Ben l'aurait alors supplié de passer dans un fast-food et Thora en aurait été irritée.

— Aide-moi à charger, fils, dit Chris.

Avec l'aide de Ben, il porta deux gros sacs en toile dans son pick-up puis frappa dans la main du garçon, serra brièvement Thora contre son flanc et monta dans la voiture.

— Je ne rentrerai pas tard, promit-il par la fenêtre ouverte.

Comme pour lui répondre, elle ôta ses lunettes. Ses yeux bleu-gris transpercèrent la nonchalance feinte de Chris. Son regard accélérait toujours les battements de son cœur et faisait monter une onde de chaleur dans sa poitrine (sans parler d'une autre réaction, plus bas). Cette fois, les yeux de Thora lui posaient une question muette mais il détourna les siens, lui adressa un salut de la main, fit marche arrière sur la route et prit la direction de la ville.

Dans le rétroviseur, il vit Thora remettre ses lunettes et ouvrir la portière côté passager pour son fils. Chris aurait voulu entendre ce qu'ils se disaient mais, rapidement, une chose devint claire : Ben suivait des yeux le pick-up comme s'il aurait préféré être avec son beau-père plutôt qu'avec sa mère.

Est-ce normal ? se demanda Chris.

— Normal, marmonna-t-il. Qu'est-ce qui est normal ? Je ne connais pas une seule famille normale.

5

Alex Morse engagea sa Corolla de location sur le parking du motel Days Inn, s'arrêta devant la chambre 125 et coupa le contact. Lorsqu'elle ouvrit la porte, la chatte tachetée de Grace miaula et sauta sans bruit du comptoir de la salle de bains sur la moquette. Alex payait cinq dollars de plus par nuit pour Meggie. Elle avait recueilli la chatte de sa sœur uniquement parce que Jamie l'avait suppliée de la prendre après l'enterrement. Jamie adorait Meggie, mais son père n'aimait pas l'animal et le garçon craignait qu'il ne le porte à la fourrière dès qu'Alex serait retournée à Charlotte. Comme elle le savait tout à fait capable de ce petit acte de cruauté, elle avait accepté le fardeau. A sa surprise, la chatte tachetée aux yeux brillants l'avait aidée à supporter la solitude de ces cinq dernières semaines. Alex défit son holster d'épaule, massa l'endroit moite où le cuir avait pressé ses côtes puis s'agenouilla et caressa le menton de Meggie d'un doigt replié. Lorsqu'elle remplit de nourriture l'écuelle posée près de la porte de la salle de bains, la chatte se mit à manger voracement.

Alex était descendue au Days Inn cinq jours plus tôt et avait fait ce qu'elle pouvait pour se sentir chez elle dans sa chambre. Son ordinateur portable bourdonnait sur le bureau. Elle avait adopté comme économiseur d'écran un montage sans cesse en mouvement de photos prises pendant la croisière qu'elle avait faite avec sa sœur pour fêter les trente ans de Grace. A côté du PC, une photo montrait Jamie en tenue de basket de la Jackson Academy : un garçon de dix ans dégingandé, avec des cheveux châtains, un visage inachevé semé de taches de rousseur et des yeux empreints d'une incertitude poignante.

En regardant la photo, Alex se souvint du désarroi de l'enfant quand, le lendemain de la mort de sa mère, elle lui avait déclaré qu'elle devait le ramener chez son père. S'enfuir avec lui avait été un acte de désespoir et, au regard de la loi, un enlèvement. Si Alex avait gardé Jamie, Bill n'aurait pas hésité à la faire arrêter et il l'aurait probablement fait immédiatement s'il avait su où la trouver. Depuis, Alex avait souvent regretté d'avoir rendu Jamie, mais elle avait suffisamment d'expérience pour savoir qu'on ne peut soustraire un enfant à la garde de quelqu'un d'autre sans avoir minutieusement préparé son coup. Au cours des cinq semaines écoulées depuis, elle avait commencé à dresser un plan dans ce sens et si ses efforts pour prouver la culpabilité de Bill dans la mort de Grace échouaient – ce qui serait probablement le cas sans l'aide du Dr Shepard – elle serait alors prête à passer à l'acte.

Sur une commode basse, elle avait posé tous les documents concernant les soins médicaux de sa mère : listes de médicaments par voie orale, programmes de chimiothérapie, factures à faire régler par la compagnie d'assurance, honoraires de médecins du secteur privé que la compagnie d'assurance ne couvrait pas, résultats d'analyses de l'hôpital et du laboratoire d'un oncologue, ainsi bien sûr que la correspondance entre Grace et divers spécialistes du cancer dans le monde entier. Grace avait traité la maladie de leur mère comme elle traitait toutes les autres crises : en lui déclarant la guerre. Et elle avait livré cette guerre avec l'obstination implacable d'un Sherman incendiant tout sur son chemin dans sa marche à travers le Sud. Malheur à l'employée de la compagnie d'assurance qui commettait une erreur sur une facture adressée à Margaret Morse. Les représailles de Grace étaient immédiates. Alex avait hérité de cette campagne et, selon les critères de sa sœur, le résultat était médiocre.

Son péché cardinal ? Au lieu d'être au chevet de sa mère, elle avait établi son camp à cent cinquante kilomètres au sud-est, à Natchez, Mississippi, tandis que des infirmières payées – des étrangères ! – s'occupaient de sa mère à Jackson. Et que faisait Alex à Natchez ? Elle claquait ses économies et compromettait sa carrière dans une tentative presque certainement vouée à l'échec pour punir le meurtrier de sa sœur. Grace elle-même y aurait sans doute trouvé à redire. En même temps, c'était elle qui avait chargé Alex de « sauver » Jamie de son père. Et puisque Bill Fennell avait légalement la garde de son fils, le seul moyen pour Alex de sauver Jamie, c'était de prouver que son père avait assassiné sa mère.

Elle s'approcha de la grande table de jeu qu'elle avait achetée au Wal-Mart pour y disposer tous les éléments de l'affaire. Cette table était le centre nerveux de son enquête. Les matériaux rassemblés étaient rudimentaires : notes griffonnées, rapports de surveillance, photos numériques, minicassettes – mais son père lui avait répété maintes fois que rien ne remplaçait le fait d'arpenter le bitume ou de prendre le volant. Tous les ordinateurs du monde ne vous permettront pas de coincer un meurtrier si vous restez dans votre bureau. Alex avait posé sur la table une photo encadrée de son père, son saint patron des affaires en sommeil. En fait de photo, il s'agissait d'un article de presse illustré par deux clichés de Jim Morse : l'un le montrait en jeune flic de patrouille en 1968, l'autre en inspecteur de la Criminelle, las mais déterminé, qui venait de résoudre une grosse affaire de meurtre raciste à Jackson en 1980.

Le père d'Alex était entré dans la police immédiatement après l'armée, à son retour au Mississippi après deux affectations au Vietnam. Il avait participé aux combats mais n'en parlait jamais et n'en gardait aucune séquelle, pour ce qu'en savait Alex. Alors qu'il faisait partie de la PM à Saigon, Jim Morse s'était occupé de deux affaires de meurtre. Ce travail l'avait impressionné et quand, à vingt et un ans, il s'était retrouvé sans trop savoir quoi faire, il s'était inscrit à l'école de police de Jackson. Bon agent de patrouille, il était passé sergent avant tous les élèves de sa promotion. Puis il avait réussi l'examen d'inspecteur à vingt-six ans et s'était rapidement taillé une réputation pour deux choses : mener brillamment une enquête et parler franchement, quel que soit son interlocuteur. La première lui aurait assuré un avancement rapide s'il n'avait pas pratiqué aussi assidûment la seconde. Toute sa vie, Alex avait cherché à maîtriser ce même penchant et elle y était parvenue dans une large mesure. Mais son père avait vu des hommes moins talentueux et moins dévoués lui passer devant pour les promotions pendant une bonne partie de sa carrière.

A sa retraite, Jim Morse avait ouvert une agence de détectives privés avec un ancien collègue qui lui avait servi de mentor au début de sa carrière, un vieux plouc plein d'expérience nommé Will Kilmer. Leurs relations leur avaient rapidement envoyé toutes les affaires dont ils pouvaient se charger. Alex était certaine que d'avoir eu connaissance, adolescente, des plus captivantes de ces enquêtes l'avait incitée à rejeter après ses études de droit toutes les offres qu'on lui faisait et à entrer à l'école du FBI. Son père avait applaudi cette décision, sa mère en revanche... Eh bien, Margaret avait réagi comme elle le faisait toujours lorsque Alex s'écartait du chemin conventionnel tracé aux femmes du Sud. Reproche silencieux.

Un sentiment de culpabilité lui transperça la poitrine, aussitôt suivi par une vague de chagrin. Pour penser à autre chose, elle baissa les yeux vers le tas épars de photos de Chris et Thora Shepard. Sur quelques-unes ils étaient ensemble, mais pas sur la plupart. Alex les avait filés assez longtemps pour se forger l'impression d'un couple type des classes moyennes supérieures, harcelé par les exigences de la vie quotidienne. Chris passait beaucoup de temps à travailler tandis que Thora alternait exercices physiques intenses et petits soins à sa personne. Alex ne savait pas jusqu'où allaient ces petits soins, mais elle avait des soupçons. Elle avait aussi des notes et d'autres photos que le Dr Shepard souhaiterait peut-être voir, une fois remis du choc initial de leur rencontre. Mais c'était pour plus tard.

Alex éprouvait un vague ressentiment envers Thora, qui demeurait plus séduisante après avoir couru dix kilomètres que la plupart des femmes après deux heures passées à se préparer pour une soirée. On ne pouvait que la détester pour ça. Chris, lui, était plus simple, plutôt du genre Henry Fonda que beau gosse. Un peu plus musclé que le comédien, peut-être, mais avec la même gravité. A cet égard, il lui rappelait son père, Jim Morse, autre homme tranquille qui vivait pour son travail.

Mêlées aux photos du médecin et de sa femme, il y en avait de Shepard et de son fils adoptif, toutes prises sur le terrain où le médecin entraînait des joueurs de ligues mineures. Ben n'avait qu'un an de moins que Jamie, et son regard était empreint de la même incertitude. C'est peut-être leur âge qui veut ça, pensa-t-elle. Ou alors les enfants sentent quand quelque chose ne va pas entre leurs parents.

Songer au sort de son neveu bouleversait généralement trop Alex pour qu'elle soit capable de réfléchir et elle alluma le téléviseur. Elle fit couler de l'eau chaude dans le lavabo jusqu'à ce qu'elle soit brûlante, mouilla une serviette, s'allongea sur le lit et se tamponna le visage. La chaleur se répandit dans son cuir chevelu et son cou, provoquant un soulagement bienvenu dans tout son corps. Tandis que le stress de la journée s'estompait, elle repensa à Chris Shepard. La réunion s'était beaucoup moins mal passée qu'on aurait pu le craindre. Bien sûr, elle ignorait si le médecin n'avait pas déjà appelé le bureau de Jackson pour signaler sa visite.

Combien d'hommes auraient réagi avec équanimité à l'accusation qu'elle avait formulée ? Réduit à l'essentiel, le message était le suivant : *Je pense que votre femme a l'intention de vous tuer.* Si Shepard avait appelé le FBI, elle recevrait bientôt un coup de téléphone de Washington. Comme tout agent de terrain connaissant la réussite, Alex avait autant d'ennemis que d'amis au Bureau. A la différence de la plupart de ses collègues, elle les avait en haut lieu. L'un de ces ennemis était presque parvenu à la faire virer après la mort de Jim Broadbent mais avait dû se contenter de son transfert à Charlotte. S'il la soupçonnait de négliger son travail là-bas, elle devait s'attendre à tout le moins à une convocation immédiate au siège pour un « entretien » avec le service de régulation interne, l'équivalent au FBI de l'inspection générale des services. Une rapide enquête à Charlotte suffirait à leur fournir les preuves nécessaires, et sa carrière naguère éblouissante connaîtrait une fin sordide.

Chris Shepard lui avait fait bonne impression. Il comprenait vite, elle aimait ça. En outre, il savait écouter, ce qui était rare chez les hommes et plus encore, semblait-il, chez les médecins, du moins d'après l'expérience qu'elle en avait. Shepard avait épousé une sorcière – blonde, en plus –, mais ça arrive à des tas de types bien. Il avait attendu d'avoir trente-cinq ans pour se remarier, ce qui amenait Alex à s'interroger sur sa première femme. Shepard avait épousé sa petite amie de lycée pendant sa première année de médecine, mais deux ans après avoir obtenu son diplôme – alors qu'il terminait les deux années de pratique dans le delta misérable du Mississippi qu'il s'était engagé à accomplir en échange d'un prêt estudiantin – ils avaient divorcé. Pas d'enfants, pas d'histoires : rien que la traditionnelle « incompatibilité d'humeur » dans les archives du tribunal. Il y avait sans doute eu autre chose. Sinon, pourquoi un docteur qui était plutôt agréable à regarder aurait fui le mariage pendant cinq ans après son divorce ?

Sa première femme l'a démoli, se dit Alex. Elle l'a transformé pour un bon moment en marchandise endommagée. C'est pour ça qu'il s'est entiché de Thora, la reine des neiges. Elle aussi a subi des dommages, et je ne crois pas que le Dr Shepard en sache long à ce sujet…

Alex se contraignit à accorder son attention à des sujets plus terre à terre, comme ses finances. Un comptable bienveillant aurait déclaré que les perspectives n'étaient pas encourageantes mais elle avait elle-même un jugement plus abrupt : elle était fauchée. Cela coûte cher, une enquête, même quand on fait soi-même une grande partie du travail. Elle versait régulièrement de l'argent à deux agences de détectives privés, sans compter divers autres petits contrats. Elle confiait l'essentiel à l'ancienne agence de son père, mais même avec toutes les réductions que Will Kilmer lui consentait, les honoraires la mangeaient toute crue. Les filatures étaient un gouffre. L'« oncle » Will ne pouvait pas envoyer des hommes à lui s'en charger gratuitement. Le temps passé à enquêter sur l'affaire d'Alex était volé à d'autres ; les heures s'accumulaient et dévoraient le plan de retraite d'Alex. En plus, il fallait payer l'essence pour la voiture, les billets d'avion entre Jackson et Charlotte, les infirmières privées pour sa mère… C'était sans fin.

L'appartement de Charlotte posait le problème le plus urgent. Depuis trois ans, elle louait un deux-pièces à Washington. Si elle l'avait acheté au lieu de le louer, elle aurait pu le revendre maintenant pour deux fois son prix d'achat. Pas la peine de rêver, c'était trop tard. Alex aurait dû donner son congé dès la réception de son ordre de mutation, mais elle avait gardé l'appartement, sachant que ses supérieurs en seraient informés et y verraient une preuve tangible de sa certitude d'une rédemption finale. En plus de Washington, elle avait maintenant un bail de six mois pour un appartement à Charlotte dans lequel elle avait dormi moins d'une douzaine de fois. Elle avait réglé le loyer du deuxième mois pour entretenir l'illusion qu'elle travaillait avec zèle à son nouveau poste mais elle n'avait pas les moyens de continuer. Si elle dénonçait le bail, cependant, ses supérieurs finiraient par l'apprendre et Alex ne voyait aucune explication qui amadouerait le service de régulation interne.

— Merde, grogna-t-elle en lançant la serviette à présent froide sur l'autre lit.

Au contact du tissu mouillé, Meggie sauta en l'air. Alex n'avait pas vu l'animal allongé sur les couvertures et elle avait maintenant une chatte indignée sur les bras.

— Moi aussi, je serais en rogne, compatit-elle en allant s'asseoir devant l'ordinateur.

Elle se brancha sur MSN et consulta sa liste de contacts pour voir si Jamie était en ligne, mais l'icône de son pseudo – Ironman QB – était rouge, pas verte. Cela n'inquiéta pas Alex. Leurs échanges par webcam se déroulaient habituellement plus tard, quand Bill était couché. Bien qu'âgé de dix ans seulement, Jamie était doué pour l'informatique et comme l'argent de poche était l'une des rares choses pour lesquelles Bill se montrait généreux – pour se débarrasser d'un sentiment de culpabilité, probablement – le garçon avait pu acheter une webcam qui lui permettait d'avoir un contact vidéo avec Alex chaque fois qu'ils étaient tous les deux branchés sur MSN. Ces conversations secrètes avec un enfant de dix ans étaient peut-être condamnables d'un point de vue éthique, mais Alex considérait que c'était peu de chose comparé à un meurtre avec préméditation. Et puisque Grace l'avait chargée de protéger Jamie, elle se sentait en droit de maintenir le contact de toutes les façons possibles.

Elle se leva pour aller prendre son portable dans son sac, appela chez sa mère. Une infirmière répondit.

— C'est Alex. Elle est réveillée ?

— Non, elle dort. Elle se sert à nouveau de la pompe à morphine.

Oh, mon Dieu.

— Comment elle va, à part la douleur ?

— Pas de changement. Sur le plan physique. Question moral...

L'infirmière s'interrompit.

— Oui ?

— Elle est abattue.

Bien sûr qu'elle est abattue. Elle est en train de mourir. Seule, en plus.

— Vous lui direz que j'ai téléphoné et que je rappellerai plus tard, murmura Alex.

— Elle pense que vous pourriez revenir bientôt dans le Mississippi.

J'y suis déjà.

— C'est possible, mentit Alex avec un sentiment de culpabilité. Pour le moment, je suis coincée à Charlotte. Les médecins passent la voir régulièrement ?

— Oui, madame.

— Prévenez-moi s'il y a du changement.

— Entendu, quelqu'un le fera.

— Merci. Au revoir.

Alex glissa son Glock sous sa ceinture au creux de ses reins, recouvrit la crosse avec le pan de son chemisier, prit Meggie dans ses bras et sortit. La chambre 125 se trouvait devant la piscine, déserte à cette heure. Alex eut envie de faire quelques longueurs mais elle n'avait pas emporté de maillot et n'avait pas pensé à en acheter un quand elle était au Wal-Mart. Le bâtiment de la réception du Days Inn avait fait sien le style architectural des grandes maisons de planteurs d'avant la guerre de Sécession, pour se conformer à ce qui attirait principalement les touristes à Natchez. Derrière, un vieux court de tennis était niché parmi des chênes. Alex gratta les oreilles de Meggie et marcha dans cette direction.

Au départ, elle avait prévu de prendre une chambre à l'Eola, un hôtel où elle était descendue enfant lors d'un séjour à Natchez, mais elle avait découvert qu'elle n'en avait pas les moyens. Au Days Inn, elle payait cinquante-cinq dollars par nuit, Meggie comprise. Le parking donnait directement sur la 61. A gauche, vous alliez vers La Nouvelle-Orléans, à droite vers Chicago. Je perds les pédales, se dit Alex. Reprends-toi, bon Dieu.

Elle s'avança sur la surface verte craquelée du court, huma l'air, sentit un pot-pourri d'odeurs végétales :

celles des feuilles des arbres, des kudzus et des aiguilles de pin, mêlées aux senteurs du chèvrefeuille, des azalées et des oliviers. Une odeur d'eau aussi, une eau vive, pas l'eau aseptisée de la piscine, derrière elle. Quelque part à proximité, une rivière coulait à travers la ville pour rejoindre le puissant fleuve qui roulait à un ou deux kilomètres à l'ouest.

Alex n'était venue à Natchez que trois fois dans sa vie, mais elle savait une chose : cette ville était différente de toutes les autres. Pour la plupart des Américains, le Mississippi était une expérience unique et Natchez était unique dans le Mississippi. Une ville arrogante, aux yeux d'Alex, mais cette arrogance était en partie justifiée, surtout si l'on tenait compte de son passé. Natchez était la plus ancienne ville du fleuve et avait connu une période d'opulence extraordinaire avant même que la zone du Delta soit défrichée. Gouvernée successivement par la France, l'Angleterre et l'Espagne, la ville avait adopté le style, les manières et l'architecture de ces puissances européennes et se considérait tout naturellement au-dessus du reste de l'Etat auquel elle appartenait en principe. Cela lui valait peu de sympathies en dehors de ses limites, mais ses dirigeants, enrichis par le coton, s'en fichaient tellement qu'ils avaient soutenu la cause yankee pendant la guerre de Sécession et avaient livré leur magnifique ville sans tirer un seul coup de feu. C'était pour cette raison qu'Alex, dans son enfance à Jackson, avait parfois entendu des sifflets quand on mentionnait Natchez dans la conversation. Cette capitulation sans résistance avait permis à la ville de sortir intacte du terrible conflit, comme Charleston et Savannah, et aujourd'hui Natchez demeurait un monde en soi, apparemment hors du temps.

Lorsque les terres fertiles entourant la ville furent épuisées, la culture du coton migra vers le Delta, mais Natchez ne mourut pas pour autant. Des dizaines d'années plus tard, des voyageurs du monde entier venaient visiter ce joyau du Vieux Sud, admirer sa beauté décadente qui semblait préservée par une intervention divine, alors qu'elle était en fait le fruit du dévouement bénévole d'un bon nombre de dames de la haute société. Même les baptistes purs et durs du Mississippi rural étaient fascinés malgré eux par cette ville fluviale dont les bars restaient ouverts toute la nuit et dont les bordels étaient connus par-delà l'Atlantique. La découverte de pétrole sous les anciens champs de coton avait ranimé l'énergie de la ville pendant quarante ans et elle avait recouvré une partie de sa richesse. Quand Alex, adolescente, y était venue assister au défilé historique du Confederate Pageant, elle avait été brièvement emportée par un tourbillon de fêtes et de mondanités que seules les vieilles familles et les fortunes récentes pouvaient engendrer. A sa visite suivante, avec une camarade de faculté, la ville lui avait paru réduite à une image ternie d'elle-même, où tout était à une échelle plus petite, avec des couleurs moins vives.

Ces cinq derniers jours, Alex avait lu le *Natchez Examiner* chaque matin de la première à la dernière page en filant Thora Shepard pendant son entraînement. Ce qu'elle avait vu dans ce journal, c'était une ville luttant encore contre les démons de son passé. Mi-blanche, mi-noire, l'ancienne capitale du Sud des plantations semblait ne pas trouver sa place dans le monde moderne. Alex se demandait pourquoi Chris Shepard y était revenu après de brillantes études médicales. Le chant des sirènes de Natchez n'était peut-être audible que par ceux qui y étaient nés.

Elle retourna à la piscine et déposa Meggie près de la partie la moins profonde. Tandis que la chatte, perchée gracieusement au bord, effleurait l'eau de sa patte, Alex repensait à Chris Shepard dans sa blouse blanche. Après cinq semaines d'enquête, son sort – et celui de Jamie – était dans les mains du médecin. Elle avait décidé de lui laisser du temps – mais pas trop – pour réfléchir à leur conversation. A leur prochaine rencontre, elle lui livrerait d'autres faits, juste assez pour ferrer le poisson. Il avait été intrigué par le peu qu'elle lui avait révélé, elle le savait. Qui ne l'aurait été ? Elle lui avait présenté une énigme policière classique : du Hitchcock dans la vraie vie. Le problème, c'était qu'il s'agissait de la vie de Shepard. Et de celle de sa femme. Au bout du compte, la décision du médecin de l'aider ou non reposerait sur des facteurs qu'Alex ne connaîtrait jamais : la réalité cachée du couple Shepard, les sentiments profonds qu'un enquêteur ne parvenait jamais à sonder. Alex était cependant prête à parier qu'il l'aiderait.

Cela faisait maintenant cinq jours qu'elle filait Thora et elle était certaine que cette femme avait une vie secrète. Inconsciemment, son mari devait le savoir. Grâce à son père, Alex avait appris très tôt cette vérité : les gens ne voient que ce qu'ils veulent voir, et uniquement quand ils sont prêts à le voir. La réalité saute aux yeux des autres, mais pour ceux qui aiment, elle est voilée. Par l'espoir, la peur, et surtout par la confiance. C'était ce que le père d'Alex s'était efforcé de lui apprendre, mais il avait fallu qu'elle en fasse elle-même l'expérience pour que cette vérité s'imprime dans la moelle de ses os.

Ne te fie qu'à ceux de ton sang.

Elle souleva Meggie et reprit le chemin de sa chambre. A quelques kilomètres au sud, Chris Shepard était probablement étendu dans son lit sans pouvoir dormir et se demandait s'il connaissait vraiment la femme allongée à côté de lui. Alex était désolée d'avoir bouleversé la vie du médecin, mais elle ne le regrettait pas. Laissé à la merci de Thora, il n'aurait sans doute pas survécu plus d'un mois.

Quand Alex tendit la main vers la poignée de la porte, elle se rendit compte qu'elle venait de prendre sa décision pour l'appartement de Charlotte.

— *Sayonara*, dit-elle à voix basse.

Elle ferma le verrou derrière elle, retourna s'asseoir devant son ordinateur. Jamie n'était toujours pas en ligne. La montre d'Alex indiquait 23 h 25. Alex sentit soudain sa poitrine et sa gorge se serrer, comme si elle avait respiré une fumée toxique. Malgré son manque de sommeil, elle attendrait le temps qu'il faudrait pour que l'icône de Jamie devienne verte. Elle se frotta les yeux, prit dans sa glacière une cannette de Tab Energy, en but la moitié en quelques secondes. Lorsqu'elle éructa, elle sentait déjà le coup de fouet de la caféine absorbée par sa langue.

— Allez, mon chéri, murmura-t-elle. Viens. Viens bavarder avec tante Alex.

L'icône de Jamie restait rouge.

6

Chris n'avait jamais su mentir. Son père non plus. Buddy Shepard n'avait pas fait fortune mais il avait gagné le respect de tous dans chaque ville où il avait travaillé et il avait transmis son intégrité à son fils. Or, il n'est pas facile de demeurer intègre dans un monde régi par les lois de la nature humaine, comme Chris l'avait découvert assez vite.

Descendant l'allée sombre entre sa maison et la grange aménagée située derrière, il n'était même pas sûr de savoir où était le bien. Il marchait d'un pas lourd, sans prendre plaisir à son environnement, dont il avait pourtant toujours été fier. Après son retour à Natchez, il avait utilisé une partie de ses économies pour acheter une vaste maison sur un terrain de dix hectares de l'ancienne plantation Elgin, une propriété d'avant la guerre de Sécession sise au sud de la ville. Malgré son isolement, elle se trouvait à seulement cinq minutes de l'école de Ben et à moins de dix des deux hôpitaux de Natchez. Si Chris ne voyait pas comment trouver mieux, Thora désirait depuis longtemps vivre à Avalon, le nouveau quartier chic qui poussait plus au sud. Red Simmons s'y était toujours opposé mais, après plusieurs mois de discussion, Chris avait finalement cédé en convenant que dans ce nouveau quartier Ben aurait davantage de camarades habitant à proximité.

Leur maison d'Avalon – qu'il avait secrètement surnommée le McMansion[1] – était aux trois quarts terminée. Thora supervisait personnellement les travaux et Chris se rendait rarement sur le chantier. Il avait grandi dans une succession de petites villes rurales (son père, qui travaillait pour International Paper, était muté tous les deux ans) et il pensait que cette enfance à la campagne avait contribué à forger son indépendance. Il savait que Ben tirerait profit d'un environnement comparable et avait décidé, sans en rien dire, de ne pas vendre sa propriété quand ils emménageraient à Avalon.

Le bâtiment qui apparut devant lui dans l'obscurité avait un extérieur rustique qui ne révélait rien de son usage réel. Chris avait aménagé lui-même cette grange pour en faire un studio vidéo équipé du matériel technique lui permettant de se livrer à sa passion. Son « dada », comme disait Thora, ce qui l'irritait plus qu'il ne voulait le reconnaître. Il ouvrit la porte et entra dans la pièce principale, un havre de verre et d'érable blond, d'une propreté irréprochable et maintenu à une température de 18 °C pour le bien des caméras, ordinateurs et autres équipements. Le simple fait d'y pénétrer égaya son humeur. Lancer son Apple G5 acheva de dissiper sa morosité. Dans cette pièce, il oubliait les mille contrariétés de la vie quotidienne. Il avait une

---

1. Désignation péjorative d'habitations construites en série comme des hamburgers.

maîtrise réelle sur ce qu'il faisait et, au fond de lui, il était convaincu de faire quelque chose de grand.

Chris avait commencé à faire du cinéma au lycée, où il avait travaillé sur plusieurs documentaires, dont deux avaient été couronnés par des prix nationaux. Pendant ses études de médecine, il avait réalisé un documentaire intitulé *Une journée dans la vie d'un interne*. Tourné en caméra cachée, cette vidéo numérique aurait pu mettre fin à sa carrière médicale avant même qu'elle ait commencé. Mais après qu'un de ses camarades étudiants eut envoyé le film à une chaîne de télévision nationale, l'horaire des internes avait été légalement limité. Une fois que Chris eut commencé à réellement exercer, il se rendit compte qu'il n'avait plus vraiment de temps pour le cinéma. La médecine offrait de nombreux avantages, mais le temps libre n'en faisait pas partie.

L'année précédente, toutefois, après s'être associé à un généraliste à l'ancienne de Natchez, le Dr Tom Cage, Chris avait découvert un moyen de conjuguer sa passion et sa profession. En s'appuyant sur une observation minutieuse de son nouvel associé, il avait commencé à tourner un documentaire sur le déclin de la médecine généraliste traditionnelle. Le Mississippi, qui avait dix ans de retard sur le reste du pays dans la plupart des domaines, était l'endroit idéal pour ça.

Tom Cage était de ces docteurs qui passaient une heure à écouter un patient si c'était d'une oreille compatissante que ce patient avait le plus besoin. Agé de soixante-treize ans, Tom souffrait de plusieurs affections chroniques graves et, comme il l'admettait souvent, il était plus malade qu'un bon nombre de ses patients. Il continuait malgré tout à travailler quatre-vingts heures par semaine et quand il ne consultait pas, il lisait des revues professionnelles pour se tenir au courant des dernières techniques de soins. Le Dr Cage interrogeait ses malades non seulement sur leurs symptômes spécifiques mais aussi sur d'autres aspects de leur vie pouvant fournir des indices sur leur état de santé général. Comme il calculait ses honoraires au plus juste pour faire économiser de l'argent à ses patients, il n'avait jamais couru le risque de devenir riche. Il ne s'inquiétait pas du nombre de personnes qui remplissaient sa salle d'attente car il restait dans son cabinet jusqu'à ce qu'il ait fini d'examiner la dernière et alors seulement il décidait que sa journée était finie.

Pour Chris, qui avait commencé à exercer en clientèle privée dans le cabinet de groupe le plus renommé de la ville, les méthodes du Dr Cage avaient été un choc. Pour des médecins de la génération de Chris, un bon cabinet se résumait à des honoraires élevés, des horaires de travail courts, une certaine quantité d'associés, de façon à n'avoir qu'une nuit de garde par semaine. Ses anciens associés pratiquaient une médecine défensive, prescrivaient toutes les analyses pouvant avoir un vague rapport avec les symptômes du malade mais passaient le moins de temps possible avec lui, au nom des sacro-saints revenus bruts. Ce genre de pratique était une abomination pour Tom Cage. Un système visant la commodité et le profit du médecin, c'était le monde à l'envers. Le Dr Cage considérait la médecine comme une vie de service : une noble vocation, peut-être, mais une vie de service. Et Chris pensait que cela méritait qu'on en garde la trace pour la postérité.

Au fond de lui, il partageait une grande partie des opinions de Tom sur la médecine moderne. Sa propre conception du service lui avait coûté sa première femme et il avait été ensuite plus prudent en amour. Ce fut seulement lorsque Thora Rayner entra dans sa vie qu'il se sentit le courage de prendre à nouveau le risque d'aimer. Voilà pourquoi la visite de Morse l'avait troublé autant. Il avait mal jugé sa première femme et il lui aurait été pénible de reconnaître qu'il avait commis une seconde fois la même erreur. Ce n'était que cela, en fait, les tracas qui l'avaient perturbé pendant l'entraînement de base-ball : des peccadilles. Tout adulte passe par des changements de personnalité et la première année de mariage est toujours une période d'ajustement. Que Thora se soit mise à dépenser plus d'argent qu'avant et à porter des vêtements plus moulants ne signifiait rien.

Il ouvrit la porte du réfrigérateur du studio, se versa un verre de vodka presque glacée et le but d'un trait. Puis il s'assit devant son G5, ouvrit Final Cut Pro et revit quelques scènes qu'il avait tournées la semaine précédente. Filmer directement sur disque dur avec sa Canon XL2S lui permettait de ne pas perdre de temps à faire passer les images de la cassette à l'ordinateur. Il vit se dérouler sous ses yeux l'interview qu'il avait faite de Tom Cage et d'une Noire qu'il soignait depuis 1963. Cette femme avait maintenant une arrière-arrière-petite-fille et l'enfant jouait à ses pieds. Tom préférait ne plus soigner d'enfants, mais la femme avait refusé de conduire « la petite » chez un autre docteur. Chris avait plus d'expérience que Tom en termes de pédiatrie moderne et il avait été fier de l'aider à diagnostiquer la cause de la forte fièvre de l'enfant, dont Tom craignait qu'elle ne soit le symptôme d'une méningite.

Tandis que la vieille femme racontait comment le Dr Cage était venu chez elle en pleine nuit pendant le blizzard de 1963, Chris sentait monter en lui une étrange émotion. Jusqu'à la visite de l'agent Morse, dans la matinée, il se sentait plus heureux qu'il ne l'avait été depuis son enfance. Malgré ses qualités, son père ne s'attardait que rarement sur les profonds mystères de la vie. Chris avait trouvé en Tom Cage un mentor ayant un trésor de connaissances à léguer et qui le transmettait sans prétention ni didactisme, presque comme un maître zen. Une question tranchante ici, un petit geste de la main quand l'attention du patient était ailleurs : avec modestie, Tom avait fait de Chris plus qu'un interniste de première classe, il en avait fait un médecin capable de guérir.

Mais une carrière ne suffit pas à remplir la vie d'un homme, pensa Chris en sentant l'alcool passer de son sang à son cerveau. Pas même si c'est une vocation. Un homme a besoin de quelqu'un avec qui partager ses émotions, quelqu'un qui adoucit ses obsessions, qui accepte les cadeaux qu'il se sent tenu de faire et, surtout peut-être, qui se tient simplement près de lui pendant les milliers de petits moments qui, ajoutés bout à bout, composent une vie.

Durant près de deux ans, Chris avait cru que Thora était cette personne. Avec Ben, elle avait tracé un cercle magique dans sa vie. Avant de l'épouser, Chris ne savait pas à quel point servir de père à Ben le changerait. En moins d'un an, grâce à l'attention patiente de Chris, le garçon s'était épanoui en un préadolescent qui étonnait ses professeurs par sa conduite et son travail. Il n'était pas flemmard non plus sur les terrains de sport. Chris avait été stupéfié par la fierté qu'il éprouvait pour Ben et il avait considéré comme un devoir, comme un privilège, même, de l'adopter. Etant donné ce qu'il ressentait pour Ben, Chris avait peine à imaginer ce que ce serait pour lui d'avoir un vrai fils. Il se sentait presque coupable de demander à la vie plus que ce qu'il avait déjà. Chaque semaine, il voyait mourir des hommes dépourvus de ce que lui possédait, soit parce qu'ils ne l'avaient jamais trouvé, soit parce qu'ils l'avaient stupidement rejeté. Et cependant... tout était changé, maintenant. Alexandra Morse avait lâché le serpent du doute dans son Eden, le contraignant à se demander s'il possédait bien tout ce qu'il croyait être à lui.

— Foutue bonne femme, marmonna-t-il.
— J'ai fait une bêtise ? fit une voix inquiète.

Chris regarda par-dessus son épaule et découvrit Thora derrière lui. Elle portait une chemise de nuit diaphane et des mules blanches auxquelles s'étaient accrochés des brins d'herbe. Il était tellement plongé dans son film et dans ses pensées qu'il ne l'avait pas entendue pénétrer dans le studio.

— Tu es rentré tard de l'hôpital, dit-elle d'un ton hésitant. Beaucoup d'admissions ?
— Oui. La routine, pour la plupart, mais il y a un cas que personne ne comprend. Don Allen a demandé l'avis de Tom et Tom m'a demandé le mien.

Thora parut surprise.

— Je n'arrive pas à croire que Don Allen puisse demander l'avis de qui que ce soit.
— La famille du malade l'y a forcé, répondit Chris avec un petit sourire. Ça lui a coûté, je l'ai bien vu.

Mais si personne ne trouve ce qu'a ce patient, il pourrait mourir.

— Pourquoi ne pas l'envoyer à Jackson ?

— Don a déjà discuté avec tous les spécialistes du centre hospitalier universitaire. Ils ont étudié les résultats des analyses, ils ne savent pas quoi penser non plus. La famille s'est dit que Tom a quasiment tout vu en presque cinquante ans de médecine et elle a insisté pour qu'on le consulte. Mais il ne trouve pas, lui non plus. Pour le moment, en tout cas.

— Je parie que c'est toi qui réussiras. Tu trouves toujours.

— Je ne sais pas, cette fois.

Elle s'approcha de lui, se pencha pour l'embrasser sur le front.

— Tourne-toi, dit-elle avec douceur. Vers l'écran.

Quoique la requête lui parût curieuse, il se tourna vers l'ordinateur. Thora se mit à lui masser les épaules. Elle avait des mains étonnamment puissantes pour une femme svelte et Chris sentit la tension de sa nuque s'envoler.

— Ça te plaît ? s'enquit-elle.

— C'est presque trop.

Thora lui pétrit le cou puis les muscles noués de la base du crâne. Elle glissa l'extrémité de ses doigts dans les oreilles de Chris et les caressa, en augmentant progressivement la pression. L'une des mains disparut, l'autre passa sous la chemise polo et lui malaxa les pectoraux avec une force surprenante.

— Tu sais à quoi je pense ? demanda-t-elle.

— A quoi ?

— Cela fait un moment que tu n'as pas essayé de me mettre enceinte.

— Exact, répondit Chris, qu'aucune autre remarque n'aurait pu étonner davantage.
— Alors…
Elle fit lentement tourner le fauteuil pour que Chris se retrouve face à ses seins nus. Ils étaient normalement d'une blancheur de porcelaine – ses origines danoises – mais, comme ses amies, Thora était récemment devenue fan des instituts de bronzage et sa peau était à présent d'un or cuivré, sans presque une seule ride.
— Embrasse-les, murmura-t-elle.
Il s'exécuta.
Elle émit une sorte de feulement, expression de plaisir presque féline, et il la sentit changer de position. Tandis que les doigts de Thora jouaient dans ses cheveux, il lui mordillait doucement les tétons. Cela ne manquait jamais de l'exciter et elle ne tarda pas à haleter. Pliant les genoux, elle tendit une main vers le bas-ventre de Chris pour voir s'il était prêt. Elle sentit la dureté de son érection, défit le bouton du pantalon, essaya de le faire descendre. Il se souleva pour l'aider.
Aussitôt, Thora releva sa chemise de nuit et s'assit sur lui, entourant de ses jambes musclées la taille de Chris et le dossier du fauteuil. Il gémit, presque submergé par l'urgence du désir de sa femme, qu'il n'avait pas éprouvé depuis quelque temps. Elle le regardait dans les yeux en le chevauchant, une supplique muette dans les yeux, puis tout à coup elle posa les deux pieds sur le sol et se leva.
— Qu'est-ce qu'il y a ? s'exclama Chris.
— Ce n'est pas la position idéale pour engendrer une génération nouvelle, dit-elle d'un ton de léger reproche.

— Oh.

Saisissant sa main, elle l'entraîna vers le sofa, s'y étendit sur le dos et lui fit signe de s'allonger sur elle. Après l'avoir contemplée assez longtemps pour graver cette image dans son esprit, Chris répondit à son invite. Alors que Thora chuchotait des encouragements lascifs à son oreille, Chris se rappela inexplicablement la visite de Morse. Leur conversation de ce matin lui semblait à présent irréelle. Une femme se faisant passer pour une patiente avait-elle vraiment accusé Thora de meurtre ? Avant que l'acte soit commis ? C'était insensé.

— Maintenant, lui enjoignit Thora. Maintenant, maintenant, maintenant…

Il s'enfonça profondément en elle et y demeura, la laissant se conduire elle-même à la jouissance. Quand elle poussa un cri et lui griffa les omoplates, il ne se retint plus et une explosion de lumière blanche chassa tous ses doutes.

Tandis qu'il revenait lentement au présent, Thora se souleva pour l'embrasser sur les lèvres et retomba, transpirant malgré la climatisation. Chris s'écarta et demeura étendu à côté d'elle sur le cuir froid.

— Lève-toi si tu veux, dit-elle. Moi je reste allongée quelques minutes pour que les choses suivent leur cours naturel.

— Je suis bien comme ça.

— Bonne réponse.

Ils gardèrent un moment le silence puis elle demanda :

— Tout va bien, Chris ?

— Pourquoi cette question ?

— Je t'ai senti distant, aujourd'hui. Il s'est passé quelque chose au travail ?

Ça, oui, il s'est passé quelque chose.

— Non, la routine.

— C'est la nouvelle maison qui te tracasse ?

— Je n'y pense même pas.

Elle parut déçue.

— Je ne sais pas si c'est mieux.

Il se força à sourire.

— Pas de problème avec la maison. Il faut simplement un peu de temps pour transformer un rat des champs en rat des villes.

— Si tant est que ce soit possible.

— Nous le saurons bientôt.

Thora releva une mèche humide tombée devant ses yeux.

— Oh, j'allais oublier. J'ai quelque chose à te demander.

— Quoi ?

— Laura Canning va à l'Alluvian, cette semaine. Elle m'a proposé de l'accompagner.

— L'Alluvian ?

— Tu sais, cet hôtel de Greenwood. Dans le Delta. Celui que les gens de Viking Range ont aménagé. Epoustouflant, il paraît. Tu as exercé quelque temps dans le Delta, non ?

— Ma clientèle ne pouvait pas s'offrir ce genre d'endroit, fit-il observer en riant.

— Leur bain à remous est extraordinaire, m'a-t-on dit. Morgan Freeman a une boîte de blues dans le Delta et il est descendu plusieurs fois à l'Alluvian.

Chris appréciait le talent de Morgan Freeman, mais il n'avait pas pour habitude de fréquenter les bains à remous des stars de Hollywood. Pour tout dire, il ne fréquentait pas du tout les bains à remous et les saunas. Il transpirait suffisamment en entretenant les dix hectares de terrain qui entouraient sa maison.

— Si tu ne veux pas que j'y aille, je n'irai pas, dit Thora, sans trace de rancœur. Mais c'est la dernière semaine de classe pour Ben et il te demande toujours de l'aider pour ses devoirs, de toute façon. Moi, je n'ai pas la patience.

Chris ne pouvait que reconnaître la validité de l'argument.

— Tu partirais quand ?

— Dans deux jours, probablement. Nous ne passerions que trois nuits là-bas. Bains de boue, champagne, blues, et retour au bercail.

Chris dut faire un effort pour sourire. Non qu'il ne voulût pas que Thora s'amuse, mais parce qu'il entendait la voix d'Alexandra Morse murmurer dans sa tête : « Votre femme envisage-t-elle de quitter prochainement Natchez ? »

— Chris ? Dis-moi la vérité. Tu préfères que je reste ?

Il se rappela l'expression de son visage quand elle lui faisait l'amour, le plaisir sans mélange qu'il lisait dans ses yeux bleu-gris. Elle restait allongée sur le cuir froid pour que son sperme ait un maximum de chances de la féconder. Pourquoi s'inquiétait-il ?

— Non, je suis juste fatigué. Entre le cabinet, l'hôpital, mon projet de documentaire...

— Et l'entraînement de base-ball, ajouta Thora. Une heure et demie par jour sous une température de 35 °C avec une bande d'Indiens sauvages...

— Va prendre le frais dans le Delta, dit-il, même si c'était la première fois qu'il associait les mots « frais » et « Delta » dans son esprit. Ben et moi, on se débrouillera très bien.

Elle lui fit un sourire d'ange et l'embrassa de nouveau.

— Ne bouge pas.

Il la regarda se lever d'un bond, courir vers la porte et disparaître. Elle revint quelques instants plus tard, les mains derrière le dos.

— Qu'est-ce que tu fais ? demanda-t-il, bizarrement inquiet.

— J'ai une surprise pour toi. Deux, en fait.

Il se redressa sur le canapé.

— Quoi ? Je n'ai besoin de rien.

Elle s'approcha en riant.

— Tu es sûr ?

— Certain.

Thora ramena sa main droite devant elle avec une assiette de cookies aux pépites de chocolat. Chris salivait déjà quand les mises en garde de Morse résonnèrent dans sa tête. Avant qu'il ait eu le temps de prendre une décision concernant les gâteaux, Thora lui tendit un de ces tubes en carton dans lesquels elle transportait les plans de la nouvelle maison. Il sourit, mais la perspective de discuter d'Avalon ne l'enchantait pas du tout.

— Je te vois froncer mentalement les sourcils, dit-elle. Attends un peu.

Elle posa les cookies sur le canapé et son postérieur parfait sur les genoux de son mari, tira une feuille du tube, la déroula sur ses cuisses nues. Chris découvrit le plan d'un nouveau bâtiment situé derrière la maison de sept cents mètres carrés en cours d'achèvement. Un bâtiment plutôt grand.

— Qu'est-ce que c'est ? demanda-t-il. Une salle de gym ?

— Non, s'esclaffa-t-elle. C'est ton nouveau studio.

Le visage de Chris s'empourpra.

— Quoi ?

Elle sourit, l'embrassa sur la joue.

— C'est mon cadeau de pendaison de crémaillère. J'ai demandé à notre architecte de consulter un expert new-yorkais. Tu as sous les yeux le « top » en matière de studio vidéo. Il ne te reste qu'à choisir ton matériel.

— Thora… Tu ne parles pas sérieusement…

Le sourire de sa femme s'élargit.

— Oh, si. On a déjà coulé les fondations et installé le câblage high-tech. Très cher.

Elle lâcha plan et tube, serra soudain Chris contre elle en déclarant :

— Pas question que tu reviennes ici chaque fois que tu monteras un film. Tu restes avec moi, compris ?

Il ne comprenait pas. Il avait l'impression d'avoir absorbé une substance hallucinogène. Pourtant, s'il n'avait pas reçu la visite d'Alexandra Morse, le cadeau de Thora ne lui semblerait être qu'une merveilleuse surprise.

Elle prit un cookie dans l'assiette et le tint devant les lèvres de Chris.

— Tiens. Tu as besoin de reprendre des forces.

— Non, merci.

— C'est moi qui les ai faits, dit-elle, l'air déçue.

— Désolé, je n'ai vraiment pas faim. J'en mangerai plus tard.

Elle haussa les épaules, fourra le gâteau dans sa bouche, le mâchonna en roulant des yeux.

— Mmmm... Tu ne sais pas ce que tu perds. C'est presque meilleur que faire l'amour.

Il sentit l'odeur du chocolat fondant dans la bouche de sa femme, la regarda déglutir en manifestant un plaisir exagéré. Morse raconte des conneries, pensa-t-il.

Thora plongea son regard dans le sien, lui prit la main et la posa sur un de ses seins.

— Tu te sens d'attaque pour un deuxième round ? Histoire de se donner deux millions de chances de plus.

Il se sentait comme un astronaute coupé de son vaisseau spatial, s'éloignant de tout ce qui lui était familier. Qui supporterait de vivre comme ça ? se demanda-t-il. En tentant de déchiffrer chacun des actes de l'autre ?

Il ferma les yeux et embrassa Thora avec une ardeur désespérée.

7

Le cœur d'Alex bondit de joie quand l'icône devint verte, indiquant que Jamie s'était branché sur MSN. Cela faisait trois heures qu'elle attendait ça en jouant au Spider Solitaire.

Un nouvel écran semblable à un petit téléviseur apparut sur son ordinateur puis l'image de Jamie assis à son bureau dans sa chambre s'y inscrivit. L'immédiateté de la webcam était sidérante : on avait l'impression de se trouver dans la même pièce que la personne à qui on s'adressait. On voyait ses sentiments s'exprimer dans ses yeux, dans les mouvements de son visage. Jamie portait ce soir-là un tee-shirt des Braves d'Atlanta et la casquette de baseball de son équipe des Dixie Youth.

— Salut, tante Alex. Désolé d'être en retard.

Elle sourit sincèrement pour la première fois de la journée.

— Pas de problème. Tu sais que tu peux me trouver chaque soir quelle que soit l'heure à laquelle tu te connectes. Comment ça va, mon chéri ?

— J'ai disputé un match.

— Et ?

— On s'est fait marcher dessus.
— Oh, dommage. Mais toi, comment tu as été ?
— J'ai fait un doublé.
Alex applaudit.
— Formidable !
— Mais j'ai été éliminé deux fois pour trois balles manquées, ajouta Jamie.
— Ça arrive même aux pros.
— Deux fois dans un match ?
— Bien sûr. J'ai vu Hank Aaron se faire éliminer trois fois dans un match, prétendit Alex.

Elle mentait, bien sûr. Hank Aaron était le seul joueur dont elle connaissait le nom, et uniquement parce qu'elle avait entendu son père en parler.

— C'est qui, Hank Aaron ? demanda son neveu.
— Il a marqué plus de coups de circuit que Babe Ruth.
— Je croyais que c'était Barry Bonds.

Elle haussa les épaules.

— Peu importe. Tu as fait un doublé, c'est ce qui compte. A part ça, quoi de neuf ?

Jamie soupira comme un homme de cinquante ans.

— Rien.
— Allez, raconte-moi.
— Je crois qu'elle est ici en ce moment.
— Missy ?

Missy Hammond était la maîtresse de Bill.

Jamie acquiesça.

— Qu'est-ce qui te fait croire ça ? demanda Alex, soudain furieuse. Tu l'as vue ?
— Non. Papa pense que je dors, répondit le garçon en regardant la porte de sa chambre. Il est passé voir, j'avais éteint la lumière. Au bout d'un moment, j'ai

entendu la porte de derrière s'ouvrir. J'ai pensé qu'il sortait, j'ai regardé par la fenêtre, je n'ai rien vu. Mais tout de suite après, j'ai entendu quelqu'un rire. Exactement comme elle.

— Je suis désolée, Jamie. Parlons d'autre chose.

— C'est facile à dire pour toi, murmura-t-il en baissant la tête. Pourquoi tu viens pas me chercher ? C'est avec elle qu'il veut être, pas avec moi.

— Je ne peux pas, mon cœur, on en a déjà discuté. Ton père t'aime, assura-t-elle sans savoir si c'était vrai. Il veut être avec vous deux.

L'enfant secoua la tête.

— Après le match, il ne m'a parlé que des éliminations. Et de tout ce que j'avais raté. Pas un mot sur mon doublé.

— Beaucoup de pères sont comme ça, dit Alex en se forçant à sourire. Ton grand-père réagissait de la même façon quand je jouais au softball.

Jamie parut étonné.

— Vraiment ?

— Oh, oui. Il me parlait surtout de ce que j'avais mal fait.

Ce n'était pas tout à fait vrai. Jim Morse pouvait être critique, mais toujours de façon constructive, en évitant d'être négatif, et le souvenir qu'Alex gardait de ses dix ans, c'était un soutien paternel inconditionnel.

— Ton père veut simplement t'aider à t'améliorer.

— Peut-être. Mais j'aime pas ça.

Jamie prit un gros livre sur son bureau.

— J'avais une lecture à faire, ce soir. J'ai pas eu le courage. Je peux lire maintenant ?

— Bien sûr.

— Tu restes avec moi ?

— Tu sais bien que oui.

Il eut un sourire radieux. Ils faisaient souvent ça depuis la mort de Grace. Pendant que Jamie lisait, Alex le regardait en laissant ses pensées dériver. Ce soir-là, elle songea à son père. Jim Morse avait aimé son petit-fils plus que n'importe qui d'autre, y compris peut-être ses filles. Lorsque Grace et Alex étaient enfants, il venait de fonder son agence et malgré ses efforts pour être un bon père il avait rarement le temps de s'occuper d'elles. Quand Jamie était né, l'agence marchait bien et Jim eut de nombreuses heures à consacrer à son petit-fils. Il lui apprit à chasser et à pêcher, à faire du ski nautique, à jouer au base-ball. A huit ans, Jamie Fennell était capable de lancer une balle courbe. Jim passait tout ce temps avec son petit-fils même s'il ne s'entendait pas avec Bill. Alex savait que son père avait accepté tous les compromis nécessaires pour garder le contact avec l'enfant.

Elle était sûre d'une chose : si son père avait vécu pour entendre l'accusation portée par Grace contre Bill sur son lit de mort, les événements de ces dernières semaines se seraient déroulés différemment. Le soir même, Jim aurait entraîné Bill dans une pièce vide, il l'aurait projeté contre le mur et lui aurait fait cracher tout ce que renfermait son âme noire. Si ce traitement n'avait pas suffi à lui arracher la vérité, Bill aurait été contraint de faire une promenade en bateau avec Jim Morse, Will Kilmer et quelques autres anciens flics employés par l'agence. D'une manière ou d'une autre, Bill aurait lâché tout ce qu'il savait sur la mort de Grace. Et Jamie ne vivrait plus dans l'horrible maison de Bill Fennell près du bassin de retenue Ross Barnett, à Jackson. Si les tribunaux n'avaient pas sauvé

Jamie, son grand-père l'aurait emmené en lieu sûr et confié à des gens qui l'aimaient. Et Alex aurait accompagné Jamie, sans la moindre hésitation.

Rien de tout cela n'était arrivé, bien sûr. Parce que, comme sa fille Grace, Jim Morse était mort. Alex avait étudié tous les témoignages sur la mort de son père, mais ils ne concordaient pas tout à fait entre eux, contrairement aux déclarations des témoins sur ce qui s'était passé, dans la banque, le jour où Broadbent était mort. Ce jour-là, tout le monde avait vu la même chose. Pour la mort de son père, c'était différent. Jim venait d'avoir soixante ans quand il était entré dans une teinturerie, un vendredi en fin d'après-midi. Deux employées se tenaient derrière le comptoir. Un jeune Noir en costume trois pièces leur faisait face mais ce n'était pas un client. Les vrais clients étaient à plat ventre derrière le comptoir, près d'un sac rempli de l'argent pris dans la caisse.

Jim ne le savait pas en entrant dans le magasin, mais Alex présumait qu'il ne lui avait fallu que quelques secondes pour comprendre que quelque chose n'allait pas. Personne n'était assez fort pour bluffer Jim Morse, malgré son âge, et le faire repartir sans intervenir alors qu'un braquage était en cours. Les employées avaient tellement peur qu'elles purent à peine parler quand il s'approcha du comptoir et se lança dans un monologue sur le temps : l'automne avait été vraiment chaud ; dans le temps, il neigeait une fois ou deux par an au Mississippi mais ça n'arrivait presque plus jamais. L'une des employées vit Jim jeter un coup d'œil derrière le comptoir sans bouger la tête, le braqueur ne le remarqua pas. En revanche, elle vit Jim prendre les vêtements de sa femme sur le portant et se retourner pour sortir. En passant devant le « client » qui attendait, Jim l'étendit d'un coup violent à la gorge. L'employée fut sidérée qu'« un vieux aux cheveux gris » ait osé s'en prendre à « un type baraqué » d'une vingtaine d'années. Ceux qui connaissaient Jim Morse ne furent pas étonnés. Depuis qu'il avait quitté la police, il portait souvent une arme sur lui mais pas ce jour-là, pas pour passer simplement à la teinturerie. Jim glissait une main sous la veste du braqueur tombé à terre quand la vitrine du magasin explosa. L'une des employées poussa un cri et s'effondra, la joue gauche transpercée par une balle. L'autre plongea derrière le comptoir. On savait peu de choses sur ce qui s'était passé ensuite.

Le médecin légiste pensait que la balle qui avait tué le père d'Alex avait été tirée du comptoir, par un complice allongé avec les clients, non de la voiture garée devant le magasin pour assurer la fuite des braqueurs. C'était sans importance. La chance avait tourné pour Jim Morse après une vie de flirt avec le danger. Malgré les efforts de la police et de son associé, le tueur n'avait jamais été retrouvé. Alex savait que son père n'avait pas voulu mourir ce jour-là, mais elle savait aussi qu'à choisir il aurait sans doute préféré mourir comme ça que comme sa femme, dans de longues souffrances.

Le claquement du livre quand Jamie le referma la tira de ses pensées.

— J'ai fini, dit-il, fixant l'écran de ses yeux verts. C'est vachement plus facile quand t'es avec moi.

— J'aime être avec toi. Ça m'aide à travailler, moi aussi.

— Tu ne travaillais pas, je t'ai vue, répondit-il en souriant.

— Je travaillais dans ma tête. C'est souvent comme ça, mon boulot.

Le sourire de Jamie disparut et il se détourna de l'écran.

— Jamie, ça va ? Regarde-moi, trésor. Regarde la caméra.

Il finit par le faire et la tristesse dans ses yeux serra le cœur d'Alexandra.

— Tante Alex…

— Oui ?

— Maman me manque.

Elle contint son émotion. Elle n'aiderait pas Jamie s'il voyait couler les larmes qui se formaient dans ses yeux. Elle en avait fait le dur apprentissage : quand les adultes pleurent, les enfants s'affolent.

— Je le sais, mon cœur, dit-elle avec douceur. A moi aussi, elle me manque.

— Elle disait la même chose que toi. Qu'elle travaillait dans sa tête.

Alex battit des cils et s'essuya les yeux, incapable de chasser de son esprit le souvenir du soir où sa sœur était morte, où elle avait empoigné Jamie et s'était ruée hors de l'hôpital. Elle n'était pas allée loin, simplement au Pizza Hut proche où elle avait appris à Jamie la mort de sa mère et tâché de le consoler de son mieux. Son propre père était mort six mois plus tôt seulement et sa disparition avait affecté Jamie autant qu'elle. Mais celle de Grace était une telle tragédie que le garçon ne pouvait tout bonnement pas y faire face. Alex avait pressé la tête de son neveu contre sa poitrine en espérant que Grace délirait quand elle avait accusé son mari de meurtre.

Alex tendit une main ouverte vers l'objectif de la caméra.

— Sois fort, mon petit, murmura-t-elle. Fais-le pour moi, d'accord ? Ça va s'arranger.

Jamie tendit la main lui aussi.

— Vraiment ?

— Vraiment. Je fais tout pour ça.

Il jeta un coup d'œil à la porte de sa chambre et dit :

— Il vaut mieux que je me couche, maintenant.

Alex battit de nouveau des cils pour refouler ses larmes.

— A demain ?

— A demain, répondit Jamie avec un pâle sourire.

Son image disparut de l'écran.

Alex se leva de son bureau, les joues ruisselantes de larmes, se mit à faire les cent pas dans sa chambre en jurant comme une malade mentale internée mais elle savait qu'elle n'avait pas perdu l'esprit. Elle regarda la photo de son père sur la coupure de presse. Lui aurait compris pourquoi elle vivait dans ce motel au lieu d'être au chevet de sa mère. A tort ou à raison, il aurait fait la même chose qu'elle : essayer de sauver Jamie. Quel que soit le risque, Alex tiendrait la promesse faite à Grace. Si le FBI la sacquait parce qu'elle se chargeait du boulot qu'il aurait dû faire, le FBI pouvait aller se faire voir. Il y avait la loi et il y avait la justice. Et jamais personne dans la famille Morse n'avait eu de mal à faire la distinction.

Elle ôta son pantalon et son tee-shirt, sortit, s'approcha de la piscine et entra dans l'eau en sous-vêtements. Il était trop tard pour qu'une personne respectable soit encore debout pour s'en offusquer et si un type du genre de Bill Fennell voulait s'asseoir sur l'un des sièges en plastique pour lorgner ses fesses, qu'il ne se gêne pas. Mais s'il était encore là quand elle sortirait, elle lui ferait traverser le parking à coups de pied dans le derche.

8

Le Dr Eldon Tarver marchait lentement le long de l'allée du parc. La tête baissée, dans un état de concentration qui lui était familier, il cherchait du regard des plumes dans l'herbe haute. D'une main, il portait un sac marin Nike, de l'autre un de ces instruments en aluminium Reach-Arm dont la plupart des gens se servent pour ramasser des cannettes vides et des détritus par terre. Mais le Dr Tarver n'était pas comme la plupart des gens et il l'utilisait pour ramasser des oiseaux morts qu'il enfermait dans des sachets en plastique et laissait tomber dans le sac Nike. Parti de chez lui avant l'aube, il avait déjà mis en sac quatre spécimens, trois moineaux et une hirondelle. Deux semblaient récemment morts et c'était de bon augure pour le travail qu'il effectuerait plus tard dans la matinée.

Le Dr Tarver n'avait croisé jusque-là que deux autres êtres humains, deux joggers. Peu de gens s'aventuraient dans cette partie du parc où des branches basses s'inclinaient vers le sol, où l'allée était envahie par l'herbe en de nombreux endroits. Il avait effrayé les deux joggers par sa simple présence en cet endroit et à cette heure, mais aussi à cause de son aspect. Impossible de prendre le Dr Eldon Tarver pour un jogger.

Au lieu d'un short ou d'un survêtement, il portait un pantalon de toile et un pull bon marché du magasin de vêtements pour hommes grands et corpulents de County Line Road. Haut d'un mètre quatre-vingt-dix, Tarver avait un torse bombé, de longs bras couverts de poils noirs. Chauve depuis l'âge de quarante ans, il avait une barbe grise qui lui donnait l'air d'un prédicateur mennonite. Il avait aussi des yeux de prédicateur – non pas de pasteur mais de prophète –, des yeux bleus qui brillaient dans leurs orbites sombres telles des pièces de monnaie au fond d'un puits. Quand il était furieux, ils brûlaient comme des yeux de démon mais rares étaient ceux qui les voyaient ainsi. Le plus souvent, ils rayonnaient d'un froid glacial. Certaines femmes à l'hôpital le trouvaient beau, d'autres franchement laid, impression renforcée par ce que la plupart des gens pensaient être une tache de naissance sur sa joue gauche. Cette tache de vin qui le défigurait était en fait une anomalie artérielle qui était apparue sous forme légère dans son enfance mais qui, à la puberté, s'était mise à flamboyer sur sa peau comme le signe d'une conscience coupable. Ces particularités conjuguées incitèrent le plus robuste des joggers à faire un écart de cinq pas sur la droite car il fallait cinq pas pour se mettre hors de portée du géant barbu qui descendait le sentier d'un pas tranquille avec sa canne à pince en aluminium et son sac marin.

Lorsque les premiers rayons du soleil passèrent entre les branches des chênes à l'est, une joggeuse apparut en tenue bleue Under Armour moulante. Des fils blancs tombant de ses cheveux dorés rejoignaient un iPod fixé au biceps par un bracelet. Tarver s'apprêtait à la regarder approcher quand il repéra au bord de l'allée un autre oiseau se tordant encore dans les affres de l'agonie. Il avait dû tomber quelques secondes plus tôt.

Les chaussures de la jeune femme murmurèrent dans l'herbe humide de rosée quand elle quitta l'asphalte du côté opposé à Tarver. Elle s'efforça de lui faire croire que c'était par courtoisie mais il ne se laissa pas abuser. Il partagea son attention entre la femme et l'animal, l'une pleine de vie, l'autre proche de la mort. Malgré ses efforts, la joggeuse ne put s'empêcher de le regarder avant de le croiser. Par deux fois, ses yeux se portèrent brièvement sur lui, estimant la distance qui les séparait, vérifiant qu'il ne l'avait pas réduite. L'estimation du danger est une capacité complexe, pensa-t-il, un des avantages légués par l'évolution. Il sourit à la fille au passage, se retourna pour observer ses grands fessiers contractés qui s'éloignaient, pour apprécier leur forme avec le regard froid d'un anatomiste expérimenté.

Quand elle eut disparu au détour d'un virage, il s'arrêta, huma la trace de son parfum, raffinement malavisé pour un jogging matinal si l'on cherche à éviter une attention indésirable. Lorsque la fragrance ne fut plus perceptible, il s'agenouilla, enfila des gants de caoutchouc, prit dans sa poche un scalpel, une seringue, une boîte de Petri. Puis il mit un masque chirurgical et ouvrit la poitrine du moineau d'une seule incision. D'un long doigt, il dégagea le foie, piqua la pointe de l'aiguille de la seringue dans l'organe presque noir, exerça une légère pression et enfonça l'aiguille jusqu'à être récompensé par un lent écoulement de sang. Il lui fallait seulement quelques centimètres cubes – moins même – mais il aspira le plus de liquide qu'il put, tordit ensuite le cou du moineau d'un geste vif et jeta son cadavre dans les fourrés.

Après avoir ouvert la boîte de Petri, le Dr Tarver versa un peu de sang sur la couche d'embryon de poulet haché qu'elle contenait et frotta avec un tampon stérile pris dans sa poche. Il referma la boîte et la mit dans le sac avec les sachets en plastique. Ota ses gants avec un claquement – dans le sac aussi, les gants – et se nettoya les mains avec une goutte de Purell. Une bonne matinée de travail. De retour au labo, il analyserait d'abord le dernier oiseau, dont il était sûr que c'était un porteur de germe.

Un glissement lent dans l'herbe à l'endroit où il avait jeté le cadavre de l'oiseau le fit se figer. Le bruit qui accompagnait le mouvement avait beau être très faible, on n'oublie pas les bruits de l'enfance. Le Dr Tarver posa le sac marin et s'approcha de la bordure de l'allée d'un pas étonnamment léger pour un homme de sa taille. Dès qu'il vit le rondin pourrissant, il comprit. Il ferma les yeux un instant, fit le calme en lui-même, tendit le bras gauche et souleva le rondin. Ce qu'il découvrit dessous lui fit battre le cœur : non pas un crotale, mais un superbe ruban rouge, jaune et noir miroitant au soleil.

– *Micrurus fulvius fulvius*, murmura-t-il.

Un serpent corail, l'un des reptiles les plus peureux d'Amérique et sans conteste le plus mortel. Avec le geste souple d'un père caressant les cheveux de son enfant, Tarver saisit l'élapidé derrière la tête et le souleva. Le corps aux bandes de couleurs vives s'enroula autour de son avant-bras – sur une quarantaine de centimètres – mais ce n'était pas un serpent puissant. Un mocassin d'eau ou un crotale se serait débattu, se serait servi de ses muscles pour se libérer et frapper. Mais le serpent corail n'est pas un grossier crotale qui injecte à sa proie une vulgaire hémotoxine qui cause une douleur terrible et attaque les parois des vaisseaux sanguins, provoquant gangrène et infection chez ses victimes humaines. Non, le serpent corail est un tueur raffiné. Comme ses cousins, le cobra et le mamba, il inocule une neurotoxine qui génère un simple engourdissement avant de neutraliser le système nerveux central de la proie, entraînant rapidement la paralysie et la mort.

Le Dr Tarver n'était pas erpétologiste mais il avait une longue expérience des serpents. Elle remontait à son enfance et n'avait pas été un choix personnel. Pour Tarver, les serpents étaient indissolublement liés à l'idée de Dieu. Pas de la façon dont ses parents adoptifs voyaient ce lien, parce que seuls les imbéciles jouent avec la mort pour éprouver leur foi, mais néanmoins liés. Enfant, Eldon avait souvent vu des serpents à sonnette effrayés se tordre au bout du bras tendu de péquenauds psalmodiant et convaincus que Dieu les avait immunisés contre le poison mortel contenu dans les sacs à venin gonflés situés derrière les yeux bridés. Tarver n'était pas si bête. Il avait vu un grand nombre de ces ploucs se faire mordre à la main, au bras, au cou, au visage, et tous ces oints du Seigneur avaient atrocement souffert dans leur chair. Plusieurs avaient perdu un doigt, d'autres un membre, et deux d'entre eux la vie. Eldon connaissait le sort qu'ils avaient subi parce qu'il avait autrefois fait partie de ces rustauds, non par choix, ni même par le hasard de la naissance, mais en vertu d'une décision de l'Etat du Tennessee. Il savait aussi que les sceptiques qui accusaient son père adoptif d'enfermer les serpents dans un réfrigérateur pour les engourdir ou de vider leurs sacs à venin avant l'office racontaient n'importe quoi. La foi de ces êtres frustes était aussi authentique et solide que les rocs qu'ils arrachaient à la terre dure des contreforts des Appalaches qu'ils labouraient chaque jour sauf le dimanche. Ils voulaient avoir la mort auprès d'eux dans l'église lorsqu'ils témoignaient devant leur dieu. Eldon avait lui-même ramassé de nombreuses vipères pour les messes du dimanche et du mercredi. Les anciens avaient rapidement vu que ce grand garçon au visage marqué venu du Foyer presbytérien pour enfants de Knoxville avait le don, au point que son père adoptif l'avait supplié de prendre lui-même l'habit. Mais c'était une autre histoire.

Tarver regardait le soleil jouer sur le corps du serpent dont chaque écaille était une miniature parfaite d'une indescriptible beauté. Il n'y avait pas de serpents de cette sorte dans le Tennessee. Il fallait aller vers l'est, en Caroline du Nord, ou au sud, dans le Mississippi, pour en trouver. Pourtant, au cours de ses longues marches dans le parc naturel entourant Jackson, il en avait vu trois ou quatre, ces dernières années. C'était l'un des plaisirs cachés de cet Etat très calomnié.

Le corps du reptile se tordit en un huit, symbole parfait de l'infini. La congrégation de son père adoptif pensait que les serpents étaient des incarnations de Satan, mais les serpents jumeaux du caducée qu'Eldon portait au cou au bout d'une chaîne étaient bien plus représentatifs de la vraie nature de l'animal, du moins sur le plan symbolique. Ces serpents représentaient l'acte de guérir parce que les Grecs anciens voyaient dans leur mue un processus de guérison et de renaissance. S'ils avaient connu la microbiologie, les Grecs auraient observé des liens bien plus profonds entre les serpents et le fonctionnement secret de la vie. Mais même les anciens avaient compris que les serpents incarnaient le paradoxe fondamental de tout médicament : à petite dose il soigne, à forte dose il tue. Tenant le serpent corail près de son visage, avec un rire sonore, Tarver ouvrit le sac, jeta le serpent dedans et le referma.

Se tournant vers la clairière lointaine où il avait garé sa voiture, le Dr Tarver éprouva un sentiment de satisfaction bien plus grand que celui que lui avaient procuré les oiseaux morts. Il se sentait privilégié. Les Américains, qui vivaient dans une peur constante, ignoraient cependant à quel point ils étaient proches de la mort à chaque heure du jour et de la nuit. Pour trouver la mort, pas besoin de la chercher.

Restez suffisamment longtemps sans bouger, c'est elle qui vous trouvera.

Pour retourner à son laboratoire, le Dr Tarver prit la I-55 en direction du nord et passa à l'est du principal groupe d'immeubles de bureaux entourant le dôme du capitole de Jackson. A sa gauche, la tour AmSouth s'élevait du profil bas de la capitale. Le regard de Tarver se porta au seizième étage, sur les fenêtres bleunoir du bureau d'angle. Tarver avait pris cette route et inspecté ces fenêtres presque chaque jour ces cinq dernières années. C'était la première fois que la lumière du soleil se réfléchissait sur le papier d'aluminium dont il avait décidé, cinq ans plus tôt, qu'il servirait de signal d'alarme.

Les muscles de sa poitrine se contractèrent, sa respiration devint courte. Il y avait eu auparavant des anicroches, de petits problèmes d'organisation ou de communication, mais rien jusqu'ici qui justifiât de recourir au signal. Le papier d'aluminium signifiait « gros ennuis ». Eldon avait choisi cette méthode primitive pour la même raison que les services de renseignements. Lorsqu'on est vraiment en danger, voire carrément grillé, le pire est de prendre contact avec vos collègues par un moyen repérable. A la différence du téléphone, de l'ordinateur ou du bipeur, le papier d'aluminium ne pouvait pas être lié à un destinataire précis. Même la NSA[1] n'était pas en mesure de braquer des caméras sur chaque mètre carré de la zone d'où les rectangles brillants pouvaient être vus. Non, c'était une bonne idée. De même que le lieu de rencontre, fixé à l'avance. Andrew Rusk saurait où aller. Restait à savoir s'il saurait le faire sans être suivi.

Le signal d'alarme ne pouvait signifier qu'une chose : une attention indésirable. Mais de qui ? La police ? Le FBI ? Fondamentalement, c'était sans importance. L'instinct soufflait à Tarver d'éliminer la source du danger. Seul Andrew Rusk connaissait son identité et ses activités récentes. Et on ne pouvait être sûr que Rusk garderait le silence sous la pression.

---

1. La National Security Agency est un organisme gouvernemental des Etats-Unis, responsable de la collecte et de l'analyse de toutes les formes de communication, aussi bien militaires et gouvernementales que commerciales ou même privées.

L'avocat se croyait fort, et selon les critères d'un yuppie du vingt et unième siècle il l'était peut-être. Mais cette sous-espèce d'*Homo sapiens* n'avait aucune idée de ce qu'est vraiment la force ou la dureté de la vie. Quelques secondes seulement après avoir vu le papier d'aluminium, Eldon songeait à trouver un perchoir confortable proche de l'une des rues que Rusk empruntait chaque jour avec sa voiture, afin de loger une balle de gros calibre dans le cortex cérébral de l'avocat. C'était le seul moyen de garantir sa propre sécurité. Evidemment, s'il liquidait Rusk, il ne connaîtrait jamais la nature du danger. Supprimer l'avocat impliquait aussi de mettre en application son plan de fuite et le Dr Tarver n'était pas encore prêt à quitter le pays. Il lui restait un travail important à réaliser.

Il baissa les yeux vers le sac Nike posé sur le siège avant à côté de lui. Le lieu de rendez-vous se trouvait à une cinquantaine de kilomètres. Avait-il le temps de porter d'abord les oiseaux au labo ? Devait-il prendre le risque de rencontrer Rusk ? Oui, lui conseillait son instinct. Jusqu'ici, la police n'avait qualifié de meurtre aucune des morts qu'ils avaient causées. La logique également lui dictait de courir le risque de voir Rusk. Personne ne pouvait le prendre au piège à l'endroit qu'il avait choisi.

Une autre possibilité surgit dans son esprit. Et si le papier d'aluminium était un appât ? Si Rusk s'était fait prendre et avait offert, en échange de la bienveillance de la police, de livrer son complice sur un plateau ? Des flics l'attendaient peut-être déjà au laboratoire. Eldon pouvait se permettre de perdre les oiseaux. Le West Nile était un virus imprévisible, à l'efficacité variable, fonction d'immunités préexistantes, d'immunités croisées, et d'autres facteurs encore. Tarver serra plus fort le volant, quitta la I-55 à Northside et revint sur l'autoroute surélevée en prenant la direction du sud.

Que faire cependant du serpent corail ? Il rechignait à le jeter avec les oiseaux. Peut-être convenait-il d'attendre le rendez-vous d'urgence. Peut-être devait-il utiliser de nouveau le piège qu'il avait tendu un jour, après qu'on lui avait, la veille, dérobé sa mallette sur le parking d'un centre commercial. Il avait laissé un sac luxueux sur la banquette de sa voiture, portières non verrouillées, dans un coin sombre. Dans le chaos de criminalité générale qu'était Jackson, quelqu'un avait volé le sac avant qu'une demi-heure se soit écoulée. Tarver avait imaginé avec plaisir l'expression du voleur quand, ouvrant le sac avec impatience, il avait découvert non un joli butin mais un fouet de muscles et des crocs mortels. Karma instantané, connard...

Un sourire mauvais luisait dans sa barbe. Comme c'était drôle de voir des événements apparemment sans rapport révéler avec le temps un sens caché. Le papier d'aluminium à la fenêtre et le serpent corail pouvaient fort bien être connectés par un réseau jungien de synchronisme. Le reptile apportait peut-être la solution du problème signalé par le papier d'aluminium.

Le Dr Tarver ouvrit le sac et attendit que la tête rayée de jaune émerge. Quinze kilomètres défilèrent sous ses pneus avant qu'elle apparaisse. Il la saisit entre le pouce et l'index, tira le reste du corps hors du sac. Les enfants se faisaient parfois mordre par les serpents corail parce que ces animaux étaient si beaux qu'on ne résistait pas au plaisir de les soulever de terre. S'ils n'avaient pas été d'un naturel aussi secret, il y aurait eu beaucoup plus d'enfants morts dans le Sud américain.

Le serpent demeura un moment suspendu puis s'enroula de nouveau autour du bras musclé de Tarver. Un sentiment d'euphorie dilata les vaisseaux sanguins du docteur. A la différence des états provoqués par des substances chimiques, la réaction causée par le glissement des écailles sur sa peau nue ne perdait jamais de son intensité : pouvoir grisant de tenir la mort entre ses doigts. La mort des autres, la possibilité de provoquer la sienne...

En roulant vers le sud, le Dr Eldon Tarver se délectait de la proximité de l'éternité.

9

Même après trois verres de vodka, Chris n'arrivait pas à trouver le sommeil. A 5 heures du matin, il renonça. Il se glissa silencieusement hors du lit et s'habilla dans le dressing, alla dans le garage, chargea sa bicyclette sur le porte-vélos de son pick-up et roula vingt minutes jusqu'à la partie nord de la ville. Là, sous un ciel violet, il regonfla ses pneus, enfourcha son Trek en fibre de carbone et se mit à pédaler sur la bande grise déserte de la Natchez Trace.

L'air immobile lui avait paru chaud et oppressant tandis qu'il gonflait ses pneus mais, à présent, le vent de sa course le rafraîchissait au point qu'il avait un peu froid. Si bas dans le Sud, la piste à deux voies était en grande partie transformée en tunnel par les branches des chênes et des ormes qui la bordaient. Sur des kilomètres, on avait l'impression de se trouver dans une cathédrale naturelle. A travers les quelques brèches dans le feuillage, Chris apercevait une demi-lune jaune, encore haute malgré le soleil qui se levait lentement. Il pédalait et respirait avec une régularité de métronome. Des petits animaux détalaient à son passage, des cerfs effrayés se réfugiaient d'un bond sous le couvert des arbres.

Une pluie chaude se mit à tomber. Les sites touristiques défilaient comme dans un film privé de sa bande-son : le Loess Bluff, avec sa mince couche de terre s'érodant peu à peu ; la barrière de piquets indiquant le poste de garde forestier de Mount Locust ; le haut pont enjambant la Cole, d'où l'on découvrait Low Water Bridge, lieu de quelques-uns des souvenirs d'enfance les plus heureux de Chris. Après avoir traversé le pont, il passa aux choses sérieuses et se mit à mouliner des cuisses à la façon d'un coureur du Tour de France, pour chasser l'angoisse accumulée au cours des dix-huit dernières heures. Le problème, c'est que vous ne pouvez pas chasser une angoisse née de circonstances demeurant hors de votre contrôle et Chris n'avait absolument aucun contrôle sur l'agent spécial Alex Morse. Il pédala jusqu'au bout de cette partie de la piste, fit demi-tour et repartit vers le sud-ouest.

Par-dessus le murmure de ses roues sur la chaussée mouillée, il entendit un faible bruit et roula encore quelques mètres avant de reconnaître la sonnerie de son portable. La moitié du temps, on n'avait pas de réception sur la piste et c'était pour cette raison qu'il choisissait d'y faire du vélo. Passant avec précaution une main derrière son dos, il tira son téléphone de la sacoche en Gore-Tex fixée sous la selle. « Appel masqué », indiquait l'écran. Chris faillit décider de ne pas répondre mais, vu l'heure matinale, il se demanda si l'un de ses patients n'avait pas un problème à l'hôpital. C'était peut-être même Tom Cage, qui l'appelait au sujet du cas mystérieux de la chambre 4.

— Docteur Shepard, annonça-t-il d'un ton professionnel.

— Salut, doc, répondit une voix étrangement familière.

— Darryl ? demanda Chris, presque sûr de reconnaître la voix de son ancien camarade de faculté. Foster ?

— Ouais !

— Tu as finalement eu mon message ?

— A l'instant. Je sais qu'il est tôt, mais je me suis dit que tu n'avais sûrement pas changé tes habitudes depuis la fac. Toujours le premier levé, même avec une gueule de bois.

— Merci d'avoir rappelé, Darryl.

— Le nom que tu mentionnes dans ton message m'a carrément réveillé. Pourquoi tu t'intéresses à Alex Morse ? Tu l'as rencontrée ?

Chris hésita à tout expliquer.

— Si ça ne te dérange pas, je préfère ne pas te répondre pour le moment.

— Houlà ! s'exclama Foster d'un ton moqueur. Bon, qu'est-ce que tu veux savoir sur Morse ?

— Tout ce que tu pourras me dire. Elle est vraiment du FBI ?

— Oui. Elle l'était il n'y a pas longtemps, en tout cas. A dire vrai, je ne sais pas au juste quelle est sa situation actuelle.

— Pourquoi ?

— Je ne la connais pas, alors, ne prends pas tout ce que je te dirai pour argent comptant. Alex Morse était une vraie star du Bureau. Au départ, c'était ce qu'on appelle une dingue du boulot. Comme toi à la fac : toujours des notes excellentes. Toujours à en faire plus que ce qu'on lui demandait. Elle s'était taillé une réputation de négociatrice hors pair dans les prises d'otages, elle passait même pour la meilleure. Pour toutes les affaires délicates, le directeur la faisait venir en avion.

— Tu parles au passé, fit remarquer Chris.

— Absolument. Je ne connais pas toute l'histoire, mais il y a trois mois, Morse a pété un câble et causé la mort de quelqu'un.

Chris arrêta de pédaler.

— La mort de qui ? demanda-t-il, avançant en roue libre. D'un otage ?

— Non. D'un collègue.

— Qu'est-ce qui s'est passé ?

— D'après ce qu'on raconte, la situation était très tendue et Morse a perdu son sang-froid. Le Groupe d'intervention venait de recevoir l'ordre d'entrer en action et Morse ne l'a pas supporté. Elle est retournée dans la banque – apparemment pour essayer de reprendre la négociation – et tout le monde s'est mis à tirer. Un agent nommé James Broadbent s'est fait exploser le cœur par un coup de fusil de chasse. Lui, je le connaissais. Il avait une femme et deux gosses. La rumeur a couru qu'il avait une liaison avec Morse à l'époque, mais on ne sait jamais ce qui est vrai dans ce genre d'histoire.

Chris s'efforçait d'intégrer rapidement ces nouveaux éléments pour poser des questions intelligentes. Il temporisa :

— Alors, tu ne sais pas si Morse fait toujours partie du FBI ?

— Non. Tu veux que je me renseigne ?

— Tu peux le faire sans déclencher l'alarme à Washington ?

— Peut-être. Dis-moi de quoi il retourne.
— Darryl, est-ce que Morse pourrait enquêter sur une affaire de meurtre ?

Après un silence, Foster répondit :
— Je ne crois pas. Le Bureau ne s'occupe d'affaires de meurtres que dans des circonstances particulières, tu sais. Dans le cadre de violation des droits civiques, par exemple.
— A la télé, c'est toujours des agents du FBI qui traquent les tueurs en série...
— Ça, c'est le FBI à la sauce hollywoodienne. Seule une toute petite division du Bureau conseille les flics locaux s'ils en font la demande et ne procède jamais à des arrestations.

Chris ne trouvait pas de question brillante à poser et ne voulait pas laisser Foster lui en poser à son tour.
— Merci, Darryl. Je te suis vraiment reconnaissant.
— Tu ne peux pas m'en dire plus ?

Il s'en tira par une pirouette :
— Morse est du Mississippi, hein ? C'est tout ce que je peux te révéler pour le moment. S'il se passe quelque chose de bizarre, je te rappelle. D'accord ?
— Faut bien, soupira Foster, frustré. Et ta nouvelle femme, comment elle est ?
— Super.
— Désolé d'avoir raté le mariage. D'après Jake Preston, c'est une bombe. Une vraie bombe.

Chris se força à rire.
— Ouais, elle est bien.
— Foutus docteurs. Toujours pour eux, les bombes.

Cette fois, Chris s'esclaffa sincèrement en retrouvant une des facettes de la personnalité de son vieux copain.

— Merci encore, Darryl.
— Je te rappelle quand j'aurai du nouveau sur Morse. Aujourd'hui, peut-être. Probablement demain.
— Quand tu pourras. Tu vis où, maintenant ?
— Toujours à Chicago. C'est agréable en cette saison, mais je me suis gelé les miches l'hiver dernier. Vivement mon transfert à Miami ou L.A.
— Bonne chance.
— Ouais. A bientôt.

Chris remit le portable dans la sacoche et pédala de plus belle. Des voitures circulaient à présent sur la Trace, pour la plupart des ouvriers vivant de l'autre côté de la longue bande de territoire fédéral. La vitesse y était limitée à soixante kilomètres à l'heure, ce qui aurait été formidable pour les cyclistes si les automobilistes l'avaient respectée, mais bien sûr aucun ne le faisait. Il regarda sa montre, se rendit compte qu'il ne serait sans doute pas rentré à temps pour conduire Ben à l'école. Thora se poserait des questions mais Chris n'avait rien trouvé d'autre que cette balade à vélo pour évacuer la tension causée par la visite de Morse.

Le coup de téléphone de Foster avait annulé tous les effets bénéfiques de l'exercice. Chris avait de nouvelles informations mais pas de vraies réponses. Alex Morse était une ancienne étoile montante du FBI qui avait foiré et causé la mort d'un collègue. Bien. Mais qu'est-ce qu'elle était, maintenant ? Un agent de terrain travaillant légalement sur une affaire ? Ou une solitaire enquêtant sans autorisation sur le meurtre de sa sœur ? Sur un point au moins, c'était sans importance, car Chris était convaincu que la vision qu'avait

Morse de ses rapports avec Thora était complètement délirante.

Il donna un brusque coup de guidon sur la droite quand une voiture le doubla à toute allure en klaxonnant, ses pneus soulevant une gerbe d'eau. Aspergé, Chris revint en catastrophe sur la chaussée. Le chauffeur était déjà trop loin pour le voir, mais Chris lui fit quand même un doigt d'honneur. Normalement, il n'avait pas ce genre de réaction, mais normalement, il ne se serait pas laissé surprendre par une voiture sur une route peu fréquentée.

Il reprenait de la vitesse quand il avisa au loin un autre cycliste venant en sens inverse. Lorsque la distance les séparant se réduisit, il vit que c'était une femme. Il leva une main pour la saluer, freina tout à coup.

Alexandra Morse.

10

L'agent du FBI ne portait pas de casque et ses cheveux bruns, tirés en arrière et noués en une queue de cheval trempée, faisaient ressortir les cicatrices de son visage. C'étaient ces cicatrices qui avaient permis à Chris de la reconnaître. Il n'en revenait pas qu'elle soit là et il s'apprêtait à relancer l'allure sans même lui adresser un signe de tête quand elle traversa la route pour le rejoindre.

— Bonjour, docteur.
— Qu'est-ce que vous faites ici ?
— J'avais besoin de vous parler. J'ai pensé que ce serait un bon moyen.
— Comment vous saviez où me trouver ?
Elle se contenta de sourire.
Chris l'examina de la tête aux pieds, remarqua les vêtements mouillés qui lui collaient au corps, la queue de cheval dégouttant d'eau. Elle avait la chair de poule sur les bras et les jambes et son tee-shirt en coton TULANE LAW mettrait des heures à sécher.
— Vous faites du vélo ?

— Non. J'ai acheté cette bécane il y a quatre jours, après avoir découvert que vous faisiez du vélo et votre femme de la course à pied.
— Vous avez aussi suivi Thora ?
— Deux ou trois fois. Elle est rapide.
— Bon Dieu ! éructa Chris.
Il secoua la tête et commença à s'éloigner.
— Attendez ! cria Alex. Je ne suis pas un danger pour vous, docteur Shepard !
Il s'arrêta, se retourna.
— Je n'en suis pas si sûr.
— Pourquoi ?
Il repensa à ce que Darryl lui avait rapporté.
— L'instinct, disons.
— Votre instinct vous met en garde contre le danger ?
— C'est arrivé.
— Même quand ce danger a des sources humaines ?
Un pick-up rouge passa à vive allure et le chauffeur les fixa brièvement.
— On peut se remettre à rouler, proposa Morse. On se fera moins remarquer si on discute en roulant.
— Je n'ai pas l'intention de reprendre la conversation d'hier.
Elle eut l'air étonnée.
— Vous avez sûrement des questions à me poser.
Chris contempla un instant les arbres puis ramena son regard sur Alex et laissa sa colère se refléter en partie dans ses yeux.
— En effet. Première question : avez-vous vu ma femme entrer dans le cabinet de cet avocat spécialisé dans les divorces ?

Elle se recula d'un pas et reconnut :
— Pas personnellement, non, mais...
— Qui, alors ?
— Un autre agent.
— Comment a-t-il identifié ma femme ?
— Il l'a suivie jusqu'à sa voiture et il a relevé son numéro d'immatriculation.
— Son immatriculation. Il n'a pas pu se tromper ? Mal noter le numéro ?
— Il l'a prise en photo.
— Vous l'avez, cette photo ?
— Pas sur moi. Mais votre femme portait une tenue très particulière. Une robe de soie noire avec un foulard blanc et un chapeau à la Audrey Hepburn. Il n'y a plus beaucoup de femmes qui se permettent ce genre de chose.

Chris serra les dents en se rappelant que Thora avait porté ces vêtements pour une soirée, un mois plus tôt.
— Vous avez un enregistrement de sa conversation avec l'avocat ? Des photocopies de notes ou de dossiers ? Une preuve quelconque de la nature de leur conversation ?

Alex secoua la tête à contrecœur.
— Vous admettrez qu'il est tout à fait possible qu'ils aient parlé de testaments, de propriétés, d'investissements, ou de tout autre sujet parfaitement légal.

Elle baissa les yeux vers ses tennis mouillées. Au bout d'un moment, elle releva la tête et convint :
— C'est possible, oui.
— Mais vous ne le croyez pas.

Elle se mordit la lèvre sans répondre.

— Mademoiselle Morse, il se trouve que la conduite récente de ma femme contredit totalement vos insinuations.

La femme du FBI parut intriguée mais, au lieu de demander à quoi Shepard faisait allusion, elle lui proposa :

— On roule ensemble jusqu'à votre pick-up ? Je promets de ne plus vous mettre en rogne.

Chris aurait pu semer Morse en quelques secondes mais pour une raison ou une autre – peut-être simplement l'éducation qu'il avait reçue – il décida de n'en rien faire. Il haussa les épaules, remonta sur son vélo et partit en direction du sud à une allure modérée. Elle se lança dans son sillage, se porta à sa hauteur et demanda aussitôt :

— Vous avez parlé de moi à quelqu'un ?

Il décida de ne pas mentionner Darryl Foster.

— Si vous me posez la question, c'est que vous connaissez déjà la réponse. Vous avez mis mon téléphone sur écoute ?

Sans répondre à sa question, elle reprit :

— Je suis sûre que vous avez des choses à me demander après ce que je vous ai dit hier.

Chris chassa la pluie de ses yeux.

— J'avoue que j'ai ruminé vos déclarations, en particulier l'aspect médical.

— Très bien. Allez-y.

— Je veux en savoir plus sur ces morts « inexpliquées », comme vous dites.

— Qu'est-ce que vous voulez savoir ?

— Comment les victimes sont mortes. D'une attaque chaque fois ?

— Non. Seulement pour ma sœur.

— Vraiment ? Quelles étaient les autres causes de la mort ?

— Embolie pulmonaire pour une, infarctus du myocarde pour une autre...

— Et le reste ?

Une trentaine de mètres de route passa sous eux avant qu'Alex réponde :

— Les autres sont morts d'un cancer.

Chris se tourna vers elle, mais Alex continuait à regarder droit devant elle.

— D'un cancer ?

Elle hocha la tête au-dessus de son guidon.

— Tumeurs malignes fatales.

— Vous plaisantez ?

— Non.

— Vous êtes en train de me dire que cette série de morts suspectes qui vous intrigue tellement comprend des gens atteints d'un cancer ?

— Oui.

Il réfléchit un moment.

— Combien y a-t-il eu de victimes, au total ?

— Neuf morts liées à cet avocat dont je vous ai parlé. Six cancers.

— Même type dans chaque cas ?

— Tout dépend si vous êtes pointilleux. C'étaient tous des cancers du sang.

— Je suis pointilleux, en effet. Le cancer du sang comprend une kyrielle de maladies, mademoiselle Morse. En dehors de la maladie de Hodgkin, il y a plus de trente lymphomes différents. Une dizaine de leucémies. S'agissait-il au moins d'un même type de cancer du sang ?

— Non. Trois leucémies, deux lymphomes, un myélome multiple.

— Vous avez complètement perdu la tête. Vous croyez vraiment que quelqu'un assassine des gens en leur donnant différentes sortes de cancer ?

Elle se tourna vers lui, le regard sombre et grave.

— Je le sais.

— C'est impossible.

— Vous en êtes bien sûr ? Vous n'êtes pas oncologue.

Il eut un reniflement dédaigneux.

— Pas besoin d'être oncologue pour comprendre que ce serait un moyen stupide de tuer quelqu'un, à supposer que ce soit possible. Même si on pouvait provoquer un cancer chez une personne, la victime mettrait des années à mourir, si tant est qu'elle meure. Beaucoup de patients survivent à une leucémie, de nos jours. A des lymphomes aussi. Et des gens vivent plus de cinq ans avec un myélome après une greffe de moelle osseuse. Parfois même dix ans et plus après deux greffes.

— Toutes les victimes sont mortes en dix-huit mois ou moins.

Chris demeura un moment interdit.

— Dix-huit mois du diagnostic au décès ? Toutes ?

— Toutes sauf une. Le malade atteint de myélome a survécu vingt-trois mois après une autogreffe de moelle osseuse.

— Des cancers agressifs, donc. Très agressifs.

— Manifestement.

Alex attendit que Chris développe lui-même.

— Ces personnes qui sont mortes... elles étaient toutes mariées à des gens riches ?

— Toutes. A des gens très riches.
— Et les conjoints survivants étaient clients du même avocat spécialisé dans le divorce ?
Elle secoua la tête.
— Je n'ai jamais dit ça. J'ai dit que tous les conjoints survivants se sont retrouvés en affaire avec le même avocat, et seulement après le décès. De gros contrats, sans rapport avec le domaine particulier de l'avocat.
Chris revint à la théorie de Morse sur les cancers :
— Sans vouloir entamer une discussion technique, même si toutes les victimes étaient mortes de leucémie, les étiologies seraient différentes. Et concernant une majorité de types de cancer, nous n'en comprenons pas la carcinogenèse. Si vous incluez les lymphomes, vous avez des groupes de cellules totalement différents – les érythroïdes et les cellules B – et les causes de ces cancers sont également inconnues. Le fait que vos « cancers du sang » aient causé la mort en dix-huit mois est probablement leur seul point commun. Dans tous les autres aspects, ils sont sans doute aussi différents l'un de l'autre qu'un cancer du pancréas d'un sarcome. Et si les meilleurs oncologues du monde ignorent ce qui cause ces cancers, qui pourrait, d'après vous, les causer intentionnellement ?
— Les radiations provoquent des leucémies, déclara Morse. Il n'est pas nécessaire d'être un génie pour donner le cancer à quelqu'un.
Elle a raison, pensa Chris. Un grand nombre de Japonais ayant survécu au bombardement d'Hiroshima moururent plus tard de leucémie, comme beaucoup de « survivants » de la catastrophe de Tchernobyl. Marie Curie succomba à une leucémie provoquée par ses expériences sur le radium. On pouvait

causer des dommages génétiques complexes avec un instrument métaphoriquement contondant. Son esprit passa aussitôt au problème de l'accès aux rayons gamma ou X. Il fallait englober dans les suspects potentiels les médecins, les dentistes, les vétérinaires, jusqu'aux techniciens ayant accès aux appareils à rayons X ou aux isotopes radioactifs utilisés en radiothérapie. L'hypothèse de Morse ne se réduisait pas à des suppositions délirantes, et cependant Chris trouvait son point de départ ridicule.

— Ça s'est déjà fait, vous savez, dit-elle.
— Vous parlez de quoi ?
— A la fin des années trente, les nazis se sont livrés à des expériences sur la stérilisation d'un grand nombre de Juifs à leur insu. Ils demandaient aux « sujets » de s'asseoir à un bureau pour remplir des formulaires pendant un quart d'heure environ et bombardaient leurs parties génitales sur trois côtés avec des rayons gamma très puissants. Ces expériences ont réussi.

— Seigneur.
— Pourquoi serait-il impossible de faire la même chose à une victime sans méfiance dans un cabinet d'avocat ? Ou de dentiste ?

Chris pédala plus vite mais ne répondit pas.

— Vous savez que des chercheurs provoquent délibérément des cancers chez des animaux de laboratoire, n'est-ce pas ? insista Morse.

— Bien sûr. Ils le font en leur injectant des substances carcinogènes. Dont on pourrait retrouver les traces, si on soupçonnait un meurtre.

Elle lui adressa un regard sceptique.

— En principe, oui. Mais vous l'avez fait remarquer vous-même, docteur : on met longtemps à mourir d'un cancer. Au bout de dix-huit mois, toute trace d'un carcinogène aurait disparu. Le benzène en fournit un bon exemple.

Chris plissa le front.

— Le benzène provoque le cancer du poumon.

— Ainsi que la leucémie et le myélome multiple, ajouta Morse. On l'a prouvé en procédant à des analyses sur des ouvriers exposés au benzène dans l'Ohio et en Chine.

Elle a fait des recherches, pensa-t-il. Ou quelqu'un en a fait pour elle.

— Avez-vous procédé à des analyses toxicologiques poussées pour chacune des victimes ?

— Quasiment pour aucune, répondit Alex.

— Pourquoi ?

— Plusieurs victimes ont été incinérées avant que nous ayons des soupçons.

— Ça tombait bien.

— Dans les autres cas, nous n'avons pas eu l'autorisation d'exhumer les corps.

— Là encore, pourquoi ?

— C'était compliqué.

Chris eut l'impression qu'elle lui racontait des histoires.

— Je ne vous crois pas. Si le FBI avait voulu des analyses, il les aurait obtenues. Et les familles de vos prétendues victimes ? Elles avaient des soupçons ? C'est ce qui vous a mis sur l'affaire ? Ou ce sont les accusations de votre sœur qui ont tout déclenché ?

Deux grosses motos prenant un long virage éclairèrent la pluie de leurs phares.

— Plusieurs familles ont eu des soupçons dès le début.
— Même si les victimes étaient mortes d'un cancer ?
— Oui. La plupart des maris dont je vous parle sont de vrais salauds.
— Les « victimes » avaient toutes demandé le divorce ?
— Non, aucune.
— Aucune ? Les maris, alors ?
Alex se tourna de nouveau vers Chris.
— Non plus.
— Comment ça ? Des personnes ont consulté votre avocat mais n'ont pas demandé le divorce ?
— Exactement. Nous pensons qu'il y a eu une seule consultation, deux au maximum. L'avocat attend que se présente un client fortuné qui perdrait une grosse somme en cas de divorce. Ou qui n'obtiendrait pas la garde des enfants. Quand il sent en plus que ce client est désespéré et nourrit une véritable haine pour son conjoint, il lui sert son boniment.
— Le scénario est intéressant. Vous pouvez le prouver ?
— Pas encore. Cet avocat est très méfiant. Parano, en fait.
Chris posa sur Alex un regard incrédule.
— Vous ne pouvez pas prouver qu'il y a eu meurtre, encore moins que tel ou tel est impliqué. Vous n'avez qu'une hypothèse oiseuse.
— J'ai les accusations de ma sœur.
— Portées sur son lit de mort, après une grave attaque.
Le visage d'Alex se figea en un masque de détermination et de défi.

— Je suis désolé pour la perte que vous avez subie, reprit Chris. Je vois ce genre de tragédie toutes les semaines, je sais ce qu'éprouvent les familles.

Elle garda le silence.

— Reconnaissez que votre hypothèse est plutôt alambiquée, poursuivit Chris. On se croirait dans un film hollywoodien, ajouta-t-il, se rappelant la remarque de Foster. Pas dans la vraie vie.

Alex ne semblait pas fâchée, seulement vaguement amusée.

— Docteur Shepard, en 1995, un neurologue de quarante-quatre ans a été arrêté à l'hôpital Vanderbilt avec une seringue et une aiguille de dix centimètres dans sa poche. La seringue contenait de l'acide borique et de l'eau salée. Vous savez certainement que cette solution, injectée dans un cœur humain, aurait été mortelle.

— C'est la seule utilisation qu'on peut faire d'une aiguille de dix centimètres, dit Chris, pensant à voix haute.

— Ce neurologue avait l'intention d'assassiner un médecin qui avait été son supérieur quand il était interne dans cet hôpital. En fouillant un meuble de rangement du neurologue, la police a trouvé divers ouvrages sur des produits toxiques biologiques, ainsi qu'un bocal contenant de la ricine, l'un des poisons les plus mortels. L'homme projetait d'imprégner les pages d'un livre d'un solvant qui faciliterait l'absorption de la ricine par la peau.

Alex haussa un sourcil et conclut :

— C'est suffisamment alambiqué pour vous ?

Chris rétrograda de deux vitesses et prit quelques longueurs d'avance. Alex se porta de nouveau à sa hauteur.

— En 1999, une femme de San Jose, en Californie, a été admise à l'hôpital avec des nausées et de terribles maux de tête. On lui a fait une scanographie, on n'a rien trouvé. Par hasard, un technicien a posé les boucles d'oreilles de cette femme près de pellicules vierges. Après les avoir développées, l'homme a constaté un défaut sur chacune d'elles. Il a finalement compris que l'une des boucles de la patiente les avait impressionnées.

— Les boucles étaient radioactives ?

— Une seulement. Le mari était oncologue radiothérapeute. La police a alerté le FBI et nous avons découvert que le téléphone portable de la femme était aussi radioactif qu'un débris de la centrale de Tchernobyl. Le mari y avait caché un petit morceau de césium 137. Bien sûr, le temps que nous intervenions, il avait remis le césium dans sa boîte en plomb à son cabinet. Mais les traces demeuraient.

— Elle a eu un cancer ?

— Pas encore, mais c'est possible. Elle a reçu une dose de radiations quatre mille fois supérieure à l'exposition tolérée.

— Qu'est devenu le radiothérapeute ?

— Il est à la prison de San Quentin. Ce que je veux dire, c'est que les médecins ont eux aussi des pulsions meurtrières. Et qu'ils sont capables d'échafauder des plans très complexes pour les mettre à exécution. Je pourrais vous citer des dizaines de cas semblables.

Chris déclina l'offre d'un geste de sa main droite.

— Epargnez votre salive. Je connais moi-même plusieurs docteurs complètement cinglés.

Malgré la désinvolture de la remarque, il était ébranlé par les révélations de Morse.

— Il y a quatre mille cinq cents médecins dans le Mississippi, reprit Alex. Ajoutez-leur cinq mille dentistes, plus les vétérinaires, les techniciens médicaux, les chercheurs, les infirmières... Cela vous fait un nombre astronomique de suspects, même en présumant que le meurtrier vit au Mississippi.

Chris se dit que l'énormité de la tâche n'était qu'apparente et due à un manque d'informations fondamentales.

— Il faut trouver la cause de la mort de ces gens, ou plutôt la cause de la cause, l'étiologie de ces cancers du sang. Si c'est l'irradiation, vous réduirez rapidement le nombre de suspects.

— Un expert a qui j'en ai parlé pense que l'irradiation serait le moyen le plus simple et le plus sûr, dit Alex d'un ton enthousiaste.

— Avez-vous des preuves d'irradiation ? Des brûlures, des symptômes étranges constatés bien avant qu'un cancer ait été diagnostiqué...

— Non. Là encore, comme les autorités locales ne croient pas qu'il s'agit de meurtres, il y a un problème d'accès aux corps.

— Et les dossiers médicaux des victimes présumées ?

— J'ai réussi à obtenir les dossiers de deux d'entre elles par les familles. Mais des experts les ont étudiés méticuleusement et n'ont rien relevé de suspect.

Chris battit des cils pour chasser la sueur que la pluie avait fait couler dans ses yeux.

— Je crois savoir que des radiations pourraient expliquer la diversité des cancers, continua Alex. Quand on expose quelqu'un à des radiations, on ne peut pas prédire comment ses cellules réagiront.

Chris approuva de la tête, même si quelque chose dans cette théorie le tracassait.

— Votre expert a raison. Mais pourquoi uniquement des cancers du sang ? Pourquoi pas des tumeurs solides ? Des mélanomes ? Et pourquoi seulement des cancers du sang hyper-agressifs ? On ne peut pas être sûr d'obtenir ce résultat avec des radiations.

— Peut-être qu'un oncologue radiothérapeute pourrait, suggéra Alex.

— Peut-être, convint Chris. Si on parvient à exposer principalement la moelle osseuse, on aura peut-être plus de cancers du sang que d'autres cancers. Si c'est vrai, vous venez de réduire le nombre de suspects de dix mille, environ.

Alex sourit.

— Croyez-moi, tous les oncologues radiothérapeutes du Mississippi font actuellement l'objet d'une enquête.

— Ils sont combien ?

— Dix-neuf. Ce n'est pas une simple question d'alibi. Je ne peux pas demander à un médecin où il se trouvait tel jour à telle heure parce que nous ne savons pas quand les victimes ont été irradiées. Vous comprenez ?

— Ouais. Et le ratissage est hors de question. Vous ne concentrez pas toutes vos recherches sur un médecin, je suppose. Il y a l'avocat, aussi. Si vous ne faites pas erreur, il sert d'agent au meurtrier.

— Exactement. Sauf qu'il a pour client un assassin au lieu d'un chanteur ou d'un *quarterback*.

— J'ai du mal à imaginer comment on instaure ce genre de rapports, dit Chris en riant doucement. On ne peut pas faire de prospection pour trouver de jeunes assassins au talent prometteur. Il n'y a pas de recrutement national. Est-ce que votre avocat cupide a posté une annonce sur Internet pour embaucher quelqu'un capable de tuer sans laisser de traces ? Est-ce qu'il a fait appel à un chasseur de têtes médical ?

— Je sais que, dit comme ça, cela paraît ridicule, mais il y a beaucoup d'argent en jeu.

— Combien ?

— Des millions, chaque fois. L'avocat peut faire miroiter une somme énorme à quelqu'un qui gagne probablement cent mille dollars par an, voire moins, en pratiquant honnêtement son métier.

Pour briser la monotonie de la promenade, Chris se mit à décrire des 8 sur la chaussée et Alex s'écarta pour le laisser suivre son cours sinueux.

— Les avocats sont amenés à rencontrer un grand nombre de criminels, fit-elle observer. Et nécessité est mère d'invention. Je pense que ce type a simplement constaté une demande et qu'il a trouvé un moyen de la satisfaire.

Chris accéléra pour passer devant Alex afin qu'un gros camion survenu derrière eux puisse les doubler. Illégalement puisque les camions étaient interdits sur la Trace.

— Une grande partie de ce que vous dites se tient, cria-t-il par-dessus le bruit du poids lourd qui s'éloignait, mais je continue à ne pas croire à votre hypothèse !

— Pourquoi ? demanda Alex en le rejoignant.

— A cause du facteur temps. Si je veux tuer quelqu'un, c'est parce que je le hais vraiment, ou parce que sa mort me rapporterait beaucoup. Ou parce que je perdrais des millions s'il reste en vie. Mais je n'ai pas envie d'attendre des mois ou des années pour qu'il crève. Je veux un résultat immédiat.

— Le résultat le plus probable d'un meurtre classique – surtout dans les situations de divorce – c'est d'expédier le coupable en prison. Et si vous ne voulez pas commettre l'acte vous-même, vous vous adressez à qui ? Vous êtes multimillionnaire, vous ne disposez pas d'une bande de flingueurs à qui faire appel. Comment réagirez-vous si un avocat plein de bagout vous propose une solution sans risques à vos problèmes ? Un crime parfait, ça vaut la peine d'attendre.

Elle n'a pas tort, pensa Chris.

— Je comprends, dit-il. Mais il y a toujours urgence dans une situation de divorce. Les gens deviennent dingues, ils feraient n'importe quoi pour mettre fin à leur mariage. Ils veulent désespérément tourner la page, épouser quelqu'un d'autre.

— Vous avez raison, bien sûr, reconnut Alex. Mais imaginons que cela fait des années que vous attendez votre liberté. Des dizaines d'années, peut-être. N'importe quel avocat vous dira que pour un divorce l'ensemble de la procédure du début à la fin peut prendre très longtemps. Et si l'autre refuse, l'attente devient cauchemardesque. Même quand ils invoquent pour motif l'incompatibilité d'humeur, les conjoints discutent souvent pendant un an ou plus. Ils souffrent, ils jouent la montre, ils rompent les négociations…

Vous pouvez vous retrouver au tribunal, même si c'est la dernière chose que vous souhaitez. Et les années passent...

Alex commençait à haleter.

— Si votre avocat vous dit qu'avec un délai à peu près de même longueur qu'un divorce il peut vous faire économiser des millions, vous assurer la garde des enfants et empêcher qu'ils vous détestent, vous écoutez au moins ce qu'il a à vous proposer, non ?

Lorsqu'ils furent sur le pont de la Cole, Chris s'arrêta, descendit de son vélo, l'appuya contre le parapet de béton.

— Je m'avoue vaincu, dit-il. Si on élimine le facteur urgence de l'équation, une arme à retardement devient envisageable. On pourrait utiliser quelque chose comme le cancer pour tuer. Si c'est techniquement faisable.

— Merci, murmura Alex.

Elle descendit elle aussi de vélo et regarda l'eau brune couler paresseusement sur un lit sablonneux, quinze mètres plus bas. Chris vit une rafale de petites gouttes cribler brièvement la surface. La pluie faiblissait.

— Vous m'avez bien dit que certaines victimes étaient des hommes ?

— Oui. Dans deux cas, le conjoint survivant était une femme.

— Ce qui signifie que pour ce qui me concerne il y aurait eu des précédents.

Alex prit une inspiration, leva les yeux vers Chris et déclara :

— C'est pour cette raison que je suis ici avec vous, docteur.

Il tenta d'imaginer Thora se rendant à Jackson pour rencontrer secrètement un avocat, n'y parvint pas.

— Votre raisonnement est logique mais il ne s'applique pas à mon cas, pour des tas de raisons. D'abord, si ma femme demandait le divorce, je le lui accorderais. Tout simplement. Et je pense qu'elle le sait.

Alex haussa les épaules.

— Je ne la connais pas.

— Exactement.

Le parapet ne montait pas à hauteur de taille et Chris s'arrêtait parfois sur le pont pour uriner dans la rivière pendant ses balades. Dommage pour cette fois.

— C'est beau, ici, commenta Alex en suivant du regard le cours de la Cole. On dirait la nature à l'état vierge.

— C'est presque le cas. La forêt n'a jamais été exploitée et c'est un territoire fédéral. J'ai passé beaucoup de temps à explorer ces berges quand j'étais enfant. J'y ai trouvé des dizaines de pointes de flèche et de lance. Les Indiens Natchez chassaient depuis mille ans le long de cette rivière quand les Français sont arrivés.

Elle sourit.

— Vous avez eu de la chance, de connaître une enfance comme ça.

Chris savait qu'elle avait raison.

— Ma famille n'a vécu que quelques années à Natchez – International Paper, la boîte qui employait mon père, le promenait d'une papeterie à l'autre –, mais il m'a appris beaucoup de choses dans ces bois. Après une forte pluie, on prenait chacun une rive et on la suivait. Un jour, j'ai trouvé trois os énormes exhumés par un glissement de terrain. Ils provenaient d'un mammouth laineux, apparemment. Vieux de quinze mille ans.

— Waouh. Je ne savais pas qu'on faisait ce genre de trouvailles dans le coin.

— Partout où nous allons, nous marchons sur les pas de quelqu'un.

— Les pas des morts.

Chris leva la tête en entendant un bruit de moteur. C'était une voiture de garde forestier. Il se rappela une garde qui avait patrouillé dans cette partie de la Trace pendant deux ans. Peu de temps après son départ, il avait vu sa photo au dos d'un roman policier à succès dont l'intrigue se déroulait sur la Trace. L'endroit semblait toucher tous ceux qui y passaient quelque temps.

— A quoi vous pensez, docteur ?

Il pensait à Darryl Foster, à ce que celui-ci lui avait appris sur Alexandra Morse. Sans vouloir interroger brutalement la jeune femme, il souhaitait savoir si elle était franche avec lui.

— Depuis que nous nous sommes rencontrés, vous fouinez dans ma vie, dit-il en sondant ses yeux verts. A mon tour de fouiner un peu dans la vôtre.

Il vit quasiment une barrière s'élever entre eux mais, au bout d'un moment, Morse acquiesça. Elle n'avait pas le choix.

— Vos cicatrices sont récentes. Je veux savoir d'où elles viennent.

Alex détourna la tête et baissa les yeux vers le sable ondulant sous l'eau. Lorsqu'elle se décida enfin à parler, son assurance d'agent du FBI avait fait place à une sincérité brute qui convainquit Chris que ce qu'il entendait était très proche de la vérité.

— Au Bureau, j'avais un collègue nommé James Broadbent, qui était souvent chargé d'assurer ma protection dans les prises d'otages. Il... il était amoureux de moi. J'éprouvais moi aussi quelque chose pour lui, mais il était marié. Deux gosses. Nous n'avons pas eu de liaison, mais même si nous avions franchi ce pas, il n'aurait jamais quitté sa famille. Jamais. Vous comprenez ?

Elle contempla de nouveau la rivière et poursuivit :

— J'étais une bonne négociatrice. La meilleure, selon certains. En cinq ans, je n'ai pas perdu un seul otage. C'est rare. Mais en décembre dernier...

Elle s'interrompit, retrouva le fil de son récit :

— Mon père a été abattu en tentant d'intervenir dans un braquage. Sept semaines plus tard, les médecins ont découvert que ma mère avait un cancer des ovaires. Très avancé, vous savez ce que cela signifie.

— Je suis désolé.

— J'ai complètement perdu les pédales, après ça. Sauf que je ne m'en rendais pas compte, vous comprenez ? Mon père m'avait appris à encaisser, c'est ce que j'ai essayé de faire. « Ne jamais baisser les bras », c'est la devise des Morse.

Chris eut un hochement de tête compatissant.

— Je vais en venir aux cicatrices, promis, dit-elle avec un rire bizarre. Il y a trois mois, j'ai été envoyée sur une prise d'otages dans une banque. Pas une banque ordinaire. Une banque de la Réserve fédérale, à Washington. Seize otages à l'intérieur, pour la plupart des membres du personnel. Au FBI, un tas de scribouillards s'étaient mis dans la tête que c'était une opération terroriste. D'autres pensaient que le mobile était simplement le fric. Ça pouvait être les deux : un braquage parfaitement organisé pour rafler de l'argent permettant de financer des attentats. Mon instinct me disait que c'était autre chose. Le type parlait avec un accent arabe qui sonnait faux. Il était furieux, schizo, peut-être. En rage contre le gouvernement. J'avais l'impression qu'il avait perdu quelqu'un de cher récemment, comme beaucoup de désespérés qui commettent des actes extrêmes.

Elle adressa à Chris un sourire crispé.

— Comme moi... c'est ce que vous pensez ? Bref, un directeur adjoint du nom de Dodson dirigeait l'opération et il ne m'a pas laissé assez de temps pour faire mon travail. J'étais sûre d'avoir une chance de parvenir à calmer le type sans qu'un seul coup de feu soit tiré. Mon expérience et mon instinct me le disaient. Et il y avait seize vies en jeu. Mais les pressions venant d'en haut étaient très fortes, parce que ça se passait à Washington et qu'on raisonnait encore dans un climat d'après le 11 Septembre. Dodson m'a fait sortir de la banque et a envoyé la Brigade d'intervention...

Chris vit qu'elle revivait les événements en les racontant. Elle les avait probablement ressassés un million de fois, mais combien de fois en avait-elle parlé à quelqu'un ?

— Il n'y avait pas moyen de débloquer la situation avec des snipers. Il fallait entrer en force, ce qui impliquait des risques énormes pour les otages. Je ne pouvais pas l'accepter. J'ai franchi de nouveau les barrières pour pénétrer dans la banque. Mes collègues me criaient d'arrêter, mais je les entendais à peine. Les gars de la Brigade d'intervention ne se sont rendu compte de rien et ont fracassé les portes et les fenêtres au moment où je pénétrais dans le hall. Au fusil-mitrailleur, à la grenade. Tout l'arsenal…

Alex toucha sa joue balafrée comme si elle venait juste d'être blessée.

— Le braqueur m'a tiré dessus à travers une paroi de verre. J'ai surtout reçu des éclats de verre, mais ce que j'ignorais, c'était que James m'avait suivie dans la banque. Quand je me suis écroulée, il a baissé les yeux vers moi au lieu de les lever vers le tueur, comme il aurait dû. On nous apprend ça à l'entraînement. Mais ses sentiments pour moi étaient plus forts que l'entraînement. Et on nous entraînait dur, vous savez.

Alex se frotta le visage comme pour chasser une démangeaison et Chris vit luire des larmes. Il tendit le bras, lui pressa l'épaule.

— C'est fini.

Elle secoua la tête avec une violence étonnante.

— Non, ce n'est pas fini, répliqua-t-elle. Et ça ne finira peut-être jamais.

— En tout cas, je sais une chose. Dans l'état où vous êtes, vous ne devriez pas enquêter sur une affaire de meurtre. Vous devriez être en congé maladie.

Alex eut un rire sarcastique.

— Je suis en congé maladie.

Tout devint subitement clair pour Chris. L'épuisement de cette femme, son entêtement frôlant l'obsession, son regard perdu de soldat commotionné par une explosion…

— Vous êtes toute seule sur ce coup-là, n'est-ce pas ?

Elle secoua de nouveau la tête mais son menton tremblait.

— Vous dites « je » beaucoup plus souvent que « nous », souligna-t-il.

Elle se mordit la lèvre inférieure, cligna des yeux comme si le soleil l'aveuglait.

— C'est bien ça ? Vous êtes toute seule ? demanda Chris avec douceur.

— Quasiment, avoua-t-elle. Pour dire la vérité, presque tout ce que j'ai fait depuis cinq semaines est illégal. Le Bureau me virerait s'il était au courant.

Chris poussa un long sifflement.

— Nom de Dieu.

Elle lui saisit les poignets et plaida avec ferveur :

— Vous êtes ma dernière chance, docteur Shepard.

— Votre dernière chance de quoi faire ?

— D'arrêter ces meurtriers. D'apporter la preuve de leurs crimes.

— Ecoutez, dit Chris, mal à l'aise, si tout ce que vous m'avez raconté est vrai, pourquoi le FBI n'est pas sur le coup ?

— Pour de multiples raisons, dont aucune n'est bonne, répondit Alex, l'expression durcie. Le meurtre n'est pas un crime fédéral, sauf si l'affaire relève de la loi RICO[1]. En outre, je travaille pour le moment sur des hypothèses et des déductions, pas sur des preuves objectives. Mais comment obtenir des preuves sans disposer de moyens ? Le FBI est la bureaucratie la plus bornée qu'on puisse imaginer. Tout doit être fait dans les règles, excepté pour le contre-terrorisme : là, on

---

1. Cette loi combat les associations criminelles pratiquant la corruption et le racket.

balance les règles par la fenêtre. Mais on ne coincera pas les types que je traque en respectant les règles du marquis de Queensberry.

Chris ne savait que répondre. La veille encore, sa vie se déroulait comme d'habitude. A présent, il regardait une femme qu'il connaissait à peine en train de craquer.

— Si vous opérez seule, qui a vu Thora entrer dans le cabinet de l'avocat ?

— Un détective privé. Il travaillait autrefois pour mon père.

— Et vous êtes censée faire quoi, pour le FBI ?

— Enquêter à Charlotte sur un réseau de prostitution exploitant des immigrées en situation illégale. Quand on m'a transférée là-bas après ma blessure, j'ai eu de la chance, je suis tombée sur un ancien condisciple de l'école du FBI. Il m'a couverte pour beaucoup de choses, mais ça ne peut pas durer.

— C'est dément…

— Je sais que tout ce que je dis n'est pas clair. Depuis plus d'un mois, je ne dors que trois heures par nuit. Il m'a fallu deux semaines pour établir un lien entre mon beau-frère et l'avocat spécialisé dans les divorces. Puis une autre semaine pour découvrir les noms de tous les associés de cet homme. La liste de victimes, je ne l'ai dressée que la semaine dernière. Il pourrait y en avoir beaucoup plus, pour ce que j'en sais. Ensuite, votre femme s'est rendue au cabinet de Rusk, c'est ce qui m'a amenée à Natchez. Je partage mon temps entre ici et Jackson, où ma mère est en train de mourir, et…

— Qui est Rusk ? la coupa Chris. L'avocat ?

— Oui. Andrew Rusk Junior. Son père est un ténor du barreau de Jackson, dit Alex.

Des larmes se joignirent aux gouttes de pluie sur ses joues.

— C'est la merde, soupira-t-elle. Docteur, j'ai besoin de votre aide. J'ai besoin de vos connaissances médicales, mais, surtout, j'ai besoin de vous, parce que vous êtes la prochaine victime. Vous comprenez ?

Chris ferma les yeux.

— Il n'y a pas le commencement d'une preuve dans tout ce que vous venez de me dire.

La frustration et la colère d'Alex finirent par prendre le dessus :

— Ecoutez-moi ! Je sais que vous n'aimez pas l'entendre, mais votre femme est allée à Jackson en voiture pour rencontrer Andrew Rusk et elle a menti en ne vous en parlant pas. Ça veut dire quoi, d'après vous ?

— Pas qu'elle cherche à m'assassiner. Ça, je ne peux pas le croire.

Elle lui toucha le bras.

— C'est parce que vous êtes médecin, pas juriste. Tous les procureurs de ce pays ont une liste de gens qui viennent toutes les semaines leur demander d'ouvrir une enquête sur le décès d'un proche. Ces morts sont cataloguées comme accidents, suicides, etc., mais les parents, les enfants, les femmes des victimes connaissent la vérité : c'est un meurtre. Alors, ils secouent le système, ils supplient qu'on prenne leur demande en considération, qu'on qualifie au moins ces morts de crimes. Ils engagent des détectives privés, ils dilapident les économies de toute une vie pour trouver la vérité, la justice. Ils n'y parviennent presque jamais. Ils finissent par devenir des sortes de fantômes.

Alexandra Morse regarda Chris avec les yeux d'un soldat endurci au combat.

— Moi, je ne suis pas un fantôme, docteur. Je ne laisserai pas le souvenir de ma sœur être effacé parce que ça arrange son mari, parce que ça lui rapporte.

Sa voix prit un ton inquiétant quand elle conclut :

— Dieu m'en soit témoin, je ne le permettrai pas.

Par respect, Chris attendit un moment avant de répondre :

— Je comprends votre attitude. Je l'admire, même. Mais contrairement à vous, je n'ai pas d'enjeu personnel dans cette affaire.

— Oh si. Simplement, vous refusez de l'admettre.

— Ne recommencez pas.

— Je ferais n'importe quoi pour vous convaincre de m'aider, docteur, vous comprenez ? J'irais même dans les fourrés et je baisserais mon short pour vous, s'il le fallait. Mais je n'aurai pas à faire ça.

Chris n'aimait pas le feu froid qui brillait dans les yeux d'Alex.

— Pourquoi ? demanda-t-il.

— Parce que votre femme vous trompe.

Il s'efforça de masquer sa stupeur mais rien ne pouvait ralentir les battements de son cœur.

— En ce moment même, votre femme baise en ville avec un chirurgien. Il s'appelle Shane Lansing.

— Ne dites pas de conneries, protesta Chris dans un murmure rauque.

Le regard d'Alex ne vacilla pas.

— Vous avez des preuves ?

— Indirectes.

— Indirectes ? Je ne veux même pas les entendre.
— C'est toujours la première réac...
— Fermez-la, bordel !
L'expression d'Alex s'adoucit.
— Je sais que ça fait mal. J'ai eu un fiancé, dans le temps, et j'ai découvert qu'il se tapait ma meilleure amie. L'orgueil est votre ennemi, Chris, il vous empêche d'avoir une vision claire des choses.
— C'est moi qui n'ai pas une vision claire ? Vous débitez des histoires abracadabrantes de meurtres en série, de cancer comme arme du crime, de jeune mariée projetant d'assassiner son mari... Pas étonnant que vous vous retrouviez seule !
Le regard d'Alex demeurait implacable.
— Si je suis folle, expliquez-moi pourquoi vous n'avez pas appelé le FBI hier pour vous renseigner sur moi.
Il baissa les yeux vers le parapet de béton.
— Pourquoi, Chris ?
Les mots lui parurent sortir d'eux-mêmes de sa bouche :
— Thora part quelques jours cette semaine. Elle me l'a appris hier soir.
— Où va-t-elle ?
— Dans le Delta. Un hôtel renommé de Greenwood, avec bains à remous et sauna.
— L'Alluvian ?
Il confirma.
— Je le connais, dit Alex. Elle part quand ?
— Peut-être demain. Cette semaine, en tout cas.
— Elle revient quand ?
— Elle passe trois nuits là-bas.
Alex serra un poing, le porta à sa bouche.

— Nous y sommes, Chris. Bon Dieu, ils ont fait vite. Vous devez réagir tout de suite, vous êtes en danger.

Il la saisit par les épaules et la secoua.

— Non mais vous vous entendez ? Tout ce que vous me dites ne repose que sur des suppositions ! Il n'y a pas un seul fait dans le tas !

— Je sais que c'est l'impression que ça donne. Je sais que vous n'avez pas envie d'y croire. Ecoutez… vous voulez que je vous dise tout ce que je sais ?

Il la regarda longuement dans les yeux.

— Je ne crois pas, non.

Il consulta sa montre.

— Je suis très en retard, je dois retourner à mon pick-up. Je ne peux pas vous attendre.

Il enfourcha son vélo et s'apprêtait à partir quand Alex lui saisit le coude avec une force surprenante. De sa main libre, elle tira de son short un téléphone cellulaire.

— Prenez-le. Mon numéro de portable est préenregistré. Vous pourrez parler sans risque. C'est le seul lien sûr entre nous.

Il repoussa l'appareil.

— Je n'en veux pas.

— Ne soyez pas idiot. Je vous en prie.

Il considéra le téléphone avec la méfiance d'un indigène devant une technologie aux pouvoirs miraculeux.

— Comment je l'expliquerai à Thora ?

— Thora part. Vous pouvez bien le cacher un jour ou deux, non ?

Il gonfla les joues, expulsa l'air de sa bouche avec colère… et prit le portable.

— Arrêtez de vous comporter comme un brave type, putain ! s'impatienta Alex. Vous êtes en danger mortel.

— Excusez-moi, dit-il avec un rire discordant, je n'arrive tout simplement pas à y croire.

— Ça changera avec le temps. D'une manière ou d'une autre.

Chris avait envie de déguerpir mais, cette fois encore, sa bonne éducation de Sudiste l'en empêchait.

— Vous saurez vous débrouiller toute seule, ici ?

Elle se tourna, releva le bas de son tee-shirt, révélant la crosse d'un pistolet semi-automatique. L'arme paraissait énorme sur sa taille mince. Sous le regard ébahi de Chris, elle monta en selle, agrippa les poignées du guidon.

— Appelez-moi vite. Nous n'avons pas beaucoup de temps pour nous préparer.

— Et si j'appelais plutôt le FBI ?

Alex haussa les épaules comme si elle ne se sentait pas concernée.

— Alors ma carrière serait foutue. Mais je n'arrêterai pas. Et je continuerai à essayer de vous sauver.

Chris glissa ses chaussures dans les cale-pieds et s'éloigna rapidement.

11

Andrew Rusk démarra, traversa deux voies de circulation avec sa Porsche Cayenne et regarda dans son rétroviseur. Toute la semaine, il avait eu l'impression d'être suivi. Pas seulement sur la route, d'ailleurs. Il déjeunait habituellement dans les meilleurs restaurants de la ville et plus d'une fois il avait senti que quelqu'un l'observait et détournait les yeux juste avant de se faire surprendre. Mais c'était surtout quand il roulait qu'il avait cette impression. Si on le filait, on faisait ça bien. Probablement avec plusieurs voitures, ce qui était mauvais signe. Plusieurs voitures, ça ne pouvait être que la police, et il ne voulait pas avoir à dire à Glykon que la police s'intéressait à lui.

Aujourd'hui, c'était différent. Aujourd'hui, une Crown Victoria bleu foncé lui collait au train depuis qu'il était sur l'I-55. Il avait plusieurs fois accéléré et ralenti, la Crown Vic était restée derrière lui. Quand il avait fait mine de quitter l'autoroute et s'était rabattu au dernier moment, le type qui le suivait s'était trahi. La bonne nouvelle, c'était qu'une unité de police utilisant plusieurs véhicules n'aurait probablement pas commis cette erreur de débutant. Le problème, c'était que Rusk avait un rendez-vous et pas de temps à perdre pour semer son suiveur.

Tandis qu'il roulait vers le sud, une solution possible lui apparut. Il sortit à Meadowbrook Drive, passa sous l'autoroute et prit la direction de l'est. La Crown Vic demeura dix voitures derrière. Bientôt, il traversa Old Eastover, l'un des quartiers les plus chics de la capitale. Rusk se demanda si la Ford appartenait à une agence gouvernementale. Le FBI utilisait parfois des Crown Vic, ces saloperies de caisses américaines poussives.

Il demeura dans la rue principale, qui s'abaissait lentement, et se demanda si son suiveur savait que cette pente douce était due à la proximité de la Pearl. Quelques années plus tôt, la zone qui s'étendait devant lui était considérée comme inondable et inconstructible. Inondable, elle l'était toujours mais, entre-temps, l'argent avait parlé et les terres basses étaient devenues un lotissement flambant neuf.

Quelques années plus tôt, Rusk avait fait du kayak sur la rivière avec un copain qui se préparait pour sillonner le Canada en bateau. Les bois bordant la Pearl étaient alors quadrillés par des chemins de terre, pour la plupart maintenus en état par des jeunes dingues de bagnole. Une partie de ces routes défoncées devaient encore exister, malgré les nouvelles constructions.

Il tourna à droite et s'arrêta devant une vaste maison dans le style ranch. Le chauffeur de la Crown Vic se garerait-il derrière lui ou s'efforcerait-il de sauver les apparences ? Il vit la forme bleu sombre ralentir en passant puis poursuivre sa route. Rusk repartit, suivit la boucle que décrivait la rue et retrouva l'artère principale du quartier.

Il regarda dans son rétroviseur : la Crown Vic avançait lentement, cent mètres derrière. Rusk écrasa l'accélérateur et le turbo rugit, le plaquant contre son siège comme un astronaute dans la phase de lancement d'une fusée. Quelques secondes plus tard, il fonçait vers un mur d'arbres et de hautes herbes.

Alors que la barrière verte prenait des dimensions cauchemardesques, Rusk repéra le chemin de terre sur la gauche. L'ouverture était à peine assez large pour la Porsche mais il n'hésita pas. Survolté par l'adrénaline, il donna un brusque coup de volant et passa de justesse dans la brèche en priant pour ne pas tomber sur un jeune fou et l'écraser comme un moustique sur sa calandre. Il relança le turbo.

La Cayenne décollait du sol et retombait comme un buggy dans les dunes de la Baja mais Rusk gardait le pied quasiment rivé au plancher. Soudain, l'arrière de la voiture s'éleva, l'avant se prit dans un trou, projetant des gerbes d'eau dans toutes les directions. Avant d'avoir perdu tout élan, Rusk tourna le volant, appuya sur l'accélérateur pour que les quatre roues motrices fassent leur boulot. Au bout de quelques instants tendus, les roues arrière trouvèrent une prise et Rusk parvint à s'extirper du trou tandis que ses roues avant tournaient follement en bourdonnant. Il poussa un cri de plaisir quand elles retombèrent sur le sol sablonneux et le projetèrent plus loin sur le chemin défoncé, son moteur grognant comme un grizzly furieux.

Ce n'était pas une misérable Crown Vic qui réussirait à passer ce trou. Il ne lui restait plus qu'à trouver un moyen de rejoindre une route goudronnée avant que son poursuivant ne devine où il pourrait ressortir des bois. Rusk continua à rouler vers la rivière – du moins, là où il pensait qu'elle était – en cherchant des yeux un chemin plus large. Son instinct ne l'avait pas trompé. Moins d'une minute plus tard, il vit le ruban brunâtre de la Pearl couler dans une gorge, trente mètres plus bas. Il tourna à droite et longea le cours de la rivière.

Qui était dans la Crown Vic ? Quelqu'un de Jackson ? Devinerait-il que Rusk cherchait à prendre la direction du sud pour retrouver du macadam ? Le chauffeur mystérieux de la Crown Vic pouvait facilement appeler des renforts : une autre voiture, ou même un hélicoptère. Rusk aurait du mal à échapper à un hélico, à moins d'abandonner la Cayenne et de se planquer dans les bois. Mais à quoi ça l'avancerait ? Ils savaient déjà qui il était. Il avait mis au point depuis longtemps un plan de fuite qui le mettrait hors de portée des autorités américaines, mais il lui serait difficile de l'appliquer s'ils envoyaient déjà des hélicos pour le coincer.

Ils ne le feront pas, se dit-il. D'ailleurs, autant que je sache, il n'y a même pas de « ils ». Rien qu'un type seul.

— Ouais, mais qui ? se demanda-t-il à voix haute.

Putain de Morse !

Rusk serra les dents pour résister aux trépidations de la Porsche. Tout ce qu'il pouvait faire, c'était jouer avec les cartes qu'on lui avait servies.

Un magnifique canoë en bois émergea d'une courbe de la Pearl devant lui, conduit par deux filles en âge d'être étudiantes, assises de part et d'autre de gros sacs à dos rouge vif. Rusk se demanda si elles avaient commencé leur balade sur la Strong River avant de s'engager sur la Pearl toute proche. Pendant ses années de lycée, il avait fait la sortie en sens inverse avec quelques copains boy-scouts. La vue de ces filles réveillait en lui de surprenants souvenirs. Il était tellement loin des boy-scouts, maintenant…

Il freina brutalement. Derrière un bosquet de bambous, à droite, un tunnel sombre s'ouvrait entre les arbres. Des empreintes de pneus y conduisaient et près de l'ouverture s'élevait un tas de rondins à demi brûlés et de cannettes de bière vides. Rusk eut un hochement de tête satisfait. Ce chemin ramenait à la civilisation. Il redonna de la vitesse à la Porsche, gravit une berme de sable et fonça vers le tunnel. Dix secondes plus tard, les ombres l'engloutissaient. Il riait encore quand il se retrouva sur l'asphalte, filant sans problème vers le pont routier de l'I-55 qu'il apercevait au loin.

12

Le soleil était à présent complètement levé et Chris poussait son pick-up bien au-dessus de la vitesse limite autorisée. La pluie avait fini par cesser mais sa roue avant gauche projeta un mur d'eau étincelante quand il s'engagea sur la rocade qui le conduirait sur la 61 Sud.

La dernière révélation d'Alex Morse avait laissé en lui une sensation de vide. Il n'était pas encore capable d'y penser, mais il avait au moins résolu le mystère que Darryl Foster n'avait pu expliquer. Morse était un agent incontrôlable qui menait une enquête dont le FBI ignorait tout. Pas seulement une enquête, une croisade, une mission obsessionnelle, pour punir ceux qu'elle croyait coupables du meurtre de sa sœur. Bien qu'attelée à cette mission depuis des semaines, elle n'avait débouché que sur des hypothèses rocambolesques et des preuves indirectes. Pourtant, quand elle m'a finalement proposé de me révéler des preuves tangibles, je l'ai empêchée de le faire, pensa-t-il avec ce qui ressemblait à de la honte. En passant devant le Super Wal-Mart, il prit le téléphone que la jeune femme lui avait donné et appela le seul numéro mémorisé.

— C'est moi, répondit-elle. Ça va ? Je sais que j'y suis allée un peu fort, tout à l'heure, au sujet de votre femme...

— Quelles preuves avez-vous reliant Thora à Shane Lansing ?

Il l'entendit prendre une inspiration.

— Deux fois cette semaine, Lansing est passé à votre nouvelle maison alors qu'elle s'y trouvait.

Soulagé, Chris répliqua :

— Et alors ? Shane habite le quartier.

— La première fois, il est resté vingt-huit minutes.

— Et la seconde ?

— Cinquante-deux minutes.

Cinquante-deux minutes. Assez pour...

— Elle lui montrait sûrement la maison. Elle en est fière, elle a dessiné les plans elle-même. De toute façon, il y avait des ouvriers, non ?

La réponse d'Alex tomba comme un couperet :

— Pas d'ouvriers.

— Ni la première ni la deuxième fois ?

— Ni l'une ni l'autre. Désolée.

— Les visites de Shane étaient peut-être tout à fait innocentes.

— Vous le prenez pour un enfant de chœur ?

Chris n'avait pas du tout cette opinion du Dr Lansing.

— De toutes les réponses qu'on m'a faites sur lui, il ressort trois choses, dit Alex. C'est un chirurgien doué, un sale prétentieux qui traite les infirmières comme de la merde, et un homme à femmes.

Chris grimaça.

— Il les préfère jolies, paraît-il, précisa-t-elle. La vôtre satisfait à cette exigence.
— C'est tout ? murmura Chris.
— Non. J'ai interrogé quelques infirmières, ces derniers jours.
— Et ?
— A son arrivée à Natchez, il y a sept ans, Thora aurait eu une liaison avec un médecin marié. Avant que vous fassiez sa connaissance. Le type travaillait aux urgences. Elle vous en a parlé ?
— C'était qui ?
— Il s'appelait Dennis Stephens.
L'image vague d'un jeune visage barbu traversa l'esprit de Chris.
— Jamais entendu parler.
— Comme l'affaire commençait à faire scandale, Stephens a trouvé un poste dans un autre Etat.
— Ce genre de rumeurs circulent toujours dans les couloirs de l'hôpital.
Alex garda le silence.
— De toute façon, Thora était célibataire, à l'époque.
— Elle aurait eu également une liaison avec un chirurgien d'ophtalmo qui a travaillé quelque temps à l'hôpital. C'était juste avant qu'elle épouse Red Simmons.
— Beaucoup d'infirmières détestent ma femme. Elles la trouvent arrogante.
— Elle l'est ?
— Difficile à dire. Thora est plus intelligente que la moitié des médecins de l'hôpital, vous imaginez l'effet que ça a sur eux.

— Je comprends, fit la voix d'Alex, à demi couverte par des grésillements. Je suis votre amie, Chris, même si vous ne me connaissez pas. Les amis sont là pour dire la vérité, aussi pénible soit-elle.

— Vous êtes mon amie ou vous avez simplement besoin de moi ?

— Donnez-moi une chance de vous le prouver. Ensuite, vous prendrez votre décision.

Je veux bien croire qu'elle était bonne négociatrice, pensa-t-il en mettant fin à la communication. Elle me manipule déjà.

13

Quatre heures après avoir couvert à vélo le dernier kilomètre la séparant de sa voiture, Alex Morse était assise dans la pénombre d'une église catholique du centre de Natchez et regardait Thora Shepard sortir du centre de remise en forme Mainstream, ses cheveux blonds volant sous un foulard en soie bleue. Elle tourna à droite dans la rue principale. Quatre cents mètres dans cette direction la mèneraient à la paroi rocheuse de trente mètres de haut flanquant le Mississippi. Elle courait souvent le long de cette falaise qui s'étirait sur des kilomètres et que seuls un grillage métallique et des broussailles séparaient d'une chute dans l'éternité. Alex l'y avait suivie une fois, abasourdie par les dimensions du fleuve. Ses eaux boueuses s'étalaient sur plus d'un kilomètre et demi de large à Natchez, et au-delà, le delta de la Louisiane s'étendait à perte de vue.

Mais aujourd'hui, Thora ne courrait pas. Elle portait des lunettes de soleil Mosquito et un tailleur-pantalon qui coûtait plus que ce qu'Alex gagnait en un mois. Descendant la rue avec grâce, elle ressemblait à une couverture de magazine de mode et les gens se retournaient sur son passage. Pas seulement les hommes, les femmes également. Elle attirait tous les regards et c'était peut-être pour ça qu'Alex la trouvait antipathique. Alex n'avait jamais aimé les blondes. Elles avaient une façon de marcher, de parler, de relever leurs foutus cheveux qui l'agaçait. Leurs inflexions de petite fille sans défense lui donnaient envie de leur taper dessus. Cela n'avait rien à voir avec la caricature de la blonde idiote. Alex savait bien que les blondes n'étaient pas génétiquement idiotes, cependant elle n'en avait pas connu beaucoup – peut-être même aucune – qui soient vraiment intelligentes. La plupart n'avaient jamais eu à faire d'efforts pour obtenir ce qu'elles voulaient dans la vie et n'avaient donc développé que quelques capacités – hormis flirter et enfoncer des couteaux entre des omoplates concurrentes – qui se révéleraient utiles dans n'importe quelle situation.

Naturellement, peu de blondes étaient aujourd'hui de vraies blondes. Il fallait le lui reconnaître : Thora en était une. Rares sont les êtres humains qui, blonds dans leur enfance, accèdent à l'âge adulte sans que leurs cheveux s'assombrissent. Mais Thora avait du sang danois et ses cheveux de Viking avaient gardé la même couleur paille que ceux de son père, lequel, à cinquante-huit ans, avait toujours une chevelure d'une épaisseur étonnante. C'était la raison pour laquelle Thora Shepard, à la différence de toutes les blondes cendrées, oxygénées, frisottées qu'Alex croisait et détestait davantage chaque jour, respirait une assurance de prédatrice, une vigilance d'oiseau de proie qui vous prévenaient que vous n'iriez pas très loin si vous tentiez quelque chose contre elle. C'était aussi pour cela qu'hommes et femmes la suivaient des yeux quand elle marchait dans la rue et qu'un jeune médecin séduisant nommé Chris Shepard lui avait proposé de l'épouser, et même d'adopter légalement l'enfant sans père qu'elle avait eu, neuf ans plus tôt. Pas mal, pour une femme ayant ses antécédents.

Alex traversa rapidement la rue et prit le sillage de Thora, qui avait à présent une centaine de mètres d'avance. Elle sentit une pointe d'irritation quand un homme jeune vêtu d'un costume sombre tourna la tête pour regarder Thora s'éloigner. Puis un type plus âgé arrêta la femme du médecin et entama une conversation avec elle. Elle parlait avec animation, agitant les mains pour étayer ses arguments. Alex feignait de regarder une vitrine.

D'emblée, elle avait éprouvé pour Thora une aversion qu'elle ne s'expliquait pas. Thora n'avait pourtant pas eu une enfance facile. Elle était née riche, mais cette aisance lui avait rapidement été enlevée. Fille d'un chirurgien renommé de Vanderbilt, Thora Rayner avait passé les huit premières années de sa vie dans la haute société de Nashville, Tennessee. Ecoles huppées, country-club, équitation, etc. Mais quand Thora eut huit ans, l'alcoolisme de sa mère atteignit son point culminant. Après plusieurs tentatives pour cesser de boire, Anna Rayner sombra totalement. Avec l'aide de quelques amis, Lars Rayner la fit interner et demanda le divorce. Six mois plus tard, il était libre, mais pour conserver sa fortune, il avait dû renoncer à la garde de sa fille. Ce choix ne l'avait pas beaucoup affecté mais il avait profondément altéré l'avenir de la fillette.

La vie de Thora devint une errance de petite ville en petite ville de l'est du Tennessee. Elle fréquentait désormais l'école publique puisque les établissements privés étaient bien trop chers et que sa mère dilapidait dans la boisson la pension alimentaire fixée par le tribunal. Son alcoolisme passait par des hauts et des bas, sans raison particulière, et à plusieurs reprises Thora dut être confiée à sa grand-mère paternelle. Ses résultats scolaires devinrent médiocres jusqu'à sa première année de lycée, où elle décida apparemment de montrer à son père de quoi elle était capable quand elle le voulait. Lorsqu'elle réussit brillamment l'examen d'entrée à l'université, Lars Rayner sembla prendre conscience de son existence. Il lui proposa de la faire entrer à Vanderbilt et de payer ses études. Thora refusa, demanda et obtint une bourse à l'université de son père.

Malheureusement, cette réussite fut de courte durée. Ses gènes maternels et son conditionnement étaient contre elle. Après un premier semestre parfait, ses notes baissèrent peu à peu jusqu'à la seconde partie de sa deuxième année, qu'elle n'acheva pas. Elle prit un boulot de serveuse dans un bar mal famé, où les causes de sa dégringolade devinrent bientôt visibles : Thora était enceinte. Malgré la dérobade du petit ami, elle résolut de garder le bébé. Avec l'aide de sa grand-mère, qui subvint à ses besoins et s'occupa de l'enfant, Thora entra à l'école d'infirmières et obtint le diplôme au bout de deux ans. Elle trouva un poste à l'hôpital de l'Association des anciens combattants de Murfreesboro, Tennessee, le quitta inexplicablement après neuf mois seulement et se retrouva à Natchez. Alex supposait qu'une liaison à problème était à l'origine de cette décision, mais elle n'en avait pas la preuve, même si elle avait diligenté un détective privé sur l'affaire. Thora fut embauchée à l'hôpital St Catherine, où elle fit la connaissance de Red Simmons, le magnat du pétrole qui deviendrait son premier mari et dont elle serait rapidement veuve. Une veuve très riche.

Alex jeta un coup d'œil sur la gauche. Thora parla encore une vingtaine de secondes, serra le vieil homme contre elle et repartit. Alex tira de son sac un petit appareil, prit l'homme en photo quand il passa. Il semblait avoir une soixantaine d'années, trop âgé pour un amant.

Bien que longtemps fière de sa forme physique, Alex était épuisée par le simple fait de suivre Thora Shepard dans ses activités quotidiennes. Debout à l'aube pour un jogging matinal – sept kilomètres au moins, parfois quinze –, retour à la maison pour une douche rapide et visite du chantier d'Avalon. Thora discutait une demi-heure environ avec les ouvriers puis se rendait au country-club dans sa Mercedes décapotable pour nager ou disputer deux ou trois sets de tennis (généralement sous l'œil d'Alex, qui l'observait du parking). Elle alternait ensuite un passage chez le coiffeur pour une retouche à ses cheveux et à ses ongles avec des séances de musculation au centre Mainstream. Nouvelle douche, déjeuner avec au moins une copine. Thora mangeait généralement thaï, dans un excellent restaurant proche du Mainstream et qui était probablement sa destination actuelle. Après le repas (frugal, Alex l'avait remarqué d'une table voisine), Thora retournait souvent sur le chantier.

La seule étape absolument obligatoire de sa journée, c'était l'école St Stephen, pour prendre Ben. Alors que les autres mères attendaient dès l'heure de la fin de la classe – au cas où leur enfant se précipiterait dehors juste après la cloche –, Thora arrivait invariablement avec vingt minutes de retard. Elle évitait ainsi l'ennui de l'attente et trouvait généralement son fils en train de faire des paniers seul dans la cour de récréation. Après l'avoir ramené à la maison et confié à la bonne, elle passait le reste de l'après-midi à faire des emplettes et retournait une dernière fois au chantier avant de rentrer à la maison d'Elgin.

C'était pendant ces visites de fin de journée que Shane Lansing était venu deux fois. Alex n'avait pas essayé de pénétrer dans la maison alors qu'il s'y trouvait mais elle avait l'intention de le faire s'il revenait. Pour l'heure, après ses deux rencontres avec Chris Shepard (dont elle n'aurait jamais attendu une défense aussi farouche de la vertu de sa femme), elle regrettait de ne pas avoir demandé à Will Kilmer de l'accompagner à Natchez. L'ancien associé de son père avait l'expérience des affaires conjugales et possédait un équipement permettant de capter et de décoder les messages numériques des portables. Mais Will s'était déjà montré plus que généreux en se chargeant de la filature d'Andrew Rusk et d'autres opérations et Alex n'avait pas les moyens de faire venir à Natchez un de ses détectives. Elle s'efforçait de pirater seule la messagerie informatique de Thora Shepard. La femme de Chris emportait partout avec elle un Treo 700 qu'elle utilisait souvent pour aller sur Internet. Alex était convaincue que si elle réussissait à obtenir un seul courriel prouvant que Thora et Lansing étaient amants, Shepard prendrait conscience du danger qu'il courait et accepterait de l'aider.

Thora fit de nouveau halte, cette fois pour bavarder avec un homme de son âge. Alex s'approchait d'eux avec précaution quand son portable bourdonna. Elle s'éloigna et répondit, entendit la voix rocailleuse de Will Kilmer.

— Salut, oncle Will, chuchota-t-elle, usant du titre qu'elle lui décernait par affection.

— J'ai des nouvelles pour toi, annonça le vieil homme.

— Bonnes ou mauvaises ?

— Mauvaises, à court terme. Il y a une heure ou deux, Andrew Rusk a semé l'un de mes gars et s'est débiné.

— Merde. Comment il a fait ?

— Ce fumier était en Porsche 4 × 4, il a roulé jusqu'à la Pearl et s'est jeté délibérément dans un creux plein de boue. Mon gars le suivait dans une Crown Victoria, moteur gonflé, mais ça sert pas à grand-chose dans la boue. Je ne crois pas que Rusk a fait ça uniquement pour rigoler. Il devait avoir un rendez-vous important. Je t'avais dit qu'il nous fallait plusieurs voitures, mais tu m'as répondu…

— Je sais ce que j'ai répondu, rétorqua Alex, furieuse qu'on lui rappelle, même involontairement, qu'elle n'avait pas l'argent nécessaire.

« On rogne sur les centimes et on fiche les billets par la fenêtre », lui murmura son père de sa tombe. Tout le fric qu'elle avait dépensé pour cette filature n'avait servi à rien. Rusk avait disparu et elle ne pouvait rien faire d'autre qu'attendre qu'il réapparaisse.

A vingt mètres d'elle, Thora Shepard serra la main de l'homme à qui elle parlait, traversa Commerce Street et tourna à droite. Alex suivit.

— Désolée, Will, c'est entièrement de ma faute. Je ne t'ai pas donné les moyens indispensables.

Elle entendit dans son portable une respiration sifflante. Kilmer avait soixante-dix ans et il souffrait d'emphysème.

— Qu'est-ce que tu veux que je fasse, maintenant, ma biche ?

— Mets quelqu'un en planque devant chez Rusk, si tu peux. Il va bien finir par rentrer chez lui, non ?

— Si. Il rentrera ce soir.

— A moins qu'on ne lui ait vraiment flanqué la trouille.

Kilmer ne répondit pas.

— Tu crois qu'un type comme lui décamperait à la première alerte ? demanda Alex.

— Non, il a fait son trou. Il a un bon boulot, une femme, une grande baraque, des gosses.

— Ses gosses ne vivent plus chez lui.

— T'affole pas. Rusk est un avocat friqué, pas un agent de la CIA. Il retournera chez lui.

Elle fit un effort pour se calmer. Thora était presque arrivée au restaurant thaï.

— J'envoie quelqu'un là-bas, dit Kilmer. Si je n'ai personne de libre, j'irai moi-même.

— Non, je ne veux pas que tu…

Alex s'interrompit au milieu de sa phrase : Thora s'était arrêtée sur le trottoir pour répondre à un coup de téléphone. Appuyée contre la façade d'un immeuble, elle pressait son portable contre son oreille.

— Je voudrais vraiment que tu sois là, soupira Alex.

— Qu'est-ce qui se passe ?

— Rien. Il faut que j'y aille. Rappelle-moi plus tard.

Au moment où Alex mettait fin à la communication, Thora s'écarta du mur, regarda à travers la vitrine du restaurant. Apparemment satisfaite, elle remit son portable dans sa poche et repartit en sens inverse vers la rue principale.
Droit sur Alex.
Celle-ci se réfugia précipitamment dans le magasin le plus proche, une boutique de brocanteur remplie de meubles anciens, de miroirs encadrés, de gravures, de paniers tressés et de plateaux de pralines à la noix de pécan. Thora passa devant la vitrine, les traits crispés de concentration. Alex compta jusqu'à quinze avant de ressortir de la boutique et de lui emboîter le pas.
Il allait se passer quelque chose.

14

Andrew Rusk consulta une fois de plus le compteur kilométrique de la Porsche, inspecta les arbres en cherchant le chemin. Trois quarts d'heure plus tôt, il avait quitté l'I-55 et roulé trente kilomètres avant de tourner dans une étroite route de gravier. Quelque part sur cette route débouchait le chemin du camp de chasse de Chickamauga. Il en était membre depuis quinze ans, ayant acheté des parts de la réserve quand son beau-père les avait revendues, et cela s'était révélé utile à de nombreux égards, en plus de lui offrir une distraction en automne.

Rusk avisa enfin le chemin, indiqué par une pancarte. Il tourna, s'arrêta devant la grille qui lui barrait la route, composa un nombre sur le digicode encastré dans un poteau, à sa gauche. Lorsque la grille s'ouvrit, il avança lentement. Il lui restait huit cents mètres à couvrir et il le fit avec précaution. Malgré la richesse des membres du club, le chemin était mal entretenu, peut-être pour donner l'illusion de conditions frustes. Parce que ce n'était qu'une illusion.

Si les bâtiments du camp étaient de simples cabanes en rondins, ils abritaient des chambres confortables avec salle de bains, chauffage et climatisation par air pulsé, télévision par satellite dans la salle commune. Pour des chasseurs sérieux, ces dépenses étaient justifiées. Il y avait plus de cerfs de Virginie à l'hectare dans cette réserve que dans n'importe quelle région des Etats-Unis. Et ils étaient énormes. Le plus grand mâle jamais abattu l'avait été dans le Mississippi. Les cerfs de Virginie aimaient les épais sous-bois de seconde pousse, et les forêts vierges de cette partie de l'Etat avaient été défrichées près de deux cents ans plus tôt. C'était le paradis des cerfs, et des chasseurs venus de tout le pays payaient cher pour s'y livrer à leur passion. Les droits de chasse étaient encore plus élevés dans le Sud-Ouest, autour de Natchez.

En s'arrêtant devant la cabane commune, Rusk chercha Eldon Tarver dans la clairière et ne vit personne. Il descendit de la Cayenne, poussa la porte de la cabane : fermée. C'était normal, Eldon Tarver n'était pas membre du club, il n'avait pas de clef. Il connaissait en revanche le code de la grille d'entrée grâce à Andrew Rusk. C'était l'arrangement sur lequel ils s'étaient mis d'accord, des années plus tôt, en cas d'urgence. Ils avaient choisi Chickamauga parce que c'était là qu'ils avaient mis au point leur première affaire en commun. Depuis, leurs rares rencontres avaient duré moins de deux minutes, dans des lieux publics n'offrant aucune intimité.

Bien qu'il n'y eût personne dans la clairière, Rusk savait que le Dr Tarver était déjà là. Il avait caché sa voiture, au cas où d'autres membres se seraient trouvés là, éventualité peu probable en cette période de l'année mais sait-on jamais. Restait à savoir où Tarver l'attendait.

Rusk ferma les yeux, écouta les bruits de la forêt. Il entendit d'abord le vent, la danse murmurante d'un milliard de feuilles printanières. Puis les oiseaux : moineaux, geais, hirondelles. Un colin de Virginie solitaire. Le staccato irrégulier d'un pic-vert. Et, par-dessous, la rumeur lointaine des camions passant sur la 28. Mais rien dans cette symphonie n'indiquait la présence d'un autre être humain.

Il sentit alors une odeur de fumée.

Quelque part sur sa gauche, du bois brûlait. Il partit dans cette direction, marchant à grandes enjambées parmi les arbres. Plus il avançait, plus il sentait l'odeur de fumée. Et de viande. Quelqu'un faisait cuire quelque chose. Il doutait que ce soit Tarver mais il devait s'en assurer.

L'instant d'après, il se retrouva dans une petite clairière où Eldon Tarver était assis. L'énorme médecin tenait une poêle en fonte grésillante au-dessus d'un petit feu. A un fil de fer à côté de lui était suspendu un faon mort, fraîchement écorché et en partie découpé.

— Assieds-toi, dit Tarver de sa voix de baryton. Je fais cuire le filet. C'est à se damner tellement c'est bon.

En tuant l'animal, Tarver avait enfreint une règle sacrée du camp. En le tuant en dehors de la saison de chasse, il avait enfreint plusieurs lois locales et fédérales. Rusk ne lui en ferait cependant pas la remarque. Il avait des soucis plus importants et ces règles, ces lois, Tarver les avait violées en toute connaissance de cause. Le médecin piqua un morceau de viande avec la pointe d'un couteau de poche, le tendit à Rusk. Celui-ci le prit et le mangea, comme pour confirmer le lien qui les unissait.

— Succulent, commenta-t-il.

— Tout frais, à peine cuit.
— Tu en as déjà mangé cru ?
Le visage de Tarver prit une expression amusée.
— Oh, oui. Quand j'étais enfant... mais c'est une autre histoire.

J'aimerais l'entendre un jour, pensa Rusk. Quand j'aurai le temps. J'aimerais savoir ce qui a pu faire d'un jeune garçon un individu comme toi. Il connaissait un peu le passé de Tarver, pas assez toutefois pour s'expliquer son comportement et ses étranges centres d'intérêt. Le moment était mal choisi pour tenter de lui soutirer ce genre d'informations.

— On a un problème, annonça carrément Rusk.
— Je suis là, non ?
— Deux problèmes, en fait.
— Pas de panique, dit Tarver. Assieds-toi, mange encore un peu de gibier.

Feignant de contempler le feu, Rusk scruta l'herbe autour de Tarver, ne vit pas de carabine. Il avait cependant à ses pieds un sac en toile qui pouvait contenir un pistolet, ou même une mitraillette. Il faudrait qu'il le garde à l'œil, ce sac.

— Je n'ai pas vraiment faim, répondit-il.
— Tu préfères qu'on en vienne tout de suite aux affaires ?

Rusk acquiesça.

— Alors, débarrassons-nous tout de suite des formalités.
— Quelles formalités ?
— Enlève tes vêtements, Andrew.

Un flot d'adrénaline envahit le système vasculaire de Rusk. Est-ce qu'il me demanderait d'enlever mes vêtements s'il voulait me tuer ? Pour s'épargner la corvée de déshabiller mon cadavre ? Non. A quoi ça servirait, ici ?

— Tu crois que j'ai un micro sur moi ? C'est ça ?

Le médecin eut un sourire désarmant.

— Tu l'as dit toi-même, on a un problème. Le stress peut inciter les gens à commettre des choses qu'ils ne feraient peut-être pas en temps normal.

— Tu vas te déshabiller, toi ?

— Pas la peine. C'est toi qui as réclamé cette rencontre.

L'argument était valable et si Rusk connaissait Tarver, il ne se passerait rien avant qu'il se soit plié à son injonction. Remerciant Dieu d'avoir laissé son pistolet dans la Porsche, il se pencha et délaça ses Cole Haan, déboutonna son pantalon et le défit. Il ôta ensuite sa chemise Ralf Lauren, ne gardant que son caleçon et ses chaussettes. Tarver semblait accorder toute son attention au feu.

— Ça ira comme ça ? s'enquit Rusk.

— Tout, s'il te plaît, répondit Tarver d'un ton détaché.

Ravalant un juron, Rusk enleva son caleçon. Il ressentait une pudeur étonnante, qui le déconcertait. Il s'était dévêtu des centaines de fois devant des hommes à son club de gymnastique et avait passé sa jeunesse à faire de même dans les vestiaires sportifs de tout l'Etat. Il n'avait aucune raison d'être honteux, pas selon les critères en vigueur, et plusieurs femmes lui avaient même dit qu'il était bien monté. Mais là, c'était différent. Se mettre nu devant un type affligé d'on ne savait quelles perversions sexuelles… Un médecin, en plus, qui avait froidement examiné un millier de corps, notant chaque imperfection anatomique. Cela faisait froid dans le dos. Et Tarver ne facilitait pas la chose puisqu'il détaillait maintenant le corps de Rusk comme un entomologiste étudiant un insecte en train de copuler.

— Tu as travaillé tes grands dorsaux, fit observer Tarver.

C'était vrai. Lisa lui ayant fait remarquer que son dos accusait son âge, Rusk lui avait consacré plus de temps sur le Nautilus du club pour corriger ce défaut.

— Tu devrais aussi t'occuper de tes jambes, conseilla le médecin. Les culturistes sont obsédés par leur torse, mais des jambes sous-développées gâchent tout. La symétrie, Andrew. L'équilibre. Voilà le secret.

— Je m'en souviendrai, déclara l'avocat avec une pointe de ressentiment.

Il savait qu'il avait des jambes grêles, mais ça ne lui avait pas posé de problème à l'université. D'ailleurs, il avait d'autres préoccupations que faire de l'exercice, et pour qui se prenait Tarver ? Il était costaud, d'accord, mais question tonus ? Rusk soupçonnait que la chemise de flanelle peu adaptée à la saison cachait une masse gélatineuse de graisse de buveur de bière.

— Rhabille-toi, dit Tarver. Tu as l'air d'une tortue sans sa carapace.

Rusk enfila son caleçon et son pantalon, s'assit pour remettre ses chaussures.

— La dernière fois qu'on est venus ici, tu m'as dit que tu avais horreur des bois, rappela-t-il.

— Parfois, répondit Tarver avec un petit rire.

— Qu'est-ce que tu veux dire ?

— Tu sais si peu de choses de moi, Andrew. Même si je t'en parlais... Ce que j'ai vécu est tout à fait étranger à ton cadre de références.

Rusk ne décela dans la réponse aucune arrogance. Tarver semblait faire un simple constat : *Tu appartiens à une tribu différente de la mienne. A une espèce différente, peut-être même.* Et c'était vrai. Quels qu'aient été les sentiments du médecin pour la forêt, elle ne lui était en aucun cas étrangère. Cette dernière fois – cela faisait maintenant cinq ans –, il était venu à Chickamauga, invité par un chirurgien orthopédiste de Jackson. Pendant deux jours, il n'avait rien abattu, à l'amusement croissant des autres membres qui tuaient cette année-là un nombre record de bêtes, des biches pour la plupart, cependant, et d'assez petite taille. Ce dont tout le monde parlait ce week-end-là, c'était le Fantôme, un vieux douze-cors malin et balafré qui échappait aux meilleurs fusils du camp depuis près de dix ans. Après être demeuré invisible pendant deux saisons, le Fantôme avait été repéré la semaine précédente et tout le monde le traquait, hommes et adolescents. Les trois premiers soirs, Tarver avait écouté en silence les chasseurs raconter autour d'un feu les aventures du Fantôme – certaines vraies, d'autres apocryphes –, et au matin il disparaissait dans la forêt avant l'aube.

Le troisième jour – un dimanche, Rusk s'en souvenait –, Eldon Tarver était rentré au camp portant en travers de ses épaules la carcasse de cent kilos du Fantôme. Il avait vexé plusieurs membres du club en tuant leur animal quasi mythique, mais qu'auraient-ils pu lui reprocher ? Il n'avait pas abattu le cerf en tirant d'un bosquet, à la façon dont la plupart d'entre eux chassaient à présent, attendant dans un confort relatif qu'une bête passe devant eux, tactique qui permettait régulièrement à des gamins de huit ans de tuer un cerf à leur première chasse. Le Dr Tarver était parti dans la forêt et avait traqué le Fantôme à l'ancienne, comme les Indiens. Il avait suivi sa piste pendant trois jours à travers toute la réserve, une sacrée performance compte tenu de l'épaisseur des sous-bois et de la boue d'un automne pluvieux. Il n'avait rien révélé de plus (adhérant sans doute à l'ancienne croyance qui veut qu'on amoindrit la force d'un acte en le racontant), mais les autres avaient finalement construit une légende autour de son exploit. Ceux qui chassaient postés dans un bosquet avaient rapporté que juste après l'aube, ce jour-là, ils avaient entendu des bruits étranges – appels de femelle, grognements de mâles en train de s'affronter – qui ne pouvaient avoir été reproduits que par un maître chasseur. Puis une seule détonation avait claqué, un coup parfait à la colonne vertébrale, qui avait foudroyé le Fantôme sur place. C'était la fin la moins douloureuse qu'un cerf pût espérer. Au lieu de fuir dans les broussailles sur des kilomètres avec la poitrine à demi transpercée ou l'estomac se remplissant de sang, la paralysie et la mort instantanées.

Dans l'après-midi, Rusk était en train de vider dans la clairière la bête qu'il avait tuée quand, comme envoyé par le destin, Tarver s'était approché et avait proposé de lui montrer quelques trucs pour gagner du temps en dépeçant un cerf. Après lui avoir donné son couteau, Rusk avait assisté à une démonstration d'habileté manuelle et de connaissance anatomique qui l'avait laissé sans voix. Il avait à peine suivi les commentaires de Tarver tant il était fasciné par le travail adroit du médecin avec sa lame. Et la partie de son cerveau qui n'était pas captivée par le spectacle sanglant offert à ses yeux avait ruminé une idée née quelques années plus tôt dans les recoins obscurs de son âme et qu'il n'avait jamais mise en pratique à cause de scrupules moraux et faute d'occasion. Puis, plus il avait exercé son métier d'avocat, plus ses scrupules s'étaient émoussés. Et la moralité, Rusk le savait déjà à l'époque, n'était pas une composante de la personnalité d'Eldon Tarver.

Le médecin prit un morceau de filet dans la poêle et le glissa dans sa bouche.

— Deux problèmes, tu disais ?
— Oui. Et ils pourraient être liés.

Tarver mâchait lentement, comme un homme habitué à faire durer ses provisions le plus longtemps possible.

— Quelqu'un sait que je suis ici, Andrew ?
— Non.
— Quelqu'un sait que nous sommes en relation, toi et moi ?
— Non.
— Quelqu'un le soupçonne ?

Rusk s'humecta les lèvres, s'efforça de paraître calme.

— Je ne peux pas l'exclure. Pas à cent pour cent.
— Qui ?
— Un agent du FBI.

Tarver avança la lèvre inférieure.

— Comment il s'appelle ?
— C'est une femme. La sœur de Grace Fennell. Elle s'appelle Alexandra Morse.

Un sourire étrange releva les coins de la bouche de Tarver.

— Ah. Bon, on savait qu'elle représentait un risque. Pourquoi te soupçonne-t-elle ?

— Fennell pense que sa femme pourrait lui avoir fait des confidences juste avant de mourir. Morse était bouleversée par la mort de sa sœur, tu te souviens ? Elle avait enlevé l'enfant.

— Elle l'a rendu avant l'enterrement, non ?

— Exact. Cette famille avait connu pas mal de drames avant même qu'on intervienne. Le père s'est fait descendre dans un braquage, la mère est en train de mourir d'un cancer. Morse elle-même a failli se faire virer du FBI trois mois après le décès de son père pour avoir provoqué la mort d'un collègue.

— Elle t'en a parlé directement ?

— Non.

Les yeux de Tarver dévisagèrent Rusk avec une intensité implacable.

— Comment peut-elle même savoir que tu existes ?

— Je l'ignore.

— Fennell lui aurait révélé des choses à ton sujet ?

— Il aurait pu, mais… Non, je ne crois pas. Il n'est pas idiot.

— Il la baise ?

— Je ne crois pas, répondit Rusk, se posant à lui-même la question pour la première fois. Enfin, pas à ma connaissance.

La réponse ne satisfit manifestement pas Tarver.

— Non, elle n'a certainement jamais couché avec Bill Fennell, ajouta Rusk avec plus d'assurance. Elle est trop coincée pour ça.

— Elle a un vagin, non ?

— C'est juste.

— Pourquoi, alors ? Elle n'est pas son genre ?

— Tu te rappelles le dossier sur les Fennell ? C'est un serpent, ce type.

— Ta comparaison fait injure à cet animal, protesta Tarver.

Dérouté, Rusk cligna des yeux avant de poursuivre :

— J'ai enquêté sur Morse avant l'opération, souviens-toi. Dans son travail, elle fait toujours les choses dans les règles. Elle les faisait, du moins. C'est pour ça qu'elle est entrée au FBI et non à la CIA.

— Mais tu ne sais rien de sa personnalité profonde.

— Dit comme ça, non.

— L'origine des soupçons, c'est peut-être les affaires, dit Tarver d'un ton pensif. L'opération immobilière que tu as réalisée avec Fennell.

— Peut-être.

— Tu aurais dû t'en tenir aux diamants.

— Cette opération est plus lucrative, Eldon. Beaucoup plus.

— Pas si tu y laisses ta peau.

Rusk prit aussitôt conscience du côté inquiétant de la remarque. Premièrement, le verbe était à la seconde personne du singulier. Deuxièmement, Tarver n'évoquait même pas un éventuel séjour en prison, il parlait de mort. « Ne passez pas par la case Départ, ne touchez pas deux millions de dollars... »

Le médecin observait Rusk avec un intérêt nouveau.

— Qu'est-ce que Morse a bien pu faire pour t'inquiéter à ce point ?

— Je crois que je suis peut-être suivi.

L'euphémisme de l'année. Ne dis pas un mot sur la Crown Vic ni sur la poursuite le long de la Pearl... Rien qui puisse réveiller l'instinct de conservation surdéveloppé de Tarver.

— Tu l'es peut-être ou tu l'es ? demanda Tarver.
— C'est possible. Je ne suis pas sûr.
— Qui te ferait suivre ? Le FBI ?
— Franchement, je ne pense pas.
— Laisse tomber les adverbes, Andrew. Donne-moi des faits.

Rusk résista à l'envie d'injurier le médecin.

— Si Alex Morse met le nez dans la mort de sa sœur, elle le fait en dehors de son boulot. Elle a déjà des emmerdes avec ses supérieurs. Pourquoi le FBI enquêterait sur la mort de Grace Fennell ? L'affaire concernerait la police de l'Etat, pas une agence fédérale.

— C'est toi le juriste. Occupe-t'en.
— D'accord.
— Qu'est-ce qu'elle a fait d'autre, Morse ?

Nous y voilà.

— Elle a peut-être pénétré dans mon bureau, répondit Rusk.

Tarver le regarda dans les yeux.

— Tu n'es sûr de rien, Andrew ? Ou tu as peur de me dire la vérité ?

— Je n'ai pas peur, affirma-t-il. Même si elle a fouillé dans mon bureau, il n'y avait rien à trouver. Rien de compromettant, je veux dire.

— Il y a toujours quelque chose. Je connais les hommes de ton genre, ils ne peuvent pas s'empêcher de tout mettre par écrit.

— Si elle a réussi à aller sur mes dossiers informatiques, elle a peut-être eu accès à certaines opérations financières. Rien d'illégal. Tout est parfaitement honnête.

— Mais elles permettent d'établir des liens, dit Tarver à voix basse. Des liens avec d'autres conjoints de personnes décédées.
— Seulement pour les premiers, objecta Rusk. Le dernier remonte à trois ans.
— Si tu exceptes Fennell.
— C'est juste, reconnut de nouveau Rusk.
Tarver fit tomber d'autres morceaux de viande crue dans la poêle. Rusk fut sur le point de profiter de son silence pour lui parler d'EX NIHILO, jugea finalement que ce n'était pas le bon moment.
— Tu m'as parlé de deux problèmes, murmura Tarver.
— Le second est plus direct mais aussi plus facile à régler.
— Continue.
— Il s'agit d'un de nos anciens clients. William Braid.
— Le fabricant de péniches de Vicksburg ?
— Oui.
— Qu'est-ce qui se passe ?
— Il fait une dépression nerveuse. Je ne plaisante pas, Eldon. C'est d'avoir assisté à l'agonie de sa femme. Il a des hallucinations, il la voit dans la rue, ce genre de conneries. Elle a mis tellement longtemps à mourir, il ne l'a pas supporté. Je crains qu'il n'en parle à quelqu'un. A son pasteur, à un psy. A la police, même.
— Il t'a téléphoné ?
— Il est venu me déranger sur le terrain de golf ! Hier, il est passé devant chez moi en voiture ! Lisa était morte de peur.
Le visage de Tarver se figea.
— Quelqu'un l'a vu ?
— Seulement Lisa, et je lui ai donné une explication.

— Qu'est-ce qu'il t'a dit sur le terrain de golf ?
— Qu'il songe à se suicider.
— Qu'est-ce qu'il attend ?

Rusk se força à rire, mais son propre sort l'inquiétait trop pour qu'il trouve la réplique amusante.

— Pourquoi il vient te dire qu'il songe à se tuer ? raisonna Tarver à voix haute. Pourquoi il ne le fait pas, tout simplement ?

— Tu as raison, je ne crois pas qu'il soit du genre suicidaire. Il s'aime trop pour ça. Je crois qu'au final c'est nous qu'il tiendra pour responsables. Il va nous dénoncer à la police.

Tarver regarda Rusk un moment puis haussa les épaules avec philosophie.

— Ça devait arriver, tôt ou tard. C'était inévitable.
— Qu'est-ce qu'on fait ?
— Braid a des enfants ?
— Trois.
— Tu crois qu'il a oublié tes avertissements ?
— Je crois qu'il s'en fiche. Il a complètement craqué.
— Ces types, cracha Tarver avec dégoût. Des lavettes. De vrais gosses. Pas étonnant que les femmes méprisent les hommes, de nos jours.

Rusk garda le silence.

— Que faisait la conscience de M. Braid quand il nous payait pour assassiner la vieille sorcière ?

— C'est un membre de l'Eglise baptiste du Sud, argua l'avocat avec un haussement d'épaules.

Tarver eut un moment l'air perplexe puis éclata de rire.

— Tu veux dire que le samedi soir est différent du dimanche ?

— Exactement, mon vieux.

Tarver souleva la poêle grésillante et fit glisser le reste de la viande sur une des pierres entourant le feu.

— J'ai connu des gens comme ça.

— Qu'est-ce que nous faisons ?

Il sourit.

— « Nous » ? Tu peux faire quelque chose pour nous tirer de là, toi ?

Rusk rougit presque.

— C'est-à-dire que...

— Tu veux savoir ce que je vais faire, moi, pour régler ton problème ?

Ça va me coûter cher, pensa soudain Rusk. La peau des fesses.

Le Dr Tarver se redressa, étira son corps massif.

Tu ressembles à ce vieux bonhomme à barbe grise qui force des enfants affamés à voler, dans ce feuilleton qui passe tard le soir à la télévision. La tache de naissance mise à part. Horrible, ce machin. Fais-toi opérer, bon Dieu, se dit Rusk. On est au vingt et unième siècle et tu es médecin.

A la réflexion, il connaissait pas mal de dentistes qui avaient des dents affreuses.

— Je m'occuperai de M. Braid, dit Tarver d'un ton détaché.

Rusk hocha prudemment la tête. Il aurait voulu savoir quand Tarver envisageait de passer à l'acte mais redoutait de l'irriter en posant la question.

— Braid sera chez lui ce soir ?

— Oui. Je lui ai dit que je passerais peut-être.

— Crétin. Et s'il en a parlé à sa maîtresse ?

— Elle l'a plaqué il y a dix jours. Il ne parle plus à personne, maintenant. Ses gosses sont chez les grands-parents depuis deux semaines.

— D'accord.

Rusk respirait mieux : aucune allusion à l'argent, jusque-là.

— Deux cent cinquante mille, annonça soudain Tarver, comme s'il avait lu dans son esprit.

Rusk se recroquevilla mentalement. Avec Eldon Tarver, on ne pouvait se bercer longtemps d'illusions.

— C'est beaucoup, finit-il par hasarder. Braid est une menace pour nous deux, non ?

Les traits du médecin perdirent toute humanité.

— Braid connaît mon identité ?
— Non.
— Mon visage ?
— Bien sûr que non.
— Alors, il ne constitue pas une menace pour moi. La seule menace concevable pour moi, c'est toi, Andrew. Ne m'incite pas à y songer trop longuement.
— Comment tu veux que je te paie ?
— En toute sécurité. Tu m'apporteras la somme ici, la semaine prochaine.

Rusk acquiesça. Un quart de million de dollars… *pfft*, comme ça. Uniquement pour réduire au silence un client tenaillé par un sentiment de culpabilité. Il faudrait désormais qu'il fasse une meilleure sélection. Mais comment ? Difficile de prédire qui aura assez de force de caractère pour regarder un être autrefois aimé se transformer en une coquille vide avant de mourir. C'est beaucoup plus facile de tuer quelqu'un d'une balle. On appuie sur la détente et la cause de votre fureur passagère se retrouve à la morgue. Trois jours plus tard, on la maquille pour sa dernière apparition dans son cercueil et hop, partie pour toujours. C'était bon dans le temps, à l'époque de ce foutu Perry

Mason. Dans le monde moderne actuel, on ne pouvait plus tuer quelqu'un qu'on connaissait avec un revolver et espérer s'en tirer. Ni d'ailleurs en l'étranglant, en l'empoisonnant ou en le poussant d'un balcon d'hôtel. Toutes les manières classiques de se débarrasser de quelqu'un laissaient des traces, des preuves permettant à un tribunal de vous condamner. Les conjoints étaient automatiquement soupçonnés dans toutes les affaires de meurtre. Cela allait de soi, c'était la première chose qu'on apprenait à la Brigade criminelle.

Non, si vous vouliez supprimer votre conjoint et vous en tirer, il fallait vous y prendre d'une façon vraiment ingénieuse. Il fallait que ça n'ait même pas l'air d'un meurtre. C'était le service qu'Andrew Rusk avait trouvé le moyen de fournir. Comme toute prestation de qualité, elle n'était ni bon marché ni rapide. Et surtout – comme William Braid en apportait la preuve – elle n'était pas faite pour les caractères faibles. La demande était forte, naturellement, mais peu de gens constituaient véritablement des clients potentiels. Il faut avoir la haine chevillée au corps pour regarder votre conjoint mourir dans de grandes souffrances en sachant que c'est vous-même qui en êtes la cause. D'un autre côté, certaines personnes tenaient remarquablement le coup sous le stress, Rusk l'avait remarqué. Quelques-uns semblaient même avoir été taillés pour ce rôle. Ils se lamentaient avec de grands gestes dramatiques, revêtaient une tenue de martyr qu'ils savouraient d'autant plus qu'elle leur était inhabituelle. Rusk s'efforçait de ne juger personne. Il n'était pas là pour ça. Son travail consistait à faciliter une issue que beaucoup souhaitaient mais que seule une élite pouvait s'offrir.

— Si le prix te contrarie, pense à ce que ce serait de te faire violer à Parchman pendant vingt-cinq ans. Ou de mettre la main là-dedans, dit Tarver en indiquant le sac Nike posé à ses pieds. Parce que je pourrais t'y inciter fortement. Moi, je ne risque rien et ta disparition garantirait ma sécurité.

— Elle te priverait aussi de gros revenus, répliqua Rusk avec courage.

Tarver sourit.

— Je suis déjà riche.

Rusk ne dit rien mais se sentit en terrain plus sûr. Tarver avait gagné des millions grâce à leur association mais il en avait déjà dépensé une grande partie. Ses recherches personnelles dévoraient son capital à une vitesse sidérante. Rusk ignorait sur quoi portaient ces travaux. Il savait seulement que Tarver avait été autrefois licencié pour inconvenance de nature sexuelle par une firme pharmaceutique et ainsi privé des fruits des travaux qu'il avait effectués pour cette société. Peut-être désirait-il montrer à ses anciens patrons qu'ils avaient commis l'erreur de leur vie. Ces réflexions traversèrent l'esprit de Rusk en quelques secondes et ne firent que l'effleurer car toute son attention était concentrée sur une question : qu'y a-t-il dans ce sac ? Il l'observait depuis un moment et était quasiment sûr d'avoir vu la toile bouger.

— Tu veux savoir ce qu'il y a dedans ? lui demanda le médecin.

Rusk secoua la tête. Avec Eldon Tarver, il fallait s'attendre à tout. Un serpent venimeux ? Un héloderme ?

— Non, il faut que je te parle d'autre chose.

— De quoi, Andrew ?

— De ma sécurité.
Le regard de Tarver se fit plus vigilant.
— Ah oui ?
— Je savais que les nouvelles que je viens de t'apporter t'inquiéteraient. Surtout l'histoire de Morse.
— Et ?
— Je me suis senti en droit de prendre des mesures pour me protéger.

Les paupières du médecin s'abaissèrent comme celles d'un lézard sud-américain se chauffant au soleil sur un mur de stuc.

— Qu'est-ce que tu as fait, Andrew ?
— Ne t'énerve pas, Eldon, ce n'est qu'un système qui déclenchera une suite d'événements si je ne fais pas une certaine chose chaque jour.

Rusk entendait sa voix trembler mais il devait continuer. S'il ne le faisait pas maintenant, il n'y arriverait jamais.

— Des événements qui te conduiraient en prison pour plusieurs meurtres.

Une lueur étrange faisait luire les yeux mi-clos.

— Ne me dis pas que tu as déposé des sortes d'aveux chez ton notaire. Ou quelque part dans un coffre.
— Non, non, c'est bien plus discret que ça. Et beaucoup plus sûr.
— Que se passerait-il si tu mourais accidentellement ?
— Tu aurais quelques jours pour quitter le pays. Ce n'est pas si terrible. On est déjà riches et on a déjà pensé qu'on serait peut-être obligés de quitter un jour les Etats-Unis. Ça ne ferait que rapprocher l'échéance. Bref, tu ne peux pas me tuer et rester en Amérique.

Mais pourquoi tu voudrais me tuer ? Je te fais gagner plus d'argent que tu ne pourrais jamais en gagner autrement.

Tarver respirait par longues inspirations régulières.

— C'est faux. Tu as de la richesse une idée toute provinciale, mon pauvre Andrew. Ce que nous a rapporté notre collaboration n'est rien à côté des profits que génèreront mes recherches. Pour moi, notre association n'est qu'un petit boulot d'étudiant qui tond des pelouses après ses cours à la faculté de médecine.

Cette remarque agaça Rusk, qui voyait dans leur partenariat une façon révolutionnaire de faire des affaires, mais il ne discuta pas. Il continuait à fixer le sac, qui contenait visiblement quelque chose de vivant.

— Il faut que je retourne en ville, dit-il.

Tarver se pencha et ouvrit la fermeture Eclair du sac.

— Ton idée de la ville aussi est provinciale. Jackson... Seigneur Dieu !

Tandis que Rusk reculait, une forme noir et jaune émergea du sac. On aurait dit un lézard. Un lézard noir avec une bande jaune sur la tête. Trop petit pour un héloderme, pensa-t-il. A moins que ce ne soit un jeune.

— Avant de partir, parle-moi de cette femme.

— Cette femme ? répéta stupidement Rusk qui, pour une raison inconnue, pensait à Janice et à ses cuisses musclées.

— Alex Morse.

— Elle était négociatrice pour le FBI. La meilleure, paraît-il, jusqu'à ce qu'elle déconne.

— Quelle a été la nature de son erreur ?

— Elle a laissé ses émotions prendre le pas sur sa raison.

— Un piège dans lequel on tombe fréquemment.

D'un geste fluide de danseur, Tarver saisit la tête noir et jaune, tira du sac un serpent aux couleurs vives. Oh, merde…

Sur le corps étroit de l'animal, long d'une cinquantaine de centimètres, les bandes de couleur alternaient : rouge, jaune, noir ; rouge, jaune, noir…

Rusk eut une chute de tension si brutale qu'il faillit s'évanouir. Un serpent corail ! Un tueur ! A moins que… Un autre reptile, le serpent-roi, avait presque la même apparence. Il se rappela une histoire dans laquelle des soldats terrorisaient un bleu avec un serpent-roi. Lui revint aussi le dicton qu'on se murmurait quand il était chez les scouts : « Rouge sur jaune citron, tu l'as bien profond ; rouge sur noir, t'es super peinard… » Si sa mémoire était bonne, Eldon tenait un foutu serpent corail entre ses doigts avec autant de désinvolture que Rusk l'eût fait d'un chaton.

— Elle vient d'où, cette saleté ?

— Je l'ai trouvé ce matin. Il est timide, comme tous ceux de son espèce.

— N'empêche qu'il est sorti tout de suite du sac quand tu l'as ouvert…

— Je crois qu'il avait envie de se chauffer au soleil. C'est un animal à sang froid.

Comme toi, mon salaud.

— Elle est mariée, Morse ? demanda Tarver.

— Non.

— Intéressant. Des enfants ?

— Juste le neveu, le gosse de Fennell.

— Ils sont proches ?

— Très.

Tarver parut se perdre dans ses pensées. Il n'était pas d'une laideur effroyable – excepté sa tache de naissance –, mais Rusk lui trouvait des côtés répugnants. Ses larges pores, par exemple. Quand on regardait attentivement son visage, on avait l'impression de contempler un paysage criblé de trous, ou le revêtement intérieur du plafond d'une vieille Volkswagen. Il avait aussi une peau qui restait blanche toute l'année, comme si le soleil implacable du Mississippi n'avait aucun effet sur lui.

— Une dernière chose, dit Rusk. Je dois voir un client potentiel demain. Un vrai péquenaud, mais son compte en banque n'a rien de provincial. Et je sais qu'il déteste sa femme. Elle s'apprête sans doute à consulter un des avocats locaux, mais d'après Lisa, elle ne s'est pas encore décidée. Je peux lui proposer nos services s'il me donne l'impression d'être un candidat sérieux ?

— Quel gourmand tu fais ! Qu'est-ce que ça pourrait rapporter ?

— Un million chacun, je pense.

Le Dr Tarver tint la tête du serpent à quelques centimètres de ses yeux.

— Vraiment ?

— Cela lui coûterait dix fois plus de divorcer.

— Alors, vas-y.

— Pas de soucis à se faire pour Braid ?

Tarver secoua la tête.

— Oublie Braid, concentre-toi sur ton boniment de vendeur. C'est pour ça que tu es doué, Andrew : la vente.

Le rire de Rusk fut cette fois sincère, en partie parce que la remarque de Tarver était juste, en partie surtout parce qu'elle lui redonnait un avenir dans lequel ne figurait dans l'immédiat aucun serpent corail. Rusk se demanda distraitement si William Braid avait rendez-vous avec l'animal, mais à vrai dire, il préférait ne pas le savoir. Pour être tout à fait franc, les serpents le faisaient flipper. Même de loin.

— Il faut que j'y aille.
— Dis au revoir à mon petit ami, Andrew.
— Non, merci.
— Prends un peu de filet de faon. Pour la route.
— Pas faim, répondit Rusk, qui s'était déjà éloigné de quinze mètres. Comment je saurai que tu t'es occupé de Braid ?

Un éclair de vive contrariété passa dans les yeux bleus de Tarver.

— Je t'ai déjà fait une promesse que je n'ai pas tenue ?
— Non. Excuse-moi.
— Sauve-toi, Andrew. N'oublie pas : deux cent cinquante mille dollars. Je veux des pierres non taillées, des diamants blancs, pas ces trucs tape-à-l'œil avec lesquels on séduit les étudiantes.
— Des diamants blancs non taillés, répéta Rusk, enfin parvenu aux arbres. Tu les auras la semaine prochaine.

Tarver n'était plus qu'une silhouette à présent mais Rusk le vit tendre le bras autour duquel le serpent était enroulé.

— J'y compte bien ! cria-t-il.

Rusk se retourna et se mit à courir.

15

Chris travaillait sans interruption depuis des heures et la dernière personne qu'il s'attendait à découvrir quand il pénétra dans son bureau pour faire enfin une pause était bien sa femme. Assise derrière sa table de travail, Thora tapait sur le clavier de son Treo. Elle portait une jupe kaki et un chemisier de soie blanche si fine qu'on voyait au travers. En entendant le bruissement de la blouse d'hôpital de Chris, elle leva les yeux et sourit.

— Salut. Qu'est-ce que tu fais là ?

Elle s'apprêtait à répondre quand son regard se voila.

— Ça va, Chris ?

— Bien sûr. Pourquoi ?

— Tu es vert, chéri. Qu'est-ce qui se passe ?

Il referma la porte derrière lui.

— Je viens de diagnostiquer un carcinome au poumon chez une femme de cinquante-cinq ans. C'était une amie de ma mère quand nous vivions à Natchez.

Thora dénoua le foulard bleu ciel qui retenait ses cheveux et le posa sur le bureau.

— Je suis désolée. Je sais que ça te bouleverse toujours.

— Je suis vraiment content de ta visite. Juste un peu surpris.

— J'étais sur la grand-route, j'ai tourné pour venir t'embrasser.

Elle se leva, contourna le bureau, se hissa sur la pointe des pieds et déposa un baiser sur les lèvres de Chris.

— Je te rends ton fauteuil, assieds-toi.

Il obtempéra. Elle passa derrière lui et lui massa les épaules.

Il sentit l'odeur douceâtre de son parfum et se rappela la façon dont elle lui avait fait l'amour, la veille.

— C'est bon ?

— Ce boulot est vraiment nul, par moments.

— C'est parce que tu le laisses t'envahir. Les médecins comme mon père se protègent. Ils viennent, ils ouvrent le patient, ils prennent le chèque et ils passent à autre chose.

Chris pensa aussitôt à Shane Lansing, qui partageait ce trait de caractère avec Lars Rayner.

— Détends-toi, murmura Thora. Rien qu'une minute.

— J'essaie.

Elle lui pétrit la base du cou pour décontracter les muscles. Il tenta de se laisser aller, surtout pour lui faire plaisir. Un massage ne réglerait aucun de ses problèmes.

— J'ai déjeuné avec Laura Canning au Planet Thailand, dit Thora. L'Alluvian a eu une annulation, ce matin, on a pu réserver pour les trois prochaines nuits. Le problème, c'est qu'on sera dans la même chambre.

Chris inclina la tête en arrière, leva les yeux vers le visage renversé de sa femme.

— Vous partez aujourd'hui, alors ?

— Non, non, demain. Nous ne partons pas avant demain matin.

Il se pencha de nouveau en avant, absorba l'information en silence.

— Ne t'en fais pas, j'emmènerai quand même Ben à l'école et Mme Johnson le conduira à la fête d'anniversaire de Cameron, si tu ne peux pas te libérer.

Il avait complètement oublié cette fête, qui aurait lieu au bowling, comme la plupart des anniversaires des camarades de classe de Ben.

Thora alla s'asseoir sur un coin du bureau. L'humeur de Chris avait gâché sa visite mais elle paraissait plus surprise qu'irritée.

— Tu es bien silencieux, fit-elle observer.

Il aurait voulu se montrer moins maussade, mais après les accusations d'Alex Morse et une matinée passée à examiner des patients gravement atteints, il avait du mal à s'enthousiasmer pour les projets de Thora. En la regardant assise au bord du bureau, il remarqua quelque chose. En fait, il l'avait déjà remarqué la veille, mais l'intensité de son désir l'avait relégué comme un détail sans importance.

— Tu as maigri, dis donc. Combien tu as perdu ? demanda-t-il.

— Quoi ? fit-elle, décontenancée.

— Tu es trop mince. Sérieusement.

— C'est courir qui fait ça, répondit-elle avec un petit rire.

— Je sais. Et ça peut être mauvais pour la santé. Tu as tes règles normalement ?

— Je les ai eues il y a deux semaines.
Il essaya de se rappeler si c'était vrai.
— Va dans le couloir, demande à Holly de te peser.
Elle tendit le bras, lui pressa la cuisse.
— Ne sois pas bête.
— Non, je suis sérieux. Viens, dit-il en se levant. Je vais te peser moi-même. Je te ferai aussi une prise de sang.
— Une prise de sang ? Pas question.
— Tu ne viens jamais dans mon cabinet. Ton dernier bilan de santé remonte à quand ?
— Je ne me souviens pas. Mais Mike Kaufman m'a examinée à ma dernière visite de gynéco.
— Sans s'attarder sur ce qui ne relève pas de son domaine. En plus, tu courais beaucoup moins quand tu as vu Mike. Cela pourrait avoir un effet sur ton ovulation.
La mine de Thora s'assombrit mais elle ne répondit pas.
— Qu'est-ce qui ne va pas ? demanda-t-il, sincèrement inquiet.
— Rien. Je n'aime pas les piqûres, tu le sais.
— Ce n'est pas une raison. Allez, viens.
Il la prit par le bras et l'entraîna vers le poste de Holly. Thora se laissa faire de mauvaise grâce et, sans ôter ses chaussures, monta sur la balance médicale. Chris secoua la tête, lui demanda d'enlever ses sandales et fit coulisser les poids noirs jusqu'à ce que la barre soit horizontale.
— Cinquante kilos. Combien tu pesais quand on s'est mariés ?
Thora haussa les épaules.
— Je ne me rappelle pas.

— Moi, si. Cinquante-sept.

— Je n'ai jamais pesé autant de ma vie.

Chris eut un petit rire. Elle mentait, mais celui-là était un mensonge anodin.

— Tu mesures un mètre soixante-huit, Thora. Tu ne dois pas perdre sept kilos en partant de cinquante-sept.

Elle soupira, descendit du pèse-personne. Sachant qu'il ne réussirait pas à l'amener au labo, au bout du couloir, il la fit asseoir, passa autour de son bras le manchon d'un tensiomètre. Après l'avoir gonflé, il prit dans le tiroir du bas de Holly une des seringues qu'elle utilisait pour les piqûres.

— Hé! s'écria Thora. Tu veux faire quoi avec ça?

— Reste calme. Je sais parfaitement manier une seringue. Je trouverais une veine sur un éléphant obèse.

— Je ne suis pas sûre que la comparaison s'impose, marmonna Thora. C'est une aiguille de combien?

— Vingt et un, répondit Chris.

Elle grimaça.

— Je ne pourrais pas avoir une vingt-cinq?

— Cesse de faire l'enfant. La plupart des gens acceptent des dix-huit, tu sais.

— Je ne suis pas la plupart des gens.

Elle essaya de dégager son bras puis, après quelques tentatives, se renversa contre le dossier du siège et laissa Chris aspirer dix centimètres cubes de sang sombre dans le cylindre en verre. S'ils avaient été au labo, il aurait rempli plusieurs tubes, mais c'était mieux que rien.

— Seigneur, gémit Thora en pliant le bras pour accélérer la coagulation. Je suis venue pour un baiser et je me fais violer. Pas étonnant que je ne passe pas très souvent.

Chris éclata de rire, mais il songeait à l'origine de l'attitude de sa femme envers son cabinet : l'endroit lui rappelait sans doute son père, d'une certaine façon, voilà pourquoi elle l'évitait.

— Je croyais que tu aimais ça, que je te viole.
— Pas aujourd'hui.

Elle se leva et retourna dans le bureau. Quand il l'y rejoignit, elle avait remis son foulard et rangeait son Treo dans son sac.

— J'ai des tas de choses à faire pour préparer mon départ, dit-elle en s'approchant de la porte.
— Tu seras à la maison quand je passerai prendre Ben ? On a entraînement, aujourd'hui.

Thora fronça les sourcils.

— Entraînement ? Il a match, ce soir. Vous jouez contre les champions de l'année dernière.
— Merde, c'est vrai.
— Je n'arrive pas à croire que tu l'aies oublié et que je m'en sois souvenue, dit-elle en s'esclaffant. Le monde doit tourner à l'envers, aujourd'hui.
— Après la matinée que j'ai eue, ça ne me surprendrait pas. J'espère que ça ira mieux cet après-midi.
— C'est déjà l'après-midi, Chris.

Il regarda sa montre : Thora avait raison.

— Houlà. Le personnel doit avoir envie de m'étrangler.
— Tu as mangé quelque chose ?
— Pas depuis le petit déjeuner.

Elle s'avança dans le couloir, se retourna vers lui.

— Tu ferais mieux de fermer ton cabinet et de courir à la cafétéria.

— C'est ce que je vais faire. Tu m'accompagnes ?
— Non, je me suis bourrée de crevettes.
— J'en doute. Trois ou quatre bouchées, grand maximum.

Elle le poussa par jeu, cria un au revoir à Holly, qui se tenait devant la porte de la salle de radiographie.

— On se retrouve à la maison, d'accord ? murmura-t-elle en se rapprochant de Chris. Après le match de Ben, on pourrait peut-être jouer les prolongations d'hier soir…

Il allait répondre quand il sentit sa main se refermer sur ses testicules. Elle le regarda d'un air entendu et pressa.

— Peut-être, dit-il en rougissant.

Elle s'éloigna dans un rire et gagna la sortie privée du cabinet en faisant froufrouter sa jupe avec grâce. Après son départ, Chris descendit le couloir pour remettre la seringue à Holly.

— Vous mettez ça dans un Vacutainer.
— OK. Vous voulez quelles analyses ?
— Un hémogramme et un Chem-20 complet. Mais ne jetez pas le reste du sérum, je ferai peut-être d'autres analyses, suivant les résultats.
— D'accord, dit Holly, qui se dirigea aussitôt vers le labo.

En se retournant, Chris vit Jane, sa réceptionniste, qui passait la tête par le guichet donnant dans le hall.

— Ça va, patron ? s'enquit-elle.
— Oui, pourquoi ?
— Vous avez pas l'air en forme, aujourd'hui.
— Je me sens fin prêt pour un cent mètres.
— Alors, allez-y. C'est l'heure du déjeuner.

— Plus que l'heure, renchérit la laborantine derrière lui. Même le Dr Cage est parti, et il y a déjà un bon moment de ça.

Chris secoua la tête. Il avait vraiment sauté l'heure du repas si Tom était allé déjeuner.

— Il vous reste un patient, lui rappela Holly en remontant le couloir. Salle 4, M. Patel. Une vésicule biliaire qui fait des siennes, je dirais.

Il revint dans son bureau et ferma la porte. Il devait examiner le dénommé Patel mais n'arrivait pas à se concentrer. Il alla s'asseoir dans son fauteuil et, sans trop savoir pourquoi, ouvrit son tiroir, comprit en le faisant qu'il vérifiait si Thora avait fouillé dans ses affaires.

Pourquoi je m'inquiète de ça ? se demanda-t-il.

La réponse lui sauta aux yeux : sur un bloc d'ordonnances se trouvait le portable Motorola argenté qu'Alex Morse lui avait donné le matin sur la Trace. Si Thora avait ouvert le tiroir, elle l'avait découvert. Elle l'a peut-être fait, pensa-t-il. Non... si elle avait vu un nouveau portable, elle m'aurait interrogé à ce sujet.

En retournant l'appareil dans sa main, il constata que son écran bleu indiquait « 1 appel manqué » et que la sonnerie était réduite au silence. Il regarda l'heure de l'appel : une minute plus tôt. Etrangement agité, il appela le seul numéro enregistré dans la mémoire. Après une demi-sonnerie, une voix de femme répondit :

— C'est Alex. Vous pouvez parler ?
— Oui.
— Je suis devant votre cabinet. Thora vient de sortir.
Dérouté, il demanda :
— Pourquoi vous êtes là ?

— J'ai suivi votre femme.
— Arrêtez ça. A quoi vous jouez ?
— J'essaie de vous sauver la vie.
— Bon Dieu, je vous ai dit que...
— J'ai quelque chose à vous montrer, le coupa-t-elle. Une preuve irréfutable.

La peur s'installa dans la poitrine de Chris.
— Qu'est-ce que c'est ?
— Je vous le dirai de vive voix.
— Thora est partie, vous dites ?
— Oui.
— Alors, venez dans mon bureau.

Une hésitation, puis :
— Ce serait peut-être une erreur.
— Passez par l'entrée privée.
— Non. Venez, vous.
— J'ai encore des patients à examiner ! Je ne peux pas partir maintenant. On irait où, d'ailleurs ?
— Il y a une sorte de parc, au bout du boulevard.
— Ce n'est pas un parc, c'est un site historique. Le Grand Village des Indiens Natchez.
— Peu importe. Il n'y a personne et c'est à quatre cents mètres.
— Mademoiselle Morse, je...
— Thora part aujourd'hui ?
— Non. Demain matin.
— Ça ne prendra que dix minutes. Faites-le pour vous, Chris. Pour Ben, aussi.

Une colère irrationnelle s'empara de lui. Il aurait préféré dire à Morse d'attendre dix minutes et de venir le rejoindre dans son bureau, mais il arrivait parfois qu'un ou deux membres du personnel restent dans les locaux pour déjeuner.

— Je vous retrouve là-bas dans cinq minutes.
— Je serai sur la grosse butte du milieu, dit Alex.
La grosse butte ?
— C'est un tertre cérémoniel, pas une butte. Un tertre indien.
— Super. Faites vite, s'il vous plaît.

Un quart d'heure plus tard, Chris traversait en courant un épais bosquet de chênes en direction d'une vaste étendue d'herbe. Il passa devant une réplique de hutte indienne et déboucha au soleil. Au loin se dressaient deux tumulus distants de quatre-vingts mètres. Le plus proche était un tertre cérémoniel où le chef des Natchez, Grand Soleil, présidait autrefois aux rites de cette tribu exceptionnelle. Plus loin se trouvait le tertre du Temple. Ces deux lieux de culte étaient l'œuvre d'adorateurs du soleil qui s'étaient installés sur ces terres mille ans avant l'arrivée de l'homme blanc. Comme un grand nombre de villes anciennes, Natchez avait été fondée en 1730 sur un massacre, en l'occurrence l'extermination des Indiens Natchez par la garnison française du fort Rosalie, en représailles de la rébellion de l'année précédente.

Une main en visière, Chris examina la crête du tertre le plus proche, distingua une silhouette menue dans le soleil. Sans être certain qu'il s'agisse d'Alex Morse, il marcha dans cette direction, inspecta au passage le village, repéra une demi-douzaine de touristes près du tertre du Temple, se déplaçant tous par deux.

Il haletait en gravissant le tumulus, qui était cependant beaucoup moins haut que le tertre Emeraude, situé au nord de la ville. Cette construction en terre ressemblait étonnamment aux structures mayas du Yucatan, même si les anthropologues pensaient qu'il n'existait aucun lien entre elles.

— Cela fait vingt minutes que j'attends ! cria la silhouette au-dessus de lui.

En arrivant au sommet, Chris reconnut Morse. Elle avait changé sa tenue de cycliste trempée contre un pantalon kaki et un débardeur jaune pâle. Pas de trace de son pistolet. Il était peut-être dans le sac marron posé à ses pieds.

— Qu'est-ce que vous vouliez me montrer ?

— On est exposés aux regards, ici. On ne pourrait pas aller ailleurs ?

— C'est pas vrai, soupira-t-il. La rivière St Catherine traverse le site, on y accède par un sentier qui passe sous ces arbres.

— D'accord.

Elle partit dans cette direction sans l'attendre. Agacé, il secoua la tête et suivit.

Le long du sentier, les chênes faisaient place aux ormes puis aux peupliers et aux bambous. Ils se retrouvèrent sur du sable beige mouillé. L'air sentait le poisson mort. Deux ans plus tôt, se souvint Chris, l'une des plus belles filles de la ville avait été assassinée au bord de cette rivière, pas très loin. Le fils de Tom Cage avait assuré avec succès la défense du principal suspect, un médecin de Natchez, et ce malgré les doutes qu'il nourrissait à l'égard de son client pendant l'enquête. Deux mois plus tard, Penn Cage avait été élu maire de la ville dans une élection anticipée [1].

---

1. Voir, du même auteur et aux mêmes éditions, *Une petite ville sans histoire*.

— On est loin de la rivière, demanda Alex, pantelante et couverte de sueur.
— Encore cinquante mètres.
— On ne pourrait pas s'arrêter ici ?
— Non. C'est infesté de moustiques.

Ils parvinrent à une barre de sable au-delà de laquelle coulait une rivière large et tranquille. Ces eaux calmes étaient trompeuses. Après un orage, il lui arrivait de grossir d'un coup et de traverser la ville en charriant des troncs d'arbres massifs comme si c'étaient des allumettes. La rivière St Catherine connaissait une de ces crues le jour où la pauvre fille avait été assassinée.

— On est assez loin, décida Alex, s'arrêtant au milieu de la barre de sable. Préparez-vous, docteur.

Chris serra les poings.

Elle ouvrit son sac, lui tendit une feuille d'imprimante à l'encre encore humide. C'était une photographie de Thora face à Shane Lansing. Chris reconnut, derrière eux, le granite noir de la cheminée du séjour de leur nouvelle maison d'Avalon. Thora avait le visage crispé – de colère, peut-être, difficile à dire – et remuait les mains. Lansing l'écoutait avec une expression soumise que Chris ne lui connaissait pas. Impossible de deviner de quoi ils parlaient, mais ils se tenaient très près l'un de l'autre, même si cette proximité n'avait pas forcément un caractère intime.

— Où avez-vous pris cette photo ?
— Vous le savez bien.
— Je veux dire comment. Et quand.
— Il y a trois quarts d'heure environ. Je l'ai imprimée dans ma voiture sur ma Canon portable.

Chris sentit ses jambes vaciller. Thora portait le même chemisier en soie et le même foulard bleu que dans son bureau, une demi-heure plus tôt, et n'avait pas dit un mot sur une discussion avec Shane Lansing.

— Vous vous êtes introduite dans la maison ?

— Je les ai photographiés par une fenêtre. J'en avais assez de vous entendre me dire que je raconte n'importe quoi, que je n'ai aucune preuve.

Chris regarda en aval une falaise de dix mètres de haut couverte d'épais kudzus verts.

— Elle prouve quoi, cette photo ?

— Que votre femme ne se contente pas de faire visiter votre nouvelle maison au Dr Lansing. C'est leur troisième rencontre cette semaine.

— Vous avez entendu leur conversation ?

— Je ne pouvais pas m'approcher suffisamment sans qu'ils me voient.

Chris rejoignit un gros tronc rejeté par la rivière, s'assit dessus lourdement.

— Docteur Shepard ?

Il ne répondit pas. Il pensait à la veille, quand Thora et lui avaient fait l'amour sur le canapé. Aux efforts de sa femme pour tomber enceinte... au cadeau-surprise du nouveau studio...

— Je sais que ça paraît suspect, débita-t-il d'une voix sourde. Mais ça ne prouve pas qu'ils ont une liaison. Lansing a peut-être des problèmes dans son couple, il se confie peut-être à Thora.

Alex le regarda, bouche bée d'étonnement.

— Vous avez une réaction d'épouse, Chris. Une épouse trompée qui défend quand même son mari devant la famille et les amis.

— Bon Dieu, vous ne connaissez pas Thora.

— Vous non plus, peut-être.

Il leva les yeux vers elle.

— Elle s'envoie en l'air avec Shane Lansing et elle passe m'embrasser tout de suite après ?

— Réveillez-vous. Les conjoints adultères mentent comme ça tout le temps. Mon fiancé quittait le lit de ma meilleure amie pour venir me faire l'amour chez moi. Il ne prenait même pas de douche. Enfin, je suis peut-être un cas à part. Thora vous a dit qu'elle était venue simplement pour vous embrasser ?

Chris détourna les yeux, laissa la photo tomber sur le sable.

— Qu'est-ce qu'elle a fait d'autre, aujourd'hui ? demanda-t-il.

— La routine. Elle a couru, elle s'est douchée, elle a nagé au country-club, elle a soulevé de la fonte au Mainstream. Elle a repris une douche, elle s'est dirigée vers le Planet Thailand...

Il hocha distraitement la tête.

— Au dernier moment, son portable a sonné. Elle a répondu, elle a fait brusquement demi-tour et elle est allée à sa voiture. C'est à ce moment-là qu'elle est partie pour Avalon.

Chris releva vivement la tête.

— Thora n'a pas mangé au Planet Thailand ?

— Non. Je viens de vous le dire.

« J'ai déjeuné avec Laura Canning au Planet Thailand... Je me suis bourrée de crevettes... »

— Chris ?

Il n'arrivait pas à regarder Morse. Une photo équivoque, c'était une chose, un mensonge pur et simple, c'en était une autre.

— Elle vous a menti, n'est-ce pas ? devina Alex. Si vous doutez encore, jetez un coup d'œil à la facture de son portable, vous pouvez le faire en ligne. Vous verrez qu'elle a rappelé Lansing à midi et demi. Vous avez la photo prouvant qu'elle l'a retrouvé tout de suite après et qu'elle vous a menti en prétendant qu'elle avait mangé avec Laura Canning. Une fois que vous aurez additionné deux et...

— Ça va, j'ai compris ! la coupa Chris. Donnez-moi une minute !

Alex allait et venait le long de la rive pour laisser Chris intégrer à son rythme ce qu'il venait d'apprendre. C'est le mensonge qui a été décisif, pensa-t-elle avec satisfaction. Elle aurait pu argumenter pendant des heures jusqu'à se rendre aphone, il aurait continué à nier la réalité. Il était prêt à inventer n'importe quoi pour justifier la photo. Mais cela n'avait plus d'importance, Thora s'était trahie avec un mensonge.

Un mensonge inutile, d'ailleurs, se dit Alex. Cela tenait à la nature humaine, comme son père le lui avait souvent expliqué. Une fois qu'on a pris l'habitude de mentir, on le fait à tout propos pour se faciliter la vie. Thora n'avait probablement pas même réfléchi aux risques de ce petit mensonge. Après tout, elle avait prévu de déjeuner au restaurant thaï. Et Chris ne vérifierait pas un détail aussi insignifiant.

Du regard, Alex chercha des poissons dans la St Catherine mais ne vit qu'une nuée de têtards. La rivière et les bois la firent penser à Jamie, à son propre père, qui lui apprenait à pêcher dans tous les cours d'eau entourant Jackson. Bill Fennell donnait toujours son accord pour ces parties de pêche et Alex savait maintenant pourquoi. En n'ayant pas son fils dans les jambes, Bill pouvait plus facilement retrouver sa maîtresse pour un petit coup rapide. Il n'y avait plus que Grace pour l'en empêcher et Grace était toujours tellement occupée, surtout depuis la maladie de leur mère…

Mon Dieu, pensa Alex, il faut que je téléphone à l'infirmière…

Elle se retourna pour crier à Chris : « Vous aurez beau le regarder, le tableau ne changera pas », resta pantoise.

Chris Shepard était parti.

16

Le public rugit quand la batte en aluminium claqua et cent paires d'yeux suivirent l'arc de la balle sous les projecteurs. Chris, qui coachait le première base, se raidit et regarda Ben s'élancer du cercle du batteur et courir vers lui. Le garçon avait expédié la balle entre le deuxième base et le coussin mais le champ centre s'était précipité en avant et tendait déjà le bras vers la balle.

— Tourne-toi et regarde ! cria Chris.

Ben pivota en prenant appui du pied droit sur le coussin, couvrit un tiers de la distance le séparant de la deuxième base. Il n'y arriverait pas.

Il devait repartir en arrière.

Chris entendit Thora encourager Ben des gradins mais ne leva pas les yeux. Il était comme en état de choc depuis qu'il avait vu la photo qu'Alex Morse lui avait donnée au bord de la St Catherine. Sa première réaction avait été de rentrer chez lui et d'interroger Thora mais, lorsqu'il était passé en voiture devant l'hôpital, il avait suffisamment recouvré son calme pour aller quand même faire ses visites. Après quoi, il était retourné à son cabinet et y était resté jusqu'à la fin de l'après-midi. La plupart des analyses de sang de Thora étaient prêtes et n'indiquaient qu'un peu d'anémie, ce qu'il constatait souvent chez les coureurs de fond...

— Papa ? Tu veux que je vole la base sur une balle passée ?

Il fixait Ben d'un air perdu. Ce beau petit garçon qui l'appelait papa était le fils d'un homme que Chris n'avait jamais vu, le fruit d'un chapitre de la vie de Thora qui lui demeurait en grande partie inconnu. Avant la rencontre avec Alex Morse, les trous noirs dans la vie de sa femme ne le contrariaient pas outre mesure. Tout était changé, maintenant. Il n'avait pas parlé à Thora depuis qu'elle avait quitté son bureau, en début d'après-midi. Après son dernier patient, il avait appelé Ben et lui avait demandé d'attendre devant la maison qu'il passe le prendre. Lorsqu'il avait arrêté sa voiture, Thora lui avait fait signe d'attendre par la fenêtre de la cuisine, mais il était reparti aussitôt pour le terrain de base-ball.

— Papa ? répéta Ben. Je vole la base ou quoi ?

Chris se força à revenir à la réalité. N'ayant ni déjeuné ni dîné, il avait des étourdissements depuis le début du match. On en était à la fin de la sixième manche et l'équipe adverse menait d'un point. Si ses joueurs n'arrivaient pas à marquer pour arracher d'autres tours de batte, c'était fichu. Il regarda le cercle du batteur et son estomac se noua. Il ne lui restait que trois garçons de neuf ans à faire jouer : de braves petits gars, mais parfaitement incapables de frapper une balle, même si leur vie en dépendait. Il avait jusque-là gardé Ben en réserve pour avoir encore de la puissance en fin de partie, mais Ben avait lui aussi ses limites. Chris s'agenouilla près de lui, le regarda dans les yeux et murmura :

— Vole la base, quoi qu'il arrive.

Ben s'apprêta à contester cette instruction, changea d'avis en comprenant la situation. Dès que le lancer suivant traversa le marbre, il fonça vers la deuxième base. Le receveur attrapa la balle, se leva d'un bond et l'expédia par-dessus le monticule du lanceur. Sa balle était un peu haute, juste assez pour permettre à Ben de glisser sans problème sous le gant du deuxième base quand il s'abaissa pour le toucher. Acclamations dans une partie du public, grognements dans l'autre.

De son pouce dressé, Chris félicita Ben et regarda son joueur de champ gauche s'avancer nerveusement dans le cercle du batteur. Le jeune garçon prit position sur le marbre, regarda son entraîneur avec inquiétude. Chris releva sa ceinture, signal convenu pour frapper doucement. Comme il attendait le lancer, un mouvement attira son attention de l'autre côté du grillage, sur sa gauche. Une jeune femme passait à vélo devant le terrain. Elle lui adressa un signe discret de sa main droite et le cœur de Chris battit plus fort dans sa poitrine.

Alexandra Morse.

Elle s'était probablement affolée quand il avait disparu, sur la rive de la St Catherine, car elle n'avait cessé de l'appeler sur son portable, qu'il avait fini par fermer. Elle l'avait même appelé à son cabinet mais il avait demandé à la réceptionniste de ne lui passer aucune communication. Alex Morse s'éloignait lentement quand le claquement d'une batte en aluminium ramena le regard de Chris sur le terrain. Le joueur de champ gauche avait envoyé la balle deux mètres devant le marbre et courait vers la première base, agitant les bras pour garder l'équilibre.

Les encouragements que lui cria Chris ne servirent à rien. Le receveur lança la balle dans le gant du première base alors que le joueur de Chris était encore à trois mètres de la base. Le première base tenta d'éliminer Ben à la troisième, mais Chris sut avant même de regarder que Ben avait réussi. Il tapota l'épaule de son champ gauche pour lui signifier qu'il avait bien joué. Reste concentré sur le match, se dit-il en résistant à l'envie de regarder de nouveau dans la direction d'Alex Morse. Ben est à la troisième base, on peut égaliser.

Le tableau d'affichage indiquait deux retraits et le batteur suivant de son équipe avait déjà un *strike* contre lui. Le lanceur adverse n'avait pas manqué beaucoup de balles aujourd'hui, la plupart de ses lancers étaient réussis. Une élimination était quasi certaine. Pour égaliser, Ben devait marquer un coup de circuit. Il avait la vitesse requise, en aurait-il la possibilité ?

Chris se tourna vers son coach de troisième base, qui lui jeta un regard interrogateur. Chris ferma un instant les yeux, se toucha le lobe de l'oreille droite : si le receveur manquait la balle, Ben tenterait le coup.

— Frappe dur, Ricky ! cria Chris.

Chez ces équipes de ligues mineures, un coup de batte puissant accroissait les possibilités que le receveur manque la balle, en particulier vu la façon dont Ricky Ross balançait sa batte. Il pouvait toucher aussi bien le gant du receveur que la balle quand elle passerait au-dessus du marbre.

Le lanceur opta pour une balle rapide ; Ricky frappa comme un Mark McGwire qui aurait exagéré sur les stéroïdes... et manqua. La balle échappa au gant du receveur, rebondit sur le grillage, derrière lui. Ben jaillit de la troisième base, atteignit sa pleine vitesse en cinq foulées, mais le lanceur se ruait déjà pour couvrir la plaque. Si le receveur n'arrivait pas à toucher Ben, le lanceur y parviendrait peut-être.

Ben courut de toutes ses forces avant d'entamer sa glissade, toucha la ligne de base dans un nuage de poussière. Le silence se fit dans les gradins et Chris sentit son cœur palpiter dans sa gorge. Il pensait que Ben avait réussi mais une tache blanche au centre du nuage de poussière lui fit craindre le pire.

— Eliminé ! hurla l'arbitre.

Des cris de joie et de colère montèrent du public. Chris courut vers le marbre mais il ne servirait à rien de contester la décision. Il n'avait pas vu si Ben avait touché le premier, et personne d'autre non plus, probablement, l'arbitre y compris. La poussière avait caché à tous les regards le dernier acte de la partie. Ben se releva, le visage cramoisi, et fixa l'arbitre, des larmes dans les yeux. Sentant le garçon sur le point de se rebeller, Chris le prit par le bras et l'entraîna vers l'abri.

— Bien essayé mais c'est fini, dit-il. Sois un homme, maintenant.

Les joueurs des deux équipes s'alignèrent, passèrent les uns devant les autres en se serrant la main. Chris rassembla ses garçons derrière l'abri, leur fit un petit discours d'encouragement et les renvoya à leurs parents. Quatre ou cinq pères lui déclarèrent qu'il devrait déposer une réclamation, mais il secoua la tête et leur conseilla de commencer à penser au prochain match.

— Papa ? dit Ben en le tirant par la manche. On peut rester pour regarder le match de C. J. ?

— Non, chéri, répondit une voix de femme derrière Chris.

Thora.

— Oh, allez, maman ! Papa n'a pas dit non.

— Bon, dit-elle d'une voix tendue. Demande-lui, tu verras.

— On peut, papa ? On peut ?

— D'accord. Voyons ce que fera C. J. contre Webb Furniture.

Ben poussa un cri de joie et fila vers les gradins.

— Pourquoi tu fais ça ? demanda Thora à Chris en se campant devant lui. Je pensais qu'on devait passer un moment ensemble à la maison…

Il refoula une demi-douzaine de réponses possibles, choisit la moins compromettante :

— Il a tellement envie de rester.

— Mais je pars demain…

— C'est ton choix, lâcha Chris.

Elle le regarda comme s'il l'avait giflée.

— De toute façon, tu ne seras absente que trois jours, non ? ajouta-t-il.

Elle hocha lentement la tête en silence.

Chris la contourna, se dirigea vers les gradins. Il s'attendait à ce qu'elle le rappelle, elle n'en fit rien. En rejoignant Ben, il s'efforça de maîtriser ses émotions. De retour à son cabinet, il avait consulté la facture du portable de Thora, comme Alex Morse le lui avait suggéré. Il avait relevé plusieurs numéros qu'il ne connaissait pas, mais aucun d'eux n'était celui de

Shaning. Il le savait parce qu'il avait vérifié en les appelant tous. Plus étrange encore, Thora n'avait pas téléphoné, pas plus à 12 h 30 qu'un quart d'heure avant ou un quart d'heure après. Ou Alex Morse s'était trompée, ou Thora avait un portable dont il ignorait l'existence.

17

Sous un ciel flamboyant, Eldon Tarver contemplait un vaste édifice construit par des esclaves cent cinquante ans avant sa naissance. Ce palais néogrec, l'une des plus belles demeures de Vicksburg, se dressait sur la ligne de crête d'une hauteur surplombant un méandre autrefois stratégique du Mississippi. Non loin de là se trouvaient encore les gros canons qui avaient tenu Ulysses Grant en échec pendant cinquante jours de siège, alors que les habitants de la ville mangeaient du rat et s'accrochaient à leurs ultimes convictions. Combien avaient péri pour cette cause perdue ? se demandait Tarver. Cinquante mille, rien qu'à Gettysburg, et pour quoi ? Pour libérer les esclaves qui avaient bâti cette résidence ? Pour préserver l'Union ? Stonewall Jackson était-il mort pour créer un pays d'abrutis avachis devant leur téléviseur, ignorant tout de leur histoire et incapables de démêler le réel du virtuel ? Si ces soldats courageux en uniforme bleu ou gris avaient pu voir dans l'avenir, ils auraient posé leur fusil et seraient retournés dans leur ferme.

Le Dr Tarver s'enfonça plus profondément dans l'ombre d'un chêne quand une Lincoln Continental remonta lentement la longue allée courbe menant à la maison de planteur. Après s'être garé, un homme corpulent vêtu d'un costume sombre souillé descendit de la voiture en titubant, se redressa et se dirigea vers la porte d'entrée.

William Braid.

Tarver défit son sac à dos et le posa à ses pieds. Il sentit une odeur douceâtre de chèvrefeuille qui lui rappela son enfance dans le Tennessee.

Braid s'escrima pendant près d'une minute pour introduire sa clef dans la serrure. Il avait une barbe de deux jours. Après avoir vainement essayé trente secondes encore, il tira de sa poche un téléphone portable et appela quelqu'un. Apparemment, il fulminait, mais Tarver n'arrivait pas à distinguer ses mots. Tandis que Braid s'écartait de la maison, probablement pour obtenir une meilleure réception, le médecin regarda sa montre et reprit le cours de ses réflexions.

Comme William Braid, l'Amérique s'acharnait à se détruire. Elle gaspillait sa puissance dans des guerres à moitié livrées et exportait sa technologie au profit de futurs ennemis. Bref, elle cherchait quasiment le châtiment darwinien. De tous les grands penseurs modernes, Charles Darwin était aux yeux de Tarver le plus clairvoyant. Sa théorie s'appliquait à tous les niveaux, elle gouvernait les cycles de vie des microbes, des hommes et des nations. Tarver observait l'élégant fonctionnement des lois darwiniennes tel un horloger penché sur une pendule sans défauts. Comme toutes les lois scientifiques, celles de Darwin permettaient non seulement de décrire le passé mais aussi de prédire l'avenir. Ce n'était pas un hasard si Tarver avait été l'un des rares chercheurs à prévoir l'apparition du

VIH chez l'*Homo sapiens*. Les lois de Darwin lui avaient également révélé que le nouveau concept de guerre dont les médias faisaient si grand cas – la guerre contre des groupes terroristes, non contre des pays – n'était qu'une illusion.

Sa perspicacité n'avait rien d'extraordinaire. L'avenir se ruait vers l'Amérique à une telle vitesse que rien ne pourrait l'arrêter et n'importe quel enfant de la guerre froide aurait dû en prendre conscience cinq ans plus tôt. Cet avenir, c'était la Chine, un vieil empire qui renaissait en superpuissance industrielle, un moteur obsédé d'expansion économique ne se souciant ni de la morale, ni de l'environnement, ni de la vie, ni du destin des autres pays. Ce qui garantissait qu'à très court terme la Chine serait engagée dans un combat à mort avec la seule autre puissance monolithique de la planète. Les Etats-Unis, Tarver le savait, n'étaient malheureusement pas préparés à cette lutte darwinienne pour la survie.

William Braid allait et venait en parlant au téléphone quand il se tourna soudain vers l'endroit où Tarver se cachait. Celui-ci se raidit mais Braid pivota vers la gauche et s'arrêta près d'un massif de roses en continuant à tempêter. Même de loin, on pouvait voir qu'il était complètement ivre.

L'affrontement entre les Etats-Unis et la Chine commencerait comme une nouvelle guerre froide, les dirigeants des deux pays niant l'existence même d'un conflit. Mais dans un monde aux ressources rares, les géants industriels ne pourraient longtemps dissimuler leurs ambitions. Les premières escarmouches se produiraient dans le domaine du commerce international, les suivantes auraient lieu dans celui de la finance. Bien avant que des armées s'affrontent sur terre ou sur mer, les coordonnées de tir des missiles nucléaires des deux camps auraient été modifiées afin de correspondre à la réalité nouvelle. Pour la deuxième fois de l'histoire, les conflits mineurs passeraient à l'arrière-plan tandis que les enfants grandiraient dans l'ombre d'une confrontation polarisée apportant avec elle un ordre presque réconfortant.

William Braid aboya une nouvelle fois puis jeta son portable et retourna à sa porte d'entrée en vacillant comme un boxeur prêt à s'effondrer pour le compte. Penché de nouveau au-dessus de sa clef, il poussa un cri de triomphe et disparut à l'intérieur de la maison.

Tarver tira de sa poche une paire de gants en caoutchouc, les enfila et regarda de nouveau sa montre. Il laisserait à Braid une minute ou deux.

A la différence de la précédente, cette nouvelle guerre froide ne durerait pas des décennies, ponctuées par des crises autolimitées. Parce que les Chinois n'étaient pas les Russes. Les Russes, comme Tarver le répétait souvent à ses collègues, étaient exactement comme les Américains : des Blancs avec un fort héritage judéo-chrétien, malgré une adhésion feinte au refus communiste de l'existence de Dieu. Les Chinois, eux, n'étaient absolument pas comme les Américains. Quand viendrait le moment crucial, ils n'hésiteraient pas à sacrifier la moitié de leur population pour effacer les Américains de la surface de la terre. Mao avait déclaré un jour : « Si une guerre nucléaire tue un demi-milliard d'entre nous, il en restera encore un demi-milliard. » Et il avait éclaté de rire.

Il ne plaisantait pas, pourtant. La guerre avec la Chine était inévitable, Eldon Tarver le savait. A la différence des autruches qui gouvernaient le pays, il ne se satisfaisait pas d'attendre passivement qu'elle éclate. En 1945, son père adoptif avait combattu sur quatre îles du Pacifique noyées de sang et avait appris une ou deux choses sur la mentalité asiatique. C'était peut-être un vieux salopard aigri aux poings durs comme du fer, mais il avait inculqué les leçons de cette guerre à tous ses enfants, y compris celui qu'il avait adopté uniquement pour avoir un ouvrier de plus sur sa ferme. Contrairement aux dilettantes qui se gargarisaient de propos antichinois dans le monde des cocktails, Tarver avait un plan. Il avait étudié son ennemi pendant des dizaines d'années en se préparant à livrer ce que le Pentagone appelait une « guerre asymétrique ». Le Dr Tarver avait une formule plus simple pour la qualifier : « la guerre d'un seul homme ».

Une lampe halogène s'alluma dans la grande chambre, projetant une lumière de faible intensité sur la pelouse soigneusement entretenue. Tarver savait que c'était une lampe halogène parce qu'il avait passé du temps dans cette chambre près de deux ans plus tôt. Il reprit son sac à dos et fit rapidement le tour de la maison jusqu'aux portes du patio. Braid n'avait sans doute pas encore branché le système d'alarme : comme la plupart des gens, c'était un homme d'habitudes. Comme la plupart des gens – du moins dans un Etat relativement sûr comme le Mississippi –, il ne se sentait pas du tout menacé tant qu'il faisait jour. C'était pour cette raison que le Dr Tarver était venu tôt.

Il ouvrit les portes-fenêtres avec la clef que Braid avait confiée à Andrew Rusk deux ans plus tôt, se glissa dans le couloir, se dirigea vers un placard situé sous la cage de l'escalier principal. Il y était presque parvenu quand un bref tintement se répercuta dans toute la maison. Tarver pénétra dans le placard et, parfaitement immobile, tendit l'oreille comme il le faisait, enfant, quand il cherchait quelque chose à manger.

Il n'entendit rien.

Il avait prévu à l'origine d'attendre que Braid s'endorme pour se mettre au travail, mais maintenant qu'il était sur place, il ne supportait pas la perspective de tant d'heures perdues. Cette opération n'ajouterait pas une ligne à ses notes de recherches. Dans l'obscurité du placard, une solution possible lui apparut. Si Braid était sous la douche, il pouvait s'occuper de lui immédiatement et rentrer avant que la lune se lève. Il suffirait d'un peu d'audace, ce qui ne manquait pas dans son patrimoine génétique.

Après avoir ôté ses chaussures, il ouvrit le placard et parcourut rapidement le chemin de couloir menant à la grande chambre, écouta à la porte avec la même concentration que l'instant d'avant. Rien. Braid était probablement dans la salle de bains.

Tarver ouvrit la porte sans bruit, eut la confirmation que la pièce était vide, alla droit à la porte close de la salle de bains. Ou Braid se douchait ou il coulait un bronze. Tarver espérait que c'était la première hypothèse. Baissant les yeux, il vit un filet de vapeur passer sous le panneau de bois.

Il s'approcha d'une haute commode située à gauche, contre le mur, trouva dans le premier tiroir les armes qu'il savait y être : douze fioles d'insuline et deux paquets de seringues. Il y avait deux sortes d'insuline : de l'Umuline R à effet rapide et de l'Umuline N à effet lent.

Dans son sac à dos, il prit une seringue de dix centimètres cubes et la sortit de l'emballage. Ce modèle pouvait contenir cinq fois plus de liquide que les seringues standard pour diabétiques du tiroir de Braid : vingt fois sa dose habituelle. Tarver aligna dix fioles sur la commode, remplit rapidement sa grande seringue. A l'appui de la mise en scène qu'il mettrait en place, il remplit aussi deux des seringues de Braid et défit le capuchon de leurs aiguilles. Tenues dans une seule main, elles faisaient penser aux crocs d'un serpent cybernétique.

Il fallait faire vite. Si Braid sortait et le découvrait, il se débattrait peut-être, malgré son état d'ivresse. Même si l'homme était suicidaire, on ne pouvait être sûr qu'il se conduirait en victime passive. Face à la gueule noire de la mort, certains prétendus suicidaires se révélaient prêts à tuer, une douzaine de personnes si nécessaire, pour sauver leur peau. Le docteur tourna le bouton de porte de la salle de bains de sa main gantée et poussa.

Le bois murmura sur la laine de la moquette. La salle de bains était spacieuse et envahie de vapeur : Braid avait oublié de mettre en marche la ventilation.

L'eau doit être très chaude, pensa Tarver. Il est tellement soûl qu'il ne la sent pas.

Il en éprouva une vive satisfaction.

Il posa les deux petites seringues sur le comptoir de la salle de bains, prit position à gauche de la cabine de douche. Derrière le verre gravé, une forme pâle et flasque oscillait dans la vapeur. Tarver entendit une respiration sifflante, un grognement qui le fit soupçonner que Braid devait être en train de pisser ou de se masturber. L'instant d'après, une odeur âcre confirma la première supposition. S'il fallait plus qu'un peu d'urine dans une douche pour écœurer un médecin, Tarver était dégoûté, non par une fonction corporelle parfaitement normale mais par la faiblesse fondamentale de Braid. Ce gars-là avait décidé de changer de vie et se révélait incapable d'être à la hauteur de son désir. La psychologie de Braid lui échappait. Pourquoi s'était-il effondré ? Estimait-il qu'on a parfaitement le droit de trucider sa femme en vitesse mais que cela devient un péché mortel si elle souffre ? C'était le genre de pensée contradictoire qui affectait le pays tout entier. Pressé d'en finir, Tarver glissa deux doigts gantés derrière la poignée en inox de la porte de la cabine. S'agenouilla, ouvrit et enfonça son aiguille dans une veine saillante du mollet de Braid.

Aucune réaction.

Il injecta presque toute l'insuline avant que Braid sursaute et hoquette :

— Que... Qu'est-ce... ?

Cela rappela à Tarver la fois où son père adoptif avait planté un couteau de poche dans le flanc d'une vache. D'abord, il ne s'était rien passé. Puis la bête avait fait lentement trois pas et avait tourné la tête vers son agresseur. Braid avait-il senti la seringue ou seulement le courant d'air ?

C'était le courant d'air ! Il tendit la main à tâtons derrière lui pour fermer la porte. Soit il souffrait d'une grave neuropathie, soit il était complètement bourré. Avant que la porte se referme, le Dr Tarver passa un bras derrière les chevilles de Braid et lui faucha les jambes. L'homme tomba durement, se cogna la tête contre un renfoncement carrelé faisant office de siège et se brisa peut-être la hanche. Après avoir longuement gémi, il tenta de se relever mais sa jambe gauche se déroba sous son poids.

Tarver s'éloigna de la cabine et s'assit sur la commode derrière un petit paravent. Quelles que soient les blessures de Braid, la douleur était assez forte pour se faire sentir par-dessus l'effet anesthésiant de l'alcool. Les gémissements se transformèrent en beuglements de rage puis en cris de panique. Une main blanche potelée passa par la porte ouverte, agrippa le rebord de la vasque. Tarver craignit un moment que l'obèse ne parvienne à sortir de la douche, mais l'insuline commença à faire effet. Les doigts cessèrent de bouger, les cris redevinrent des gémissements, qui faiblirent pour faire place au silence.

Le coma suivrait bientôt.

Tarver se leva, jeta les deux seringues inutilisées dans la douche puis les fioles vides. Il fallait maintenant passer à la partie vraiment désagréable du travail. Avant de quitter la maison, il devait la fouiller de fond en comble, sans oublier les ordinateurs. Il ne pouvait courir le risque que Braid ait laissé des aveux quelque part.

Il retourna dans la cabine, souleva une des paupières de Braid. Les pupilles étaient fixes, dilatées. William Braid deviendrait un légume s'il ne mourait pas avant. Pour la première fois depuis longtemps, les soucis ne marquaient plus son visage gras. En se dirigeant vers le bureau, le Dr Tarver songea qu'il ne serait pas exagéré de dire que l'opération avait été un acte charitable.

Amen.

18

Il faisait presque nuit à Natchez et les projecteurs des terrains de base-ball transformaient le parc environnant en une île émeraude dans l'obscurité. Si Chris n'avait pas revu Alex Morse, il la sentait proche. Il avait retardé le moment de rentrer pour se donner le temps de réfléchir, mais Thora ne le lui accorda pas. Après être restée un moment à ruminer près de la clôture, elle montait maintenant les gradins pour le rejoindre, deux bouteilles embuées de Dasani dans les mains.

— Tu vas enfin me dire ce qui se passe ? murmura-t-elle en s'asseyant à côté de lui.

— Rien, répondit-il en continuant à regarder devant lui. Je n'aime pas perdre, c'est tout.

Elle posa une des bouteilles sur le banc.

— Il n'y a pas que ça.

— Si, mentit-il.

Penchée vers lui, elle reprit à voix basse :

— Je pensais que la perspective de faire l'amour te ferait rentrer tôt, que tu aies gagné ou perdu.

Il se tourna alors vers elle, remarqua la tension inhabituelle de son regard.

— Qu'est-ce que tu as fait de beau, aujourd'hui ?

Elle se redressa légèrement et fit observer :
— Je vois que tu préfères changer de sujet.
Il haussa les épaules sans répondre.
— Comme d'habitude, dit-elle en ramenant les yeux sur le match. J'ai couru, nagé, fait de l'exercice au Mainstream. J'ai déjeuné. Ensuite j'ai discuté avec les artisans et j'ai acheté deux ou trois choses pour mon voyage.

Chris faillit demander « Comment s'est passé ton déjeuner ? », se contenta d'une question plus anodine :
— Qu'est-ce qu'ils racontent, les artisans ?

Thora applaudit un joueur de St Stephen qui venait de réussir un double.
— Toujours pareil. Il y a du retard pour la menuiserie, il faut changer les commandes. Ils veulent une nouvelle avance.

Chris hocha la tête mais garda le silence.

Au lancer suivant, C. J., l'ami de Ben, expédia la balle de l'autre côté du grillage du champ droit et réussit un triple.
— Papa ! s'exclama Ben, assis deux rangées plus bas. T'as vu ça ? Eh, vous regardez le match, au moins ?
— J'ai vu, j'ai vu. L'année prochaine, on pourra peut-être vous mettre dans la même équipe, C. J. et toi.
— Oh, ouais !

Le garçon frappa dans la paume d'un de ses copains et monta s'asseoir près de son beau-père.

Chris soupira presque de soulagement. Il n'avait pas envie de parler à Thora. Pas au stade. Ni à la maison, d'ailleurs. Il aurait préféré qu'elle parte le soir même pour le Delta.

Maintenant que son fils les avait rejoints, Thora regardait le match en silence. Chris ne put s'empêcher de constater que Ben s'adressait presque exclusivement à lui. Tandis que la partie se poursuivait mollement, il promena les yeux sur les gradins, reconnut quasiment tous les visages. C'était comme ça dans les petites villes. Certaines familles comptaient quatre générations assistant au match, les tout-petits se roulant dans la poussière pendant que l'arrière-grand-père suivait le jeu de son fauteuil roulant, près du grillage. Baissant les yeux vers le marbre, Chris vit un homme d'à peu près son âge qui lui faisait signe et sentit un étrange engourdissement gagner ses mains et son visage. Shane Lansing.

Chris se surprit à réévaluer les traits séduisants et énergiques du chirurgien, son physique d'athlète. Pour la première fois, il remarqua que Lansing ressemblait à Lars Rayner, le père absent de Thora. La couleur des cheveux était différente mais les similarités nombreuses. Les deux hommes étaient minces et musclés, arrogants et parfois cruels. C'étaient tous deux des chirurgiens à l'ego démesuré. Rayner appartenait bien sûr à l'élite de la profession, ce qui pouvait justifier son arrogance. Lansing, en revanche, était un tâcheron de la table d'opération qui se souciait plus de golf que de médecine. Il souriait et Thora lui rendait maintenant son salut avec chaleur, comme à une relation longtemps perdue de vue.

— Salue-le, Chris, chuchota-t-elle en lui donnant un coup de coude dans les côtes.

Je l'emmerde, pensa Chris, qui faillit le dire à voix haute. Il inclina vaguement la tête en direction de

Lansing, reporta ostensiblement son attention sur le match.

— Qu'est-ce que tu as, ce soir ? demanda Thora.
— Rien, je te l'ai dit.
— Je croyais que tu trouvais Shane sympathique.
— Je croyais que c'était à toi qu'il faisait signe.

Elle le regarda en fronçant les sourcils.

— Qu'est-ce qu'il y a ?
— Ben, tu vas me chercher du pop-corn ? dit Chris.

Il tira un billet de son portefeuille, le tendit au jeune garçon.

— Papa, y a la queue ! protesta Ben.

Chris lui mit l'argent dans la main et le poussa. Ben se leva et descendit les gradins d'un air abattu.

— Tu as vu Lansing à Avalon ? demanda Chris à sa femme d'un ton détaché.

— Je l'ai vu aujourd'hui, répondit-elle sans hésitation.

L'aveu le dérouta.

— Vraiment ?
— Oui. En rentrant déjeuner chez lui, il est passé sur le chantier.
— Pour quoi faire ?
— Pour voir la maison.
— C'est tout ?

Thora parut mal à l'aise.

— Je voulais t'en parler mais tu es tellement pris, ces temps-ci…
— De quoi ? répliqua Chris, qui sentit le sang lui monter au visage. Tu voulais me parler de quoi ?
— Mais enfin, qu'est-ce que tu as ? Shane m'a proposé de travailler pour lui, c'est tout.

Chris ne sut quoi répondre. Rien n'aurait pu l'interloquer davantage.

— Travailler pour lui ? A faire quoi ?

— N'en parle à personne, Shane projette de créer une grande clinique chirurgicale qui concurrencera les hôpitaux locaux. Tu imagines le bazar que ça va faire.

Cette idée n'étonna pas Chris : Shane Lansing était un chirurgien de la nouvelle génération, de ceux qui commencent à bâtir leur empire dès qu'ils peuvent légalement mettre le mot « docteur » devant leur nom. Mais la raison pour laquelle il souhaitait que Thora travaille dans cette clinique échappait totalement à Chris.

— Quel serait ton rôle ?

— Superviser le personnel. Les infirmières et les techniciens, surtout.

— Mais…

— Mais quoi ?

— Tu es multimillionnaire, bon Dieu ! Pourquoi accepter un poste de surveillante ?

Thora s'esclaffa, le regard pétillant.

— Je n'ai pas dit que j'accepterais.

— Tu y réfléchis ?

Elle baissa les yeux vers le terrain.

— Je ne sais pas. J'en ai marre quelquefois de jouer à la femme au foyer d'un cadre supérieur.

Chris ne répondit pas. Elle se tourna vers lui et, cette fois, laissa sa véritable nature s'exprimer :

— Tu me dis ce que tu en penses ? Ou je dois deviner ?

— C'est la seule raison pour laquelle Lansing s'intéresse à toi ?

Elle rit de nouveau, plus fort, cette fois.

— Qu'est-ce que tu veux dire ? demanda-t-elle, la lueur dans son regard lui faisant comprendre qu'elle le savait pertinemment.
— Ne sois pas hypocrite.
Thora redevint grave.
— Shane est marié, Chris.
— Et s'il ne l'était pas ?
Dans le silence qui suivit la question, les concessions tacites de leurs conversations antérieures firent place à quelque chose de plus dérangeant.
— Tu ne parles pas sérieusement ?
— A ma connaissance, Lansing a eu trois liaisons l'année dernière.
— Ce ne sont que des ragots, répondit-elle d'un ton dédaigneux. Tu connais cette ville…
— Si tu fais allusion aux ragots, c'est six ou sept infirmières qu'il se serait tapées l'année dernière. Non, les trois liaisons dont je te parle sont avérées. Il a dû verser de l'argent à deux de ces femmes pour les faire partir.
— Je l'ignorais, murmura Thora, pensive.
— Je n'arrive pas à croire que ces rumeurs ne te soient pas revenues aux oreilles.
— Je ne suis plus dans le monde de l'hôpital.
Chris reporta son attention sur le match. Cette histoire de travail proposé par Lansing le stupéfiait. Etait-ce là l'explication de leurs rencontres clandestines ? Si Lansing envisageait de créer une clinique, il avait raison de garder le secret. Les deux hôpitaux locaux feraient tout pour l'en empêcher. Après s'être tu pendant une manche entière, Chris annonça :
— Il faut que j'aille aux toilettes.
Il descendit les gradins en choisissant un chemin qui l'amena derrière l'arrêt-court. Lorsqu'il fut près de

Lansing, il fit halte et lui serra la main en résistant à une envie puérile de lui broyer les phalanges.

— Il paraît que tes gars ont perdu, ce soir, dit le chirurgien.

Chris ravala sa bile et acquiesça de la tête.

— Et les tiens ? s'enquit-il.

— Avec quatre fils, on gagne et on perd tous les soirs, répondit Lansing en riant.

— Thora m'a dit que tu es passé à la nouvelle maison, aujourd'hui.

La remarque prit apparemment Lansing au dépourvu, mais il se ressaisit rapidement.

— Oui, ça avance bien. Difficile de croire que c'est Thora qui a tout conçu.

— Pas quand on la connaît. Elle réussit quasiment tout ce qu'elle entreprend, lorsqu'elle s'y met.

Lansing rit de nouveau.

— J'ai entendu dire qu'elle avait agacé pas mal de docteurs en leur expliquant comment ils devaient faire leur boulot.

— Tu as entendu ça où ?

— Un peu partout. Tu connais l'hôpital.

Chris se força à sourire.

— Tu joues toujours autant au golf ?

— Autant que je peux, tu me connais.

— Je ferais bien quelques trous. Tu seras en ville, cette semaine ? demanda Chris.

Le regard de Lansing se riva au sien.

— Oui, bien sûr.

— Toute la semaine ?

— Oui.

— Je t'appelle.

Lansing sourit, se tourna de nouveau vers le terrain au claquement d'une batte.

Lorsque Chris se dirigea vers les toilettes, ses oreilles sifflaient comme s'il souffrait d'acouphènes. A mi-chemin, il regarda Thora par-dessus son épaule. Elle fixait Shane Lansing qui, lui, cependant, continuait à suivre le match. Au bout d'un moment, Thora regarda vers les toilettes et s'aperçut que Chris l'observait. Il garda les yeux sur elle assez longtemps pour lui faire comprendre qu'il l'avait surprise en train de regarder Lansing puis se retourna et repartit.

Il se tenait devant un urinoir aux dimensions des jeunes joueurs lorsqu'une voix de femme murmura :

— Chris ?

Il faillit se pisser dessus quand il pivota brusquement en direction de la voix. Quand elle se fit de nouveau entendre, il se rendit compte que le mur de parpaings séparant les toilettes des garçons de celles des filles s'arrêtait à une quinzaine de centimètres du toit de tôle. C'était par cette fente que passait la voix.

— Morse ?

— Qui d'autre ? fit Alex. Qu'est-ce que vous avez fait cet après-midi ? Vous n'avez pas montré la photo à Thora, j'espère.

— Non.

— Vous lui avez parlé de Lansing ?

— Pas directement.

— Qu'est-ce que vous lui avez dit ?

— Ne vous inquiétez pas pour ça. Ce n'est pas ce que vous croyez.

— Chris, vous me racontez des histoires ?

— Foutez-moi la paix, bon Dieu !

— J'aimerais bien. Je ne peux pas.
— Je retourne m'asseoir.
— Téléphonez-moi demain. Dès que Thora sera partie.

Chris appuya sur le bouton de la chasse d'eau.

— Vous me téléphonerez ? insista Alex tandis qu'il se lavait les mains.

— Qui est-ce qui parle ? s'interrogea une voix masculine à l'accent traînant.

Un homme en combinaison maculée de graisse était entré dans les toilettes. Il sentait l'alcool. La vente de boissons alcoolisées était interdite dans le parc, mais boire faisait partie des traditions chez les spectateurs des matchs de ligues mineures.

— Une nana, côté filles, répondit Chris. On dirait qu'elle cherche un peu de distraction.

L'homme en combinaison essayait de grimper sur un lavabo pour regarder par la fente quand Chris sortit des toilettes.

Il était tard lorsque Alex alla sur MSN. Découragée par la réponse de Shepard au terrain de base-ball, elle s'était arrêtée en rentrant pour acheter une bouteille de pinot noir à douze dollars. Avant qu'elle arrive au motel, une des infirmières avait téléphoné pour l'informer que l'oncologue renvoyait sa mère à l'hôpital à cause d'une aggravation de son état. Alex s'était mise à faire sa valise et à boire tout en surveillant son ordinateur pour voir si Jamie était en ligne. Elle avait trop bu et s'était endormie tout habillée, s'était réveillée en sursaut à minuit moins le quart, la vessie pleine, épouvantée d'avoir laissé tomber et Jamie et sa mère.

Elle fut soulagée en voyant le petit bonhomme vert signalant la présence de Jamie sur le réseau. Avant qu'elle ait le temps de taper un mot, une invitation à une vidéoconférence apparut. Elle l'accepta. Lorsque le visage de Jamie s'inscrivit dans l'écran vidéo miniature, le cœur d'Alex se serra. L'enfant avait les yeux rouges, des larmes sur les joues. Bill avait dû lui annoncer qu'on avait emmené sa grand-mère à l'hôpital.

— Qu'est-ce qui se passe ? demanda-t-elle en priant pour qu'il ne s'agisse que d'un match de base-ball perdu.

— Missy va venir vivre chez nous.

— Quoi ? fit Alex, ébahie. Qui t'a dit ça ?

— Elle a mangé avec nous, ce soir, et elle était toute bizarre avec moi, comme si c'était ma grande copine. Et papa a dit que ce serait formidable pour moi s'il y avait de nouveau une femme à la maison. Puis ils m'ont regardé un bon moment, tous les deux. Je suis pas idiot, tante Alex, j'ai compris ce qu'ils veulent faire.

Elle faillit se lever et quitter le champ de la webcam de peur de ne pas pouvoir cacher ses sentiments. Mais peut-être valait-il mieux ne pas les dissimuler. Qu'est-ce que Bill Fennell avait dans la tête ? Sa femme n'était pas enterrée depuis six semaines qu'il projetait d'installer sa maîtresse chez lui, auprès de son fils affligé ! Ce type était dépourvu de toute humanité.

— Qu'est-ce que je dois faire ? dit Jamie.

Alex sentit peser sur elle la responsabilité de l'avenir de l'enfant.

— Tenir bon, chéri. Voilà ce que tu dois faire.
Il s'essuya les yeux.
— Je suis obligé de rester si elle vient vivre à la maison ?
Alex résista à la tentation de lui donner de faux espoirs.
— J'en ai bien peur. Selon la loi, en tout cas.
Jamie grimaça mais il semblait plus révolté que triste maintenant qu'Alex était en ligne.
— Y a pas moyen que je vienne vivre avec toi ?
— Peut-être que si, répondit-elle. J'y travaille tous les jours. Mais pas un mot là-dessus à personne. Ni à ton père ni à Missy.
— Je la déteste ! s'exclama le garçon avec véhémence. Je la déteste, je la déteste.
Ce n'est pas elle le problème, se dit Alex. C'est Bill.
— J'ai pas fait mes devoirs, avoua Jamie avec embarras. J'ai dit à papa que je les avais faits mais j'ai menti. J'avais pas la tête à ça.
— Tu t'en sens capable, maintenant ?
Il haussa les épaules.
— Tu restes avec moi pendant que je les fais ?
Alex devait partir pour Jackson. Elle était déjà en retard et il y avait deux heures de route, mais comment aurait-elle pu demeurer insensible au désarroi et à la peur qu'elle lisait dans les yeux de Jamie ? Quel choix sa propre mère aurait-elle fait dans cette situation ? Alex sourit comme si elle avait tout son temps.
— D'accord. Laisse-moi d'abord aller aux toilettes.
— Moi aussi, faut que j'y aille, dit Jamie en gloussant. J'avais tellement peur de te manquer que je suis

resté scotché à ma chaise. J'ai failli faire pipi dans ma cannette de Coca.

— A tout de suite.

Jamie tint sa main ouverte devant la caméra, Alex fit de même mais tourna la tête pour cacher son visage. C'est lui qui m'aide à tenir, pensa-t-elle fièrement. Il vaut dix fois mieux que Bill.

En s'éloignant de l'ordinateur, elle murmura avec conviction, d'une voix qui aurait pu être celle de son père :

— Ce garçon est un Morse, pas un Fennell. Et il sera élevé par quelqu'un qui l'aime.

A huit kilomètres du motel d'Alex, Chris, couché dans le lit de Ben, écoutait la respiration lente et régulière de son fils adoptif. Il était épuisé et avait quasiment décidé de dormir là. Il venait de passer une des pires journées de sa vie, il n'avait pas envie de la prolonger par une nouvelle discussion avec sa femme. Les accusations de Morse et les explications de Thora tournoyaient dans sa tête et sous le tourbillon des mots gisait la peur naissante de s'être une nouvelle fois planté. Il était sorti pendant cinq ans avec sa première femme avant de l'épouser et il avait cru bien la connaître, mais la vie lui avait donné tort.

Il sortait avec Thora depuis moins d'un an quand il l'avait demandée en mariage. Il la connaissait depuis plus longtemps, bien sûr, essentiellement comme épouse dévouée d'un de ses patients. Il en était venu à la respecter et à la désirer plus qu'aucune autre des femmes qu'il avait rencontrées au cours des sept années qui avaient suivi son divorce. Mais à présent...

Même sans les insinuations d'Alex Morse, il sentait que la Thora qu'il avait connue comme étant l'épouse de Red Simmons n'était qu'une facette d'une personnalité bien plus complexe. Jusqu'à quel point connaît-on une femme, d'ailleurs ? Un marin fait deux fois le tour du monde et croit connaître la mer alors qu'il n'a vu en fait que des vagues qui se sont reformées aussitôt après son passage.

Et Ben, dans tout ça ? Dans un temps remarquablement court, l'enfant endormi à côté de lui avait mis toute sa confiance dans son père adoptif. C'est vers lui que Ben se tournait quand il cherchait des réponses, de l'affection, du soutien et de la sécurité. Pas la sécurité financière – cela, Thora pouvait le lui fournir –, mais le sentiment qu'un homme deux fois plus grand que lui était prêt à le protéger envers et contre tout. Même si l'admiration du garçon décroîtrait avec l'adolescence, pour le moment Chris était à ses yeux quelqu'un d'invincible. C'était difficile d'imaginer que Thora puisse risquer de compromettre cette relation en le trompant avec un type comme Shane Lansing. Impossible, presque. Et cependant... Il avait vu des amis, des patients tout abandonner pour quelque chose ou quelqu'un dont ils croyaient avoir désespérément besoin.

Une bande verticale de lumière jaune apparut dans l'obscurité puis une ombre la masqua en partie. Thora les regardait du seuil de la chambre. Il ferma les yeux et resta immobile.

— Chris ? chuchota-t-elle.

Il ne répondit pas.

— Chris ? Tu dors ?

Après un moment de silence, elle s'approcha sur la pointe des pieds, les embrassa tous deux sur le front.

— Au revoir, mes garçons, murmura-t-elle. Je vous aime.

Puis elle ressortit de la pièce et ferma la porte derrière elle.

19

Alex cligna des yeux et remua en entendant un grognement de douleur. Cela faisait un moment qu'elle flottait dans un purgatoire entre sommeil et veille. Elle avait les fesses engourdies d'être restée assise sur la chaise d'hôpital qu'elle avait approchée du lit de sa mère. Son dos lui faisait mal parce que depuis des heures elle gardait la tête sur le matelas, à côté de l'épaule de sa mère. Une faible lumière bleue passait maintenant à travers les stores de la fenêtre.

Margaret Morse aurait dû être en soins intensifs mais, une semaine plus tôt, elle avait signé un formulaire NPR, ce qui signifiait qu'on ne prendrait aucune mesure extraordinaire pour la sauver lorsqu'elle sombrerait vers la mort. Le cancer qui s'était déclenché dans ses ovaires et s'était développé pendant des années sans être diagnostiqué avait maintenant gagné son foie, ses reins et sa rate malgré trois opérations et s'était disséminé dans diverses parties de l'abdomen. Son foie avait doublé de volume et elle souffrait d'une grave hépatite. Elle était également au bord d'un blocage rénal, ce qui, dans des cas comme le sien, équivalait souvent à un arrêt de mort. Pourtant elle s'accrochait à la vie et avait largement dépassé le sursis avancé par le Dr Clarke. Alex aurait pu apprendre à l'oncologue une chose ou deux sur la résilience de sa mère, mais elle avait gardé le silence, laissant les faits révéler au médecin le caractère de sa patiente.

Par deux fois Alex avait failli sortir de la route sur le chemin de Jackson. Les « devoirs » de Jamie avaient duré une heure et seule l'image de Chris Shepard quittant le parc avec sa femme avait empêché Alex de glisser dans le sommeil. La veille, au bord de la rivière, elle avait été convaincue que la photo compromettante et le mensonge de Thora avaient persuadé Chris de la culpabilité de son épouse. Mais tandis qu'elle roulait, une des leçons de son père lui était revenue en mémoire. Si le mari cocu ne surprenait pas sa femme au lit avec son amant, s'il n'avait pour preuves que des ragots et des insinuations, une période de refus de la réalité était inévitable. Parfois même il niait l'évidence, quel que soit son QI. Comme dans les réactions initiales à la mort ou à une terrible maladie, l'instinct de survie imposait une période de résistance émotionnelle à la vérité naissante pour que l'adaptation à la réalité puisse se faire sans comportements extrêmes et parfois fatals. Chris Shepard traversait manifestement ce genre de période. Restait à savoir combien de temps il lui faudrait pour passer au stade de la colère.

Margaret grogna de nouveau et Alex lui pressa la main. La malade prenait maintenant tellement de morphine qu'elle était moins souvent consciente qu'endormie et n'avait quasiment plus aucune période de lucidité. Deux fois dans la nuit elle avait demandé à Alex de faire venir son mari et son autre fille puis s'était plainte de leur cruelle indifférence. Alex n'avait pas trouvé la force de rappeler à sa mère mourante que tous deux étaient morts dans les sept derniers mois.

Elle sursauta en entendant la mélodie de son portable, enfoui au fond de son sac posé par terre. Sans lâcher la main de sa mère, elle réussit à l'extraire en tendant son autre bras.

— Allô ? fit-elle à voix basse.
— C'est Will, ma biche. Comment elle va ?

Will Kilmer était resté au chevet de Margaret jusqu'à l'arrivée d'Alex, manifestant un dévouement à l'ancienne envers la veuve d'un associé qui n'en aurait jamais connaissance.

— Ni mieux ni plus mal.
— Elle a continué à dormir après mon départ ?
— Pas tout le temps mais plus que moi, en tout cas.

Le vieux détective eut un soupir rageur.

— Je t'ai dit la semaine dernière de laisser tomber un moment cette affaire. Prends un somnifère de cheval et dors vingt heures d'affilée. Rusk ne s'envolera pas. Mais t'es trop grande pour m'écouter, maintenant.

Alex s'efforça de rire pour donner le change à Will, n'y parvint pas.

— Enfin, j'ai des nouvelles qui vont te réveiller.
— Quoi ?
— Tu te rappelles William Braid ?
— Bien sûr. Le mari de la cinquième victime.
— On m'a rapporté qu'il s'était mis à picoler, tu te souviens ?
— Oui. Et que sa maîtresse l'a quitté.
— Exactement.
— Qu'est-ce qui lui arrive ?

— On dirait qu'il a essayé de se tuer.
— Comment ? Quand ? demanda Alex, tout à fait réveillée maintenant.
— La nuit dernière, chez lui, à Vicksburg. C'est du moins l'avis de la police locale.
— Continue.
— Braid était diabétique. Hier soir, ou entre hier soir et ce matin, quand la femme de ménage l'a découvert, il s'était injecté assez d'insuline pour sombrer dans le coma. Un coma permanent.
— Merde, lâcha-t-elle. Ça ne pourrait pas être un accident ?
— Possible, mais son médecin trouve ça peu probable.
— Merde. C'est peut-être le coup de veine qu'on attendait.
— Peut-être, répondit Will du ton prudent d'un vieux chasseur qui a vu pas mal de gibier lui glisser entre les doigts.
— Il se sentait coupable, dit Alex, pensant à voix haute. Il ne supportait plus ce qu'il avait infligé à sa femme.
— Ça, elle a souffert avant de mourir. Beaucoup plus que la plupart des autres.
— Il faut dénicher tout ce qu'on peut savoir sur les derniers jours de Braid. Tu as quelqu'un à Vicksburg ?
— Je connais un type qui s'occupe d'affaires de divorce. Il me doit un ou deux services.
— Merci, oncle Will. Je serais mal, sans toi.
— Une dernière chose. Un de mes gars est prêt à passer deux nuits à l'Alluvian pour toi. Sa femme rêve d'y aller. Si tu leur offres la chambre, ils paieront le reste.

— C'est combien, la chambre ?
— Quatre cents.
— Pour deux nuits ?
— Pour une, précisa Kilmer avec un petit rire.

Alex projeta dans sa tête une image mentale du dernier compte en banque qui lui restait, la chassa aussitôt. Il fallait à tout prix qu'elle mette Chris Shepard de son côté.

— D'accord. Je paierai.
— Tu retournes à Natchez aujourd'hui ?
— Je n'ai pas le choix. Shepard est ma seule chance.
— Tu progresses, avec lui ?
— Il finira par changer d'avis. Personne n'aime apprendre que toute son existence repose sur un mensonge.

D'un soupir, Kilmer exprima son approbation.

— Dis à ta mère que je passerai aujourd'hui.

Alex regarda le visage ravagé de Margaret Morse. Par sa bouche ouverte, un filet de salive coulait sur l'oreiller. Alex eut l'impression absurde que le liquide contenu dans la poche à perfusion ressortait par la bouche de sa mère à la même vitesse qu'il pénétrait dans ses veines.

— D'accord.
— Ma biche... ça va ?
— Oui. Je... je regarde maman et je n'arrive pas à croire qu'on puisse délibérément infliger ça à quelqu'un. Encore moins quelqu'un qu'on a aimé autrefois.

Elle entendit le sifflement de l'emphysème de Kilmer avant qu'il réponde, du ton d'un flic qui a tiré ses vingt ans de service les yeux grands ouverts :

— J'ai vu des êtres humains commettre des atrocités pour lesquelles Dieu ne pourrait pas créer un enfer assez terrible. Sois prudente, hein ? T'es le dernier enfant que ton père a laissé sur cette terre, je ne veux pas que tu balances ta vie par la fenêtre pour venger des morts.

— Ce n'est pas ce que je fais. J'essaie de sauver Jamie.

— On y arrivera, affirma Kilmer avec conviction. D'une manière ou d'une autre. Mais fais attention. J'ai un pressentiment pour cette affaire. Ceux qu'on recherche sont vraiment des mauvais. Et c'est pas parce qu'ils tuent lentement jusqu'ici qu'ils se mettront pas à le faire rapidement si tu les menaces. Tu m'entends ?

— Oui.

— Alors, ça va.

Alex raccrocha, les yeux sur le visage de l'agonisante. Que pouvait-elle faire de plus pour elle ? Elle se leva, embrassa une joue jaunie et lâcha la main de sa mère.

Il faut se bouger, maintenant.

20

Andrew Rusk avait enfin ferré un gros poisson. Il en avait la certitude, comme le jour où un énorme espadon avait mordu à son appât au large des Bimini et avait fendu les flots tel un jet-ski. Carson G. Barnett était assis en face de lui de l'autre côté du bureau, colosse de quarante-six ans qui avait amassé tellement de millions qu'il avait cessé d'en tenir le compte. Figure légendaire de l'industrie pétrolière, Barnett avait gagné et perdu trois fortunes et était de nouveau dans une phase d'ascension. D'ascension fulgurante.

Depuis une heure, il décrivait ses relations conjugales. Rusk affichait une expression pleine de sollicitude et hochait la tête quand il fallait mais n'écoutait pas vraiment. Cela faisait pas mal d'années qu'il n'avait plus à le faire. Parce que ces histoires étaient toutes les mêmes : des variations sur un thème rebattu. Le seul moment où il avait écouté attentivement, c'était quand Barnett avait parlé de ses affaires. Là, Rusk avait mémorisé le moindre mot. Mais en ce moment, c'était la partie la plus pénible, un soliloque mélodramatique sur l'homme incompris qu'était Barnett.

Rusk connaissait par cœur ce que le magnat avait à dire, il aurait pu le réciter avant lui : « Elle n'a pas du tout changé depuis le jour de notre mariage. Ni sur le plan sentimental ni sur le plan sexuel », disaient les moins abrupts. Les autres ajoutaient : « Son cul, par contre, il a changé, elle ressemble à un éléphant, maintenant. » Autre refrain universel : « Elle ne me comprend pas. » Et la palme revenait naturellement à : « Elle ne me connaît même pas ! »

Rusk savait par expérience que c'était généralement le contraire. Dans la plupart des cas, la femme ne connaissait son mari que trop bien, plus qu'il ne l'aurait voulu, en fait, et parfois mieux que lui-même. Voilà pourquoi elle ne n'extasiait plus quand il se vantait de son dernier triomphe dans les affaires et pourquoi elle se plaignait longuement quand il la décevait, ce qui arrivait souvent. Elle ne le trouvait plus brillant, ni même intelligent, ni inventif au lit, et il n'était plus du tout drôle, pas pour quelqu'un qui avait déjà entendu toutes les blagues pitoyables qu'il avait mémorisées.

Et puis il y avait la maîtresse, bien sûr. Certains clients avouaient d'emblée qu'ils avaient une liaison ; d'autres tentaient de le cacher, de présenter l'image noble d'un homme habitué à se sacrifier. Rusk en était venu à apprécier la franchise plus que toute autre chose. Les hommes et les femmes qui envisageaient de divorcer étaient toujours des bombes à retardement ambulantes bourrées de frustration, de culpabilité, de lubricité, et capables d'atteindre des niveaux de justification quasi psychotiques. Mais que Rusk ait devant lui un médecin talentueux ou un péquenaud enrichi sachant à peine faire le compte de son portefeuille d'actions, ils finissaient par comprendre une ou deux choses. D'abord qu'il n'y avait pas de choix indolore. Quelle que soit leur décision, quelqu'un souffrirait. La question était de savoir si c'étaient eux qui endureraient ces souffrances en renonçant à leur maîtresse et en préservant leur mariage ou s'ils les infligeraient à leur femme et à leurs enfants en le brisant.

Rusk avait découvert que lorsqu'il y avait des enfants en jeu les femmes étaient moins enclines que les hommes à sacrifier la famille à la recherche du bonheur. Cela ne signifiait pas qu'elles désiraient moins être heureuses mais simplement qu'elles hésitaient à l'être aux dépens des autres. Il se fondait toutefois sur des données anecdotiques concernant une zone géographique limitée. Il ne s'intéressait pas du tout à l'évolution du divorce à New York ou à Los Angeles : il ne vivait pas dans ces villes. Il supposait en outre que les motivations d'un grand nombre de fichus Yankees étaient aussi névrotiques et obsessionnelles qu'un film de Woody Allen, en moins drôles.

Les problèmes conjugaux de Carson Barnett présentaient des particularités susceptibles d'intéresser un anthropologue ou un sociologue. Pour un avocat, c'était à périr d'ennui. Mais Barnett était riche et pour Rusk – comme pour son père – les riches avaient droit à une écoute plus attentive que les gens aux moyens modestes. Mme Barnett – Luvy, comme l'appelait Carson – était baptiste quand il l'avait épousée mais cela n'avait alors rien d'essentiel dans sa vie. Toutefois, après la naissance des enfants, son intérêt et son engagement pour l'Eglise s'étaient accrus de manière exponentielle. Dans le même temps, son intérêt pour les choses du sexe avait décru dans des proportions similaires. Barnett l'avait supporté de son mieux pendant un certain temps puis, comme tout homme au sang chaud, il avait cherché un réconfort ailleurs.

— Si y a plus rien à manger dans le frigo, on va au magasin, déclara-t-il d'une voix sonore. J'ai pas raison, Andy ?

— Si, convint Rusk.

— Même les chiens savent ça. Quand leur gamelle est vide, ils s'en vont rôder dehors. C'est pas vrai ?

— Tout à fait, approuva Rusk avec un rire approprié.

Il avait souvent observé le phénomène. Les hommes en quête de réconfort sexuel passaient par une période où ils tringlaient toutes les femmes prêtes à baisser leur culotte pour eux. Etonnamment, cela n'avait en général aucune conséquence sur leur couple. Tout semblait marcher à merveille. Les problèmes commençaient quand l'homme – ou la femme – trouvait un partenaire « différent » des autres, une « âme sœur » (l'expression donnait presque des haut-le-cœur à Rusk) ou une relation « écrite par le destin ». Lorsque l'amour montrait sa vilaine tête, le divorce ne tardait pas à suivre. C'était ce genre d'histoire que Barnett racontait maintenant et son « âme sœur » se révéla être une gentille petite qui travaillait dans un grill sur la 59, un restaurant où il avait conclu pas mal de contrats pétroliers – des vraiment gros, parfois – en traçant les grandes lignes du projet de prospection sur une serviette en papier et en scellant l'accord d'une poignée de main.

— Bref, je l'aime comme un fou, cette petite, déclara-t-il tandis que de grosses gouttes de sueur coulaient le long de son cou. Et je la marierai, quoi qu'il arrive.

Rusk apprécia le choix des mots de Barnett. Malgré sa façon fruste de s'exprimer, l'homme parlait en langage codé, un langage que Rusk avait appris à intégrer en silence dans un système d'évaluation morale mis au point au fil des ans en écoutant des gens frustrés, des hommes pour la plupart. Dans la perspective d'un divorce, tout le monde a des poussées de rage, c'est une donnée axiomatique. Pendant un jour ou deux, la plupart des gens sont assez furieux pour commettre un meurtre puis ils maîtrisent leur colère et se résignent à ce que leur vie devienne un long compromis.

Mais quelques-uns refusent tout compromis. En particulier les très riches. Probablement plus par habitude que pour toute autre raison. Carson Barnett satisfaisait déjà à une ou deux lois essentielles du système de Rusk et les deux hommes en venaient à une partie de la conversation où l'avocat pouvait jouer un rôle déterminant.

— Donc, vous voulez divorcer de votre femme, dit-il d'un ton grave.

— Exactement. Je pensais pas en arriver là mais, bon Dieu, c'est elle qui m'y a poussé.

Rusk hocha la tête avec sagacité.

— Beaucoup d'avocats tenteraient de vous dissuader, monsieur Barnett. Ils vous encourageraient à voir un conseiller matrimonial.

— Appelez-moi Carson, Andy. Pas de manières entre nous. Et je vous arrête tout de suite. Le seul conseiller que Luvy voulait essayer, c'était son pasteur, et j'ai pas supporté plus d'un entretien. Jamais entendu autant de foutaises de ma vie. Je me suis levé et je lui ai dit que Jésus avait rien à voir dans mon couple, et tant mieux pour Lui.

Rusk sourit pour montrer qu'il appréciait l'humour rustique de son client.

— Moi, je ne chercherai pas à vous décourager, Carson. Parce que je vois bien que vous êtes amoureux. Vraiment amoureux.

— Vous l'avez dit.

— Le grand amour, c'est merveilleux. Or je devine à ce que vous m'avez confié, et à votre comportement, que vous vous attendez à ce que Luvy vous cause des problèmes pour une séparation.

— Oh, ça, oui, confirma Barnett avec dans le regard ce qui ressemblait à de la peur.

Rusk avait l'impression que Luvy Barnett était une femme redoutable.

— Elle veut même pas en entendre parler, du divorce. Elle dit que c'est un péché. La source de tout le mal sur cette terre.

— Je pensais que c'était l'argent.

Barnett eut un reniflement méprisant.

— Luvy, elle a rien contre l'argent. Rien du tout.

— Ça tombe bien pour elle, non ?

— Je vous le fais pas dire. Je lui ai proposé d'invoquer l'incompatibilité d'humeur, comme a fait mon ami Jack Huston. Sa femme et Luvy étaient copines, dans le temps. Mais non, elle veut même pas en discuter.

— Qu'est-ce qu'elle dit exactement ?

— Elle dit que j'ai aucune raison de demander le divorce et qu'elle m'en donnera pas. Elle dit que si je porte l'affaire devant le tribunal, elle m'empêchera de voir les enfants, vu que je suis un grand pécheur et un terrible exemple pour eux. Bien sûr, si je reste avec elle et qu'on essaie de recommencer, je redeviens un type extraordinaire.

— Elle veut que vous vous sacrifiiez pour les enfants, en résumé.

— Exactement ! Comme Jésus. Sauf que c'est pas pour les enfants. C'est pour elle que je suis censé renoncer à tout.

— Est-ce qu'elle a abordé l'aspect financier du problème ?

Barnett grimaça avant de répondre.

— Elle prétend qu'elle ne veut rien pour elle – à part la moitié de tout ce que j'ai gagné pendant notre mariage –, mais qu'elle réclamera tout ce qu'elle peut légalement obtenir pour les enfants, c'est-à-dire toute la production future des puits que j'ai creusés, et même de ceux qui n'auraient été qu'en projet pendant notre mariage.

Rusk secoua la tête comme si la cupidité de Luvy le laissait sans voix.

— Elle a aussi engagé l'avocat le plus roublard de Jackson, d'après ce que j'ai entendu.

Rusk se pencha en avant à l'annonce de cette complication.

— Qui ça ?
— David Bliss.
— Vous avez raison, Carson. C'est une mauvaise nouvelle. Bliss emploie sur une base permanente des comptables spécialisés dans diverses branches. La grande nouveauté pour des avocats comme Bliss, c'est la clientèle des médecins. Il attire toutes les femmes de

docteurs et puis son équipe de Juifs décortique les activités du cabinet. Une fois que l'encre du jugement de divorce est sèche, le malheureux médecin n'a plus qu'à travailler pendant vingt ans pour son ex-femme.

— Je suis pas docteur, Dieu merci.

— Je crains que votre situation ne soit encore pire, Carson. Vous possédez des avoirs tangibles, avec des documents attestant de votre production mensuelle. Vous pouvez d'ores et déjà faire une croix sur la moitié de vos puits.

Barnett déglutit bruyamment.

— Non seulement le juge accordera à Luvy la moitié de vos puits, poursuivit Rusk, mais il pourra aussi fixer une pension alimentaire sur la base de votre production actuelle, alors que ces puits produiront régulièrement moins chaque année. Exact ?

Le magnat était livide.

— Il vous faudrait retourner devant le juge chaque fois que le prix du baril baisserait pour obtenir une diminution de la pension alimentaire. Vous passeriez la moitié de votre temps au tribunal, Carson. Vous pouvez vous le permettre ?

Barnett se leva et se mit à arpenter le bureau.

— Vous savez ce qu'a fait le prix du brut, ces derniers temps ? Même mes vieux puits ont triplé de valeur. L'année passée, j'ai fait repartir des puits que j'avais fermés cinq ans plus tôt. Si le juge prend pour base ma production actuelle... Doux Jésus, je devrai au moins vingt millions à Luvy, peut-être même plus. Ensuite, y a les derricks, les maisons, le bateau, le foutu restaurant...

Rusk se détourna pour cacher son excitation. C'était le client qu'il attendait, le pactole qui lui permettrait de prendre sa retraite à quarante ans. Le moment n'aurait pu mieux tomber, qui plus est. Il ne pouvait pas faire le choix de continuer encore longtemps à travailler avec Eldon Tarver.

— Rasseyez-vous, Carson, suggéra-t-il avec douceur. Vous êtes venu me voir pour une bonne raison, n'est-ce pas ?

Barnett s'arrêta de marcher, l'air perdu. Puis il se rassit et regarda Andrew Rusk tel un pénitent devant un prêtre habilité à lui délivrer une dispense papale.

— Un avocat intelligent vous conseillerait de renoncer à toute idée de divorce, dit Rusk.

— Quoi ? s'exclama Barnett, avec dans les yeux une lueur de méfiance animale.

— Vous n'en avez pas les moyens.

— Comment ça ? Je vaux cinquante millions.

— Vingt-cinq, Carson. Si vous avez de la chance.

— C'est quand même une somme.

— En effet, convint Rusk, qui se renversa en arrière et croisa les bras sur sa poitrine. Parlons un peu de vos enfants. Vous avez un fils qui joue dans l'équipe de football de la Jackson Academy, je crois.

Un sourire éclaira le visage du millionnaire.

— Drôlement bien, même. Plus rapide que j'étais, de beaucoup.

— Quel âge a-t-il ?

— Treize ans.

— C'est bien. Au moins, il aura son mot à dire sur la question de la garde. Et vos autres enfants ?

Le sourire de Barnett s'effaça.

— J'ai deux gamines, des jumelles.

— Quel âge ?

— Six ans. L'une a huit minutes de plus que sa sœur, bien sûr.

Hochement de tête sombre et grave de l'avocat.

— Il faudra attendre six ans avant qu'elles puissent exprimer une opinion. Vous voyez où je veux en venir, Carson ?

Le colosse soupira.

— Un divorce vous coûterait vingt-cinq millions de dollars et quatre-vingt-dix pour cent du temps que vous passez avec vos enfants.

— Quatre-vingt-dix pour cent ?

— Oui, si Luvy adopte la position que vous avez décrite… Et c'est David Bliss qui la représentera. Attendez-vous à les voir un week-end sur deux, avec un arrangement spécial pour les fêtes, naturellement. Quelques heures de plus. Je peux quasiment vous garantir la fête des Pères.

— La fête des Pères ? Moi qui voulais emmener Jake en avion voir la moitié des courses NASCAR cette saison… C'est pas juste.

— D'un point de vue moral, je suis tout à fait d'accord avec vous. Légalement… c'est juste. En tout cas dans le grand Etat souverain du Mississippi. Le divorce sans faute n'existe pas, par ici.

— Alors, je prendrai la faute à ma charge. Je veux juste qu'on en finisse, Luvy et moi, et qu'on reste amis.

Rusk prit une mine affligée.

— Ne rêvez pas, Carson. Une question : vous et votre nouvel amour, vous avez été prudents ?

Barnett gigota sur sa chaise.

— Plutôt, oui… vous savez ce que c'est.

— Vous lui avez fait des cadeaux ?

— Naturellement.
— En utilisant votre carte de crédit ?
— C'est quasiment impossible d'acheter quelque chose en liquide, maintenant. Vous le savez, ça ?
— Oui. Et les coups de téléphone ? Vous l'avez appelée avec votre portable ?

L'air accablé, Barnett acquiesça.

— Vous pouvez être sûr que Bliss poursuivra votre petite amie pour détournement d'affection.
— Hein ?
— Oui. Ils la traîneront dans la boue dans les journaux et essaieront d'obtenir d'elle aussi des indemnités.
— Elle a pas le sou !
— Devenue votre femme, elle sera riche. Ils peuvent faire une saisie-arrêt sur ses biens futurs.
— L'argent, je m'en fiche, mais lui faire subir ça…
— Vous envisagez d'attendre combien de temps avant d'épouser cette fille ?
— Je sais que ça peut pas être tout de suite. Mais on est pressés, vous comprenez.

Rusk imaginait sans peine que la fille en question soit très pressée de se marier avant que son « âme sœur » se prenne les pieds dans les filets d'une autre gentille petite travaillant dans un autre restaurant.

— Attendez-vous aussi à ce que vos enfants vous en veuillent beaucoup.

Rusk avait maintenant toute l'attention de son client.

— On leur fera comprendre que vous abandonnez leur mère pour une femme plus jeune, poursuivit l'avocat. Ils sauront qui est cette femme. Vous pensez que Luvy fera un effort pour intégrer votre nouvel amour dans la vie de la famille ?

— Elle la traitera de « courtisane » ou de « Jézabel », oui. Pour le reste, vous avez raison. Luvy fera tout pour monter les gosses contre moi. Elle m'a déjà souhaité de tomber raide mort d'une crise cardiaque. Elle prie tous les soirs pour que ça arrive.

— Vous ne parlez pas sérieusement.

— Je le jure sur la Bible. Elle dit que pour les enfants il vaut mieux que je sois mort que parti en les abandonnant.

— Vous ne les abandonnez pas, eux, Carson.

— Essayez de lui expliquer ça, à cette garce ! explosa Barnett en jaillissant de sa chaise. Excusez-moi, Andy. Quelquefois, je suis tellement énervé que je pourrais...

— Quoi ?

— Je sais pas.

Rusk laissa le silence se prolonger. Maintenant que la colère de Barnett avait atteint la masse critique, elle n'était pas près de retomber.

L'avocat se leva, fit rouler son fauteuil de l'autre côté de son bureau et l'arrêta devant le siège du magnat du pétrole, tout près. Barnett le regarda avec curiosité, méfiance, même, comme s'il le soupçonnait d'être homo.

— Asseyez-vous, Carson. Je veux vous parler, d'homme à homme.

C'était un langage que le magnat comprenait. Il retourna sa chaise, s'installa dessus à califourchon, ses énormes bras à dix centimètres du visage de Rusk.

— Ce que je vais vous dire pourrait vous choquer, Carson.

— Non, allez-y.

— Je présume qu'un homme comme vous a déjà été confronté à des situations inhabituelles, dans ses affaires.

— Qu'est-ce que vous voulez dire ?

— A des... difficultés.

— Ça, oui.

— Certaines difficultés, je l'ai découvert, peuvent être résolues par des méthodes classiques, tandis que d'autres... d'autres réclament un esprit inventif. Des mesures exceptionnelles.

Barnett observait Rusk avec une extrême attention.

— Continuez.

— Je me suis occupé d'une quantité de divorces. Des centaines. Et plusieurs cas présentaient des similarités avec le vôtre.

— Vraiment ?

— Oui. Certains de ces cas étaient poignants. Plus d'une fois, j'ai vu un de ces juges aux idées larges prendre à un malheureux la moitié de ce qu'il avait gagné dans sa vie – ou même plus – et l'empêcher de voir ses enfants par-dessus le marché ! C'est presque anti-américain, des choses pareilles, Carson.

— Absolument.

— Un jour que je m'étais battu pour un client comme un soldat dans sa tranchée et que tous mes efforts n'avaient servi à rien... une idée m'est venue.

— Qu'est-ce que c'était ?

— J'ai pensé : Dieu me pardonne, ne serait-il pas miséricordieux pour cet homme – et pour ces enfants – que l'une des parties engagées dans cette fichue bataille juridique disparaisse tout simplement ?

Barnett demeurait bouche bée comme un adolescent regardant un film porno piraté. Rusk pouvait presque voir son idée s'infiltrer lentement dans les cellules grises s'activant derrière les yeux brillants de Barnett. Celui-ci avala sa salive, baissa les yeux vers le tapis.

— Vous voulez dire…

— Ce que j'ai dit, Carson. Ni plus ni moins. Si une personne cruelle et implacable fait tout pour empêcher une autre personne qu'elle a soi-disant aimée – et avec qui elle a eu des enfants – de voir ses enfants ; si en plus, elle essaie de lui prendre ce pour quoi elle a travaillé toute sa vie… Ne serait-ce pas une manifestation de la justice divine si une force, le destin, peut-être, intervenait pour empêcher ça ?

— Bon Dieu, oui, approuva Barnett à voix basse.

— Je ne tiens pas souvent ces propos, Carson. Mais vous êtes dans une situation désespérée.

Barnett leva des yeux où luisait une intelligence fruste.

— C'est déjà arrivé, ce que vous dites ? Que l'autre personne, euh… disparaisse ?

L'avocat hocha lentement la tête.

Son client ouvrit la bouche pour reprendre la parole mais Rusk l'arrêta en levant la main.

— Si cette idée vous intrigue, Carson, vous ne devez plus remettre les pieds dans ce cabinet.

— Quoi ?

— Allez au Jackson Racquet Club après-demain à 14 heures et demandez à prendre un bain de vapeur.

— Je suis pas membre, répondit Barnett avec embarras.

— Un ticket au tarif Invité – dix dollars – vous permettra d'entrer.

— Mais...

Rusk pressa son index gauche sur ses lèvres et tendit la main droite à Barnett.

— Carson, si vous voulez divorcer, je serai heureux de vous représenter. Etant donné l'attitude de Luvy, il faudra un an ou plus pour tout régler, mais je vous promets de faire tout mon possible. Comme vous l'avez souligné vous-même, il vous restera encore pas mal d'argent quand elle vous aura pris vingt-cinq millions.

Barnett ouvrait et refermait la bouche comme un homme en état de choc.

— Pour un type comme vous, qui a gagné et perdu plusieurs fortunes, l'argent n'a pas la même importance que pour quelqu'un comme moi.

— Je suis plus tout jeune, argua Barnett.

— C'est exact, dit Rusk en souriant. Le temps nous use tous.

Il ramena son fauteuil derrière le bureau sous le regard ahuri de Barnett.

— Ne vous en faites pas trop, reprit l'avocat. Et ne laissez pas cette femme vous abattre.

— Le Jackson Racquet Club ? murmura Barnett.

— Comment ? Je n'ai pas entendu.

Une lueur de compréhension s'alluma dans le regard du colosse.

— Rien. Je marmonnais.

— C'est bien ce que je pensais.

Barnett regarda l'avocat un instant encore puis se retourna et se dirigea vers la porte. Au moment où il tendait la main vers la poignée, Rusk le rappela :

— Carson ?

Barnett tourna vers lui un visage épuisé.

— Je crois qu'il vaut mieux ne pas en parler à votre future femme.

Dans son premier accès de sincérité depuis le début de la rencontre, il ajouta :

— On ne sait jamais comment les choses peuvent évoluer.

21

Chris passa à vélo devant le Little Theater, tourna dans Maple Street et pédala dur dans la longue pente menant au cimetière de Natchez. Bientôt il déboucherait sur la falaise, avec des kilomètres d'espace découvert à sa gauche et le cimetière immaculé à sa droite.

S'il avait prescrit quantité d'antidépresseurs dans son cabinet, il n'avait jamais lui-même connu la dépression. Il avait étudié le problème, posé des questions pénétrantes à ses patients, mais jusqu'à ce jour il n'avait aucune idée réelle de l'état que ceux-ci lui avaient décrit. La métaphore de la « cloche de verre » utilisée par Plath lui semblait étonnamment juste : il avait l'impression qu'une pompe avait aspiré tout l'air de son existence, qu'il évoluait dans le vide et que ses actes, quelles que soient les décisions qu'il prendrait, n'auraient aucun sens, aucune influence positive dans le monde.

Avec sa perspicacité habituelle, Tom Cage avait remarqué l'hébétude de son associé et lui avait conseillé de prendre son après-midi. Puisque Thora était partie pour le Delta avant l'aube (malgré sa promesse de conduire Ben à l'école), Chris n'avait pas d'autre obligation que d'amener son fils adoptif au bowling à 16 heures pour l'anniversaire. Il lui suffisait même de téléphoner à Mme Johnson pour qu'elle s'en charge.

Après avoir quitté son cabinet, Chris était rentré chez lui en voiture, il s'était changé et, sans l'avoir vraiment décidé, il avait entamé une balade, d'Elgin au Mississippi. Il avait couvert plus de vingt kilomètres en une demi-heure – un record pour lui – et ne se sentait ni fatigué ni euphorique. Il avait l'impression d'être une machine douée de la faculté de penser. Mais il ne voulait pas penser. Il voulait seulement monter la colline et se retrouver dans le vent qui giflait la paroi rocheuse de soixante mètres de haut dominant le fleuve.

La large vallée du Mississippi s'ouvrit sur sa gauche. Il sut alors qu'il n'obliquerait pas vers le cimetière, comme il en avait l'habitude, mais qu'il continuerait tout droit, qu'il passerait devant les cabanes bordant la route après le cimetière et qu'il roulerait jusqu'au Devil's Punchbowl, le profond défilé où des hors-la-loi tristement célèbres jetaient autrefois les corps de leurs victimes. Perdu dans la contemplation des interminables champs de coton de la Louisiane, à gauche, il faillit percuter une voiture qui s'était mise en travers de la route.

Chris freina si brutalement qu'il manqua de passer par-dessus son guidon. Il allait incendier le chauffeur quand une femme descendit de la voiture et se mit à l'incendier, lui. Il la regarda, stupéfait.

Alex Morse.

On aurait dit qu'elle n'avait pas dormi depuis plusieurs jours. Elle avait la voix cassée, les yeux

bordés de noir, et pour la première fois depuis qu'il la connaissait, elle semblait hors d'elle.
— Pourquoi vous n'avez pas répondu à mes coups de téléphone ? braillait-elle.
— Je ne sais pas.
— Vous ne savez pas ?
— Ou plutôt, je savais ce que vous alliez dire.
— Vous n'en saviez rien ! Il est arrivé quelque chose de terrible ! Jamais je n'aurais imaginé une chose pareille...
Chris pédala jusqu'à la portière ouverte.
— Quoi ?
— Un des maris meurtriers aurait tenté de se suicider la nuit dernière.
Sidéré, Chris demanda :
— Comment ?
— Overdose d'insuline.
— Il vit encore ?
Alex acquiesça.
— Il est dans le coma, non ?
— Comment vous le savez ?
— J'ai beaucoup vu ça pendant mon internat. Les candidats au suicide choisissent l'insuline dans l'espoir d'une mort sans douleur. Le plus souvent, ils se retrouvent dans un état végétatif permanent. Il était diabétique ?
— Oui. Deux piqûres par jour.
Chris regarda en direction du fleuve.
— L'overdose était peut-être accidentelle...
— Je ne crois pas. Et je ne crois pas non plus que c'était une tentative de suicide.
Il ne répondit pas. Alex s'avança vers lui en scrutant son visage.

— Qu'est-ce qui ne va pas ?
— Rien.
— Pourquoi vous n'êtes pas à votre cabinet ?
— Je n'avais pas envie de bosser. Pourquoi pensez-vous que ce n'était pas une tentative de suicide ?
— Cet homme s'appelle William Braid, il est de Vicksburg. Sa femme a terriblement souffert avant de mourir. Si j'ai raison, s'il a bien payé quelqu'un pour la tuer, de deux choses l'une. Première hypothèse, Braid était tellement rongé de remords qu'il ne supportait plus de vivre. Des rumeurs locales étayent ce scénario. Mais d'après deux de ses amis proches, Braid avait un ego tellement démesuré qu'il ne se serait jamais suicidé.
— Continuez.
— Il se pourrait aussi que la personne embauchée pour assassiner sa femme – Andrew Rusk, par exemple – ait estimé qu'un ancien client déstabilisé et bourrelé de remords constituait un risque intolérable. Surtout maintenant que je fourre mon nez partout.

Alex inspecta Cemetery Road dans les deux sens avant de demander :
— Ç'aurait été difficile de plonger Braid dans un coma permanent avec de l'insuline ?
— Un jeu d'enfant, comparé à provoquer un cancer. Rappelez-vous l'affaire von Bülow. C'était pareil.
— Vous avez raison. Sauf que dans le cas de Braid il n'y a pas de famille pour soupçonner quelque chose. En plongeant Braid dans le coma sans le tuer, le meurtrier a fortement réduit la possibilité que la police s'intéresse à l'affaire.

Un pick-up déglingué passa dans un grondement, crachant une fumée bleu-noir par son tuyau d'échappement.

— Vous avez une sale tête, fit observer Chris. Vous n'avez pas dormi ?

— Je suis allée à Jackson en voiture cette nuit. Voir ma mère. On a dû la ramener à l'hôpital. Son foie lâche. Ses reins aussi.

— Je suis désolé.

— Elle est proche de la fin, cette fois. Des œdèmes partout... Elle est sous sédatifs.

Chris hocha la tête : il connaissait.

— C'est curieux, poursuivit Alex. Dans l'avion, je dors du décollage à l'atterrissage. Mais à l'hôpital, pas moyen.

Elle semblait attendre un commentaire de Chris mais il garda le silence.

— J'ai quand même dormi deux heures dans ma voiture, précisa-t-elle.

— C'est mieux que rien, fut tout ce que Chris trouva à dire.

— Oui, j'étais sur le parking de votre cabinet. Je dormais encore quand vous êtes sorti. J'ai pensé que vous viendriez peut-être ici.

— Ecoutez, Morse...

— Vous ne pouvez pas m'appeler Alex ? le coupat-elle, l'exaspération assombrissant les cicatrices autour de son œil droit.

— OK. Alex. Je vous ai écoutée. J'ai vu ce que vous m'avez montré. Je sais ce que vous voulez que je fasse. J'ai même un peu réfléchi à la possibilité de provoquer un cancer chez un être humain. Mais je n'avais pas envie d'en parler, c'est pour ça que je n'ai pas répondu à vos coups de téléphone.

L'expression d'Alex passa de l'exaspération à l'empathie.

— Qu'est-ce que vous avez envie de faire ?
— Du vélo.

Elle écarta les bras.

— D'accord. Pourquoi pas ? Vous comptiez aller où ?

Il ne parla pas du Devil's Punchbowl.

— Je pensais faire quelques sprints dans le cimetière puis m'arrêter un moment à Jewish Hill.

— C'est quoi, Jewish Hill ?

Il indiqua une butte d'une quinzaine de mètres de haut couronnée de monuments en marbre et d'un mât auquel pendait un drapeau américain honteusement effrangé.

— Le meilleur endroit pour regarder couler le Mississippi.

— Je ne peux pas pédaler avec vous, aujourd'hui, dit Alex en montrant le porte-vélos vide de sa voiture. On ne pourrait pas y aller simplement à pied ? Je ne parlerai pas, si vous voulez que je me taise.

Chris détourna les yeux. Etait-elle capable de rester un moment sans parler de ce qui l'obsédait ? Il en doutait. Et discuter avec elle ne ferait qu'aggraver sa dépression. Curieusement, toutefois, Alex Morse était la seule personne qui puisse comprendre ce qui le minait.

— On risque de tomber sur des gens qui me connaissent, objecta-t-il. Croyez-le ou non, beaucoup d'habitants de Natchez viennent courir dans ce cimetière.

Alex haussa les épaules.

— Vous leur direz que je suis médecin, que Tom Cage et vous envisagez de prendre un autre associé.

Chris sourit, pour la première fois depuis des heures, depuis des jours peut-être. Puis il monta sur son Trek et roula lentement vers la grille la plus proche, un monstre en fer forgé fixé à de lourds piliers de brique. Tout le cimetière était embelli par de la ferronnerie ancienne. Alex franchit la grille avec sa Corolla, la gara sur le gazon. Chris attacha son vélo et entraîna Alex dans une des étroites allées silencieuses séparant les alignements de pierres tombales.

Ils marchèrent un moment sans parler. Comme une grande partie de la vieille ville, le cimetière avait ce style néogrec qu'affectionnaient les planteurs de coton anglophiles avant la guerre de Sécession. Des confédérés y étaient enterrés, ainsi qu'un grand nombre d'Américains célèbres, mais c'étaient les tombes de gens ordinaires qui avaient toujours intéressé Chris.

— Regardez, dit-il en tendant le bras vers une pierre sombre couverte de mousse.

— C'est la tombe de qui ?

— D'une petite fille qui avait peur du noir. Elle avait tellement peur de l'obscurité de la mort que sa mère l'a fait enterrer dans un cercueil au couvercle en verre. Des petites marches conduisent au tombeau. La mère y descendait chaque jour et lisait à son enfant mort une histoire de son livre préféré.

— Mon Dieu. Quand était-ce ?

— Il y a un siècle environ.

— On peut la voir ?

— Plus maintenant. On a finalement dû bloquer l'accès, à cause des vandales. Des crétins qui viennent ici pour tout saccager. Si j'avais le temps, je me posterais ici, plusieurs nuits d'affilée si nécessaire, pour les surprendre et leur flanquer une volée.

Alex passa devant lui et s'engagea dans une allée qui montait vers la butte dominant le fleuve.

— Vous avez réfléchi à ma théorie sur un cancer provoqué, disiez-vous.

— Je pensais qu'on ne parlerait pas.

— C'est vous qui avez commencé.

Chris s'entendit rire.

— Je le reconnais.

Il fit quelques pas et reprit :

— J'ai feuilleté mes manuels d'oncologie entre deux patients.

— Qu'est-ce que vous avez trouvé ?

— J'avais raison, concernant la complexité des cancers du sang. Nous ignorons ce qui cause quatre-vingt-dix pour cent d'entre eux. Nous savons en revanche que la plupart ont des causes différentes. Nous nous appuyons en cela sur les changements affectant les cellules sanguines et sur d'autres éléments comme les gènes suppresseurs de tumeur, les facteurs de croissance des cellules, etc. Il s'agit de médecine de pointe.

— J'avais raison pour les radiations ?

— Dans une certaine mesure, oui. On peut effectivement provoquer toute une variété de cancers par irradiation. Mais...

Chris leva l'index.

— ... pas de manière indécelable. Si vous bombardez quelqu'un de rayons gamma sans qu'un oncologue radiothérapeute dirige le tir, vous provoquez de graves brûlures, des vomissements. Même avec du personnel qualifié, la radiothérapie entraîne des effets secondaires. Et je parle de doses minimales destinées à guérir le patient.

— Mais c'est possible, avec les connaissances requises, insista Alex. Vous avez découvert d'autres pistes ?

— Les produits chimiques, répondit Chris en marchant d'un pas régulier vers Jewish Hill. Comme je le soupçonnais, les toxines dont on sait qu'elles causent le cancer sont parmi les plus difficiles à éliminer. Vous mettez un microgramme de dioxine dans un organisme, il y sera encore quand il mourra. Des analyses toxicologiques poussées après l'autopsie révéleraient facilement ce genre de chose. Quant aux produits volatils comme le benzène, que vous avez mentionné à notre deuxième rencontre, ils présentent le même inconvénient que les radiations. Une dose suffisante pour tuer provoquerait une maladie grave. Les produits chimiques en général sont donc une arme oncogène moins sûre que les radiations et...

— Oncogène ?

— Qui cause le cancer, clarifia Chris.

— Désolée. Continuez.

— Je suppose que quelqu'un pourrait mettre au point un poison oncogène indécelable – la CIA ou l'armée, disons –, mais si c'était le cas, vous n'auriez aucun espoir de le découvrir.

Alex parut songeuse.

— L'hypothèse mérite d'être envisagée, dit-elle. Je n'ai pas inclus les espions et les militaires dans ma liste de suspects, mais c'est une piste à considérer.

— Pas dans ce coin-ci. C'est à Fort Detrick, dans le Maryland, que sont stockés les germes et les toxines.

Vous devriez vous adresser à un expert, Alex, et je ne parle pas d'un hématologue ordinaire. Il vous faudrait quelqu'un du NIH, l'Institut national de la santé, ou d'un centre de recherches sur le cancer comme Sloan-Kettering ou Dana-Farber.

Chris fit halte pour observer des papillons voletant autour d'un buisson de fleurs pourpres. L'un d'eux avait sur les ailes des sphères d'un bleu électrique qui ressemblaient à des décorations psychédéliques.

— Le centre M. D. Anderson est probablement le plus proche, ajouta-t-il.

— C'est à Houston ?

— Oui. Sept heures, en voiture.

Alex tendit la main et un papillon vint danser autour de son doigt dressé.

— Et qu'est-ce que je leur demande, à ces experts ? Qu'est-ce que vous leur demanderiez, vous ?

— Si nous excluons les radiations et les produits chimiques de nos hypothèses, il ne reste à ma connaissance qu'une seule possibilité. Et de taille.

— Laquelle ?

— Les virus oncogènes.

Elle se tourna vers Chris.

— Un professeur que j'ai interrogé la semaine dernière a mentionné les virus, mais une grande partie de ses explications m'est passée au-dessus de la tête.

— Vous savez ce qu'est un rétrovirus ?

— Je sais seulement que le sida est causé par un rétrovirus.

— Et la transcriptase inverse ?

Alex eut une moue embarrassée.

— OK. Certains virus de la famille des herpès provoquent des cancers. Et il existe au moins un rétrovirus dont on sait qu'il est oncogène. Il doit y en avoir d'autres. On a élaboré des modèles théoriques sur ce problème, mais ce n'est pas mon domaine. J'ai failli consulter mon ancien professeur d'hémato en fac de médecine, Peter Connolly. Il est chercheur au Sloan-Kettering, maintenant. Il est l'auteur de travaux fondamentaux sur la thérapie génique, qui utilise des virus pour introduire des « balles magiques » dans les tumeurs. C'est une des formes les plus récentes du traitement du cancer.

— Il est passé de Jackson à New York ? s'étonna Alex.

— Ça arrive, répondit Chris en riant. Vous savez que la première transplantation cardiaque au monde a été réalisée à Jackson ?

— Je pensais que c'était à Houston, ça aussi.

— La transplantation de Jackson a été faite sur un singe, mais la technique était la même. La difficulté aussi. Comme pour la conquête de l'espace. Des singes ont frayé la voie à Michael DeBakey et Alan Shepard.

Ils étaient enfin parvenus à Jewish Hill mais, alors qu'ils approchaient du sommet de la butte et de la vue exceptionnelle qu'il offrait, Chris baissa les yeux vers sa montre.

— Désolé, Alex, il faut que je me sauve. Ben est invité à une fête d'anniversaire, et comme Thora est partie, je dois passer le prendre.

— D'accord, répondit-elle en souriant. On peut retourner à la voiture en courant.

Ils redescendirent la pente en joggant mais Alex n'avait manifestement pas l'intention de gaspiller le reste du temps qu'elle passerait avec Chris.

— Je me suis demandé s'il ne suffisait pas d'injecter des cellules cancéreuses à une personne saine. J'ai vu faire ça sur des souris, dans une émission de Discovery Channel...

Un peu de connaissance est chose dangereuse, pensa Chris.

— C'était faisable uniquement parce que les souris utilisées dans la recherche sur le cancer sont des souris « nues », ce qui veut dire qu'elles n'ont pas de système immunitaire ou qu'elles sont des copies génétiques l'une de l'autre. Des clones, en gros. C'est comme injecter des cellules de ma tumeur à mon jumeau. Il est certain que ces cellules se développeraient, ou qu'elles auraient la possibilité de le faire. Mais si je vous injectais mes cellules cancéreuses, votre système immunitaire les éliminerait rapidement. Et violemment, au niveau cellulaire.

— Vous êtes sûr ? Même avec des tumeurs très agressives ?

— J'en suis quasiment sûr. Même pour ce que nous appelons les tumeurs indifférenciées, les cellules cancéreuses font partie, à l'origine, de l'organisme d'une personne spécifique et proviennent de son ADN, qui est unique. Le système immunitaire de toute autre personne identifiera ces cellules comme des envahisseurs étrangers.

— Mais si on neutralise auparavant le système immunitaire de la victime ?

— Avec de la cyclosporine, par exemple ? Un médicament qui empêche les réactions de rejet en cas de greffe ?

— Ou un corticoïde, suggéra Alex.

Elle avait visiblement étudié la question.

— Si vous neutralisez suffisamment le système immunitaire d'une personne pour qu'il accepte des cellules cancéreuses provenant d'une autre personne, vous exposez la première personne à toutes sortes d'infections opportunistes. Elle sera malade. Très malade. Est-ce que les dossiers médicaux de vos victimes indiquent des maladies étranges avant le diagnostic de cancer ?

— J'ai eu accès aux dossiers de deux personnes seulement mais, non, je n'ai noté aucune indication dans ce sens.

Quand la Corolla ne fut plus qu'à une quarantaine de mètres, Chris coupa à travers la pelouse et se fraya un chemin entre les pierres tombales.

— Si vous pouviez consulter les dossiers de toutes les victimes, vous progresseriez peut-être beaucoup dans votre enquête.

Alex fit halte près d'une tombe de granite noir et déclara, avec une franchise absolue :

— Je me sens dépassée. Mes connaissances en génétique s'arrêtent au niveau du lycée. Mendel et ses petits pois. Vous, vous parlez le jargon, vous connaissez les experts à qui il faut s'adresser...

— Alex...

— Si je mets la main sur les autres dossiers, vous m'aiderez à les analyser ?

— Alex, écoutez-moi.

— Je vous en prie, Chris. Vous pensez vraiment que vous pourrez reléguer tranquillement cette histoire dans un coin de votre esprit ?

Il lui saisit les mains et les pressa durement.

— Ecoutez-moi !

Elle hocha la tête, consciente d'avoir franchi une limite.

— Je ne sais pas encore ce que je vais faire, dit-il. Tout ce qui est arrivé tourbillonne en moi, je cherche à y voir clair. J'essaie, d'accord ? A ma façon. J'appellerai mon ami au Sloan-Kettering demain.

Alex ferma les yeux et poussa un soupir de soulagement.

— Merci.

— Pour le moment, je dois passer prendre Ben et je ne veux pas être en retard.

— Je vous ramène à votre pick-up, proposa-t-elle. Il est où ?

— Chez moi, répondit-il en lui lâchant les mains.

— Chez vous ? Vous mettrez une heure à rentrer.

— Une demi-heure.

— Laissez-moi vous déposer.

— J'ai besoin d'être seul, Alex.

Il se dirigea vers son vélo, défit l'antivol et ajouta :

— Je vais vous prescrire quelque chose pour vous aider à dormir.

— Les somnifères n'ont aucun effet sur moi. Pas même l'Ambien.

— Je vais vous donner de l'Ativan. Pour qu'il n'agisse pas, il faudrait que vous y soyez déjà accro. Si ça ne vous fait pas dormir, ça vous détendra. Je déposerai l'ordonnance à la pharmacie Walgreens, d'accord ? C'est près de votre motel.

— Entendu.

Il enfourcha son Trek, tendit la main à Alex. Quand elle la prit entre les deux siennes, il sentit qu'elle tremblait.

286

— Promettez-moi d'être prudent, le supplia-t-elle. Evitez la circulation.
— Ne vous inquiétez pas, je fais ça tout le temps. Laissez-moi partir, maintenant. Nous parlerons plus tard.
— Ce soir ?
— Peut-être. D'ici demain, en tout cas.
— Promis ?
— C'est pas vrai ! soupira-t-il.

Elle se mordit la lèvre et fixa le sol. Quand elle releva la tête, il remarqua que ses yeux étaient injectés de sang.

— Je suis à bout de nerfs, Chris. Vous aussi. La seule différence, c'est que vous ne vous en rendez pas compte.
— Bien sûr que si.

Avant qu'elle puisse répondre, il monta en selle et sprinta vers la grille du cimetière.

22

Le Dr Tarver quitta la I-55 et engagea sa camionnette blanche dans la vaste zone commerciale bas de gamme du sud de Jackson. Bientôt, il se perdit dans une jungle en aluminium de petits garages, de magasins de bricolage, avec çà et là quelques boutiques qui avaient survécu à l'arrivée de Wal-Mart. Il se dirigeait vers une ancienne boulangerie industrielle, le seul bâtiment en brique de toute la zone. Construite dans les années cinquante, elle avait autrefois parfumé le quartier chaque matin d'une délicieuse odeur de pain en train de cuire. Comme le quartier, la boulangerie s'était lentement éteinte à la fin des années soixante-dix et tous ceux qui avaient successivement essayé de la convertir avaient échoué, quel que soit le domaine commercial choisi.

Tarver s'arrêta devant la porte de la haute clôture en grillage qui entourait le parking, descendit, ouvrit le cadenas d'une lourde chaîne. Personne ne s'était étonné de la présence de fil barbelé au-dessus de la clôture : tout le monde savait que la zone souffrait d'un des taux de criminalité les plus élevés du pays. Il referma la porte derrière la camionnette mais ne remit pas la chaîne, comme s'il attendait quelqu'un.

Dans le quartier, on le connaissait sous le nom de Noel D. Traver, vétérinaire. Le bâtiment de brique accueillait maintenant un élevage de chiens qui fournissait non seulement des beagles mais aussi des souris et des oiseaux à des instituts de recherches de tout le pays. Comme le « Dr Traver » refusait toute subvention fédérale, il n'était pas soumis aux nombreuses règles et inspections qui causaient tant de désagréments aux autres élevages de ce type. C'était indispensable, car l'élevage de chiens de Tarver n'était qu'une couverture dissimulant ses véritables activités dans l'ancienne boulangerie.

Il n'avait pas choisi le bâtiment pour son emplacement mais pour le vaste abri qui se trouvait en dessous. L'ex-propriétaire de la boulangerie, un fanatique de droite nommé Farmer, craignait autant l'Union soviétique qu'il la détestait. Il avait donc fait construire un abri perfectionné pouvant protéger d'une attaque nucléaire non seulement sa famille mais aussi quelques membres triés sur le volet de son personnel. Si Eldon Tarver pensait lui aussi que cet abri lui sauverait peut-être la vie d'ici dix ou quinze ans, il l'avait surtout acheté pour en faire un centre de recherches clandestin sur les primates.

Il ouvrit la porte, longea rapidement les cages installées dans la partie avant du bâtiment. Deux cents chiens se mirent à aboyer derrière leurs barreaux. Tarver était devenu sourd à ce vacarme et s'en félicitait même, car il couvrait des bruits plus étranges qui s'échappaient parfois des entrailles de l'ancienne boulangerie. Il était passé dans la partie reproduction et cherchait son frère adoptif quand des coups de klaxon traversèrent les murs du bâtiment.

Marmonnant un juron, il fit demi-tour et ressortit. Un camion frigorifique aux flancs décorés de crèmes glacées aux couleurs vives s'avançait vers la porte. Tarver fit signe au chauffeur de faire le tour jusqu'à l'entrée des livraisons. L'homme suivit ses instructions et Tarver prit son sillage en trottinant dans la fumée nauséabonde crachée par le pot d'échappement. Il était impatient de découvrir ce que ses Mexicains lui avaient apporté cette fois.

Luis Almedovar sauta de la cabine, salua le docteur d'un signe de tête. Corpulent, le visage barré d'une moustache noire, Luis arborait d'ordinaire un éternel sourire mais Tarver décela cette fois de la nervosité dans ses yeux sombres.

— Tu viens d'arriver ? lui demanda-t-il.

— Non, non. On est là depuis des heures, mais Javier avait envie d'un hamburger.

— Vous en avez combien ?

— Deux, *señor*. C'est ce que vous aviez demandé, non ?

— Ouvre le camion.

Le visage de Luis prit de nouveau une expression inquiète. Il ouvrit le hayon et Tarver monta sur le pare-chocs. La vague de puanteur qui le gifla aurait fait reculer n'importe qui sauf un familier des élevages d'animaux.

— Qu'est-ce qui s'est passé ? demanda-t-il.

Apeuré, Luis se tordait les mains.

— Le frigo, *señor*. Il est tombé en panne.

— Merde, éructa Tarver. Il y a combien de temps ?

— A Matamoros, *señor*.

Tarver secoua la tête d'un air dégoûté, plaqua le pan de sa chemise sur sa bouche et son nez, pénétra dans le camion. Il transportait des animaux de diverses espèces, au moins une douzaine de primates, enfermés dans des cages dans le fond du véhicule. L'odeur d'excréments était insupportable, du fait de la température qui régnait à l'intérieur et qui avait dû grimper à 70 °C sous le soleil du Mississippi. Des mouches s'étaient introduites dans le camion et bourdonnaient avec une intensité à rendre fou.

En s'avançant, Tarver vit que deux singes rhésus d'origine indienne étaient morts dans leurs cages. Cela coûterait cher aux trafiquants mexicains mais ce qui tracassait le plus Tarver, c'était la perte de deux sujets de recherche. Les macaques indiens étaient les animaux qui convenaient le mieux à ses travaux sur le VIH. Toutefois, la partie la plus intéressante de la cargaison se trouvait contre la paroi du fond. Dans une grande cage étaient assis deux chimpanzés hébétés qui posèrent sur lui un regard de reproche épuisé. Les joues d'un des singes étaient couvertes de traînées de mucus et le pelage de l'autre montrait plusieurs plaques chauves. Manifestement, ils n'avaient pas mangé depuis des jours, peut-être des semaines.

— Foutus imbéciles, grommela Tarver. Connards de Mex.

Il se retourna et beugla à la silhouette trapue qui se dessinait dans l'encadrement de la portière :

— Descends-les !

Luis hocha fébrilement la tête, passa devant Tarver dans l'étroite allée séparant les cages.

— Espèce d'abruti ! lança le médecin au dos de l'homme. Tu sais le retard que ça va me faire prendre dans mes recherches ? Je vais devoir leur redonner un poids normal avant les expériences. Sans parler des effets du stress que tu leur as fait subir. Le stress affecte directement le système immunitaire des primates.

— *Señor*…

— Si tu livrais une voiture de soixante mille dollars avec ta saloperie de camion, tu ferais attention, non ?

— *Sí, señor*, grogna Luis en s'efforçant de soulever la cage. Mais ces singes…

— Où il est passé, ton copain taré ?

— Ils sont mauvais, *señor*.

— Ce sont des animaux sauvages.

— *Sí*, mais intelligents. Comme des gens.

Probablement plus que toi, pensa Tarver.

— Ils jouent la comédie, ils font semblant de dormir et d'un seul coup, *Dios mío* ! Ils vous arrachent la tête et ils se sauvent.

— Tu ne ferais pas la même chose si tu mourais de faim ?

— *Sí*, mais… Je suis un homme. Javier a failli perdre un œil, il pendait hors de sa tête, je mens pas, *señor*.

L'image fit sourire Tarver.

— Vous leur faites quoi, à ces singes ? reprit Luis.

— Je les rends malades.

— *Señor* !

— Puis je les guéris. Mes recherches te sauveront peut-être un jour, Luis. Ça vaut bien de perdre un œil.

Le Mexicain hocha la tête mais ne paraissait pas convaincu.

Comme il n'arrivait pas à sortir seul la cage, il finit par convaincre Javier Sanchez de descendre de la cabine. Tarver dut lui donner un billet de cent pour le faire monter à l'arrière et, en conjuguant leurs efforts, les deux hommes parvinrent à porter la cage dans l'ancienne boulangerie. Tarver regrettait d'avoir dû graisser la patte aux livreurs mexicains, mais après avoir acheté ses chimpanzés trente mille dollars pièce au marché noir, cent dollars de plus ne changeraient pas grand-chose à l'affaire.

Il raccompagna les deux hommes dehors et les regarda partir. Aucun livreur n'avait jamais pénétré plus loin que l'ancienne zone d'expédition, située juste après la porte. Quand Tarver retourna dans le bâtiment, Judah, son frère adoptif, avait hissé la cage sur un chariot et la tirait vers le monte-charge donnant accès à l'abri. Judah, l'un des quatre fils de la famille qui avait adopté Eldon enfant, aurait facilement pu descendre la cage par l'escalier. A cinquante-cinq ans, il était encore aussi large et aussi dur qu'un tronc d'arbre, avec une crinière de cheveux bruns et des yeux bleu clair sous un front bas. Il avait été un enfant volontaire jusqu'à ce que son père décide de le briser. Depuis, Judah parlait peu mais il demeurait dévoué à son frère adoptif, qui s'était toujours occupé de lui dans le monde extérieur, si différent de celui qu'ils avaient connu enfants dans le Tennessee. Tandis que le monte-charge descendait en gémissant, Tarver donna pour instruction à Judah d'épouiller et de baigner les singes, de leur administrer un sédatif en vue d'un examen médical complet. Judah acquiesça de la tête.

Lorsque le monte-charge arriva en bas, Tarver tourna le volant qui ouvrait la porte du sas et pénétra dans le labo des primates. Aucun des chauffeurs qui sillonnaient la zone ne se doutait qu'il passait au-dessus de telles installations. Un maniaque de la propreté aurait mangé sans hésiter sur n'importe quelle surface du laboratoire, que Judah nettoyait méticuleusement chaque jour. La stérilité du lieu était essentielle, compte tenu des possibilités de contamination croisée. Le Dr Robert Gallo en avait fait l'expérience dans son laboratoire de recherches sur le sida et, deux ans plus tôt, il avait fallu détruire la moitié des vaccins du pays contre la grippe à cause d'une négligence.

Le long du mur ouest de la salle s'alignaient les cages des primates, cellules de luxe conçues par le Dr Tarver et fabriquées par Judah. Pour le moment, elles contenaient quatre chimpanzés, deux douzaines de macaques, quatre ouistitis, deux babouins et un tamarin. Tous les primates, y compris ceux qui souffraient de maladies incurables, jouissaient d'un grand confort. Tarver leur fournissait une atmosphère climatisée et de la musique. En ce moment, la symphonie n° 7 de Mozart atteignait son crescendo en fond sonore.

Les cages des souris – en plastique moulé – étaient rangées le long du mur nord. A proximité, on avait accroché des bulles à reproduction pour les mouches du vinaigre : *Drosophila melanogaster*. En dessous, trois piles d'aquariums semblaient ne contenir que du feuillage, mais un examen attentif permettrait de repérer les corps écailleux de quelques-uns des précieux serpents du docteur.

Le reste de la salle était occupé par d'énormes réfrigérateurs où l'on gardait les cultures de cellules et par des machines à analyse fabriquées par la firme

Beckman Coulter. Deux d'entre elles étaient des modèles plus récents que celles des services oncologie et génétique du centre hospitalier universitaire. Tarver avait d'abord essayé de procéder à ses expériences sur son lieu de travail, sous le couvert de ses travaux officiels, mais les contraintes budgétaires avaient entraîné des mesures de surveillance qui l'en avaient empêché. Parfois, il lui arrivait d'apporter des prélèvements à l'hôpital pour les examiner avec le microscope électronique du département de biochimie, mais pour le reste, il avait construit dans l'abri une réplique des labos du centre. Cela lui permettait de réaliser une amplification génique sur place, et grâce aux liaisons à distance avec les ordinateurs du laboratoire privé qu'il dirigeait dans le nord de Jackson, il avait accès au logiciel Sequence pour ses analyses génétiques. A ce jour, il avait dépensé plus de six millions de dollars pour ses installations. Une partie de cet argent provenait de sa femme, qui avait été une des premières à croire en son talent, mais après sa mort il avait été contraint de trouver d'autres sources de financement.

Comme Andrew Rusk.

Il existait d'autres sources encore qui lui auraient volontiers fourni des fonds, bien sûr, mais elles étaient toutes étrangères – généralement des gouvernements – et il ne voulait pas en entendre parler. Non qu'il n'eût pas été tenté. Les Etats-Unis avaient adopté une politique quasi suicidaire en matière de recherche médicale, presque aussi lamentable que celle des Britanniques mais pas tout à fait. En Grande-Bretagne, on ne pouvait faire aucune expérience sur des chimpanzés, ce qui priverait à coup sûr ce pays d'une place importante dans le domaine pharmaceutique à l'avenir. En Amérique, c'était déjà suffisamment compliqué. Les chimpanzés figuraient sur la liste des espèces en danger, mais le gouvernement les avait mis sur une liste à part pour permettre leur utilisation dans la recherche médicale. Pourtant, moins de mille six cents de ces animaux étaient actuellement utilisés aux Etats-Unis. La plupart provenaient de centres d'élevage locaux, dont un situé à moins de quatre cents kilomètres de Jackson, à New Iberia, en Louisiane. Tarver ne pouvait cependant pas faire appel à ces centres parce que, partout où ces primates étaient livrés, les inspecteurs gouvernementaux ne tardaient pas à apparaître.

Les Chinois, eux, s'intéressaient aux chimpanzés vivant encore dans la nature et envoyaient une armée de biologistes dépouiller tous les arbres d'Afrique quand ils en sentaient le besoin. De leur point de vue, les défenseurs des droits des animaux pouvaient aller se faire voir. Tarver était de leur avis. D'après son expérience, les convictions morales d'un avocat de la cause animale expiraient dès qu'il contractait une maladie mortelle qu'on ne pouvait guérir qu'avec une valvule de cœur de porc. Soudain, ce cochon ne lui semblait plus aussi sacré. Les militants des droits des animaux n'étaient pas comme les Témoins de Jéhovah, prêts à mourir à côté de la boîte d'antibiotiques qui pourrait les sauver. Enfants efféminés des hippies du Summer of Love, ils n'étaient jamais sortis sans gilet de sauvetage depuis le jour de leur naissance. Les Témoins de Jéhovah avaient farouchement résisté à la tyrannie nazie, et notamment dans les camps de la mort, Tarver le savait. Il estimait qu'un militant des droits des animaux n'aurait pas tenu trois jours à Auschwitz.

L'expérimentation animale procédait d'une longue et vénérable tradition. Aristote et Erasistrate l'avaient pratiquée sur des animaux vivants ; à Rome, Galien avait disséqué des quantités de cochons et de chèvres. Edward Jenner avait utilisé des vaches pour mettre au point le vaccin contre la variole et Pasteur avait guéri la maladie du charbon en contaminant délibérément des moutons. Qu'on puisse espérer que les hommes de science guérissent le cancer ou le sida sans avoir recours à des animaux pour établir des modèles analysables, voilà qui dépassait Tarver. Il ne s'arrêtait cependant pas à ce type d'expérimentation. Parce que, à vrai dire, les modèles animaux ne permettaient que des avancées limitées. Lorsqu'on étudiait les maladies neurologiques ou virales, il ne suffisait plus de faire des expériences sur un métabolisme similaire. Il fallait prendre comme sujet l'identique. C'est-à-dire l'*Homo sapiens.*

Tous les chercheurs sérieux pouvaient vous le dire. Sauf que la plupart d'entre eux ne le faisaient pas. Parce que les dollars de la recherche étaient souvent contrôlés par des libéraux au cerveau embrumé qui n'avaient aucune idée de ce qu'est la science et personne n'était prêt à compromettre son budget de recherche pour quelque chose d'aussi politiquement dangereux que la vérité. Les conservateurs ne valaient pas mieux. Certains d'entre eux ne croyaient même pas à l'évolution ! C'était ahurissant.

Tarver traversa le laboratoire et regarda Judah baigner un chimpanzé sous sédatifs. Il prit plaisir à voir son frère adoptif nettoyer avec soin les joues couvertes de morve de l'animal. Après avoir encouragé Judah d'une tape sur l'épaule, le médecin s'approcha de la table métallique qui lui servait de bureau. Sa partie droite était couverte d'une pile d'épais classeurs contenant chacun un ensemble de documents et de photographies résumant la vie d'une personne. Chacun lui avait été remis par Andrew Rusk, qui avait demandé à divers clients de les constituer au cours des deux dernières années. Ces classeurs rassemblaient des emplois du temps quotidiens, des dossiers médicaux, des clefs avec des étiquettes indiquant les serrures qu'elles ouvraient (voiture, domicile, bureau et même maison de vacances), des listes de numéros importants (sécurité sociale, passeport, téléphone, codes confidentiels, cartes de crédit) et bien sûr des photos. Eldon Tarver ne s'intéressait aux photos que quelques jours avant une opération. Il consacrait en revanche beaucoup de temps à l'étude des dossiers médicaux, cherchant tout ce qui pourrait affecter négativement ses recherches ou nécessiter une approche particulière. Il était méticuleux dans son travail comme il l'était en toute chose.

Tout le monde était pressé. Tout le monde voulait des résultats tout de suite. Chacun pensait que son propre cas méritait une considération spéciale. C'était l'espèce humaine du vingt et unième siècle. Aucune patience, aucune notion de gratification différée. Lorsque le Dr Tarver s'était retrouvé dans une situation analogue, il avait réglé le problème lui-même. Il était exceptionnellement qualifié pour le faire, bien sûr. Mais il ne se laissait pas désarçonner par des problèmes qui ne lui étaient pas familiers. Quand un mécanicien avait tenté de le rouler sur le prix d'une réparation, Tarver avait commandé à Ford un manuel d'entretien, l'avait étudié pendant quatre jours, avait ensuite démonté le moteur de sa voiture, l'avait réparé et remonté. La plupart des Américains étaient aujourd'hui incapables d'une pareille chose. Voilà pourquoi la guerre conventionnelle ne serait bientôt plus un choix possible face à n'importe quelle grande puissance. Seule une arme spéciale conviendrait.

Le Dr Tarver entendait être prêt.

23

Chris travaillait tard dans son studio quand il eut tout à coup l'impression de ne plus être seul. Il procédait au montage d'une vidéo sur son Apple pour s'occuper l'esprit mais, à un niveau subconscient, son cerveau continuait à ruminer ses problèmes. Sa première réaction, quand il sentit une présence, fut de penser que Ben s'était réveillé. Il sauvegarda le fichier sur lequel il travaillait, descendit le couloir en direction de la pièce de derrière de la grange aménagée. En d'autres circonstances, il aurait couché Ben dans sa chambre et serait revenu seul au studio. Mais cinquante mètres de ténèbres séparaient l'ancienne grange de la maison et il avait laissé le garçon s'assoupir sur le canapé où Thora et lui avaient fait l'amour deux jours plus tôt. Une fois l'enfant endormi, Chris l'avait porté dans la pièce du fond et couché dans un vieux lit d'une personne.

— Ben ? appela-t-il à voix basse après avoir ouvert la porte.

Allongé sur le ventre, Ben dormait profondément. Chris le regarda un instant puis retourna précipitamment dans la pièce de devant et éteignit la lumière.

Après avoir tendu l'oreille pendant une vingtaine de secondes, il s'approcha de la fenêtre, écarta le rideau. L'obscurité proche, dehors, se révéla lentement déserte. Au-delà s'étendait le trou noir entre le studio et la maison. Se sentant un peu ridicule, Chris ralluma et retourna à son poste de travail.

Il tendait la main vers le volant quand un coup sec fit résonner la porte du studio. Il n'y avait pas d'armes dans l'ancienne grange, juste une batte de base-ball en aluminium que Chris avait laissée non loin de la porte après une séance d'entraînement. Il se leva d'un bond, saisit la batte et s'approcha de la porte.

— Qui est là ?
— C'est Alex, répondit une voix de femme qu'il reconnut aussitôt. Alex Morse.

Il ouvrit brusquement la porte, découvrit la jeune femme. Elle portait les mêmes vêtements qu'au cimetière et paraissait encore plus nerveuse et perdue, si c'était possible. Elle tenait dans la main droite un automatique noir.

— Qu'est-ce que vous fabriquez ? explosa-t-il. Si j'avais eu une arme, j'aurais pu vous tirer dessus !
— Je suis désolée. J'ai essayé de vous joindre...
— Quand on fait le numéro de l'annuaire, ça sonne dans la maison.
— Je sais que j'avais promis d'attendre mais... Je peux entrer ?
— Ouais, fit-il en s'écartant. Vous avez dormi un peu ? lui demanda-t-il.
— Non. Je suis passée à la pharmacie, on m'a donné le médicament mais je n'ai pas osé le prendre. J'ai dû retourner à Jackson voir ma mère. C'est la fin mais elle a repris un moment conscience et elle m'a réclamée.

Chris invita Alex à s'asseoir sur le canapé puis fit rouler son fauteuil sur le plancher et s'installa en face d'elle.

— Pourquoi cette arme ?

Elle posa le pistolet à côté d'elle.

— Je vous le dirai dans une minute. Thora vous a appelé, ce soir ?

— Oh, oui. Elle s'amuse beaucoup. Elle a pris un bain de boue avec Laura cet après-midi.

— Elle a téléphoné quand ?

— Je ne sais pas. Il y a un moment. Ben ne dormait pas encore.

— Elle vous a demandé si vous étiez dans la maison ou dans le studio ?

Renversé contre le dossier de son siège, il répondit :

— Pas la peine. La ligne sur liste rouge sonne seulement dans le studio. Qu'est-ce que vous êtes venue faire ici, Alex ?

— Je suis revenue de Jackson parce que je pensais qu'une fois Thora partie quelqu'un s'en prendrait peut-être à vous. Je surveille votre maison depuis trois heures.

— Pourquoi ? Et d'où la surveilliez-vous ?

— Je me suis garée de l'autre côté de la route, sous l'auvent à voiture de la maison à vendre.

— Vous avez remarqué quelque chose ?

— J'ai croisé un véhicule en venant. Le chauffeur roulait avec ses phares mais on aurait dit une camionnette. Une camionnette blanche. Vous connaissez quelqu'un du coin qui roule en camionnette blanche ?

Chris réfléchit.

— Je ne vois pas. Mais il y a une soixantaine de maisons dans ces bois, même s'ils ont l'air inhabités. Il y a aussi pas mal de gens de l'extérieur qui y viennent. Des jeunes, des curieux qui veulent simplement voir les maisons.

L'argument ne convainquit pas Alex.

— Il y a un quart d'heure, un autre véhicule est passé lentement sur la route. Il a pris le dernier virage, mais au lieu de se diriger vers votre maison il s'est engagé dans l'allée de celle où j'étais garée. Il a suffisamment gravi la pente pour que ses feux éclairent ma voiture. Il s'est arrêté et a reculé.

— Probablement des ados venus se peloter. Ils vous ont vue ?

— Je ne crois pas. Je me suis cachée tout de suite.

— Vous avez pu identifier le véhicule ?

Alex secoua la tête.

— Le chauffeur a reculé jusqu'au virage, sans tourner.

Chris vit de la peur dans les yeux injectés de sang.

— Je sais que ça vous paraît bizarre, dit-il, mais j'ai déjà vu ce genre de chose, la nuit. Des braconniers montent jusqu'ici pour aveugler les cerfs avec leurs phares. Ils tirent carrément dans votre jardin et les habitants du coin ripostent.

Alex le regardait fixement.

— Vous êtes trop fatiguée pour réfléchir, murmura-t-il. Vous m'avez dit vous-même qu'il s'écoulerait quelque temps avant qu'on tente quoi que ce soit contre moi. Vous vous souvenez ? Le jour de notre première rencontre.

— C'était avant le coma de William Braid.

— Alex, si vous voulez, je peux appeler le flic de service au poste de police du coin. Il a un gros John

Deere qu'il peut mettre en travers de la route pour bloquer tout accès : c'est un cul-de-sac, ici.

— Vraiment ?

— Vraiment.

Chris regarda sa montre et ajouta :

— S'il n'était pas si tard, il le ferait avec plaisir.

— La deuxième fois, je n'ai pas vu le véhicule, avoua Alex. Je ne sais pas si c'était une camionnette.

— Vous n'étiez même pas sûre pour le premier.

— Je sais que c'était une camionnette. Je ne suis pas sûre de la couleur.

Il tendit une main, pressa le genou d'Alex.

— Ecoutez, si quelqu'un était venu ici dans l'intention de me tuer, en vous voyant garée de l'autre côté de la route, il aurait pensé que c'était foutu.

Alex eut une moue dubitative.

— Il faut que ça ait l'air d'un accident, non ? poursuivit Chris. C'est dans le contrat, d'après vous. Pas même un accident mais une maladie. Impossible de faire ça ici et maintenant.

— Trois des victimes ne sont pas mortes d'un cancer, rappela-t-elle. Une crise cardiaque, une attaque, une embolie pulmonaire.

— Vous ne savez pas si c'étaient des meurtres, ces trois-là. D'autant qu'elles ne cadrent pas avec les autres morts, objecta Chris.

— Je pense que ces trois cas montrent que si ses honoraires sont assez élevés, l'assassin prendra le risque de tuer rapidement, persista Alex.

Son obstination commençait à user la résistance de Chris.

— Même si vous avez raison, le simple fait que vous m'ayez contacté – sans parler des embuscades que vous m'avez tendues ces trois derniers jours – a éliminé toute possibilité qu'on me supprime en faisant passer ma mort pour un accident. Vous avez dit vous-même que mon meurtrier potentiel me surveillerait, qu'il mettrait mes téléphones sur écoute, etc. S'il a un peu de bon sens, en ce moment il se planque et attend que vous soyez fatiguée de le traquer.

— Ça ne risque pas d'arriver.

— Je le sais, dit Chris avec un sourire. Mais ce soir, vous pouvez faire une pause, quand même. Vous reposer un peu. Je vous prépare un lit dans la maison et…

— Non. Je ne veux pas inquiéter Ben.

— Il ne vous verra pas. Ne discutez pas. Vous prenez un Ativan et vous dormez douze heures. Tout vous semblera différent à votre réveil, je vous le promets.

Il sentit qu'elle hésitait.

— D'accord, mais alors, vous dormez aussi dans la maison, tous les deux. Pour que je puisse…

— Quoi ? s'esclaffa-t-il. Veiller sur nous ? Vous dormirez.

Elle ouvrait la bouche pour lui opposer un dernier argument quand son portable la devança. Lorsqu'elle baissa les yeux vers l'écran, son visage s'assombrit.

— Qui est-ce ? voulut savoir Chris.

— L'ancien associé de mon père. Un détective privé.

Elle prit la communication, écouta, les traits tendus, posa son coude sur son genou et appuya son front sur sa main. Au bout d'un moment, elle posa quelques questions sur l'état de sa mère, écouta les réponses et referma son portable.

— Les reins ont lâché ? devina Chris.

Alex confirma d'un hochement de tête.

— Les médecins pensent que c'est la fin. Il ne lui reste que deux ou trois heures à vivre, sauf miracle. Ils avaient déjà dit ça, mais cette fois, Will est d'accord.

— Vous ne pouvez pas vous rendre à Jackson maintenant. Vous n'êtes pas en état de conduire.

Elle se leva, glissa son téléphone dans sa poche, récupéra son pistolet.

— Je n'ai pas le choix. C'est ma mère.

Chris se leva lui aussi et lui prit la main.

— Vous croyez qu'elle approuverait que vous risquiez votre vie pour aller là-bas alors qu'elle n'est même pas consciente ?

Elle posa sur lui un regard plein de détermination.

— Elle le ferait, pour être à mon chevet.

Prenant conscience qu'il ne servait à rien de discuter, il répondit :

— Si je ne devais pas m'occuper de Ben, je vous conduirais.

— Non, pas la peine. Mais…

Embarrassée, elle détourna un instant les yeux. Puis :

— Vous auriez quelque chose pour m'aider à rester éveillée ? Ça m'embête de vous demander ça mais je tiens à peine debout.

— Je vous aurais fait une ordonnance si les pharmacies étaient encore ouvertes.

— Vous plaisantez ?

— Non. La dernière ferme à 21 heures.

Alex baissa la tête, visiblement effrayée par l'épreuve qui l'attendait.

— Attendez, j'ai une idée. Avant que je devienne son médecin, Ben était considéré comme hyperactif. Il

prenait de la Ritaline, de fortes doses. Il doit en rester dans la maison…
— Je croyais que la Ritaline était un calmant.
— Pour les enfants, oui. Elle a l'effet inverse sur les adultes. Vous n'avez pas appris ça en vous occupant d'affaires de drogue ?
— A Miami, j'ai surtout travaillé sur le côté financier du trafic, même si j'ai pris part à quelques descentes.
Chris s'approcha de la porte.
— Vous restez ici avec Ben, je vais chercher les pilules.
— Nous y allons tous ensemble.
— Alex, vous partez, de toute façon. Je peux bien faire cinquante mètres tout seul.
— Vous avez une arme, chez vous ?
Il acquiesça.
Elle lui tendit l'automatique.
— Vous savez vous servir de ça ?
Il soupesa le pistolet. C'était un Glock, un calibre 40, plus petit que ceux qu'il avait tenus en main chez l'armurier.
— Oui, répondit-il.
— Prenez-le et ramenez le vôtre avec les comprimés. Je veille sur Ben jusqu'à votre retour.
— D'accord. S'il se réveille…
— Je saurai me débrouiller. Allez-y.
Chris ferma les yeux assez longtemps pour que ses pupilles se dilatent puis s'avança dans l'obscurité. Il n'avait pas peur mais, même dans des circonstances normales, il demeurait sur le qui-vive en franchissant les cinquante mètres. Il pouvait toujours y avoir un cerf dans le jardin, voire un coyote, et au printemps précédent il avait tué un serpent à sonnette de près de

deux mètres dans le patio. Il couvrit la distance en trente secondes, pénétra dans la maison par la porte de derrière et alla dans la grande chambre.

Il y avait plusieurs carabines au râtelier de son bureau, mais son seul pistolet était un 38 qu'il gardait dans un petit coffre de son placard. Il l'en sortit, prit en même temps sur l'étagère du haut une vieille boîte dans laquelle il conservait des médicaments et des échantillons qu'il rapportait de son cabinet. Comme il le supposait, il trouva dans le fond un flacon de Ritaline, un médicament que Ben n'aurait probablement jamais dû prendre. Il mit le flacon dans sa poche, glissa l'arme d'Alex sous sa ceinture, ressortit de la maison et retourna au studio en courant, le 38 dans la main droite.

— Prenez-en une maintenant, prescrivit-il à Alex. Et une autre plus tard si vous commencez à vous assoupir. Je vous apporte de l'eau.

— Pas la peine.

Elle avala la Ritaline, mit le flacon dans sa poche.

— Vous avez l'habitude, on dirait, commenta Chris.

— Je prends la pilule. Ça ne me sert pas à grand-chose ces temps-ci, d'ailleurs…

Elle releva la tête, soudain gênée.

— Trop d'informations ?

— Pas du tout, assura-t-il. Concentrez-vous simplement pour rester éveillée.

Alex récupéra son pistolet et se dirigea vers la porte.

— Je vous appelle demain, d'accord ?

— Ce soir, dit-il. Quand vous arriverez à Jackson. Ou même avant, si vous avez du mal à rester éveillée.

— Non, ça ira.

Elle s'attarda sur le seuil du studio comme si elle voulait ajouter quelque chose mais finit par se retourner et s'éloigner. En quelques secondes, elle fut absorbée par l'obscurité. Immobile, Chris regardait les lumières de la maison en se demandant s'il la quitterait vraiment un jour pour s'installer à Avalon avec Thora. Avant même l'irruption d'Alex Morse dans sa vie, cette perspective ne lui semblait pas vraiment être la chose à faire, et elle lui paraissait à présent déraisonnable. Il songeait au jour où il avait porté Thora dans ses bras pour lui faire franchir le seuil de la maison quand il entendit une voiture démarrer au loin. Le moteur monta en régime puis son bruit s'estompa lentement. Chris respira dans l'air de la nuit une odeur de feuillage de printemps et d'olives avant de retourner dans le studio.

24

Alex tourna à gauche en sortant de l'allée de la maison de Chris et prit la direction de la 61. Il y avait près d'un kilomètre et demi avant le tournant et l'étroit ruban serpentait entre de hauts talus boisés. Elle ne repéra aucun phare sur la route, aucun véhicule garé dans l'obscurité des allées.

Après avoir tourné vers le nord pour rejoindre la 61, elle passa devant l'école St Stephen puis, huit cents mètres plus loin, devant le Days Inn. Elle eut envie de s'arrêter pour prendre son ordinateur, mais comme elle avait déjà des vêtements de rechange dans le sac du voyage précédent, elle décida de continuer. Si sa mère mourait cette nuit, Alex emprunterait l'ordinateur de Will pour envoyer les mails nécessaires. Si, par miracle elle survivait, Alex serait probablement de retour à Natchez avant midi.

En arrivant à la bifurcation où la 84 obliquait vers le Mississippi, elle remarqua des phares qui la suivaient. Elle pensa d'abord que c'était un flic parce que la voiture était apparue subitement derrière elle et se maintenait à distance. Le type était probablement en train de communiquer son immatriculation par radio. Mais après avoir observé un moment les phares dans son rétroviseur, Alex estima qu'ils étaient trop hauts par rapport au sol pour appartenir à une voiture de ronde. C'était plus probablement ceux d'un pick-up ou d'une camionnette.

Une église baptiste au clocher pointu fila sur sa droite, puis la route se réduisit à une seule voie à cause de travaux là où une nouvelle partie de la Natchez Trace croisait la 61. Alex aperçut le Super Wal-Mart devant elle sur sa gauche. Elle accéléra progressivement, tourna brusquement dans le parking.

Le véhicule qui la suivait continua tout droit sans ralentir. Lorsqu'il passa le croisement, Alex constata que c'était bien une camionnette : blanche, avec des plaques d'apprêt. La vitre du conducteur lui parut presque noire. Alex ne put voir la plaque d'immatriculation, mais quelque chose lui dit qu'elle était couverte de boue.

Elle se gara à trente mètres du magasin, l'avant de sa Corolla tourné vers la route. Qu'est-ce que je fais maintenant ? se demanda-t-elle. Elle pouvait appeler la police, se plaindre de harcèlement et faire arrêter la camionnette – si on la retrouvait –, mais elle préférait ne pas faire état de son appartenance au FBI si elle pouvait l'éviter. Elle ne voulait pas non plus se lancer sans réfléchir dans un voyage de cent cinquante kilomètres sur une route quasiment déserte. Il fallait qu'elle sache si la camionnette constituait une menace réelle. Elle n'osait pas vraiment espérer que le meurtrier de Grace se trouvait bien dedans mais elle plaça quand même le Glock sur ses cuisses.

Des voitures passaient de temps en temps sur la route ; deux tournèrent dans le parking, mais Alex ne vit pas trace de la camionnette.

— Ça fait assez longtemps, maintenant, dit-elle à voix haute.

Elle démarra, regagna la route, tourna à droite et non à gauche, dans la direction opposée à Jackson. Elle n'avait pas fait plus de cinquante mètres quand un véhicule venant en sens inverse fit demi-tour aussitôt après l'avoir croisée. Alex ne put identifier la marque et prit rapidement à droite dans Liberty Road. Si sa mémoire était bonne, cette route la ferait passer devant les premières maisons de la ville puis l'amènerait dans le centre.

Des phares apparurent derrière elle, assez hauts pour être ceux d'une camionnette. Alex emprunta la première rue à droite, dans ce qui semblait être un lotissement résidentiel : des pavillons construits dans les années cinquante. Elle poussa le moteur pendant cinq ou six secondes, regarda si les phares suivaient. Ils ralentirent, s'arrêtèrent, s'engagèrent eux aussi dans le lotissement.

Alex tourna à gauche, descendit une pente douce, tourna de nouveau à gauche dans une rue qui sinuait sous des arbres au feuillage d'un noir d'encre. Une vaste maison ancienne qui semblait sortie d'un film historique en Technicolor surgit de l'obscurité sur sa gauche. Alex crut presque voir des officiers en uniforme gris et des femmes en robe à crinoline sur la véranda. Elle passa devant le large perron, accéléra et se retrouva à un autre croisement. Elle devina que c'était la route sur laquelle elle se trouvait quelques minutes plus tôt et qui devait faire le tour de la propriété, laquelle occupait le centre de cet étrange lotissement. Alors qu'elle hésitait sur la direction à prendre, les hauts phares réapparurent derrière elle.

Présumant que tourner à gauche la ramènerait sur Liberty Road, Alex donna un coup de volant à droite et s'engagea précipitamment dans un virage à cent quatre-vingts degrés. Au sortir de cette longue courbe, elle tourna à gauche, à droite, ralentit de nouveau. Les phares s'étaient éloignés mais ils étaient toujours derrière. Il n'y avait plus aucun doute à présent.

Alex roula trente mètres de plus et, sur une impulsion, tourna dans une longue allée passant devant une maison de style ranch située en retrait. Elle coupa son moteur, descendit de voiture, se glissa sous un auvent qui abritait déjà deux voitures de fabrication américaine. Alex craignait que les occupants de la maison ne se réveillent, mais aucune lumière ne s'alluma.

Elle arma son Glock et attendit.

Les phares descendirent lentement la route, passèrent devant l'allée sans ralentir. Adossée au mur de planches à clin, Alex avait l'impression que les battements de son cœur faisaient résonner le bois. Est-ce qu'elle devenait folle ? Sa main droite chercha son portable dans sa poche. Qui appeler ? Chris ? Il ne pouvait pas quitter Ben. Et même s'il le faisait, il n'était pas entraîné pour ce genre de situation. Will Kilmer était trop loin pour l'aider. Bon Dieu, même si elle appelait la police, elle ne serait pas fichue de dire où elle se trouvait exactement. Elle n'en avait qu'une vague idée. Au cours des dix dernières minutes, elle avait enfreint la moitié du règlement du FBI.

— Ils devraient me virer, murmura-t-elle.

Ses battements de cœur ralentirent puis, les phares ne réapparaissant pas, se stabilisèrent sur un rythme proche de la normale. Immobile dans le noir, Alex pensa tout à coup que le chauffeur de la camionnette avait peut-être simplement cherché à l'éloigner avant de s'en prendre à Chris.

— Merde, marmonna-t-elle en ouvrant son téléphone.

Elle composa le numéro du portable de Chris et cette fois, heureusement, il répondit.

— Ça va ? lui demanda-t-il.

— Non. Ecoutez-moi. La camionnette blanche m'a suivie quand je suis partie de chez vous. Je suis garée dans un lotissement situé derrière Liberty Road, la camionnette est partie il y a quelques minutes. Elle ne peut pas encore être chez vous, mais c'est peut-être la direction qu'elle a prise. Vous êtes toujours dans le studio ?

— Oui.

— Votre arme à portée de main ?

— Oui. J'appelle la police ?

— Ce ne serait pas une mauvaise idée. Vous direz simplement que vous avez aperçu un rôdeur.

— Je l'ai fait une fois, les flics ont mis vingt minutes à arriver. C'est la campagne, ici.

— Appelez tout de suite.

— D'accord.

— Je vous rappelle dans quelques minutes.

— Qu'est-ce que vous allez faire ?

— Essayer de retrouver la camionnette. Si quelqu'un s'approche du studio, vous tirez.

— Alex…

— Je raccroche.

Elle cherchait ses clefs dans sa poche quand son système d'alarme interne se déclencha. Aucun bruit, aucun mouvement, rien de tangible ne l'avait alertée et cependant elle s'était figée. Quelque chose autour d'elle avait changé pendant qu'elle parlait au téléphone. La partie consciente de son esprit ne l'avait pas enregistré mais, au plus profond de son cerveau reptilien, un capteur archaïque l'avait décelé. L'adrénaline coulait en elle comme d'une source inépuisable. Alex dut faire appel à tout son sang-froid pour ne pas se lancer dans une fuite éperdue. Une personne ordinaire n'aurait pu s'en empêcher, mais l'entraînement qu'Alex avait suivi s'était imprimé en elle. Fuir, c'était mourir, elle le savait.

Son cœur battait follement, de nouveau. A trente mètres, l'asphalte de la rue luisait à la lumière d'un réverbère lointain. Les vérandas des maisons proches n'étaient éclairées que par une seule ampoule et il n'y avait à proprement parler pas de clair de lune. Le monde d'Alex était noir et gris. Elle s'accroupit, gagna le coin intérieur de l'auvent en balayant l'air de son Glock. Il lui fallut un gros effort de volonté pour ne pas presser le bouton de la sonnette proche de la porte moustiquaire.

A l'affût du moindre bruit, elle n'entendait que le vrombissement régulier des climatiseurs dans l'obscurité humide. Il y eut une sorte de raclement, comme un caillou sur du ciment. Alex braqua le pistolet vers la droite, où l'auvent débouchait sur l'allée, et scruta le noir comme un mineur pris dans un éboulement cherche la lumière. Elle le fixa si intensément qu'elle était presque en transe quand une main gantée de cuir la saisit à la gorge.

Avant qu'elle pût réagir, une autre main plaqua le Glock contre la paroi de l'auvent. Alex se débattit de toutes ses forces, mais sa lutte fut vaine. Elle ne pouvait même pas voir son assaillant, dont la masse barrait la lumière. L'homme maintenait la partie inférieure du corps d'Alex contre la paroi. Quand elle voulut crier, sa trachée comprimée ne laissa pas passer d'air.

Réfléchis ! Qu'est-ce que tu peux faire ? Quelle arme tu as ? Une main libre...

Elle frappa là où elle supposait que se trouvait le visage de son agresseur, des coups répétés qui n'eurent pourtant aucun effet. Son poing heurta de la chair, de l'os, et son agresseur ne tentait même pas d'esquiver.

Il était en train de l'étrangler. Dans quelques secondes, elle perdrait connaissance. La peur montait en elle, minait ses forces et Alex se rendait compte, stupéfaite, que cette peur n'avait pas de limite. Elle se transforma en terreur et décolla, tel un missile s'arrachant à la gravité de la terre. Au juger, Alex essaya d'enfoncer ses ongles dans les yeux invisibles mais l'homme recula simplement la tête pour les mettre hors de portée. Entendit-elle un gloussement satisfait ? Des larmes de rage brouillèrent sa vue, l'image déjà indistincte de la rue commença à s'obscurcir...

Un tintement métallique précéda un déluge de fureur canine. Un énorme chien s'était jeté contre le grillage installé au bout de l'allée. L'animal se trouvait à cinq mètres de l'auvent, mais le fracas de ses aboiements faisait croire à une attaque imminente. L'étreinte de la main sur la gorge d'Alex se desserra un instant, la cuisse charnue qui l'épinglait contre la paroi s'écarta. Rassemblant les forces qui lui restaient, Alex se contorsionna et expédia son genou dans la pointe de faible lumière qui divisait la masse sombre de son assaillant.

Elle sentit les testicules s'écraser sous le coup, elle entendit un grognement. La main lâcha sa gorge et Alex poussa le cri perçant d'un enfant de cinq ans terrifié. Le chien lui-même se tut. Mais avant qu'elle puisse exploiter ce moment d'incertitude, le gant se referma sur son cou avec une force redoublée, la main plaquant son bras contre la paroi descendit vers le Glock.

S'il me prend mon arme, je suis morte…

La main tenta de lui arracher le pistolet. Désespérée, Alex plongea sa main gauche dans sa poche, passa sous le téléphone et saisit ses clefs de voiture. Elle leva le bras et frappa plusieurs fois, comme Norman Bates dans *Psychose*. Elle sentit le Glock échapper à ses doigts mais le coup suivant atteignit un point sensible – mou, en tout cas – et un cri de douleur lui redonna espoir. Priant pour avoir touché un œil, elle tourna sur elle-même quand retentit la détonation du Glock.

Au même moment, l'ampoule de l'auvent s'alluma.

Ce qu'Alex découvrit la déconcerta : non un visage mais une forme marron posée sur des épaules lourdes. Une porte s'ouvrit derrière elle, une voix d'homme lança un avertissement mais le Glock s'abattit vers le visage d'Alex avec une lenteur étrange et occulta la lumière.

— Hé, mam'zelle ? Hé ! Ça va ?

Alex battit des paupières, leva les yeux vers le visage d'un homme chauve vêtu d'un pyjama. Il tenait dans sa main droite un fusil à pompe, dans la gauche le Glock.

Elle porta une main à son visage, sentit du sang, un flot de sang. Un instant, elle se retrouva dans la banque de la Réserve fédérale. Ce jour-là aussi elle était tombée sur le dos, sauf que le fond sonore était cette fois-là celui des armes automatiques et des grenades de la Brigade d'intervention, pas l'accent traînant d'un type en pyjama.

— Je suis touchée ? demanda-t-elle. J'ai entendu des coups de feu…

— Non, il vous a pas touchée, répondit l'homme au fusil. Il a tiré une fois mais quand j'ai passé le canon de mon calibre 12 par la porte, il a pas cherché à recommencer. Quand il vous a cognée avec le Glock, j'ai braqué mon Remington sur sa poitrine. Il a lâché le flingue et il a détalé.

— Vous avez vu son visage ?

— Non, m'dame. Il portait un truc sur la tête. On aurait dit un tee-shirt, ou quelque chose comme ça.

Alex prit une longue inspiration, s'efforça de se calmer. Le choix était simple : se présenter comme agent du FBI ou décamper. Son instinct lui conseillait de déguerpir mais si son agresseur était bien le meurtrier de Grace, elle aurait gaspillé une occasion de le coincer.

— Vous avez appelé la police ?

— Ouais, ils sont en route. Le poste est qu'à quinze cents mètres d'ici à vol d'oiseau. Qu'est-ce qu'il vous voulait, ce type ?

Alex roula lentement sur le côté, se releva avec précaution.

— Je suis Alex Morse, agent spécial du FBI.

L'homme en pyjama recula d'un pas.
— Mes papiers sont dans ma voiture, dit-elle.
— Je pourrais les voir ?

Au moment où Alex récupérait son sac, un spectacle laser de lumière bleue illumina les façades des maisons proches. Une voiture radio s'arrêta dans un crissement de freins.

— Par ici ! appela son sauveur. Dans l'allée !

Alex avait ses papiers en main quand les policiers arrivèrent au petit trot. Ils furent étonnés de trouver un agent du FBI sur les lieux de leur intervention. La femme du propriétaire de la maison sortit de chez elle et donna à Alex une serviette en papier pour essuyer le sang de son visage, ce qu'Alex fit avec des gestes suffisamment théâtraux pour impressionner les flics locaux. Elle présenta la situation comme une tentative de viol et leur ordonna quasiment de diffuser un avis de recherche pour la camionnette blanche. Elle affirma qu'ils n'avaient aucune chance de relever des empreintes sur son Glock puisque son agresseur portait des gants et, en réponse à leurs questions, déclara qu'elle logeait chez le Dr Christopher Shepard, un vieux copain de lycée. Elle ne tenait pas du tout à ce que les flics de Natchez pénètrent dans sa chambre du Days Inn et découvrent ce que même un novice reconnaîtrait pour les notes d'une enquête criminelle. Ils insistèrent pour qu'elle aille aux urgences faire au moins examiner son entaille au visage, mais elle fit valoir que Chris Shepard pouvait la recoudre tout aussi bien et gratuitement. Lorsqu'elle promit qu'elle serait à leur disposition le lendemain matin pour répondre à leurs questions, ils semblèrent satisfaits. Après avoir remercié plusieurs fois l'homme en pyjama de lui avoir sauvé la vie – et laissé son numéro de portable aux policiers –, Alex monta dans sa voiture, passa devant un groupe de voisins médusés et reprit la 61.

Tout son corps tremblait. Réaction différée au choc, se dit-elle. Elle s'arrêta sur le bas-côté, ouvrit son portable. Chris répondit à la sixième sonnerie. Alex s'excusa de l'importuner encore et, avant d'avoir pu expliquer ce qui lui était arrivé, laissa échapper un sanglot. Le manque de sommeil, se dit-elle. Ça fait des semaines que je ne dors pas vraiment…

— Où êtes-vous ? demanda Chris.
— Sur la route. Je crois que j'ai besoin de points de suture.
— Qu'est-ce qu'il s'est passé ?
— Je vous raconterai dans une minute. J'ai…

Elle toucha son visage, encore humide de sang.

— Vous pouvez venir à mon cabinet ?
— Oui.
— On se retrouve là-bas dans dix minutes.
— Et Ben ?
— J'appelle Mme Johnson, je lui explique que j'ai une urgence avec un patient. Elle viendra.

Alex essuya le sang avec sa manche.

— Il est ici, Chris. Il est ici.
— Qui ?
— Le meurtrier de Grace.
— Il vous a agressée ?
— Il a failli me tuer.
— Vous avez vu son visage ?
— Il portait un masque. Conduisez plutôt Ben chez Mme Johnson, votre maison n'est pas sûre. C'est possible ?

— Oui.
— Et emportez votre arme.
— D'accord. Si vous sentez que vous allez perdre connaissance, allez aux urgences de l'hôpital St Catherine.
— Ça ira. Faites vite.

Allongée sur le dos, Alex clignait des yeux dans la lumière d'une lampe chirurgicale puissante comme un soleil blanc-bleu. Chris avait déjà nettoyé la blessure et la recousait avec une étonnante lenteur.
— Cette entaille touche du tissu cicatriciel, dit-il. Je ne sais pas ce que votre chirurgien esthétique pensera de mon travail, mais je présume que vous ne voulez pas informer tout le monde en allant aux urgences.
— Exactement. Pourquoi vous avez dilué la Bétadine quand vous avez nettoyé la plaie ?
— Pure, elle tue des globules blancs qui accélèrent le processus de guérison. Ce sont les premiers à répondre, sur le plan microbiologique.

Alex ne dit rien. En moins d'une minute, Chris posa le dernier point de suture.
— Vous pourrez vous lever quand vous voudrez. Rien ne presse.

Elle s'appuya sur un coude pour que son oreille interne ait le temps de savoir dans quel sens le haut se trouvait puis se mit en position assise.
— Merci pour tout.

Chris la regarda avec une expression indéchiffrable.
— Qui c'était, ce type ? Vous n'en avez aucune idée ?
— Non. Le problème, c'est de savoir si c'est vous ou moi qu'il voulait liquider.

— Ça me paraît évident.
— Non. Il y a de bonnes chances pour qu'il soit venu à Elgin pour vous tuer et soit inopinément tombé sur moi.

Il réfléchit, secoua la tête.

— Il vous a probablement filée toute la journée. Avec votre manque de sommeil, vous n'auriez pas remarqué un troupeau d'éléphants derrière vous.

— Vous continuez à refuser la réalité, dit Alex en se levant.

— A moins que ce ne soit vous, répliqua-t-il. Bon, on fait quoi, maintenant ? Vous n'avez plus l'intention d'aller à Jackson, je suppose ?

— Je ne sais pas. J'aimerais que vous me rendiez un service, si vous voulez bien.

— Lequel ?

— Vous pouvez venir avec moi au Days Inn récupérer mon ordinateur ? Ce n'est pas loin et j'en ai vraiment besoin.

— Et l'homme qui vous a agressée ?

— Je ne crois pas qu'il sera là-bas. Je me fie à mon instinct.

Chris se tourna pour mettre son plateau d'instruments dans un évier.

— D'accord. Si vous me promettez de passer la nuit chez moi.

Comme elle hésitait, il ajouta :

— Ce n'est pas une proposition malhonnête.

— Je sais.

Elle appela Will Kilmer sur son portable. Après qu'elle lui eut expliqué la situation, il lui ordonna quasiment de rester à Natchez.

— Je suis dans le hall, dit-il d'une voix lasse. Elle n'est même pas consciente, Alex, il n'y a aucun changement. Ta mère est encore capable de faire mentir les médecins. C'est une vieille coriace, comme moi.

Alex dit au revoir à Kilmer et se tourna vers Chris.

— Chez vous, d'accord. On passe d'abord au motel.

Le parking du Days Inn était silencieux mais bien éclairé. La plupart des véhicules qu'il accueillait étaient des pick-up ou des engins encore plus gros. Alex gara sa Corolla vingt mètres plus bas que sa chambre, attendit que Chris range son pick-up à côté d'elle. Il descendit de sa voiture, le 38 à la main.

— Je vous suis vraiment reconnaissante, murmura-t-elle.

— Ma famille venait déjeuner ici le dimanche, quand j'étais gosse. Ça s'appelait le Belmont. C'était vraiment agréable, à l'époque.

— Tout change. Même les petites villes.

— Oui mais plus lentement. Je préfère.

Elle lui tendit la clef de sa chambre.

— C'est la 25, là-bas. Vous ouvrez, vous tournez la poignée mais vous n'entrez pas. Je serai juste derrière vous, je me ruerai à l'intérieur. Si ça dérape, servez-vous de votre arme pour vous protéger, pas pour m'aider. Vous battez en retraite et vous appelez la police.

Il la regarda, l'air incrédule.

— Vous plaisantez, j'espère ?

— Pas du tout, assura-t-elle avec une expression déterminée. Je ne veux pas de grand numéro d'héroïsme sudiste antédiluvien.

— Vous ne savez pas ce que vous perdez.

Il se coula le long du bâtiment, glissa la clef dans la serrure, tourna la poignée. Lorsque Alex entendit le pêne cliqueter, elle franchit le seuil, le Glock braqué devant elle.

— R.A.S ! cria-t-elle en se dirigeant vers la salle de bains.

Elle s'arrêta net : le chat de Grace gisait sur la moquette, la gueule ouverte sur un rictus. Il n'y avait pas de sang, mais Alex savait que Meggie était morte. Elle allait s'agenouiller lorsqu'elle entendit un glissement derrière la porte de la salle de bains.

— Qu'est-ce qui se passe, bon Dieu ? s'exclama Chris en la rejoignant.

Du canon de son pistolet, elle indiqua la salle de bains puis lui fit signe de reculer. Quand il se fut agenouillé derrière le lit le plus éloigné, elle brailla :

— Agent fédéral ! Jetez votre arme et sortez, les mains en l'air !

Aucune réaction.

— Je suis l'agent spécial Alex Morse, du FBI ! Sortez ou je tire !

Au bout de cinq secondes de silence, elle entendit de nouveau le bruit, se représenta un rideau de douche glissant le long d'une baignoire.

— C'est peut-être l'eau qui coule, suggéra Chris.

Avec un juron, Alex chargea, ouvrit la porte d'un coup de pied, prête à percer un trou dans tout ce qu'elle verrait bouger.

Elle ne vit personne.

Elle entendit de nouveau le glissement, baissa les yeux et recula d'un bond, terrorisée. Un serpent aux couleurs vives se tortillait par terre au pied de la commode, la tête mordant le vide, le corps se convulsant comme si une voiture lui était passée dessus.

— Chris, appela-t-elle d'une voix sifflante.

Il l'écarta de l'encadrement de la porte et se jeta devant elle.

— Qu'est-ce que c'est ?

— Un serpent corail. Le reptile le plus mortel qu'on puisse trouver aux Etats-Unis.

— Vous êtes sûr ?

— Certain. Vous voyez les bandes rouges qui touchent les bandes jaunes ? On avait un petit refrain, pas vraiment du meilleur goût, quand on était mômes, à ce sujet : « Rouge sur jaune citron, tu l'as bien profond ; rouge sur noir, t'es super peinard. »

Alex frissonna.

— C'est lui qui a tué Meggie ?

— Sûrement. Ce qui est sûr, c'est que personne n'utiliserait un moyen aussi compliqué pour tuer un chat. Ce serpent, on l'a mis là pour vous.

Malgré son état, le reptile était d'une beauté presque fascinante.

— Qu'est-ce qu'il a ? demanda Alex.

— Je crois que Meggie s'est défendue de toutes ses forces. Les chats sont de bons chasseurs de serpents.

— Il l'a tuée quand même ?

— Les serpents corail ne sont pas comme les serpents à sonnette ou les mocassins. Leur venin est neurotoxique, comme celui des cobras. Ils ont des crocs courts, mais une bonne morsure sur un petit animal comme un chat, et terminé.

Chris prit un oreiller sur le lit le plus proche, le mit en travers de l'entrée de la salle de bains pour bloquer le passage. Puis il alla à son pick-up et revint avec un grand seau blanc rempli de balles de base-ball.

— C'est pour quoi faire ? demanda Alex. Le lapider ?

Il se pencha au-dessus de l'oreiller, abattit le fond du seau sur le serpent de toutes ses forces. Il pressa pour écraser la bête blessée, souleva de nouveau le seau et le laissa retomber. Quand il l'écarta du sol une troisième fois, le serpent demeura collé sur la paroi du fond tel un insecte sur un pare-brise.

— Il est mort ? dit Alex.

— La mort est un concept relatif chez les serpents. Leur système nerveux continue à fonctionner après qu'ils ont cessé de vivre. Des gens ont succombé à la morsure d'un serpent à sonnette mort.

— Et celui-là ?

Chris examina le serpent à moitié éclaté.

— Mort de chez mort.

Il porta le seau dehors et le lança à l'arrière de son pick-up. Alex entendit des balles rouler sur le plateau. Tandis qu'elle rassemblait ses notes et ses affaires, Chris mit le cadavre de Meggie dans un sac-poubelle.

— Quand on sera rentrés, je l'examinerai pour voir si je trouve des traces de morsure.

— Vous êtes sûr que ma présence ne posera pas de problème à Ben ?

— Il est chez Mme Johnson. Allons-y.

Alex se dirigea vers sa voiture, s'arrêta.

— Il y a des serpents corail au Mississippi ? J'ai grandi ici, je ne me souviens pas d'en avoir jamais vu.

— On en trouve, oui, répondit Chris. Mais pas dans cette partie de l'Etat. Il faut rouler deux heures pour arriver sur son territoire et vous pourriez chercher une semaine sans en repérer un. Il est très timide.

— Alors, impossible qu'il soit entré de lui-même…

— Tout à fait impossible. Quelqu'un a mis ce serpent dans votre chambre. Ce qui répond une fois pour toutes à votre question.

— Quelle question ?

— C'est à vous, pas à moi, qu'en veut l'homme qui vous a agressée.

25

Eldon Tarver fit passer la camionnette blanche à travers un buisson qui barrait le sentier défoncé. Il en était à son quatrième essai et sentait que cette fois, c'était le bon. Parvenir au fleuve n'était pas difficile. Tous les cinquante mètres environ, des sentiers menaient du chemin de gravier à la large barre de sable bordant le Mississippi au sud de Natchez. Ce qui posait problème, c'était qu'au bout de ces sentiers le sable était mou et le fleuve peu profond. Il fallait à Tarver un sol dur qui supporterait le poids de la camionnette jusqu'à la berge et trois bons mètres d'eau dans lesquels elle coulerait. Le courant ferait le reste en emportant le véhicule. Tandis que s'il restait enlisé dans le sable il se trouverait toujours un péquenaud ou un de ces foutus nègres pour le repérer le lendemain matin en allant à la pêche aux poissons-chats dans son bateau à fond plat.

Tarver s'était bien gardé de foncer vers Jackson. L'agent Morse pouvait avoir ordonné la mise en place de barrages sur les voies principales permettant de sortir de la ville. C'est pourquoi il n'avait emprunté que de petites routes, du lotissement où il était tombé sur Morse à la route goudronnée passant devant la carcasse colossale de l'ancienne usine d'International Paper. Un vaste champ de soja marquait l'endroit où l'asphalte cédait la place au gravier. Ce chemin gravillonné longeait le fleuve et était entretenu par les compagnies pétrolières et les propriétaires de réserves de chasse au sud de la ville. Tarver avait appris des détails en étudiant des cartes topographiques : cela faisait partie de la préparation poussée qui précédait chacune de ses opérations. L'expérience lui avait enseigné que se préparer était essentiel pour survivre et il n'avait jamais été négligent dans ce domaine.

L'arrière de la camionnette abritait une preuve tangible de la préparation de Tarver à toute éventualité : une moto Honda conçue à la fois pour la ville et le hors-route. Il l'avait emportée dans toutes les opérations qu'il avait entreprises ces cinq dernières années, et ce soir, chaque goutte de sueur versée en chargeant l'engin dans la camionnette ou en l'en descendant se révélerait des plus utiles.

Il appuya sur l'accélérateur et la lumière de ses phares fut renvoyée par un millier de feuilles quand des branches ployèrent et reprirent leur position initiale en crissant contre les flancs du véhicule. Tarver avait toujours été prêt à se débarrasser de la camionnette. Il en avait une autre, en tous points identique sauf la couleur, garée en sécurité dans son laboratoire de Jackson. Soudain les faisceaux jumeaux ne trouèrent plus qu'un espace vide, un noir total qui se changea en bleu sombre lorsqu'il éteignit ses phares.

Tandis qu'il scrutait le ciel de nuit, les petits points rouges des tours massives qui soutenaient les câbles téléphoniques enjambant le fleuve lui apparurent. Plus bas, beaucoup plus bas et à sa droite, à quinze cents mètres environ, il distingua les feux d'une péniche qui passerait bientôt devant lui s'il restait au même endroit.

Tarver coupa le moteur, descendit de la camionnette et s'avança à pas lents sans quitter des yeux la terre sableuse qu'il sentait sous ses pieds. Il avait l'impression d'être au-dessus de l'eau mais il n'aurait su dire à quelle hauteur. Un tatou déguerpit à son passage et Tarver suivit du regard le reflet du clair de lune sur le dos caparaçonné de la bête jusqu'à ce qu'elle disparaisse dans l'herbe haute. Puis il se remit à marcher et dix pas suffirent à l'amener au bord d'une falaise.

Six mètres plus bas tournoyaient les eaux sombres du Mississippi.

Tarver défit sa chemise tachée de sang et la jeta dans le courant. La femme lui avait entaillé la gorge mais avec une « arme » sans tranchant. Probablement une clef. Si elle avait tenu un couteau, il serait déjà mort. En l'occurrence, il s'en tirait avec la barbe poisseuse de sang.

Il retourna à la camionnette en courant, ouvrit les portières arrière et installa la rampe d'aluminium qu'il utilisait pour charger la moto. Avec précaution, à cause de l'obscurité, il fit rouler la Honda jusqu'au sol et la mit sur sa béquille, alla prendre derrière le siège passager une petite glacière et un sac en toile. La camionnette était à présent totalement vide. Pendant tout le trajet depuis Jackson, Tarver avait conduit avec des gants, un bonnet de bain sur la tête et la barbe emprisonnée dans un sac en plastique.

Il fit démarrer la Honda au kick pour être sûr de ne pas se retrouver coincé, remonta dans la camionnette, passa en première et roula lentement vers le bord de la falaise. Quand il n'en fut plus qu'à cinq mètres, il sauta par la portière ouverte et roula sur le sol à la manière d'un parachutiste. Il entendit un bruit d'éclaboussement rappelant celui d'une baleine retombant sur l'océan après un saut. Il se releva, courut jusqu'au bord et contempla le spectacle insolite d'une camionnette Chevrolet flottant comme une barque royale sur le Mississippi. L'avant heurta une pointe de terre et la camionnette se mit à tourner lentement en dérivant vers Baton Rouge et La Nouvelle-Orléans.

Si la situation n'avait été aussi grave, Tarver aurait ri. Le rire attendrait. Mille pensées perturbantes se disputaient la première place dans son esprit, mais il ne lâcherait la bride à aucune d'elles avant d'être en lieu sûr. Une partie de lui-même aurait voulu rester à Natchez pour terminer le travail qu'il avait commencé. Il verrait plus tard, il devait s'occuper d'abord de problèmes plus importants. Andrew Rusk, par exemple.

Rusk lui avait menti. Il ne savait pas si c'était sur un point de détail ou sur une chose essentielle, mais il avait menti. Cela exaspérait Tarver plus que tout ce que Rusk aurait pu faire d'autre. Le médecin chassa les images de vengeance qui se bousculaient en lui et se concentra sur sa situation. Il avait toujours su qu'il en irait ainsi un jour. Il était prêt. A une soixantaine de kilomètres se trouvait un lieu sûr où il pourrait se reposer, se ressaisir et préparer sa riposte. Il attacha la glacière et le sac en toile sur la Honda. Pour parvenir à son repaire, il lui suffisait de garder la tête froide et le contrôle de ses nerfs. En enfourchant la moto, il sentit une vague de confiance monter en lui.

Il était déjà là-bas.

26

Chris engagea son pick-up dans la partie du parking de l'hôpital St Catherine réservée aux médecins et se gara. Avant d'entrer dans le bâtiment, il attacha avec un antivol la machine à lancer les balles et le générateur électrique qu'il utilisait pour entraîner Ben. Si Natchez avait connu une époque où personne n'aurait pensé à prendre ce genre de précautions, ce temps était révolu.

Il fit ses visites aussi consciencieusement que possible, mais les événements de la veille ne le lâchaient pas. Après avoir examiné son dernier patient au premier étage, il descendit au rez-de-chaussée par l'escalier pour se rendre à l'unité de soins intensifs. Il croisa Michael Kaufman, le gynéco de Thora, qui, lui, montait. Deux jours plus tôt, Chris lui avait envoyé un échantillon de sang de sa femme à analyser pour savoir si sa fécondité n'était pas affectée par un déséquilibre hormonal.

— Je suis content de tomber sur toi, dit Kaufman, arrêté sur une marche. J'ai trouvé quelque chose de curieux dans l'échantillon de Thora.

— Vraiment ? Quoi ?

— Un taux élevé de progestérone.
— Quoi ?
Le gynécologue confirma de la tête.
— Elle essaie toujours d'avoir un autre enfant ?
— Bien sûr. Un taux très élevé ? Contraceptif ?
— Plus élevé encore. Comme avec la pilule du lendemain.

Chris sentit le sang lui monter aux joues, d'autant que Mike Kaufman semblait lui-même gêné. Les deux hommes avaient conscience que Thora avait manqué de franchise envers Chris sur un sujet essentiel. Avec un salut embarrassé, Kaufman recommença à monter l'escalier.

Chris descendit lentement vers l'USI sans même s'en rendre compte. Il n'osait pas penser aux implications de ce que Mike venait de lui révéler. Se pouvait-il que l'attitude séductrice de Thora dans le studio, sa volonté affichée de tomber enceinte, n'ait été qu'un mensonge ? Un acte commis de sang-froid pour dissimuler une liaison et Dieu sait quoi d'autre ? Lorsqu'il vit devant lui les grandes portes de l'unité de soins intensifs, elles lui apparurent comme la promesse d'un refuge où il pourrait échapper à l'enfer qui naissait dans sa tête.

L'air plus frais, le bourdonnement et les bips des appareils, les voix murmurantes des infirmières lui apportèrent un répit contre lui-même. Ici, il était obligé de se concentrer sur son travail. Notamment une double pneumonie qui résistait à trois puissants antibiotiques chez un adolescent de St Stephen. La veille, Chris avait prescrit une perfusion de vancomycine. Si l'état du garçon ne s'améliorait pas, il confierait le cas à un spécialiste des maladies infectieuses du centre hospitalier universitaire de Jackson.

Tom Cage sortit de l'un des box aux parois de verre.

— Tom ! Je ne savais pas que tu avais quelqu'un ici…

— Je n'ai personne, répondit le Dr Cage en notant quelque chose sur une feuille de température. Je suis venu voir le malade pour lequel Allen m'a consulté. Je voulais avoir plus de détails que ce que j'ai lu dans le dossier.

— Tu as appris quelque chose d'intéressant ?

— Je ne sais pas trop. J'ai l'impression que ce type souffre de sclérodermie généralisée, même si les analyses ne l'indiquent pas. Souvent, chez les hommes, on ne décèle aucun signe extérieur et sa tension est vraiment mauvaise. Pas moyen de la faire baisser.

— Si c'est une sclérodermie interne, qu'est-ce que tu comptes faire pour son hypertension ?

Lorsque le médecin aux cheveux blancs leva les yeux de la feuille, Chris y vit une expression que Tom n'aurait jamais montrée à un patient : de la rage mêlée de résignation. Chris hocha la tête d'un air triste.

— J'en ai profité pour passer voir ta pneumonie, dit Cage. Le taux de globules blancs a sensiblement diminué pendant la nuit.

— Ça alors ! s'exclama Chris. Je commençais à m'inquiéter. Ce gosse n'a que dix-sept ans.

Cage eut un soupir de commisération.

— J'en vois de plus en plus, de ces pneumonies atypiques. En particulier chez de jeunes adultes.

— Tu as terminé tes visites ?

— Oui, je retourne au cabinet.

— Je te suis.

Chris pénétra dans le box de son malade mais n'eut pas besoin de consulter la feuille de température pour constater le changement. Il y avait dans le regard de l'adolescent un éclat qui lui avait manqué pendant au moins une semaine et sa peau avait perdu sa pâleur mortelle. Lorsque Chris l'ausculta avec un stéthoscope, il nota une amélioration sensible, en particulier dans le poumon gauche. Il riait d'une plaisanterie que le garçon venait de faire à propos des bassins de lit quand il vit Shane Lansing écrivant quelque chose dans un dossier devant le poste des infirmières. Lansing avait la tête baissée, mais Chris eut l'impression que le chirurgien était en train de l'épier juste avant qu'il le découvre.

Les mots de Mike Kaufman résonnèrent de nouveau dans son esprit : « comme avec la pilule du lendemain »...

Lansing réfléchissait-il à l'état d'un patient ou pensait-il à Thora ? Sa présence si tôt le matin à l'hôpital de Natchez procurait à Chris un certain soulagement. Greenwood se trouvait à plus de quatre heures de voiture et il était peu probable que Lansing fasse la navette tous les jours pour baiser Thora à l'Alluvian. Il aurait fallu qu'il la quitte à 4 heures du matin pour être à l'hôpital maintenant. Chris n'en éprouva pas moins une envie irrationnelle de s'approcher du poste des infirmières pour le démolir. Il promit à son malade qu'il repasserait le voir après le déjeuner, mit la feuille à jour et se dirigea vers le poste.

— Salut, Chris, dit Lansing. Tu as repensé à notre parcours de golf ?

— Cet après-midi, impossible, répondit Chris en cherchant sur le visage du chirurgien des signes de fatigue. Je pourrai peut-être me libérer demain.
— Appelle-moi. Ou laisse-moi un message.
— Tu es libre l'après-midi ?
— Ouais, c'est plutôt le matin que ça craint.
— Mais tu te fais des couilles en or.
Lansing ne répondit pas. Chris le regarda lire rapidement un autre dossier puis sortir de l'USI.
En remontant lentement le couloir, Chris faillit se heurter à Jay Mercier, l'unique hématologue de Natchez. Comme tous les spécialistes de petites villes contraints de traiter toutes sortes de cas, des piqûres de sumac vénéneux à la goutte, Mercier faisait fonction d'oncologue universel, diagnostiquant presque tous les néoplasmes du comté, les traitant ensuite lui-même ou les adressant aux centres de grandes métropoles pour des soins spécialisés. Chris eut envie de le prendre à part pour l'interroger sur la possibilité de provoquer délibérément un cancer chez un être humain, mais s'il s'y risquait, Mercier le bombarderait de questions.
— Bonjour, Chris, le salua l'hématologue avec un sourire. Comment elle évolue, ta pneumonie résistante ?
— Je crois que la vancomycine va en venir à bout.
— Tant mieux. Il avait l'air secoué, ce gosse.
Mercier avait ralenti pour poursuivre la conversation, mais Chris se força à continuer à descendre le couloir. Après qu'il eut tourné le coin, la sortie n'était plus qu'à quelques mètres mais, sans savoir pourquoi, il s'arrêta et s'adossa au mur. Moins d'une minute plus tard, il comprit le pourquoi de sa halte. Lorsque Shane

Lansing tourna le coin à son tour, Chris se planta devant lui pour lui barrer le passage.

Le chirurgien parut surpris mais en aucun cas effrayé.

— Tu as changé d'avis, pour le golf ?

Chris le regarda dans les yeux et lui asséna :

— Tu couches avec ma femme, Shane ?

— Quoi ? fit Lansing. Non. Qu'est-ce que tu racontes ?

Chris le fixa un moment en silence puis lâcha :

— Tu mens.

Lansing plissa les yeux, ouvrit la bouche pour répondre, la referma et entreprit de contourner Chris.

Chris le saisit par le bras et le projeta contre le mur.

— Ne te défile pas, fils de pute.

Le chirurgien eut l'air stupéfait, sans doute davantage par la franchise de la confrontation que par son caractère physique.

— Tu déconnes complètement, Shepard !

— Tu dois avoir l'habitude de ce genre de scènes, non ? Un dragueur comme toi. Tu sais quoi ? Ce coup-ci, tu ne t'en tireras pas. Si on était encore au lycée, je me contenterais de te botter le cul, mais il y a un gosse dans cette histoire. Et je te connais assez pour savoir que tu te fous de Thora. Oh, ça te plaît de la baiser. De savoir qu'elle a envie de toi. Mais le reste ne t'intéresse pas, j'en suis sûr.

Le regard de Lansing ne trahissait toujours rien mais, dans le silence tendu, Chris décela une faille dans l'armure du chirurgien. Sa suffisance. Lansing était incapable de cacher son sentiment de supériorité, une supériorité secrète reposant sans aucun doute sur une connaissance intime de Thora, de son corps, de ses désirs, de ses intentions. Puis une hypothèse plus effrayante surgit dans l'esprit de Chris.

— Non, je me trompe. C'est pour l'argent, hein ? Tu as toujours aimé le fric, et Thora en a assez pour te faire saliver.

Lansing avait renoncé à feindre l'innocence, du moins, c'est l'impression qu'eut Chris. Il vit les lèvres du chirurgien remuer, n'entendit pas ce qu'il disait. Son cerveau limbique était en train de réagir au poing de Lansing qu'il voyait monter vers son visage. Chris ne connaissait rien à la boxe mais il avait pratiqué la lutte pendant trois ans au lycée. Il se laissa aller en arrière pour accompagner le coup, empoigna le bras tendu et projeta Lansing par terre.

Les poumons de Lansing se vidèrent. Chris le retourna sur le ventre, lui enfonça un genou dans le dos et lui tordit un bras. Au moment où le chirurgien gémissait de douleur, deux infirmières apparurent au coin du couloir et se figèrent, sidérées.

— Foutez le camp ! leur ordonna Chris.

Elles s'éloignèrent sans quitter les deux hommes des yeux.

Chris approcha sa bouche de l'oreille de Lansing.

— Une de mes amies a failli se faire tuer, cette nuit, comme tu le sais peut-être. En tout cas, souviens-toi d'une chose : tu n'es pas le seul à être impliqué dans cette histoire. Il y a Ben, tes gosses, ta femme, Thora et moi. Ils sont incapables de se défendre mais moi, je le peux.

Chris resserra sa prise sur la main droite de Lansing jusqu'à le faire crier.

— Si tu fais du mal à Ben, il s'écoulera un an avant que tu puisses de nouveau opérer. Tu m'entends, Shane ?

Lansing répondit par un grognement.

— C'est bien ce que je pensais. Maintenant, si tu es innocent, appelle les flics et porte plainte contre moi. Je les attends à mon cabinet.

Chris entendit des voix approcher dans le couloir. Il se releva, franchit les portes de verre et regagna son pick-up. Au moment où il quittait le parking, il vit le directeur de l'hôpital qui le suivait du regard.

En arrivant à son cabinet, Chris recommanda à Holly de ne pas le déranger, alla dans son bureau, appela la réception et demanda à Jane d'appeler le Dr Peter Connolly au centre anticancéreux Sloan-Kettering de New York.

Si Pete Connolly avait atteint les sommets du monde de l'oncologie, huit ans plus tôt il était encore professeur d'hématologie au centre hospitalier universitaire de Jackson, Mississippi. Le centre Sloan-Kettering lui avait alors proposé de prendre la direction d'une nouvelle unité de recherches sur les greffes simultanées d'organes et de moelle osseuse. Pendant ses années d'enseignement à Jackson, il avait contribué à faire accéder le centre hospitalier universitaire au rang d'Institut national anticancéreux.

Jane rappela, Chris décrocha.

— J'ai son infirmière au bout du fil. Le Dr Connolly donne un cours aux internes sur les prélèvements de moelle osseuse, mais il essaiera de vous joindre avant le déjeuner.

— Merci, répondit Chris en s'efforçant de refouler sa déception.

On ne pouvait pas téléphoner à ce qui était peut-être le meilleur centre anticancéreux du pays – qui n'en comptait que huit – et espérer avoir en ligne l'un de ses chercheurs de pointe dans la seconde.

— Elle peut vous brancher sur sa messagerie vocale, si vous voulez.

— D'accord.

— Ne quittez pas.

Après quelques clics, il entendit une voix de robot l'inviter à laisser un message.

— Peter, c'est Chris Shepard, je vous appelle du Mississippi. Comme la question que j'ai à vous poser est plutôt étrange, je vous l'expose maintenant pour que vous ayez le temps d'y réfléchir. Je voudrais savoir s'il est possible de provoquer intentionnellement un cancer chez l'homme sans qu'un médecin légiste puisse le détecter. Je parle de cancers du sang, avec un intervalle de dix-huit mois entre le diagnostic et la mort. Je sais que ça paraît délirant, mais on voit des trucs dingues, ici. Je vous serais vraiment reconnaissant si vous pouviez me rappeler dès que vous en aurez l'occasion, malgré vos nombreuses activités.

Chris raccrocha et appela Jane par l'interphone.

— Quand Connolly rappellera, ne le faites pas attendre. Interrompez-moi dans ce que je serai en train de faire, quoi que ça puisse être.

— OK.

— Sauf si je suis sur un pelvien.

— Je sais.

— Merci.

Chris prit une longue inspiration, éleva un mur autour des peurs paranoïdes qui tournoyaient dans son cerveau et sortit de son bureau pour affronter une journée avec ses patients.

Alex se réveilla en sursaut, le Glock à la main, les yeux grands ouverts. Une lumière bleue passait par la fente séparant les doubles rideaux, à droite. Il lui fallut quelques secondes pour se rappeler où elle se trouvait : dans la chambre d'amis de la maison de Chris Shepard. Un bureau installé contre un mur était couvert de factures et autres papiers.

Elle le regardait fixement quand son téléphone sonna dans son sac. Alex prit conscience qu'il avait déjà sonné et que c'était ce qui l'avait tirée du sommeil. En revanche, son portable personnel, celui dont elle se servait pour son enquête, demeurait silencieux sur la table de chevet. Le portable qui sonnait dans son sac était celui du... boulot.

Oh, nom de Dieu...

Des souvenirs de l'agression de la veille se bousculèrent dans sa tête. Elle avait donné son vrai nom à la police de Natchez, elle n'avait pas eu le choix. Les yeux rivés aux mots « Numéro inconnu » inscrits sur l'écran, elle eut envie de répondre. Au dernier moment, toutefois, elle s'en tint à sa tactique de ces dernières semaines, qui consistait à utiliser sa messagerie pour filtrer les appels. La sonnerie du téléphone du boulot ne pouvait qu'annoncer des ennuis. L'appel pouvait provenir de n'importe quel agent de terrain, ou de son directeur régional, censé être en vacances aux Bahamas. Après avoir attendu une bonne minute,

Alex tapa le numéro de sa messagerie pour savoir qui cherchait à la joindre.

« Agent Morse, dit une voix familière avec l'accent prétentieux des vieilles familles de Boston, ici Mark Dodson, directeur adjoint… »

La poitrine d'Alex se serra au point qu'elle eut du mal à respirer.

« Je vous informe que nous avons envoyé un avion afin de vous ramener à Washington pour un entretien avec le service des responsabilités professionnelles… »

La tension artérielle d'Alex partit en chute libre.

« … un jet qui se dirige actuellement vers Jackson. Si vous vous trouvez ailleurs, faites-le-moi immédiatement savoir afin que je puisse communiquer au pilote une autre destination. Ne tardez pas, agent Morse, vous ne feriez qu'aggraver votre cas. »

Un dernier clic puis le silence. Lorsque le menu de sa messagerie lui proposa d'effacer l'enregistrement, Alex s'empressa de le faire. Elle ne s'infligerait pas d'entendre à nouveau un ennemi mortel savourant un moment de triomphe. Le service de régulation interne…

— Et merde !

Elle se leva du lit, enfila sa culotte de la veille. S'ils envoyaient un jet la chercher, c'est qu'ils savaient tout. Le prolongement du congé maladie qu'elle avait pris, les faux rapports qu'elle avait rédigés, le copain de promotion qui la couvrait à Charlotte… Ils devaient même être au courant de l'agression de la veille, maintenant. C'était probablement ce qui avait provoqué l'effondrement de son château de cartes. Et tout ça pour rien ! Toutes les camionnettes blanches arrêtées dans la nuit par la police appartenaient à des citoyens irréprochables.

— Connerie, connerie, connerie ! jura-t-elle.

Refoulant ses larmes, Alex appela le standard principal du Palais du Mystère de Washington, plus connu sous le nom de « Bâtiment J. Edgar Hoover ». Bien sûr, il est toujours possible qu'ils m'aient envoyé un avion pour m'emmener en Afghanistan négocier la reddition d'Oussama Ben Laden, pensa-t-elle avec ironie. Possible, mais peu probable.

Elle demanda à l'opératrice un rien trop pétulante de lui passer le bureau du directeur adjoint Dodson. Quand elle donna le nom de Morse, sa demande fut aussitôt satisfaite.

— Agent Morse ? dit Dodson.
— Oui, monsieur.
— Où êtes-vous en ce moment ?
— A Natchez, Mississippi.

Après une pause assez longue, le directeur adjoint reprit :

— Je vois qu'il y a là-bas un aéroport où un Lear peut atterrir.
— Je crois, en effet.
— Soyez-y dans une demi-heure avec vos bagages, prête à partir.
— Bien, monsieur. Puis-je demander pourquoi ?
— Non, vous ne pouvez pas.
— Bien, monsieur.
— Ce sera tout.
— Monsieur... commença Alex.

Dans le vide. Dodson avait raccroché.

Elle parcourut des yeux la chambre d'amis. La veille, avec la présence de Chris Shepard, la pièce lui avait paru accueillante, humaine. Ce n'était plus désormais qu'une coquille vide.

Elle alla dans la salle de bains, referma la porte et s'assit sur la cuvette, se retrouva face à un portrait en couleurs de Thora Shepard format 27 × 40. La femme de Chris semblait la regarder – ou plutôt regarder à travers elle – avec la froide indifférence d'un top model : une magnifique chevelure blonde encadrait les pommettes hautes, le nez délicat, et les yeux gris océan qui avaient séduit Chris Shepard aussi sûrement que Red Simmons avant lui. Bien qu'Alex n'eût jamais adressé la parole à Thora, elle avait toujours pensé qu'elles étaient des adversaires, tels des agents de camps opposés séparés par le mur de Berlin et jouant au chat et à la souris à distance. Alex se rendait compte maintenant que c'était un fantasme ridicule. Le visage froid de la photo appartenait à une femme qui avait déjà gagné la partie qu'elle jouait, quelle qu'elle soit, alors qu'Alex était sur le point de rentrer à Washington pour ce qui se réduisait à une exécution professionnelle.

Neville Byrd ajusta délicatement la manette posée sur ses cuisses pour déplacer le laser installé sur le toit de cinq millimètres sur la droite. Il mit ensuite ses lunettes protectrices pour vérifier la direction du rayon. Bingo. Cette fois, il y était. Le ruban vert s'arrêtait exactement au centre du coin nord-est de la fenêtre du seizième étage de l'AmSouth Bank Tower. A partir de ce moment – grâce au laser et au télescope braqué sur le même point –, chaque mot prononcé, chaque touche de clavier frappée dans le bureau d'Andrew Rusk serait enregistré par les instruments installés derrière Neville Byrd.

Il but une gorgée de Vault et s'appuya à la fenêtre de sa chambre d'hôtel, séparée de la tour AmSouth par une rue seulement. Il était là à la demande de Noel D. Traver, un homme d'une soixantaine d'années au visage marqué par une horrible tache de naissance violette. Traver lui avait proposé une mission très simple, au double de ses tarifs habituels. Byrd avait sauté sur l'occasion : la surveillance high-tech n'était pas précisément une activité en expansion dans le Mississippi.

Ces dernières années, Byrd avait loué ses services à des avocats et à des détectives privés spécialisés dans les divorces en piratant les adresses informatiques et en mettant sur écoute les portables de gens coupables d'adultère. Une longue dégringolade, depuis l'époque où il travaillait pour Netscape. Dix ans plus tôt, il avait été en première ligne dans la bataille contre le puissant Microsoft. A présent, le P-DG Jim Barksdale n'était plus qu'un simple citoyen, tout comme son ancien ingénieur en logiciel, et Netscape un nom sur des formulaires froissés, au fond de la poubelle de l'histoire du Web.

Mais le boulot était cette fois différent.

Andy Rusk était l'un des cinq meilleurs avocats de la ville spécialisés dans le divorce et il avait d'ailleurs engagé Byrd à plusieurs reprises. Selon l'opinion pas si humble que ça de Neville, Rusk n'était qu'un ancien étudiant de l'Ole Miss qui prenait de l'âge, avait trop d'argent et était affligé d'un ego démesuré. En ce moment même, il discourait au téléphone sur une virée à moto qu'il organisait à travers la campagne,

« sur des Harley, bien sûr, des bêtes, mon vieux ! » – mais des Harley de location : cela résumait le personnage.

Neville s'octroya une autre rasade de Vault et eut un petit rire. A la différence d'Andy Rusk, Traver était apparemment un type bien, en tout cas beaucoup plus intelligent que Rusk et consorts. (Il savait qu'il était vétérinaire parce qu'il avait cherché son nom sur Internet : *Une race à part, Noel D. Traver, vétérinaire éleveur.*) Traver connaissait bien d'autres choses que les animaux. Il savait exactement par exemple le genre de matériel qu'il fallait pour surveiller le bureau de Rusk et il n'aurait embauché personne qui n'en aurait pas été équipé.

Traver n'avait pas non plus choisi Neville sans le connaître. Il lui avait donné rendez-vous à la sortie Byram de la I-55 Sud pour un entretien en tête à tête. Cela n'avait pas gêné Neville, qui avait rencontré des clients dans des endroits bien pires depuis qu'il avait accroché sa plaque de privé au-dessus de sa porte, cinq ans plus tôt. Par-dessus un sandwich du Wendy's, Neville avait assuré à Traver qu'il parviendrait à pirater l'ordinateur du bureau de Rusk, pas de problème. Le vétérinaire s'était montré sceptique et jusqu'ici, la réalité lui avait donné raison. Celui qui avait renforcé la sécurité de l'installation de Rusk avait fait du bon boulot. Mais avec le laser, Neville finirait par venir à bout du problème. Non seulement il capterait toutes les conversations de Rusk en mesurant les vibrations de la vitre de la fenêtre mais il saurait aussi quelles touches du clavier de l'ordinateur de Rusk étaient activées – et dans quel ordre – en mesurant les changements du champ électromagnétique du bureau. En outre, le télescope couvrait les deux tiers du clavier et de l'écran, ce qui permettrait d'enregistrer également avec une caméra numérique une grande partie de ce qui était tapé.

Le plus difficile avait été d'installer le matériel. L'hôtel Marriott était le seul bâtiment situé en face de la fenêtre de Rusk au seizième étage et il ne proposait aucune chambre avec vue sur la tour AmSouth. Pour régler la question, Neville avait construit chez lui un matériel adapté – une sorte de niche en plastique pour le laser et le télescope – qu'il avait ensuite dressé sur le toit de l'hôtel. Puis il avait pris une chambre au dernier étage dans laquelle il avait mis en place son poste de télécommande.

Jusque-là, le transfert de données le plus intéressant avait été une vue époustouflante sur les nénés de la secrétaire de Rusk. L'avocat devait avoir pour embaucher son personnel les mêmes critères que Russ Meyer pour engager ses actrices, car la secrétaire avait du nichon à revendre. Des jambes mortelles, aussi. Neville se demandait si Traver n'était pas le mari de la secrétaire de Rusk. Mais elle n'avait pas trente ans et c'était une bombe, alors que Traver en avait au moins soixante, avec en plus cette affreuse tache sur le visage. Neville sirota lentement le reste de sa Vault en regardant Rusk pérorer au téléphone.

— Ou alors, Traver est pété de thune, dit-il tout haut. Ça doit être ça.

Neville poursuivit sa surveillance, convaincu qu'il finirait par tout savoir sur Andy Rusk, sur la secrétaire et le vieux véto avant la fin de la semaine. C'était ce qu'il y avait de bandant, dans ce boulot : un sentiment d'omnipotence. Beaucoup de concepteurs de jeux disaient la même chose, mais ce n'était qu'un fantasme. Neville ne travaillait pas sur des meufs de dessin animé avec des poitrines de BD mais sur des personnes réelles du monde réel. Et si vous étiez doué, vous pouviez les observer furtivement dans leur chambre, dans leur intimité, partout. Si vous étiez vraiment doué, vous arriviez parfois à voir dans leur tête. C'était ça le pied, mec.

27

Du bord de la petite aire de manœuvre de l'aéroport de Natchez, Alex regarda le Lear 35 effectuer un atterrissage parfait. Elle n'était qu'à trois kilomètres environ de la Natchez Trace où Chris et elle s'étaient tenus sur le pont enjambant la rivière. Cela lui paraissait déjà loin.

Tandis que le jet roulait vers elle, elle ouvrit le portable du boulot et tenta de nouveau de joindre Chris. Son portable personnel s'était déchargé pendant la nuit tandis qu'elle dormait dans la chambre d'amis d'un sommeil provoqué par l'Ativan. Cette fois, Chris répondit :

— Alex ?
— Oui. Je…

Elle ne savait pas quoi dire.

— Vous êtes toujours chez moi ?
— Non, je suis à l'aéroport. Je vais prendre l'avion pour Washington.
— Quoi ?
— Je les ai sur le dos, ils savent tout. Ils m'ont téléphoné ce matin.

— Désolé, dit Chris après un silence. De toute façon, j'ai merdé, moi aussi.

— Pourquoi dites-vous ça ?

— J'ai vu Shane Lansing à l'USI, ce matin, je n'ai pas pu m'empêcher de lui dire son fait.

Profondément déçue, Alex ferma les yeux. Le Dr Shepard faisait un piètre appât, il n'avait pas la personnalité sournoise requise.

— Qu'est-ce que vous lui avez dit ?

— Je lui ai demandé s'il se tapait ma femme.

— Oh, non.

— Il a essayé de me frapper, je l'ai allongé.

— Allongé ? Il est blessé ?

— Peut-être. Mais les flics ne sont pas encore venus m'arrêter.

— Je doute qu'ils le fassent.

— J'espère que je n'ai pas tout foutu en l'air. Votre enquête, je veux dire.

— Ne vous inquiétez pas pour ça. Essayez de vous tenir tranquille, d'accord ?

Le Lear approchait lentement.

— Je n'ai pas beaucoup de temps, poursuivit Alex. Je voulais juste vous prévenir que vous ne me verrez peut-être pas avant un moment.

— C'est grave, Washington ?

Alex eut un rire auquel se mêlait une pointe d'hystérie.

— Plutôt, oui. Vous vous rappelez la connerie que j'ai faite, dans la banque ? Quand on m'a tiré dessus ?

— Oui.

— J'étais retournée à l'intérieur parce que je pensais pouvoir résoudre le problème à ma manière, mais un directeur adjoint du FBI a envoyé la Brigade d'intervention derrière moi.

— Oui, je me souviens.

— C'est lui qui m'a téléphoné, aujourd'hui. Il s'appelle Dodson. Et le problème... c'est que j'avais bel et bien raison, ce jour-là. Le braqueur n'était pas un terroriste mais un employé mécontent. J'ai commis une terrible erreur en retournant dans la banque, mais quand on a su la vérité, il est apparu que j'avais raison et que Dodson avait tort quant au preneur d'otages. Il ne me l'a jamais pardonné. Aujourd'hui, il va me le faire payer.

L'avion noyait presque tous les autres bruits sous le gémissement de ses turbines.

— Quoi ? cria Alex.

— Je disais que j'ai laissé un message à mon ancien prof au Sloan-Kettering ! répéta Chris. Je vous rapporterai ce qu'il pense de votre histoire. Ecoutez, un de vos patrons doit bien se rendre compte que le FBI a besoin de vous... Jouez là-dessus...

— Il faut que j'y aille. Au revoir.

La réponse de Chris, s'il en fit une, se perdit dans le rugissement des moteurs.

Alex mit fin à la communication, ferma le portable et le glissa dans sa poche tandis que le Lear s'immobilisait et que sa porte latérale s'ouvrait. Un agent du FBI stéréotypé – costume bleu, lunettes noires – descendit la passerelle. Malgré la coupe ample de sa veste, Alex distingua la forme de la crosse de son arme sous le tissu.

— Agent spécial Morse ?

— Je suis Alex Morse, oui.

Tandis que l'homme aux cheveux blonds et à la mise impeccable s'approchait d'elle, Alex le soupçonna d'appartenir à l'une des cliques les plus fermées du Bureau : la mafia mormone.

— Agent spécial Gray Williams, se présenta-t-il sans lui tendre la main. Vous portez une arme, Morse ?

— Oui.

Elle craignit qu'il ne lui demande de la lui remettre.

— Vous avez d'autres bagages ? s'enquit-il en montrant la valise en toile d'Alex.

— Non.

Elle se pencha pour la soulever.

— Alors, allons-y.

Williams semblait répugner à lui parler, la preuve, s'il en était encore besoin, qu'elle était officiellement devenue une paria dans le service. Elle jeta sa valise dans l'avion, baissa la tête pour franchir la porte, s'installa dans un fauteuil dirigé vers l'avant. Elle pensait que Williams se mettrait en face d'elle mais il alla s'asseoir deux sièges derrière. Du coin de l'œil, elle le vit parler dans son portable, sans doute pour confirmer qu'elle avait embarqué et que le décollage était imminent. Alex prit son portable personnel et consulta sa messagerie. Une voix masculine éraillée annonça :

« C'est oncle Will. Ta mère est dans le même état qu'hier soir. Toujours en vie. Tu as bien fait de te reposer un peu. Je t'appelle parce que j'ai reçu un rapport de mon gars à l'Alluvian. Il n'a pas pu trouver à quel étage se trouve la chambre de Thora Shepard, mais sa femme a bavardé plusieurs fois avec elle dans le bain à remous. Son amie l'accompagnait effectivement, tout semblait normal. Vers 5 h 30, ce matin, la femme de mon gars a jeté par hasard un coup d'œil de la fenêtre de sa chambre, qui donne sur la cour principale menant au parking de derrière. Elle a vu un type qui en sortait avec une petite valise. Il paraissait très pressé. Ça a duré peu de temps et le jour était à peine levé mais elle pense que c'était peut-être le Dr Lansing. Elle en est à soixante pour cent sûre. Je vais essayer de savoir si Lansing fait effectivement la navette pour les beaux yeux de Mme Shepard. Appelle-moi dès que... »

La messagerie avait interrompu Will avant qu'il ait terminé. Il n'y avait pas d'autres messages. Alex se demanda si quelques heures au lit avec Thora valaient la peine de faire quatre heures de route dans chaque sens. La plupart des hommes qu'elle connaissait auraient acquiescé. Elle ne voyait pas l'intérêt d'appeler Chris pour lui transmettre un rapport peu concluant et, d'ailleurs, elle aurait bientôt des preuves tangibles. Chris avait agressé Lansing sur la base de simples soupçons, que ferait-il si Will fournissait les preuves photographiques qu'il obtenait fréquemment dans son travail ? Alex ne s'était pas attendue à une réaction violente de Chris. C'était un Sudiste, cependant, et sur ce genre de question, l'action directe tenait plus de la règle que de l'exception dans le Sud.

Elle remisa son portable et se laissa aller contre le dossier de son siège. Suscitée par le grondement des moteurs et les tremblements de la carlingue, une kyrielle de souvenirs l'assaillit. On l'avait très souvent poussée dans un jet comme celui-là pour l'expédier dans une ville inconnue où un homme armé d'un pistolet maintenait des innocents sous sa coupe. Savoir que le Bureau comptait sur elle dans ce type de situation avait engendré chez Alex un sentiment de puissance. De nombreuses fois elle s'était montrée digne de la confiance qu'on lui accordait, la confiance des membres de sa tribu. Elle l'avait maintenant trahie, du moins à leurs yeux. Alex avait détruit une partie d'elle-même en trahissant cette confiance, en rédigeant chaque jour de faux rapports, en demandant à des collègues de couvrir des absences injustifiées. Que deviendrait-elle si on la renvoyait du FBI ? Elle se sentait vide et effrayée, comme une femme chassée de son village et contrainte de vivre seule dans la brousse. Il y avait cependant un devoir plus sacré que celui qu'elle avait envers sa tribu, c'était son devoir envers sa famille. Son sang. Quel que soit le prix à payer, elle ne trahirait pas cette confiance. Une fois sa mère disparue, Alex serait la dernière des Morse, si on exceptait Jamie. Comme Alex, Jamie n'avait personne d'autre au monde. Pourquoi le Bureau était-il incapable de le comprendre ?

Lasse de rester inactive, elle reprit son portable et le mit en mode SMS. Si elle devait passer de sales moments durant les prochaines vingt-quatre heures, elle ne serait pas la seule.

Andrew Rusk s'était branché sur un site porno d'Internet et songeait à faire venir Janice dans son bureau pour qu'elle lui dispense ses services lorsque son portable émit le bip signalant un texto. Il délaissa la partouze qui se déroulait sur l'écran – deux filles sur un gars, son fantasme depuis le lycée –, appuya sur la touche « lire ». Les battements de son cœur s'accélérèrent tandis qu'il parcourait les mots en caractères bleus :

Tu vas payer pour ce que tu as fait. Je me fiche du temps que ça prendra, tu finiras sur la chaise électrique, Andy. Pour Grace Fennell, pour Mme Braid et toutes les autres. Je me fiche de ce qui m'arrivera. Rien ne m'arrêtera. Rien.

Rusk fixait le message sans parvenir à y croire. Les mots semblaient trembler devant ses yeux, telles des ondes de chaleur au-dessus du sable du désert. Il chercha la source du message, ne vit pas de numéro. Aucune importance, il savait qui l'avait envoyé.

Sa première réaction fut de se lever et de coller deux carrés de papier d'aluminium à sa fenêtre nord-est, mais le bon sens l'arrêta. Pour commencer, Tarver ne verrait peut-être pas le signal avant la fin de la journée. Ensuite, Tarver était déjà suffisamment contrarié par la curiosité d'Alex Morse ; lui parler du message ne ferait que verser de l'huile sur le feu. Et plus les flammes de ce feu grandiraient, moins la vie de Rusk aurait de valeur.

— Qu'est-ce qu'elle fout ? dit-il à voix haute. Pourquoi elle m'envoie ça ?

Elle cherche à me provoquer, pensa-t-il. C'est comme lancer une pierre dans un fourré pour forcer la proie à en sortir. Cela signifie que quelqu'un m'observe pour voir de quel côté je vais bondir et attend que je le mène quelque part...

— Reste cool, murmura-t-il. Reste cool.

Rusk envisagea d'envoyer à Tarver un de leurs faux spams publicitaires. Il le recevrait dans l'heure et se rendrait au country-club où Rusk déposait généralement les documents concernant leurs opérations. Annandale était un endroit si sélect qu'il pouvait même courir le risque d'y avoir une conversation avec

Tarver, mais il ne pouvait pas savoir comment le médecin réagirait. Rusk devait réfléchir avant de faire quoi que ce soit. Si Alex Morse avait derrière elle tous les moyens du FBI, la « boîte aux lettres » habituelle ne leur offrirait aucune sécurité.

— Reste cool, se répéta-t-il.

Puis, à voix plus basse encore :

— « As-tu la patience de ne rien faire ? »

Sans être un érudit, il avait lu le *Tao-tö-king* en faculté – principalement pour plaire à une étudiante d'anglais qu'il baisait à l'époque –, et cette phrase lui était restée. Le meilleur moment pour ne rien faire, évidemment, c'est lorsque votre adversaire est sur le point de commettre une grave erreur, ou en a déjà commis une. Alex Morse n'avait pas fait de bourdes récemment, à sa connaissance.

— A ma connaissance, dit-il d'un ton pensif.

Il décrocha le téléphone et composa le numéro d'une agence de détectives privés à laquelle il faisait parfois appel. Elle prenait cher mais comptait dans son personnel plusieurs anciens de divers services gouvernementaux – IRS, DEA, BATF –, ainsi que quelques ex-agents spéciaux du FBI grassement payés.

— Il est temps de savoir ce qu'Alex Morse mijote exactement.

Chris palpait une prostate en salle d'examen quand Jane l'informa qu'elle avait le Dr Connolly au téléphone. Il défit son gant, passa aussitôt dans son bureau et décrocha.

— Pete ?
— Salut, Chris ! Ça fait combien ? Sept ans ?
— Plus.

— Aux dernières nouvelles, tu jouais à Albert Schweitzer dans le Delta du Mississippi.
— Juste une brève phase dans ma vie.
— Je sais bien que non.
— Comment va votre femme, Pete ?
— Anna va bien. Et ma fille commence des études de médecine à l'université de Virginie à la rentrée.
— Elle est déjà si âgée ?
— Non, c'est moi qui suis déjà si âgé. Bon, qu'est-ce que c'est que cette histoire de donner intentionnellement le cancer ? Bizarre, ton message. Tu es passé du documentaire au film d'horreur ? Ou quelqu'un s'est fait assassiner à Natchez ?
— Pour être tout à fait franc, Pete... Je ne peux pas en parler.

Après un silence, Connolly répondit :
— D'accord. J'ai réfléchi à la question pendant ce qui passe pour ma pause déjeuner. Tu es prêt ?
— Allez-y.
— En ce qui concerne les agents chimiques, le myélome multiple peut être causé par toute une série de carcinogènes. Les herbicides sont particulièrement nocifs, mais là, il faut compter une période de latence de vingt ans avant qu'un cancer se déclare. Les toxines agissent beaucoup plus vite, mais elles sont toutes potentiellement décelables si on a recours à la chromatographie gazeuse et au spectromètre de masse. Les techniciens de la police scientifique coinceraient tout de suite le coupable.
— A la télé, sûrement. Je suis en train de découvrir que c'est différent dans le monde réel.

— Dans quoi tu t'es lancé, Chris ? Personne n'est capable de bricoler une chose pareille dans sa cuisine, ni même dans un labo universitaire lambda.

— J'espère que vous avez raison, dit Chris, ignorant la question.

— Les radiations offrent une autre possibilité évidente, poursuivit Connolly. Aucun doute, elles pourraient permettre de provoquer une leucémie.

— Sans que ce soit décelable ?

— Pas facilement mais oui, ce serait possible. Les rayons X entraîneraient toutes sortes d'effets secondaires, locaux et généraux, on les oublie. Les bâtonnets de radiothérapie causeraient probablement des brûlures, des tumeurs de la peau, peut-être des nausées, au début. Il existe toutefois des émetteurs alpha dont les effets ne sont pas liés à la dose reçue : la plus petite exposition est oncogène.

— Vraiment ?

Chris commença à prendre des notes sur son bloc.

— Seul un véritable spécialiste connaît ce genre de choses, bien sûr. L'option radiations la plus intéressante n'est pas offerte par les bâtonnets, cependant.

— Par quoi, alors ?

— Contre certaines tumeurs, nous utilisons des liquides irradiés dont les demi-vies sont très courtes. De vingt-quatre à quarante-huit heures.

Chris sentit un étrange malaise dans sa poitrine.

— Le cancer de la thyroïde, par exemple. Nous injectons de l'iode radioactive dans le sang. Elle s'accumule dans la glande, détruit les cellules cancéreuses et est ensuite évacuée du corps sans problème. Un oncologue radiothérapeute sociopathe pourrait sans doute imaginer un moyen de provoquer un cancer de cette façon sans laisser de traces décelables.

Chris griffonnait rapidement sur son bloc : le temps de son entretien avec Connolly était limité.

— Continuez.

— Je connais un cas où quelqu'un en Afrique s'est servi de thallium irradié pour une tentative d'assassinat. Les radiations ont brisé le thallium en microparticules qui se sont dispersées dans le corps de la victime. Elle serait morte si, au dernier moment, on ne l'avait pas envoyée ici. Nos meilleurs médecins ont soigné cet homme pendant plus d'une semaine. Il a finalement survécu, mais partout ailleurs dans le monde, il aurait succombé. Et je doute que quiconque aurait pu identifier la cause de sa mort.

— Je l'ignorais totalement. J'ai consulté mes manuels d'oncologie, je n'ai rien vu de semblable.

— Tout n'est pas dans les livres, Chris. Tu le sais bien. Ecoute, si tu voulais donner le cancer à quelqu'un sans risquer de te faire prendre, tu devrais explorer deux pistes. Premièrement, les virus. Mais là, il faudrait que tu sois prêt à attendre un moment pour voir mourir ta victime.

— Jusqu'à un certain point, le facteur temps ne pose pas de problème.

— Alors, allons-y. Tu sais que le HTLV est impliqué dans une forme au moins de leucémie. Le sarcome de Kaposi associé au VIH est le résultat d'une infection par Herpès 8. Epstein-Barr peut provoquer le lymphome de Burkitt et, naturellement, on sait que le papillomavirus est à l'origine de cancers du cerveau. Herpès 8 peut aussi jouer un rôle dans les myélomes multiples. Je pense que dans les dix prochaines années nous découvrirons que des virus sont responsables de toutes sortes de cancers dont nous ne soupçonnons pas encore qu'ils ont une étiologie virale. C'est vrai pour d'autres maladies également.

Tout en prenant des notes avec la sténo qu'il avait mise au point pendant ses études médicales, Chris faisait des commentaires pour garder l'hématologue en ligne :

— Je sais que l'un des virus de l'herpès est un facteur de scléroses multiples…

— Herpès 6, confirma Connolly. Et certaines études laissent penser que le diabète juvénile aurait une origine en partie virale. Mais revenons au cancer. Il ne fait aucun doute que des virus peuvent provoquer le cancer. N'oublie pas cependant que le cancer n'est pas un processus inéluctable. Des millions de femmes portent le virus HPV mais quelques-unes seulement développent un cancer du cerveau. Des millions de gens fument sans avoir un cancer du poumon. Il ne suffirait pas de contaminer quelqu'un avec un rétrovirus oncogène, il faudrait aussi résoudre quelques autres questions. Comment neutraliser les gènes suppresseurs de tumeurs, comment renforcer les facteurs de croissance cellulaire… Cela nécessiterait d'énormes recherches.

Chris concluait déjà :

— Ce serait donc hors de portée de la technologie actuelle.

— Pas du tout. Je l'ai déjà fait moi-même. Ici, dans mon labo.

Il eut l'impression de recevoir un coup à l'estomac.

— Quoi ?

— C'est étonnant, je sais. Pour essayer de comprendre la cause de la leucémie myélogène chronique, mon équipe et moi avons en gros procédé à une thérapie génique inversée. Nous avons ajouté un gène facteur de leucémie à un rétrovirus, puis nous avons contaminé une souris avec ce virus. Cet oncogène s'est incorporé au génome de l'animal qui, en quelques semaines, a développé la forme de la LMC chez les rongeurs.

Chris était littéralement sans voix. Au bout d'un moment, il parvint à demander :

— Cette souris était immunodéficiente ?
— Non. En parfaite santé.
— Bon Dieu, Pete !
— Quoi ?
— Vous avez assassiné cette souris en lui donnant le cancer !
— Absolument. Et on sauvera un jour des milliers de vies humaines grâce à ce meurtre.
— Vous n'avez pas compris ce que je voulais dire. Ce que je vous ai demandé au téléphone... c'est possible ?
— En théorie, oui, je suppose.
— Et dans la réalité ?

Connolly prit le temps de considérer la question. Puis :

— Je présume qu'avec des expériences sur des primates supérieurs ou – à Dieu ne plaise – des êtres humains... Oui, c'est possible.

Sidéré, Chris serrait le téléphone avec force.

— Je serais inquiet, reprit Connolly, si ton meurtrier potentiel ne devait pas nécessairement dépenser des millions de dollars en recherches avant de parvenir à tuer quelqu'un avec cette méthode. Sans compter qu'il faudrait qu'il occupe une place très élevée sur la courbe d'intelligence.

— Mais s'il utilisait cette méthode, il pourrait être sûr de l'impunité ?

La voix de Connolly prit une froideur clinique :

— Si j'utilisais cette technique contre un être humain, je pourrais assassiner qui je voudrais et le plus grand médecin légiste au monde ne se rendrait pas compte qu'il y a eu meurtre. Même si je le lui avouais, il ne pourrait pas le prouver avec les techniques dont il dispose.

Chris fut parcouru d'un frisson.

— Hé, dit son ancien professeur, tu ne crois quand même pas...

— Je ne sais pas, Pete. Vous avez mentionné deux pistes possibles, je crois.

— Oui. La seconde me paraît plus effrayante parce qu'elle requiert beaucoup moins de connaissances. Il te suffirait de trouver un hématologue ou un oncologue avec la morale du Dr Mengele.

— Continuez.

— On modifie simplement le processus d'un certain type de greffe de moelle osseuse. On prélève des cellules de moelle sur la victime, on les irradie ou on les contamine au labo pour provoquer la malignité choisie, puis on les réinjecte dans la personne.

— Avec quel résultat ?

— Une fabrique de cancer alimentée par la propre moelle osseuse de la victime. Exactement ce que tu m'as décrit, en fait. Toute une variété de cancers du sang.

— Et personne ne pourrait jamais le prouver ?

— Non.

Chris analysa cette seconde piste le plus rapidement qu'il put.

— Il faudrait utiliser obligatoirement des cellules de moelle ? Ou ça peut se faire avec des cellules plus faciles à obtenir ?

— Mmm, fit Connolly, pensif. Je suppose que n'importe quelle cellule vivante conviendrait, à condition qu'elle contienne l'ADN de la victime. Une racine de cheveu, un prélèvement de muqueuse, disons. Le mieux, ce serait quand même des cellules de moelle.

Les informations devenaient trop nombreuses pour que Chris puisse y réfléchir immédiatement.

— Pete, vous savez ce que sont devenus les services d'hématologie et d'oncologie du centre hospitalier après votre départ ?

— Pas trop. Ça fait huit ans. Comme je suis parti plutôt soudainement, Alan Benson, le président, a assuré l'intérim jusqu'à ce qu'on me trouve un remplaçant.

— Oui, je me souviens.

— Il y a maintenant un hôpital de soins critiques flambant neuf, là-bas. Le nouveau chef du service hémato s'appelle Pearson. Il vient de Stanford, où il a réalisé des travaux qui ont fait date. Ils ont un programme remarquable de greffe de moelle osseuse, mais ils sont encore loin d'obtenir la qualification d'Institut national anticancéreux, ce qui a toujours été mon rêve.

— Savez-vous si quelqu'un du centre hospitalier poursuit le genre de recherches dont nous avons parlé ?

— Quelles recherches ? Sur les rétrovirus ? Les greffes de moelle osseuse ? Les radiations ?

— Les trois.

— Je n'ai pas entendu parler de travaux sur les rétrovirus, mais je ne suis pas le mieux placé pour être au courant. Je vais téléphoner à Ajit Chrandrekasar. Un virologue de premier plan, j'ai eu une sacrée chance de l'avoir avec moi. Il y avait aussi un autre chercheur, spécialisé dans plusieurs domaines... Je faisais appel à lui pour les problèmes histologiques difficiles et la culture de tissus. Il s'appelait... Tarver. Eldon Tarver. J'ignore s'il est encore là-bas.

— C'est noté.

Chris entendit une voix de femme en fond sonore.

— On me réclame, vieux. Je t'ai aidé ?

— Vous m'avez surtout flanqué la trouille.

— Tu peux me dire pourquoi tu as besoin de ces informations ?

— Pas encore. Mais si la personne à qui je pense a raison, je pourrai vous parler de cas sur lesquels vous écrirez des articles pour les revues scientifiques.

Connolly s'esclaffa.

— Je le ferai volontiers. Ça draine des fonds pour la recherche.

Chris raccrocha et considéra ses notes. Il avait été stupide de ne pas croire aux hypothèses d'Alex. Malgré son manque de connaissances médicales, l'agent du FBI avait échafaudé sa théorie en se fondant sur une observation empirique des faits pour parvenir à une conclusion improbable mais tout à fait plausible. C'était uniquement par préjugé professionnel que Chris avait rejeté ses idées. Il ne valait pas mieux que les médecins français prétentieux qui s'étaient moqués de Pasteur quand il avait déclaré que le charbon était causé par une bactérie. Non, Chris n'était pas comme eux. Si on lui montrait ses erreurs, il deviendrait un fervent converti. Après tout, sa vie était peut-être en jeu.

28

Alex était assise dans un fauteuil bas devant le bureau de l'un des deux directeurs adjoints du FBI en poste à Washington. Elle considérait l'un comme un ami ; l'autre s'était révélé être depuis longtemps un ennemi acharné.

C'était ce dernier qu'elle avait maintenant en face d'elle.

Hors du QG du FBI, on murmurait que Mark Dodson avait été conçu selon les règles de l'eugénisme pour devenir un bureaucrate. S'étant fixé dès le début pour objectif d'accéder à la direction du Bureau, il avait passé peu de temps sur le terrain. Grâce à une utilisation judicieuse des relations politiques de sa famille, il s'était introduit dans les allées du pouvoir du FBI avec une rapidité presque sans précédent. Il avait affûté ses capacités dans le milieu dépourvu d'éthique de Washington, où chacun ne cherche qu'à protéger ses fesses, jusqu'à ce que sa personnalité se réduise à ce qu'il restait de lui après d'innombrables compromis consentis non pour le bien du service mais pour son avancement dans la hiérarchie du Bureau. Son titre disait tout : directeur adjoint à l'administration.

Dodson avait pris Alex en grippe peu de temps après qu'elle avait été affectée à Washington. Elle ignorait totalement pourquoi, mais dans les couloirs byzantins du Bâtiment J. Edgar Hoover on n'était jamais sûr de rien. Après le fiasco de la banque de la Réserve fédérale, Dodson avait manœuvré sans relâche pour la faire virer. Sans l'intervention du sénateur Clark Calvert – le plus fervent partisan d'Alex –, Dodson aurait peut-être imposé son point de vue. Aujourd'hui, cependant, le 7e de cavalerie ne la sauverait pas à la dernière minute et Alex ne pouvait s'en prendre qu'à elle. Dodson la toisait de l'autre côté de son bureau avec une satisfaction évidente.

– Vous avez fait bon voyage, je présume ?

– On pourrait se passer des petits jeux ? dit Alex d'une voix lasse. Je suis vraiment fatiguée.

La bonne humeur de Dodson disparut aussitôt. Il se pencha au-dessus de son bureau et répliqua d'une voix dure :

– Très bien, agent Morse. Demain matin à 9 heures, vous rencontrerez trois représentants du service de régulation interne. Avant l'entretien, vous devrez vous soumettre à un contrôle de produits stupéfiants. Un refus constituerait un motif de renvoi. Un refus de répondre honnêtement et totalement à toutes les questions en constituerait un autre. Vous avez compris ?

Elle hocha la tête.

– Vous ne vous en tirerez pas, ce coup-ci, poursuivit Dodson, guettant une réaction.

Elle garda le silence.

– Qu'est-ce que vous imaginiez ? Vous avez enfreint tellement de lois et de règles que je ne sais par où commencer. Vous avez en plus incité des agents en exercice à passer outre à ces lois et à ces règles et je regrette d'avoir à dire qu'ils l'ont probablement fait par loyauté dévoyée envers vous. Avez-vous un commentaire à faire, agent Morse ?

Alex secoua la tête.

— Que cherchez-vous en gardant le silence ? demanda Dodson, les yeux plissés. A me signifier votre mépris ?

Les yeux d'Alex flamboyèrent.

— Vous ne ferez pas la fière demain à la réunion, dit-il en braquant l'index sur elle. Vous serez la preuve vivante que même les plus doués peuvent craquer et dégringoler.

Alex examina ses ongles, dont deux s'étaient cassés pendant la lutte de la veille.

— Vous avez fini de prendre votre pied ?

Dodson se renversa en arrière.

— Je commence seulement.

Il allait ajouter quelque chose quand l'interphone de son bureau bourdonna. Il tendit le bras, pressa un bouton.

— Oui, David ?

— Le secrétariat du directeur vient d'appeler, monsieur. Il souhaite parler personnellement à l'agent Morse.

Les traits soudain tendus, Dodson appuya de nouveau sur le bouton, décrocha le téléphone et murmura dans l'appareil quelque chose qu'Alex ne saisit pas.

— Maintenant ? Tout de suite ? l'entendit-elle dire ensuite.

Il raccrocha et annonça sans la regarder :

— Vous devez vous rendre immédiatement au bureau du directeur.

Alex quitta son fauteuil, attendit que Dodson lève les yeux vers elle mais il n'en fit rien. Elle sortit et descendit le couloir conduisant au bureau de John B. Roberts, directeur récemment désigné du FBI.

Le bureau de Roberts était beaucoup plus vaste que celui de Dodson et ses fenêtres donnaient sur Pennsylvania Avenue, comme celles de J. Edgar Hoover autrefois. Mais Hoover avait vu passer sous ses fenêtres sept présidents des Etats-Unis se rendant à leur prestation de serment et, depuis, aucun directeur n'était resté aussi longtemps en fonction. Certains même n'avaient pas occupé leur poste assez longtemps pour apprendre les noms de leurs directeurs régionaux. Alex se demandait combien de temps Roberts durerait.

Agé de cinquante-cinq ans, il avait été nommé à la tête du Bureau après que la première vague de réformes faisant suite au 11 Septembre s'était enlisée. Son prédécesseur avait dépensé des dizaines de millions de dollars pour un nouveau système informatique qui n'avait jamais marché tandis que les terroristes parcouraient le pays avec des sacs d'argent liquide pour échapper au quadrillage numérique. La réputation de Roberts dans la population était bonne : pendant sa carrière de procureur, il s'était attaqué à plusieurs des plus puissantes entreprises du pays et avait prouvé qu'elles s'étaient entendues à maintes occasions pour spolier les consommateurs américains.

A la surprise d'Alex, Roberts n'était pas le seul ponte dans le bureau. Un homme d'une cinquantaine d'années au beau visage énergique était assis dans un fauteuil club à sa gauche : le directeur adjoint Jack Moran. Moran s'occupait d'enquêtes, pas d'administration et il avait été un ami proche d'Alex quand elle était à Washington, intervenant souvent pour empêcher Dodson de la harceler. S'il ne pouvait pas faire grand-chose aujourd'hui pour lui sauver la mise, sa simple présence la réconfortait.

— Bonjour, Alex, lui dit-il. Tu as l'air fatiguée.

— Je le suis.

— Je ne pense pas que tu aies déjà rencontré notre nouveau directeur. John Roberts, Alex Morse.

Elle s'avança, la main tendue.

— Agent spécial Alex Morse, monsieur le directeur.

Roberts lui donna une ferme poignée de main.

— Agent Morse, je regrette infiniment les circonstances dans lesquelles nous nous rencontrons. Je suis un ami du sénateur Clark Calvert et je sais l'immense service que vous avez rendu à sa famille.

Il se référait à la première affaire brillamment résolue par Alex, le kidnapping de la fille du sénateur. L'enquête du Bureau avait abouti à une situation bloquée et dangereuse en rase campagne virginienne et, après neuf heures de négociation éprouvante, Alex avait convaincu les ravisseurs retranchés dans une ferme de libérer la fillette de quatre ans. Pour préserver l'illusion d'invulnérabilité des élus nationaux, les médias n'avaient pas parlé de l'événement, mais la carrière d'Alex avait fait un bond en avant. Encore maintenant, elle récoltait les dividendes du travail qu'elle avait mené à bien ce jour-là.

— Je vous ai fait venir dans ce bureau, commença Roberts, pour découvrir s'il n'y a pas de circonstances atténuantes dont je n'aurais pas connaissance et qui pourraient justifier votre conduite de ces derniers temps.

Alex eut conscience que son étonnement devait se lire sur son visage.

— Asseyez-vous, je vous en prie. Prenez votre temps, réfléchissez à ce que je viens de vous dire.

Elle tenta de rassembler des arguments en sa faveur, n'en trouva pas.

— Je n'ai aucune excuse, répondit-elle finalement. Tout ce que je peux dire pour ma défense, c'est que je suis convaincue que ma sœur a été assassinée, ainsi que huit autres personnes au moins.

Alex vit le visage de Jack Moran s'assombrir, mais elle n'en poursuivit pas moins :

— Je n'ai pas encore de preuves pour étayer cette affirmation. Tous mes efforts de ces dernières semaines ont précisément visé à en découvrir. Cette nuit, j'ai failli me faire tuer par un individu qui cherche à mettre fin à mon enquête. La police de Natchez peut le confirmer.

Roberts la regarda un long moment avant de reprendre la parole :

— Je crois savoir que ni la police de l'Etat du Mississippi ni celle des diverses villes concernées ne pensent qu'il s'agit de meurtres. Opinion partagée par notre bureau de Jackson.

Alex s'efforça de chasser toute émotion de sa voix :

— Je sais, monsieur le directeur. Mais ce ne sont pas des crimes ordinaires. Il s'agit de sortes d'empoisonnements très complexes. La mort survient tellement longtemps après qu'il est très difficile, voire impossible, de déceler des traces de ce qui l'a provoquée.

— Plusieurs de ces personnes ne sont-elles pas mortes d'un cancer ?

— En effet. Six sur neuf, à ma connaissance. Mais je pense qu'il y en a d'autres. Beaucoup d'autres, peut-être.

— Alex, intervint Moran avec douceur. Tu as perdu ton père en décembre. En ce moment même, ta mère est en train de mourir d'un cancer des ovaires. Ta sœur est décédée d'une attaque il y a un mois. N'est-il pas possible – je dis bien possible – que sous cette avalanche de stress ton esprit se soit raccroché à une explication improbable ?

Alex ne répondit pas immédiatement.

— J'y ai beaucoup pensé, dit-elle enfin. La question est justifiée mais je ne crois pas que ce soit le cas. Je crois aussi avoir identifié la prochaine victime.

Moran laissa son menton tomber sur sa poitrine. Roberts se frotta la joue gauche et reprit, d'une voix plus tranchante :

— Agent Morse, écoutez-moi attentivement. Je veux que vous preniez un congé que nous attribuerons à des raisons médicales. Pendant ce congé, j'aimerais que vous vous soumettiez à un examen psychiatrique approfondi.

Il coula un regard à Moran avant de poursuivre :

— Si vous êtes d'accord, j'annulerai l'entretien de demain avec le service de régulation interne. Je vous fais cette proposition compte tenu de votre réussite exemplaire de négociatrice pour le Bureau. En retour, vous devez vous engager ici et maintenant à…

Il baissa les yeux vers la feuille posée sur son bureau.

— … à mettre un terme à toute activité liée à la mort de votre sœur, à l'avocat Andrew Rusk, à votre beau-frère William Fennell et à votre neveu James Fennell Junior...

Il regarda de nouveau Alex.

— Vous devez également promettre de rompre tout contact avec les agents que vous connaissez. Contact qui ne pourrait que nuire à leur carrière et à la vôtre. Si vous acceptez ces conditions, nous pourrons éviter un renvoi et envisager que vous soyez maintenue à votre poste d'agent spécial du Bureau.

Roberts se renversa en arrière, attendit une réponse. Au-dessus de sa tête, le président des Etats-Unis semblait regarder Alex et attendre, lui aussi.

Elle fixa les chaussures de Jack Moran en ruminant les propos de Roberts. C'était un modèle en cuir au bout pointu, très différent des Rockport qu'il portait sur le terrain. Alex ne pouvait nier que l'offre était extrêmement généreuse. Elle y décelait l'intervention de Moran et du sénateur Calvert. Elle ne voulait pas décevoir le nouveau directeur, qui était manifestement un homme compréhensif. Elle voulait encore moins décevoir Moran, qui avait tant fait pour elle comme mentor. Elle releva la tête, regarda Roberts et lui demanda d'une voix calme :

— Vous avez une sœur, monsieur le directeur ?

— Alex, intervint Moran, ne complique pas...

— Non, laissez, Jack, dit Roberts.

— Ce n'était pas de l'arrogance, monsieur. Je cherche juste à vous faire comprendre ma position, si c'est possible. Sur son lit de mort, ma sœur m'a affirmé que son mari l'avait assassinée. Elle n'était pas du genre à laisser son imagination galoper, mais j'étais quand même sceptique. En quelques jours, cependant, j'ai découvert que mon beau-frère avait effectivement une raison de se débarrasser d'elle : une raison féminine des plus séduisantes. J'ai promis à ma sœur de tout faire pour ne pas laisser son fils dans les mains d'un meurtrier. Le seul moyen que je vois de tenir cette promesse, c'est d'élucider le meurtre. Apparemment, personne d'autre ne s'en chargera, comme vous l'avez vous-même souligné.

Alex écarta les mains.

— Voilà où j'en suis. J'ai fait cette promesse à ma sœur, c'était sa dernière demande. Vous comprenez ?

En posant sur elle un regard attentif, Roberts répondit :

— Oui, j'ai une sœur. Et franchement, je ne sais pas ce que je ferais si j'étais à votre place.

Il prit sur son bureau un presse-papiers – un bloc de verre enfermant une horloge –, le fit tourner dans ses mains et poursuivit :

— Mais ici, c'est le FBI et nous ne pouvons pas tolérer vos « raids en dehors de la réserve ».

— Je comprends. Je ne veux pas sortir de la réserve, je ne suis pas un indien renégat. J'aimerais mieux avoir derrière moi tout le poids du Bureau. J'ai un bon instinct, Jack peut en témoigner.

Moran acquiesça de la tête, inconsciemment.

— Je sais que j'ai raison, continua Alex. Comme j'avais raison pour la prise d'otages de la banque, qui tracasse encore certaines personnes, j'en ai peur.

La référence voilée à Dodson fit tiquer Moran.

— Suivre mon instinct m'a coûté cher ce jour-là, dit Alex en portant une main à sa joue balafrée. Bien plus que mon visage abîmé. Que vous m'aidiez ou non, je tiendrai la promesse que j'ai faite à ma sœur. J'irai au bout de cette affaire. J'espère que ce jour-là je serai encore un agent du FBI, mais que je le sois encore ou non, ce jour viendra.

Roberts soupira, se tourna vers Moran.

— Je crois que nous en avons terminé, Jack.

Le directeur adjoint se leva et accompagna Alex dans le couloir. Dès que la porte se referma derrière eux, il passa un bras autour des épaules d'Alex et la serra contre lui. Elle lutta pour retenir ses larmes mais quand il lui caressa les cheveux, elle laissa échapper un sanglot.

— Comment vous avez tout découvert ? demanda-t-elle. Qu'est-ce qui vous a mis sur la voie, finalement ?

— L'appartement de Charlotte. Quand tu as résilié le bail, Dodson a su que tu ne reviendrais pas. Il a commencé à poser des questions là-bas, et voilà.

Alex hocha la tête contre la poitrine de Moran puis s'écarta et le regarda dans les yeux.

— Vous me croyez folle ?

— Je crois que tu es épuisée. J'ai connu ça. Un jour, à Minneapolis, on a dû m'hospitaliser tellement je bossais. Etrange coïncidence, c'était juste après la mort de ma femme. Tu m'entends ? Il y a un lien entre perte affective et… maîtrise de la situation. Tu as connu beaucoup de pertes, ces derniers mois, Alex. A la limite de ce que quiconque peut supporter.

Elle hocha de nouveau la tête, s'efforça d'essuyer ses larmes.

— Je sais tout ça, mais…

Il lui posa un doigt sur les lèvres.

— Promets-moi une seule chose.

— Laquelle ?

— De ne pas te nuire plus que nécessaire demain matin.

Avec un rire creux, elle repartit :
— Quelle importance, maintenant ?
Moran lui pressa le bras.
— Tu as encore des amis dans ce bâtiment. C'est tout ce que je veux dire. Ne tends pas à Dodson la corde pour te pendre.

Elle acquiesça mais son esprit était déjà loin. En descendant seule le couloir, elle imagina Chris Shepard jouant au base-ball avec son fils adoptif. A cette image se superposa, telle une ombre obscurcissant un tableau, une vision de Thora Shepard copulant avec le Dr Lansing. Les yeux de la femme de Chris brillaient d'un désir intense. A l'arrière-plan se dessinait le visage d'Andrew Rusk, masque grimaçant de cupidité, et plus loin encore, presque hors de vue, une silhouette plus sombre encore, plus dangereuse et cependant sans visage.

— Je sais que tu es là, murmura Alex. Et je te trouverai, salopard.

29

Au moment où Alex sortait du Bâtiment Hoover, Eldon Tarver, accroupi près d'une rivière sablonneuse, était en train de déféquer. Il avait passé les dix-huit dernières heures dans les bois de Chickamauga tandis qu'à une soixantaine de kilomètres de là la police de Natchez, les services du shérif du comté d'Adams et la Brigade routière du Mississippi ratissaient la région pour retrouver une camionnette qui pour l'heure enchaînait les tonneaux dans le lit du Mississippi en direction de Baton Rouge.

La moto du médecin était garée sous un chêne palustre quinze mètres plus loin, près du sac en toile. Tarver était descendu jusqu'à la rivière pour échapper au soleil et faire tranquillement ses besoins. Tout en se balançant sur la pointe des pieds, il guettait le moindre mouvement près de la berge. Les serpents aimaient ce genre d'endroit creux proche de l'eau. Ils ont tout autant besoin de boire que les êtres humains. C'est un des secrets pour avoir avec eux le comportement adéquat : savoir qu'ils ne sont pas si différents de l'homme. Certes, ils ont le sang froid, mais Tarver avait découvert dès l'enfance que beaucoup de gens partagent cette particularité. Les serpents vivent pour manger, dormir et s'accoupler, exactement comme les hommes. Pour manger, ils doivent tuer. Et pour tuer, ils doivent chasser.

La plupart des hommes chassent aussi, du moins ceux qui ne sont pas dénaturés au point de n'avoir rien gardé de leur être primitif. Ils chassent maintenant de manière différente et dans des lieux nouveaux : les bureaux, les places financières, les rues obscures des villes. Quelques-uns portent encore en eux le véritable esprit du chasseur. Alex Morse était de cette trempe. Fille de chasseur, elle accomplissait simplement sa destinée, comme ses gènes le lui ordonnaient.

En ce moment même, c'était lui qu'elle chassait.

Rude tâche : Tarver connaissait des moyens de se cacher que les animaux eux-mêmes ignoraient. Il lui était arrivé de se rendre littéralement invisible à quelqu'un qui passait à moins de cinquante centimètres de lui. Aujourd'hui, par exemple, il ne fuyait pas, affolé, à travers la campagne comme l'auraient fait tant de gens après avoir commis un meurtre. Il demeurait à couvert, près de la terre, à proximité cependant des lieux de ses attaques. Et cela lui convenait.

Il sombrait souvent dans une profonde léthargie après avoir tué, comme les serpents après avoir englouti une proie volumineuse. Il faut du temps pour digérer. Ensuite, bien sûr, il recommençait à s'agiter, il se concentrait sur ses recherches. Pour le moment, il sentait une lenteur dans ses veines, une répugnance à empoigner la vie qui l'effrayait presque. Ce sentiment n'était pas nouveau. Parfois, il avait l'impression d'être lui-même un rétrovirus, ni vivant ni mort, la moitié d'un hélix – d'une chaîne – cherchant éternellement un lien auquel s'attacher. Il soupçonnait la plupart des hommes d'être ainsi : endormis, à la dérive, pareils à des morts vivants, jusqu'à ce qu'ils parviennent à s'introduire dans une autre personne. Après s'être glissés dans une autre vie, ils se mettaient à fonctionner, à agir, à sentir et finalement à se reproduire. Au bout d'un certain temps (cela variait selon les cas mais c'était inévitable), ils commençaient à tuer leur hôte. Prenez par exemple les êtres désespérés qui cherchaient de l'aide auprès d'Andrew Rusk. La plupart d'entre eux s'étaient attachés à un nouvel hôte et éprouvaient un désir irrépressible de quitter la carcasse agonisante de l'hôte ancien, carcasse qu'ils avaient eux-mêmes vidée de sa substance. Et ils n'auraient aucun scrupule à tuer s'il en était besoin.

Tarver écoutait le murmure du cours d'eau et laissait son esprit vagabonder. Il avait parfois des difficultés à aller à la selle. Avant que son père adoptif n'en vienne à croire que Dieu avait insufflé au jeune Eldon le don de manipuler les serpents, il l'avait impitoyablement battu. Les colères qui auraient dû s'abattre sur les têtes épaisses de ses enfants biologiques étaient détournées sur Eldon par sa femme, monument vivant à l'agression passive. Eldon ne l'avait pas compris alors. Il ne comprenait que la douleur. Il gardait de cette époque plus d'une douzaine de traces de brûlures, souvenirs des efforts de son père pour « prouver » qu'il n'était pas l'un des élus, qu'il avait été touché par le Malin. Sa tache de naissance était la preuve du péché. Le fer rouge avait flétri Eldon dans des endroits de son corps qu'il n'avait pas encore touchés lui-même alors, ce fer que son père et les autres utilisaient dans l'église pour suivre la parole de saint Luc, X,19 : « Voici, je vous ai donné le pouvoir de fouler aux pieds serpents et scorpions et toute la puissance de l'ennemi ; rien ne pourra vous nuire. » Pour le sceptique, il y avait encore ce passage de saint Marc, XVI,18, qu'Eldon avait entendu dix mille fois avant d'avoir quinze ans : « Ils prendront dans leurs mains des serpents et s'ils boivent un poison mortel, cela ne leur fera aucun mal ; ils imposeront les mains à des malades et ceux-ci seront guéris… »

La sonnerie d'un téléphone portable était incongrue dans ces bois et plus d'un animal se figea pour l'écouter. Tarver laissa sonner trois fois avant de répondre :

— Oui ?

— Docteur Traver ?

Il battit trois fois des paupières, lentement.

— Oui.

— Neville Byrd.

— Oui ?

— Je crois que je tiens votre type. Ou plutôt, ce que vous vouliez. Le mécanisme.

— Continuez.

— Andy Rusk vient d'aller sur ce site Web. J'ai l'impression qu'il suit une procédure d'identification. Pour prouver que c'est bien lui, vous voyez ?

— Et ?

— Ben… s'il refait ça demain, on saura qu'on a trouvé le truc. Le truc qui fera tout péter s'il le fait pas.

Tarver éprouva des difficultés à s'adapter à cette intrusion soudaine de la modernité.

— Très bien. Rappelez-moi… quand vous aurez une certitude.

Neville Byrd soufflait dans le téléphone, il haletait quasiment, intrigué par le détachement apparent de son client.
— D'accord, docteur. Autre chose ?
— Non.
— Alors, au revoir.
La communication s'interrompit.
Tarver appuya sur le bouton rouge de son téléphone, s'essuya avec de larges feuilles et retourna lentement à la moto. En marchant, il repéra dans les aiguilles de pin un tremblement qui le remplit de plaisir anticipé. Au lieu de s'immobiliser, comme l'auraient fait la plupart des gens, il allongea la jambe droite.

Un gros serpent noir se dressa devant lui, découvrant le fond blanc de sa bouche et deux longs crocs. Un mocassin d'eau. L'extrémité de sa queue vibrait comme celle d'un crotale mais sans faire de bruit. Ce serpent n'avait pas de sonnette, contrairement à son cousin. Il affrontait cependant l'intrus avec plus de férocité que ne l'aurait fait un crotale.

— *Agkistrodon piscivorus*, murmura Tarver. Es-tu un signe, mon ami ?

Le mocassin d'eau semblait dérouté par cette absence de peur. Tarver s'approchait en passant la langue sur ses lèvres, vieille habitude de sa période de chasse aux serpents. Le mocassin n'avait pas les couleurs vives du serpent corail, mais ces derniers étaient rares et celui qu'il avait trouvé dans le parc était probablement mort, maintenant. Alex Morse avait sans doute survécu, même si elle avait été mordue. Elle ne serait cependant plus jamais la même. Elle aurait eu un avant-goût de l'hostilité promise par Dieu dans la Genèse, elle saurait que cette chasse-là ne ressemblait à aucune autre.

Le mocassin se porta vivement en avant pour montrer sa détermination. Avec un rire, Tarver contourna l'animal, dont la tête était aussi grosse qu'un poignet d'homme.

— Je crois que tu es un signe de renaissance, dit Tarver, d'une voix subitement musicale.

Et son rire résonna étrangement parmi les arbres tandis qu'il enfourchait sa Honda.

30

Assis à sa table de cuisine, Chris dictait des dossiers quand le portable qu'Alex lui avait donné sonna. Ben jouait à *Madden NFL* sur sa Xbox 360 dans la pièce où trônait la télévision, mais ils pouvaient se voir par la porte ouverte. Le garçon l'avait déjà interrogé sur ce nouveau téléphone et Chris lui avait fait croire que c'était l'hôpital qui le lui avait prêté. Il se demanda s'il ne valait pas mieux ne pas répondre et rappeler Alex plus tard quand Ben serait au lit, mais cela risquait de ne pas être avant un moment. Il jeta un coup d'œil à Ben, se leva, tendit le bras vers le dessus du réfrigérateur où il avait posé son 38. Après l'avoir glissé dans sa poche, il prit le portable et une lampe électrique, se dirigea vers la porte de devant en criant :

— Je sors pour avoir une meilleure réception, OK ?

Ben ne lui accorda même pas un coup d'œil.

— Alex ? dit Chris en traversant l'allée. Comment ça se passe, là-bas ?

— Pas très bien.

— Vous avez l'air secouée.

— C'est pas la grande forme.

— Je suis désolé. Prenez un autre Ativan.

— J'aimerais bien, mais ils vont me soumettre à un narcotest demain matin.

— L'Ativan, ce n'est pas grand-chose. Et c'est un médecin qui vous l'a prescrit.

— Pas par écrit.

— Je peux vous faxer une ordonnance demain.

— Ça ne changera rien. Ils m'interdisent de vous parler, Chris. Ils m'interdisent de parler à toute personne impliquée dans une des affaires. Je devrais plutôt dire des « prétendues » affaires.

— Ils ne vous croient toujours pas ?

— Un moment, j'ai cru déceler de la compréhension dans le regard d'un vieil ami mais je me trompais.

Chris alluma sa torche, balaya le jardin. Deux paires d'yeux jaune-vert brillèrent sur une butte, à soixante mètres de lui. La présence des cerfs le rassura car ces animaux craintifs auraient déguerpi si quelqu'un rôdait dans le coin.

— Vous aviez surtout peur qu'ils vous virent. Ils l'ont fait ?

— Pas encore. Ils m'ont proposé un marché.

— Quel marché ?

— Si je laisse tout tomber, si je renonce à découvrir ce qui est arrivé à Grace, ils me garderont peut-être.

Chris ne sut quoi répondre.

— Ils veulent m'envoyer dans un hôpital psychiatrique, ils pensent que je fais une dépression.

Bien qu'il ne fût pas prêt à le reconnaître, Chris l'avait cru, lui aussi. D'une petite voix, Alex lui demanda :

— C'est ce que vous pensez ?

— Absolument pas. Ecoutez, j'ai discuté aujourd'hui avec mon ancien prof d'hémato, celui qui est aujourd'hui au Sloan-Kettering. Il m'a fait flipper, Alex. Assassiner quelqu'un en lui donnant le cancer est plus que théoriquement possible. Connolly l'a fait lui-même, sur une souris.

— Comment ?

Il lui résuma les scénarios que l'hématologue lui avait exposés.

— Si seulement je lui avais parlé une semaine plus tôt... conclut-il.

Il traversa un massif de fleurs, s'approcha de la fenêtre de la pièce où se trouvait Ben. Il avait toujours les yeux rivés à l'écran, les lèvres pincées, les mains s'activant sur la manette.

— Chris, je vous appelle pour vous prévenir que j'envoie quelqu'un vous protéger cette nuit, Ben et vous.

— Qui ?

— Will Kilmer, l'ancien associé de mon père, je vous en ai parlé. C'est un ex-inspecteur de la Crime devenu privé. Il a soixante-dix ans, il est vraiment sympa. Il est aussi plus intelligent et plus coriace qu'il ne le paraît. Je tenais simplement à ce que vous sachiez qu'il sera dehors.

— Je n'ai sûrement pas l'intention de le renvoyer. Je me balade avec mon 38, nerveux comme un chat.

— Essayez de ne pas descendre Will.

— Ne vous inquiétez pas pour ça.

Après un bref silence, Alex reprit :

— Il y a autre chose dont je voulais vous informer...

La peur noua l'estomac de Chris.

— Will a envoyé un de ses détectives à l'Alluvian. Pour surveiller Thora.

Sa réaction fut étonnamment ambivalente.

— Vraiment ?

— Je ne vous ai pas mis au courant parce que c'est plus facile de demander le pardon que la permission. Mais il fallait le faire.

— Je comprends. Il a découvert quelque chose de suspect, ce type ?

Nouvelle hésitation d'Alex. Puis :

— Sa femme croit avoir vu Shane Lansing quitter l'hôtel vers 5 heures ce matin. Elle n'en est pas sûre, cependant.

Les nœuds de l'estomac de Chris se desserrèrent un peu.

— Je vous l'ai dit, je l'ai vu ce matin à Natchez. Il n'aurait pas pu être à Greenwood à cette heure-là.

— Sauf en prenant l'avion.

— Il n'y a pas de vol commercial pour Greenwood et Lansing ne pilote pas d'avion.

— Vous avez drôlement réfléchi à la question, on dirait.

Il rougit.

— Bien sûr. J'ai même fait le guet devant son cabinet dans ma voiture cet après-midi pour m'assurer qu'il travaillait réellement.

— Et il travaillait ?

— Oui. Mais le fait qu'il n'ait pas porté plainte est franchement louche.

— Nous saurons bientôt la vérité. Soyez gentil avec Will, si vous le voyez. Il m'a quasiment élevée et il fait ça pour rien.

— Il sera ici quand ?

— Probablement dans une demi-heure.

— Qu'est-ce que je suis censé dire à Ben ?

— Il se couche quand ?

— Dans une heure, à peu près.
— Je vais demander à Will de ne pas approcher de la maison avant.
— Merci. Vous revenez quand ?
— J'ai un entretien avec les gars du service interne demain matin. On me demandera sûrement de rendre mon insigne et mon arme. Ensuite, il y aura peut-être de la paperasse à remplir, mais j'essaierai de rentrer le plus vite possible. Vous, vous vous débrouillez pour rester en vie d'ici là.

Chris se tourna vers la butte. Les yeux étaient toujours là, billes dorées flottant dans la nuit.
— Ne vous en faites pas.

Au moment de mettre fin à la conversation, il eut le sentiment qu'il devait ajouter quelque chose.
— Alex ?
— Oui ?
— Vous devriez peut-être réfléchir à leur offre.

Il n'entendit en retour que le silence creux de la ligne.
— Si nous nous concentrons sur le côté médical, poursuivit-il, si nous utilisons les compétences d'hommes comme Pete Connolly, je pense que nous réunirons assez de preuves pour convaincre vos supérieurs d'aller y voir eux-mêmes.
— Il sera trop tard pour Jamie, répondit Alex d'un ton amer. Je crois qu'il sait ce que son père a fait. Il ne se l'avoue pas, mais à un certain niveau, il le sait.
— Etes-vous parvenue à vous procurer les dossiers médicaux des autres victimes ? Par les familles, peut-être ?
— Quand est-ce que j'aurais pu m'occuper de ça ? répliqua-t-elle avec irritation.

— Je comprends. Essayez de savoir qui étaient leurs médecins, je pourrais peut-être obtenir leurs dossiers par une voie détournée.

— C'est contraire à l'éthique, non ?

— Non. C'est carrément illégal.

— Tiens, tiens. Les avis changent quand les problèmes deviennent personnels.

Il fut pris d'un accès de colère.

— Ecoutez, si vous ne...

— Je vous demande pardon, Chris. Je n'ai pas pu résister. Je mène cette enquête seule depuis si longtemps. Vous savez que je ferais n'importe quoi pour mettre la main sur ces dossiers.

— Il faut que je retourne auprès de Ben. Pas de bêtises à la réunion de demain, d'accord ?

Alex eut un rire qui parut étrangement fragile dans le téléphone.

— C'est ce que tout le monde me serine.

Chris raccrocha et regarda la butte. Il y avait maintenant cinq paires d'yeux. Il claqua une fois des mains, sèchement. Comme dirigés par un même cerveau, les yeux se braquèrent tous ensemble sur lui. Les stridulations des criquets moururent et même les grenouilles de l'étang se turent. Chris poussa un long sifflement bas, qui intrigua les cerfs. Ils le fixèrent un moment puis filèrent vers les bois dans un roulement de sabots.

Disparus.

Tandis qu'il regagnait la maison, les yeux flottant dans le noir demeuraient dans son esprit comme l'image persistante de l'explosion d'une ampoule de flash. Avec la même intensité, un film indistinct se déroulait dans sa tête : Thora chevauchant Shane

Lansing dans une chambre d'hôtel obscure, le corps luisant de sueur, les yeux fous d'abandon...
— Papa ? appela Ben. T'étais où ?
— Je regardais les cerfs.
— Viens faire une partie avec moi.
Chris remit le 38 au-dessus du réfrigérateur.
— D'accord. Mais je veux être les Colts, ce coup-ci.
— Pas question !

Allongé sur le canapé-lit du salon télé, Chris écoutait la respiration lente et régulière de Ben. Le garçon lui avait demandé d'ouvrir le canapé sous prétexte que c'était plus confortable pour regarder un film, mais Chris savait qu'en l'absence de sa mère Ben préférait dormir en bas plutôt qu'en haut, dans sa chambre. Chris éteignit le téléviseur avec la télécommande, se leva précautionneusement pour ne pas réveiller son fils adoptif.

Vingt minutes après le coup de téléphone d'Alex, Thora avait appelé de Greenwood. D'un ton jovial et détendu, elle s'était répandue sur la qualité des bains, énumérant pour Ben, qui écoutait sur l'autre appareil, les noms des traitements. La scène avait paru irréelle à Chris, qui pensait à la pilule du lendemain et à sa bagarre avec Lansing tandis que sa femme prononçait en gloussant des noms comme la Tarte à la Boue du Mississippi, la Douce Trempette du Sud, les Eaux Troubles et le Bain de Blues. Il avait cru qu'elle redeviendrait sérieuse quand Ben n'écouterait plus mais, à sa grande surprise, elle lui avait dit qu'ils devraient aller ensemble là-bas dans un mois pour le traitement Renaissance du Couple. Pas un mot sur Shane Lansing, rien que de la douceur et de la légèreté. Ne voulant rien provoquer tant que Ben n'était pas endormi, il avait adopté le même ton que Thora jusqu'à la fin de la conversation.

Une heure s'était écoulée depuis quand il alla à la porte de devant, l'ouvrit, passa la tête dehors.

— Monsieur Kilmer ? appela-t-il. Vous êtes là ?

Pas de réponse.

Il appela de nouveau, toujours rien. Vaguement contrarié, il retourna à la cuisine se faire un sandwich et en détachait une première bouchée quand il entendit frapper à la porte du garage. Il traversa le cellier, regarda par l'œilleton, découvrit un homme aux cheveux gris portant des lunettes.

— Qui est là ?

— Will Kilmer, répondit une voix forte. C'est Alex Morse qui m'envoie.

Chris ouvrit la porte. Kilmer faisait près d'un mètre quatre-vingts et semblait dans une forme physique étonnante pour un homme de son âge, exception faite de la panse suspendue au-dessus de sa ceinture. Il était vêtu d'un pantalon de treillis et d'une chemise polo d'hypermarché, de chaussures de sport grises. Quand il tendit la main en souriant, Chris la serra et sentit la poigne de fer qu'il attendait d'un ancien flic.

— Désolé que vous ayez dû faire tous ces kilomètres à cause de moi, monsieur Kilmer.

— Appelez-moi Will, dit Kilmer en lui lâchant la main. Pas de problème. Je dors plus que trois ou quatre heures par nuit, ces temps-ci.

— C'est fréquent, avec l'âge. L'inverse des ados, qui veulent dormir vingt heures sur vingt-quatre.

— J'étais dehors quand vous avez appelé de la porte de devant, mais comme c'était la première fois que vous vous montriez depuis mon arrivée, j'ai préféré attendre pour voir si quelqu'un bougeait.

— Vous ne pensez pas vraiment qu'il y a quelqu'un, si ?

— D'après ce que m'a dit Alex, on peut s'attendre à des ennuis.

— S'il y a quelqu'un dehors, il a dû vous voir arriver.

— Je suis venu à pied. Je me suis garé sur le parking du restaurant et j'ai une lunette à vision nocturne dans mon sac.

Après un silence embarrassé, Chris proposa :

— Vous voulez boire quelque chose ? J'allais manger un sandwich.

— Je ne veux pas vous déranger.

— Vous pouvez nous protéger aussi bien de l'intérieur que de l'extérieur, non ? Allez prendre votre sac, je vous prépare un sandwich. Vous m'expliquerez pourquoi Alex Morse n'est pas folle.

— C'est pas de refus. Je reviens tout de suite.

Chris retourna dans la cuisine en laissant la porte ouverte derrière lui. Avant qu'il ait terminé le deuxième sandwich à la dinde et à l'emmenthal, Kilmer le rejoignit. Le détective posa un sac à dos kaki sur le sol, se jucha sur l'un des tabourets du comptoir. Chris fit glisser une assiette vers lui, ouvrit une Corona et la lui passa. Les yeux de Kilmer s'éclairèrent quand il vit la bière.

— Merci, doc. Fait drôlement chaud pour un mois de mai.

Chris acquiesça de la tête, revint à son sandwich.

— C'est bien, chez vous, commenta Kilmer. Il paraît que vous allez déménager ?

— Une idée de ma femme. Pour faire comme les autres, je suppose.

Kilmer avala une gorgée de bière avant d'attaquer son sandwich.

— Comme ça, vous travailliez avec le père d'Alex ? dit Chris pour lancer la conversation.

— Exact. D'abord dans la police, ensuite à notre agence. Jamais connu un type plus sûr dans les coups tordus.

— Il s'est fait tuer récemment ?

— Ouais. En essayant d'aider des gens, ce qui m'étonne pas de lui.

— La criminalité est forte à Jackson, j'ai entendu dire.

— Forte ? Entre le Jackson où j'ai grandi et celui de maintenant, il y a un monde. Ça a commencé dans les années quatre-vingts, avec le crack. Aujourd'hui, c'est les fous qui dirigent l'asile. Maintenant que Jim n'est plus là, je ne continuerai sans doute plus longtemps. Dans deux ans, je ferme l'agence, je prends ma retraite en Virginie.

— Vous connaissez Alex depuis très longtemps, je crois.

Le regard de Kilmer étincela.

— Depuis le jour de sa naissance. Un vrai garçon manqué. Elle savait se servir d'une arme à feu à huit ans. Et intelligente ! A quatorze ans, elle me donnait l'impression d'être complètement idiot, à côté d'elle. Et pas seulement moi.

Chris s'esclaffa avant de demander :

— Qu'est-ce que vous pensez de son histoire de meurtres ?

Kilmer pressa les lèvres, soupira.

— Je sais pas trop. Le côté technique me dépasse, mais je vais vous dire une chose : j'ai bossé longtemps à la Crime et je pense qu'il y a eu plus de meurtres qu'on croit dans des situations de divorce, surtout avant que la police scientifique soit aussi forte que maintenant. J'ai connu des tas d'affaires où je savais que le mari avait refroidi sa femme et avait maquillé ça en accident. Tout comme je savais qu'il y avait eu viol quand je trouvais une maman et ses filles devant le cadavre du mari mort. Mais le divorce, c'est beaucoup plus fréquent que le viol.

Kilmer parut soudain gêné.

— C'est pas pour ça que je pense que votre femme vous trompe. Je suis venu pour rendre service à Alex.

— Je comprends. Je ne la connais que depuis quelques jours, mais je vois pourquoi vous avez tellement d'affection pour elle.

Chris but un peu de bière avant d'ajouter :

— Je me demande seulement si tout ce qu'elle a subi ces derniers mois ne l'empêche pas d'être en possession de toutes ses facultés.

Kilmer haussa les sourcils comme s'il pesait cette possibilité.

— Elle a dégusté, c'est vrai, et vous connaissez peut-être pas le pire. Je crois qu'elle aimait le mec qui s'est fait descendre le jour où elle a été blessée. Mais il était marié et Alex est pas du genre à briser une famille. Ça a été dur pour elle. Elle a perdu en quelques secondes la moitié de son visage et le type qu'elle aimait. Elle se sent coupable de l'avoir aimé, coupable d'avoir causé sa mort. Beaucoup de gens craqueraient sous un tel poids. Mais à part son père, de tous les gens que je connais, Alex est celle qui risque le moins de perdre contact avec la réalité.

Regardant Chris dans les yeux, Kilmer déclara :

— Si elle pense que vous êtes en danger, vous avez intérêt à faire gaffe.

Le visage ridé de l'ancien flic avait été durci par des années de tabagie et il avait sûrement pris du ventre en mangeant n'importe quoi pendant les planques. De combien de temps avait-il raccourci ainsi sa vie ? Alex paraîtrait-elle aussi rugueuse quand elle aurait soixante-dix ans ? Cela semblait peu probable, mais ses blessures au visage lui avaient déjà fait parcourir une partie de ce chemin.

Chris se leva et mit son assiette dans l'évier.

— Je ne vais pas tarder à me mettre au lit. Vous pouvez dormir ici cette nuit. Il y a une chambre d'amis.

— Votre gosse, il dort où ?

— Il s'est assoupi dans la pièce télé. La lueur que vous voyez, là-bas, dit Chris avec un geste du bras. Je serai juste à côté.

— S'il se réveille et qu'il me voit, qu'est-ce que je lui dis ?

— Il ne se réveillera pas. Mais s'il le fait, venez me chercher.

Chris tendait le bras vers le dessus du réfrigérateur quand une idée soudaine le traversa. Il saisit le 38 et demanda :

— Vous avez des papiers sur vous, monsieur Kilmer ?

Le détective le regarda longuement puis hocha la tête, s'approcha de son sac, fouilla à l'intérieur. Chris se raidit mais Kilmer n'en sortit qu'un portefeuille. Il montra un permis de conduire du Mississippi dont la photo correspondait au visage de l'homme que Chris avait devant lui.

— Regardez, dit Kilmer en ouvrant un porte-cartes en plastique. Alex toute gamine, entre Jim et moi.

Chris baissa les yeux vers trois silhouettes collées l'une contre l'autre dans ce qui semblait être un affût à canards. Entre deux beaux gars dans la fleur de l'âge, une fillette serrait dans ses bras le cou d'un retriever labrador noir. Son sourire révélait la brèche de deux dents manquantes et ses yeux brillaient comme s'ils n'auraient pas pu contenir plus de bonheur. Malgré son jeune âge, on devinait les traits de la femme qu'elle deviendrait plus tard.

Kilmer passa à une autre photo qui avait sans doute été prise le jour de la remise des diplômes au lycée. Alex entourée des deux mêmes hommes, plus âgés et en costume sombre cette fois. Il y avait aussi deux femmes, épouses mississippiennes typiques, avec trop de maquillage et de larges sourires sincères.

— Elle est pas magnifique ? s'extasia Kilmer.
— Vous avez des enfants, Will ?

Le vieil homme avala sa salive.

— On avait une fille, une classe en dessous d'Alex à l'école. On l'a perdue un soir d'après-match, l'année où Alex a quitté le lycée. Un chauffeur bourré. Après ça... Alex l'a plus ou moins remplacée dans mon cœur.

Il referma le porte-cartes, retourna au comptoir et finit sa bière.

— Je suis désolé, murmura Chris.
— Ça fait partie de la vie, répondit Kilmer, stoïque. On prend le meilleur avec le pire. Allez vous pieuter, doc. Et vous faites pas de souci, je vous protège.

Chris lui serra la main et longea le couloir en direction de sa chambre.

— Merci pour le sandwich ! lui lança Kilmer de la cuisine.

Chris répondit d'un geste de la main, entra dans la pièce télé. La respiration de Ben n'avait pas changé, mais il avait réussi à entortiller le drap autour de lui. Chris tenta d'imaginer sa réaction à un coup de téléphone semblable à celui que Kilmer avait dû recevoir, des années plus tôt, le soir de la tragédie, n'y parvint pas. En contemplant le visage incroyablement doux de Ben, il pensa au traumatisme que l'enfant subirait si sa mère n'était pas la femme qu'elle leur avait donné l'impression d'être jusque-là. Priant pour un miracle auquel il ne croyait plus, il ferma doucement la porte et passa dans sa chambre.

31

Tapi dans l'ombre épaisse des branches basses d'un chêne au clair de lune, Eldon Tarver regardait les lumières s'éteindre dans la maison de la colline. Sa moto gisait dans les fourrés proches de la route. A ses pieds, un sac à dos. Il avait passé la journée au camp de chasse de Chickamauga, dans le comté de Jefferson, en attendant la nuit. Il avait fait beaucoup de choses pendant cette journée, mais s'était abstenu de répondre aux coups de téléphone d'Andrew Rusk.

Lorsque, la veille, à son arrivée, il avait découvert une femme, Tarver avait d'abord cru qu'il s'était trompé de maison. L'épouse était censée avoir quitté la ville. Mais quand il vérifia les coordonnées sur son GPS de poche, il constata qu'elles correspondaient parfaitement. Il s'était approché suffisamment pour voir le visage de la femme et le comparer aux photos qu'il avait dans son sac. Ce n'était pas elle. En revanche, l'inconnue ressemblait beaucoup à une photo entrevue dans le dossier sur Fennell fourni par Rusk. La femme qui se trouvait dans la maison était l'agent spécial Alexandra Morse, la sœur de Grace Fennell. Sa présence chez leur prochaine victime suggérait de telles implications qu'il avait failli céder à la panique, mais la vie lui avait appris à digérer l'inattendu.

Il avait cru que Morse serait une proie facile malgré l'entraînement qu'elle avait dû suivre au FBI. Elle était négociatrice de crise, après tout, pas experte en techniques de combat. Pourtant elle s'était battue comme une furie quand il s'était jeté sur elle pour la tuer. A vrai dire, il n'avait décidé de la liquider que lorsqu'il avait été à moins de trois mètres d'elle. Le meurtre d'un agent du FBI était une affaire grave. Les services gouvernementaux n'ont pas la mémoire courte et le Bureau n'oubliait pas de tels crimes. Mais la façon dont elle s'était conduite, tournant dans une allée comme un amateur pour le semer, lui avait révélé une chose : Morse agissait seule. Elle ne bénéficiait d'aucun soutien. Ni là ni ailleurs. Elle lui avait cependant infligé une pénible leçon et l'avait presque démasqué.

A présent, il lui semblait préférable qu'elle ait survécu. Si Alex Morse était morte sous l'auvent, une centaine d'agents du FBI se seraient abattus sur ce petit coin du Mississippi et il aurait eu peu de chances de leur échapper. Il avait maintenant le temps nécessaire pour s'esquiver sans problème. Décidément, la préparation était en toute chose la clef de la réussite.

Tarver enfila les bretelles de son sac à dos et gravit la colline d'un pas lent. Quand il fut près de la maison, il tourna à droite et contourna des azalées pour se diriger vers les climatiseurs desservant le bâtiment. Il avait étudié les plans fournis par Rusk jusqu'à connaître cette maison de fond en comble. Il savait par exemple quel climatiseur rafraîchissait quelles pièces et il mettrait bientôt cette connaissance à profit. Il continua à faire le tour du bâtiment, passa devant un spa extérieur puis devant la piscine, s'engagea dans le passage couvert conduisant à la remise. Il pénétra à l'intérieur, fit descendre un escalier escamotable et grimpa dans les combles. De là, il pourrait gagner le grenier de la maison.

Après être parvenu à glisser ses épaules puissantes dans un passage étroit, il se retrouva dans une forêt de poutres et de solives. En marchant prudemment sur les solives, il franchit une dizaine de mètres qui l'amenèrent au conduit dont il avait besoin. De son sac à dos, il tira un masque à gaz et le fixa soigneusement sur son nez et sa bouche. Il chaussa ensuite une paire de lunettes protectrices bordées de mousse et, après avoir enfilé des gants de caoutchouc, prit dans le sac une lourde bombe de forme oblongue. Elle ressemblait à ces bouteilles de CO_2 que les enfants utilisent pour charger leurs pistolets de paintball. Puis il posa une épaisse plaque de caoutchouc sur le conduit pour étouffer les vibrations et fit un trou dans le métal avec une petite perceuse électrique à batterie. Après avoir collé une rustine sur le trou, il y enfonça l'embout pointu de la bombe, vérifia son installation et appuya sur la valve.

Le léger sifflement qui suivit l'emplit de satisfaction. Dans deux minutes, l'homme et l'enfant seraient inconscients et resteraient dans cet état longtemps après que Tarver aurait quitté la maison. Seul le gouvernement américain pouvait acheter le gaz contenu dans la bouteille, mais il lui avait été procuré par Edward Biddle, une vieille connaissance. Officier de l'armée, Biddle avait été associé à un projet sur lequel Tarver avait travaillé. Il faisait à présent partie de la direction d'une importante entreprise que le gouvernement chargeait de la réalisation de contrats militaires délicats. Le gaz était un agent neurotoxique dilué semblable à celui que les Russes avaient utilisé pour tenter de libérer les cinq cents otages retenus par des terroristes dans un théâtre de Moscou. De nombreuses personnes avaient été tuées par ce gaz au cours de la tentative, mais la plupart étaient âgées et la concentration du produit n'avait pas été calculée correctement. A la différence des Russes, le Dr Tarver savait exactement ce qu'il faisait.

Il demeura tout à fait immobile pendant deux minutes puis alla à l'escalier escamotable installé au-dessus du placard de la grande chambre. Tarver était si sûr de l'efficacité de son gaz qu'il n'avait pas emporté d'arme à feu. Un pistolet non déclaré était le meilleur moyen de se faire arrêter au cours d'un contrôle de routine. Agrippant une solive à deux mains, il abaissa avec ses jambes l'escalier monté sur ressorts, descendit avec son sac à dos, dont il tira une bouteille Thermos en aluminium dans laquelle se trouvaient deux seringues. L'une contenait un mélange de corticoïdes neutralisant le système immunitaire, l'autre une solution que Tarver avait mis un an à mettre au point. Vingt ans à vrai dire, si l'on tenait compte des recherches qui avaient précédé. Ou même quarante. Mais la fabrication de cette solution particulière avait pris un an. Elle était différente de celles qu'il avait employées pour les autres sujets, ce qui expliquait l'excitation qu'il éprouvait. Excitation que même la conscience de réaliser peut-être sa dernière opération n'entamait pas. Car sur ce point, il ne pouvait y avoir aucun doute. Rusk était soit un menteur, soit un idiot.

Dans les deux cas, il fallait rompre toute relation avec lui. Tarver avait cependant des choses à faire auparavant. Certaines seraient déplaisantes, pas celle-ci.

Il traversa la chambre sans même chercher à ne pas faire de bruit. Le Dr Shepard était allongé sur le flanc, la bouche anormalement ouverte sous l'effet du gaz. Tarver prit mentalement note de l'état du lit pour tout remettre comme il l'avait trouvé. Il posa les deux seringues sur la commode, tira les couvertures et fit rouler le médecin sur le ventre.

Tarver tira de sa poche une petite lampe électrique, l'alluma, prit sur la commode la seringue contenant les corticoïdes. Agenouillé entre les cuisses de Shepard, il abaissa le caleçon, écarta une fesse pour exposer l'anus. La lampe entre les dents, il ouvrit l'anus suffisamment pour y glisser l'aiguille et injecta les corticoïdes à deux centimètres du bord du rectum. Shepard remua à peine. Tarver répéta l'opération avec l'autre seringue mais, au dernier moment, un spasme musculaire fit tressaillir la partie inférieure du corps et l'aiguille se ficha juste à l'entrée du rectum. Grosse erreur, mais maintenant que le trou était fait, il ne servait à rien de piquer à un endroit plus profond.

Il hésita avant d'appuyer sur le piston. Plusieurs fois au cours de la journée, l'idée lui était venue qu'il devait profiter des circonstances pour étendre l'expérience à un second sujet. Il savait que l'enfant serait dans la maison et puisqu'il devrait bientôt mettre fin à ses recherches, Tarver voyait dans sa présence une occasion à saisir. Quand il avait préparé sa solution, il n'avait pas envisagé de l'injecter à la fois à Shepard et à son fils mais son instinct lui disait qu'il y en avait probablement assez. D'un autre côté, le système immunitaire d'un enfant serait peut-être assez résistant pour vaincre le virus. Tenant compte de ces incertitudes, il poussa le piston à fond et injecta toute la dose à Shepard.

L'enfant vivrait. Tarver remit Shepard sur le flanc, remonta les couvertures, rangea les seringues dans le sac et sortit dans le couloir. Il trouva le jeune garçon dans le canapé-lit de la pièce de la télévision. Ainsi qu'un vieil homme endormi dans un fauteuil, entouré de trois bouteilles de bière vides. Tarver ne l'avait jamais vu. Il prit dans son sac un téléphone portable, braqua l'objectif sur le visage de l'inconnu et le photographia. Puis il glissa la main dans la poche de poitrine de l'homme et y pêcha un portefeuille.

Du regard, Tarver fit le tour de la pièce, remarqua contre le canapé, aux pieds du nommé William Kilmer, un sac à dos kaki. Un sentiment de malaise lui envahit la poitrine quand il découvrit dedans un pistolet, une lunette à vision nocturne, une bombe de gaz au poivre, un appareil photo et une paire de menottes. Après s'être ressaisi, Tarver remit tout exactement à la même place qu'à son arrivée.

Il remonta par l'escalier escamotable, retourna au conduit et recouvrit le petit trou par du chatterton. Dix minutes après avoir piqué Chris Shepard, Tarver marchait d'un pas vif dans les bois en direction de la route. Son exaltation avait fait place à de l'angoisse, de la colère et même de la peur. Ce soir, tout avait changé.

Les coudes sur le bureau de sa chambre d'hôtel à Washington, Alex, le cerveau engourdi par l'Ativan et le vin du room service, fixait depuis des heures l'écran de son ordinateur au cas où un *ding* annoncerait que Jamie s'était branché sur MSN. L'appareil n'avait toujours pas sonné mais non à cause d'un mauvais fonctionnement. Pour une raison ou une autre, Jamie ne s'était pas branché. Cela pouvait être simplement parce qu'il y avait une panne de courant à Jackson, mais Alex n'arrivait pas à s'en convaincre. Se rappelant ce que l'enfant lui avait dit au cours de leur dernière conversation sur le Net, elle craignait qu'il n'ait commis un acte désespéré.

Comme s'enfuir de chez lui.

Une demi-heure plus tôt, Alex avait craqué et avait appelé le téléphone fixe de Bill Fennell. Après tout, elle avait le droit de parler à son neveu, et elle avait bien l'intention de le faire savoir à Bill, de manière parfaitement claire. Elle n'en avait pas eu la possibilité. Elle n'avait obtenu que le répondeur.

Elle tourna la tête vers le lit de sa chambre d'hôtel, se dit qu'elle ferait mieux de se coucher. Le lendemain, elle avait un entretien avec les gens des services internes, il fallait qu'elle soit en forme. Solide. Sûre d'elle. Digne de la confiance du Bureau. N'importe quoi ! Pas question de courir le risque de rater Jamie.

32

— Vous aurez assez de fil de soie ? demanda l'infirmière.
— Je pense, répondit Chris en nouant le dernier des vingt-trois points de suture.

Le bras entaillé éclairé par sa lampe appartenait à un bricoleur de cinquante ans nommé Curtis Johnese, un homme massif en salopette sale, avec une tête en forme de citrouille et une tache de jus de chique sous la lèvre. Une heure plus tôt, M. Johnese s'était coupé l'avant-bras sur quinze centimètres avec une scie circulaire. Depuis des temps immémoriaux, il venait se faire rafistoler par Tom Cage plutôt que de se rendre aux urgences de l'hôpital, ce qui lui aurait coûté quatre fois plus cher et lui aurait pris quatre fois plus de temps. Johnese aurait préféré se faire recoudre par le Dr Cage, mais Tom était passé dans le bureau de Chris et lui avait demandé s'il voulait bien s'en charger. Parmi les nombreuses maladies chroniques du vieux Tom figuraient une arthrite psoriasique et, récemment, une cataracte, et il ne se sentait pas d'attaque pour un travail minutieux.

Chris reposa sa pince, souleva le drap papier, examina ses points de suture. Il sentit de nouveau à la base du crâne la palpitation douloureuse qu'il éprouvait par intermittence depuis son réveil et qu'il avait tenté de calmer avec trois Advil. Fait surprenant, la douleur s'était aggravée. Il avait d'abord attribué ces maux de tête à la nervosité – Thora rentrait le lendemain, il y aurait forcément de la tension entre eux –, mais ils persistaient, comme annonciateurs de fièvre.

– C'est parfait, monsieur Johnese, dit-il en se massant la nuque. Demandez simplement à Holly de vous faire une piqûre de rappel antitétanique et vous pourrez partir. Revenez dans dix jours, que je vous les enlève.

– Merci beaucoup, doc, répondit Johnese en souriant. Le Dr Cage va bien, non ?

– Il va très bien. Il est juste débordé ce matin.

Le bricoleur baissa les yeux vers son bras hâlé.

– C'est du beau boulot, pour un jeune. Continuez comme ça et écoutez le Dr Cage, vous vous tromperez pas souvent.

– Tout à fait d'accord, approuva Chris en lui tapotant le dos.

Il quitta la salle d'examen pour son bureau, ferma la porte. Assis dans son fauteuil, il se massa les tempes avec les pouces, s'efforça de détendre les muscles de son cou. Cela ne lui apporta aucun soulagement. Il prit un autre Advil, portant la dose à huit cents milligrammes.

– Ça devrait suffire, marmonna-t-il.

Ce matin, il avait eu l'intention d'appeler le centre hospitalier universitaire pour essayer de joindre les médecins dont Pete Connolly lui avait parlé, mais il n'était pas d'humeur à le faire maintenant. Renversé sur le dossier de son siège, il repensa à la frayeur qu'avait éprouvée Ben quand il avait découvert Will Kilmer endormi dans le fauteuil. L'enfant s'était précipité dans la chambre de Chris, l'avait secoué pour le réveiller. Mais une fois que Chris lui avait expliqué que Will était un lointain cousin de passage en ville (et que Ben eut constaté que son père n'était nullement inquiet), le garçon, rassuré, s'était tranquillement préparé pour l'école. Kilmer s'était répandu en excuses avant de quitter la maison.

Sur le chemin de l'école, Ben avait confié à son père qu'il avait vu trois bouteilles de bière vides près du fauteuil du « cousin Will ». Chris ne les avait pas remarquées et avait supposé que c'était pour cette raison que le détective s'était endormi avant de se rendre dans la chambre d'amis. Pas terrible, comme chien de garde, avait pensé Chris avec un sourire ironique. Restait à savoir ce qu'il dirait à Thora si Ben parlait de leur visiteur.

— Docteur Shepard ?

La voix de Holly le tira de sa rêverie avec la sécheresse d'un cri. Sursautant dans son fauteuil, Chris se demanda s'il ne souffrait pas de migraine. Il n'en avait jamais eu, mais son hypersensibilité au bruit et à la lumière semblait pointer dans cette direction.

— Oui ?

— Vous avez des patients qui attendent dans les quatre salles.

Il se frotta les yeux, soupira.

— J'y vais.

— Ça va ? s'inquiéta Holly, brisant une barrière professionnelle dont elle ne se souciait de toute façon pas beaucoup.

— Ouais. Juste mal au crâne.

— Je vais essayer de vous laisser un peu le temps de souffler, aujourd'hui.

Il se leva péniblement de son fauteuil, passa son stéthoscope autour de son cou et sortit dans le couloir. Entre la porte de son bureau et celle de la salle d'examen numéro 1, il songea avec commisération à Alex Morse qui, en ce moment, voyait le sol s'ouvrir sous ses pas. Il aurait voulu pouvoir faire quelque chose pour l'aider. Comme le jour où il avait fait sa connaissance, il prit un dossier sur le chariot et entra dans la salle d'examen. Cette fois, ce n'était pas une femme mystérieuse au visage balafré qui l'attendait mais un homme de cent trente kilos souffrant d'un abcès pilonidal. Chris se força à sourire et, se préparant à la puanteur qui allait suivre, se mit au travail.

Assise sur une chaise en bois, Alex faisait face à un tribunal impassible de membres des services internes. Deux hommes et une femme derrière une table, les deux hommes en serre-livres de chaque côté de leur collègue. Ils s'étaient présentés à l'ouverture de l'audience, mais Alex n'avait pas retenu leurs noms. Rien de ce qu'elle pourrait dire ne changerait quoi que ce soit à l'issue de la réunion, et prendre part à leur petite comédie ne ferait que la rabaisser davantage.

Quasiment aucun agent du FBI ne terminait sa carrière sans avoir comparu plusieurs fois devant ces gens-là. Le plus souvent pour infractions mineures au règlement, parfois sur la base de ragots divulgués anonymement par des collègues jaloux, attitude assez courante pour avoir un nom dans le jargon professionnel : le brouillage d'écoute. Mais l'audience du jour était différente. Aux yeux des services internes, l'une des pires fautes était le « manque de franchise », ce qui englobait toutes sortes de dissimulations à des degrés divers, y compris les banals mensonges par omission. A en juger selon ces critères, les fautes d'Alex étaient graves. On ne l'avait pas contrainte à passer au détecteur de mensonges, mais elle avait dû prêter serment.

L'un des deux hommes récapitula les accusations que le directeur adjoint Dodson avait portées contre elle, y ajouta quelques détails techniques pour faire bonne mesure. Tout cela se réduisit pour Alex à une sorte de flou auditif jusqu'à ce que la femme brandisse une copie du texto menaçant qu'Alex avait envoyé la veille à Andrew Rusk sous le coup de sa colère initiale due à sa convocation à Washington. Elle ignorait totalement comment Dodson s'était procuré ce message mais avait assez de boutique pour ne pas poser la question. Les bureaucrates alignés derrière la table ne lui révéleraient rien. Ils en venaient maintenant au point de procédure qui exigeait d'elle une réaction.

— Agent spécial Morse, avez-vous quoi que ce soit à dire pour votre défense avant que nous mettions fin à l'audience ? lui demanda la femme.

— Non, madame.

La femme eut un plissement de front réprobateur de dame patronnesse puis s'entretint à voix basse avec ses collègues. Alex trompa son attente en examinant les chaussures de la sténographe assise derrière un bureau, à droite. C'étaient des Nine West à talons bas, peut-être des Kenneth Cole si elle avait cassé sa tirelire, loin cependant d'avoir le chic des Manolo Blahnik que portait la garce trônant derrière la table. Il fallait bien du cuir italien pour chausser une telle ambition au service de régulation interne de Washington.

— Agent spécial Morse, reprit la garce en question, suite à cette audience préliminaire, nous vous suspendons de toutes vos fonctions jusqu'à règlement définitif et officiel de votre cas. Vous remettrez votre arme et votre insigne, tout contact ultérieur avec le Bureau devra se faire par votre avocat.

Alex garda le silence.

La femme se tourna vers la sténographe et précisa :

— Ce que je vais ajouter ne doit pas figurer au procès-verbal.

La sténo éloigna les mains de sa machine.

— Compte tenu de votre dossier exemplaire, exception faite naturellement pour l'incident de la banque, dit la porteuse de Blahnik, je regrette infiniment que nous ayons été contraints d'en venir là. Je crois savoir que des efforts avaient été faits pour parvenir à un compromis qui aurait pu éviter votre mise à pied.

Alex supporta sans broncher le lourd silence qui suivit. Le trio de bureaucrates la regarda fixement pendant ce qui lui parut une éternité. Comment pouvait-elle volontairement rompre avec l'agence à laquelle ils consacraient leur vie ?

— Je suis désolée que vous n'ayez pas profité de cette proposition, reprit la femme.

Alex tira de son sac à main sa carte du FBI et son Glock, se leva et les posa sur la table.

— Ce n'est pas à nous qu'il faut les remettre, la détrompa la femme. Vous les déposerez au rez-de-chaussée.

Alex fit demi-tour et se dirigea vers la porte.

— Agent Morse, la rappela la femme. Vous n'êtes pas autorisée à quitter Washington avant que cette affaire soit totalement résolue. Agent Morse !

Alex sortit, laissant la porte ouverte derrière elle. Pour le meilleur ou pour le pire, elle était libre maintenant.

Libre.

Chris examinait un homme souffrant de défaillance cardiaque quand Jane frappa à la porte et lui annonça qu'on le demandait au téléphone.

— C'est la secrétaire de St Stephen, docteur.

— Il est arrivé quelque chose à Ben ? s'alarma-t-il.

— Rien de grave. Il a juste mal à la tête.

Il alla à la réception et prit le téléphone que Jane lui tendait.

— Docteur Shepard ? Annie, de St Stephen. Ben a des maux de tête depuis ce matin, je crois qu'il vaut mieux qu'il rentre à la maison. Comme je sais que votre femme n'est pas là, j'ai appelé votre cabinet.

Tout le monde est au courant de tout dans cette ville, se dit-il.

— Il a des troubles visuels ?

— Je ne pense pas. Il est venu me voir à la récréation et Ben ne ferait pas ça à moins d'avoir vraiment mal.

— Je viens tout de suite. Gardez-le près de vous jusqu'à mon arrivée, s'il vous plaît. Il est où, en ce moment ?

— Avec moi. Je vous le passe.
— Papa ? fit une voix tremblante.
— Salut, mon gars. Mal au crâne ?
— Oui. Très fort.
— Je viens te chercher.
— Tu m'emmèneras où ? Maman n'est pas à la maison.
— A mon cabinet. Mlle Holly s'occupera de toi. D'accord ?
— D'accord, répondit Ben avec un soulagement évident.

Chris raccrocha et prit la direction de son bureau, s'arrêta, repartit dans l'autre sens, descendit le couloir jusqu'au bureau de Tom Cage. Le vieux docteur prenait congé d'un visiteur médical.

— Tom, il faut que je passe prendre Ben à l'école, il n'est pas bien. Tu peux me remplacer ? J'ai des patients dans toutes les salles d'examen.
— Pas de problème. Fonce.
— J'ai M. Deakins dans la 3 avec une congestion, Ruth Ellen Green dans la 4 avec une neuropathie diabétique... commença à énumérer Chris.
— Ils me diront ce qui ne va pas, le coupa Tom avec un sourire. Va t'occuper de Ben.

Au moment où Chris s'apprêtait à s'en aller, un visiteur médical qui passait par là lui demanda :

— C'est vous qui avez amoché Shane Lansing ?

Chris rougit. Il n'avait pas encore parlé de l'incident à Tom, mais celui-ci avait dû en entendre parler.

— Nous avons eu un petit désaccord. Rien de grave.

L'homme tendit le bras.

— Je tiens à vous serrer la main. Je peux pas le sentir, ce sale con prétentieux.

La remarque était risquée pour un visiteur médical, en particulier devant deux médecins, mais l'homme savait probablement que le Dr Cage n'était pas du genre à cafarder.

— Je crois qu'il l'avait bien cherché, dit Tom en adressant un clin d'œil à Chris. Laissez-le aller chercher son fils, Tim.

Le visiteur médical sourit, laissa son bras retomber.

En descendant rapidement le couloir, Chris l'entendit implorer Tom de prescrire le médicament dont il vantait les mérites ce jour-là.

— Vous me connaissez, depuis le temps, Tim, répondit Cage en riant. Je prends volontiers tous les échantillons que vous me donnez, mais je prescris le médicament le moins cher qui marche pour le patient.

Chris passa dans son bureau prendre ses clefs, vit le portable d'Alex clignoter sur sa table. Elle lui avait laissé trois messages au cours du dernier quart d'heure. Il la rappela en allant à sa voiture.

— Chris ?
— Oui. Qu'est-ce qui se passe ?
— C'est terminé, pour moi.
— Ils vous ont sacquée ? fit-il, incrédule.
— Il faut encore attendre la décision officielle, mais, en gros, je suis redevenue une citoyenne ordinaire.

Merde.

— Qu'est-ce que vous allez faire ?
— Je suis censée ne pas quitter Washington.
— Vous avez un appartement là-bas, je crois.
— Oui, mais je veux retourner dans le Mississippi et continuer à enquêter.
— Qu'est-ce qui vous en empêche ?

— Ils surveillent mes cartes de crédit. Probablement aussi mon téléphone, mais ils ne savent pas que j'ai celui-là.

Chris monta dans son pick-up, fit marche arrière, s'engagea dans le Jefferson David Boulevard.

— Vous pourriez prendre l'avion quand ?
— Je peux aller tout de suite à l'aéroport.
— Alors, je vous réserve un billet. Ma secrétaire va s'en occuper.
— Chris, vous…
— Pas de discussion. Vous voulez aller à Baton Rouge ou à Jackson ?
— Jackson. C'est un vol direct.
— Je ne peux pas venir vous chercher, prévint Chris en songeant aux deux heures de trajet dans chaque sens. Mais je vais vous louer une voiture.
— Merci, Chris, dit Alex d'un ton reconnaissant. Je ne sais pas ce que j'aurais fait sans vous. Will était là, hier soir ?
— Ouais. On s'entend très bien.

Il faillit ajouter : « Il a bu trois bières et s'est endormi dans la pièce télé », mais Alex avait déjà eu une journée assez dure comme ça.

— Il vous trouve formidable. Appelez-moi dès que l'avion aura atterri, d'accord ?
— D'accord.

Il referma le portable et fonça vers St Stephen. Il ne se rappelait pas la dernière fois que Ben avait eu mal à la tête. Il ne se rappelait pas non plus la dernière fois qu'il avait eu mal à la tête lui-même. Ce genre de coïncidence n'était presque jamais fortuit.

33

Une serviette autour de la taille, Andrew Rusk ouvrit la porte en verre du sauna du Racquet Club et s'avança dans une vapeur presque impénétrable. Derrière lui, un employé accrocha à la porte une pancarte *DÉFENSE D'ENTRER. EN RÉPARATION.* Rusk agita une main devant lui en tentant de repérer son client, Carson G. Barnett.

— Rusk ? appela une voix grave et totalement dépourvue de bonne humeur.

— Carson ?

— Je suis dans le coin. Près de ces foutues pierres. J'ai failli me brûler le machin y a pas deux secondes.

A la colère contenue dans sa voix, Rusk devina que la rencontre ne serait pas facile. Mais la colère n'était pas mauvais signe, elle indiquait que Barnett envisageait d'accepter sa proposition. Il était venu, après tout. Il fallait cependant s'assurer d'abord que Barnett n'avait pas un micro sur lui.

Rusk se dirigea vers l'endroit d'où la voix lui avait semblé provenir, s'agenouilla près de l'appareil contrôlant la vapeur, la réduisit de moitié. L'air sentait l'eucalyptus.

En se relevant, il vit la mine renfrognée du magnat perdue dans la brume blanche. Les mâchoires serrées, Barnett le regardait d'un air mauvais.

— J'ai réfléchi à ce que vous m'avez dit, grommela le colosse.

Rusk hocha la tête sans répondre.

— Vous avez des couilles, mon gars.

Rusk continua à garder le silence.

— Vous tenez ça de votre père, je suppose. Il avait des couilles, lui aussi.

— Il les a toujours.

— Je dois pas être le premier à qui vous avez servi votre boniment.

Rusk secoua la tête.

— Vous êtes pas bavard, aujourd'hui. Vous avez perdu votre langue ?

— Vous pourriez vous approcher de la porte, monsieur Barnett ?

— Quoi ? répliqua ce dernier, méfiant. Ah, d'accord.

Il se leva, sortit du nuage de vapeur.

— Enlevez votre serviette, s'il vous plaît.

— Merde, grogna Barnett.

Il s'exécuta et le regard de Rusk inspecta rapidement son corps massif.

— Vous voulez voir où je me suis brûlé ?

— Retournez-vous, je vous prie.

Il se retourna.

— Merci, dit Rusk, se rappelant la gêne qu'il avait éprouvée quand Tarver lui avait fait subir le même traitement. Monsieur Barnett, vous seriez étonné si je vous révélais les noms de ceux à qui j'ai fait ma proposition, et plus encore ceux qui l'ont prise au sérieux.

— Des gens que je connais ? demanda Barnett en grimpant sur le banc d'en haut.
— Oui.
— Alors, vous devez savoir ce que je vais vous demander maintenant.

Rusk fit semblant de réfléchir pour que ça ne paraisse pas trop facile.

— « Combien ça va me coûter ? »
— Bon Dieu, marmonna Barnett. J'en reviens pas.
— La nature humaine. Toujours la même.
— Et vous me répondez quoi ?
— Je vous réponds : « Quelle importance ? » Beaucoup moins que ce que vous possédez.
— Mais chérot quand même.
— Ce sera lourd, reconnut Rusk. Moins toutefois que la déculottée que vous prendrez si vous choisissez l'autre solution.
— Vous savez, vous faites votre baratin au type qu'il faut pas et il vous met une raclée…
— Ça n'est encore jamais arrivé. Je suis plutôt bon juge.
— Bon juge en mauvais mecs. C'est pas très reluisant, ce dont on parle. Enfin, personne pourra dire qu'elle l'a pas cherché.

Rusk garda le silence. Il ne pensait ni à Barnett ni à son épouse condamnée, mais au Dr Eldon Tarver. Depuis leur rencontre à la réserve de chasse, presque soixante-douze heures plus tôt, il n'avait pas réussi à le joindre. Comme promis, Tarver avait éliminé le danger que constituait William Braid et il s'était sûrement occupé aussi d'Alex Morse. Sinon, pourquoi lui aurait-elle adressé son message menaçant ? Rusk estimait qu'il avait bien fait de le transmettre au FBI. Les contacts qu'il avait au Bureau lui avaient décrit Morse comme un agent solitaire, ayant déjà des ennuis suite au fiasco de la banque de la Réserve fédérale, et pas mal d'ennemis influents dans le Bâtiment Hoover. Ce n'était pas le FBI qui représentait un danger pour lui ou Tarver, c'était uniquement cette obsédée de Morse. Tout ce que Rusk pourrait lui mettre sur le dos contribuerait à précipiter sa chute. Le silence de Tarver était déconcertant, mais Rusk ne pouvait se permettre de laisser filer Barnett. Ce boulot leur rapporterait trois ou quatre fois plus que leur tarif habituel. Il ne restait qu'à conclure le marché, et pour cela, il fallait aborder la question temps. Pour certains clients potentiels, c'était un motif de refus. Pour d'autres, non. Barnett semblait du genre impulsif, mais il avait peut-être des réserves de patience insoupçonnées.

— Hé, vous pensez à quoi, là ? demanda Barnett.
— Je présume que vous avez l'intention d'accepter ?
— Je voudrais d'abord un peu plus de détails.

La demande était naturelle mais elle fit de nouveau surgir dans l'esprit de Rusk l'image d'un grand jury écoutant un enregistrement.

— Monsieur Barnett, avez-vous été en contact avec un quelconque membre d'un quelconque service de police à ce sujet ?
— Sûrement pas.
— Alors il y a une chose que vous devez comprendre. Personne n'assassinera votre femme, elle mourra de causes naturelles. Vous comprenez ?

Il y eut un long silence.

— Oui, je crois, finit par répondre Barnett. Ça prendra du temps ?

— Si vous voulez du rapide, adressez-vous à un nègre de Jackson Ouest. Vous vous retrouverez à Parchman Farm dans moins de trois mois.
— Combien de temps, alors ?
— La fourchette va de douze à dix-huit mois.
— Bon Dieu.
— Si c'est faisable, nous raccourcirons le délai. Mais préparez-vous à attendre.

Barnett hocha lentement la tête.
— Autre chose, poursuivit Rusk. Ce sera pénible.
— Très pénible ?

Rusk ne prononçait pas le mot « cancer » s'il pouvait l'éviter.
— Une maladie incurable. Pas forcément très douloureuse, mais il faut du courage pour l'affronter.
— Et le côté légal ? Le divorce, tout ça ?
— Il n'y aura pas de divorce. Pas de côté légal. On ne se rencontrera plus, vous et moi. Dans une semaine, je garerai une Chevrolet Impala sur le parking du country-club d'Annandale. Dans le coffre, vous trouverez une grande enveloppe contenant des instructions pour le paiement. Il s'effectue par divers moyens ; dans votre cas, ce sera avec des diamants bruts.

Barnett parut sur le point de demander des précisions mais Rusk leva la main.
— Tout sera dans vos instructions. A la place de l'enveloppe, vous laisserez dans le coffre une caisse en carton dans laquelle vous aurez mis des photocopies du dossier médical complet de votre femme, y compris tout ce que vous pourrez trouver sur ses grands-parents ; des copies de toutes ses clefs : voiture, maison, coffre de dépôt, boîte à bijoux ; un plan de

votre habitation, avec le code du système d'alarme ainsi que les mots de passe de vos ordinateurs ; la liste détaillée des activités de votre femme, y compris les voyages prévus dans les prochains mois... Bref, tout ce qui a un rapport, même lointain, avec la vie de votre épouse.

Barnett fixait Rusk avec une expression horrifiée. Il avait enfin compris.

— Vous voulez que je lui tienne la main pendant que vous enfoncerez le couteau, dit-il à voix basse.

— Cela se passe entre vous et votre conscience, monsieur Barnett. Si vous avez des doutes, exprimez-les maintenant et n'allez pas plus loin. Je veux être clair : si vous acceptez maintenant de continuer, vous ne pourrez plus revenir en arrière. Une fois sorti d'ici, vous ferez l'objet d'une surveillance, pour garantir ma sécurité et celle de mes associés.

Rusk inspira une profonde bouffée d'air humide avant de proposer :

— Souhaitez-vous réfléchir un peu avant de donner votre réponse ?

Barnett avait enfoui son visage dans ses mains et ses lourdes épaules semblaient trembler. Rusk se demanda s'il ne l'avait pas trop secoué. Il montrait quelquefois plus de sympathie mais là, préoccupé par l'attitude de Tarver, il n'avait pas eu la patience nécessaire.

— Combien de temps prendrait un divorce ? demanda Barnett d'une voix brisée.

— Deux mois si votre femme accepte d'invoquer l'incompatibilité d'humeur. Si elle refuse, ça peut durer éternellement.

— Elle refusera, gémit le magnat d'un ton éploré. Elle refusera.

— A ce stade, je ne peux plus vous donner de conseils, Carson. Si vous hésitez encore, disons que la boîte m'informera de votre décision. Si je la trouve dans le coffre dans une semaine, je saurai que vous êtes d'accord pour continuer. Sinon, je comprendrai que c'est non.

— Et si, au lieu de la boîte, vous trouvez le shérif près de votre Impala ? dit Barnett d'un ton plus assuré.

— Ce serait dommage pour vos jumelles.

Le pétrolier dégringola du banc avant que Rusk pût réagir, le plaqua contre la paroi et le saisit à la gorge.

— Ce n'était pas une menace, croassa l'avocat. Je voulais juste vous faire comprendre qu'il vaut mieux ne pas contrarier mes associés.

Vingt secondes s'écoulèrent avant que Barnett desserre son étreinte.

— C'est oui ou c'est non ? demanda Rusk en se massant le larynx.

— Il faut que je fasse quelque chose, murmura Barnett. Je peux pas renoncer à la seule femme au monde qui m'apporte un peu de paix.

Il n'y avait rien à ajouter. Rusk se garda bien de tendre le bras : on ne se serre pas la main pour sceller un marché aussi odieux. Après avoir adressé à son client un bref salut de la tête, il abaissa la poignée de la porte.

— Comment je ferai pour monter dans la voiture ? demanda Barnett. L'Impala.

— Je vous laisse une clef sous le pneu avant gauche de la vôtre en partant.

— Vous savez avec quoi je suis venu ?

— Le Hummer.

— Ouais, le rouge, précisa le pétrolier.

Rusk leva une main en guise de salut et sortit.

34

Alex passa la première heure du vol à s'imbiber de vodka en revivant des épisodes de sa carrière écourtée. Son sentiment d'être désormais sur la touche, de ne plus jouer un rôle dans les événements importants affectant son pays, l'accablait. Quelque part au-dessus de l'est du Tennessee, elle ne supporta plus de demeurer en marge et, après que le personnel de bord eut fini de servir des boissons, elle ouvrit subrepticement son portable. C'était interdit et elle n'avait plus de carte du FBI pour réclamer un traitement spécial. Le téléphone finit par capter un réseau et l'écran indiqua qu'elle avait trois messages.

Le premier était de Will Kilmer : « J'espérais avoir de tes nouvelles ce matin, petite. Comme j'en ai pas, je suppose que ça s'est mal passé. Te laisse pas abattre. A 4 heures ce matin, le gars que j'ai envoyé à Greenwood a filmé Thora Shepard et son chirurgien en flagrant délit. Je t'envoie le clip en entier sur ton ordinateur et une image sur ton portable. Elle est terrible, cette vidéo, ça me fait de la peine pour Shepard, il est sympa. Bon, j'espère que je me trompe, pour ton audience. Je te rappelle chez toi. Ta mère s'accroche toujours et tu nous manques. »

Alex était partagée entre tristesse et soulagement mais elle n'avait pas le temps de s'attarder. Le deuxième message provenait de la réceptionniste de Chris Shepard et communiquait les références dont Alex aurait besoin à Jackson pour la voiture de location. Elle les nota au dos d'une carte et s'appuya contre le hublot.

Lorsqu'elle reconnut la voix du troisième message, son cœur faillit s'arrêter. C'était celle de John Kaiser, l'un des agents les plus doués du FBI. Il avait passé quelques années à travailler sur les meurtres en série pour l'Unité de soutien aux enquêtes de Quantico, Virginie, puis avait repris à sa demande ses activités précédentes d'agent de terrain. Très respecté au Bureau, Kaiser était depuis deux ou trois ans affecté à La Nouvelle-Orléans, où il avait résolu une affaire de meurtre dans les milieux de l'art dont la presse du monde entier avait parlé. Alex avait plusieurs fois tenté de le joindre, dix jours plus tôt, quand elle avait pris conscience de la nature de l'affaire qu'elle soupçonnait, mais il ne l'avait pas rappelée. Comme les collègues du bureau de La Nouvelle-Orléans prétendaient qu'il prenait de longues vacances avec sa femme, une photographe correspondant de guerre nommée Jordan Glass, Alex avait fini par laisser tomber.

« C'est John, dit Kaiser. Je te rappelle seulement maintenant, j'étais en mission d'infiltration. Je n'ai même pas pu contacter Jordan pendant six semaines. Tes messages m'ont sidéré. Donne-moi d'autres éléments. Tu as mon numéro de portable, appelle-moi. »

Alex s'efforça de maîtriser l'émotion qui montait en elle et lui mettait les larmes aux yeux. Tout à coup, une pensée la traversa : Kaiser lui avait probablement laissé ce message avant d'apprendre qu'elle avait été suspendue.

Elle se recroquevilla sur son siège, cacha son visage derrière sa main gauche. S'il y avait quelqu'un au monde dont elle espérait l'aide, c'était bien Kaiser. Qui plus est, il avait une dette envers elle. Deux ans plus tôt, il avait été pris en otage juste après le passage de l'ouragan Katrina par un gang du Quartier français de La Nouvelle-Orléans. S'appuyant sur ses contacts locaux, il tentait de rétablir l'ordre, mais l'un de ces contacts l'avait vendu au gang, dont Kaiser avait fait arrêter plusieurs membres par le passé. Alex se trouvait alors à Atlanta. Un jet du Bureau l'avait aussitôt amenée à l'aéroport Louis Armstrong, puis un hélicoptère l'avait déposée au bureau local, situé dans une tour donnant sur l'aéroport Lakefront inondé. Le pilote de l'hélico avait ensuite laissé Alex et quelques membres de la Brigade d'intervention à Jackson Square, où un groupe d'agents armés de fusils-mitrailleurs l'avait escortée jusqu'à Royal Street, là où Kaiser était détenu. Elle avait mené les négociations sur un fond sonore cauchemardesque de cris et de coups de feu intermittents. Finalement, la bande avait échangé Kaiser contre cinq générateurs Honda et soixante packs d'eau minérale.

Tandis qu'Alex pensait à Kaiser, son portable avait chargé une image numérique. Elle montrait une femme blonde complètement nue accoudée à la balustrade d'un balcon et un homme, nu lui aussi, qui la pénétrait par-derrière. Bien que la résolution fût mauvaise, Alex reconnut sans le moindre doute Thora Shepard et le style architectural du balcon laissait penser qu'il appartenait à une chambre de l'Alluvian. Si cette seule image était aussi percutante, quel effet aurait sur Chris toute la vidéo ?

Alex prit plusieurs longues inspirations avant de composer le numéro de Kaiser.

— Oui ?

— C'est Alex Morse, John.

Après un silence, il répondit :

— J'ai appris ce qui s'est passé ce matin. Désolé.

— Sale journée.

— Il y a vraiment quelque chose de pourri si ce genre de chose peut arriver.

— Je crains que tu ne sois le seul à le penser.

— J'en doute, si ça peut te réconforter. Tu envisages de tout plaquer ?

Elle hésita.

— Tu répéteras à quelqu'un ce que je vais te dire ?

— Tu sais bien que non.

— Je ne peux pas laisser tomber, John. Je sais que j'ai raison et le médecin qui doit être la prochaine victime le pense aussi, maintenant. C'est dingue, cette affaire. Ils sont au moins deux, un avocat et un type qui a de très bonnes connaissances médicales. Ils tuent des gens en leur donnant le cancer.

— Le cancer, répéta Kaiser. Alex, tu es sûre de ça ?

Elle ferma les yeux.

— Certaine.

— Quel est le mobile ?

— Je pense qu'il n'est pas le même pour chacun d'eux. En gros, c'est un avocat spécialisé dans les divorces qui fait gagner des millions à de riches clients en supprimant leur conjoint.

Nouveau silence, plus long. Puis :

— Qu'est-ce que tu voudrais que je fasse pour t'aider ?

— En principe, tu ne devrais pas m'aider, répondit Alex.

Un rire sec résonna dans son oreille.

— Disons que je ne suis pas au courant. Alors, qu'est-ce que tu veux que je fasse ?

— Tu es à La Nouvelle-Orléans ?

— Oui.

— Viens à Jackson en voiture. Moi, j'y serai bientôt par un vol direct. Et, non, le Bureau n'est pas au courant.

— Qu'est-ce qu'on fera là-bas ?

— Je veux te présenter ce médecin. Ecoute-le puis écoute-moi. J'ai besoin de ton cerveau, John. De ton expérience en matière de meurtre. Trois heures de voiture. Dis-moi que tu viendras.

Troisième silence, puis :

— On se retrouve où ?

Alex proposa le Cabot Lodge, près du centre hospitalier universitaire. Kaiser répondit qu'il ne pouvait rien promettre mais qu'il essaierait d'être au rendez-vous et raccrocha.

Stimulée par la perspective d'une aide de Kaiser, Alex fut sur le point d'appeler Chris puis se rappela la photo du balcon. Que ferait-il après l'avoir vue ? Il se précipiterait dans le bureau de Lansing et l'assommerait à coups de poing ? Il se soûlerait et s'enfermerait dans son désespoir ? C'était impossible à prédire. Bien sûr, elle pouvait « oublier » de mentionner la photo quand elle demanderait à Chris de rencontrer Kaiser, mais elle paierait le prix de cette omission plus tard. Non, elle devait laisser Chris affronter la souffrance maintenant. Ainsi, lorsqu'il arriverait à Jackson, il serait peut-être aussi déterminé qu'elle à coincer Andrew Rusk et son complice. Alex regarda autour d'elle si quelqu'un dans l'avion l'observait et appela le téléphone portable qu'elle avait donné à Chris trois jours plus tôt.

35

Chris et Ben étaient assis sur le canapé en cuir du cabinet médical quand le portable sonna. Malgré les huit cents milligrammes d'ibuprofène que Chris avait pris, son crâne palpitait encore de douleur. Il aurait diagnostiqué une intoxication alimentaire si son fils et lui avaient montré aussi des symptômes gastro-intestinaux.

— C'est le téléphone de l'hôpital, fit remarquer Ben. Tu réponds pas ?

Chris n'en avait franchement pas envie, mais comme Alex ne pouvait pas avoir déjà atterri à Jackson, ce devait être important.

— Docteur Shepard, dit-il à l'intention de Ben.
— Chris, il faut que je vous parle. Vous êtes seul ?
— Une seconde... Ben, allonge-toi. J'éteins la lumière et je prends l'appel dans la salle de bains, d'accord ?

L'enfant hocha la tête d'un air abattu. Chris passa dans sa salle de bains personnelle.

— Allez-y, je vous écoute.
— Will vient de m'expédier une photo numérique. A vrai dire une image tirée d'un enregistrement vidéo

qu'il a probablement déjà envoyé à votre adresse électronique. Ce sera dur, je vous préviens, mais il faut que vous le regardiez.

— Qu'est-ce que c'est ? demanda-t-il, une peur primitive au ventre.

— Une scène filmée cette nuit à l'Alluvian.

Chris se retint de jurer pour ne pas alarmer Ben, même à travers la porte. Il se regarda dans le miroir et eut l'impression de voir les yeux d'un inconnu.

— D'accord, merci, s'entendit-il dire. Je vais consulter mes messages.

— Vous pouvez rester au téléphone en même temps ?

Il massa la base de son crâne douloureux.

— Je préfère pas. Vous aviez autre chose à me dire ?

— Oui. J'ai besoin que vous veniez à Jackson cet après-midi. Ce soir au plus tard.

— Pourquoi ?

— Pour rencontrer un agent du FBI, John Kaiser. Il nous aidera.

— Qui est-ce ?

— Une des pointures du Bureau, spécialisé dans les meurtres en série.

— Pourquoi il vous aiderait ? Je pensais que vos chefs vous avaient virée.

— Ils ne vont pas tarder à le faire, mais Kaiser a une dette envers moi. Regardez la vidéo, Chris. Elle vous donnera sûrement envie de réagir. Le mieux, pour vous comme pour Ben, ce serait que vous veniez à Jackson.

— Même si je le voulais, je ne peux pas bouger. Ben est malade. J'ai dû aller le chercher à l'école.

— Qu'est-ce qu'il a ?

— Des maux de tête. Très douloureux.

— Vous m'avez dit tout à l'heure que vous aviez mal à la tête vous aussi, il me semble.

— Ouais. Depuis ce matin. Il faut que j'y aille, Alex. A plus tard.

Il remit le téléphone dans sa poche, sortit de la salle de bains.

— C'était qui ? voulut savoir Ben.

— Un docteur de New York que je consulte sur un cas.

— Une dame ?

Chris oubliait parfois que les enfants ont les sens plus aiguisés que les adultes.

— Oui, une dame. Comment va ta tête ?

— J'ai encore mal. Où est-ce qu'elle veut que tu ailles ?

— A Jackson. J'ai envoyé un patient là-bas.

— On peut rentrer à la maison, maintenant ?

— Pas encore, mon gars.

Il s'assit à côté de lui et regarda l'économiseur d'écran de son ordinateur sur lequel Ben effectuait une glissade gagnante vers le marbre pendant un match de l'année précédente. Le garçon avait pris depuis dix centimètres et cinq kilos.

— Fils, j'ai besoin d'amener un patient ici. Je vais te conduire au bureau de Mme Jane. Tu pourras jouer sur son ordinateur, d'accord ?

Ben haussa mollement les épaules. Chris l'amena à la réception puis revint à son bureau, croisa en chemin Holly, qui tenta de le diriger vers une des salles d'examen. Il leva une main pour l'écarter.

De retour devant son ordinateur, il tapa son mot de passe, alla sur sa messagerie électronique. Le dernier message reçu provenait de wkilmer@argusoperations.com. Il l'ouvrit, le lut : *Je suis désolé, docteur Shepard. Will Kilmer.* A la fin du message, une icône indiquait une pièce jointe. Chris choisit de charger le fichier sur son disque dur. Une barre apparut sur l'écran pour indiquer la progression du chargement. La tension de Chris monta au même rythme que le bleu remplissant la barre. Lorsque le chargement fut terminé, Chris ouvrit Windows Media Player.

Il se figea, l'index au-dessus de la souris, douloureusement certain qu'il changerait sa vie à jamais en ouvrant ce fichier. Il se sentait comme l'un de ses patients qui attendaient anxieusement sur son canapé les résultats de l'analyse qu'il tenait à la main. Mais il ne servait à rien de tergiverser, dans un cas comme dans l'autre.

— Merde, marmonna-t-il en appuyant sur le bouton de la souris.

Il ne vit d'abord que la balustrade en fer d'un balcon qui semblait surplomber une cour fermée, située six mètres plus bas. Derrière le balcon, une porte-fenêtre était entrouverte. Le chant des grillons emplit les haut-parleurs de l'ordinateur. Il n'y avait pas d'autre bruit, sauf peut-être un bourdonnement de climatiseur. Puis un rire de femme brisa le silence, glaçant Chris jusqu'au plus profond de lui-même. Avant même de la voir, il sut que c'était elle. Une voix féminine étouffée protesta, sans conviction. La porte s'ouvrit complètement et Thora jaillit au-dehors, comme si on l'avait poussée.

Elle était entièrement nue.

Gloussant comme une étudiante à un spectacle de Chippendales, elle tenta de retourner à l'intérieur mais un homme invisible dans l'obscurité l'en empêcha. Il lui saisit les bras et la renvoya vers la balustrade. Chris serra les poings quand Shane Lansing s'avança sur le balcon, le pénis dressé. Avant que Thora puisse se retourner, il la prit par les hanches et la pénétra par-derrière. Elle hoqueta, cria de nouveau, agrippa la balustrade et s'arc-bouta sous ses coups de reins. Les muscles contractés, elle subit ce qui devint bientôt un assaut brutal, la bouche ouverte, les yeux presque exorbités. Chris ne l'avait vue qu'une seule fois dans cet état, à la fin d'un marathon, quand elle était allée aux limites mêmes de son endurance. Elle se mit à gémir au rythme de la pénétration, le visage plus animal qu'humain. Lorsqu'elle commença à pousser des cris de chatte renvoyés par les murs de la cour, Chris jeta un coup d'œil inquiet vers la porte de son bureau. Il tendit le bras vers le bouton des haut-parleurs, mais avant qu'il ait pu baisser le son, Lansing couvrit de sa main la bouche de Thora, lui tira la tête en arrière tout en continuant à la plaquer contre la balustrade à coups de hanches. Attendant l'inévitable orgasme, Chris fut soudain pris d'une nausée qui le tira de l'état de choc qui le maintenait rivé à son fauteuil. Il se leva d'un bond, se rua dans sa salle de bains, tomba à genoux et régurgita le reste de son déjeuner dans la cuvette.

— Docteur Shepard ? appela la voix de Holly, son infirmière.

Le temps qu'il se rasseye derrière son bureau, l'écran de l'ordinateur était charitablement devenu noir.

— Qu'est-ce que vous voulez ? demanda-t-il, conscient d'avoir le visage cramoisi.

— Ça va ?
— Oui, entrez.

Il se leva, retourna dans la salle de bains, mouilla une serviette et se frotta la figure.

— Juste un peu de fatigue, prétendit-il.
— Ça ne m'étonne pas. Avec tous ces matchs le soir. Moi, je suis sur les rotules.

Tournant la tête, Chris vit Holly assise devant l'ordinateur, s'éventant avec un magazine. Si elle bougeait la souris, la scène du balcon réapparaîtrait. Il se plaça derrière l'infirmière et lui pressa les épaules, ce qui la surprit mais la fit aussi quitter le fauteuil plus rapidement. Chris n'avait qu'une idée : se rasseoir devant son ordinateur pour empêcher l'écran de se rallumer.

— J'ai regardé les résultats de Mme Young, fit Holly. Vous les avez vus ?

— Non.

Elle le dévisagea un moment en silence, reprit d'un ton hésitant :

— Nancy a fini les radios de M. Martin, il vous attend en salle 3 depuis un bon moment.

— J'y vais ! répliqua Chris avec humeur.

Holly ouvrit grande la bouche, sortit sans dire un mot. Chris résista à une envie morbide de rouvrir le fichier. Dans sa tête se bousculaient des images remontant à l'époque où il avait remarqué pour la première fois Thora Rayner dans un service de l'hôpital St Catherine. La vidéo enregistrée à présent sur son disque dur était incompréhensible à la lumière de tout ce qu'ils avaient fait ensemble depuis. Comment la femme qui avait soigné un mari mourant avec dévouement pouvait-elle trahir avec une telle insouciance un homme qui l'aimait autant ? Comment pouvait-elle rejeter un père adoptif qui avait noué des liens aussi forts avec son fils ? Cela le dépassait. Son refus de voir la réalité s'était enfin écroulé, mais la colère ne l'avait pas remplacé. Il s'était immédiatement transformé en chagrin, en un drap mortuaire si lourd qu'il le paralysait.

Son portable sonna de nouveau. Alex Morse, bien sûr. Il prit le téléphone mais ne répondit pas, réaction puérile. Il ne pouvait pas rester dans cet état, Holly allait revenir d'un instant à l'autre. Les patients attendaient. Il y avait aussi Ben, qui jouait sur l'ordinateur de la réception mais qui voulait surtout rentrer à la maison avec son papa.

Son papa ? pensa Chris. Je ne suis pas son père. Pas vraiment. Il n'est pas la chair de ma chair. Je l'ai légalement adopté, mais que se passerait-il en cas de divorce ? Je sais ce que Ben voudrait, aussi incroyable que cela puisse paraître. Même Thora attribue la joie de vivre retrouvée de Ben et ses progrès scolaires à ma présence dans sa vie. Mais quelle serait la décision du juge ?

Le portable cessa de sonner. Comme s'il se mouvait sous l'eau, Chris ouvrit l'appareil, pressa le bouton qui le mettrait en contact avec Alex. Elle répondit à la première sonnerie.

— Vous tenez le coup ? demanda-t-elle. Ça a dû être dur, de voir ça.

— Ouais.

— Je suis désolée, Chris.

— Vraiment ?

— Bien sûr. Tout ce qui compte dans cette affaire, c'est Ben et vous.

— Ce n'est pas vrai. Vous voulez coincer Andrew Rusk.
— Oui, mais pas pour ma satisfaction personnelle. Je fais ça pour Grace, et pour vous, et pour tous ceux dont la vie a été détruite.

Chris ne répondit pas, attendit un autre boniment qui ne vint pas. Alex garda le silence, elle aussi, et il était sur le point de parler quand elle reprit :

— Quoi que vous fassiez, ne dites pas à Thora ce que vous savez.
— Ne vous inquiétez pas. Nous en avons déjà discuté.
— La situation est différente, maintenant, non ? Je suppose que vous souhaitez que Ben vive avec vous quand tout sera fini ?

Il ne répondit pas.

— Je ne suis pas seulement agent du FBI, poursuivit-elle. Je suis aussi avocate. Je peux vous dire que la meilleure façon d'obtenir la garde de Ben, c'est de faire condamner Thora pour tentative de meurtre.

Dans un accès de colère, il rétorqua :

— Je suis censé sauver Ben en envoyant sa mère en prison ?
— Vous voulez une réponse franche ? Oui.
— Bravo, Alex.
— Il y a autre chose qui m'inquiète.
— Quoi ?
— Ben et vous avez des maux de tête, n'est-ce pas ?
— Oui.
— Will aussi. Depuis ce matin. Il a pris de l'aspirine, mais ça ne passe pas.

Un signal d'alarme se mit à vibrer dans la tête de Chris.

— Vous avez entendu ce que j'ai dit ? demanda Alex.
— J'ai entendu.
— Qu'est-ce que vous en pensez ?
— Ça ne me dit rien qui vaille.
— Moi non plus je ne crois pas que ça puisse être une coïncidence. Will a bien passé la nuit chez vous ?
— Oui. Il a roupillé dans mon fauteuil.
— Quoi ?
— Il a bu trois bières, il s'est endormi.
— Merde.

Une image de la chambre d'Alex au Days Inn surgit soudain dans l'esprit de Chris : le serpent corail blessé se tordant dans la salle de bains, le chat mort gisant par terre.

— Alex, vous avez gardé pour vous quelque chose que vous auriez dû me dire ?

Nouveau silence.

— Qu'est-ce que vous me cachez, bon Dieu ?
— Rien. Simplement...
— Parlez !
— J'ai eu de nouveau Will au téléphone avant de vous appeler. Son gars a découvert comment Lansing faisait l'aller-retour entre Greenwood et Natchez. Il y a une petite compagnie de charters à l'aéroport. Des appareils qui servent surtout à répandre de l'insecticide sur les champs, mais les fermiers s'en servent aussi pour se rendre à Houston ou à Memphis. Lansing a téléphoné il y a quelques jours pour arranger une navette : il décolle de Natchez le soir, revient à l'aube. Il fait ça pour...
— Baiser Thora comme un dingue.
— En gros, oui.

— La copine est là quand même ? Laura Canning ?
— Oui. Elle sert d'alibi.
Laissant enfin sa colère s'exprimer, Chris abattit une main sur son bureau.
— Bon Dieu !
— Attendez…
— Quoi ?
— Will me rappelle, ça doit être important…
Un clic signala à Chris qu'Alex l'avait mis en attente. Attente qui lui parut interminable.
— Chris ? dit-elle après un autre clic.
— Oui.
— J'ai de nouvelles infos, plutôt inquiétantes.
Une partie de lui-même se raidit contre l'inconnu.
— Allez-y.
— Will a enquêté sur les affaires de Shane Lansing. Vous savez qu'il a investi dans des tas de domaines ?
— Ouais, des relais routiers avec salle de jeux, des restaurants, des maisons de retraite…
— Il est aussi l'un des propriétaires d'une clinique d'oncologie et de radiothérapie de Meridian, Mississippi, le centre anticancéreux Humanity.
Chris eut l'impression que sa température interne avait brusquement chuté de dix degrés.
— Vous plaisantez ?
— Non. Will vient de le découvrir.
— Cela signifie qu'il a accès à…
— Aux bâtonnets de césium, à l'iode liquide, à l'équipement de radiothérapie : à tout.
— Vous n'avez pas dit que la série de meurtres aurait commencé il y a cinq ans ?
— Si.

— Alors, comment Lansing pourrait-il y être mêlé ? Si Thora est allée voir Andrew Rusk il y a deux semaines seulement, comment l'avocat aurait pu trouver Lansing et l'embaucher pour me tuer en un délai aussi court ? Ça ne colle pas.

— Thora est une cliente atypique pour Rusk, souvenez-vous : à ma connaissance, il n'y a que deux autres femmes qui ont fait appel à ses services. En second lieu, Thora et vous avez signé des contrats de mariage qui s'appliquent en cas de divorce, pas en cas de décès. Celui de Thora vous empêche de toucher la moitié de l'argent qui lui est revenu à la mort de Red Simmons ; le vôtre lui interdit de mettre la main sur vos deux millions. Mais je ne pense pas...

— Attendez, coupa Chris. Red Simmons.

— Exactement. Thora a peut-être fait appel à Rusk il y a trois ans pour se débarrasser de Simmons. Si c'est le cas, elle a fait sa connaissance il y a trois ans au moins, et peut-être même sept. Elle a pu rencontrer Shane Lansing grâce à Rusk...

— Red n'est pas mort d'un cancer, objecta Chris.

— Ma sœur non plus.

Les pensées de Chris se bousculaient dans sa tête, mais à un niveau subconscient la peur et la colère se fondaient en un sombre désespoir dont l'unique exutoire ne pouvait être que l'action.

— A quelle heure votre ami pourrait être à Jackson ?

— Il fera le plus vite possible, répondit Alex, la voix empreinte de soulagement. Si vous partez dans l'heure, vous arriverez sans doute là-bas ensemble.

— Bon.

— Alors, vous venez ?

— Oh, oui.
— Merci, Chris.
— Ne me remerciez pas. C'est une question de survie, maintenant.

Avant qu'elle puisse réagir, il mit fin à la communication et rangea le téléphone dans le tiroir de son bureau. Puis il ferma son ordinateur et passa dans la partie du cabinet réservée à Tom Cage. L'infirmière en chef de Tom, Melba Price, se tenait devant la salle d'examen 7. Melba savait interpréter les messages non verbaux émis par les malades comme par les confrères de son patron, aptitude qui en faisait le bras droit de Tom depuis vingt ans.

— Il faut que je le voie, Melba, dit Chris. Tout de suite.
— Il termine, répondit l'infirmière.

Lui coulant un regard complice, elle ajouta :
— J'ai appris, pour vous et Lansing.

Chris fit la grimace.
— Ça ne me regarde pas, poursuivit-elle, mais vous avez fait ce que beaucoup mouraient d'envie de faire depuis longtemps.

La voix de baryton jovial de Tom Cage leur parvint à travers la lourde porte en bois. Après un « Au revoir ! » sonore, Tom sortit dans le couloir, parut surpris.

— Salut, cogneur. Quoi de neuf ?
— Il faut que je te parle.
— Viens dans mon bureau.

Chris secoua la tête.
— Tu n'as pas une salle d'examen libre ?

Cage se tourna vers Melba.
— La 5, dit-elle.

Chris passa devant. Après avoir refermé la porte derrière eux, Cage considéra son jeune associé avec une sollicitude paternelle.

— Qu'est-ce qui se passe ? Je te taquinais, pour Lansing. C'est le con intégral.

Chris regarda son mentor en prenant conscience pour la première fois peut-être que Tom Cage était vraiment beaucoup plus âgé que lui. Tom avait commencé à pratiquer la médecine en 1958. Né à une époque où les antibiotiques n'existaient pas, il avait vécu assez longtemps pour exercer sa profession à l'ère de la tomographie et de la thérapie génique.

— J'ai besoin que tu me rendes un service, Tom. Sans poser de questions.

— Je t'écoute.

— Je veux que tu m'examines. Complètement, tout le corps.

— Je dois chercher quoi ? Tu as des symptômes ?

Tom supposait ce que Chris aurait supposé dans la même situation : à un moment de leur vie, la plupart des médecins en viennent à penser qu'ils souffrent d'une maladie incurable. Ils ont trop vu de patients, ils ont accumulé trop de connaissances, et le plus léger symptôme peut faire naître en eux la crainte d'un mal fatal.

— J'ai des maux de tête aigus mais ce n'est pas vraiment le problème. J'ai de bonnes raisons de soupçonner… autre chose. Examine chaque centimètre de mon corps à la lumière. Sers-toi d'une loupe, au besoin. Cherche tout ce qui peut sembler anormal. Une marque de piqûre, un hématome, une lésion, une incision. Commence par l'intérieur de ma bouche.

Tom regarda longuement son confrère d'un air perplexe mais répondit finalement :
— Déshabille-toi et allonge-toi sur la table.
Pendant que Chris se débarrassait de ses vêtements, le vieux médecin passa une lampe frontale. Chris monta sur la table d'examen, s'étendit sur le dos.
— Mes yeux ne sont plus ce qu'ils étaient, reconnut Tom, mais hier j'ai découvert un mélanome minuscule. On commence par la bouche, alors ?
Chris écarta les lèvres. Tom prit un abaisse-langue dans un bocal, l'utilisa pour exposer les gencives et la muqueuse. A l'aide d'un petit miroir, il commença à inspecter la bouche de Chris.
— C'est comme faire de la spéléo, marmonna-t-il.
Chris approuva d'un grognement guttural.
— Ça m'a l'air en ordre, conclut Tom en ressortant l'abaisse-langue. N'oubliez pas de vous passer un fil dentaire après chaque repas.
Chris n'était pas d'humeur à plaisanter, mais Tom lui adressa quand même un regard espiègle.
— Et maintenant ?
— Examine la peau sous mes cheveux, dit Chris, se rappelant Gregory Peck dans *La Malédiction*.
Après un examen minutieux du cuir chevelu de Chris, Tom déclara :
— Je ne vois qu'un début d'alopécie androgénogénétique.
— Maintenant, mon corps.
Tom commença par le cou, descendit le long de la poitrine.
— Une chance que tu ne sois pas poilu comme un ours, dit-il en promenant le faisceau de la lampe sur le sternum. OK... les bijoux de famille, à présent.

— Les moindres replis, précisa Chris.

Il sentit les mains gantées de Tom soulever ses testicules, son pénis.

— Le méat aussi.

— Seigneur.

Tom revint ensuite aux épaules, aux aisselles, puis passa aux membres.

— Entre les orteils aussi, réclama Chris.

— Ça me rappelle mon internat. J'ai travaillé quelques mois à la prison d'Orleans Parish. Les flics me faisaient chercher des traces de piqûre entre les orteils des suspects…

— Même traitement, dit Chris en s'allongeant sur le ventre.

— Commençons par le plus désagréable, soupira Tom.

Chris sentit des mains froides lui écarter les fesses, s'attendit à ce que Tom les relâche immédiatement, mais il n'en fit rien.

— Tu vois quelque chose ?

— Je ne suis pas sûr, murmura le vieux docteur. Peut-être une marque d'injection…

Chris cessa de respirer.

— Tu es sérieux ?

— J'en ai peur. On dirait que quelqu'un t'a planté une aiguille dans le rectum et que ça t'a fait sursauter. Comme un enfant effrayé, tu vois. Il y a un léger hématome.

— En dehors de l'anus ou à l'intérieur ?

— Juste au bord. C'est étrange. Tu te décides à me dire ce qui se passe ?

Chris descendit de la table, renfila son pantalon.

— Il faut aussi examiner Ben.

Tom écarquilla les yeux.
- Quoi ?
- Il a les mêmes maux de tête que moi. Je lui dirai que je vérifie s'il n'a pas d'oxyures.

Sous le regard dubitatif de Tom, Chris s'écria :
- Je ne suis pas fou ! Malheureusement. Tu viens avec moi l'examiner ?

« Pas question que je te laisse seul avec lui », dirent les yeux de Tom Cage.

Chris s'engagea en dérapant dans l'allée de la maison d'Elgin, le cœur battant de colère et de peur. Sur le siège passager, à côté de lui, il y avait une caisse en bois qu'il avait empruntée au radiologue de l'hôpital St Catherine. L'image de Ben allongé sur la table d'examen le hantait plus encore que la vidéo de Thora sur le balcon de l'hôtel. « Qu'est-ce que tu regardes ? » avait demandé l'enfant. Chris avait menti, Tom l'avait couvert, mais Chris n'arrivait pas à oublier l'expression désapprobatrice de son associé. Tom Cage soupçonnait quelque chose de grave et, placé dans la même situation, Chris aurait probablement eu les mêmes réactions.

Après n'avoir trouvé aucune marque sur le corps de Ben, Chris avait confié de nouveau le garçon à sa réceptionniste et s'était enfermé dans son bureau. Il n'avait aucune idée de ce qu'on lui avait injecté mais ne cessait de penser à la dernière révélation d'Alex : Shane Lansing avait accès à des produits radioactifs. S'ajoutaient à cela les propos de Peter Connolly, selon qui une irradiation serait la méthode la plus facile pour provoquer intentionnellement un cancer chez un être humain. Compte tenu de ces deux éléments, que pouvait signifier la marque de piqûre à l'entrée de son rectum ? Lui avait-on injecté un liquide radioactif ? Ou des grains assez petits pour passer par une aiguille ? Il tenta de se rappeler ce que l'oncologue lui avait dit sur l'utilisation de thallium irradié pour assassiner quelqu'un, mais il avait du mal à se concentrer avec la peur qui l'oppressait.

Se forçant à recouvrer son calme, Chris avait descendu le couloir jusqu'à la salle de radiographie et avait demandé à Nancy Somers, leur technicienne, de lui faire une radio de la partie médiane du corps. Elle avait paru interloquée mais n'avait pas pu opposer un refus à son patron. Chris s'était déshabillé près de l'appareil, avait enfilé une blouse en papier et était monté sur la table froide. Nancy avait procédé aux réglages, pris le cliché. Deux minutes plus tard, Chris fixait la radio sur la table lumineuse de la salle de vision.

« Tu cherches quoi ? avait demandé Tom Cage, derrière lui.

— Des traces de surexposition. »

Chris redoutait de découvrir des taches noires révélatrices d'émissions radioactives. Il avait cependant inspecté minutieusement le cliché et n'avait rien trouvé d'anormal.

« Je ne vois rien, avait confirmé Tom. C'est lié à la marque de piqûre ? »

Chris avait acquiescé et senti la main de Tom sur son épaule.

« Qu'est-ce qui se passe, petit ? Explique-moi. »

Ne pouvant plus continuer à cacher la vérité, Chris s'était tourné vers son associé et avait lâché :

« Quelqu'un cherche à me tuer. »

Après un silence stupéfait, Tom avait demandé :
« Qui ?
— Thora, avait répondu Chris en le regardant dans les yeux.
— Tu peux étayer ton accusation ?
— Non. Mais je cherche des preuves avec l'aide d'un agent du FBI. »
Tom avait lentement hoché la tête.
« Shane Lansing a quelque chose à voir dans cette histoire ?
— Je pense que oui. Tu sais qu'il a des parts d'un centre d'oncologie et de radiothérapie de Meridian ? »
A l'expression de son ami, Chris avait deviné qu'il ne lui faudrait pas longtemps pour relier les points du dessin caché.
« J'ai l'impression que tu as besoin de prendre ta journée », avait conclu Tom.
Chris lui avait serré la main avec gratitude puis il était allé récupérer Ben, dont les maux de tête commençaient à s'atténuer. L'enfant aurait voulu rester avec son père, naturellement, mais Chris avait insisté pour le laisser chez Mme Johnson. Cette veuve s'occupait de Ben avant même que Chris et Thora se marient et elle l'aimait comme son propre fils. Elle avait assuré que Ben pourrait dormir chez elle au besoin, il suffirait à Chris de lui téléphoner. Il lui avait laissé un flacon d'Advil et un analgésique plus puissant, au cas où le mal de tête de Ben reviendrait.
Aussitôt arrivé à la maison d'Elgin, il se rua à l'intérieur avec la caisse en bois qu'il avait empruntée à l'hôpital. Il alla droit à la buanderie, ouvrit sa boîte à outils, y prit un couteau Buck coupant comme un

444

rasoir et une pince. Puis il se précipita vers la grande chambre.

Il arracha les couvertures et les draps du lit pour exposer le matelas. Les yeux à quinze centimètres de la toile, il en inspecta toute la surface en s'attardant sur les côtés. Il ne vit aucun signe qu'on y avait touché, mais cela ne voulait rien dire. Il s'agenouilla près du lit, ouvrit la caisse qu'il avait apportée de l'hôpital et qui contenait un compteur Geiger. Le radiologue de St Catherine lui avait expliqué qu'en plus de localiser des « bavures » après certains traitements l'appareil était censé servir à la défense civile après une attaque nucléaire.

Chris mit le compteur en marche, guetta avec frayeur le clic-clic-clic qui annoncerait la présence de radioactivité, mais l'appareil n'émettait qu'un faible bourdonnement. Il était muni d'une poignée et d'une baguette fixée à un câble flexible. Chris passa celle-ci sur tout le lit, n'entendit rien.

Il posa le compteur sur le sol, enfonça le couteau à l'endroit où reposait normalement sa tête et coupa la toile du matelas d'un bout à l'autre. Avec la pince, il arracha des morceaux de mousse, les éparpilla dans toute la chambre, ne trouva toujours rien.

Exaspéré et couvert de sueur, il regarda autour de lui. Où, alors ? se demanda-t-il. Dans quel endroit serais-je assez longtemps exposé ? Il reprit le compteur Geiger, longea le couloir en courant, pénétra dans la pièce télé, s'approcha du fauteuil dans lequel Will Kilmer avait dormi après ses trois bières. Le couteau vint facilement à bout de l'assise du siège, mais quand Chris passa la baguette sur ce qui en restait, il ne se produisit toujours rien. Chris se rendit compte qu'il avait presque espéré entendre les clics révélateurs.

Pourquoi ? se demanda-t-il. Parce que rien n'est pire que de ne pas savoir.

Il ignorait ce que la trace de piqûre signifiait. Lui avait-on simplement injecté un sédatif pour l'insensibiliser pendant qu'on le violait d'une autre manière ? C'était peut-être la réponse, compte tenu des maux de tête que Ben et Kilmer éprouvaient eux aussi. Toutefois, Chris n'avait relevé aucune marque de piqûre sur son fils. L'injection faite à Ben avait-elle été plus efficacement dissimulée ? Ou l'avait-on insensibilisé par un autre moyen, Chris étant le seul à avoir subi une injection hypodermique ? Impossible à savoir. Du moins, sans recourir à des analyses médicales poussées.

Le seul « poison » qu'il avait une chance de découvrir seul, c'était une substance radioactive. Et les liens de Lansing avec la clinique de Meridian rendaient plus probable l'utilisation de radiations comme moyen d'attaque. Etait-ce dans la douche ? se demanda-t-il. Il y restait parfois une demi-heure assis sur le tabouret, se détendant sous un jet presque brûlant... Non, il aurait fallu desceller un carreau pour loger un bâtonnet derrière.

Soudain, une idée le traversa : Mon pick-up !

Il courut dans le garage, tint la baguette du compteur Geiger au-dessus du siège du conducteur. Toujours le même faible bourdonnement régulier. Il eut envie d'éventrer le siège, même s'il savait que c'était inutile : s'il y avait eu des radiations assez fortes pour lui donner le cancer, le compteur les aurait détectées.

Il allait arrêter l'appareil quand une frayeur quasi paralysante l'en empêcha. Nancy n'avait radiographié qu'une partie de son corps. Et si la source des radiations se trouvait ailleurs ? Près de la moelle de son fémur, par exemple. Ou circulant dans son corps. Chris se déshabilla, approcha la baguette de ses pieds et remonta le long de chaque jambe. Que ferait-il si le compteur réagissait ? Il extrairait le bâtonnet fautif avec le couteau Buck, probablement, à moins de se calmer suffisamment pour retourner à son cabinet et laisser Tom s'en charger après une anesthésie locale. Malgré la radiographie qu'on venait de lui faire, il se raidit quand il arriva aux parties génitales et au rectum. Pas de clic.

Rechignant presque à croire le silence, il finit d'inspecter son corps jusqu'à ce qu'il parvienne aux cheveux, et arrêta enfin le compteur.

Il avait envie de vomir. La part enfantine de lui-même voulait croire que toute cette histoire n'était qu'une vaste connerie, qu'Alex Morse était complètement givrée. Mais Tom avait trouvé quelque chose. Et Chris avait vu Shane Lansing baiser Thora sur le balcon. Et Lansing était en partie propriétaire d'un centre d'oncologie et de radiothérapie. Et il y avait les maux de tête : trois personnes le même jour. Ça ne pouvait pas être une coïncidence. La vérité était indéniable : l'assassin de Grace Fennell avait de nouveau frappé la nuit dernière.

Et sa victime était Chris Shepard.

36

Etendu sur le lit de sa chambre d'hôtel, Neville Byrd contemplait, mâchoire pendante, l'écran de son ordinateur portable. En se masturbant. Grâce à la lunette qu'il avait montée sur le toit du Marriott, il pouvait voir la secrétaire d'Andrew Rusk allongée, bras et jambes écartés, sur le bureau de l'avocat, qui la besognait à grands coups de reins. C'était mille fois plus excitant que les films pornos tremblotants qu'il louait sur une chaîne câblée. C'était réel. Et il avait tout ça sur une bande vidéo. Byrd prit mentalement note de s'en faire une copie pour des branlettes ultérieures avant de remettre l'original au Dr Traver.

La secrétaire descendit du bureau, tourna le dos à Rusk et se pencha au-dessus du plateau de bois. Rusk la saisit par les hanches, la pénétra de nouveau et recommença son assaut. Il doit être en rogne contre quelqu'un, pour la pilonner aussi fort, pensa Byrd. Une vraie machine, ce mec. Byrd n'avait jamais baisé comme ça, personnellement. Il n'était même pas sûr d'en être capable. Rusk faisait partie de ces types qui font de la gym, du surf, de l'escalade, et tout ce qui s'ensuit. Ça payait peut-être pendant la baise. Parce que là, il était parti pour un marathon, l'avocat. Trente-cinq minutes sans s'arrêter, même pas pour boire un peu d'eau.

Tout à coup, ce fut terminé. Rusk se retira et sortit du cadre, laissant la secrétaire s'essuyer avec un mouchoir en papier. Byrd accéléra les mouvements de son poignet et parvint à l'orgasme avant qu'elle disparaisse, elle aussi.

Comme il s'y attendait, la secrétaire sortit bientôt du champ en boitillant. Rusk réapparut, complètement habillé, s'assit devant son ordinateur et regarda sa montre. Puis il posa la main droite sur la souris, cliqua plusieurs fois, frappa sur les touches du clavier.

Byrd consulta son autre ordinateur, celui sur lequel s'affichaient les données captées par le laser, et se mit à rire. Rusk venait de taper pi jusqu'à la neuvième décimale. Il continua à enregistrer quelques secondes encore, ramena la vidéo en arrière et zooma sur le moniteur de Rusk. Il découvrit ce qui ressemblait à un trou noir. Puis l'image fut remplacée par le portail d'un site qu'il avait vu la veille : EX NIHILO.

— Bingo ! s'exclama-t-il.

Il avait noté le nom du site la fois d'avant, mais il avait attendu un jour de plus pour avoir une certitude. A présent, Andrew Rusk tapait un autre mot de passe pour confirmer son identité. C'était la clef du mécanisme que l'avocat avait créé pour se protéger. Traver avait seulement recommandé à Byrd de chercher quelque chose que Rusk répéterait chaque jour et qui nécessiterait très probablement l'utilisation d'un ordinateur. Byrd fut tenté de se brancher lui-même sur EX NIHILO et de faire un peu d'exploration, mais Traver lui avait donné pour instruction de le prévenir immédiatement. En composant le numéro que le véto lui avait laissé, il songea à réclamer de plus gros honoraires. Il avait les cartes en main, à présent. Que risquait-il ? Traver n'était qu'un inoffensif vieux bonhomme à barbe grise... D'un autre côté, il connaissait l'usage qu'on pouvait faire d'un laser et d'une lunette : un vétérinaire ordinaire ignorait ce genre de chose, qui pointait plutôt dans une autre direction : les services de renseignements, ou même l'armée.

Nan, je prends le fric et je m'arrache, décida Byrd. Après tout, il paie déjà double tarif.

Eldon Tarver, assis seul dans son bureau du centre hospitalier universitaire, étudiait les chiffres inscrits sur la feuille de papier qu'il avait devant lui. Son assistant de recherche lui avait communiqué les derniers résultats des expériences *in vitro* et cela ne faisait que souligner les inconvénients inhérents aux recherches en laboratoire. Mais une partie seulement de l'esprit de Tarver se préoccupait de ce problème. A un niveau plus profond, il réfléchissait à ce qu'il allait faire maintenant. Il avait reçu plusieurs faux spams envoyés par Andrew Rusk, des pubs pour le Viagra qui étaient le signal convenu d'un rendez-vous au country-club d'Annandale. Mais Tarver n'y était pas allé. Il ne s'était pas rendu non plus au camp de chasse de Chickamauga malgré le papier d'aluminium qui brillait depuis vingt-quatre heures à la fenêtre du seizième étage de la tour AmSouth.

Il gloussa en imaginant Rusk marinant dans la chaleur étouffante de Chickamauga, attendant quelqu'un qui ne viendrait jamais. L'avocat pétait sûrement les plombs parce qu'il avait ferré ce nouveau client potentiel dont il s'était vanté. Il vivait pour l'argent, pour le statut qu'il pensait que cela lui conférait, et il aurait fait n'importe quoi pour en gagner plus encore. Malgré l'accroissement des risques, il ne songeait qu'au prochain gros coup.

Tarver savait que ledit gros coup n'aurait jamais lieu.

Les jours de leur collaboration étaient révolus, l'injection faite à Christopher Shepard en avait marqué la fin. Tarver aurait aimé bénéficier d'un an ou deux de plus, mais il ne servait à rien de se lamenter. Il était temps de passer à autre chose. Il commençait déjà à fermer le labo des primates. L'élevage de chiens, il le vendrait ; il avait un acquéreur qui s'y intéressait depuis un moment. Il ne restait qu'un problème à régler.

Rusk lui-même.

Cela faisait maintenant cinq ans que Tarver et lui avaient mis en place un plan qui leur permettrait de quitter les Etats-Unis pour passer le reste de leur vie en sécurité et dans un luxe relatif. L'ennui, c'était qu'au fond aucun des deux n'avait vraiment envie de partir. Les beaux jours des havres paradisiaques sans traité d'extradition avec les Etats-Unis, comme le Costa Rica ou Tenerife, appartenaient au passé. Les diplomates américains s'étaient démenés pour obstruer les brèches permettant aux fraudeurs fiscaux de se réfugier dans des îles de rêve et avaient du même coup fermé les portes aux criminels sévissant dans d'autres domaines. Les fantasmes ruskiens de margaritas glacées et de *señoritas* accueillantes s'étaient évanouis dès qu'ils avaient regardé la réalité d'un peu plus près. Certes, il y avait encore des pays qui ne coopéraient pas avec l'Oncle Sam – des trous tels le Mali, le Tchad ou le Burundi –, mais pour commettre des crimes lucratifs et s'esquiver avec style, il fallait de nos jours avoir un esprit hautement créatif.

Grâce aux contacts qu'il avait établis dans les milieux du renseignement à la fin des années soixante, Tarver avait obtenu pour eux deux un arrangement unique, à la hauteur des désirs d'un avocat cupide. Mais pas de ceux d'un homme de science voué à la recherche. Plus maintenant. Le Dr Tarver n'avait pas pour premier objectif de jouir en hédoniste des fonds qu'il avait accumulés. Il avait des recherches à poursuivre et préférait rester aux Etats-Unis pour les mener à bien. Après tout, les sujets *in vivo* de ses expériences résidaient aux Etats-Unis. De plus, cinq ans de collaboration avec Andrew Rusk avaient tué en lui toute envie de cohabiter avec l'avocat. Fréquenter un type comme lui, c'était chercher l'accident. Tarver l'imaginait, un cocktail exotique à la main, racontant fièrement à un promoteur immobilier ou au directeur d'une maison de disques expatriés comment il avait fait gagner des millions à des gens riches et célèbres en supprimant leur conjoint. Non merci.

En fait, Tarver avait toujours eu d'autres possibilités de retranchement. Il ne manquait pas de pays prêts à le payer afin qu'il travaille pour eux. Certaines offres avaient même été très alléchantes : des sommes vertigineuses, et quant aux restrictions gouvernementales… aucun problème. Dans n'importe lequel de ces pays, le gouvernement se serait mis en quatre pour lui procurer tout ce dont il avait besoin. Des chimpanzés ? Combien en voulez-vous ? Des gorilles ? Nous vous en trouverons un couple. Ce scénario ne présentait qu'un seul hic : Eldon Tarver était un patriote. Et les pays désireux de s'attacher ses services n'étaient pas les bons.

Il se rappelait un temps où la recherche était encouragée en Amérique, un âge d'or pendant lequel le gouvernement, les entreprises et l'armée travaillaient la main dans la main. A présent, des jeunots braillards issus des prestigieuses universités de la côte Est jetaient des pots de peinture rouge sur des chercheurs dont les travaux sauveraient peut-être un jour leur pitoyable vie. Tarver était saisi d'une fureur homicide rien que d'y penser.

Il restait encore dans les allées du pouvoir quelques personnes qui se souvenaient de ce temps béni... et qui savaient de quoi l'avenir serait fait. L'âge d'or reviendrait inévitablement parce que la guerre est éternelle. Cyclique, peut-être, mais éternelle. La vraie guerre, pas les petits « conflits » merdiques comme l'Irak ou l'Afghanistan. Une guerre totale, qui met en danger la patrie sacrée, qui galvanise les libéraux les plus convaincus jusqu'à ce qu'ils soient prêts à transpercer de leur baïonnette le premier saligaud qui s'aviserait de franchir les barbelés. Quand cet état d'esprit revient, le climat redevient rapidement très favorable à la recherche.

Edward Biddle, lui, se rappelait le bon vieux temps et pas seulement avec nostalgie. Il œuvrait inlassablement pour préparer le jour où les choses tourneraient de nouveau mal. Il avait le grade de major lorsqu'il travaillait au VCP avec Tarver et assurait la liaison entre l'armée, les entreprises américaines et l'université. Il était finalement devenu général, bien après la fin du programme, naturellement. Une fois à la retraite, Biddle était entré à TransGene, l'un des nombreux rejetons de Bering Biomedical, la principale entreprise bénéficiaire du VCP, le programme qui avait réuni Tarver et Biddle.

Pendant cinq ans, ils avaient travaillé côte à côte. Plus longtemps, même, si on comptait la préparation et le démantèlement du programme. Ils avaient obtenu des résultats extraordinaires, bien que les technologies requises n'aient pas encore été mises au point. Ce n'était certes pas les idées qui leur manquaient, mais une grande partie de la technologie nécessaire pour les mettre en application n'avait tout simplement pas encore été inventée. Le séquençage du génome humain n'était qu'une chimère en 1969. En 1974, lorsque le gouvernement avait mis fin au programme, il faudrait encore attendre un quart de siècle avant de parvenir à établir la carte de ce génome. Et cependant... ils avaient réalisé de grandes choses.

Le Dr Tarver se tourna vers son Wall of Respect personnel, où figurait en bonne place une photo de Biddle et de lui. Biddle en uniforme de major, Tarver en blouse blanche frappée à la poitrine des lettres *VCP*. A l'arrière-plan, les bâtiments des laboratoires de Fort Detrick, Maryland. Le VCP était au départ un programme de recherche universitaire, mais tout avait été ensuite transféré à Fort Detrick. C'était le seul endroit où l'on pouvait gérer de tels risques.

Il y avait une femme avec eux sur la photo, une blonde aux longues jambes nommée Wyck. A Fort Detrick, elle avait de hautes responsabilités, chose rare pour une femme à l'époque. Diplômée en microbiologie et analyse statistique. Tarver avait éprouvé du désir pour elle jusqu'au jour où il avait compris que

Biddle la baisait. Un choc, sur le coup, il s'en souvenait. Mais compréhensible. Wyck était fascinée par le pouvoir, et du pouvoir, Biddle n'en manquait pas. Carte blanche, dans certaines limites. Wyck elle-même avait du pouvoir, cela se voyait sur la photo. Ses yeux brillaient de confiance en elle, son visage rayonnait d'énergie, du plaisir d'être là, entre deux hommes qui la voulaient dans leur lit...

Tarver sursauta quand son portable sonna. Il contempla un instant encore la photo puis baissa les yeux vers l'écran affichant l'identité de son correspondant.

— Docteur Traver, annonça-t-il.
— Neville Byrd, docteur. Ça y est, je l'ai. Enfin, je crois.
— Vous avez quoi ?
— Le truc de Rusk pour se protéger. Deux jours de suite, en fin de journée, il est allé sur le même site Web et il a tapé des mots de passe.

Le pouls de Tarver s'accéléra.

— Vous avez enregistré les frappes de touche ?
— Oui, docteur. Toutes.
— Faxez-les-moi.
— Vous êtes toujours au numéro que vous m'avez donné ?
— Non. Prenez note...

Tarver récita le numéro de fax de son bureau au centre hospitalier universitaire.

— Je vous envoie ça, dit Byrd. Mais je peux vous donner le nom du site maintenant, si vous voulez vérifier. C'est EX NIHILO. Il sert seulement à protéger l'anonymat de ceux qui vont sur le Net.

— Cela semble prometteur.

— Encore une chose, docteur...
— Oui ?
— Le Rusk, il se tape sa secrétaire.
— Vraiment ? fit Tarver, glacial.
— Je pensais que ça vous intéresserait, bredouilla Byrd d'une voix altérée.
— Merci. Envoyez-moi le fax.
— Tout de suite, docteur.

Tarver eut un petit rire en raccrochant.

Dix secondes plus tard, il fixait le trou noir qui accueillait les visiteurs dans le monde d'EX NIHILO. Un clic l'amena sur la page énumérant les services disponibles du site. Manifestement, EX NIHILO pouvait fournir le genre d'assistance qu'il soupçonnait Rusk d'avoir utilisé. A un prix élevé, bien entendu. Un bourdonnement annonça l'arrivée du fax de Byrd : deux pages de frappes de touche.

Tarver tapa les mots de passe pour marcher sur les pas numériques de l'avocat. C'était exactement ce qu'il supposait. Chaque jour Rusk se branchait sur le site et confirmait qu'il était encore vivant en tapant une série de mots de passe. S'il manquait à le faire dix jours d'affilée, EX NIHILO transmettrait le contenu d'un volumineux fichier à la police de l'Etat du Mississippi et au FBI. Tarver tenta d'ouvrir ce fichier mais n'y parvint pas. Il jura, essaya de nouveau.

Pas moyen.

Il fallait un autre mot de passe. A l'évidence, Rusk n'était pas retourné récemment sur ce fichier depuis qu'il l'avait créé, puisque le système laser de Byrd ne l'avait pas surpris en train de l'ouvrir. Sans le mot de passe, Tarver ne pouvait pas l'effacer.

Peu importe, se dit-il. Tant qu'il allait sur EX NIHILO une fois par jour – comme Rusk –, le système n'enverrait pas le fichier destructeur. Je peux tuer Rusk maintenant, pensa-t-il, il ne m'arrivera rien.

Eldon Tarver rit de nouveau. Cela commença par un gloussement qui enfla dans sa poitrine et se transforma en éclats tonitruants. EX NIHILO changeait tout. En lui envoyant les mots de passe, un ancien ingénieur en logiciel nommé Byrd avait fait disparaître l'épée de Damoclès suspendue au-dessus de sa tête. Grâce à ces mots de passe, Tarver pouvait rayer Andrew Rusk de ses plans. Ou plutôt, pensa-t-il avec un frisson de plaisir inattendu, les réécrire avec une fin différente.

Dès le début, Tarver avait exigé d'être payé en diamants bruts. Rusk avait d'abord râlé avant de saisir l'intérêt de ce mode de paiement. Contrairement aux billets de banque, les diamants bruts ne craignent ni l'eau ni le feu. Ils peuvent rester enterrés pendant des années. S'ils ne portent pas un numéro d'identité gravé dans leur pays d'origine, il est impossible de remonter jusqu'à leur source. Tout dépôt de plus de dix mille dollars doit être signalé au fisc, mais on peut transporter discrètement pour dix mille dollars de diamants dans la bouche, et davantage dans une autre partie du corps. On peut enfermer des millions de dollars dans un coffre de dépôt mais pourquoi courir ce risque ? Si vous enterrez des diamants dans votre jardin, aucune décision de justice ne pourra jamais vous empêcher d'y accéder.

Tarver s'esclaffa de nouveau. En cinq ans, il s'était constitué une jolie collection. Rusk aussi, mais la sienne était moins importante. L'avocat s'était d'abord fait payer en obtenant une participation dans les affaires de ses clients. Il avait cru que c'était une brillante idée, qui justifierait ses revenus pour le fisc. Sur ce point, il avait raison. Il payait des impôts sur les bénéfices de ces participations et le fisc le laissait tranquille. Mais cela ne rendait pas légaux les actes qu'il avait commis pour obtenir ces participations et à mesure que ces accords se multipliaient, les risques augmentaient qu'on les relie à une série de meurtres. Et c'était ça – Tarver en était convaincu – qui avait mis l'agent spécial Alex Morse sur leur piste.

Comprenant son erreur au bout de deux ans, Rusk avait commencé à se faire payer lui aussi en diamants non taillés. De temps en temps, il acceptait encore un accord commercial en paiement, comme avec Fennell, mais il avait lui aussi une pleine boîte de « cailloux », Tarver le savait. Où la gardait-il ? C'était la question. Si Tarver trouvait la réponse, il entamerait sa nouvelle vie plus riche encore. Il serait bien bête de ne pas ajouter le magot de Rusk au sien s'il le pouvait.

Et je le peux, pensa-t-il avec satisfaction. Rusk n'a pas le cran nécessaire pour tenir cinq minutes sous la contrainte. Ce ne sont pas l'alpinisme, le saut en chute libre et le marathon qui donnent des tripes face à une vraie souffrance.

Il était temps de prendre des mesures radicales. Il était temps de se rappeler au bon souvenir de ceux qui avaient une dette envers lui. A commencer par Edward Biddle. Tarver n'avait pas été en contact avec lui depuis que le type de TransGene lui avait livré les bouteilles de gaz, deux ans plus tôt. Biddle semblait penser que moins il en savait, plus il était en sécurité. La livraison du gaz prouvait cependant que l'ancien major tenait sa promesse de s'occuper de « ses gars ». Et parmi « ses gars », il y avait naturellement les anciens membres du VCP. Pas tous, mais les quelques chercheurs dévoués qui avaient compris la véritable relation entre la technologie et la vie. Chaque découverte scientifique était une lame à deux tranchants. Un bistouri peut extraire une tumeur ou sectionner une carotide. La morphine peut soulager ou tuer. Un virus peut être à l'origine d'une thérapie génique salvatrice ou provoquer une effroyable pandémie. Certains ont pour responsabilité de faire des découvertes ; d'autres doivent décider de leur utilisation. Tarver avait toujours su où était sa place dans cette hiérarchie et Biddle l'appréciait pour ça.

Il fit tourner le Rolodex de son bureau – qu'il continuait à préférer à un organiseur informatique – et trouva la carte de Biddle. *Edward Biddle, vice-président de TransGene*. Et dessous : *L'Amérique dirigeant le monde*. Tarver aimait ces types pour ça : ils avaient les couilles d'afficher carrément leur credo à l'âge de la mondialisation. La microbiologie était un domaine où les Etats-Unis avaient gardé leur première place. Prenez les Coréens et leur arnaque au clonage : « Notre clonage marche mieux parce que des êtres humains veillent sur les cellules chaque nuit dans nos laboratoires »... Ils croyaient berner qui, avec ces conneries vagues et sirupeuses ? La vérité avait fini par apparaître, comme toujours avec la science. On peut bluffer un certain temps mais pas éternellement. C'est là que réside la beauté cruelle de la science. Elle n'a rien de vague et de sirupeux, non, non. La science, c'est la vérité. Et la vérité se fout de la morale. Tarver composa le numéro inscrit sur la carte de Biddle. A la deuxième sonnerie, une voix sèche habituée à se faire obéir répondit :

— Biddle à l'appareil.

— Eldon Tarver, mon général.

— Tiens donc, fit l'ancien militaire avec un rire ironique. Qu'est-ce que je peux faire pour vous, docteur ?

— Le moment est venu de me délocaliser.

Une brève pause.

— Vous avez une destination en tête ?

— J'aimerais ne pas quitter le pays.

— Je vois.

— Il me faudra certainement une nouvelle identité.

— Je comprends.

Pas la moindre hésitation : bon signe.

— Je sais que vous avez fait de la recherche à l'université du Mississippi, j'ai suivi ça de loin. Travail intéressant, jusqu'à un certain point, mais je ne peux m'empêcher de penser que vous gâchez vos talents, là-bas.

Ce fut au tour de Tarver de rire.

— Les règlements sont devenus très contraignants. C'est pour cette raison que j'ai mené des recherches personnelles pendant un certain temps. Cinq ans, pour être précis.

— Dans quel domaine ?

— Très semblable à ce que nous faisions avec le VCP.

— Vraiment ? fit Biddle, vivement intéressé à présent.

— On pourrait dire que j'ai repris les travaux là où nous les avions laissés. A ceci près que, cette fois, j'avais l'équipement nécessaire.

— Très intéressant.
— Et, euh, il ne s'agit pas d'expériences *in vitro* mais *in vivo*.
— Sur des primates ?
— Des primates supérieurs, mon général. Exclusivement.
— Vous m'intriguez, Eldon. J'ai l'impression que vos travaux pourraient rejoindre certains de ceux que nos chercheurs les plus aventureux mènent à TransGene.
— Avoir des collègues animés du même esprit serait un changement bienvenu.
— C'est aussi mon avis. Cette délocalisation dont vous parliez, vous l'envisageriez quand ?
— Dans deux ou trois jours si possible. Peut-être plus tôt.
Nouvelle pause. Puis :
— C'est tout à fait possible. Il faudrait qu'on en parle en tête à tête. Si je prenais l'avion dans un ou deux jours, on pourrait se voir ?
Tarver eut un sourire satisfait : Biddle avait mordu à l'hameçon. Il ne restait plus qu'à le ferrer, et ça, il le ferait quand ils seraient face à face.
— Tout à fait.
— Je vous rappelle.
— Merci, mon général.
— Merci à vous, Eldon. Je serai ravi de travailler de nouveau avec vous.
— Moi de même.
Tarver raccrocha, alla sur son adresse électronique anonyme et envoya à Rusk un de leurs spams. Sous la pub *DU VIAGRA À PRIX CASSÉ !* il ajouta : *CHIC ! Vous allez pouvoir contenter vos partenaires les plus exigeantes.* Le mot *CHIC* en majuscules signifiait que

l'avocat devait le retrouver le lendemain au camp de chasse de Chickamauga plutôt qu'au country-club d'Annandale. C'était l'équivalent pour Tarver du papier d'aluminium à la fenêtre : son signal d'alerte.

Après avoir refermé l'ordinateur, il tira la carte de Biddle du Rolodex et la glissa dans sa poche. Il plia ensuite le fax que Neville Byrd lui avait envoyé et le rangea au même endroit. Tout son avenir dans une poche. Un avenir qu'un seul danger menaçait : Andrew Rusk. Sans l'avocat, Alex Morse ne pourrait pas remonter jusqu'à lui. Demain soir, si Biddle se montrait à la hauteur des espoirs que Tarver plaçait en lui, Rusk serait mort. Et ses diamants viendraient s'ajouter aux avoirs non déclarés de Tarver.

Il se leva et sortit de son bureau, descendit le couloir en direction de celui du chef du service oncologie.

37

Alex était seule dans l'ascenseur qui la hissait au cinquième étage du centre hospitalier universitaire. Comme John Kaiser n'arriverait pas à Jackson avant une heure et que le centre hospitalier universitaire se trouvait quasiment en face du Cabot Lodge, elle avait décidé d'aller voir sa mère.

Lorsque les portes de la cabine s'ouvrirent, elle entra dans l'aile adultes du service oncologie. Un lieu déprimant, malgré les efforts des familles et des infirmières pour créer un climat d'espérance. Par chance, les enfants étaient soignés ailleurs : bouleversée comme elle l'était déjà, Alex n'aurait probablement pas supporté de voir les petits malades.

Elle trouva sa mère dans le même état à peu près que deux jours plus tôt. La peau plus jaune, peut-être, le ventre un peu plus gonflé. Elle s'accrochait encore à la vie. Sans être consciente, Dieu merci.

Assise à son chevet, Alex tenait la main molle et moite en tentant de refouler des vagues de désespoir. Dans des moments pareils, il semblait n'y avoir aucun bonheur dans le monde. Ou alors, un bonheur ignorant, le bonheur d'enfants n'ayant pas encore appris ce qui se cache derrière les masques des adultes qu'ils voient chaque jour. Les gens qu'Alex connaissait semblaient s'acharner à détruire le peu de bonheur qu'ils possédaient, comme s'ils ne pouvaient supporter de vivre avec ce qu'ils avaient cru vouloir autrefois. Elle se demanda si les êtres humains étaient destinés à atteindre ce qu'ils désiraient. Cette question impliquait naturellement un dessein supérieur inhérent au monde alors que tout ce qu'elle avait sous les yeux contredisait cette hypothèse. Alex espérait que si un jour un homme l'aimait comme elle rêvait de l'être, elle serait heureuse de l'aimer en retour. Ne serait-ce que parce qu'elle avait déjà connu tant de pertes à un si jeune âge. A la différence de la plupart des gens qu'elle rencontrait, elle savait au plus profond d'elle-même que l'existence est terriblement fragile, que la vie n'est qu'une flamme vacillante qui peut s'éteindre à tout moment, sans raison et contre toute justice.

Elle regarda sa montre : Chris serait bientôt là et Kaiser arriverait peu après. Elle pressa la main de sa mère, laissa un mot qu'une des infirmières lirait plus tard à la malade : *Chère maman, je suis passée. Je t'aime. J'espère que tu ne souffres pas trop. Mon hôtel est tout près, je reviendrai bientôt. Je t'aime. Alexandra.*

— Alexandra, murmura-t-elle en se levant pour quitter la chambre.

A aucun moment de sa vie elle ne s'était sentie dans la peau d'une Alexandra, malgré tous les efforts de Margaret Morse pour amener sa fille à en devenir une. Les tenues très féminines, les rubans roses dans les cheveux, les bals de débutantes... Seigneur.

Alex contourna un groupe d'internes en blouse blanche dont la plupart semblaient plus jeunes qu'elle.

Deux des filles la dévisagèrent, fascinées par ses cicatrices et se demandant probablement comment elles vivraient une chose pareille. Elles voyaient chaque jour des infirmités mais parvenaient le plus souvent, étant donné la différence d'âge, à ne pas s'identifier à ceux qui en étaient victimes. Mais voir une fille jeune comme elles – plus jolie, même – défigurée les effrayait.

Lorsque Alex arriva à l'ascenseur, un homme grand et corpulent attendait déjà dans le couloir. Elle se posta derrière la blouse blanche XXL, attendit elle aussi. Des odeurs d'hôpital imprégnaient l'air : alcool à 90°, désinfectant et Dieu savait quoi d'autre. Des bactéries hautement résistantes couvraient toutes les surfaces du lieu, attendant d'avoir accès à un corps chaud et humide où elles pourraient se multiplier, devenir des millions, des milliards, jusqu'à vider l'hôte qui les aurait nourries pendant leur bref séjour sur terre.

Une cloche tinta doucement.

Alex entra dans la cabine à la suite de l'homme en blouse blanche. Une autre blouse blanche s'y trouvait déjà, un autre membre du club, un monde à l'intérieur du monde de l'hôpital, des êtres humains inhumains dont le sourire ne montait jamais vraiment jusqu'au regard, qui affrontaient la mort chaque jour et la rejetaient donc avec deux fois plus de ferveur que les gens ordinaires. L'homme qui était déjà dans l'ascenseur recula pour faire de la place à son confrère massif et se réfugia dans le coin droit du fond. Le costaud s'installa dans le coin gauche. Conformément à une loi non écrite, Alex s'adjugea un des coins restants – celui de droite, devant, près des boutons – et se tint face à la porte.

La cabine sentait le neuf et le métal poli de ses portes faisait miroir. Alex remarqua que le visage reflété du colosse était entouré d'une barbe au-dessus de laquelle s'étalait une tache de naissance. Il doit être très marqué pour que ça se voie même dans un reflet trouble, pensa-t-elle.

L'ascenseur s'arrêta au troisième étage, l'homme qui se trouvait directement derrière elle sortit. Quand les portes se refermèrent, elle recula pour prendre la place qu'il avait occupée. L'homme à la tache de naissance la salua de la tête mais, au lieu de détourner aussitôt les yeux, il continua à la regarder. C'était une entorse à une autre loi non écrite, mais Alex présuma que c'étaient ses cicatrices qui retenaient son attention, une attention de nature professionnelle.

— Fusil de chasse ? s'enquit l'homme en touchant sa propre joue.

Alex rougit violemment. Il était le premier à avoir deviné. Quelques médecins savaient que ce type particulier de cicatrices était causé par une arme à feu, mais comme les dégâts étaient principalement dus aux éclats de verre, la plupart des autres se trompaient. Celui-là était peut-être spécialisé en chirurgie traumatologique.

— Oui, répondit-elle.

— Je ne veux pas vous mettre mal à l'aise. Je sais ce que c'est que d'être dévisagé.

Alex l'examina à son tour. C'était un mastodonte barbu d'une soixantaine d'années, avec une voix profonde qui avait probablement rassuré des milliers de patients au cours des années.

— C'est une tache de naissance ?

Il sourit.

— Pas exactement. C'est une anomalie artérioveineuse. Pas très grave à la naissance, mais qui explose en ce que vous voyez lorsqu'on atteint la puberté.

Alex allait poser une question quand l'inconnu, comme s'il lisait dans ses pensées, la devança :

— La chirurgie ne fait souvent que l'aggraver. Je n'ai pas voulu courir le risque.

Elle hocha la tête. Il n'était pas beau mais il aurait sans doute eu un physique acceptable sans cette horrible toile d'indigo et d'écarlate sur sa joue gauche.

La clocha tinta de nouveau.

— Bon après-midi, souhaita l'homme à Alex en sortant de la cabine.

Alex demeurait immobile, comme en transe, et repensait au jour de la fusillade dans la banque, aux éclats de verre criblant l'air, à James Broadbent gisant sur le sol, la poitrine réduite en une bouillie qui…

— Mademoiselle ?

L'homme à la tache de naissance tenait la porte ouverte avec son bras.

— Nous sommes au rez-de-chaussée.

— Oh, pardon. Merci.

Il attendit qu'elle ait quitté la cabine pour laisser la porte se refermer.

— La nuit a été dure ? s'enquit-il.

— Ma mère est mourante.

Une sympathie apparemment sincère assombrit l'expression du médecin.

— Vous avez pris l'ascenseur à l'étage du service oncologie. Elle a un cancer ?

— Ovarien, précisa Alex.

Il secoua la tête tel un prêtre consolateur.

— J'espère qu'elle ne souffre pas trop.

— Elle a déjà beaucoup souffert.
— Je suis désolé, soupira-t-il. Ça ira ?
— Oui. Je suis juste en face, au Cabot Lodge.
— C'est bien, approuva-t-il, souriant de nouveau. Ils savent s'occuper des gens, dans cet hôtel.
— Oui. Merci encore.
— Je vous en prie.

L'homme lui adressa un salut de la main et descendit un couloir menant aux entrailles de l'hôpital. Sur le sol, on avait peint des lignes de couleur, des lignes rouges, vertes, jaunes et même noires. Alex se demanda si, connaissant le code, un patient pourrait deviner le pronostic des médecins à la couleur de la ligne suivie. Probablement pas. Le jaune pouvait aussi bien conduire au McDonald's qu'elle savait installé quelque part dans l'hôpital.

Le sac à l'épaule, elle sortait dans l'obscurité naissante quand son portable stridula. C'était un texto de John Kaiser : *Suis à Gallman, arrive dans 20 min. A toute.* Il fallait qu'elle se presse. Will Kilmer devait la retrouver dans le hall du Cabot Lodge pour lui remettre un pistolet non enregistré et elle voulait monter le cacher dans sa chambre avant l'arrivée de Kaiser. L'agent n'aimerait pas l'idée qu'elle porte une arme maintenant qu'elle était mise à pied. Et même s'il comprenait, cela rendrait sa position plus difficile encore. Alex repéra sa voiture de l'autre côté de l'immense parking et s'élança.

De la fenêtre du foyer des médecins, Eldon Tarver regardait l'agent spécial Morse traverser le parking. Elle courait avec détermination, la tête en avant tel un sprinter, pas comme les amateurs qu'il voyait jogger tout le temps. En l'observant, il sentit un sentiment d'euphorie le gagner.

— Elle ne sait pas qui je suis, murmura-t-il. Elle était à un mètre de moi... elle a scruté mon visage, elle a entendu ma voix... elle ne m'a pas reconnu.

Le fait que sa barbe cachait la blessure qu'elle lui avait infligée y contribuait sans l'ombre d'un doute.

— Vous me parlez ? demanda une interne assise sur le canapé derrière lui.

— Non, répondit Tarver.

Il entendit la fille marmonner, agacée par sa présence. Cette pouffiasse avait probablement donné rendez-vous à un médecin pour tirer un coup rapide et Tarver contrariait leurs plans. Il se sentait tellement invulnérable en cet instant que l'envie le prit de fermer la porte à clef et de courber la fille au-dessus du comptoir de la kitchenette pour lui apprendre ce qu'était une vraie pénétration...

Doucement, lui souffla son censeur intérieur. Tout va dans le bon sens pour toi.

C'était vrai. D'abord Neville Byrd avait trouvé le site EX NIHILO, et Alex Morse se jetait maintenant dans ses bras. Elle lui avait même donné le nom de son hôtel ! Tarver ne croyait pas au destin, mais il était difficile de ne pas voir dans tout cela des schémas jungiens.

Bien sûr, il se pouvait aussi que Morse soit plus intelligente qu'on avait voulu le lui faire croire. Le jugement de Rusk n'était pas fiable et Morse était rapidement devenue une star du Bureau. Aux yeux de Tarver, qu'elle ait désobéi aux ordres était plus une bonne note qu'un mauvais point, surtout dans une organisation bureaucratique comme le FBI.

Oui, il était tout à fait possible qu'elle ait joué la comédie pendant leur conversation, estima-t-il. Mais même si ce n'était pas le cas, même si Morse ignorait vraiment qui il était, devait-il tenter le sort ? Il avait toujours eu pour règle de ne prendre aucun risque et cette règle lui avait réussi. Pendant cinq ans, il avait enfreint la loi presque chaque jour, commettant parfois des crimes graves, et il n'avait pas connu la prison.

Non… il ne devait prendre aucun risque.

Le moment était venu de rappeler Biddle.

38

Alex dut se garer à une centaine de mètres de l'entrée du Cabot Lodge. Lorsqu'elle franchit les doubles portes du hall pour se rendre à la réception, elle découvrit Shepard assis sur une chaise, contre le mur de droite. La tête penchée au-dessus des genoux, il se massait les tempes. Elle s'approcha, s'agenouilla près de lui.
— Chris ?
Il leva vers elle des yeux bordés de rouge.
— Salut.
— Comment va votre tête ?
— Un peu mieux. Le problème, c'est mon estomac, maintenant.
— Vous avez du nouveau ?
— J'ai rappelé Pete Connolly. Il veut que je prenne l'avion aujourd'hui pour aller au Sloan-Kettering.
— Vous devriez le faire.
Il eut un haussement d'épaules fataliste.
— Je peux prendre ici les médicaments qu'il me donnerait là-bas. Tom Cage m'a déjà envoyé une ordonnance pour des antiviraux puissants. AZT,

Ritonavir, Vidarabine. Je crois que c'est ce qui me donne la nausée.

— Connolly pense que ce traitement sera efficace ?

Chris eut un rire sombre.

— Comment voulez-vous qu'il le sache alors qu'il ignore ce qu'on m'a injecté ? Pete pense que je devrais entamer aussi une chimiothérapie par intraveineuse.

— Pourquoi vous ne l'avez pas fait ?

— Il y a de gros risques. Un grand nombre des médicaments utilisés en chimio sont eux-mêmes carcinogènes. Je ne suis pas encore désespéré au point d'en venir là. Connolly estime au contraire qu'un traitement puissant commencé le plus tôt possible me donnerait les meilleures chances de survivre.

Alex avait du mal à suivre la logique du raisonnement.

— Comment une chimio pourrait vous aider si vous n'avez pas encore le cancer ?

Chris se leva péniblement en s'appuyant sur le bras d'Alex, la regarda dans les yeux.

— Je l'ai peut-être.

Elle pâlit.

— Quoi ?

— Vous vous rappelez le scénario le plus effrayant de Pete ? Celui où quelqu'un prélève sur vous des cellules, les rend cancéreuses au labo et vous les réinjecte ?

Alex hocha lentement la tête.

— Ces cellules cancéreuses seraient actives dès qu'elles auraient pénétré dans mon corps, poursuivit Chris.

Elle pensa à la trace de piqûre dans l'anus.

— Il s'est passé quoi, d'après vous, la nuit dernière ? Quelqu'un vous a volé des cellules pour les altérer ? Ou vous a injecté des cellules cancéreuses ?

Le regard de Chris ne reflétait que de l'amertume.

— Je prie pour que ce soit la première hypothèse. Mais je doute d'avoir cette chance.

— Pourquoi ?

— Parce qu'il y a des moyens plus faciles de prélever mes cellules.

Alex parut perplexe.

— Par exemple ?

— Réfléchissez. Qui a constamment accès à mon corps ?

— Thora ?

— Exactement. Et elle est infirmière.

— D'accord. Mais comment aurait-elle fait pour vous prélever du sang à votre insu ?

Chris eut un geste de la main pour inviter Alex à réfléchir encore.

— Pas du sang.

Elle tenta d'imaginer d'autres sources. Les cheveux ? La peau ? Ou bien…

Sa bouche se tordit de dégoût.

— Vous y êtes ? dit Chris.

— Du sperme ?

— Oui. Dans le domaine froid et calculateur, on fait difficilement mieux.

— Je n'arrive pas à la croire capable de ça, murmura Alex en secouant la tête.

— Pourquoi pas ? Une fois qu'on a décidé de commettre un meurtre, peu importe la méthode. Vous croyez que les autres victimes ont eu une belle mort ?

Elle le regardait fixement, sans savoir quoi dire ni quoi faire. La situation la dépassait.

— La nuit du jour où j'ai fait votre connaissance, reprit Chris à voix basse, Thora est venue dans mon studio et m'a fait l'amour. Elle avait envie de tomber enceinte, disait-elle. Cela ne lui ressemblait pas du tout, mais j'y ai cru.

Il serra les mâchoires avant d'ajouter :

— Trois jours plus tard, j'ai découvert qu'elle avait pris la pilule du lendemain. Si son intention n'était pas de tomber enceinte, pourquoi faire l'amour avec moi ?

Alex ne semblait pas convaincue.

— Personne n'aurait pu rendre vos cellules cancéreuses aussi rapidement, pas même dans un laboratoire.

— Je m'accroche à cet espoir. C'est pour cette raison que je n'ai pas encore commencé une chimio. Mais qui sait ce qui est possible et ce qui ne l'est pas ?

Alex l'entoura de ses bras et le serra contre elle. D'abord Chris se raidit puis il se laissa aller. Quand il referma ses bras autour d'elle, Alex sentit qu'il tremblait. Etait-ce à cause des médicaments ? Ou allait-il craquer, là, dans le hall ? N'importe qui craquerait sous une telle pression.

— Montons, dit-elle. Vous êtes passé à la réception ?

Il acquiesça.

Alex laissa un message pour Will et, soixante secondes plus tard, elle ouvrait la porte du 638. Elle avait réservé une suite à l'étage « affaires » : en plus de la chambre, une petite pièce attenante avec un canapé, deux fauteuils, un bureau contre un mur. Dans un coin, un évier, un petit réfrigérateur et un four à micro-ondes.

— C'est le minibar ? demanda Chris en montrant le réfrigérateur.

Elle regarda à l'intérieur.

— Pas d'alcool.

Il jura à mi-voix.

— Vous auriez voulu quoi ?

— N'importe.

Elle chercha dans la chambre.

— Il est là, le minibar, sous la télé.

— Il y a de la vodka ?

— Je vous donne ça tout de suite.

Elle lui tendit une mominette d'Absolut qu'il vida presque d'un trait. Alex n'était pas sûre que Kaiser apprécierait d'interroger un homme ivre, mais comment aurait-elle pu réprimander quelqu'un qui venait d'apprendre qu'il était peut-être en train de mourir ?

— Kaiser est là ? demanda Chris.

— Il devrait arriver d'une minute à l'autre.

— Pourquoi vous l'avez choisi ?

Elle alla à la fenêtre, contemplant le campus verdoyant du Millsaps College, la tour de l'horloge s'élevant vers le ciel. On lui avait autrefois offert une bourse pour y poursuivre ses études.

— Kaiser a longtemps fait partie de l'Unité de soutien aux enquêtes. Il a bossé avec les gars qui l'ont créée, quand elle s'appelait encore « Unité des sciences du comportement ». Il a vu des choses que les types en costard de Washington ne peuvent même pas imaginer. La lecture d'un rapport ne permet pas de saisir l'horreur de certains actes, vous savez.

— C'est comme étudier une maladie dans un manuel, confirma Chris. On croit savoir ce que c'est, jusqu'à ce qu'on voie un malade crever.

— Exactement. Kaiser, lui, a cette expérience. Il a fait le Vietnam avant d'entrer au FBI, il a été au feu. C'est un homme exceptionnel. Sa femme aussi est formidable. Il l'a rencontrée pendant une enquête sur un meurtrier en série. Elle est photographe de guerre.

— Comment s'appelle-t-elle ?
— Jordan Glass.
— Vous plaisantez ?
— Vous la connaissez ?
— Non. Mais dans le studio où je fais des documentaires en amateur, Jordan Glass occupe une place d'honneur, avec Nachtwey et les autres. Elle a eu un Pulitzer.

— Deux, je crois.

Chris avala le reste de la petite bouteille et retourna au minibar. Alex sursauta en entendant frapper à la porte. Elle alla ouvrir en pensant que c'était Kaiser mais découvrit Will, une boîte à chaussures dans les mains.

— Merci, dit-elle en prenant la boîte, d'une lourdeur surprenante. Qu'est-ce que c'est ?

— Un Sig 9. Impossible de retrouver son origine.
— Merci, Will.

Le vieux détective paraissait abattu.

— Qu'est-ce qu'il y a ? lui demanda-t-elle.
— J'ai laissé tomber le docteur, marmonna-t-il.

Ça, tu peux le dire, ne put s'empêcher de penser Alex.

— Ça s'arrangera. Sauve-toi vite.

Kilmer descendit le couloir en direction de l'escalier.

Elle retourna dans la suite, où Chris avait attaqué le bourbon.

— Le room service fournit des chaussures, maintenant ? feignit-il de s'étonner.

— Pointure 9 mm, répondit Alex.

Elle porta la boîte dans la chambre et la mit sur l'étagère supérieure du placard.

— Kaiser n'a pas besoin de savoir, dit-elle.

— Mon 38 est dans ma voiture.

— Je passerai le prendre pour vous quand John sera reparti.

— J'ai une forte envie de m'en servir.

Sur qui ? s'interrogea Alex. Thora ? Shane Lansing ? Les deux ?

— Vous ne parlez pas sérieusement ?

— J'ai grandi dans le Mississippi. J'ai un côté péquenaud du Sud qui ne s'effacera jamais.

Elle lui toucha le bras.

— J'espère que vous plaisantez. Parce que ça ne réglerait rien. Tout ce que ça vous rapporterait, c'est que Ben grandirait loin de vous.

Le regard de Chris s'éteignit.

— Quelle est la cause de vos maux de tête, d'après vous ? lui demanda Alex pour l'empêcher de continuer à penser à l'enfant.

— Je crois qu'on nous a endormis tous les trois, je ne sais pas comment. Will a mangé de la dinde et du fromage, comme moi, mais Ben a mangé de la pizza surgelée. Et il n'a pas bu de bière. J'ai un distributeur d'eau fraîche, à la maison, c'est peut-être là qu'on a mis le somnifère. Enfin, peu importe. Tant que Ben et Will ne sont pas malades…

On frappa trois coups forts à la porte. Chris suivit Alex quand elle alla ouvrir.

Un homme de haute taille aux yeux enfoncés et aux cheveux d'une longueur inattendue se tenait sur le seuil. Chris n'arrivait pas à croire que ce type avait fait le Vietnam, il semblait n'avoir qu'une quarantaine d'années. Il devait en avoir largement dix de plus.

— Tu ne me fais pas entrer ? dit-il à Alex.

Elle sourit et serra Kaiser dans ses bras, s'écarta pour le laisser passer. L'agent du FBI posa un sac en cuir sur le canapé puis se retourna et tendit la main vers Chris.

— Docteur Shepard ?

— Oui, répondit Chris en prenant la main offerte.

— Expliquez-moi tout. J'ai du retard à rattraper.

— C'est pire que ce que je pensais, John, intervint Alex. Chris a été l'objet d'une attaque la nuit dernière.

Kaiser examina longuement l'homme qu'il avait devant lui. Il nota la fatigue, l'abattement, l'odeur d'alcool. Alex savait que son ex-collègue avait beaucoup de questions à poser et Chris semblait n'avoir qu'une envie : se fourrer dans l'un des lits et dormir.

Kaiser se tourna finalement vers Alex et dit :

— Mets-moi au courant avant que le Dr Shepard tourne de l'œil.

39

John Kaiser regardait le campus par la fenêtre tandis qu'Alex, assise sur le lit à côté de Chris, lui tendait la poubelle chaque fois qu'il avait un haut-le-cœur. Ses vomissements avaient commencé pendant qu'Alex résumait la situation pour Kaiser et revenaient encore par vagues.

— C'est… probablement à cause des médicaments, expliqua Chris en se tenant la poitrine à deux mains. J'en prends trois en même temps, mon corps n'a pas l'habitude…

— Tu penses que Webb Tyler a fait de l'obstruction ? dit Kaiser sans se retourner.

Tyler était le directeur du bureau de Jackson. C'était à lui qu'Alex avait soumis en premier sa théorie sur les meurtres en série. Il s'était montré très réticent.

— C'est rien de le dire. Je n'étais pas dans son bureau depuis cinq minutes qu'il n'avait qu'une envie : me voir disparaître.

Kaiser pencha la tête sur le côté, comme s'il observait quelque chose six étages plus bas.

— Ça ne m'étonne pas de lui.

— Je pense aussi qu'il s'est plaint de moi à Mark Dodson dès le premier jour.

— Bien vu, là encore.

— Tu crois que tu peux faire quelque chose, John ?

Kaiser se détourna enfin de la fenêtre.

— Il te faut des preuves tangibles. Sous une forme ou une autre.

— Tu pourrais obtenir qu'on autopsie les victimes ?

— Pas sans l'ouverture officielle d'une enquête. Les autorités locales ne pensent même pas qu'il y a eu meurtre. Comment veux-tu qu'elles fassent appel au FBI ?

— Je sais. Mais on a peut-être injecté à Chris une substance qui donne le cancer. Tu ne pourrais pas la qualifier d'arme biologique et faire intervenir le Bureau conformément aux lois antiterroristes ?

Kaiser fit la moue.

— L'idée n'est pas mauvaise. Mais c'est trop tôt. Là encore, nous n'avons aucune preuve que cette substance existe.

— Nous avons la trace de piqûre sur le corps de Chris.

— Elle peut provenir de n'importe quoi. Il faudrait retrouver le produit dans son sang.

— On peut toujours essayer.

— Nous ne savons pas quoi chercher, intervint Chris d'une voix croassante. Un métal radioactif ? Un rétrovirus ? Une toxine ? A supposer que ce soit décelable.

Kaiser approuva de la tête.

— Et qui ferait les recherches pour nous ?

— Merde de merde ! explosa Alex. J'en ai marre d'avoir les mains liées !

— Pete Connolly me fera faire des analyses si je me rends au Sloan-Kettering, dit Chris. Il parviendra peut-être à isoler quelque chose.
— Je voudrais la voir, sollicita Kaiser.
— Quoi ? demanda Alex.
— La trace de piqûre.
— Tu plaisantes ?
— Non. J'ai vu pire, tu sais.
Alex se tourna vers Chris.
— Pourquoi pas ? soupira-t-il.
— Tu nous laisses seuls un instant ? dit Kaiser à Alex.
Elle alla dans la salle de bains sans répondre.
Chris se leva lentement, enleva son pantalon, s'étendit sur le ventre.
Kaiser l'examina avec la méticulosité professionnelle d'un médecin.
— OK, docteur.
— Alors ? dit Chris en se rhabillant.
— Vous n'avez jamais pris de drogue ?
— Jamais.
L'agent du FBI le regarda dans les yeux.
— Vous croyez votre femme capable de commettre un meurtre ?
Assis au bord du lit, Chris sentit la nausée revenir.
— Il y a quelques jours encore, je ne l'aurais pas cru. Mais je ne la croyais pas non plus capable de me tromper. Et il y a dans son passé des périodes dont je ne sais rien. En plus…
— Oui ?
— J'ai adopté son fils. Le fils biologique de ma femme. Ben ne me connaît que depuis deux ans, mais

s'il devait choisir en cas de divorce, c'est avec moi qu'il voudrait être. Qu'est-ce que vous en pensez ?

— C'est un mobile, si vous avez raison.

Kaiser se tourna vers la salle de bains.

— Alex ?

Elle sortit, le regard interrogateur.

— Tu me crois, maintenant ?

Il lui prit la main.

— Je te crois parce que je crois en toi. Mais je ne suis pas sûr que tout le monde serait du même avis.

— Tu peux faire quelque chose pour nous aider ?

— Je peux au moins faire surveiller Andrew Rusk.

— Webb Tyler serait d'accord ?

Kaiser eut un reniflement dédaigneux.

— Tyler n'est pas très apprécié par ses agents. J'en connais quelques-uns qui seraient prêts à donner un coup de main pour me rendre service. Je ne peux rien faire qui attirerait sur moi l'attention du Bureau, mais des renseignements sur une plaque d'immatriculation, un coup d'œil dans les fichiers, ce genre de trucs, je peux.

— Je t'en suis reconnaissante, John. Ça ne suffira pas, pourtant. Ces types tuent depuis des années, et savoir que je suis sur leur piste ne les a même pas arrêtés.

Kaiser serra les mâchoires.

— Ça va te paraître cynique, mais c'est tant mieux. S'ils se planquaient maintenant, on ne les retrouverait jamais. Le mieux qu'on puisse faire, c'est piquer Andrew Rusk avec un bâton pointu pour le faire réagir. Là, je peux me rendre utile. Je vais découvrir tout ce qu'on peut savoir sur ce connard, je vais passer au crible les entreprises avec lesquelles il a été associé, même de loin. Tous ceux qui sont en affaires avec lui vont le détester d'ici deux jours.

Le visage d'Alex s'éclaira.

Kaiser s'approcha de Chris.

— Je veux que vous commenciez cette chimiothérapie, docteur. Vous ne pouvez rien faire d'autre. Votre seul boulot, c'est survivre.

Chris allait protester quand un nouveau haut-le-cœur le fit se plier en deux au-dessus de la poubelle.

Kaiser emmena Alex dans l'autre pièce. Chris les entendit parler à voix basse mais ne parvint à saisir aucun mot. Comme mû par une volonté extérieure à lui, il se glissa dans le lit et remonta les couvertures jusqu'à son cou. Quand Alex revint, il dormait presque.

— Chris ? Vous pensez qu'il faut que je vous conduise à l'hôpital ?

— Non… juste besoin de repos. Kaiser… ?

— Il est parti.

Elle le regarda avec une expression oscillant entre inquiétude et peur pure et simple. Elle est trop éprouvée, pensa-t-il. Elle ne veut pas que je dorme… pas se retrouver seule…

— Quelqu'un s'occupe de Ben ? demanda-t-elle.

— Mme Johnson, murmura-t-il. Numéro… dans mon portable.

— Je l'appelle. Reposez-vous.

Elle prit la main tremblante de Chris et la pressa. Il puisa dans ses dernières forces pour répondre à sa pression puis, telle une masse de nuages d'orage au-dessus d'une frêle barque, l'obscurité l'engloutit.

La sonnerie de son téléphone le réveilla. Il cligna des yeux dans le noir, tourna la tête vers la droite, découvrit une barre verticale de lumière artificielle séparant les rideaux mal fermés. Dans la faible lueur, il vit Alex endormie sur l'autre lit. Elle avait gardé son tee-shirt mais ôté son pantalon. Chris chercha son portable à tâtons sur la table de nuit.

— Allô ?
— Chris ! cria une voix de femme frénétique.
— Madame Johnson ?
— C'est Thora ! Où es-tu ?
— Euh… à Jackson.
— Jackson ! Tu as laissé Ben chez Mme Johnson sans lui dire où tu allais !
— Ce n'est pas vrai. Elle savait que je risquais de quitter Natchez.
— Elle m'a dit qu'une nommée Alex l'a appelée pour demander des nouvelles de Ben. C'est qui, cette Alex ?

Chris se redressa lentement, se leva et passa dans la petite pièce adjacente.

— Ecoute, j'ai dû prendre la voiture pour venir voir un malade au centre hospitalier universitaire de Jackson. Il n'y a pas de quoi en faire un drame. Où tu es, toi ?
— A Greenwood, comme je suis censée l'être.

La voix de Thora demeurait hystérique. Il contracta les mâchoires, garda le silence.

— Chris ? Tu m'entends ?
— Oui.
— Qu'est-ce qui se passe, bon Dieu ?

Comment pouvait-elle s'obstiner à maintenir

l'illusion qu'ils formaient encore un couple normal ? Il s'immobilisa au centre de la pièce obscure, la gorge et le scrotum rendus douloureux par les spasmes répétés des vomissements, le bras presque trop faible pour tenir le téléphone, et résista à une envie de hurler montant des profondeurs de son âme. Il se rappela qu'Alex lui avait instamment recommandé de ne pas affronter directement Thora, mais à vrai dire il se foutait complètement de l'enquête. Il ne pourrait plus jamais regarder Thora et faire semblant que tout allait bien.

— Réponds-moi ! exigea-t-elle. Tu es soûl ou quoi ?
— Tu es là où tu es censée être, tu dis ?
— Bien sûr !
— Et Shane Lansing ? C'est là qu'il est censé être, lui aussi ?

Cette fois, ce fut elle qui garda le silence.

— Ce ne serait pas plutôt moi, qui suis censé y être ?
— De quoi tu parles, Chris ?
— Arrête, Thora. Arrête, d'accord ?
— Attends… Je ne sais pas ce que tu t'imagines mais ne… Tu ne peux pas…

Sa voix mourut.

— Je n'imagine rien. Je sais que tu as pris la pilule du lendemain après qu'on a fait l'amour dans le studio.

Il entendit un hoquet puis le bruit d'une paume plaquée sur le micro.

— J'ai aussi une jolie photo de Shane en train de te prendre en levrette sur le balcon de l'hôtel. Je suis sûr qu'il est content d'avoir un trophée de plus à mettre dans sa vitrine. Tu dois être… quoi ? sa dixième conquête de l'année ?

Il y eut un cri étouffé, suivi d'un grognement masculin.

— Il est là en ce moment ? demanda Chris, titubant sous l'effet d'un soudain vertige. Ou il a pris l'avion pour rentrer dîner avec sa femme et ses gosses ? Combien ça lui coûte de faire la navette pour pouvoir t'enfiler à loisir ? Ça doit te donner l'impression de valoir quelque chose, hein ?

Pas de réponse.

— S'il est là, passe-le-moi.

— Chris... dit Thora d'une petite voix, presque désolée. Je suis seule, il n'y a personne avec moi.

— Je ne te crois plus. Je sais ce que tu m'as fait, je serai peut-être mort dans un an. Mais toi... toi et Lansing aussi. Vous êtes spirituellement morts. Tu ne saisis sûrement pas de quoi je parle... mais un jour tu comprendras. Et dis à ce pourri qu'il m'aura en face de lui avant que ce soit terminé. Juste une fois.

Elle sanglotait, maintenant.

— Comment as-tu pu faire ça à Ben, Thora ? Moi, n'en parlons plus. Mais lui, il était tellement bien dans sa peau. Tu veux en faire un clone de la déglinguée que tu es ?

Thora poussa un cri de femme affligée par un deuil.

Chris raccrocha et demeura un moment à trembler dans le noir. Il n'était plus seul ; Alex se tenait dans l'encadrement de la porte séparant la chambre de l'autre pièce, l'air déroutée, les jambes nues.

— Qu'est-ce que vous avez fait ? murmura-t-elle.
— Je n'ai pas pu continuer à jouer la comédie.
— Vous avez peut-être tout gâché...
— Comment ? Vous enquêtez depuis plus de cinq

semaines et vous n'avez rien. Vous avez entendu Kaiser : piquez-les avec un bâton pointu. Eh bien, je viens de piquer Thora. Et je crois qu'elle va piquer Andrew Rusk à son tour.

Alex leva la main comme une petite fille pour chasser le sommeil de ses yeux.

— Comment va votre estomac ?
— Mieux. Quelle heure est-il ?
— 23 h 30.

Chris avala péniblement sa salive.

— Je suppose qu'on ne rentre pas à Natchez avant demain.
— Sauf si vous devez récupérer Ben.
— Mme Johnson a dit qu'elle pouvait le garder ?
— Sans problème. Il va bien.
— Merde. A en croire Thora, il était dans tous ses états. Elle n'a pas apprécié non plus que ce soit une femme qui appelle. « C'est qui, cette Alex ? »...
— Qu'elle aille se faire foutre.
— C'est déjà fait.

Alex s'approcha de Chris, le prit par la main et le ramena au lit.

— Je n'essaie pas de vous draguer, précisa-t-elle. Je veux juste dormir à côté de vous plutôt que toute seule dans l'autre lit. Vous êtes d'accord ?

Chris s'allongea sur le dos, se poussa pour faire de la place à Alex. Elle étendit son corps chaud près du sien, posa la tête sur son épaule.

— Pourquoi vous avez épousé Thora ? demanda-t-elle à voix basse. Parce qu'elle était belle ?

Il réfléchit avant de répondre.

— Je n'ai pas pensé ça, à l'époque. Maintenant... Je crois que c'était peut-être en partie pour cette raison.

Alex hocha la tête, la joue contre le drap.

— Mais pas seulement, poursuivit Chris. Et je ne comprends toujours pas pourquoi elle fait une chose pareille. Pourquoi ne pas simplement demander le divorce ? Je serais d'accord.

— Je pense que c'est à cause de Ben. Elle sait qu'il vous aime beaucoup. Elle ne peut pas lui annoncer qu'il va perdre son merveilleux nouveau père uniquement parce qu'elle s'ennuie avec vous, d'un seul coup. Votre mort réglerait tous les problèmes, selon elle. Si vous mourez, elle devient une veuve pleine de dignité, pas une divorcée égoïste. La veuve pleine de dignité, c'est un rôle qu'elle sait déjà jouer.

— Evidemment.

— Sans parler de deux millions de plus sur son compte en banque.

Chris soupira sans rien dire.

— Les gens me trouvaient jolie, avant, dit Alex d'une petite voix en portant une main à son visage.

— Vous l'êtes toujours. Simplement, vous n'êtes pas capable de le voir. Vous n'êtes plus la même, c'est tout. Comme ces femmes qui font une chimiothérapie. Elles sont toujours belles, même devenues chauves. J'appelle ça le look Sinead O'Connor.

Alex rit doucement.

— Vous savez rassurer les malades.

— Avec Thora, ça n'a pas suffi, apparemment.

— Parce qu'elle est cinglée.

— Moi aussi, je vais devenir chauve si je fais une chimio.

— Pas de « si », dit Alex en lui agitant un doigt sous le nez. Vous la faites.
— Vous êtes mon docteur, maintenant ?
— Quelqu'un doit bien s'occuper de vous.

Il lui prit le bras et la fit s'allonger sur le flanc, tournée de l'autre côté, et la serra contre lui.
— Oh, non, murmura-t-elle.
— Quoi ?
— C'est ce que j'aime le plus au monde.
— Tant mieux.

Au bout de quelques inspirations seulement, le sommeil revint. Alex referma les mains sur le bras qui l'entourait.
— Ne paniquez pas si je me mets à pleurer. Parce que c'est ce que je vais faire.
— Pourquoi ?
— Ma vie est nulle, en ce moment. Ça fait un bon moment qu'elle est nulle.

Chris la serra de nouveau contre lui.
— Ça pourrait être pire. C'est une chose que la médecine m'a apprise. Ça peut toujours être pire.

Elle tourna la tête pour que sa joue effleure la sienne.
— J'espère que non.
— Il faut dormir, Alex.
— Je sais. Vous allez me vomir dessus ?

Il s'esclaffa et eut l'impression d'entendre rire quelqu'un d'autre dans un rêve.
— Je vais essayer de ne pas vous faire ça.

Alex se raidit soudain dans ses bras.
— Qu'est-ce qui se passe ? lui demanda-t-il.

— J'ai oublié d'aller sur le Net pour bavarder avec Jamie, mon neveu. On le fait tous les soirs, c'est une sorte de rituel.

— Allez-y, dit Chris en écartant un bras.

Elle ramena le bras sur elle et se blottit contre lui.

— Non... C'est trop tard, maintenant. Ça ne fait rien. Pour un soir, il comprendra.

40

— Merde, fit une voix de femme.
Chris se réveilla avec l'impression que le lit bougeait sous lui. Il avait mal dans tout le corps, en particulier à la poitrine et au cou, comme s'il avait eu un accident de voiture.
— Merde, merde, merde, jura la femme. Je ne me suis pas réveillée.
Alex, se souvint-il. Il ouvrit les yeux et la lumière du jour lui poignarda les rétines. Debout près du lit, Alex enfilait son jean.
— Quelle heure est-il ? demanda-t-il.
— 9 heures. J'ai mis le réveil de mon portable, mais j'ai oublié de le recharger. C'est ce câlin qui m'a chamboulé le cerveau.
Lorsque Chris s'assit dans le lit, une nausée lui souleva l'estomac.
— Vous avez besoin de la salle de bains ?
Alex le regarda, comprit.
— Juste le temps d'aller aux toilettes, répondit-elle.
Elle disparut dans la salle de bains. Chris bascula les jambes hors du lit, se leva lentement, alla au minibar. Il opta pour une Dasani fraîche, qu'il avala avec plaisir, et

pria pour réussir à garder l'eau ingurgitée. Quand il fut à peu près sûr de ne pas vomir, il alla prendre dans son sac sa dose matinale d'antiviraux : AZT, Ritonavir, Vidarabine. En avalant le dernier comprimé, il entendit le bruit de la chasse d'eau.

— J'ai fini ! cria Alex. La place est à vous !
— Je crois que ça va aller.

Alex sortit de la salle de bains, s'assit dans l'un des fauteuils club. Elle s'était lavé le visage et l'absence de maquillage révélait ses cicatrices dans toute leur gravité. Chris songea à un portrait de femme aspergé d'acide.

— A quoi vous pensez ? lui demanda-t-elle d'un ton soupçonneux.
— A aujourd'hui.
— Vous avez le choix. Retourner à Natchez en voiture pour une chimiothérapie, ou prendre l'avion pour le Sloan-Kettering et une chimiothérapie.
— Vous êtes ma mère, maintenant ?

Elle écarta les bras.

— Vous voulez jouer à la roulette russe avec votre vie ?
— C'est à ça que reviendrait une chimio, en l'occurrence. Nous ne savons pas ce qu'on m'a injecté. Ma meilleure chance de survivre, c'est de découvrir exactement ce qui est en train de me tuer. Ensuite seulement, je pourrai suivre un traitement efficace.

Alex soupesa l'argument.

— Vous comptez le découvrir comment ?
— Disons que Kaiser et vous pourriez coincer ce salaud pour moi.
— Vous allez mieux, ce matin, j'ai l'impression.

Chris ramassa son pantalon, essaya de le mettre, renonça.

— Vous avez besoin de votre pantalon pour aller où ? demanda Alex.

— Au centre hospitalier universitaire de Jackson, voir les chercheurs dont Peter Connolly m'a parlé. S'ils ne sont plus là, j'obtiendrai les noms des chefs des services hématologie et oncologie, j'essaierai de les rencontrer.

— Pour quoi faire ?

Saisi de vertige, il dut s'asseoir au bord du lit.

— Je crois que nous nous sommes trop focalisés sur Shane Lansing. D'accord, il a un centre anticancéreux, et donc accès à des produits radioactifs. Mais si ce qu'on m'a injecté était radioactif, on l'aurait probablement vu quand j'ai passé une radio, hier. Je crois plutôt que Peter Connolly a raison. Quelqu'un a prélevé mon sang – ou mon sperme –, a altéré des cellules et les a réinjectées dans mon corps. Si c'est ça, il y a peu de chances que ce quelqu'un soit Lansing. Il s'intéresse plus à l'argent qu'à la médecine, il n'a pas les connaissances nécessaires. On cherche des superdocteurs, Alex. Des experts en moelle des os, en génétique, en virus oncogènes. Il n'y en a pas beaucoup dans tout l'Etat et ils se trouvent ici, au centre hospitalier universitaire.

Alex se pencha en avant, une lueur déterminée dans le regard.

— Comment vous vous sentez ? Votre corps suivra ?

— Je crois. Je ferais quand même mieux de prendre une douche. Je n'impressionnerai personne en puant le vomi.

— Sage décision, approuva Alex en se dirigeant vers le téléphone de la table de chevet. Je vais commander le petit déjeuner. Vous pourrez avaler quelque chose ?
— Un toast et du gruau de maïs. Et un thé bien chaud.
Elle eut un grand sourire.
— Depuis dix ans, vous êtes le seul homme avec qui j'ai passé la nuit qui réclame du gruau en se levant.
— Bienvenue au pays.

Andrew Rusk se trouvait à quinze kilomètres au sud de Jackson lorsque sa peur atteignit un seuil critique. Quelques jours plus tôt, il n'y avait qu'une voiture qui le filait. Maintenant, c'était un bataillon motorisé, opérant en alternance. Rien que des modèles américains, conduits par des chauffeurs blancs pour la plupart, entre vingt-cinq et quarante-cinq ans. Il était dans la merde et il le savait. Maudissant Alex Morse, il quitta l'autoroute à la sortie Byram et prit la file drive-in du Wendy's. Deux voitures le suivirent.
— Putain ! beugla-t-il.
La veille, lorsqu'il avait reçu le spam Viagra de Tarver, Rusk avait été ravi. Il ne savait pas où le médecin se cachait mais il devait avoir une bonne raison de ne pas le contacter. Après tout, ils ne s'étaient vus que quelques heures au total en cinq ans. Hier soir, le rendez-vous fixé par Tarver lui semblait sans problème, une balade au camp de chasse. A présent, c'était impossible. S'il conduisait ces fils de pute du FBI à Chickamauga, Tarver les abattrait sans hésitation, et lui avec.
Rusk commanda un cheeseburger et un Coca, regarda une des voitures qui le filaient se garer sur le

parking, quelques mètres plus loin. Qu'est-ce qu'il pouvait faire ? S'ils le suivaient aussi obstinément, ils avaient aussi sûrement mis ses téléphones sur écoute. Le cabinet, la maison, les portables. Un moment, il se demanda si c'était Carson Barnett qui l'avait dénoncé.

Non, impossible, se dit-il pour se rassurer. Barnett voulait se débarrasser de sa femme, il était prêt à tout pour ça. C'était cette foutue Morse. Mais était-ce seulement Morse ? Toute la question était là.

La veille au soir, Thora Shepard avait téléphoné quatorze fois chez lui. Après le deuxième message hystérique qu'elle avait laissé, il avait débranché le répondeur. A son arrivée au bureau, dans la matinée, Janice lui avait transmis douze messages d'une certaine Mme Shepard, plus affolés les uns que les autres. Thora n'était pas assez stupide pour avoir expliqué pourquoi il fallait absolument qu'elle lui parle, mais il soupçonnait que Morse y était pour quelque chose. Ou alors Thora Shepard avait changé d'avis et ne voulait plus tuer son mari. Cela n'aurait pas étonné Rusk. Cette femme était bandante comme une star mais complètement barrée, il l'avait compris à leur première rencontre. Typique de ces bonnes femmes de la haute, vraiment. Elle avait l'air de tout maîtriser mais sous la façade ce n'était sûrement pas la même histoire.

Rusk prit son cheeseburger à l'employée du guichet, paya avec un billet de dix dollars.

— Du ketchup, réclama-t-il. Je veux du ketchup.

Il but une longue gorgée de son Coca et prit la file de la sortie. L'un de ses suiveurs lui colla au train. Ces types n'essayaient même pas de se faire discrets.

Le plus drôle, avec Thora Shepard, pensa-t-il en tournant dans l'I-55 Nord, c'est qu'ils n'avaient même pas eu à tuer son premier mari. Le pauvre gars avait eu une mort naturelle. Bien sûr, Rusk ne l'avait jamais dit à sa veuve. Elle avait payé conformément à leur accord et il s'était fait un plaisir de prendre son argent. C'était presque ironique qu'elle soit devenue une cliente fidèle. Mais il n'avait plus maintenant de raison de s'en réjouir. Thora Shepard était en train de péter un câble et si elle le faisait publiquement, cela risquait de coûter cher à Rusk. Il fallait qu'il entre en contact avec Tarver au plus vite. Comment ? Il n'en avait aucune idée mais alors qu'il roulait à toute allure vers Jackson, il se rendit compte qu'il n'avait qu'à attendre, que Tarver le ferait pour lui. Dans les douze prochaines heures, Rusk tournerait un coin de rue, monterait dans un ascenseur ou dans sa voiture... et Tarver serait là. Comme par magie. Ce type fonctionnait comme ça. Et tous les agents du FBI ne pourraient pas l'en empêcher.

Rusk regarda dans son rétroviseur en riant. Le moment était venu de ramasser ses jetons et de quitter le pays. Il espérait simplement que Tarver et lui auraient encore le temps de tondre Barnett avant le jour J. Il serait leur plat de résistance, il les mettrait à l'abri du besoin pour les vingt prochaines années de leur vie. Tandis que l'autoroute filait sous lui comme un fleuve gris, Rusk se vit sur une plage noyée de soleil, un cocktail au rhum brun dans la main, Lisa étendue nue à côté de lui. Il s'en voulait d'abandonner les enfants, mais il n'y pouvait rien. Les affaires sont les affaires. Il ralentit jusqu'à ce que le chauffeur de la voiture sombre qui le suivait n'ait pas d'autre choix que le doubler. Lorsque le conducteur à l'allure soignée tourna la tête pour le regarder, Rusk sourit comme le chat du Cheshire.

Le Dr Tarver était désolé de l'expression d'incompréhension muette de son frère adoptif. C'était exactement ce à quoi il s'attendait : le regard désemparé et incrédule d'un enfant à qui on apprend que son chien s'est fait écraser.
— Tous ? demanda Judah. Tous, tous ?
— J'en ai peur, répondit Tarver.
— Même les chimpanzés ?
Ils se tenaient dans la pièce du fond, près des cages des primates, pas l'endroit idéal pour avoir cette conversation.
— Surtout les chimpanzés. Il ne doit rien rester qui puisse révéler ce que nous faisions ici.
Le visage de Judah était crispé comme celui d'un gosse confronté à des additions trop compliquées pour lui.
— Je croyais que c'était bien, ce qu'on faisait.
— C'est bien. Mais les gens ne le comprendraient pas. Tu sais comment ils sont.
— Je sais. Si je les gardais, moi ? proposa Judah. Quelques-uns seulement.
— Je voudrais bien. Sincèrement. Mais c'est impossible.
— J'ai bien étudié. Je me suis occupé du chenil presque tout seul, cette année. Pourquoi je pourrais pas conserver la partie élevage ? Rien que les beagles ?
— Tu ne sais pas vraiment ce que c'est que gérer ce chenil, Judah. Il ne s'agit pas seulement de s'occuper des chiens. Il y a les commandes, les factures, le livre

de comptes, les impôts. En plus, il te faudrait une licence. Sans moi, l'affaire ne peut pas tourner.

Une autre peur surgit dans les yeux de Judah.

— Où tu vas ?

— Je ne sais pas encore. Je te ferai venir une fois que j'y serai.

— Sûr ?

— Je ne l'ai pas toujours fait ?

Le frère adoptif tourna de nouveau la tête vers les cages.

— Pourquoi on peut pas les donner ?

— Parce qu'ils sont malades. Ils sont porteurs d'un germe spécial, maintenant. Ils contamineraient d'autres animaux et ce serait une catastrophe. L'Armageddon, peut-être même, comme dans…

— L'Apocalypse de Jean, enchaîna Judah d'une voix d'automate. Chapitre seize. Les sept fléaux des anges. Mon nom est dans ce livre. « Et le deuxième ange répandit sa coupe sur la mer, elle devint comme le sang d'un mort et tout ce qui dans la mer avait souffle de vie mourut. Et… »

— C'est vrai, le coupa son frère. Tu ne voudrais pas comparaître devant Dieu pour en avoir été la cause, n'est-ce pas ?

Après une longue réflexion, Judah secoua sa grosse tête.

— Voilà ce que nous allons faire, dit Tarver, comme si l'idée lui venait à l'instant. Tu t'occupes des beagles et tu me laisses les singes. Je sais que ce serait trop dur pour toi.

Judah se mordit la lèvre inférieure.

— Les chiens aussi, ce sera dur, objecta-t-il. Je les connais tous, maintenant. Je leur ai donné un nom.

Tarver était étonné qu'un homme aussi coriace que son frère puisse montrer de la mollesse quand il s'agissait d'animaux. Car Judah était une créature effrayante une fois sa colère éveillée. Aussi déterminé qu'un terroriste se faisant exploser au nom du djihad. C'étaient des hommes comme lui qui avaient pris Iwo Jima aux Japonais. Des hommes capables de se frayer un chemin à la baïonnette parmi les rangs ennemis puis de charger sous le feu d'une mitrailleuse, sans jamais remettre les ordres en question. Ce patriotisme inconditionnel avait permis à l'Amérique d'accéder à l'adolescence ; sans lui, elle ne parviendrait jamais à l'âge adulte.

— Toi, tu sais pas, t'es jamais avec eux, argua Judah. C'est comme si c'étaient tous mes chiens. Comme June Bug, quand on était gosses.

June Bug était une chienne bâtarde affligée de cataracte qui avait vécu avec eux jusqu'à l'âge de quinze ans. Judah l'avait adorée.

— Quand papa noyait les petits dans la grande bassine, ajouta-t-il.

Tarver passa un bras autour des épaules massives de Judah et l'éloigna des cages des primates. C'était incroyable qu'on ait pu les prendre pour de vrais frères. Sur le plan intellectuel, ils habitaient des mondes différents et le cerveau de Tarver abritait probablement quatre fois plus de connexions neurochimiques que celui de Judah. Cependant, celui-ci s'était montré très utile par le passé et le serait encore.

Ils avaient maintenant rejoint l'allée des beagles, deux murs de poils noirs, blancs et marron où luisaient des yeux plaintifs. Judah mettrait une bonne partie de la journée à les tuer. Non qu'ils résisteraient. Une des raisons pour lesquelles on utilisait des beagles pour la recherche médicale, c'était leur docilité et leur gentillesse. Ils vous regardaient avec des yeux empreints d'un léger reproche quand vous enfonciez en eux aiguilles ou sondes. Ils étaient la preuve vivante que les humbles n'hériteraient pas de la terre, du moins pas dans le monde animal.

— Comment tu feras ? voulut savoir Judah. Pour les chimpanzés.

— Je vais leur administrer un barbiturique et quand ils seront inconscients, je me servirai de chlorure de potassium. Ils ne sentiront rien.

Judah se mordit la lèvre si fort que Tarver craignit de voir le sang gicler.

— T'es sûr qu'il faut les brûler ?

— Il faut purifier cet endroit. Dieu a utilisé le feu, nous le ferons aussi.

Judah ferma les yeux mais quand il les rouvrit, Tarver vit qu'il avait accepté sa décision. Eldon avait défié leur père et survécu, il devait être béni de Dieu.

— Il faut que tu sois parti d'ici avant 17 heures, dit Tarver d'un ton grave. Tu as compris ?

— Tu t'en vas ?

— Je reviendrai pour m'occuper des singes. Mais tu n'auras pas fini.

— D'accord. J'irai où après ?

— Je t'expliquerai tout à mon retour.

— D'accord.

Tarver sourit puis retourna aux cages des primates. Il avait de la documentation à étudier, les explosifs n'étaient pas sa spécialité. Il avait cependant confiance en ses capacités. Quel spectacle ce serait ! Une explosion suivie d'un incendie, un brasier assez chaud pour fondre de l'acier, et lorsque les pompiers arriveraient, ils découvriraient quelque chose qu'ils n'avaient jamais vu : une douzaine de grands singes affolés par les flammes. Parce qu'il les piquerait, comme il l'avait promis à Judah, mais il ne leur injecterait pas de KCl. Et il ouvrirait les serrures des cages, tout en maintenant les portes en place avec du fil de fer pour faire croire aux singes qu'elles étaient encore fermées, jusqu'à ce qu'une énorme déflagration éventre l'ancienne boulangerie. Il aurait été intéressant de voir quelle espèce serait la première à ouvrir la porte de sa cage une fois que la panique aurait gagné les animaux, mais cela ne valait pas la peine de mourir pour en être témoin.

Tarver se tourna vers le placard situé à droite des cages des chimpanzés. Il contenait quatre bouteilles d'acétylène, comme trois autres placards disséminés dans le bâtiment. Le temps que les pompiers répondent aux appels des voisins, l'ancienne boulangerie serait transformée en une fournaise de trois mille degrés. L'odeur de chair brûlée des beagles envahirait tout le quartier et des singes pris de panique se jetteraient sur quiconque approcherait de ce qui avait été leur territoire. Ce serait un spectacle digne d'un Jérôme Bosch sous LSD.

41

Chris tint la porte de l'ascenseur ouverte pour une infirmière poussant le fauteuil roulant d'un malade puis suivit Alex dans le couloir du cinquième étage du centre hospitalier universitaire.

— Vous avez rencontré le Dr Pearson pendant le traitement de votre mère ? lui demanda-t-il.

Elle secoua la tête.

— C'est Walter Clarke, son médecin.

— Vraiment ? Clarke était une année devant moi en fac de médecine. Je pensais qu'il était encore à Baylor.

Ils passèrent devant les chambres des malades et les bureaux des professeurs. Près de la fin du couloir, une plaque en cuivre vissée à une porte annonçait : *Dr MATTHEW PEARSON, chef du service hématologie*.

Chris s'arrêta et prévint :

— Pas un mot sur le FBI, les meurtres ou quoi que ce soit de ce genre.

— Pourquoi ?

— Nous sommes dans un hôpital. Le moindre soupçon d'un éventuel procès, ou même d'une simple responsabilité engagée, et on se retrouve dehors. C'est mon domaine, d'accord ? Vous vous alignez sur moi.

Alex leva les yeux au ciel.

— D'accord.

Chris frappa à la porte, entra. Une rousse au visage surmonté d'une choucroute rétro leva les yeux d'une pile de paperasse.

— Je peux vous aider ?

— Je l'espère, répondit Chris en forçant sur l'accent sudiste. Je suis le Dr Shepard, de Natchez. Je suis venu rendre visite à une amie...

Il désigna Alex d'un signe de tête.

— ... et j'aimerais en profiter pour voir le Dr Pearson au sujet d'une grappe de cas de cancers dans notre ville.

La secrétaire eut un sourire forcé.

— Vous avez rendez-vous, docteur...

— Shepard. Je crains que non. Mais j'en ai discuté avec le Dr Peter Connolly, du Sloan-Kettering, et il a parlé en termes très élogieux du Dr Pearson. Pete semblait croire que j'avais une bonne chance de le voir.

Le visage de la secrétaire s'éclaira aussitôt.

— Vous connaissez le Dr Connolly ?

— Il a été mon professeur, quand j'ai fait mes études ici.

La femme se leva, fit le tour de son bureau et tendit la main.

— Je suis Joan. Le Dr Pearson est vraiment occupé, je vais voir s'il peut se libérer quelques minutes.

Après que la secrétaire eut disparu dans l'autre bureau, Alex murmura :

— Vous êtes trop fort...

La porte se rouvrit, un homme d'environ quarante-cinq ans, élégamment vêtu, s'avança vers Chris en tendant le bras.

— Docteur Shepard ?

Chris lui serra fermement la main.

— Ravi de faire enfin votre connaissance, assura-t-il.

— Moi de même. Je vois souvent votre nom sur des dossiers qui passent dans mon bureau. Vous nous envoyez beaucoup de malades et nous vous en sommes reconnaissants.

— Pas autant qu'avant, j'en ai peur, depuis que nous avons le Dr Mercier à Natchez.

— C'est une bonne chose pour votre ville, répondit Pearson avec un large sourire. Dites, vous n'avez pas une caméra cachée sur vous ?

Ainsi, même Matt Pearson avait entendu parler du documentaire de Chris sur les horaires des internes.

— Non, je ne suis plus documentariste. Je fais partie de l'establishment, maintenant.

Pendant l'énumération de connaissances et relations communes, Chris jaugea le chef du service hématologie. Bien que passé par Stanford, Pearson semblait taillé dans cette étoffe que Chris avait si bien connue pendant ses années au centre hospitalier universitaire : un WASP propre sur lui, qui avait fait de très bonnes études à l'Ole Miss ou au Millsaps, avait ensuite quitté l'Etat pour une faculté de médecine plus prestigieuse et était revenu couvert de lauriers. Chris était un peu surpris : dans une spécialité aussi technique que l'hématologie, il s'attendait à voir un étranger.

Pearson mit fin aux politesses :

— Joan m'a parlé d'une grappe de cas de cancers ?

— Exact. Mais je manque à tous mes devoirs, dit Chris en se tournant vers Alex. Je vous présente Alexandra Morse, dont la mère est actuellement dans votre service. Cancer ovarien.

L'hématologue prit une mine sombre appropriée.

— Je connais le cas. Navré de faire votre connaissance dans ces circonstances, mademoiselle Morse.

— Merci. Toutes les infirmières, tous les médecins ont été formidables, déclara Alex avec un accent si prononcé qu'on aurait pu croire qu'elle n'avait jamais quitté le Mississippi.

— Votre mère fait partie de la grappe ?

— Non, répondit Chris. Alex est simplement une amie. Quant à la grappe, je ne dispose pas encore d'éléments statistiques mais nous avons eu plusieurs cas similaires à Natchez, l'année dernière, et je commence à m'inquiéter.

— Quel type de cancer ?

— Différents types mais tous des cancers du sang. Des leucémies, des lymphomes et un myélome.

Le Dr Pearson parut intéressé.

— Je suis surpris que nous ne l'ayons pas remarqué. C'est nous qui avons repris le registre des tumeurs, vous savez. Ces patients sont passés ici ?

— Quelques-uns. Le Dr Mercier en a soigné plusieurs et d'autres sont allés à Anderson ou Dana-Farber, ce genre de centres.

— Naturellement.

— Des médecins locaux se sont demandé s'il n'y aurait pas un facteur environnemental commun à ces cancers.

Cette fois, Pearson eut plutôt l'air préoccupé.

— C'est une possibilité. La question est très complexe, bien sûr. Et sujette à controverse.

— Je me suis également interrogé sur l'existence d'un lien étiologique entre ces cas, reprit Chris.

— Par exemple ?

— Dans ma frustration, j'ai lu pas mal de choses et je suis tombé sur des possibilités intéressantes. Les radiations, notamment. Nous avons trois centrales nucléaires dans les environs et deux des malades travaillaient à l'une d'elles. Les autres non, cependant. Deux autres patients avaient suivi une chimio pour des cancers antérieurs. Je suis également intrigué par le rôle des virus oncogènes.

D'un ton sceptique, Pearson répondit :

— Cela me paraît très peu probable, étant donné ce que vous m'avez dit.

Chris comprenait parfaitement l'hématologue, qui se retrouvait face au genre de personnage qu'il aurait préféré éviter : le médecin de campagne volubile venu exposer en ville un fatras de théories insensées. D'un autre côté, c'était peut-être un rêve devenu réalité : un médecin de campagne lui apportant sur un plateau des cas dignes d'un article qui ouvrirait à Pearson la porte de toutes les revues médicales importantes.

— Ce que je souhaiterais, dit Chris, c'est que vous me mettiez en contact avec des membres de la faculté spécialisés dans ces domaines, en particulier les substances carcinogènes et les virus oncogènes.

— Je vois.

— Pete Connolly m'a donné quelques noms. Le vôtre, naturellement. Il a aussi mentionné un virologue nommé Ajit Chrandrekasar.

— Ajit n'est plus ici.

— Ah. Et Eldon Tarver ?
— Tarver est encore parmi nous. Il a mené des travaux remarquables depuis le départ de Peter Connolly. Il acceptera volontiers de vous recevoir. Si vous le prévenez suffisamment à l'avance, bien sûr.

Chris laissa son visage refléter sa déception.

— Nous avons plusieurs médecins exceptionnels, dans ce centre hospitalier, poursuivit Pearson. En hématologie comme en oncologie. En ce qui concerne les toxines liées à l'environnement, vous trouverez difficilement mieux que Parminder. Pour les radiations, je suggérerais Colbert. Pour les virus oncogènes, c'est un peu plus difficile. La plupart des virologues que je connais travaillent sur le sida. Tarver est sans doute votre meilleure chance.

— Avez-vous quelqu'un qui fait de la thérapie génique ?

— Oui mais je ne vois pas trop le rapport.

— Est-ce qu'on n'utilise pas des virus pour introduire des gènes modifiés dans la cellule ?

— C'est vrai, reconnut Pearson, mais en règle générale des virus très simples. Des adénovirus, par exemple. Pas des virus oncogènes ni des rétrovirus, qui sont tout autre chose, comme vous le savez.

— Je comprends le fonctionnement des virus à ARN. La transcriptase inverse, etc. Je me suis dit que les chercheurs travaillant dans ce domaine auraient les réponses aux questions que je me pose sur les virus.

— Je suis heureux que vous essayiez de mettre ça sur pied, mais je doute sérieusement qu'un de ces spécialistes puisse se libérer aujourd'hui.

Chris parut découragé.

— Donc, Parminder pour les facteurs environnementaux, Colbert pour les radiations et Tarver pour les virus ? résuma-t-il.

Pearson se frotta le menton.

— Eldon poursuit en ce moment ses expériences sur l'amplification de l'acide nucléique. Il en sait probablement autant sur les rétrovirus que tous les virologues que j'ai rencontrés.

— Mais vous pensez que je ne pourrai pas voir l'un de ces hommes aujourd'hui ?

— Cela m'étonnerait. Ou alors tard dans la journée. Laissez-moi votre numéro de téléphone, je vous appellerai après leur avoir parlé.

Chris donna son numéro de portable et ajouta :

— Merci de m'avoir accordé cet entretien. Je dirai à Pete que vous m'avez beaucoup aidé.

— Jamais trop occupé pour un confrère, déclara Pearson en tendant de nouveau la main. Connolly fait un travail formidable, au Sloan-Kettering. Bien sûr, là-bas, ils disposent de toutes les ressources possibles. Ils n'ont que l'embarras du choix.

Chris hocha la tête, sourit à Joan puis sortit avec Alex. Dès que la porte se referma derrière eux, Alex tourna à droite, vers le bout du couloir.

— Qu'est-ce que vous faites ? lui demanda-t-il dans un murmure.

— Je cherche les gars dont il parlait. Tenez, Parminder, il est là, dit-elle en montrant une porte. Ça n'était pas si difficile.

Elle essaya d'abaisser la poignée.

— Fermé.

Il la suivit quand elle passa de porte en porte, mais soudain ses intestins eurent un spasme. Il se plia en deux, effrayé à l'idée de souiller son pantalon.
— Chris, qu'est-ce qui se passe ?
— Il faut que j'aille aux toilettes. Diarrhée...
Elle le prit par le bras, l'entraîna dans la direction par laquelle ils étaient venus.
— Il y a des toilettes près des ascenseurs.
Chris s'efforça de marcher tout en contractant son sphincter. Il prit mentalement note de lire les contre-indications des médicaments antiviraux qu'il prenait la prochaine fois qu'il approcherait d'un ordinateur. Après ce qui lui sembla une éternité, la porte des toilettes apparut. Alex se précipita à l'intérieur, l'aida à pénétrer dans l'un des cabinets.
— OK, laissez-moi, maintenant, haleta-t-il.
— Ça va ?
— Fichez le camp !
Malgré ses efforts pour se retenir, il commença à se vider avant qu'elle soit sortie.

Will Kilmer était garé au pied de la tour AmSouth quand Thora Shepard descendit de sa Mercedes gris métallisé et pénétra dans le hall de l'immeuble de bureaux. Son arrivée le prenait de court. Il s'était garé là uniquement parce que le détective qui filait Rusk avait signalé que le sujet avait fait demi-tour à quinze kilomètres au sud de la ville et retournait vers Jackson. Comme l'homme avait ajouté que d'autres voitures suivaient Rusk, Will avait décidé de se mettre en planque en bas du cabinet de l'avocat.
Le couple qui surveillait Thora Shepard à Green-wood avait cessé de la suivre après qu'elle avait quitté

l'Alluvian. Comme Will, ils avaient supposé que la femme du médecin et son amie rentreraient directement à Natchez. Mais elle était là maintenant, sans sa copine, et venait de se ruer dans le hall de l'AmSouth. Où avait-elle déposé Laura Canning ? Will envisagea de quitter sa voiture et de monter au seizième étage, mais à quoi ça l'avancerait ? Il ne pouvait pas entrer dans le bureau de Rusk. D'un autre côté, Rusk n'était pas là...

Le vieux détective descendit de son Ford Explorer et traversa la rue. Il dit au concierge qu'il se rendait au deuxième étage, prit l'ascenseur, appuya sur le 2 puis sur le 16. Dès que les portes de la cabine s'ouvrirent au seizième, il entendit une femme crier :

— Je vous ai appelé toute la soirée et cinq fois au moins ce matin ! J'ai versé à votre patron de gros honoraires et il faudra bien qu'il me reçoive !

Par la porte grande ouverte du bureau, Will découvrit une réception ultramoderne. A l'intérieur, Thora Shepard faisait face à une blonde séduisante d'une trentaine d'années qui s'efforçait de conserver un semblant de professionnalisme.

— Madame Shepard, je vous le répète, M. Rusk n'est pas en ville. Je n'arrive pas à l'avoir sur son portable. Dès que j'aurai réussi à le joindre, je lui transmettrai votre message, je vous le promets.

Les mains sur les hanches, Thora Shepard paraissait résolue à passer toute la journée plantée là si c'était ce qu'il fallait faire pour voir enfin Andrew Rusk. Will nota que c'était la première fois qu'il la voyait habillée normalement. Pas de vêtements haute couture, pas de chaussures de luxe. Un simple jean moulant et un tee-shirt plus moulant encore. Elle fusillait sans doute la secrétaire du regard mais celle-ci, installée derrière son bureau, résistait de son mieux. Tout à coup, Thora fit demi-tour et se dirigea d'un pas ferme vers l'ascenseur.

— Vous descendez, madame ? lui demanda Will.
— Parfaitement, répliqua-t-elle.

Tandis que la cabine filait vers le rez-de-chaussée avec un léger chuintement, Thora ne cessa de jurer à mi-voix. Will remarqua qu'elle avait le cou marbré de taches rouges, comme sa femme quand elle allait piquer une crise. Des cernes sombres entouraient ses yeux et Will se dit qu'il fallait qu'il prévienne Alex au plus vite : il s'était passé quelque chose pendant la nuit.

Lorsque l'ascenseur arriva en bas, Thora Shepard ne se précipita pas hors de la tour mais erra un moment dans le hall, l'air perdue, comme une survivante après un accident de voiture. Will avait vu beaucoup de gens désespérés pendant sa carrière de flic et son instinct lui soufflait que cette femme était sur le point de craquer.

Il appela Alex sur son portable, obtint directement la messagerie. Il rangea son téléphone, alla s'asseoir sur une banquette capitonnée. Cela faisait cinq semaines qu'il aidait la fille de son meilleur ami à cause d'un insondable sentiment d'obligation. Pendant les années passées dans la police, il avait souvent enquêté sur des affaires insolubles et, dix jours plus tôt, il avait conclu que celle d'Alex était du même tonneau. Mais il sentait maintenant l'adrénaline couler en lui comme elle le faisait toujours quand une solution se profilait. Un instant, il songea à la gentille Grace Morse, qui ne verrait jamais son fils recevoir son diplôme de fin d'études secondaires. Il songea, plus brièvement encore, à la fille qu'il avait lui-même perdue. Lorsqu'il se leva pour suivre la femme de Shepard dans la rue, toutes les douleurs, tous les chagrins du vieil âge avaient disparu. Il suivrait cette dingue partout où elle irait.

Alex se tenait devant les toilettes quand la porte de l'ascenseur s'ouvrit. L'homme barbu à la tache de naissance qu'elle avait rencontré la veille en sortit, s'engagea dans le couloir, les yeux rivés au dossier qu'il lisait. Il finit par lever la tête, se retourna et lança à Alex :
— Comme on se retrouve ! Bonjour.
— Bonjour, répondit-elle.
Il lui sourit, descendit le couloir en direction des bureaux des professeurs. Alex hésita, le suivit. En tournant le coin, elle vit le dos de la blouse blanche disparaître par l'une des portes. Elle s'approcha, lut la plaque en cuivre : *Dr ELDON TARVER.*
Elle retourna en toute hâte devant les toilettes, ne vit pas trace de Chris. Elle entrouvrit la porte, l'appela.
— Quoi ? grogna-t-il.
— Je viens de voir Tarver. Je l'ai croisé hier dans l'ascenseur sans savoir que c'était lui.
— Il est où, maintenant ?
— Dans son bureau. Vous avez fini ?
— Presque. N'allez pas lui parler sans moi.
— Pressez-vous.
Elle referma la porte des toilettes et retourna dans la partie du couloir où se trouvait le bureau de Tarver. La porte était toujours fermée. Elle fut tentée de frapper, mais quel prétexte invoquer pour entamer une conversation ? Leur seul point commun, c'était

d'être tous deux défigurés. Il s'imaginerait qu'elle le draguait.
— OK, soupira Chris en tournant le coin, le visage blême et couvert de sueur.
— Vous y arriverez ?
— Je crois.
Alex se tourna vers la porte et frappa énergiquement. Pas de réponse. Elle attendit, frappa de nouveau. Toujours rien.
— Il est parti ? s'étonna-t-elle. C'est bizarre.
— Pourquoi ? Il est sûrement...
La porte s'ouvrit.
— Oh, bonjour, fit la voix grave à présent familière. Qu'est-ce que je peux faire pour vous ?
Chris s'avança, le bras tendu.
— Docteur Tarver, je suis Chris Shepard, médecin à Natchez.
Tarver lui serra la main.
— Vous souhaitez me voir ?
— Oui. Peter Connolly vous a recommandé comme expert en virus oncogènes, plus particulièrement en rétrovirus.
L'homme parut surpris.
— Je ne me présenterais pas comme tel. J'ai plusieurs diplômes médicaux, mais je n'ai pas officiellement la spécialisation de virologue.
— Quoi qu'il en soit, Pete et Pearson estiment que vous connaissez bien ce domaine.
— J'ai quelque expérience pratique, en effet, reconnut Tarver, avant de regarder sa montre et d'ajouter : J'ai cinq minutes avant mon prochain rendez-vous. Entrez donc.

Il les précéda dans un bureau beaucoup moins spacieux que celui de Pearson. Des étagères de livres occupaient trois des murs, le quatrième était parsemé de photos encadrées, dont un grand nombre en noir et blanc. Alex se rendit compte que Tarver était plus âgé qu'elle ne l'avait cru. Sur l'une des photos, le président Richard Nixon lui accrochait quelque chose sur la poitrine. Une autre montrait Tarver devant un bâtiment à l'entrée surmontée d'une longue bannière : *DÉPISTAGE GRATUIT DU SIDA AUJOURD'HUI.* Sur une troisième, il était entouré d'enfants noirs émaciés qui se pressaient autour de lui comme s'il était Albert Schweitzer. Alex continua à regarder les photos pendant que Chris posait ses premières questions.

— Une grappe de cas de cancer à Natchez ? dit Tarver. Je n'étais pas au courant. Natchez, c'est dans le comté d'Adams, n'est-ce pas ?

— Oui. Des cancers du sang, surtout, précisa Chris. Plusieurs médecins locaux commencent à se demander s'ils n'ont pas une étiologie commune.

— Une étiologie virale ?

— Nous n'en savons rien. J'ai pensé à des radiations, mais nous n'arrivons pas à identifier une source commune. Les malades travaillent dans des endroits différents, habitent des quartiers différents…

— Ce qui exclurait aussi un facteur lié à l'environnement, coupa Tarver.

— Voilà pourquoi je m'intéresse à l'angle viral. Je sais que pour plusieurs types de cancer on a prouvé une étiologie virale, ou tout au moins l'intervention d'un facteur viral.

— C'est vrai chez les animaux davantage que chez l'homme. Je ne me rappelle aucun virus ayant causé une grappe de cas de cancer.

Chris sembla surpris.

— Il doit bien y avoir un taux de cancers cervicaux plus élevé dans les zones urbaines de forte promiscuité sexuelle, non ?

— Vous avez sans doute raison, dit Tarver, étonné à son tour. Mais on n'a pas fait d'études là-dessus. Le processus d'oncogenèse virale est long. Il peut prendre jusqu'à des dizaines d'années. Ce n'est pas comme dépister un herpès épidémique. Vous pourriez être au beau milieu d'une épidémie d'HVP sans le savoir. Je crois même que nous le sommes, dans certains endroits. La promiscuité sexuelle est ce qui est arrivé de mieux aux virus en tant qu'organismes. Au sens darwinien, bien sûr.

Alex allait de photo en photo. La tache de naissance lui permettait de repérer facilement le Dr Tarver, même dans un groupe nombreux. Bien que ce ne soit pas à proprement parler une tache de naissance, se rappela-t-elle. Plutôt une histoire de veines et d'artères mal formées. Une des choses qu'elle avait apprises à Quantico lui revint alors en mémoire : un grand nombre de meurtriers en série souffraient d'une difformité physique qui les avait isolés des autres pendant leur enfance. C'était absurde de soupçonner Tarver, bien sûr, un homme qu'elle avait simplement rencontré dans l'ascenseur, et cependant... Il possédait à coup sûr les connaissances complexes requises pour leurs meurtres hautement techniques. En outre, il y avait en lui une force tranquille, une précision logique qui semblaient le rendre capable d'actes résolus et peut-être extrêmes. Alors que Matt Pearson paraissait plutôt du genre Vivement-l'heure-de-mon-thé.

Chris parlait maintenant dans un jargon médical trop ésotérique pour elle. Alors qu'elle captait vaguement le bruit de fond de sa voix, une photo du mur retint son attention : Tarver et un homme en uniforme de l'armée encadrant une superbe blonde. Derrière eux se dressait un bâtiment semblable à une forteresse, dont la façade portait les lettres *VCP*. La poche de poitrine de la blouse de laboratoire de Tarver était frappée du même sigle, *VCP*. Sur la photo, il était beaucoup plus jeune, avec une épaisse chevelure et pas de barbe. L'officier ressemblait un peu au père d'Alex, et la femme... Elle avait cet air intelligent des modèles faisant de la pub pour des cours de langue intensifs, celle qui fait croire aux hommes d'affaires qu'ils baiseront plus facilement à l'étranger s'ils apprennent un peu de français.

Profitant de la première pause dans la conversation, Alex demanda :

— C'est quoi, le VCP ?

— Pardon ? dit Tarver.

— Sur cette photo, vous portez une blouse avec l'inscription VCP...

— Oh, fit le médecin avec un sourire. C'est pour Veterans' Cancer Project, un programme de recherches sur le cancer chez les anciens combattants. Financé par le gouvernement en collaboration avec le NIH et plusieurs entreprises privées, pour étudier la fréquence du cancer parmi les soldats des dernières guerres.

— Lesquelles ?

— Le Vietnam. Mais aussi la Seconde Guerre mondiale et la Corée. Les combats dans le Pacifique. C'était l'enfer, sur ces îles : des jours de bombardements, d'utilisation massive du lance-flammes.
— Pas d'études sur l'agent Orange ?
— Malheureusement pas. Personne n'en parlait, à l'époque. Principalement parce que la période d'incubation des cancers causés par ce produit était très longue. Comme je le soulignais pour les étiologies virales. Même problème.

Avant qu'Alex puisse poser une autre question, Chris demanda :

— Vous gardez des échantillons de sang des patients décédés dans le service oncologie ?

Alex sentit son pouls s'accélérer et se tourna de nouveau vers le mur aux photos pour cacher son émotion. Plusieurs de « ses » victimes étaient mortes dans cet hôpital. Si on avait conservé les échantillons, serait-il possible de découvrir un carcinogène commun qui prouverait qu'il y avait bien eu meurtres en série ?

— Cela se fait dans certains centres de recherches, poursuivit Chris. Afin de pouvoir les utiliser après la mise au point de nouvelles techniques...

— Je sais que le laboratoire de médecine légale les garde pendant dix ans. Nous, nous conservons probablement des échantillons de sang et des cellules du néoplasme dans certains cas. Vous devriez poser la question à Pearson.

— Je pourrais vous communiquer les noms des patients auxquels nous nous intéressons, proposa Chris.

Le Dr Tarver eut un sourire compréhensif.

— Oui, je les transmettrai à Pearson pour vous.

S'efforçant de masquer son excitation, Alex s'approcha du bureau et prit un stylo dans une coupe en argent.

— Je peux écrire sur votre bloc d'ordonnances ?

— Bien sûr.

Elle sentit le regard de Chris sur elle tandis qu'elle écrivait les noms des victimes des tueurs qu'ils recherchaient, en omettant celles qui n'étaient pas mortes d'un cancer.

— Cela vous paraîtra peut-être un peu dingue, disait Chris, mais je me suis demandé si quelqu'un ne provoquait pas délibérément des cancers chez des êtres humains.

Alex leva les yeux de sa liste. Le Dr Tarver regardait Chris comme s'il venait de suggérer que des prêtres volaient des bébés et les sacrifiaient au fond des bois pendant les nuits de pleine lune.

— Je vous ai bien compris, docteur ?

— J'en ai peur.

— C'est une des déclarations les plus singulières qu'il m'ait été donné d'entendre. Qu'est-ce qui vous fait croire une chose pareille ?

— L'intuition, je pense. Je ne vois aucune autre explication à ces maladies.

— C'est souvent le cas avec le cancer, en particulier les cancers du sang, répondit Tarver d'un ton compréhensif. Ils demeurent l'un des adversaires les plus énigmatiques et les plus intraitables que nous avons à affronter.

— Par ailleurs, reprit Chris avec l'accent traînant du comédien Will Rogers, tous les patients étaient mariés à des conjoints fortunés qui souhaitaient divorcer.

Le ton de Tarver se fit incrédule :

— Vous êtes sérieux ?
— Absolument.
— Vous suggérez que quelqu'un assassine des gens en leur donnant le cancer ?
— Pire. Je pense que c'est un médecin.
— Désolé, dit Tarver en riant, je ne sais pas quoi vous répondre. La police soutient votre hypothèse ?
— Docteur Tarver, intervint Alex, je suis en fait un agent spécial du FBI, et je peux vous assurer que le Bureau s'intéresse de très près à cette affaire.
— Je peux voir votre carte ?
Alex tendit la main vers sa poche revolver, arrêta son geste. Jamais elle ne s'était sentie aussi ridicule.
— Je l'ai laissée à l'hôtel, prétendit-elle maladroitement.
— J'aimerais vous aider, docteur Shepard, dit Tarver en se détournant d'Alex, mais je dois vous prévenir que si Pearson apprend que votre visite a des implications légales, il sera très contrarié. Je dois interrompre notre conversation jusqu'à ce que nous puissions la reprendre sur une base officielle.
Il consulta à nouveau sa montre et ajouta :
— En plus, je suis en retard pour ma réunion.
Il prit quelques papiers sur son bureau, poussa ses visiteurs vers la porte. Une fois qu'ils furent dans le couloir, il ferma la porte à clef et se dirigea d'un pas pressé vers l'ascenseur.
— Je ne sais pas pourquoi j'ai fait ça, dit Chris.
— Un coup au hasard, c'est mieux que pas de coup du tout, argua Alex.
— Pas toujours. Quand Pearson l'apprendra, je deviendrai *persona non grata* dans son hôpital.

— Pas si vous lui envoyez vraiment beaucoup de patients. L'argent, ça compte. En plus, ma mère est une de leurs patientes, ils ne peuvent pas me mettre dehors.

Après avoir remonté lentement le couloir, Chris se laissa tomber sur la banquette faisant face à l'ascenseur. Tarver avait déjà disparu, probablement dans le bureau de Pearson.

— Ça va ? s'enquit Alex.
— Je sais pas. Il faut que je reste un moment à l'hôtel, au moins jusqu'à ce que mes intestins se calment.
— D'accord. J'en profiterai pour recharger mon portable, dit Alex en appuyant sur le bouton d'appel. Qu'est-ce que vous pensez de Tarver ?

Il haussa les épaules.

— Le type même du spécialiste.
— Moi, il me paraît bizarre.
— Il a drôlement envie de vous mettre dans son lit, vous savez.
— Ah, non, pas ça.
— Je plaisante. On n'est pas désespérés à ce point.

La porte de l'ascenseur s'ouvrit après un tintement. Chris était déjà dans la cabine quand une idée vint à Alex.

— Allez-y seul. Je retourne voir Pearson pour lui demander quelque chose.

Chris maintint la porte ouverte.

— Quoi ?
— C'est idiot, franchement. Ça relèverait plutôt de la névrose obsessionnelle. Attendez-moi en bas.
— Expliquez-vous, bon Dieu !

— Sur l'une des photos de son mur, Tarver se tient devant un bâtiment barré d'une banderole annonçant un dépistage gratuit du sida. Ce bâtiment m'a paru familier. Je crois que c'était un restaurant du centre de Jackson où mon père m'emmenait quand j'étais gamine. On y prenait le petit déjeuner. Ça s'appelait le Pullo's. J'aimerais juste savoir si je ne me trompe pas.
— Vous plaisantez ?
— Non. Et je voudrais savoir aussi pourquoi on y dépiste maintenant le sida. C'est incompréhensible.
— Je viens avec vous, déclara Chris en faisant un pas en avant.

Elle le repoussa doucement dans l'ascenseur. Il était si faible qu'il tenait à peine debout.

— Je vous rejoins tout de suite, promit-elle. Asseyez-vous sur une banquette et attendez-moi.
— D'accord, soupira Chris en se laissant aller contre la paroi de la cabine.

42

Eldon Tarver se tenait derrière le tronc d'un gros chêne, les yeux rivés à l'entrée du nouvel hôpital de soins critiques pour adultes. Il avait vu Shepard sortir et s'avancer dans le nuage de fumée rejeté par les patients et les infirmières inhalant leur dose de nicotine près de la porte, puis battre en retraite dans le hall. Où était Morse ? Est-ce qu'elle interrogeait d'autres professeurs ? Ou faisait-elle part de ses soupçons à Pearson ? Tarver n'avait pas peur, mais la partie de son cerveau chargée d'estimer les dangers fonctionnait à plein régime.

Il ne pouvait pas retourner à son bureau. Ni chez lui. Même retourner au labo des primates présentait un risque... mais celui-là, il devait le prendre. Personne encore, probablement, ne connaissait son pseudonyme, Noel Traver. Il ne voyait pas comment Shepard et Morse l'auraient découvert. Mais alors, comment avaient-ils appris autant de choses ? Par Rusk, pensa-t-il avec colère. Par ce foutu avocat taré, forcément. Il se félicita de la décision qu'il avait prise la veille de décamper sans tarder.

Il venait de comprendre qu'il avait déjà trop tardé.

La conversation avec Morse et Shepard avait été un des moments les plus extravagants qu'il ait connus. Non seulement il avait assassiné la sœur de Morse, mais Shepard... Shepard était un cadavre ambulant ! Un mort qui posait des questions à un spécialiste en s'appuyant sur ses connaissances pitoyablement lacunaires de la médecine. Tarver se demanda si Shepard se savait condamné. S'il l'ignorait encore, il le découvrirait bientôt. A la différence des autres victimes, persuadées que le destin les avait choisies au hasard pour leur infliger une mort prématurée, il saurait, lui, que le cancer dévorant son corps y avait été introduit par un autre être humain. Par sa femme, ou du moins à sa demande.

Bien sûr, ce cancer n'existait pas encore. Tarver avait simplement déclenché une cascade de réactions qui, faute d'intervention, se terminerait par une carcinogenèse au niveau cellulaire. Et personne n'interviendrait pour arrêter cette cascade mortelle. Parce que le seul homme vivant qui pouvait le faire, c'était Eldon Tarver. Et la mort de Shepard représentait des données précieuses pour les recherches de Tarver. Vivant, Shepard était totalement inutile et, avec l'aide de Morse, potentiellement dangereux.

Tarver devait parler à Edward Biddle.

Il ne pouvait pas courir le risque de l'appeler de son portable, le FBI l'avait peut-être déjà mis sur écoute. Ce genre de problème était cependant facile à résoudre. Sous un autre arbre, à une vingtaine de mètres de lui, des infirmières tiraient avidement sur leur cigarette. Tarver repéra dans le groupe deux femmes du service oncologie. Après un coup d'œil vers l'entrée de l'hôpital, il s'approcha d'elles et s'adressa à la plus jeune, une brune aux cheveux courts qui le saluait toujours dans les couloirs.

— Excusez-moi, mon portable est déchargé et je dois téléphoner d'urgence. C'est au sujet d'un patient. Est-ce que ça vous embêterait que...

L'infirmière lui tendait déjà son téléphone.

— Merci, dit Tarver avec un sourire reconnaissant. Je n'en ai que pour une minute.

Il composa le numéro du portable d'Edward Biddle. Après plusieurs sonneries, il obtint la messagerie et raccrocha. Est-ce que Biddle ne répondait pas parce qu'il ne connaissait pas le numéro affiché ? Est-ce qu'il y avait un problème parce qu'il se trouvait dans un avion ? Peu probable, parce que ce serait sûrement un jet privé. Un problème plus grave, alors ? Tarver refit le numéro, pour le même résultat.

Jurant intérieurement, il rendit le portable à l'infirmière, traversa la pelouse d'un pas rapide en direction de sa voiture. Il faudrait qu'il prenne le risque de retrouver Biddle au lieu de rendez-vous convenu. Cela ne lui plaisait pas, mais en repensant à l'attitude de Morse et de Shepard dans son bureau, il se dit que le pire n'était pas encore arrivé. S'ils avaient eu quelque chose de concret sur lui, si le FBI avait été officiellement dans le coup, ils se seraient comportés différemment. Il regarda par-dessus son épaule en marchant. Morse et Shepard n'étaient pas encore sortis.

Alex afficha un grand sourire et entra dans le bureau de Pearson. La fille à la choucroute était toujours à son poste, mais la porte intérieure était entrouverte.

— Re-bonjour. J'ai oublié de demander quelque chose au Dr Pearson.

La secrétaire ne cacha pas son irritation.

— Il vaudrait mieux que vous lui téléphoniez.

Comptant sur la bonne volonté du médecin, Alex haussa la voix :

— Juste une question, rien de médical.

Pearson passa la tête par l'entrebâillement comme un chat curieux.

— Vous revoilà ?

— Oui, je viens de parler au Dr Tarver. Il nous a reçus dans son bureau...

Grognement de la choucroute.

— ... Il a des photos très intéressantes sur un des murs, poursuivit Alex. L'une d'elles m'a intriguée. J'ai grandi à Jackson...

— Moi, j'ai grandi en Californie, dit Pearson, alors je doute que je puisse vous...

— Elle montre un long bâtiment avec des vitrines et, sur la façade, une banderole annonçant un dépistage gratuit du sida. J'ai cru reconnaître un restaurant où mon père m'emmenait quand j'étais petite.

Le regard de Pearson s'éclaira : il semblait sincèrement ravi de pouvoir aider.

— Bien sûr, c'était le Pullo's, jusqu'à ce que Tarver l'achète.

— Le Dr Tarver a acheté le Pullo's ?

— Oui, il y a quatre ans, je crois.

— Je vis à Washington depuis quelques années...

— Eldon voulait un lieu aisément accessible pour les indigents de la ville, les sans-abri, les enfants pauvres, les gens privés de couverture médicale.

— Aisément accessible pour quoi faire ?

— Etre soignés. C'est sa clinique. Une clinique gratuite pour les défavorisés.

— Je vois.

— Il lui consacre beaucoup de temps. Il y dépiste un grand nombre des virus qui affligent fréquemment les couches socioéconomiques inférieures : le sida, l'hépatite C, les herpès, les papillomavirus, etc. Il les traite, également. Grâce aux subventions qu'il a obtenues. Naturellement, cela lui permet aussi de recueillir des données statistiques précieuses.

— Oui, j'imagine, dit Alex, qui se sentait proche de quelque chose d'important. J'imagine. Je ne savais pas qu'il y avait une clinique de ce genre à Jackson.

— C'est assez récent. Quand Eldon a perdu sa femme, il a voulu faire de cette perte quelque chose de positif.

— Il a perdu sa femme ? De quoi est-elle morte ?

— Tumeur cérébrale. Un cas terrible, je crois. Il y a sept ou huit ans, avant mon arrivée ici. Eldon a décidé de faire bon usage de l'argent qu'elle lui avait laissé. Vous savez, il a été l'un des premiers à avancer que le cancer du cerveau pouvait avoir une origine virale. J'ai lu un article qu'il a écrit là-dessus, des années avant que cette idée soit généralement acceptée. Je crois qu'il a même envisagé d'intenter une action en justice pour qu'on lui en reconnaisse la paternité.

Alex était trop médusée pour faire un commentaire, mais ses cellules grises s'activaient fébrilement.

— C'est tout ce que vous vouliez savoir ? lui demanda Pearson.

— Euh... vous dites qu'il consacre beaucoup de temps à cette clinique ?

526

La femme à la choucroute adressa à son patron un regard appuyé et Pearson parut soudain se rappeler que la jeune femme qui se tenait devant lui ne faisait pas partie de l'hôpital. Faute d'obtenir une réponse, Alex enchaîna, avec un grand sourire de beauté du Sud :

— Le Dr Shepard m'a priée de vous remercier encore une fois.

Elle sortit du bureau à reculons, ferma la porte et courut vers l'ascenseur. Comme il tardait à venir, elle descendit par l'escalier, le cœur battant, et pas seulement parce qu'elle dévalait les marches. En déboulant au rez-de-chaussée, elle découvrit Chris devant les portes de l'hôpital.

— Je voulais faire un tour dehors mais il y a trop de fumée, c'est irrespirable, dit-il. Il y en a même qui fument avec leur trachéotomie.

Elle le prit par le bras.

— Vous n'allez pas le croire : le bâtiment dont je vous parlais, il appartient à Tarver, maintenant. Pearson m'a appris qu'il en a fait une clinique pour pauvres.

— Quel genre de clinique ?

— Dépistage de virus.

— Pearson a précisé quels virus ?

— Sida, hépatite, HPV, herpès. Tarver offre aussi des traitements. Il a fondé cette clinique en mémoire de sa femme, morte d'un cancer il y a sept ans. Et devinez quoi...

— Quoi ?

— Elle lui a laissé une véritable fortune.

Chris la regarda, bouche bée.

— Elle est morte d'un cancer du sang ?

— Non, du cerveau.
— Mmm.
— Ça n'éveille aucun soupçon chez vous ? dit Alex avec agacement.
— Ça en éveillerait s'il n'avait pas utilisé cet argent pour ouvrir une clinique en mémoire de sa femme.
— D'accord, mais ça lui a aussi permis de s'installer dans le centre et de faire Dieu sait quoi sous prétexte de soigner gratuitement les pauvres. Elles sont soumises à une surveillance, ces cliniques ?
— Dans une certaine mesure. C'est difficile de surveiller ce qui se passe réellement chez cette catégorie de patients. Les services de santé devraient avoir leur propre Eldon Tarver pour y comprendre quelque chose.
— Je veux aller là-bas, dit Alex d'une voix excitée.
— Pour faire quoi ?
— Je ne sais pas. Jeter un coup d'œil, pour commencer. Je veux découvrir s'il y a un lien entre Tarver et Rusk ! Pas vous ?
— Ça vaut la peine d'essayer, convint Chris en grimaçant. Pour le moment, j'ai besoin de W-C et d'un lit. Je me sens plutôt patraque.
Alex se rappela soudain l'état de Chris et passa un bras sous le sien afin qu'il puisse s'appuyer sur elle.
— Je suis désolée. Allons à la voiture. Une fois à l'hôtel, je mettrai Kaiser sur Tarver.
Chris acquiesça de la tête, franchit lentement les portes.
— Quand mon esprit est occupé, dit-il, comme là-haut, tout à l'heure, j'arrive presque à ne plus y penser. Mais quand je suis seul…

Alex colla sa joue contre la poitrine de Chris tout en marchant.
— Vous n'êtes plus seul.
— Alex...
Il s'interrompit quand ils enjambèrent un trou dans le trottoir.
— On est toujours seul pour affronter la mort, reprit-il.
— Non. Vous avez Ben. Et... je serai à vos côtés, quoi qu'il arrive.
Il lui pressa l'épaule.
— Il ne vous arrivera rien, déclara-t-elle avec véhémence. On trouvera ces salauds et le traitement pour vous guérir. D'accord ?
Il répondit dans un murmure :
— Espérons-le.

De son Explorer, Will Kilmer regardait Thora Shepard faire les cent pas en bas de la tour AmSouth. Manifestement, elle était décidée à coincer Rusk même si elle devait pour ça l'attendre toute la journée. Kilmer savait la confrontation imminente puisqu'un de ses hommes venait de l'appeler pour l'informer que Rusk était bloqué dans la circulation une rue plus bas.

Comme si elle était douée de télépathie, Thora cessa d'aller et venir et s'avança vers le parking privé où Rusk devait se garer lorsqu'il arriverait. Sans doute connaissait-elle sa voiture car lorsque la Cayenne noire étincelante tourna le coin de la rue et roula vers la barrière de l'entrée du parking, elle courut s'interposer entre la portière de Rusk et le lecteur de cartes, et se mit à tambouriner contre la vitre.

Kilmer descendit de son Explorer et traversa rapidement la rue. Thora martelait la vitre des deux poings sous le regard stupéfait de Rusk. Une Cadillac arrêtée derrière lui l'empêchant de faire marche arrière, il finit par descendre sa vitre et par lancer d'une voix sifflante :
— Qu'est-ce que vous croyez faire ?
— Donnez-moi votre carte, exigea Thora.
— Quoi ?
La Cadillac klaxonna derrière eux.
— Votre carte !
— Foutez le camp ! répliqua Rusk rageusement. Vous ne vous rendez pas compte des risques que vous nous faites courir ?
— Il faut tout arrêter !
— Je ne sais pas de quoi vous parlez.
— Chris sait, lui. Il sait tout.
— Vous êtes folle.
— Si vous n'arrêtez pas tout… menaça-t-elle.

Rusk passa le bras par la vitre, tenta de glisser sa carte dans la fente.

Kilmer, qui n'était plus qu'à quelques mètres, vit Thora baisser la tête et mordre le poignet de l'avocat, assez fort pour lui arracher un cri. Rusk tenta de ramener son bras en arrière, Thora s'empara de la carte. Lorsque le chauffeur de la Cadillac ouvrit sa portière, Rusk s'affola.

— Montez ! cria-t-il à Thora. Vite !

Elle fit le tour de la Cayenne, s'assit sur le siège passager. Rusk lui reprit sa carte et l'inséra dans le lecteur. Quand la barrière se leva, il démarra dans un crissement de pneus et pénétra dans le parking.

Kilmer tira son portable de sa poche, appela Alex, n'obtint pas de réponse.

43

Chris vomissait dans la salle de bains de la chambre du Cabot Lodge lorsque le téléphone d'Alex se mit à sonner. Elle venait de le brancher sur le secteur et soutenait Chris au-dessus de la cuvette.

— Vous p... pouvez aller répondre, bredouilla-t-il entre deux haut-le-cœur. Ça va, maintenant.

— Ce n'est pas l'impression que j'ai.

— Juste un effet secondaire des médicaments. Allez-y, je vous dis.

Alex lâcha les épaules de Chris et se précipita dans la chambre. L'écran de son portable indiquait le numéro de Will. Elle le rappela et eut l'impression qu'il avait rajeuni de dix ans quand il lui annonça :

— Ça bouge sacrément. J'ai essayé de te joindre toute la matinée.

— Qu'est-ce qui se passe ?

— Thora Shepard est tombée sur le râble de Rusk devant l'entrée de son immeuble. Elle a pété les plombs, elle criait dans la rue qu'il devait annuler le contrat sur son mari...

— Où ils sont, maintenant ?

— Dans le bureau de Rusk, je suppose.

Alex réfléchit. Elle avait déjà appelé Kaiser pour le mettre sur Eldon Tarver, mais elle ne pouvait pas attendre qu'il lui fasse son rapport.

— Tu peux demander à un de tes gars de te remplacer ? J'ai besoin de toi ailleurs.

— Ça doit pouvoir se faire. Je vais où ?

— Au Pullo's.

— Il est fermé depuis des années, ce resto.

— Je sais. C'est une clinique gratuite, maintenant.

— Pourquoi tu veux que j'aille là-bas ?

— J'y vais aussi. Il y a une petite chance pour que ça tourne mal.

— Une petite chance ?

— Disons dix pour cent de chances. Mais on ne sait jamais. C'est ce que tu m'as appris, non ?

Kilmer eut un rire.

— OK, j'y serai dans un quart d'heure.

— Retrouve-moi quelques rues avant. Dans le parc situé derrière la résidence du gouverneur, par exemple.

— D'accord.

Quand Alex se retourna, elle découvrit Chris assis au bord du lit.

— Qu'est-ce qui se passe ? demanda-t-il d'une voix rauque.

Elle n'avait pas envie de lui mentir mais elle ne pouvait pas lui annoncer, dans l'état où il était, que sa femme piquait une crise dans les rues de Jackson.

— Will a failli avoir un accident.

Il posa sur elle un regard soupçonneux.

— Vous avez dit : « Où ils sont, maintenant ? »

— Je parlais des gens qui ont failli le renverser, répondit Alex.

Elle souleva les couvertures et fit signe à Chris de se glisser dessous.

— Il faut vous reposer. Allez, au lit.

Il la fixa de ses yeux caves mais, au lieu de protester, il s'étendit sur le matelas. Alex posa le téléphone de la chambre près de lui, à portée de main.

— Si ça empire, appelez et demandez à être amené au centre hospitalier universitaire.

Il hocha faiblement la tête. Elle se pencha vers lui, l'embrassa sur le front et assura :

— Je serai bientôt de retour.

Au moment où elle se redressait, il lui saisit le poignet avec une force étonnante.

— Soyez prudente, Alex. Ces types, rien ne les arrêtera.

— Je sais.

Il lui secoua le bras.

— Vraiment ?

L'inquiétude de Chris parvint cette fois à se faire entendre par-dessus l'excitation d'Alex.

— Je crois, répondit-elle.

Quand il lui lâcha le poignet, elle alla prendre le Sig-Sauer dans le placard, le glissa sous sa ceinture, au creux de ses reins, et sortit dans le couloir.

Andrew Rusk arrêta l'ascenseur un étage avant son cabinet : pas question que Janice voie passer devant elle une telle hystérique. En outre, il n'osait plus parler de sujets sensibles dans son bureau.

Lorsque les portes de la cabine s'ouvrirent, il sentit une odeur de sciure. On avait abattu plusieurs murs à cet étage, qui était en réfection. Espérant trouver un endroit tranquille, il entraîna Thora dans le couloir, mais un type à queue de cheval fixait du Placoplâtre là où Rusk avait eu l'intention de l'emmener. Il inspecta les lieux, constata que l'homme à la queue de cheval était le seul ouvrier du chantier, tira de son portefeuille un billet de cent dollars et expliqua qu'il avait besoin de passer une vingtaine de minutes seul à seul avec la dame. L'ouvrier prit l'argent en souriant et se dirigea vers l'ascenseur.

Rusk marcha sur du béton nu jusqu'à une haute fenêtre puis se retourna et s'adressa à Thora Shepard avec toute la frustration refoulée des dernières heures :

— Qu'est-ce qui vous a pris ? Vous n'avez rien dans le crâne ?

— Je vous emmerde ! s'écria-t-elle en lui agitant son index sous le nez. Vous m'aviez dit qu'il n'y avait aucun risque, que rien ne pouvait mal tourner. Vous vous souvenez de ça, espèce de salaud ? Maintenant mon mari sait tout !

— C'est impossible.

— Vous croyez ? répliqua-t-elle, les yeux flamboyants. Il m'a appelée, pauvre con. Il m'a dit : « Je serai peut-être mort dans un an mais vous aussi. » Il a dit que je ne reverrais jamais Ben, parce que je serais en prison. Alors, Andy ? Où il est passé, votre petit sourire satisfait ?

Rusk s'efforça de ne pas montrer à quel point cette révélation l'avait troublé.

— Il faut tout annuler, déclara-t-elle. C'est la seule solution.

Il s'apprêtait à lui expliquer qu'il ne pouvait pas faire ça mais se ravisa : il ne devait pas avouer à cette femme qu'il n'avait aucun contrôle sur Eldon Tarver.

— Vous avez raison, répondit-il. D'accord, je vais tout arrêter.

Curieusement, elle fondit en larmes.

— Qu'est-ce que je vais faire ? Qu'est-ce que je peux dire à Chris ?

— Rien du tout, dit Rusk en s'approchant d'elle. Il n'a aucune preuve. Il s'est laissé convaincre par un agent du FBI qui s'est fait virer. Tout ira bien, Thora.

— Vous espérez me faire croire ça ? Qu'est-ce que vous savez du mariage ?

Beaucoup plus que la plupart des gens, pensa-t-il avec lassitude.

— Il faut bien que je lui dise quelque chose !

Rusk secoua lentement la tête.

— Vous ne lui direz rien. Vous ne direz rien à personne.

Le désespoir de Thora refit instantanément place à la fureur.

— Vous n'avez pas d'ordre à me donner ! Je ferai ce que je déciderai ! J'ai été folle de vous écouter.

— Ce n'est pas ce que vous disiez après la mort de Red Simmons, qui a fait de vous une multimillionnaire.

Elle le fixa comme si elle avait envie de l'égorger.

— C'est de l'histoire ancienne, on parle de Chris, maintenant. Ecoutez-moi bien. Je vous demande d'appeler l'ordure qui fait ce boulot pour vous et d'annuler le contrat. Tout de suite ! Vous n'obtiendrez plus un sou de moi, de toute façon.

Rusk lui saisit les bras et lui laissa cette fois voir sa peur.

— Avant de proférer des menaces, vous devriez réfléchir. Premièrement, vous ne pouvez pas me nuire sans nuire à vous-même. Mais là n'est pas le problème.

L'homme qui s'occupe de ces contrats est extrêmement dangereux. Il n'a aucune conscience, aucune pitié. Vous devez le voir comme une machine, une machine terriblement efficace. Si vous le mécontentez en commettant l'erreur insensée de refuser de le payer, vous vous exposerez à sa colère. Maintenant…

Rusk tenta de recouvrer son calme.

— … si votre mari soupçonne vraiment la vérité, je ferai le nécessaire pour régler le problème. Vous, vous ne faites rien. Si mon associé avait vu votre façon de vous comporter aujourd'hui, vous seriez déjà morte. Personne ne retrouverait votre corps, Thora. Ben n'aurait plus pour mère que la prochaine femme de votre mari.

Elle posa sur lui un regard égaré, visiblement partagée entre la peur tangible que ses péchés soient mis au jour et celle, plus théorique, de se faire assassiner.

— Quand vous me regardez, reprit Rusk à voix basse, ce n'est pas moi que vous devez voir, c'est lui.

Les yeux de Thora allaient en tous sens, comme ceux d'un drogué en manque. Au bout d'un moment, elle se mit à battre des paupières.

— Qu'est-ce que je dois faire ? geignit-elle. Où est-ce que je peux aller ?

— Vous pouvez rester dans mon cabinet pour le moment. Mais pas un mot de tout ça là-haut : il y a peut-être des micros dans mon bureau. Enfreignez cette règle et je vous livre à mon associé. C'est clair ?

Thora essuya ses joues maculées de Rimmel.

— Je ne veux pas rester ici. Je veux voir mon fils.

— Vous ne pouvez pas. Pas encore.

— Ne dites pas de connerie ! Je n'ai commis aucun crime.

Rusk en demeura un instant abasourdi.

— Vous avez payé pour faire assassiner votre mari, répliqua-t-il. Deux fois !

Elle rit comme un enfant imaginant un mensonge qui lui épargnerait la colère de ses parents.

— Je n'ai fait que consulter un avocat spécialisé dans les divorces. Personne ne peut prouver le contraire.

— Vous m'avez déjà versé un million de dollars !

Le regard de Thora se fit soudain froid et hautain.

— J'ai simplement suivi vos conseils en matière d'investissements et je vous ai confié un million. Si quelqu'un regarde cette transaction de près, il aura l'impression que vous avez détourné cet argent. Pour acheter des diamants bruts.

Rusk en resta sans voix.

— Vous êtes comme tous les entrepreneurs qui s'occupent de ma maison, poursuivit-elle. C'est facile de garantir la qualité de son travail. Ce qui est dur, c'est d'honorer cette garantie.

Il regarda derrière elle pour s'assurer que l'ouvrier n'était pas revenu. Si quelqu'un entendait leur conversation…

— Maintenant, je vais descendre et reprendre ma vie ordinaire, déclara Thora d'une voix de nouveau posée. Vous, vous vous arrangez pour qu'il n'arrive rien à mon mari. S'il lui arrive quoi que ce soit, si un policier vient simplement sonner à ma porte, je vous balance, Andrew. Je me suis bien fait comprendre ?

Rusk réfléchissait. Cette femme n'avait aucune idée de la situation réelle. Thora Shepard était une de ces beautés qui traversent l'existence sans qu'un atome de boue les éclabousse, quels que soient leurs péchés. Elle pensait s'en tirer cette fois encore. Mais tôt ou tard – probablement bientôt, vu la surveillance exercée par le FBI –, on l'enfermerait dans une petite pièce et on la mettrait sous pression. Elle craquerait comme une poupée de porcelaine.

— Vous devez comprendre une chose… commença-t-il.

Pauvre conne, tu te fais des illusions, ajouta-t-il intérieurement.

— Je vais vous montrer pourquoi vous ne pouvez pas reprendre votre ancienne vie…

Il fit le tour d'une pile de plaques de placo posée sur trois chevalets, indiqua la fenêtre du menton et offrit son bras à Thora. Elle refusa son aide d'un regard dédaigneux mais s'approcha de la fenêtre.

— Vous voyez ces hommes en bas ? lui demanda-t-il en enjambant une boîte à outils.

— Où ?

— Là-bas, au coin de la rue. Et sur les marches, en face. Vous voyez ce type ?

Elle plaqua les mains sur la vitre.

— Celui qui lit le journal ?

— Oui. Il est du FBI. La femme aussi. La joggeuse.

— Comment vous le savez ?

Rusk regarda par-dessus son épaule en direction des étais métalliques.

— J'ai des contacts au Bureau, prétendit-il.

— Pourquoi ils sont là ? Qu'est-ce qu'ils savent, au juste ?

— Ça, je l'ignore pour le moment. Vous voyez les autres ?

Pendant que Thora se hissait sur la pointe des pieds, il se baissa, prit un marteau à pied-de-biche dans la boîte à outils. Quelque chose tinta dans la boîte quand il se redressa ; Thora commença à se retourner mais il balançait déjà le bras. Le marteau s'enfonça dans le crâne au-dessus de l'oreille, assez profondément pour que Rusk doive tirer pour le dégager. Thora vacilla sur ses jambes, tomba en cherchant à se protéger le visage. Terrifié à l'idée d'être surpris par l'ouvrier à la queue de cheval, Rusk abattit plusieurs fois le marteau de toutes ses forces. Cette salope avait menacé de détruire ce qu'il avait mis cinq ans à bâtir. Mais est-ce qu'il avait reculé et appelé à l'aide ? Non. Il était monté au créneau. Plus jamais Eldon Tarver ne le verrait comme un intermédiaire trouillard n'osant pas se salir les mains. Rusk cessa de frapper et se tint au-dessus du cadavre ensanglanté, haletant comme le premier jour au camp de base de l'Everest. Jamais jusque-là il n'avait senti en lui une telle force primitive. Il aurait voulu que son père soit là pour le voir.

Will attendait Alex quand elle arriva au parc situé derrière la résidence du gouverneur. Elle descendit de la Corolla, verrouilla les portières et rejoignit le détective dans son Explorer.

— C'est quoi, cette clinique ? demanda-t-il.
— Elle appartient à un médecin du centre hospitalier universitaire. Eldon Tarver. J'ai eu un pressentiment quand je lui ai parlé.
— Quel genre de pressentiment ?
— Tu sais bien.
— Ouais, je vois.

— Sa femme est morte d'un cancer il y a quelques années et il a hérité d'un paquet de fric. Il a ouvert cette clinique à sa mémoire. Il y soigne des déshérités atteints du sida, ou d'autres maladies virales, mais je le soupçonne d'y faire aussi autre chose. C'est un spécialiste du cancer, cette clinique lui offre une façade idéale. Il pourrait injecter à ses patients une toxine ou un virus puis les examiner quand ils reviennent se faire soigner gratuitement.

— Un dingue, alors ?

— Peut-être, répondit Alex.

Elle se mordit la lèvre et ajouta :

— Ou simplement un bon Samaritain.

Kilmer eut un rire moqueur.

— J'en ai rencontré quelques-uns dans ma carrière. On dirait des anges, mais le plus souvent, ils s'arrangent pour retirer quelque chose de leurs bonnes actions, d'une façon ou d'une autre.

— On verra bien. Allons-y.

Kilmer démarra, passa en première.

— Si seulement on savait quelle voiture il a.

— Kaiser devrait pouvoir nous l'apprendre bientôt. Je lui ai donné le nom de Tarver.

— Je vais vérifier aussi de mon côté. J'ai rien contre le FBI, tu sais. C'est juste au cas où. T'écris ça comment, Tarver ?

Alex épela le nom, Kilmer le nota dans le calepin qu'il portait toujours sur lui.

— Il est où, Shepard ?

— Au Cabot Lodge.

Les yeux de Kilmer posèrent une question silencieuse.

— Il est malade, Will, dit Alex en lui pressant le bras. Très malade. Mais tu n'y es pour rien.
— Tu parles. Je me suis endormi à mon poste. Dans le temps, on se faisait fusiller pour moins que ça.
— On vous a refilé un somnifère, à tous les trois. Arrête de penser à ça et concentre-toi sur la partie. J'ai besoin de toi.

Il frotta de ses deux mains son visage fripé, soupira.
— Tu prends ton flingue ?
— Pas cette fois, répondit Alex.

Il tendit le bras vers la boîte à gants, y prit un 357 Magnum à canon court.
— Alors, je te collerai au train.
— C'est ce qui me plaît en toi, collègue.

Le restaurant Pullo's avait gardé peu de choses de son ancienne personnalité et Alex ne reconnut que le lustre aux formes tarabiscotées accroché au-dessus de l'endroit où se trouvait autrefois le buffet. Pour le reste, le bâtiment avait été éventré.

Juste après la porte d'entrée, une réceptionniste appuyait ses coudes couleur café sur un bureau métallique balafré. A sa droite s'alignaient un grand nombre de chaises dont plusieurs étaient occupées par des hommes émaciés qui sentaient l'alcool, le tabac et la sueur. Un étroit couloir conduisait à l'arrière du bâtiment, mais Alex n'apprit rien en y plongeant le regard. Une grande vitre opaque occupait en partie le mur du fond de la salle d'attente, probablement pour observer discrètement les patients, soupçonna Alex.

— Je peux vous aider ? s'enquit la réceptionniste.
— J'espère. Je viens de parler au Dr Tarver à l'hôpital, il m'a posé une question à laquelle je n'ai pas

pu répondre mais ça m'est revenu, maintenant. Je voudrais le lui dire en personne.

La réceptionniste inspecta Alex de la tête aux pieds pour tenter de la situer. Les femmes blanches bien habillées étaient manifestement rares, à la clinique.

— Comment vous vous appelez ?
— Alexandra Morse.
— Le docteur n'est pas là mais je vais demander s'il doit passer.
— Merci.

La femme se leva comme si elle accordait à la visiteuse une immense faveur, descendit lentement le couloir. Alex s'approcha du bureau, jeta un œil à la paperasse qui l'encombrait. Des factures adressées à la clinique Tarver ou au Dr Eldon Tarver ; un magazine ouvert à demi caché sous le carnet de rendez-vous, *Jet*. Un bloc-notes sur lequel étaient gribouillés les mots *Facture Entergy en retard, Noel D. Traver, vétérinaire* et, en dessous, un numéro : *09365974*. Alex était en train de le mémoriser quand la réceptionniste revint.

— Il vient pas aujourd'hui, claironna-t-elle en regardant Alex comme si la clinique était un territoire à défendre.
— Pas du tout ?
— C'est ce que je viens de dire, non ?

Elle se rassit, se remit à lire son magazine comme si elle avait accompli son devoir et avait bien l'intention d'oublier l'existence même de la visiteuse. Alex ouvrit la bouche pour demander si elle pouvait laisser un message, changea d'avis. En se retournant pour partir, elle faillit heurter un homme vêtu d'un costume sombre qui avait dû coûter dans les deux mille dollars.

— Pardon, s'excusa-t-elle. Désolée.

Le nouveau venu avait des cheveux gris coupés court, des yeux bleu acier. Son visage lui rappelait quelque chose mais quoi ? Il avait la même allure que certains agents entrés au FBI après avoir quitté la Brigade criminelle de l'armée ou les services juridiques de la marine.

— Pas de quoi, mademoiselle, répondit-il avec le plus mince des sourires.

Il s'écarta pour la laisser sortir, ce qu'elle fit, malgré son envie de savoir ce que ce type venait faire dans un endroit aussi sordide. Il pensait peut-être que c'était encore un restaurant. A son âge d'or, le Pullo's avait attiré une clientèle fortunée au petit déjeuner.

Une fois dehors, Alex se retourna et vit l'inconnu en conversation avec la réceptionniste. Apparemment sans plus de succès qu'elle. Cherchant Will du regard dans la rue, elle passa devant une voiture sombre garée devant la clinique, se dirigea à grands pas vers l'Explorer et s'installa dans le siège passager. L'instant d'après, Kilmer se glissa derrière le volant.

— Tu as trouvé quelque chose ? demanda-t-il.
— Non, rien d'intéressant.
— Le type qui vient d'entrer…
— Tu le connais ?
— Je connais le genre. C'est un militaire.
— J'ai aussi eu cette impression.
— Bravo. Et c'est pas tout…

Il démarra, s'engagea sur la chaussée, laissa l'Explorer descendre lentement la rue. D'un léger mouvement de tête, il invita Alex à regarder vers la gauche. Elle découvrit un homme jeune en uniforme de l'armée au volant de la voiture sombre qu'elle venait de longer. Au passage, elle eut le temps de remarquer ses galons de sergent.

— Il a conduit ici le gars bien sapé ?
— Ouais. Tu as vu la portière ? *US Government*, en lettres noires.
— Et alors ?

Kilmer roula jusqu'à l'endroit où Alex avait garé la Corolla.

— C'est sûrement pas des mecs des Impôts. J'ai le même pressentiment que toi tout à l'heure.

Alex repensa à la facture d'électricité.

— Tu connais un nommé Noel Traver ?
— Un ancien militaire ?
— Non, un vétérinaire.
— Je vois pas… Mais dis-moi, Traver, ça ressemble drôlement à Tarver, non ?

Alex revit le bloc-notes dans son esprit, intervertit les lettres…

— Merde, c'est une anagramme.
— Eldon Tarver et Noel Traver.
— J'aurais dû dire « Noel *D*. Traver ». Il y avait une note sur le bureau de la réceptionniste concernant une facture d'électricité en retard.
— Là, on avance, dit Kilmer, les yeux brillants. Un cancérologue avec un faux nom…
— Sauf si c'est seulement parce qu'il est bigame, objecta Alex.
— Ou pour échapper au fisc, ajouta Kilmer en riant. Le type est peut-être bien des Impôts, finalement.
— C'est le moment de le découvrir.
— Tu veux retourner voir combien de temps il restera dans la clinique ? proposa-t-il.

— Ouais. Fais le tour du pâté de maisons. Je regrette de ne pas avoir emporté mon ordinateur.

— Si le mec est encore là, Tarver est peut-être dans son bureau avec lui.

Kilmer appuya sur l'accélérateur, fit le tour du pâté de maisons en grillant un feu rouge. Quand ils furent de nouveau dans Jefferson Street, Alex remarqua que la voiture sombre avait disparu.

— Si tu veux mon avis, dit Kilmer, il se dirige vers l'autoroute.

— Dépose-moi ici. Je cours à ma voiture.

Kilmer freina, Alex sauta sur la chaussée. Lorsque le détective redémarra, la portière se referma toute seule.

44

— Décrivez-la-moi, disait Tarver.

Edward Biddle plissa les lèvres, parcourut des yeux le bureau spartiate en se demandant si c'était là que le médecin avait mené ses recherches « révolutionnaires ».

— Un mètre soixante-quinze environ, cheveux bruns. Jolie, malgré des cicatrices sur le côté droit du visage.

Tarver s'efforça de garder un visage impassible mais ne parvint pas à abuser Biddle.

— Qui est-ce, Eldon ? Une autre de vos obsessions ?

Tarver avait presque oublié ce que c'était qu'être en compagnie de quelqu'un qui connaissait ses goûts intimes.

— Un agent du FBI, répondit-il. Elle opère seule, cependant, sans le soutien du Bureau.

Il s'attendait à voir de l'inquiétude dans le regard de Biddle, n'y décela que du mécontentement.

— Un agent du FBI ?

— Une affaire sans rapport avec notre entretien, assura Tarver. Aucun problème. Votre voiture est encore devant la clinique ?

L'ancien major agita la main comme pour faire disparaître la voiture par ce geste.

— Revenons aux choses sérieuses. Vous m'avez fait venir pour quoi ?

Cinq minutes plus tôt, Tarver était prêt à réciter son boniment, puis Alexandra Morse avait franchi les portes de la clinique.

— Je dois d'abord m'absenter un instant.

Biddle n'avait pas l'habitude d'attendre mais il eut un autre geste de la main pour donner son accord.

Tarver sortit du bureau, alla dans ses W-C personnels, au bout du couloir. *PHLÉBOTOMISTE*, indiquait l'inscription sur la porte. Il n'avait aucune envie de partager des toilettes avec les plus crades des habitants de Jackson, Mississippi. En plus des virus qu'il leur injectait, la plupart des patients de la clinique portaient sur eux la vermine la plus coriace qui soit. Il ferma la porte et s'y adossa, le cœur battant à grands coups sourds.

Alors qu'il s'apprêtait à négocier avec Biddle, Morse avait tout compromis. Sa visite à la clinique n'aurait présenté aucun réel danger si elle n'avait pas été aussi observatrice. Une femme capable de regarder une photo de la clinique et de reconnaître l'ancien restaurant finirait par se rendre compte que l'officier figurant sur une des autres photos était l'homme qu'elle avait croisé cet après-midi. Trente années s'étaient écoulées depuis l'époque du VCP, mais Biddle n'avait pas beaucoup changé, même si ses cheveux étaient devenus gris. Non seulement Morse l'avait vu entrer mais elle avait échangé quelques mots avec lui. Oui, elle se souviendrait de lui. Ce qui la conduirait rapidement à découvrir les véritables objectifs du VCP. Et à relier l'ancienne vie d'Eldon Tarver à ses activités présentes. Il ne pouvait pas courir ce risque.

Il ne pourrait endosser sa nouvelle identité qu'après avoir liquidé Morse.

Une chance que Pearson lui ait téléphoné pour le prévenir que Morse passerait peut-être. « Elle est revenue me poser des questions sur le restaurant, Eldon. C'est le genre à causer des ennuis. J'ai probablement commis une erreur en lui répondant, mais Chris Shepard est un médecin très considéré à Natchez... »

Tuer un agent du FBI, c'était dangereux. Si vous preniez ce risque, vous deviez vous attendre à être traqué dans le monde entier jusqu'à la fin de vos jours. Le Bureau n'oubliait jamais. Tarver devait réfléchir. Pour le moment, priorité à la négociation avec Biddle : le plus gros contrat de sa vie. Il tira la chasse d'eau pour donner le change, retourna dans son bureau, s'assit dans son fauteuil et croisa les mains sur sa panse, comme un bouddha.

— Vous vouliez savoir pourquoi je vous ai fait venir, Edward ?

Biddle avait l'habitude des discussions importantes, on ne perdait pas son temps en foutaises dans les salles de réunion qu'il fréquentait.

— Vous me connaissez, Eldon. Droit au but.

Tarver se renversa contre le dossier de son siège et déclara :

— J'ai ce que vous cherchez depuis des années.
— C'est-à-dire ?
— Le Saint-Graal.

Biddle attendit la suite en silence.

— L'arme parfaite.
— « Parfait » est un mot vachement fort, Eldon.

Tarver sourit. On ne disait probablement pas « vachement fort » à Yale, où Biddle avait fait ses études. Il avait dû apprendre ça à Fort Detrick.

— Comment qualifier une arme mortelle à cent pour cent et dont personne ne pourrait pas même prouver que c'est une arme ? En comparaison, les agents classiques de la guerre bactériologique, comme l'anthrax ou la variole, font figure de vestiges du Moyen Age. N'est-ce pas vous qui aviez parlé du Saint-Graal à Fort Detrick, Edward ? Une arme qui ne serait pas perçue comme une arme ?

— Si. Mais tous les chercheurs qui ont travaillé pour moi ont prouvé que c'est impossible.

— Oh, c'est tout à fait possible. Elle existe déjà.

Tarver ouvrit un tiroir de son bureau, y prit une fiole remplie d'un liquide brunâtre.

— La voilà.

— Qu'est-ce que c'est ? demanda Biddle.

— Un rétrovirus.

— Origine ?

— Simienne, bien sûr, comme nous l'avions toujours soupçonné.

— Et vous l'appelez ?

Tarver sourit.

— Kryptonite.

Edward Biddle n'eut pas envie de rire.

— Vous plaisantez ?

— Ce n'est qu'un nom provisoire. Le pedigree viral de ma découverte doit rester secret pour le moment. Mais si vous décidez de…

— L'acheter ?

— Exactement. Si vous décidez de l'acheter, vous aurez le droit de regarder derrière le rideau et de lui donner le nom que vous voudrez.

— Expliquez-moi ce qui fait de votre… « Kryptonite » une arme si parfaite.

— D'abord, il a une longue période d'incubation. De dix à douze mois, la mort survenant en moyenne un an et demi après.

— De quelle cause ?

— Du cancer.

Biddle inclina la tête sur le côté.

— Notre vieil ami.

— Oui.

— Le rétrovirus le provoque directement ? Ou il y a d'abord effondrement du système immunitaire ?

— Pas un effondrement total, des atteintes sélectives. Juste ce qu'il faut. Mon rétrovirus arrête le mécanisme de mort cellulaire. Il échappe aux lymphocytes tueurs et commence à produire son propre facteur de croissance. La meilleure des stratégies virales.

Biddle songeait déjà aux implications :

— Une arme qui frappe sans discrimination n'est pas utilisable à grande échelle. Vous le savez.

Tarver se pencha en avant.

— J'ai résolu le problème.

— Comment ?

— J'ai créé un vaccin. Je l'obtiens à partir de chevaux.

L'ancien officier fit la moue.

— Il faudrait donc vacciner toutes nos forces avant d'utiliser votre arme…

— Nous le faisons déjà, ça. Nous pourrions les vacciner en prétendant que c'est pour les protéger d'autre chose.

Biddle plissa le front en se demandant s'il ne perdait pas son temps avec Tarver.

— Et le reste de la population ? Si nous vaccinons tout le monde – même en racontant que c'est contre la grippe aviaire, ou je ne sais quoi –, nous ne pourrons jamais garder le secret. Ce n'est plus possible, de nos jours.

Tarver avait du mal à se contenir.

— Je peux aussi neutraliser le virus après infection, aux premiers stades de sa reproduction. Avant le déclenchement de la carcinogenèse.

Biddle finit par perdre son impassibilité.

— Après infection ?

— Oui.

— Personne ne peut éliminer un virus une fois qu'il s'est installé dans le corps.

Tarver se renversa de nouveau en arrière et afficha une confiance inébranlable :

— J'ai créé ce virus, Edward. Je peux le détruire.

Biddle secouait la tête mais Tarver décelait un vif intérêt dans son regard.

— Après un délai de trois semaines, poursuivit le médecin, rien ne peut plus arrêter le processus. Avant ce laps de temps, je peux encore court-circuiter l'infection.

— Vous êtes en train de me dire...

— Que j'ai votre arme contre la Chine.

Les lèvres de Biddle s'écartèrent. Il avait l'expression d'un homme dont on vient de lire les pensées.

— Je vous connais, Edward. Je sais pourquoi vous êtes ici. Je vois ce qui se passe dans le monde, j'ai conscience des limites des réserves en pétrole et en métaux stratégiques. Je sais où affluent ces produits, où l'industrie lourde est en train d'émigrer. Je ne suis pas expert en géopolitique, mais je constate que le courant s'inverse. Dans vingt ans, peut-être moins, nous aurons une nouvelle guerre froide.

Biddle préféra s'abstenir de tout commentaire.

— Je connais aussi les capacités des sous-marins nucléaires des Chinois, continua Tarver. Leur programme de missiles. Même un lycéen pourrait vous donner les dimensions de leur armée permanente. Près de trois millions d'hommes, et ça grimpe encore. La force réelle de ce nombre tient au fait que la vie a peu de prix, là-bas, Edward. Les pertes ne signifient rien pour la Chine... à la différence du pays dans lequel nous nous trouvons.

L'ex-officier changea de position sur sa chaise et demanda d'une voix posée :

— Où voulez-vous en venir ?

— Les Chinois ne sont pas les Russes. Vous ne pourrez pas les reléguer dans l'oubli. Ce sont déjà eux qui maintiennent notre économie à flot. S'ils décident d'arrêter, nous n'aurons qu'une seule option. Déclencher une guerre nucléaire.

Biddle eut un hochement de tête quasi imperceptible.

— Mais nous ne le ferons pas, affirma Tarver. Vous le savez parfaitement. Parce que nous ne le pouvons pas. Les jaunes peuvent se permettre de perdre un demi-milliard d'habitants. Pas nous. Et surtout, ils sont prêts à les perdre.

Les yeux mi-clos, Biddle était sans doute dérouté par ces réflexions stratégiques sommaires, mais Tarver était sûr de s'être fait comprendre, même maladroitement.

— Kryptonite est transmissible sexuellement ?

— Une variante l'est, l'autre pas.

— C'est pratique, dit Biddle avec un mince sourire.

— Vous n'imaginez pas ce que j'ai accompli, Edward. Vous voulez un assassinat politique dans lequel vous pourrez nier toute participation ? Donnez-moi un tube de sang de votre cible. Je rends les cellules cancéreuses *in vitro*, vous n'avez plus qu'à les réinjecter dans le sujet. Il mourra d'un lymphome non hodgkinien dix-huit mois plus tard.

Le sourire de l'ancien chef du VCP s'élargit.

— J'ai toujours dit que vous étiez mon cerveau le plus prometteur, Eldon.

Tarver éclata de rire.

— Si je comprends bien, reprit Biddle, nous pourrions lâcher ce virus dans un quartier pauvre de Shanghai et...

— Le temps que les premières morts surviennent, l'infection aurait eu quinze mois pour se propager de manière exponentielle. Elle toucherait toutes les grandes villes chinoises. Avec une kyrielle de cancers différents, pas un seulement. Le chaos serait inimaginable.

— L'infection aurait aussi traversé les océans, fit observer Biddle.

L'humeur joviale de Tarver disparut.

— Oui, reconnut-il. Nous devrions accepter quelques pertes. Mais pendant un temps limité. S'appuyant sur l'exemple du sida, la plupart des pays lanceraient des programmes d'urgence pour trouver un vaccin. Votre firme pourrait se placer en tête aux Etats-Unis.

— Et vous pourriez la diriger, enchaîna Biddle. C'est ce que vous pensez ?

— La diriger, non, mais en faire partie. Après un délai raisonnable – avant que le nombre de victimes devienne trop élevé chez nous –, nous proposerions un vaccin expérimental.

— Le reste du monde demanderait à y avoir accès.

— Malgré les objections de leurs sommités médicales. Vous connaissez les batailles d'ego livrées dans ce genre de recherches. Entre Gallo et les Français, par exemple. En outre, personne à part nous ne serait sûr que notre vaccin marcherait. Le retard durerait des années, mais pendant tout ce temps, notre population serait protégée.

— Ce serait difficile pour quelqu'un d'autre de mettre au point un vaccin ?

— Sans avoir les connaissances que j'ai ? Cela prendrait au moins vingt ans. Il s'agit d'un rétrovirus. Comparez avec VIH : il sévit depuis 1978 et…

— Même avant, corrigea Biddle.

Tarver haussa un sourcil.

— De toute façon, nous n'avons toujours pas de vaccin contre le sida. Nous ne sommes même pas près d'en avoir un.

— Néanmoins, vu la taille de la population chinoise, votre arme ne serait pas décisive, seulement déstabilisatrice.

— C'est l'apocalypse que vous voulez ? Je peux vous l'offrir.

— Comment ?

Le médecin écarta les bras.

— Simplement en allongeant la période d'incubation. Je pourrais la porter à quelque chose de comparable à celle du myélome multiple. De vingt-cinq à trente ans.

Etonnement de Biddle :

— Vraiment ?

— Bien sûr. J'ai délibérément raccourci l'incubation dans mes travaux.

— Pourquoi ?

— Afin de pouvoir mener mes recherches dans un cadre de temps mesurable. Avec une période d'incubation de vingt ans, je serais mort avant d'avoir obtenu mes premiers résultats.

Biddle s'humecta les lèvres, réfléchit tout haut :

— Avec une période d'incubation de sept ans, soixante-dix pour cent de la population âgée de plus de vingt-cinq ans serait contaminée avant qu'une première personne tombe malade. Même avec un vaccin efficace, il serait trop tard. Les Chinois devraient faire face à un effondrement social...

— Oui, acquiesça Tarver. Et je vous dirai autre chose : je crois pouvoir rendre ce virus sélectif selon la race.

Biddle cligna des yeux, incrédule.

— Là, nous sommes sur le territoire de Herman Kahn. Penser l'impensable.

— Quelqu'un doit le faire. Sinon, nos ancêtres auront vécu et seront morts pour rien. Le monde appartiendra aux...

— Plus un mot, coupa Biddle. Quelles que soient les discussions que nous aurons à l'avenir, avec qui que ce soit, ne mentionnez jamais cet aspect. Le côté darwinien.

— Pourquoi ?

— Vous n'aurez pas à le faire. Les gens compétents saisiront l'implication.

— Je me fie à votre instinct, répondit Tarver en se penchant de nouveau en avant. Bon… maintenant que vous savez ce que j'ai à proposer, j'aimerais savoir si vous êtes intéressé.

Et combien je suis prêt à payer, pensa Biddle.

— Je le suis, naturellement. Mais tout aussi naturellement, il y a quelques problèmes.

— Comme ?

Le directeur de TransGene eut un sourire entendu : ils avaient une discussion d'égal à égal.

— Vous êtes en avance sur votre temps, Eldon. Vous l'avez toujours été.

Tarver hocha la tête en silence.

— Mais, poursuivit Biddle, pas autant que vous l'étiez autrefois. La réglementation imposée aux expériences sur les animaux depuis Clinton s'est relâchée. Tous les pays ont intensifié leur élevage de primates, ils ont enfin compris qu'on ne peut obtenir que des résultats limités avec les espèces inférieures.

— Et la Chine est en avance sur tout le monde dans ce domaine aussi.

Biddle en convint d'un signe de tête.

— Tellement en avance que nous effectuons déjà une partie de nos expériences sur les primates là-bas.

Tarver eut une moue de dégoût.

— Naturellement, dit Biddle, quand l'autre chaussure tombera – sur le plan politique –, tous ces programmes de recherches seront nationalisés et vous serez la Cassandre à qui on donnera enfin raison. Vous serez comme le Messie, Eldon.

— Dans combien de temps l'autre chaussure tombera-t-elle ?

— Impossible à savoir. Mais c'est sans importance pour notre accord. Quant à vous donner une nouvelle identité, je peux arranger ça en quelques jours. Si vous voulez de l'argent, une somme importante...

— Je veux ce que vaut ma découverte.

Biddle marqua une légère surprise.

— Cela prendra plus de temps.

— Combien de temps ?

— Mmm... Trois ans. Peut-être cinq.

Tarver sentit monter en lui colère et amertume.

— Le délai pourrait être plus court, ajouta l'ancien major, cela dépendra d'une série de facteurs, mais je ne veux pas que vous vous fassiez des illusions. De toute façon, l'argent n'a jamais été votre principale motivation, n'est-ce pas ?

— J'ai cinquante-neuf ans, Edward. Le monde n'est plus ce qu'il était en 1970.

— A qui le dites-vous ! Réfléchissez : vous travaillerez pour une firme qui comprend vos besoins particuliers. Je serai votre seul contact, si vous voulez. Vous aurez carte blanche pour vos recherches.

— Vous pouvez me le garantir ? Personne pour regarder par-dessus mon épaule ?

— Je vous le promets. Ce qui m'inquiète, c'est le risque que nous courons en ne passant pas sans attendre à la phase suivante. Je souhaiterais que vous veniez avec moi aujourd'hui. Tout de suite.

Saisi d'un pressentiment, Tarver eut un mouvement de recul.

— Pourquoi tout de suite ?

— Je ne veux pas qu'il vous arrive quoi que ce soit avant que mon équipe ait connaissance de vos travaux.

— Nous ne nous sommes pas encore mis d'accord.

Biddle regarda Tarver dans les yeux.

— Ecoutez-moi, Eldon, dit-il avec le ton grave d'un officier, pas d'un P-DG. L'argent, vous l'aurez. La reconnaissance de vos pairs aussi. Ce qui compte avant tout, c'est ce que vous ferez pour votre pays. Vous savez ce qui nous attend. Ce putain de dragon devient plus fort chaque jour. Il mange déjà dans notre écuelle et bientôt…

Il eut une grimace de dégoût.

— Merde, je ne peux même pas dire que nous méritons de survivre, vu la façon dont la plupart des Américains ont renoncé à leurs droits. Ceux d'entre nous qui se rappellent ce qui a fait notre grandeur… ceux-là doivent assurer notre survie en tant que nation. J'ai donné mon sang pour ce pays, Eldon. Vous aussi, à votre façon. Mais vous n'en éprouvez aucun ressentiment. Vous avez le même sens du devoir que moi, j'en suis sûr.

Tarver baissa les yeux vers son bureau. Jamais il n'avait eu l'intention de refuser, bien sûr. Il avait simplement espéré que les témoignages de gratitude les plus tangibles se manifesteraient plus tôt. Ce n'était pas un problème. Avec les diamants d'Andrew Rusk en plus des siens, il aurait de quoi vivre à l'aise jusqu'à ce que TransGene ou le gouvernement le dédommage généreusement.

— D'accord, Edward. Je suis partant.

Le visage de Biddle se fendit d'un large sourire.

— Parlons calendrier. Je tiens vraiment à tout régler au plus vite. J'aimerais que vous quittiez cette clinique dès aujourd'hui.

Tarver leva les yeux au plafond.

— Je ne vais pas me faire écraser demain par un bus…

— Vous n'en savez rien. Vous pourriez vous faire renverser par un chauffard ivre, défoncer le crâne par un voyou, foudroyer par un éclair…

— Ou trouver un autre preneur plus riche ? dit abruptement Tarver.

Ces mots firent à Biddle l'effet d'un coup de poing à la gorge.

— Vous en cherchez un ?

— Non. Mais j'ai besoin que vous me laissiez une journée, Edward. Une seule journée.

Le regard de Biddle se couvrit d'un voile soupçonneux.

— Quels problèmes avez-vous à régler pour justifier ce délai ?

Un instant, Tarver fut sur le point de demander à son ancien collègue de s'occuper d'Alex Morse pour lui. Le directeur de TransGene avait sans aucun doute des contacts dans l'armée ou dans les services de renseignements qui pouvaient la liquider et faire passer sa mort pour un accident. Mais si Biddle et les membres du conseil d'administration de TransGene voyaient en lui un risque pour leur entreprise, un homme qui traînait derrière lui une casserole pouvant mener un jour les autorités à leurs secrets les plus sombres, ils décideraient de l'éliminer dès qu'ils seraient en possession du virus et des dossiers. Non, il devait entrer dans sa nouvelle vie totalement libéré du passé, héros sans taches pour Biddle et consorts. Un putain de Lancelot, pour une fois.

— Faites-moi confiance, Edward. Demain, je serai tout à vous.

Biddle semblait loin d'être satisfait mais il ne discuta pas plus longtemps.

— Comment comptez-vous procéder ? demanda Tarver.

— Voilà ce que j'envisage. TransGene appartient à la même société mère que l'entreprise chargée de construire la centrale nucléaire entre Baton Rouge et La Nouvelle-Orléans. Si nous…

— Cela m'intrigue, coupa Tarver. La Nouvelle-Orléans a déjà l'une des centrales nucléaires les plus puissantes du pays… et il n'y a plus de Nouvelle-Orléans.

— L'électricité produite par la nouvelle centrale sera envoyée au Texas, expliqua Biddle avec un sourire. C'est beaucoup plus facile de construire une centrale en Louisiane qu'au Texas. Il y a des lois, bien sûr, mais pas de résistance organisée. Seulement des Noirs, des petits Blancs, des Cajuns, et des usines chimiques tout le long du fleuve.

— Le Boulevard du Cancer. Quel rapport avec moi ?

— Il faudra deux ou trois jours pour établir vos nouveaux papiers d'identité. Un hélicoptère vous déposera sur le chantier de construction et vous y resterez en attendant. Pas plus de deux, trois jours, je le répète, et vous serez confortablement installé. Dans votre propre caravane, comme une star de Hollywood.

Tarver sourit d'un air désabusé.

— Qui se chargera de ma nouvelle identité ?

Biddle fit une réponse équivoque :

— Cela fonctionne un peu comme le Programme de protection des témoins, à cette différence près que c'est le Pentagone qui s'en occupe.

— Quel bonheur d'avoir de nouveau affaire à des professionnels ! Je me sentais drôlement seul dans ce trou.

Biddle se leva, tira sur ses manchettes.

— A propos, comment avez-vous réussi à mener à bien vos recherches ?

Se sentant de nouveau en sécurité, Tarver laissa son orgueil s'exprimer :

— Je vous dirai que c'est plus une question de volonté qu'autre chose. J'aurais atteint mon objectif deux fois plus vite dans un grand centre de recherches, ou à Fort Detrick. Sauf que personne ne m'aurait laissé faire.

— Vous avez raison, approuva Biddle. Je remercie le ciel qu'il y ait encore des hommes comme vous pour lutter dans les tranchées.

Tarver se délectait des compliments de Biddle car il savait par expérience qu'on ne les obtenait pas facilement.

— Il reste des questions logistiques à régler, je suppose ? dit l'ancien officier. De quoi avez-vous besoin, à part vos dossiers ? Un équipement spécial ? Des agents biologiques ?

— Pas de matériel. Ce serait trop risqué d'en emporter.

— D'accord. Et côté biologique ?

— Je peux mettre tous les agents dont j'ai besoin dans une seule caisse Pelican et mes dossiers essentiels tiennent dans un sac à dos.

— Excellent. Reste la question de la date.

— Demain, comme j'ai dit. Mais j'aimerais que vous soyez en alerte dès maintenant.

Biddle le regarda fixement avant de demander :

— Il y a autre chose que je dois savoir, Eldon ?

— Je veux que ce soit vous qui pilotiez l'hélicoptère. Dès que j'appelle, vous venez, quel que soit l'endroit que je vous indiquerai.

Biddle se gratta le menton.

— L'exfiltration risque d'être chaude ?

Tarver sourit : il avait toujours adoré le jargon des barbouzes.

— Je ne crois pas.

— Même une exfiltration simplement observée ne me plairait pas trop. Nous ne tenons pas à mettre la firme dans une situation difficile.

— Là encore, je ne prévois aucun problème.

— Très bien, donc. Ça me fera plaisir d'être le pilote de cette mission. J'ai besoin d'augmenter mon nombre d'heures de vol.

Biddle donna à Tarver une poignée de main militaire, raide comme un salut réglementaire.

— A demain, dit le médecin.

Le directeur de TransGene alla à la porte et se retourna, le visage grave.

— Ça vaut vraiment le coup de traîner vingt-quatre heures de plus pour régler une affaire en suspens alors qu'un agent du FBI rôde dans le secteur ?

Tarver regretta d'avoir révélé l'identité de Morse.

— Je crains qu'elle ne soit mêlée à cette affaire.
Le visage de Biddle s'assombrit encore, mais le regard de ses yeux bleus demeura froid et ferme.
— Tant que cela n'a rien à voir avec la nôtre…
— Absolument rien.

45

Alex se glissa dans la chambre 638 aussi silencieusement qu'elle le put. Il faisait noir dans la pièce aux rideaux fermés et elle s'avança avec précaution en tâchant de se rappeler l'emplacement des meubles. Elle contournait un fauteuil quand elle entendit une voix chevrotante :

— A… Alex ?
— Oui. Ça va ?
— Je… je crois.

Elle longea le lit en se guidant à tâtons tandis que ses yeux s'accoutumaient à l'obscurité, repéra le visage de Chris. Il était étendu sur le dos, les couvertures remontées jusqu'au cou, le front luisant de transpiration.

— Mon Dieu, qu'est-ce que vous avez ?
— Ré… réaction initiale typique au virus. La moelle déverse une tonne d'IgG pour repousser l'envahisseur… essayer de tuer le virus par la fièvre. Plus tard… d'autres immunoglobulines… pour le moment… symptômes classiques.

Il secoua la tête avec véhémence et poursuivit :

— ... suis pas en état critique... maintenant... à moins... d'un empoisonnement. Ce n'est pas le cas, apparemment, non ?

— Non. Mais il faut quand même que vous vous fassiez examiner.

— Je vais demander à Tom de se charger des analyses.

— On n'en est plus là, Chris. Je crois le moment venu de vous mettre dans un avion et de vous envoyer au Sloan-Kettering.

— Je veux quelqu'un en qui j'ai confiance. On enverra les résultats des analyses.

Chris ne s'affolait pas, et c'était lui le médecin, pas elle. Avait-il encore toute sa lucidité, cependant ? Il était à coup sûr déprimé par ce qui lui était arrivé, voire en état de choc ou délirant.

— Ne vous inquiétez pas, murmura-t-il avec un faible sourire, je vous dirai quand paniquer.

Elle se força à sourire en retour.

— Ça vous embête si je me sers de mon ordinateur ?

Il secoua la tête.

— La lumière ne vous dérangera pas ?

— Non.

Elle se pencha, posa une main sur l'épaule brûlante de Chris. Jamais elle ne s'était sentie aussi impuissante. Will Kilmer n'avait pas réussi à rattraper la voiture sombre qu'ils avaient vue garée devant la clinique de Tarver. John Kaiser avait appelé mais au lieu d'enquêter sur un certain Dr Eldon Tarver, contrairement à ses souhaits, il était resté concentré sur Andrew Rusk et la plupart des choses qu'il avait apprises, Alex les avait découvertes des semaines plus tôt. Il l'avait aussi informée que les agents du FBI filant Rusk étaient convaincus que Thora Shepard se trouvait encore dans le bureau de l'avocat. Kaiser pensait que cela l'aiderait à convaincre le directeur du Bureau que les soupçons d'Alex étaient fondés. Elle avait demandé à Kaiser de mettre à partir de maintenant le paquet sur Tarver et lui avait communiqué la fausse identité qu'il utilisait peut-être, Noel D. Traver.

Alex alla s'asseoir devant le bureau de la suite, tira l'ordinateur de son hibernation et se brancha. Pendant que l'appareil chargeait le portail d'Internet, elle écrivit sur un bloc-notes du Cabot Lodge ce qu'elle avait mémorisé à la clinique.

Noel D. Traver, vétérinaire
Facture d'Entergy en retard 0965974

En tentant de consulter le NCIC, le Fichier des recherches criminelles, elle constata que son code d'accès n'était plus valable. A son troisième essai, elle obtint un message l'informant qu'un rapport était envoyé au service sécurité du NCIC. Mark Dodson ne négligeait rien dans ses efforts pour torpiller sa carrière. Elle ne pouvait plus avoir recours à la base de données nationale en matière criminelle, un coup terrible pour n'importe quel enquêteur. Elle devrait aller sur Google, comme les gens ordinaires. Ce qu'elle fit en jurant à voix basse.

Lorsqu'elle tapa « Eldon Tarver », elle obtint plus d'une centaine de réponses. Les vingt premières étaient des résumés d'articles médicaux. En allant un peu plus loin, elle trouva quelques reportages sur l'ouverture de sa clinique gratuite. Des dirigeants de la communauté noire l'avaient porté aux nues et, trois ans plus tôt, une association de citoyens noirs lui avait décerné son prix annuel. Tarver figurait sur la liste des cinquante meilleurs médecins de l'Etat du Mississippi et l'un des articles apprit à Alex qu'il avait une spécialisation de pathologiste depuis 1988.

— Chris ?
— Oui ?
— Eldon Tarver est spécialiste en pathologie. Ça vous étonne ?
— Euh... oui, plutôt. J'aurais cru hématologie ou oncologie.
— Il a aussi un diplôme d'hématologie, mais c'est beaucoup plus récent. Il s'est d'abord spécialisé en pathologie.
— Bizarre... Vous pouvez m'apporter une serviette ?

Alex alla en chercher une dans la salle de bains.

— Je la mets où ?
— ... ma bouche, dit-il en claquant des dents. Pour la mordre.

Il tremblait de tout son corps. Après l'avoir longuement regardé sans rien pouvoir faire, elle retourna à l'ordinateur. Son téléphone sonna. Kaiser.

— Du nouveau ? demanda-t-elle.
— Noel D. Traver n'a pas de casier. Mais en fouillant un peu dans son passé, j'ai découvert que l'école vétérinaire où il prétend avoir fait ses études n'a aucune trace de son passage. L'Etat du Mississippi lui a accordé une licence sur la foi de documents établis par l'Etat du Tennessee.
— Il n'a pas dû passer d'examen ?

— Il ne pratique pas vraiment. Il possède et gère un élevage au sud de Jackson. Il vend des chiens pour la recherche médicale.

Alex tira sur une mèche de ses cheveux tombée sur sa joue.

— C'est étrange, John. Surtout s'il ne s'appelle pas Noel Traver mais Eldon Tarver.

— Attends, ne quitte pas…

Elle entendit des voix étouffées, ne parvint pas à saisir les mots prononcés.

— Je dois raccrocher, Alex. Je te rappelle plus tard.

Elle reporta son attention sur l'ordinateur et se rendit compte qu'elle n'avait pas eu recours au moyen le plus simple pour savoir si Noel Traver était un pseudo ou non. Elle tapa de nouveau le nom sur Google puis chercha dans IMAGES. L'ordinateur bourdonna, cliqueta, commença à charger une rangée de vignettes.

La première photo qui apparut montrait un Afro-Américain en uniforme de l'armée, le capitaine Noel D. Traver. La deuxième représentait un adolescent boutonneux. La troisième – un homme chevelu à barbe grise – avait été prise par un reporter du *Clarion-Ledger* de Jackson et était accompagnée d'une légende : « L'éleveur traite ses chiens destinés à la recherche comme des animaux de compagnie. » La photo avait trop de grain mais ne laissa aucun doute à Alex : Noel D. Traver n'était pas Eldon Tarver.

— Qu'est-ce que ça veut dire ?

Son portable sonna de nouveau, elle répondit sans même regarder l'écran.

— John ?
— Non, c'est Will.

— Tu tiens quelque chose ?
— Peut-être. Tarver a un labo de pathologie à Jackson.
— Quoi ?
— Jackson Pathology Associates. Ils font des analyses pour un tas de docteurs du coin. L'affaire marche bien, on dirait.
— Ce type est sidérant.
— Tu veux que j'aille voir ?
— Oui. Tu jettes un œil, tu vois si quelque chose paraît anormal.
— Je connais le boulot, répondit Kilmer en riant.
Le portable d'Alex émit un bip signalant un autre appel. C'était bien Kaiser, cette fois.
— Rappelle plus tard, Will. Merci.
Elle prit l'appel de Kaiser.
— Allô ?
— Désolé, Alex. Je suis au bureau de Jackson et ça tourne plutôt mal. Le directeur a découvert mes petites recherches personnelles en dehors du service et...
— John, écoute-moi. J'ai cherché Noel D. Traver sur Google, j'ai obtenu une photo.
— Ouais ?
— Ce n'est pas lui. Je veux dire, ce n'est pas Eldon Tarver.
— Tu es sûre ?
— Je ne comprends pas. Une anagramme aussi parfaite, ça ne peut pas être une coïncidence, pas si le nom de l'un se trouve sur le bureau de l'autre.
— Je suis d'accord, c'est curieux. Pour revenir au sujet précédent, le directeur du bureau de Jackson dit

que même si tu as raison, c'est une affaire de meurtre et qu'elle n'est pas de notre ressort.

— Webb Tyler est un sale con.

— Il veut que je communique à la police de Jackson tous les éléments que j'ai recueillis et que je retourne à La Nouvelle-Orléans. Et il te conseille de chercher du boulot dans un autre secteur.

— Je l'emmerde. Moi, je dis qu'il faut aller voir l'élevage de chiens de Noel Traver.

— Tyler ne marchera pas. J'ai déjà demandé un mandat de perquisition. Rien à faire.

— Enfin, c'est quoi, son problème ?

— Dodson. Tyler sait que Dodson ne peut pas te sentir et pense qu'il est le nouveau chouchou du patron. Il pense aussi que Jack Moran est sur une voie de garage : retraite anticipée. Comme je suis un disciple du mauvais acolyte, Tyler n'a aucune envie de m'aider.

— Je commence à croire que c'est une bonne chose que je me sois fait virer.

— Tu sais bien que non. On l'aura, le mandat. Il faut juste continuer à rassembler discrètement des preuves.

— Comment, sans soutien ? Je ne crois pas que Tyler tentera d'obtenir l'autopsie des victimes présumées, hein ?

Kaiser éclata de rire.

— Tu sais où est Tarver en ce moment ?

— Aucune idée. Il vit seul et il n'est pas chez lui. Ni à l'hôpital ni à sa clinique. Je te préviendrai quand on l'aura logé.

Alex eut un grognement d'insatisfaction.

— Il est où exactement, son chenil ?

— N'y songe même pas, Alex. Pas sans mandat.

— Je peux le trouver moi-même, tu sais.
— Tu me compliques déjà suffisamment les choses. Il faut que je te laisse. Rappelle-moi si tu as du nouveau.

Elle raccrocha, composa le numéro de Kilmer.
— Je t'écoute, dit le détective.
— Noel D. Traver a un élevage de chiens au sud de Jackson. Je veux que tu trouves où.
— Je le sais déjà.
— Je t'adore, vieux bonhomme. Donne-moi l'adresse.

Après la lui avoir communiquée, il demanda :
— Tu prévois une visite là-bas ?
— Je me contenterai de passer devant en voiture. Kaiser m'arracherait la peau des fesses si j'y mettais les pieds. Toi, va voir le labo de pathologie.
— Je suis déjà parti. Tiens-moi au courant.
— D'accord.

Alex retourna au chevet de Chris, s'agenouilla près du lit. Il frissonnait encore mais il avait les yeux clos à présent et sa respiration était régulière. Elle se releva, remit l'ordinateur dans sa housse et sortit sans faire de bruit.

46

Kilmer toucha le genou d'Alex en disant :
— Ce bâtiment était une boulangerie industrielle quand j'étais gosse. Je crois même que c'en était encore une vers 1985.

Elle hocha la tête et tâcha de garder son ordinateur connecté à Internet. Pour une raison quelconque, le poste d'observation qu'ils avaient choisi se trouvait dans une zone morte du réseau. Kilmer avait garé son Explorer sur l'aire de stationnement d'un ancien atelier de réparation mécanique parce qu'elle offrait une bonne vue sur l'élevage de « Noel D. Traver ». Le bâtiment était un parallélépipède en briques rouges ayant à peu près les dimensions d'une usine d'embouteillage Coca-Cola, avec un parking encore plus vaste. Des fils barbelés étincelants s'enroulaient en spirales au-dessus de la clôture. Le seul véhicule garé était un camion dont l'arrière était tourné vers le mur du bâtiment, lequel semblait désert. Personne n'y était entré ou n'en était sorti depuis leur arrivée, deux heures plus tôt, et pas un bruit ne s'en échappait non plus. Il était distant d'une centaine de mètres et Alex pensait qu'on aurait dû au moins entendre des aboiements.

— Encore le tien, dit Kilmer en réaction à la sonnerie du portable d'Alex.

— C'est Kaiser, il n'arrête pas d'appeler.

— Ben, réponds.

— S'il savait que je suis ici, il piquerait une crise.

Kilmer soupira. Il s'était déjà rendu au laboratoire de pathologie de Tarver et au terme d'une brève inspection n'avait rien remarqué d'illégal. Il enchaînait à présent sur cette autre planque, probablement pour rien.

La carte SIM de l'ordinateur d'Alex établit la connexion avec Internet puis se montra de nouveau défaillante. De frustration, la jeune femme abattit sa main sur la portière. C'était ça ou jeter l'appareil par la fenêtre. Elle avait cherché à se brancher pour faire des recherches en ligne, mais il était maintenant assez tard pour que Jamie soit rentré de l'école et il était peut-être sur MSN.

— Je me fais du souci pour mon neveu, dit-elle. Je ne lui ai pas parlé depuis au moins quarante-huit heures.

— Il va bien, affirma Kilmer. Il a dix ans, il est obligé d'aller où son père l'emmène.

— Je m'inquiète aussi pour Chris.

Elle se sentait coupable de l'avoir laissé seul dans la chambre d'hôtel.

— Combien de fois tu as essayé de le joindre ?

Le détective l'ignorait parce qu'il avait quitté plusieurs fois l'Explorer pour pisser ou fumer une cigarette.

— Cinq ou six fois.

— Il dort sûrement.

— J'espère.

— Te bile pas. Presque toutes les victimes ont mis plus d'un an à mourir.

— Pas Grace.

Le vieil homme ferma les yeux, secoua la tête.

— Je devrais retourner là-bas et le faire admettre aux urgences, reprit Alex. Tu m'aiderais à l'amener à la voiture ?

— Bien sûr.

Alex désigna du menton la haute clôture en grillage entourant l'ancienne boulangerie.

— Ils servent à quoi, les barbelés, d'après toi ? Sûrement pas à empêcher les chiens de sortir. La clôture suffit.

Kilmer haussa les épaules.

— La criminalité est élevée, dans le coin.

Le portable d'Alex sonna. Encore Kaiser. Exaspérée, elle vida ses poumons, pressa le bouton vert.

— Salut, John.

— Bon Dieu, Alex, ça fait des heures que j'essaie de t'avoir. Où tu es ?

Elle fit une grimace puis débita son mensonge :

— A l'hôtel, au chevet de Chris. Il est très mal en point. Tu as trouvé quelque chose ?

— Oui et non. Tyler ne veut rien entendre, c'est quasiment devenu la marionnette de Dodson, maintenant. J'appelle tous ceux qui me doivent un service pour les mettre sur Shane Lansing, Eldon Tarver ou ton mystérieux faux vétérinaire. Je fais aussi tout ce que je peux pour obtenir un mandat de perquisition.

— Merci, dit Alex, reconnaissante d'avoir enfin quelqu'un qui tirait dans le même sens qu'elle. Du nouveau sur les antécédents ?

— Lansing a l'air OK. Le chirurgien type. Fils d'avocat, gros baiseur. Il a beaucoup déménagé, ce qui est quelquefois mauvais signe chez un médecin, mais il n'a que trente-six ans, il ne tient peut-être pas en place. Comme Rusk, il a investi dans diverses entreprises, pour la plupart médicales. La clinique de radiologie de Meridian n'a rien de louche et Lansing n'y travaille pas. Il pourrait sûrement avoir accès à des matières radioactives s'il le voulait, mais pour le moment, c'est le meurtrier le moins probable.

— Et les autres ?

— Tu connais Rusk. Il est riche, il a des relations, il en est à son second mariage. Il mène une vie de play-boy international quand il ne bosse pas. Seul point suspect, les accords financiers que tu as découverts, mais ils sont tous légaux. Même le fisc n'a rien contre lui.

— Et Tarver ?

— Tarver, c'est un peu différent. Il est né en 1946, à Oak Ridge, Tennessee. Enfant naturel d'un officier qui s'est débarrassé de lui en le confiant à un foyer pour enfants de Greenwood, il a été adopté à l'âge de sept ans. La famille adoptive était de Sevierville. J'ai enquêté sur une affaire de meurtres en série dans le coin il y a une douzaine d'années. En plein cœur des Smoky Mountains. C'est devenu touristique depuis ; mais dans les années cinquante, c'était très rural, avec une forte influence fondamentaliste. Plusieurs églises à serpents se trouvaient là-bas.

— Des églises à serpents ? répéta Alex, alors que Kilmer la regardait avec étonnement.

— Les fidèles se servent de serpents venimeux pendant la messe. Ils avalent aussi de la strychnine, ce genre de conneries. Je ne sais pas si Tarver a connu ça, mais son père adoptif était éleveur de porcs et prédicateur laïc. Eldon a obtenu une bourse pour faire ses études à l'université du Tennessee, ce qui lui a permis d'échapper au Vietnam. Pendant que je pataugeais dans les rizières, il faisait des recherches en microbiologie à l'UT. On a peu d'infos sur cette partie de sa vie, mais en 1974 il a été embauché par une grosse firme pharmaceutique. Qui l'a viré moins d'un an après, pour harcèlement sexuel. Ça devait être grave pour se faire virer en 1975. Il n'est entré en fac de médecine qu'en 1976, mais c'est là qu'il a trouvé sa vocation. Il a fait plusieurs spécialisations, dont pathologie et hématologie. En 1985, il obtient un poste au centre hospitalier universitaire et il épouse une prof de biochimie deux ans plus tard. Elle meurt en 1998, d'une tumeur cérébrale. Tu connais le reste : la clinique pour pauvres ouverte avec l'argent hérité de sa femme, le labo de pathologie. Apparemment, ni copines ni concubines depuis. Cette histoire de harcèlement sexuel donne à réfléchir...

— La tache de naissance, aussi, dit Alex.

— Ouais. Ça a l'air affreux, sur les photos. Je me demande pourquoi il n'a pas demandé à un de ses copains de l'opérer.

— Il ne peut pas, je crois. C'est une anomalie vasculaire à laquelle il vaut mieux ne pas toucher.

— Si tu le dis. Au total, un type bizarre, résuma Kaiser d'un ton songeur. Mes antennes me disent qu'on trouverait peut-être de drôles de trucs chez lui. Webb Tyler commence vraiment à me gonfler. Il est bureaucrate jusqu'à la moelle des os. Si tant est qu'il ait des os.

— Oui, c'est plutôt le genre chiffe molle, grogna Alex.

Kilmer lui pressa le genou et tendit le bras vers le pare-brise. A soixante mètres devant, une fourgonnette rouge se dirigeait vers le parking de l'ancienne boulangerie. La grille était déjà ouverte et le chauffeur la franchit sans avoir à descendre puis roula lentement vers le côté du bâtiment.

— Il faut que j'aille m'occuper de Chris, prétendit Alex dans le téléphone en tentant de lire la plaque d'immatriculation.

La camionnette était loin, l'angle de vue mauvais.

— Une dernière chose, dit Kaiser. Noel Traver est un vrai mystère. Si on remonte plus de dix ans dans le temps, on ne trouve aucune trace de son existence. Il a un permis de conduire mais pas de voiture, et pas d'autre adresse que celle de son élevage de chiens.

— Je dois vraiment te quitter, John.

— D'accord. Surtout pas de bêtises, comme entrer sans mandat chez Tarver ou dans le chenil.

Alex eut un rire dont elle espérait qu'il ne sonnait pas faux.

— Pas de danger. Continue à essayer d'obtenir ce mandat de perquisition.

Elle raccrocha avant que Kaiser ait le temps de répondre.

— T'as entendu ? dit Kilmer. Le chauffeur vient de klaxonner.

La fourgonnette rouge s'était arrêtée devant une grande porte en aluminium sertie dans le mur latéral de l'ancienne boulangerie. Alex vit la porte se lever jusqu'à ce que l'ouverture permette au véhicule d'entrer dans le bâtiment.

— Bordel, grommela le détective. Il devait y avoir quelqu'un à l'intérieur.

— Le chauffeur a peut-être utilisé une télécommande. Tu as pu le voir ?

— Non, les vitres sont teintées.

La porte demeurait ouverte mais la camionnette ne bougeait pas.

— Qu'est-ce qu'on fait ? demanda Alex.

— C'est toi le patron.

— J'aimerais savoir qui est dans cette camionnette.

— Moi aussi. Y a un moyen de l'apprendre mais c'est pas légal.

— Je m'en fous, dit-elle en tendant la main vers la poignée de la portière.

Kilmer lui saisit le bras.

— Attends. T'as déjà assez d'emmerdes comme ça.

Elle se libéra.

— Ils m'ont virée, ces salauds. Qu'est-ce qu'ils peuvent faire de plus ?

Kilmer la regarda avec la sagesse accumulée pendant sept décennies.

— Mon canard, y a viré et viré viré. Tu viens de discuter au téléphone avec un agent spécial du FBI. Si t'étais virée virée, il ne t'aurait même pas causé.

Furieuse, Alex se laissa retomber contre le dossier du siège de l'Explorer. Elle se pencha pour prendre son ordinateur sur le plancher, tenta de nouveau d'aller sur Internet. Cette fois, la barre d'outils indiqua une liaison de bonne qualité.

— J'ai l'impression que quelque chose m'échappe, murmura-t-elle en voyant apparaître la page de recherche de Google.

Elle alla sur MSN mais Jamie n'était pas branché.

— Il t'a dit quoi, Kaiser ? demanda Kilmer.
— Pas grand-chose.

Repensant à la brève biographie de Tarver que Kaiser lui avait présentée, elle ajouta :

— Il y a un trou dans la période où Tarver était en fac. Pendant le Vietnam, je crois. La guerre s'est terminée quand ?

— Le dernier hélicoptère a décollé du toit de l'ambassade en 1975, mais en réalité, c'était déjà râpé en 73.

Le Vietnam…

— Dans son bureau, Tarver m'a parlé d'un programme sur le cancer chez les anciens combattants…

Alex ferma les yeux, revit la photo en noir et blanc, la blonde encadrée par Tarver et l'officier.

— VCP, poursuivit-elle, les yeux clos. Ces lettres étaient brodées sur la blouse blanche de Tarver. Et peintes sur la façade du bâtiment, derrière lui.

— De quoi tu parles ?

— Un sigle, dit-elle, se rappelant les explications du médecin. VCP. Pour « Veterans' Cancer Project ».

Elle tapa les trois mots dans le moteur de recherche, obtint plus de huit millions de réponses mais aucune, dans les cinquante premières, ne se référait à un Veterans' Cancer Project. La plupart menaient à des sites traitant de divers types de cancer chez les anciens combattants de la guerre du Golfe ou du Vietnam. Pour le Vietnam, les informations concernaient presque exclusivement l'agent Orange, dont Tarver avait dit que son groupe ne s'occupait pas.

— Il n'y a pas de Veterans' Cancer Project, dit-elle, perplexe.

Les mains suspendues au-dessus du clavier, elle réfléchit.

— Ce n'est pas Veterans' Cancer Project que j'ai vu. C'est *VCP*.

Elle tapa les trois lettres, appuya sur « entrée ». Obtint une foule de résultats ayant pour seul point commun le sigle VCP. Elle tapa « VCP cancer ». Les quatre premières réponses concernaient un programme de recherche en Inde, mais la cinquième fit accélérer les battements de son cœur. Le mot qui suivait immédiatement les trois lettres était *Virus*, pas *Veterans*, comme l'avait prétendu Tarver. *Virus Cancer Project*. Lancé en 1964, il avait bénéficié pendant quelques années de dix pour cent du budget de l'Institut national du cancer et avait été rebaptisé Virus Cancer Program en 1973. Alex se mordit la lèvre, cliqua sur le lien.

Le VCP a servi de cadre à des recherches intensives auxquelles ont participé les hommes de science les plus éminents des Etats-Unis pour explorer les possibilités d'origines virales du cancer, en particulier la leucémie...

— Bon Dieu, lâcha Alex.
— Quoi ? dit Kilmer.
— Une minute, répondit-elle en se remettant à lire.

Des médecins peu nombreux mais qui savent se faire entendre ont déclaré que des rétrovirus simiens comme VIH et SV 40 (dont on a prouvé qu'il avait contaminé des quantités de vaccins contre la polio) ont en fait été créés par les chercheurs du Virus Cancer Program. Si ces allégations sont contestées par l'establishment médical, des documents gouvernementaux confirment que des dizaines de milliers de souches de dangereux nouveaux virus ont été cultivées dans les corps d'animaux vivants, principalement des primates et des chats, et qu'un grand nombre de ces virus ont été modifiés pour pouvoir franchir la barrière entre espèces. En 1973, une partie importante du Virus Cancer Project a été transférée à Fort Detrick, Maryland, centre de recherches des Etats-Unis sur la guerre biologique. Personne ne nie que le VCP ait fait l'objet d'une coopération active entre le NIH, l'armée et la firme Litton Biomedical Industries...

— C'est ça, s'exclama Alex. Putain, c'est ça !

— Qu'est-ce qui te fait brailler ? demanda Kilmer en regardant l'écran.

— Tarver m'a menti. VCP ne veut pas dire Veterans' Cancer Project. C'était un programme gouvernemental cherchant d'éventuelles relations entre virus et cancer. Pendant la guerre du Vietnam. Et Tarver y participait !

— Bon Dieu.

— Il tue des gens, murmura Alex. Il continue les recherches. Ou il se sert de ce qu'il a appris à l'époque pour se faire du fric avec les clients désespérés d'Andrew Rusk.

La poitrine gonflée d'une joie féroce, elle conclut :

— On les tient, Will.

— Regarde ! s'écria-t-il en lui saisissant le poignet. Merde !

Alex leva les yeux. Le camion et la fourgonnette avaient disparu, la porte d'aluminium se rabattait vers le mur.

— Tu sais ce que je crois ? dit Alex.
— Quoi ?
— Tarver est en train de plier bagage. Je suis allée dans son bureau, je me suis présentée comme un agent du FBI. Je lui ai même donné une liste des victimes, nom de Dieu. Je l'ai interrogé sur la photo du bâtiment du VCP et je suis allée à sa clinique ! Il sait que je vais finir par tout comprendre. Il est obligé de filer, Will.

Alex posa son ordinateur sur la banquette arrière, tendit de nouveau la main vers la poignée de la portière.

— J'y vais…
— Attends ! s'écria Kilmer en la retenant. Si tu as les preuves qu'il faut contre lui, ne bousille pas tout en entrant sans mandat.
— Je n'entrerai pas.
— Promis, Alex ?
— Tu viens ou pas ?

Il soupira, ouvrit la boîte à gants, prit son 357 Magnum.

— Je viens.

Comme elle allait sortir de l'Explorer, il la retint de nouveau.

— La grille est ouverte, non ? Il vaut mieux rouler jusqu'à la porte du bâtiment et raconter qu'on s'est perdus plutôt que d'approcher à pied avec le flingue gonflant la poche.
— Je savais bien que j'avais raison de t'emmener, dit Alex avec un large sourire.

Kilmer démarra, traversa la rue, se dirigea vers la grille. Au moment où il ralentissait pour la franchir, Alex appela Kaiser sur son portable.

— Du nouveau ? s'enquit-il.

— J'ai trouvé, John. J'ai résolu toute l'affaire. Il faut que tu enquêtes sur le Virus Cancer Program. C'était un vaste programme de recherches de la fin des années soixante et du début des années soixante-dix. Sur le cancer, les virus et les armes biologiques. Tarver en faisait partie.

— Des armes biologiques, tu dis ?

— Oui. Il y a sur un mur du bureau de Tarver une photo qui le montre vêtu d'une blouse portant les lettres VCP.

— Comment tu as trouvé ce qu'elles signifient ?

— Crois-le ou non, par Google. Mais c'est la photo qui a tout déclenché. Sans elle, je n'aurais jamais su ce qu'il fallait chercher. Tarver m'a menti en m'expliquant ce que VCP veut dire. Il a essayé d'en faire un programme aux objectifs nobles.

— Je m'y mets tout de suite. Tyler traîne encore les pieds, pour le mandat de perquisition. Ça fera peut-être pencher la balance.

— Même Webb Tyler ne peut pas rejeter des preuves aussi convaincantes. Appelle-moi quand tu auras le mandat.

Kaiser raccrocha.

L'Explorer n'était plus qu'à une vingtaine de mètres du bâtiment.

— Où tu veux que j'aille ? demanda Kilmer.

— Les fenêtres à battants, là-bas, répondit Alex.

— Les carreaux sont peints en noir.

— Pas tous. Regarde à droite. Quelques-uns ont été remplacés par des carreaux classiques.

Le détective tourna le volant, amena l'Explorer devant l'une des croisées.

— Descends et garde la main sur la crosse de ton arme, lui recommanda Alex.
— Tu crois qu'ils tenteraient quelque chose ?
— J'en suis sûre. On a affaire à des types complètement givrés.

Elle sortit de l'Explorer, approcha de la fenêtre. Les carreaux faisaient environ vingt centimètres sur vingt, mais ceux qui étaient transparents se trouvaient trop haut pour qu'elle puisse regarder au travers.

— Tu m'aides ?

Will la rejoignit, entrelaça les doigts de ses deux mains au niveau de ses cuisses. Alex monta sur le marchepied offert, comme elle le faisait enfant lorsque Grace l'aidait à grimper sur la branche la plus basse de l'arbre à suif de leur jardin. Ce souvenir lui serra le cœur tandis qu'elle agrippait l'appui de fenêtre en brique et se hissait à hauteur d'un carreau transparent.

— Qu'est-ce que tu vois ?
— Rien pour le moment.

Elle cracha sur le verre couvert de suie, le frotta avec sa manche, approcha un œil de l'endroit à peu près propre et découvrit des cages. Un mur de dizaines de cages. Avec, dans chacune d'elles, un chien endormi. Des chiens de petite taille, des beagles peut-être.

— Tu vois quoi ? s'impatienta Kilmer. Mon dos n'est plus ce qu'il était.
— Je vois des chiens.
— Normal, c'est un élevage.
— Je sais, mais… ils ont quelque chose de bizarre.
— Quoi ?
— Ils dorment.
— Et alors ? fit le détective, essoufflé maintenant.

— Tous en même temps, c'est étrange.
— T'as jamais entendu dire qu'il faut pas réveiller le chien qui dort ?

Quelque chose empêcha Alex de rire.
— On les a peut-être drogués.

Alors qu'elle tentait de scruter la pénombre de la salle, Alex entendit un bruit de moteur. Avant même qu'elle voie la fourgonnette rouge foncer vers la grille, l'instinct qui l'avait guidée pendant de si nombreuses négociations sonna l'alarme.

— Cours ! cria-t-elle en sautant par terre.

Kilmer se redressa, porta une main à son arme.
— Quoi ?
— Cours !

Elle le saisit par le bras, l'entraîna vers la grille.
— Et mon Explorer ? protesta-t-il.
— Laisse-le là !

Ils étaient à dix mètres du bâtiment quand une vague d'air brûlant les projeta à terre. Alex glissa sur le sol, sentit le ciment lui écorcher les coudes. Elle appela Will, n'entendit en réponse qu'un silence rugissant. Il lui fallut près d'une minute pour reprendre haleine. Elle roula lentement sur le côté, se redressa.

Will Kilmer, agenouillé à quelques mètres d'elle, tentait vainement d'extraire de son dos un gros éclat de verre. Derrière lui, une colonne de fumée noire montait dans le ciel. Derrière encore, Alex découvrit une énorme flamme bleu-blanc qui faisait penser à un gigantesque bec Bunsen. La chaleur qu'elle dégageait était presque insupportable.

Alors qu'Alex se mettait difficilement debout, un cri de terreur inhumain se répercuta d'un bout à l'autre du parking désert. Puis une forme simiesque se rua hors du bâtiment en courant sur ses quatre pattes, laissant un sillage de fumée et de feu. Alex s'approcha de Kilmer en titubant, lui dit de laisser l'éclat de verre où il était et s'écroula.

47

Andrew Rusk avait pris deux Valium, un Lorcet et un bêtabloquant, et cependant son cœur continuait à battre follement. Sa tête, c'était pire. Tandis qu'il regardait les yeux vides de sa femme, il avait l'impression qu'on lui empoignait la moelle épinière là où elle pénétrait dans le bas de son cerveau et qu'on tirait dessus pour l'en extirper.

— Je comprends pas, disait Lisa pour la huitième fois en autant de minutes.

— Ces hommes dehors, expliqua Rusk, le bras tendu en direction des fenêtres sombres du patio de sa maison, ce sont des agents du FBI.

— Comment tu le sais ? Ils sont peut-être du fisc.

— Je le sais parce que je le sais.

— Mais enfin, Cuba… geignit-elle.

— Chhh, fit-il en lui pressant l'avant-bras. Moins fort.

Elle se dégagea.

— Pourquoi tu ne m'as jamais parlé de Cuba avant ? Tu me fais pas confiance ?

Rusk réprima une envie de hurler : « Bien sûr que je ne te fais pas confiance, pauvre conne ! »

Avec une mine boudeuse d'enfant, Lisa battit en retraite sur le canapé et s'assit, les jambes repliées sous elle. Elle portait un short cycliste et un débardeur révélant l'habituel paysage vallonné d'un décolleté spectaculaire.

— Cuba, répéta-t-elle. C'est même pas américain, non ?

Il la regarda, bouche bée.

— Américain ?

— Capitaliste, quoi.

La qualité première de Lisa était la beauté physique combinée à une libido effrénée. Rusk avait eu du mal à se faire à l'idée qu'un être d'une intelligence médiocre pouvait éprouver une passion vraiment intense, mais il avait fini par l'accepter sur la foi de l'expérience. C'était peut-être de la vanité d'intellectuels de croire que les gens idiots prenaient moins de plaisir à faire l'amour que les gens intelligents. Ils y prenaient peut-être plus de plaisir. Rusk en doutait, cependant. Finalement, il voyait en Lisa une sorte de phénomène, une idiote experte en techniques sexuelles. C'était parfait pour la chambre à coucher et les relations sociales mineures. Mais quand il s'agissait de penser, sans parler de prendre des décisions, cela rendait les choses difficiles.

Il s'agenouilla devant le canapé et prit la main de sa femme entre les siennes. Il devait être patient. Il devait la convaincre. Parce qu'il n'avait pas le choix. Il fallait qu'ils quittent le pays, et vite. Le corps de Thora Shepard gisait sous une bâche à l'arrière de sa Cayenne. Si l'un des types du FBI qui rôdaient dehors se risquait à enfreindre la loi en pénétrant dans le garage fermé à clef, tout serait fini. Rusk avait vainement tenté d'oublier les événements de l'après-midi. Passé un bref moment d'euphorie, il avait regardé avec horreur le crâne fracassé de la femme du médecin. Cela ne l'avait toutefois pas paralysé. Les sports extrêmes avaient imprimé en lui une leçon indélébile : l'hésitation tue. Sachant que l'ouvrier à la queue de cheval pouvait revenir à tout moment, il avait roulé le cadavre dans la bâche et l'avait porté dans un autre bureau de l'étage en chantier, où il était tombé sur un don du ciel : une grande benne à roulettes. Thora Shepard était entrée facilement dans la benne, grâce à laquelle il l'avait descendue au parking. Il l'avait ensuite chargée à l'arrière de sa Cayenne et, après avoir rapporté la benne à un autre endroit du quinzième étage, il était retourné à son bureau comme si de rien n'était.

Il s'était passé quelque chose, pourtant, et depuis cette minute meurtrière, il avait l'impression que son temps d'homme libre s'écoulait comme du sang d'une veine sectionnée. Il avait un plan de fuite, mais il devait d'abord se libérer de la surveillance du FBI pour le mettre en application. Il ne savait pas comment faire. Il espérait encore que Tarver le sauverait... s'il ne s'était pas déjà enfui lui-même. Le médecin lui avait fixé rendez-vous par e-mail à Chickamauga, mais avec les agents du FBI qu'il traînait derrière lui, Rusk n'avait pas pu s'y rendre. Au bord de la panique, il s'était coulé dans le bureau voisin d'un ami et avait envoyé à Tarver un courriel exposant toutes les menaces qui pesaient sur eux, dans l'espoir que le médecin saurait, lui, comment rompre les mailles du filet. Si Tarver ne le contactait pas rapidement, Rusk devrait prendre une décision radicale. Comme appeler son père. L'idée l'horrifiait, mais dans sa situation, et faute d'aide de Tarver, il faudrait les relations et l'influence légendaire d'A. J. Rusk pour le tirer de là.

— Lisa, mon trésor, dit-il avec douceur. On ne passera que quelques mois à Cuba. Je me suis arrangé pour qu'on vive à bord d'un yacht superbe dans la marina. Près du Malecon, comme ils disent là-bas. Sinatra et les autres payaient des fortunes pour s'offrir quelques jours à Cuba avec Ava Gardner ou Marilyn Monroe.

— Ouais, comme au Moyen Age.

Lisa avait vingt-neuf ans.

— Castro, c'est de l'histoire ancienne, chérie. Il va mourir d'un jour à l'autre. Il est peut-être déjà mort, d'ailleurs.

Elle eut l'air sceptique.

— Kennedy n'a pas essayé de l'assassiner je ne sais combien de fois sans réussir ?

Rusk eut envie d'étrangler Oliver Stone.

— Peu importe, ma caille. Dès que les choses se seront tassées, on ira au Costa Rica sous un autre nom. Un vrai paradis, le Costa Rica.

— Mais je l'aime bien, mon nom.

— Ecoute-moi : avec le nom que tu as, tu vaux environ cinq millions. Avec ton nouveau nom, tu en vaudras vingt.

Cela éveilla l'intérêt de Lisa.

— Vingt millions de dollars ?

Il acquiesça avec la gravité qu'une telle somme requérait et, malgré la douleur qui martelait son crâne, il parvint à sourire.

— Une fortune hollywoodienne, baby.

— Pourquoi on va pas directement au Costa Rica ? demanda-t-elle d'une voix de fillette.

Rusk dut faire un effort pour se maîtriser.

— Parce que ce serait risqué. Il faut d'abord laisser le FBI nous chercher au Costa Rica et faire chou blanc. Ensuite on ira.

— Qu'est-ce que t'as fait, Andy ? Avant, tu disais que c'était juste une histoire d'impôts.

Ce que j'ai fait ? J'ai tué une femme qui te ressemblait beaucoup, en mieux. Et si tu continues, je pourrais bien te tuer aussi. Il jeta un regard inquiet vers les fenêtres.

— Tu ne comprends pas, Lisa. Nous n'avons pas le choix.

Elle le fixa longuement, avec une froideur surprenante.

— J'ai rien fait, moi. Je peux rester ici en attendant qu'on ne risque plus rien au Costa Rica. Je te rejoindrai après.

Rusk n'en revenait pas : elle parlait comme Thora Shepard !

— Tu resterais ici sans moi ? dit-il, abasourdi.

— J'en ai pas envie. C'est toi qui m'y obliges. Tout ça, c'est de ta faute.

Elle a raison, pensa-t-il. Cuba lui avait paru être une idée formidable quand Tarver l'avait avancée, cinq ans plus tôt. Le dernier endroit mystérieux de la planète, le dernier bastion du communisme, la Chine mise à part. Et Cuba avait ce glamour à la Hemingway. On ne pouvait pas trouver plus macho pour prendre sa retraite. Là-bas, c'était encore la guerre froide, bon Dieu. Ensuite la santé de Castro avait commencé à décliner et personne ne savait ce qui se passait vraiment. Quarante-huit heures après avoir coupé le cordon ombilical qui le reliait à Tarver, Rusk trouvait la perspective de vivre dans un chaos postcommuniste effrayante. Lisa ne voulait pas en entendre parler. Elle n'était peut-être pas si conne, finalement.

— Je ne peux pas, Andy, plaida-t-elle avec une soudaine conviction. Je te promets d'aller au Costa Rica quand t'y seras. Je ne veux pas quitter ma mère, mes amies pour aller à Cuba.

— Chérie, une fois qu'on sera là-bas, tu verras comme c'est formidable. Maintenant, monte préparer tes affaires, prends le minimum pour quitter le pays. Une valise seulement, d'accord ? Une.

Au lieu d'obéir, elle serra les mâchoires.

— Je-n'i-rai-pas. Tu peux pas m'obliger. Si t'essaies, je demande le divorce.

Pour la seconde fois de la journée, Rusk resta sans voix. Lisa bluffait, sûrement. Il avait rédigé un contrat de mariage inattaquable : en cas de divorce, elle n'aurait quasiment rien. Enfin… ce n'était plus vrai. Ces trois dernières années, il avait trouvé avantageux de mettre au nom de Lisa des avoirs considérables. Cela lui avait paru judicieux, à l'époque. Maintenant… Maintenant, il se voyait comme un pigeon, comme l'un de ses pitoyables clients. Avant de se rendre compte de ce qu'il faisait, il avait porté une main à la gorge de sa femme.

— Arrête-toi ou je crie, menaça-t-elle d'un ton calme. Quand les types du FBI rappliqueront, je leur parlerai de toutes tes combines pour frauder le fisc.

Rusk se leva, s'écarta du canapé. Qui était cette femme ? Pourquoi l'avait-il épousée ?

Aucune importance, se dit-il. Qu'elle aille se faire foutre. Tant que j'arrive à quitter le pays, elle peut faire ce qu'elle veut. Elle aura quelques millions, il en restera bien assez pour moi. Si seulement Tarver se montrait...

Il quitta la pièce pour aller dans son bureau voir s'il avait un mail, mais, dès qu'il fut dans le couloir, il découvrit une silhouette massive se découpant dans la lumière projetée par la lampe du bureau.

— Bonsoir, Andrew, dit Tarver. Il y a foule, dehors. Tu ne comptais plus sur moi ?

Rusk ne pouvait pas voir le visage du médecin mais il percevait l'amusement glacé de sa voix. Rien ne l'ébranlait, ce type.

— Comment tu as fait pour entrer sans te faire repérer ?

— Je suis un gars de la campagne, au fond, répondit Tarver. Tu te souviens quand j'ai abattu le Fantôme ?

Bon Dieu, oui, pensa Rusk en se rappelant le cerf légendaire avec satisfaction.

— Ils en faisaient une gueule, ce jour-là, les fines gâchettes du camp de chasse !

Tarver décrocha de son épaule un volumineux sac à dos, le laissa tomber par terre.

— On pourra ressortir ? demanda Rusk en s'efforçant de paraître calme. Tu as une solution ?

— Est-ce que je n'ai pas toujours une solution ?

Rusk acquiesça de la tête. C'était vrai, même s'il ne se rappelait pas qu'ils se soient déjà trouvés dans une situation aussi grave.

— J'ai apprécié ton e-mail de cet après-midi sur Alexandra Morse. Je me doutais qu'elle agissait seule mais je ne pensais pas que le FBI la sacquerait. Cela tombe très bien.

Tandis que Rusk s'interrogeait sur cette remarque, Tarver ajouta, en montrant le bureau :

— Fais venir ta femme.

Pourquoi dans le bureau ? se demanda l'avocat avant de se rappeler que la pièce n'avait pas de fenêtres. Il appela par-dessus son épaule :

— Lisa ! Viens.

— Viens, toi, répliqua-t-elle d'un ton agressif.

— Lisa ! Il y a quelqu'un.

— Quelqu'un ? D'accord, je viens.

L'arrivée miraculeuse de Tarver s'accompagnait d'un retour bienvenu de la supériorité masculine. Voulant faire un commentaire spirituel, Rusk se tourna vers le médecin et vit le pistolet tressauter dans sa main quand Tarver lui tira dans la poitrine.

Alex émergeait difficilement d'une mer sombre pour affronter une lumière blanche aveuglante.

— Alex ? dit une voix grave. Alex ?

— Je suis là !

Elle se protégea les yeux d'une main, tendit l'autre devant elle.

— N'y touche pas, oncle Will !

— Je ne suis pas Will.

Peu à peu, la tache floue qui flottait au-dessus d'elle se clarifia pour devenir le visage de John Kaiser.

— Tu es aux urgences du centre hospitalier universitaire, dit-il. Tu souffres de commotion cérébrale, mais à part ça, tu n'as rien, apparemment.

Elle agrippa la main de l'agent du FBI.

— Où est Will ? Dis-moi qu'il n'est pas mort…

— Il va bien. On lui a recousu le dos, mais comme il a peut-être quelques lésions internes, ils le gardent vingt-quatre heures en observation. Même chose pour toi.

Quand elle voulut se redresser, une vague de nausée lui souleva l'estomac. Kaiser la fit doucement se rallonger.

— Ça fait longtemps que j'ai perdu connaissance ?
— Plusieurs heures. Il fait nuit.
— Pardon de t'avoir menti, John. Je sais que tu m'avais dit de ne pas bouger…
— Ne gaspille pas ton énergie. J'aurais dû me douter que tu irais quand même. A ta place, j'aurais sûrement fait pareil.
— Qu'est-ce qui s'est passé ? C'était une bombe ?
— A toi de me le dire.

Elle tenta de rassembler ses souvenirs.

— Je me rappelle avoir regardé à l'intérieur par une fenêtre. J'ai vu des chiens, tous endormis, ça m'a paru bizarre. Puis j'ai entendu un bruit de moteur et, du coin de l'œil, j'ai aperçu une camionnette qui fonçait vers la grille. La même que celle qui m'avait suivie à Natchez, mais rouge. J'ai tout de suite compris, tu vois ce que je veux dire ?

Kaiser se contenta de hocher la tête mais son regard révélait qu'il avait déjà eu lui-même ce genre d'intuition.

— Brusquement, j'ai su que Noel Traver était Eldon Tarver et que Tarver se débinait, qu'il m'avait laissée m'approcher de lui pour une bonne raison.
— Tu l'as vu sur les lieux ?

— Non, mais j'ai senti sa présence. Il était résolu à me faire disparaître, ainsi que toutes les preuves qu'on aurait pu trouver dans le bâtiment.

Kaiser sembla découragé par cette réponse.

— Tu as obtenu le mandat pour son domicile ? demanda Alex. Tyler s'oppose toujours à une enquête tous azimuts ?

— Pas complètement. On a le mandat, une équipe est chez lui en ce moment.

Elle réclama la suite d'un haussement de sourcils.

— Jusqu'ici, ils n'ont rien trouvé de compromettant.

— Rien qui le lie à Rusk ?

— Rien. Ce que tu as trouvé sur le VCP, c'est sidérant. C'est ça, et l'explosion du chenil, qui a convaincu Tyler d'accorder le mandat de perquise. Maintenant, il nous faudrait des preuves qui ont moins de trente ans de bouteille.

— Et Rusk ? Vous devriez aussi perquisitionner chez lui et à son cabinet.

— Là-dessus, pas moyen de faire bouger Tyler. Il prétend qu'on n'a pas de présomptions suffisantes pour enquêter sur Rusk, encore moins pour perquisitionner. D'un point de vue juridique, il a raison.

— Arrête, John. Tyler est…

— … le directeur du bureau local. Ne l'oublie pas. Il a autorité sur tous les agents du Mississippi. Ne t'inquiète pas, Alex, en ce moment, Rusk est coincé chez lui et j'ai six agents qui couvrent les lieux.

— Et Tarver, où est-il ?

— Aucune idée.

— Thora Shepard ?

Kaiser parut embarrassé.

— Elle était dans le bureau de Rusk cet après-midi, mais elle a réussi à sortir, je ne sais pas comment, sans qu'aucun de nos gars la repère.

— C'est pas vrai !

— Beaucoup de gens travaillent dans cette tour, Alex. Quatre hommes pour la surveiller, ça ne suffisait pas.

— Et Chris ?

— Le Dr Shepard est ici, dans cet hôpital. Il est conscient, il va un peu mieux. Il a toujours une forte fièvre et il est gravement déshydraté. Il a appelé le 911 de ton hôtel, et à son arrivée ici il a réclamé un ancien camarade de faculté, le Dr Clarke.

— L'oncologiste de ma mère ?

— Oui. Clarke et Cage sont parvenus à le faire admettre au service oncologie. Il est à quelques chambres de ta mère. Un cancérologue du Sloan-Kettering doit aussi apporter son concours.

Alex avait des difficultés à saisir la situation dans sa totalité. Elle se sentait comme au sortir d'une anesthésie après une opération.

— Et le fils de Chris, Ben Shepard ? Il n'a que neuf ans, il est chez une dame de Natchez. Quelqu'un a téléphoné pour savoir comment il va ?

— Shepard délirait à son arrivée ici, mais il ne cessait de demander des nouvelles de son fils... et de toi, soit dit en passant. Il a finalement téléphoné, Ben va bien, et le Dr Cage a promis de s'occuper de lui.

Alex s'efforçait de réfléchir malgré la brume qui enveloppait son esprit.

— Thora pourrait être une menace pour Ben, dit-elle, pensant à voix haute. Elle doit être folle de peur. Elle est aussi une menace pour Andrew Rusk et son complice. Et si elle n'avait jamais quitté la tour ? Et si elle se cachait quelque part dans les étages ?

Kaiser examinait cette possibilité.

— Et si Rusk l'avait tuée là-haut ? poursuivit Alex en lui pressant le bras.

— Il n'a encore tué personne, si ?

— Je n'en ai aucune idée. Tarver était peut-être dans le bureau de Rusk, aujourd'hui.

— C'est possible, reconnut Kaiser. Tu penses qu'ils se seraient occupés d'elle aussi rapidement ?

— Ma réponse tient en deux mots : William Braid.

— Je vais envoyer quelques gars inspecter la tour, décida Kaiser.

— Officiellement ?

— Non. Mais si on trouve un cadavre, on pourra arrêter Rusk et lui coller les pieds sur le gril.

— J'espère surtout que vous trouverez une femme terrorisée. Will Kilmer a entendu Thora Shepard crier à Rusk d'annuler le contrat sur son mari. Si elle fournit des preuves contre Rusk, nous le tiendrons par les couilles. Je te garantis que Rusk nous balancera Tarver en échange d'un accord.

— Tu crois que Thora Shepard parlerait ?

— Mettez-la au pied du mur, elle craquera. Elle ne tiendrait pas un seul jour en prison.

— J'y vais, maintenant, dit Kaiser en posant la main sur l'épaule d'Alex. Il faut que tu te reposes.

— Tu sais bien que je ne pourrai pas dormir avec tout ce qui se passe.

— Alors, je vais demander au médecin de te donner un sédatif.

— On ne donne pas de sédatif à quelqu'un qui a eu une commotion cérébrale.

Il secoua la tête en prenant un air exaspéré, mais Alex devinait qu'il était rassuré de la voir suffisamment remise pour argumenter avec lui.

— Si tu obtiens qu'on me laisse quitter cette chambre, je te promets de ne pas sortir de l'hôpital, dit-elle. Je passerai la nuit dans la chambre de ma mère. Comme ça, je pourrai veiller à la fois sur elle et sur Chris.

Après l'avoir longuement regardée, Kaiser répondit :
— Reste ici. Ne bouge pas de cette pièce. Je vais voir ce que je peux faire.

48

Andrew Rusk reprit connaissance en clignant des yeux pour découvrir un enfer plus terrible que tout ce que son inconscient avait jamais engendré dans ses cauchemars. Tarver était en train de l'attacher sur le fauteuil de son bureau avec du ruban adhésif. Le même, sans doute, que celui qui couvrait sa bouche. Lisa était assise en face de lui sur le canapé en cuir, poignets et chevilles liés, un rectangle de ruban argenté scellant ses lèvres.

Elle avait les yeux exorbités, pour une raison évidente : Eldon Tarver se tenait entre elle et le bureau, les bras tendus au-dessus de la tête. Dans ses mains se tordaient deux serpents noirs à la tête grosse comme un poignet d'homme. Certains auraient peut-être qualifié de ferveur religieuse la lueur démente qui brillait dans les yeux de Tarver, mais Rusk savait qu'il s'agissait d'autre chose. Tarver était aussi loin de Dieu qu'un homme pouvait l'être. Presque avec grâce, le médecin tournait sur lui-même, comme pour hypnotiser les reptiles dont les longs corps ne cessaient de bouger.

La pièce puait l'urine et Rusk comprit très vite pourquoi : le short cycliste de Lisa était taché du nombril aux genoux. Lui-même était couvert de sueur sur tout le corps, mais il avait au moins réussi à ne pas se souiller. La douleur à la base de son crâne s'était évanouie, ou peut-être était-elle simplement masquée par celle qui irradiait à présent de son sternum. Il fut soudain saisi de terreur en découvrant sur sa chemise deux taches de sang, distantes d'environ sept centimètres, puis il vit l'écheveau de fil électrique aux pieds de Tarver. Des fils de Taser. Il se rappela le pistolet, le coup tiré presque à bout portant dans sa poitrine. C'était une arme incapacitante qui lui avait fait perdre connaissance et avait permis à Tarver de l'installer dans le fauteuil.

Le médecin mit fin à son étrange danse et s'assit de côté sur le bord du bureau. Le serpent le plus proche de Rusk était gros comme son bras, avec une tête en forme de losange et des sacs à venin saillants sous les yeux. Un mocassin d'eau, pensa-t-il, et son sphincter se contracta. A la différence de la plupart des autres serpents, le mocassin d'eau ne s'enfuyait pas à l'approche de l'homme. Attaché à son territoire, il le défendait, parfois en attaquant et même en poursuivant l'intrus.

— Je vois que tu réfléchis, Andrew, dit Tarver. Tu dois maintenant avoir compris pourquoi je suis là.

Rusk secoua la tête mais il avait effectivement compris. Tarver n'avait pas franchi un cordon d'agents du FBI pour faire la danse du serpent dans le bureau de Rusk. Il voulait les diamants. Tous les diamants.

— Non ? fit Tarver. Tu es peut-être un peu distrait par mes petits amis ?

Il tendit le bras droit jusqu'à ce que le serpent soit assez près du visage de l'avocat pour le mordre. De peur, la gorge de Rusk se ferma, bloquant sa respiration dans sa poitrine. Les pupilles de l'animal étaient des ellipses verticales, comme celles des chats. Rusk vit les fossettes thermosensibles que son chef scout lui avait recommandé de chercher vingt-cinq ans plus tôt. Comme s'il percevait sa peur, le serpent ouvrit grande sa gueule, désarticulant sa mâchoire pour révéler un ovale blanc boursouflé surmonté de crochets mortels longs de cinq centimètres. Une odeur nauséabonde s'échappait de cette gueule ouverte – poisson mort et autres créatures –, mais Rusk n'était plus en état de s'en soucier. Lorsque Tarver approcha encore la tête du mocassin, l'océan de pisse que Rusk avait réussi à contenir jusque-là inonda son pantalon de toile.

— Les diamants, Andrew, dit Tarver d'un ton éminemment raisonnable. Où sont-ils ?

L'avocat se força à ne pas regarder Lisa, qui gémissait sur le canapé. Son impuissance à aider sa femme lui ferait peut-être perdre courage au moment où il avait besoin de toutes ses capacités. Si seulement Tarver ne l'avait pas bâillonné ! Il se sentait désarmé sans sa voix. C'était un avocat, un génie dans l'art de persuader, comme l'avait écrit un journaliste du *Clarion-Ledger*. Tarver l'avait peut-être réduit au silence pour cette raison.

« Foutaises, rétorqua la voix de son père. Il t'a collé du ruban adhésif sur la bouche pour que tu ne puisses pas crier et alerter les agents du FBI postés dehors. » Rusk haïssait cette voix mais savait qu'il devait l'écouter. Il n'y avait plus place pour les illusions, à présent. Tarver avait recommencé à tourner lentement, levant et abaissant ses bras tour à tour. « Le mouvement doit servir à empêcher les serpents de le mordre. Ou ce n'est peut-être qu'une forme de courtoisie entre pros : d'un tueur de sang-froid à un autre... »

— Où sont-ils, Andrew ? chantonna Tarver. Tu tiens à faire personnellement l'expérience de ces créatures de Dieu ? Ta charmante moitié les aime peut-être plus que toi.

Tarver s'approcha en dansant de Lisa, qui se recroquevilla en position fœtale, fermant et rouvrant grands les yeux, incapable d'endurer ce supplice mais terrorisée par l'idée de se faire mordre les yeux clos.

— Ce sont des créatures sacrées, Lisa, murmura-t-il. Elles représentent à la fois la vie et la mort. La mort et la renaissance. Je suis sûr qu'avec tes yeux de provinciale, tu vois le serpent du jardin d'Eden, qui a si facilement corrompu Eve...

Il se baissa, caressa l'intérieur des cuisses de la jeune femme avec une queue écailleuse.

— ... mais c'est un point de vue tellement limité.

Le hurlement qui monta du diaphragme de Lisa gonfla ses joues et sortit par ses narines. Encore quelques cris comme ça et elle saignera du nez, se dit Rusk. Elle se noiera dans son sang.

Avec un rire bas, Tarver recula de deux pas, ouvrit avec son pied un sac en jute, y jeta l'un des mocassins. Puis, posant la chaussure sur le sac qui commençait à bouger, il le ferma en tirant sur une cordelette. Il caressa la tête de l'autre reptile, fit le tour du bureau pour revenir à Rusk.

— Je vais t'enlever en partie ton bâillon, Andrew. Tu ne crieras pas. Tu n'imploreras pas. Tu ne plaideras pas pour ta vie ou celle de ta femme. Je sais que les pierres sont ici. Je connais ton plan de fuite : souviens-toi, c'est moi qui l'ai mis au point. Le moment est venu de renoncer à tes rêves de république bananière et de sauver ta peau, comme l'homme intelligent que tu as toujours cru être.

Il tendit le bras, souleva un coin du rectangle de toile adhésive collé sur la bouche de l'avocat. Rusk avait entendu les recommandations mais il fut incapable de les suivre. Dans un croassement desséché, il répondit :

— Quoi que je fasse, tu me tueras.

Tarver secoua la tête avec une expression de regret, alla prendre dans un coin de la pièce un putter avec lequel Rusk s'entraînait au jeu court. Tenant le club par la tête, il agaça le serpent avec le bout de la poignée capitonnée. Après avoir reçu quelques légers coups sur la gueule, l'animal dénuda ses crocs et tenta de mordre le putter.

Une forte odeur de musc emplit la pièce, étrange, et cependant, après que Rusk l'eut inhalée deux ou trois fois, curieusement familière. Une partie préverbale de son cerveau avait reconnu la puanteur émise par un serpent stressé et ce remugle marécageux lui fit suer la peur par toutes les glandes.

— Un tueur redoutable, *Agkistrodon piscivorus*, commenta le médecin. Rien à voir avec le serpent corail. Les élapidés sont plus mortels par millilitre de venin mais les résultats de l'envenimement sont très différents. Le serpent corail provoque engourdissement, suée, difficulté à respirer, paralysie et mort. Avec ces petites créatures, les effets sont bien plus nocifs. Le venin est une hémotoxine, mélange complexe de protéines qui commence à détruire les globules sanguins et à dissoudre les parois vasculaires dès qu'il pénètre dans la chair. Elle dissout même le tissu musculaire. Le résultat est indescriptible, dit-on, et le gonflement... J'ai vu la peau éclater. En quelques heures la gangrène s'installe, la peau devient noire comme celle d'un animal écrasé sur une route au mois d'août. Une expérience qui change fondamentalement la vie, Andrew, si tant est qu'on en réchappe, bien sûr. Es-tu sûr de ne pas vouloir changer d'avis ?

Rusk soutenait le regard de Tarver avec résignation. Quelles que soient ses promesses, le médecin avait l'intention de le supprimer le soir même. A l'étonnement de Rusk, savoir ce qui l'attendait le libéra en grande partie de sa frayeur. Il avait déjà souvent flirté avec la mort mais il l'avait fait par choix, en général avec d'autres yuppies avides de sensations, sachant qu'en cas de gros pépin des spécialistes rémunérés les tireraient du torrent ou de la montagne, selon la situation.

Cette fois, c'était différent.

Il livrait un combat contre la mort, sans alliés grassement payés de son côté. Il savait une chose : il était prêt à mourir en souffrant, pas à laisser Eldon Tarver lui voler les fruits de cinq années de travail. Il savait aussi que ce courage de fraîche date ne reposait pas sur une sécrétion d'endorphines dont l'effet se dissiperait en quelques minutes. Quelque part au fond de lui survivait en partie le boy-scout qu'il avait été. Qui savait que les morsures des mocassins d'eau et des serpents à sonnette, pour aussi douloureuses que Tarver le prétendait, étaient rarement fatales. Si le serpent qui s'enroulait autour du bras de Tarver mordait Rusk à l'une de ses extrémités, il perdrait peut-être un bras ou une jambe. Mais il ne mourrait pas. Là gisait son avantage secret. Il était prêt à échanger un bras contre vingt millions de dollars. Parce que, au matin, les agents du FBI commenceraient à se demander pourquoi il n'allait pas à son bureau. Et si Morse était toujours aussi déterminée dans son enquête, ils se rueraient peut-être même avant dans la maison. Regardant Tarver dans les yeux, l'avocat affirma :

— Les diamants ne sont pas ici.

Ce qui se passa ensuite réduisit en miettes la logique de son raisonnement. Tarver se pencha au-dessus de Lisa, frappa deux fois la gueule du serpent avec le putter et le libéra. Dans un mouvement vif qui transforma son corps en une tache floue, le mocassin se projeta vers le haut de la poitrine de Lisa. Lorsque la tache floue s'immobilisa, la mâchoire de l'animal était refermée sur l'avant-bras de Lisa. Elle se leva d'un bond, balançant ses bras entravés comme une possédée. Finalement, le serpent lâcha prise, et son corps lourd alla heurter une rangée de livres.

Tarver se précipita aussitôt sur lui, attira son attention avec le fer brillant du putter puis le saisit derrière la tête et le souleva.

Effondrée sur le canapé, Lisa fixait les deux traces de piqûre dans son avant-bras. Sa respiration devint saccadée, de l'écume se forma à ses narines. Quand elle commença à se convulser comme une épileptique, Rusk craignit une crise cardiaque.

Tarver retourna au bureau, le regard vide d'émotion.

— Tu vois où mène le refus de coopérer. Je vais t'accorder une seconde chance, Andrew. Avant ça, je vais t'expliquer une chose. Je n'ai pas l'intention de te liquider. Cela ne ferait que poser quantité de problèmes. Ton système EX NIHILO, par exemple. Sans parler de l'enquête criminelle qui suivrait. Si je t'épargne, il n'y aura pas d'enquête et tu régleras le problème EX NIHILO pour moi. Vivant, tu ne peux faire aucune révélation, tu as les mains liées par ta propre culpabilité. Je te laisse la vie en échange des diamants. Je sais que tu tiens beaucoup à cet argent, mais qu'est-ce que l'argent comparé à trente ou quarante ans de plus à vivre ? Tu auras tout le temps d'en regagner. Moi non. Je dois prendre ce que la vie m'offre.

Tarver fit le tour du bureau et s'assit à quelques centimètres de Rusk tandis que le mocassin continuait à se débattre.

— Fais confiance à la logique, Andrew. Je suis bien plus en sécurité si tu vis que si tu meurs.

Le regard de l'avocat se porta à l'autre bout de la pièce où Lisa, parcourue de frissons, fixait toujours les trous de son bras. Deux filets de sang et d'un liquide jaune avaient coulé jusqu'à sa main et la chair avait commencé à enfler à l'endroit de la morsure. Sous les yeux de Rusk, son expression passa de l'état de choc d'une victime d'un accident à de la curiosité craintive. Elle leva ses mains entravées et écarta son débardeur pour dénuder son sein gauche. Là où la courbe intérieure du sein s'attachait au sternum, il y avait deux autres traces de piqûre, reliées par un renflement violacé. Lisa avait les yeux saillants d'une femme souffrant d'hyperthyroïdie. Elle tenta à nouveau de se mettre debout, tomba cette fois par terre.

— Vas-tu me dire où ils sont ? demanda Tarver à voix basse.

— Je te le dirai. Mais Lisa ?

— Après mon départ, prends ta voiture et conduis-la aux urgences. Raconte que tu arrosais ta pelouse, qu'elle est sortie pour fermer le robinet et qu'elle a senti quelque chose la piquer. Sers-toi de ton imagination, Andrew. Et assure-toi qu'elle raconte la même histoire que toi.

De sa main libre, il leva le menton de Rusk jusqu'à ce que leurs regards se croisent.

— Décide-toi.

— Sous mon lit, murmura Rusk, à qui ces mots causèrent une souffrance physique. Dans une valise métallique, comme toi.

— Tu les caches sous ton lit ? dit Tarver en riant.

— Non, je les avais enfouis, comme tu me l'avais conseillé. Je les ai déterrés cet après-midi.

— Sage décision, Andrew.

Tarver alla mettre le deuxième mocassin d'eau dans le sac en jute avec son compagnon, recolla le ruban adhésif sur la bouche de Rusk et sortit de la pièce.

Un gémissement s'éleva de l'autre côté du bureau. Connaissant Lisa, Rusk n'arrivait pas à imaginer ce qui devait se passer dans l'esprit de sa femme, si elle était encore en état de penser. Il était surpris par le désir désespéré qu'il éprouvait de lui venir en aide.

Les craquements du parquet annoncèrent le retour de Tarver. Souriant dans sa barbe, le médecin posa la lourde valise sur le bureau. Elle était blanche et brillante, deux fois plus épaisse qu'une mallette ordinaire.

Tarver décolla de nouveau le rectangle de toile adhésive des lèvres de l'avocat.

— Ils valent combien, Andrew ? J'ai jeté un coup d'œil dans la chambre, je dirais qu'il y en a pour dix millions.

— Neuf millions six.

Tarver remit le bâillon en place, ramassa le sac en jute et le fourra dans son sac à dos. Tirant un petit couteau de sa poche, il s'agenouilla près de l'endroit où Rusk supposait que Lisa était étendue. Avait-il menti ? S'apprêtait-il à lui trancher la carotide ?

— Je coupe aux trois quarts la bande qui entoure ses poignets, dit-il d'une voix calme. Elle devrait pouvoir déchirer le reste en quelques minutes, si tu réussis à la garder consciente. Elle m'a l'air un peu secouée.

Rusk entendit une gifle puis de nouveau Tarver :

— Ne t'endors pas, Beaux-Nénés.

Tandis que Rusk tirait de toutes ses forces sur le ruban qui lui liait les bras, Tarver se leva, prit le sac à dos et la valise, sortit du bureau à grands pas.

Rusk avait l'impression qu'on venait de le violer. Il contracta les muscles de ses mâchoires et son bâillon se décolla.

— Lisa ! cria-t-il. Tu m'entends ?

Elle ne répondit pas.

— Je sais que tu m'entends. Détache tes mains. Il faut que tu le fasses avant de perdre connaissance. Tu dois nous sauver, chérie.

Toujours pas de réponse.

Rusk entendit avec soulagement le bruit d'un corps qui remue.

— Déchire ton bâillon ! Sers-toi de tes dents ! Allez, trésor !

Il y eut un autre bruit de mouvement, suivi du crépitement béni du ruban adhésif qui se décolle. Une plainte basse, inhumaine, emplit la pièce. Nouveau crépitement.

— Lisa ? Tu t'es libérée ? Lève-toi, maintenant ! Chérie, tu m'entends ?

Le crépitement était à présent continu. Rusk repensa aux jours d'automne au lycée, quand il devait dérouler des kilomètres de bande de ses chevilles après un match de football. Lisa faisait presque la même chose en ce moment. Bientôt elle serait libre. L'avocat était étonné d'être si peu touché par la perte des diamants et de ressentir une telle joie d'avoir survécu, de pouvoir conduire Lisa à l'hôpital.

— C'est ça, ma douce. Je savais que tu y arriverais.

Le crépitement cessa, fit place à une respiration sifflante.

— Lève-toi, chérie. Viens me détacher.

La femme qui apparut de l'autre côté du bureau était presque méconnaissable. Une heure plus tôt, Lisa Rusk était encore une fille d'une rare beauté qui traversait la vie sans l'ombre d'un traumatisme. Ses yeux brillaient du bonheur satisfait qui n'appartient qu'aux jeunes. La femme qui se tenait maintenant devant lui ressemblait à une réfugiée d'une zone de guerre, une malheureuse qu'on aurait traînée dans la fosse de l'enfer et à qui on aurait fait subir des violences inimaginables. Ses pupilles paraissaient plaquées sur des globes blancs injectés de sang. Hébétée, elle avait la mâchoire pendante et son sein gauche dénudé était taché de sang et d'une substance jaunâtre.

— Lisa, tu m'entends ?

Sa bouche se ferma et s'ouvrit trois fois mais aucun son n'en sortit.

Elle est en état de choc, pensa Rusk, au désespoir. Merde de merde.

— Détache-moi, Lisa ! Il faut que je t'amène aux urgences. Il y a un canif sur le bout de canapé. Celui qu'on m'a offert comme cadeau de mariage.

Une lueur de compréhension dans ses yeux ? Oui !

Lisa se tourna vers le canapé, s'en approcha lentement, tel un zombie. Se pencha. Quand elle se redressa, ce n'était pas le canif qu'elle tenait mais le club de golf.

— Lisa ? Le canif, mon amour. Tu as pris le putter...

Elle baissa les yeux, regarda le club et dit à voix basse :

— Je sais.

En retournant vers le bureau, elle leva le putter au-dessus de sa tête et l'abattit en un long arc de cercle. Attaché sur son siège, Rusk ne put que se raidir avant que le fer étincelant s'enfonce dans son crâne.

49

Alex lâcha la main inerte de sa mère et sortit en silence de la chambre d'hôpital. Elle était restée à son chevet près d'une heure, lui parlant à voix basse, mais le visage de la malade n'avait pas même tressailli en réponse. Margaret Morse était sous calmants, et à juste titre. Elle en était au stade où il valait mieux en finir que continuer. C'était du moins ce qu'Alex aurait pensé si elle avait été dans la même situation.

Ses pantoufles d'hôpital chuchotèrent sur le sol tandis qu'elle passait devant les cinq portes séparant la chambre de sa mère de celle de Chris. Sa tête palpitait. Les médecins des urgences lui avaient donné du Tylenol, mais cela n'avait même pas atténué la douleur accompagnant sa commotion cérébrale. En entrant dans la chambre de Chris, elle fut étonnée de voir qu'il ne dormait pas. Elle se pencha vers le lit, découvrit des larmes sur son visage.

— Qu'est-ce qui se passe ? demanda-t-elle en lui prenant la main.

— Je viens de parler à Mme Johnson.

La peur surgit au creux de l'estomac d'Alex, la même peur que celle qu'elle ressentait lorsqu'elle pensait à Jamie.

— Ben est bouleversé, poursuivit Chris. Thora ne l'a pas appelé et il a compris au ton de ma voix qu'il est arrivé quelque chose.

Alex lui pressa la main avant d'annoncer :

— Il y a des choses qu'il faut que vous sachiez.

Le regard de Chris devint aussitôt plus attentif.

— Will a entendu votre femme dire à Andrew Rusk d'annuler le contrat vous concernant.

Chris voulut se redresser mais elle l'en empêcha facilement. C'était effrayant qu'il soit devenu aussi faible en si peu de temps.

— Annuler ? répéta-t-il, l'air dérouté.

— Uniquement parce qu'elle savait que vous la soupçonniez. Franchement, je crois que pour son propre bien il vaudrait mieux qu'elle soit arrêtée. Elle constitue une menace pour Rusk et pour celui qui commet les meurtres. Ils pourraient la tuer pour la faire taire. Et ce n'est pas tout.

— Quoi encore ?

— Dans l'état où elle est, je crains qu'elle ne soit un danger aussi pour Ben.

Chris écarquilla les yeux.

— Je ne crois pas qu'elle serait capable de s'en prendre physiquement à lui.

— Avec le stress qu'elle subit ? Elle pourrait songer au suicide et décider d'entraîner Ben dans la mort avec elle.

Il secoua la tête.

— Non, je ne crois pas qu'elle... Ah, je suis mal placé pour parler, je me suis complètement trompé sur son compte jusqu'ici.

— Thora est malade, Chris. Vous ne le saviez pas, vous ne pouviez pas le savoir.

— Je suis médecin, j'aurais dû remarquer un signe... se reprocha-t-il.

— Nous sommes tous aveugles quand il s'agit de ceux que nous aimons. J'ai commis la même erreur.

— Qui s'occupera de Ben si Thora est arrêtée ?

— Mme Johnson ? suggéra Alex.

— Je préférerais que Tom Cage et sa femme s'en chargent. Il saura quoi faire si la situation dégénère.

— Je l'appellerai. Maintenant, détendez-vous.

— Je ne veux pas que Ben voie sa mère se faire passer les menottes.

— Je sais. Et je pense qu'il ne le verra pas. Mais ce qui arrivera sera peut-être encore pire.

Chris la regarda avec une tristesse ineffable dont la profondeur n'avait d'égale que celle de James Broadbent, le soir où il lui avait avoué ses sentiments pour elle. Après avoir travaillé en étroite collaboration avec Alex pendant trois ans, Broadbent avait acquis la conviction qu'elle était l'amour de sa vie. Ce n'était pas un adolescent ingénu mais un agent du FBI de quarante ans, plusieurs fois décoré, mari fidèle et père de deux enfants. D'une voix brisée par la douleur, il avait dit à Alex qu'il n'abandonnerait jamais sa famille mais qu'il ne pouvait pas continuer à lui cacher ce qu'il éprouvait. Parce qu'il ne pouvait plus supporter d'être près d'elle sans la posséder, il avait décidé de demander son transfert la semaine suivante. Il ne le fit jamais. Deux jours après sa déclaration d'amour, Broadbent mourut.

Alex se pencha et posa sa joue sur l'oreiller de Chris.

— Je sais que cela vous semble sans espoir en ce moment, mais vous aurez de nouveau une vie. Et vous la partagerez avec Ben.

Chris toucha le visage d'Alex, là où les cicatrices étaient le plus visibles.

— Je n'arrive pas à y croire. J'essaie, mais...

— Moi, je le vois. Aussi clairement que je vous vois en ce moment.

Il ferma les yeux.

Après un débat intérieur, Alex s'allongea sur le lit d'hôpital à côté de lui. S'il le remarqua, il n'en montra aucun signe. Elle avait cru qu'ils se sentiraient mieux l'un et l'autre si elle s'étendait près de lui, mais lorsqu'elle caressa son front encore brûlant, elle eut la certitude qu'il ne survivrait pas à la nuit.

Eldon Tarver arrêta le pick-up Dodge qu'il avait gardé pour la fuite finale sur le côté du relais routier Union 76, près de la sortie 108 de l'I-55 Sud. Dix secondes plus tard, la portière passager s'ouvrit et Judah s'assit lourdement à l'avant, avant de poser un sac à dos sur ses genoux. Aussitôt après avoir refermé la portière, il ouvrit le sac, en fit sortir un petit singe capucin. L'animal, dont le visage rappelait celui d'un bébé humain, regarda Tarver avec des yeux anxieux puis se blottit contre la large poitrine de Judah.

— S'il te plaît, Eldon, te mets pas en colère...

Tarver était furieux que son frère lui ait désobéi en sortant le singe du laboratoire, mais c'était probablement sans conséquence. Le capucin n'avait pas encore servi à des expériences et n'avait pas partagé la cage d'animaux malades.

— Personne ne l'a vu ? demanda Tarver en s'éloignant du bâtiment.

Judah sourit.

— Non. Il est resté dans le sac et il a pas poussé un cri.

— Tu m'as attendu dans le restaurant ?

— Non. J'étais presque tout le temps près des douches, à côté de la salle de jeu. Ça n'a pas pris aussi longtemps que tu disais.

Tarver sourit à son tour.

— Parfois, les choses s'emboîtent exactement comme prévu, tu sais.

Il s'engagea dans la contre-allée, passa sous l'autoroute, tourna à gauche et accéléra dans la bretelle menant à l'I-55 Nord. Bientôt, ils parviendraient à la sortie vers la Natchez Trace. Sur quelques kilomètres, la Trace longeait le bassin de retenue Ross Barnett, où quelques jolies maisons faisaient face à cette partie du lac.

— Regarde à l'arrière, dit Tarver. Qu'est-ce que tu vois ?

Judah souleva légèrement son corps épais pour se tourner vers la banquette arrière du pick-up. Tarver alluma le plafonnier.

— On dirait une boîte de cailloux.

Tarver partit d'un gros rire qui se prolongea pendant près d'un kilomètre.

– C'est exactement ça, frérot. Une boîte de cailloux.

Judah parut intrigué mais se contenta de caresser le singe et de regarder les phares sur l'autoroute. Lorsqu'ils atteignirent la Trace, le visage d'Eldon Tarver semblait sculpté dans la pierre.

50

Will Kilmer était assis dans son bureau quand le téléphone sonna. Il s'était lui-même autorisé à sortir de l'hôpital pour se mettre au boulot de bonne heure et tenter de rattraper son retard sur des affaires qu'il avait négligées pour aider Alex. Mais l'ampleur de la tâche et la douleur de son dos suturé l'avaient incité à ouvrir le tiroir du bas où il rangeait sa bouteille de Jack Daniel's.

— Agence Argus, grogna-t-il dans l'appareil en repoussant une pile de dossiers.

— C'est Danny, Will.

Danny Mills était un ancien flic que Kilmer avait chargé de surveiller le cabinet d'Andrew Rusk.

— Quoi de neuf, Danny ?

— Rusk s'est pas pointé ce matin. Normalement, il devrait être là depuis une demi-heure.

— OK. Tu bouges pas, je te rappelle.

Kilmer raccrocha, estima la situation. Il pouvait envoyer un homme dans le comté de Madison, où habitait l'avocat, ou s'y rendre lui-même en voiture. Cette perspective ne l'enchantait pas : à cette heure, la circulation était infernale, avec la nouvelle usine

Nissan et tout le reste. En plus, d'après Alex, le FBI surveillait Rusk, maintenant. Officiellement, le Bureau n'était toujours pas dans le coup, mais le type qui dirigeait l'opération était John Kaiser, un agent dont Kilmer connaissait la réputation et qu'il respectait. Alex lui avait donné un numéro de portable où joindre Kaiser en cas d'urgence. Après une autre lampée de Jack Daniel's, il appela.

— Kaiser, dit une voix puissante.
— Will Kilmer à l'appareil. Vous ne me...
— Je sais qui vous êtes, monsieur Kilmer. Un ancien de la Crime, c'est ça ?

Le détective se redressa dans son fauteuil.

— Exact.
— Vous avez quelque chose ?
— J'ai un de mes gars qui surveille le bureau d'Andrew Rusk depuis quelques semaines. D'après lui, Rusk a une demi-heure de retard ce matin. D'habitude, il est ponctuel comme une horloge.
— Vraiment ?
— Ouais. Je sais pas ce qui se passe chez lui parce que j'y ai envoyé personne hier soir. Je voulais pas vous marcher sur les pieds.
— Merci, monsieur Kilmer. Je vais voir ce qui se passe.
— Moi je ne fais rien ?
— Rappelez-moi simplement si vous avez du nouveau.
— D'accord.

Kilmer raccrocha. C'était le genre d'agent du FBI qu'il aimait : boulot boulot, pas de salades territoriales sur qui doit s'occuper de quoi. Kilmer songea à joindre Alex, se dit que si elle ne l'avait pas appelé elle-même, c'était qu'elle avait enfin réussi à dormir un peu. Chris Shepard y était peut-être pour quelque chose. Il espérait que c'était le cas. Alex souffrait depuis longtemps, il se fichait de la façon dont elle trouvait un peu de réconfort si cela la soulageait enfin. Il ramena la pile de dossiers devant lui et ouvrit le premier.

John Kaiser monta à l'arrière d'un Suburban Chevrolet noir garé au bord de la propriété d'Andrew Rusk. Cinq agents s'y trouvaient déjà, trois hommes et deux femmes, tous choisis avec soin parmi les effectifs du bureau de Jackson.

— On n'a toujours pas le mandat, annonça-t-il. Je vais aller frapper à la porte de devant. Si personne ne répond, vous vous séparez pour regarder par les fenêtres. Voyez si vous pouvez trouver un motif valable d'entrer. Compris ?

Tous hochèrent la tête. Kaiser toucha le bras du chauffeur.

— En douceur.

Le Suburban roula lentement entre les arbres, décrivit un cercle qui l'amena devant la maison ultramoderne de Rusk. Lorsqu'il s'immobilisa, Kaiser descendit, gravit les marches de la véranda. Il appuya d'abord sur le bouton de la sonnette, frappa ensuite du poing.

Personne ne vint ouvrir.

Il sonna de nouveau, se retourna vers le Suburban. Deux agents le couvraient, le bras passé par une fenêtre.

Une minute s'écoula.

— OK, on y va, ordonna Kaiser, déjà envahi d'un mauvais pressentiment.

Toutes les portières s'ouvrirent en même temps, les agents se déployèrent autour de la maison. Kaiser continuait à frapper. Il avait vu quantité de scènes de crime macabres durant sa carrière et, quoique convaincu que les histoires d'« intuition » relevaient pour la plupart de la mythologie, il sentait qu'il s'était passé quelque chose de sinistre derrière cette porte.

Il redescendit les marches, fit le tour du bâtiment. Faisant preuve d'esprit créatif, plusieurs agents étaient grimpés sur des échelles ou des climatiseurs pour regarder par les fenêtres, mais ce fut du côté droit de la maison que vint l'appel. Kaiser se mit à courir.

— Par ici ! criait une des femmes. Dans la cuisine !
— Quoi ?

Elle s'écarta de la fenêtre.

— On dirait une femme, par terre, sur le ventre. Des clefs de voiture dans la main droite, un peu de sang en dessous. Je n'ai pas vu de sang ailleurs.

Kaiser pressa son visage contre le carreau, découvrit exactement ce que l'agent lui avait décrit. La femme étendue sur le sol portait un short cycliste en Lycra, un débardeur et des tongs roses.

— Tu attends cinq minutes, ensuite tu appelles la police de l'Etat, dit-il à sa collègue. Et les services du shérif : je crois que le coin dépend du comté, pas de la ville.

— D'accord.
— Ça m'a tout l'air d'un motif valable, estima Kaiser.
— Elle a peut-être besoin de soins urgents, renchérit un autre agent derrière lui. J'ai cru voir quelque chose bouger.

— On se calme, reprit Kaiser. Va chercher le bélier dans le 4 × 4.

Après qu'un agent corpulent eut enfoncé la porte, Kaiser pénétra à l'intérieur, l'arme à la main. Trois de ses hommes suivirent et se dispersèrent pour inspecter les pièces. Kaiser s'agenouilla, tâta le pouls de la femme allongée dans la cuisine.

Morte.

Il se releva, gagna le centre de la maison en se demandant de quoi elle était morte. Entendant un cri, il se précipita dans le couloir, tourna le coin et s'arrêta net.

Un homme était assis derrière un bureau, le visage gonflé et couvert de sang, le crâne manifestement fracturé, un club de golf ensanglanté à ses pieds. Etait-ce Rusk ?

L'agent qui avait crié montra la gerbe de gouttes rouges tachant le plafond.

— Qu'est-ce qui s'est passé, putain ?

— Tu veux dire, comment ça a pu se passer, rectifia Kaiser. La maison a bien été surveillée toute la nuit, non ?

— Par six agents. Dont je faisais partie.

— Tu n'as rien entendu ?

— Non.

— Tu ne l'as pas tué ? demanda Kaiser d'un ton impassible.

— Non.

Kaiser passa derrière le fauteuil, glissa une main dans la poche revolver du mort, y prit un portefeuille. Le permis de conduire qu'il contenait établissait que le tas sanguinolent assis dans le fauteuil était Andrew Rusk.

Merde, pensa-t-il. Entre les bagarres de juridiction et la guerre interne au sein du Bureau, ça va être un vrai cauchemar.

Son portable sonna. Il s'attendait à un appel de Tyler, leur directeur régional, mais l'écran affichait *ALEX MORSE*. Après avoir décidé de ne pas répondre, il se rappela que c'était l'affaire de Morse. Depuis le début.

— Bonjour, Alex.

— Salut, John. Will Kilmer m'apprend qu'il se passerait des choses chez Rusk ?

— Tu peux le dire. Rusk est mort, sa femme aussi... si c'est bien sa femme.

— J'arrive, fit Alex, tout excitée.

— Ce n'est pas une bonne idée. Il y aura des agents et des flics partout, Webb Tyler lui-même fera sans doute le déplacement. Tu n'es pas censée t'occuper de cette affaire. Ni d'aucune autre, d'ailleurs.

— Au moins, on sait maintenant que j'avais raison. Rusk était mouillé jusqu'au cou.

— On ne sait rien de tel, répliqua Kaiser. On sait seulement qu'un type que tu détestais – certains diraient même que tu « persécutais » – vient de mourir. La prudence conseille que tu restes à l'écart et que je te mette au courant plus tard.

Suivit un long silence.

— D'accord ? demanda Kaiser.

— John, j'ai enquêté sur Rusk pendant des semaines alors que tous les autres restaient assis sur leur cul et me traitaient de cinglée. Je suis allée dans cette maison, je remarquerai peut-être des choses que tes gars ne verraient jamais même en fouillant dix ans.

— Tu es allée chez Rusk ? releva Kaiser, soupçonneux.

Alex demeura coite, consciente que sa passion l'avait entraînée dans des eaux dangereuses.

— Tu restes où tu es, décréta Kaiser. Pas de discussion.

— Merde.

— Je t'appelle dès que je sais quelque chose.

— Tu as intérêt.

Une heure plus tard, Alex faufila sa Corolla de location dans la masse de véhicules des forces de l'ordre garés devant la maison de Rusk. Elle savait que Kaiser serait furieux, mais après six semaines de sang, de sueur et de larmes, elle ne pouvait pas rester sans rien faire dans une chambre d'hôpital tandis que d'autres prenaient le relais. D'ailleurs, *Kaiser n'a pas d'ordres à me donner si je ne suis plus du FBI*, raisonna-t-elle. *Et Tyler ne viendra pas, il aime trop la clim de son bureau en ville.*

Adoptant une allure officielle, elle franchit un cordon d'adjoints au shérif. Deux agents du FBI la lorgnèrent avec insistance, mais personne ne l'arrêta. Moins d'une minute plus tard, elle se retrouva dans la pièce où ce qui restait d'Andrew Rusk était encore attaché sur son fauteuil. Accroupis derrière le cadavre, il y avait deux hommes, dont John Kaiser, éclairés par une étrange lueur bleue. Alex comprit ce que c'était en reconnaissant le souffle d'un chalumeau. Au bout d'un moment, elle entendit un grognement satisfait puis Kaiser se releva et se retourna.

— Bon sang, tu n'écoutes jamais ? marmonna-t-il avec agacement.

— Cette affaire m'appartient, s'obstina-t-elle.
— Ni celle-là ni une autre ! Tu ne comprends pas ?
Elle ne répondit pas.
— Non. Manifestement, tu ne comprends pas. J'ai déjà de la chance d'être ici. J'ai dit au shérif qu'il y avait peut-être des armes biologiques dans la maison et que nous devions vérifier avant que ses hommes entament l'enquête habituelle. Webb Tyler me tannera les fesses, s'il ne me vire pas carrément.
— C'est quoi, là, derrière ? Un coffre ? demanda hypocritement Alex.
Kaiser acquiesça avec réticence.
— Qu'est-ce qu'il y a dedans ?
— On va le savoir.
L'homme qui maniait le chalumeau venait enfin d'ouvrir la porte. Il s'écarta pour laisser Kaiser regarder à l'intérieur.
— Qu'est-ce que tu vois ? demanda Alex.
— Reste où tu es, lui enjoignit Kaiser. Et je ne plaisante pas. Aujourd'hui, tu n'es qu'un JUPO.
Juste un Putain d'Observateur.
— Je ne peux rien observer d'où je suis, protesta-t-elle.
— Va plutôt jeter un œil à ce qu'il y a sur le bureau.
Elle s'exécuta. C'était un petit bloc-notes sur lequel on avait griffonné quelque chose, surtout des chiffres.
— On dirait des coordonnées de GPS.
— Je crois que c'en est. Avec une heure et une date, bien sûr.
Alex relut les chiffres.
— Bon Dieu, c'est aujourd'hui.
— Ouais. A 14 heures. Notre ami l'avocat avait apparemment l'intention de décamper.

— Ces coordonnées correspondent à quoi ?

— Je ne sais pas encore. Peut-être le golfe du Mexique, d'après Hank Kelly. C'est un fan de GPS. Il joue à ces trucs où il faut retrouver des indices planqués dans la nature. En dehors des heures de service, bien sûr.

— Il y a un nom aussi, tu as vu ?

— Alejo Padilla, on dirait, répondit Kaiser, qui continuait à regarder dans le coffre.

— Oui. Et les lettres devant ?

— Cpt ? Capitaine, peut-être.

— Tu penses que Rusk voulait quitter le pays ?

— Oui.

— Avec un bateau ?

— Probablement. Ou un hydravion.

— Pourquoi un bateau ?

— C'est le meilleur moyen si tu veux faire passer quelque chose en fraude. Un paquet de fric, par exemple.

Kaiser se retourna, posa des papiers sur le sol.

— Quelque chose d'intéressant ? s'enquit Alex.

— Des passeports costaricains, ça t'irait ?

— Putain !

— Ils ont l'air vrais.

— Le Costa Rica, dit Alex, pensive. On a un traité d'extradition avec ce pays, maintenant.

— Oui, mais les passeports ne sont pas au nom des Rusk.

— C'est leurs photos ?

— Oui. Viens voir.

Alex s'approcha, se pencha par-dessus l'épaule de Kaiser. Elle prit l'un des passeports, compara la photo souriante au visage ensanglanté du corps attaché sur le fauteuil, à sa gauche. Une sale mort, pensa-t-elle. Elle regarda Kaiser, qui farfouillait dans les papiers habituels d'un couple fortuné : polices d'assurance, testaments, titres...

— Quoi d'autre ?
— Il avait un bateau, dit Kaiser en montrant une photo à Alex.
— Ce n'est pas un bateau, c'est un yacht. Tu peux naviguer dans le monde entier avec ça.
— Rusk faisait du yachting ?
— Rusk pratiquait tous les passe-temps des nantis.
— Ce truc se trouve à la marina locale ?
— Je ne l'y ai jamais vu. Rusk avait aussi une vedette, elle est généralement sur une remorque, derrière la maison.

Kaiser releva la tête.
— Elle n'y est plus.

Alex revint aux coordonnées du bloc-notes.
— Et s'il avait fixé un rendez-vous en mer ? Il gagne la ligne des vingt-quatre milles avec la vedette, il monte à bord du yacht et cap sur le Costa Rica.

Kaiser parcourut un autre document, émit un long sifflement bas.
— Quoi ? fit Alex.
— Ce papier autorise à entrer dans les eaux territoriales cubaines et à faire escale à la marina de La Havane.
— Hein ?!
— Il est signé par Castro lui-même.
— Impossible.

Kaiser se leva, tint la feuille de papier à la lumière.

— Pas Fidel. Son frère, Raul. Le ministre de la Défense. Et le document n'est pas au nom de Rusk non plus. Il est à celui du Dr Eldon Tarver.

Alex prit la feuille, l'examina attentivement.

— C'est une photocopie.

— C'est la preuve indiscutable que Rusk et Tarver opéraient ensemble, voilà ce que c'est.

Alex rendit le document à Kaiser, avala péniblement sa salive. Ayant enfin découvert ce qu'elle avait cherché avec une telle obstination, elle se sentait curieusement insatisfaite. Puis elle comprit pourquoi : elle avait en fait seulement voulu prouver que Bill Fennell avait assassiné sa sœur. Sans une preuve de ce meurtre, elle ne pouvait pas sauver Jamie de son père, comme Grace le lui avait demandé.

— Pourquoi Raul Castro autoriserait-il Tarver à émigrer à Cuba ?

Kaiser la regarda comme si elle avait l'esprit particulièrement lent.

— Le VCP, lui rappela-t-il. Les armes biologiques. Je parie qu'à la fin du programme les Cubains lui ont offert de l'argent pour qu'il vienne travailler pour eux. Les services de renseignements de Castro ont pris contact avec un grand nombre d'hommes de science participant à des recherches sensibles. Tarver a dû penser que Cuba était un bon endroit où se planquer en attendant de pouvoir passer au Costa Rica sous un autre nom.

— Rusk faisait apparemment confiance à Tarver.

— A tort, estima Kaiser avec un mouvement de tête vers le cadavre.

— Qu'est-ce qui s'est passé, au juste ? Tu crois que c'est Tarver qui l'a tué ?

— Torturé et tué. Il a mis le couple dans la pièce la plus centrale de la maison : pas de fenêtres, des murs successifs pour étouffer les bruits. Ça a dû être horrible.

— La femme est morte de quoi ?

— Du choc, d'après le médecin légiste.

— Causé par une balle ?

Kaiser secoua la tête.

— Morsure de serpent.

— Quoi ?

— Incroyable, hein ? Elle a été mordue deux fois. A l'avant-bras et à la poitrine, juste au-dessus du cœur.

— Seigneur, murmura Alex en frissonnant.

— On a retrouvé deux écailles sur une étagère de livres. Des écailles de serpent, pas de poisson.

— Quelle est la différence ?

— Les écailles d'un serpent sont en fait sa peau. Elles sont sèches et ont une couleur propre. Les écailles de poisson sont attachées à la peau. Elles sont transparentes et incolores.

— Tu savais ça ? dit Alex, impressionnée.

— Non, avoua Kaiser en riant.

— Il cherchait quoi, Tarver ? Il a touché au coffre ?

— Peut-être. Il pourrait avoir pris des choses et laissé le reste. Ou alors, il ne savait pas qu'il y avait un coffre. Il est bien caché derrière la boiserie, sous les étagères.

— Le bloc-notes avec les coordonnées GPS, vous l'avez trouvé sur le bureau ?

— Non. Il était sur le réfrigérateur, sous un plateau. Kelly a aussi découvert un trou dans le jardin, derrière. Creusé récemment, semble-t-il. Cinquante centimètres sur trente. Profond de cinquante centimètres, à un endroit couvert de paillis.

— De l'argent ? avança Alex.

Kaiser eut une moue sceptique.

— Enterrer des billets, c'est risqué. Je pense à quelque chose de plus costaud. De l'or. Des pierres précieuses.

— Ou quelque chose dont on n'a même pas idée.

Kaiser acquiesça de la tête.

— On a aussi trouvé un trou chez Tarver.

— Vraiment ? Où ?

— Dans une cabane jouxtant la maison. Un carré découpé dans le sol d'aluminium. Un trou deux fois plus grand que celui de Rusk, creusé récemment, là aussi.

— Monsieur ? appela un technicien qui examinait la pièce à la lumière d'une lampe puissante.

— Oui ?

— J'ai quelque chose, là, par terre. On dirait que la victime a essayé d'écrire dans le sang avec son pied...

L'homme se pencha davantage vers le sol.

— « Nombre »... la suite est illisible, mais ça se termine par « 23 », je crois. Oui, c'est ça.

— Prends une photo, dit Kaiser au technicien.

Il saisit Alex par le bras et l'entraîna vers le couloir. Avant de franchir la porte, elle se retourna pour regarder le cadavre de l'homme qui avait persuadé Bill Fennell que tuer sa femme était un acte tout à fait acceptable. Rusk avait eu une sale mort mais n'avait pas souffert autant que ceux qui, par sa faute, étaient morts d'un cancer.

— Je peux voir le corps de la femme ? demanda Alex tandis qu'ils se dirigeaient vers le hall d'entrée.

— On est en train de la mettre dans le fourgon. Rien à apprendre de ce côté-là. Je crois qu'elle n'est qu'un dommage collatéral.
— Pourquoi elle n'a pas appelé le 911 ?
— La ligne était morte. Quelqu'un a coupé les fils à l'extérieur.
— Malgré la surveillance ? s'étonna Alex.
Kaiser s'arrêta devant la porte.
— Ce type est passé entre six agents du FBI. Ils ont des yeux, des oreilles, et pourtant Tarver est entré puis ressorti comme un fantôme. Et il a torturé deux personnes dans la maison.
— Et il a cinquante-neuf ans, renchérit Alex.
— Nous sommes confrontés à un individu redoutable. Il se peut aussi qu'il bénéficie de l'aide de professionnels.
— Les Cubains ?
— Va savoir. Cette affaire relève maintenant de la sécurité nationale. Si la CIA a vent de ce document signé par Raul Castro, elle revendiquera l'enquête.
— Tu es obligé d'en faire état ?
— Je devrais. Et Tyler leur livrera l'affaire sur un plateau d'argent.
— Alors, passe par-dessus sa tête, réfères-en directement au nouveau directeur. Roberts me fait l'impression d'être un gars bien. Il a peut-être aussi des couilles.
Kaiser ne semblait pas convaincu. Il prit Alex par les épaules et la regarda dans les yeux.
— Ecoute-moi. Il faut que tu restes en dehors. Au moins jusqu'à ce qu'on ait trouvé la stratégie à adopter. Tu le comprends, ça ?
Elle retint les reparties désinvoltes qui lui montaient aux lèvres.

— Et si les coordonnées GPS indiquent bien un lieu de rendez-vous ? argua-t-elle. Tarver pourrait y être, bon sang !

— En ce cas, tu crois qu'il aurait laissé le bloc-notes derrière lui ?

— Tu m'as dit qu'on l'avait trouvé au-dessus du frigo, non ?

— Si. Les coordonnées sont peut-être bonnes, reconnut Kaiser. Ecoute, je parlerai pour toi au directeur, je lui dirai que c'est toi la première à avoir flairé une histoire de meurtres. Mais si j'interviens en ta faveur, tu dois te tenir tranquille pendant ce temps-là. Si Webb Tyler découvre que tu es venue ici... J'aime mieux ne pas en parler. Tu retournes à l'hôpital.

Il ouvrit la porte, poussa Alex dehors.

Elle fut aussi la première à voir le directeur adjoint Mark Dodson monter les marches de la véranda. Dodson lui lança un regard mauvais, se tourna aussitôt vers Kaiser.

— Qu'est-ce que cette femme fait ici ?

— J'ai demandé à l'agent Morse de venir, monsieur le directeur.

— Elle n'est plus l'agent Morse. Veuillez en tenir compte dans vos propos.

Alex rétablit la vérité :

— Il m'avait prévenue qu'il ne voulait pas me voir ici, je suis venue de mon propre chef. Je pensais détenir des informations particulières qui aideraient l'agent Kaiser à comprendre ce qui s'était passé.

— Ça, sûrement, rétorqua Dodson d'un ton satisfait.

— Que voulez-vous dire ?

— Je veux dire que vous étiez ici la nuit dernière.

Alex en fut médusée.

— Vous êtes fou ? J'étais à…

— Vous prétendez n'avoir jamais mis les pieds dans cette maison ?

Alex ne se risqua pas à nier une vérité que Dodson, à en juger par son air triomphant, connaissait peut-être.

— Comment se fait-il que vous soyez ici ? intervint Kaiser en se tournant vers le directeur adjoint.

— Hier soir, Webb Tyler m'a informé que vous preniez des initiatives dans son secteur sans son autorisation. Il a bien fait, puisque vous mêlez manifestement le Bureau à une affaire qui concerne les autorités du Mississippi. Qu'est-ce qui vous a pris, agent Kaiser ?

— J'avais des raisons de supposer un recours à des armes biologiques, ce qui justifiait une intervention immédiate au niveau fédéral.

— Des armes biologiques, répéta Dodson, interloqué.

— Nous avons découvert hier un laboratoire clandestin appartenant à un certain Noel D. Traver, probablement un pseudonyme du Dr Eldon Tarver. Derrière la façade d'un élevage de chiens, Tarver se livrait à des expériences génétiques sur des primates, et probablement aussi sur des êtres humains.

Dodson parut soudain moins sûr de sa position.

— Je suis au courant de l'incendie d'hier. Vous avez une preuve de ces expériences ?

— Nous avons capturé plusieurs animaux qui s'étaient échappés. J'attendais une autorisation pour procéder aux vérifications, étant donné la complexité des analyses requises.

Le directeur adjoint s'humecta les lèvres.

— J'y réfléchirai. Pour le moment, je veux que Mlle Morse soit conduite aux bureaux locaux du FBI pour interrogatoire.

Kaiser se raidit.

— Pour quel motif ?

— Avant sa mort, M. Rusk nous avait adressé de nombreuses plaintes accusant Mlle Morse de harcèlement. Nous savons qu'elle le tenait pour responsable de la mort de sa sœur. Je veux établir avec certitude qu'elle n'a pas cherché à faire justice elle-même la nuit dernière.

Kaiser fit un pas vers Dodson en plaidant :

— L'agent Morse a des états de service qui montrent…

— … qu'elle perd le contrôle de ses actes sous l'effet du stress, acheva Dodson. Ne franchissez pas les bornes, agent Kaiser. Ne gâchez pas votre carrière pour la sienne. C'est une cause perdue d'avance.

Kaiser pâlit.

— Il se trouve que je sais que la décision prise à son sujet n'est pas encore définitive, et…

Dodson lui agita une feuille de papier sous le nez.

— Interrogatoire d'un nommé Neville Byrd, de Canton, Mississippi, appréhendé dans un hôtel du centre en possession d'un laser et d'une lunette. Il surveillait le bureau d'Andrew Rusk. Quand on lui a demandé pour le compte de qui, il a répondu qu'une certaine Alexandra Morse l'avait engagé au double de son tarif habituel.

Alex en resta bouche bée.

Kaiser se tourna pour la regarder. Croyant voir du doute et de la peine dans ses yeux, elle secoua la tête avec véhémence pour nier l'accusation. Autour d'eux, les autres agents attendaient, impassibles, l'issue de l'affrontement.

— Je tiens à déclarer que c'est l'agent Morse qui a découvert les liens existant entre Andrew Rusk et Eldon Tarver, dit Kaiser. Il y a six semaines, elle les a soupçonnés de collusion à des fins criminelles et s'est mise à enquêter sur eux malgré une forte résistance du directeur régional de Jackson et de vous-même.

Dodson eut un rire méprisant.

— Vous ne faites que souligner son insubordination. Vous pourrez témoigner contre elle à l'audience finale.

— Je n'en ferai rien, répliqua Kaiser avec une telle assurance que Dodson en fut ébranlé. Parce qu'il n'y aura pas d'audience finale contre l'agent Morse.

Il montra le sac en plastique qu'il avait tenu jusque-là contre sa jambe droite et ajouta :

— J'aimerais que vous examiniez ceci.

— Qu'est-ce que c'est ? dit Dodson d'un ton revêche.

— Un document. Il se passe d'explication.

Le directeur adjoint prit le papier en question et renversa la tête en arrière pour lire à travers ses lunettes à double foyer. Son expression demeura sceptique jusqu'à ce qu'il arrive à la dernière ligne, puis sa bouche s'ouvrit comme celle d'un poisson hors de l'eau.

— Vous avez vu la signature ? demanda Kaiser avec détachement.

Dodson avait la tête du gars qui vient de se rendre compte qu'il a misé sur le mauvais cheval.

— Où avez-vous trouvé ça ? demanda-t-il d'une voix à peine audible.

— Dans le coffre de la victime. C'est la preuve irréfutable d'une complicité criminelle entre Rusk et Tarver, et peut-être aussi d'espionnage contre les Etats-Unis.

— Plus un mot, murmura Dodson en clignant des yeux. Venez dans ma voiture.

Kaiser lança un regard à Alex avant de suivre Dodson jusqu'à une Ford de couleur sombre garée dans l'allée. Restée sur la véranda, Alex s'efforça de contenir sa joie d'avoir vu le directeur adjoint se faire remettre à sa place publiquement. Ce qui lui faisait vraiment chaud au cœur, c'était la façon dont Kaiser l'avait défendue en prenant de gros risques pour lui-même. Elle baissa les yeux vers la voiture, dont les vitres teintées empêchaient de voir ce qui se passait à l'intérieur.

Deux minutes s'écoulèrent avant que les deux hommes en ressortent. Dodson avait le visage cramoisi, Kaiser semblait parfaitement calme et fit signe à Alex de le rejoindre. En se dirigeant vers lui, elle nota les regards approbateurs de trois agents du FBI, dont deux femmes. Lorsqu'elle croisa Dodson, il ne leva pas les yeux sur elle. Kaiser prit la main d'Alex et l'entraîna vers le Suburban avec lequel il était venu.

— Et ma voiture ? dit-elle à voix basse.

— Laisse tes clefs tomber par terre. Un de mes hommes la rapportera.

— Quoi ?

— Fais ce que je te dis.

Elle laissa tomber ses clefs sur le paillis, se laissa pousser à l'arrière du Suburban, s'installa sur la confortable banquette en cuir tandis que Kaiser se glissait derrière le volant.

— Qu'est-ce qui s'est passé dans la Ford ? demanda-t-elle.

— Rien n'est décidé. Tu as une chance inouïe qu'on ait trouvé ce papier dans le coffre de Rusk.

— Et pas toi ? Merci, à propos.

Il soupira puis se mit à rire.

— Une revanche pareille, ça n'arrive pas tous les jours.

— Tu lui as parlé des coordonnées GPS ?

— Bien obligé. On ne cache plus rien, maintenant. Tout remontera à Roberts, le nouveau directeur. On a remporté une escarmouche, pas la guerre.

— Je suis quand même contente.

Kaiser démarra, fit marche arrière, s'arrêta pour laisser passer le fourgon du coroner.

— On va où, maintenant ? demanda Alex.

— Tu retournes à l'hôpital. Pas de discussion. Je lance une recherche dans tout l'Etat pour retrouver la vedette de Rusk dès que j'en ai un signalement précis. Ensuite, je vais voir ce Neville Byrd qui prétend que tu l'as embauché pour surveiller Rusk.

— Je n'ai jamais entendu parler de ce type, je te le jure.

Alors que le fourgon s'éloignait, une idée vint à l'esprit d'Alex.

— Tu as parlé à Dodson de ce que Rusk a écrit sur le sol ?

Kaiser ne répondit pas. Ravie, Alex reprit :

— Je croyais qu'on ne cachait plus rien…

— On l'emmerde, ce sale petit con prétentieux.

— Amen.

Un jeune agent du FBI tapa à la fenêtre de Kaiser, qui baissa sa vitre.

— Le directeur adjoint m'envoie vous chercher. On a trouvé quelque chose dans le garage.
— Quoi ?
— Aucune idée. Ils ont tous l'air de flipper grave.
Kaiser coupa le contact et descendit.
— Reste là, Alex.
Elle asséna une gifle au tableau de bord tandis que Kaiser retournait en courant vers la maison. Alex compta jusqu'à cinq puis sortit à son tour et s'élança derrière lui.

51

Alex se tenait devant la porte de la chambre de Chris et s'essuyait les yeux avec le mouchoir en papier que lui avait donné une infirmière. Cela faisait cinq minutes qu'elle tentait de rassembler son courage pour annoncer à Chris que sa femme était morte, mais elle n'y arrivait pas. Comble d'ironie, elle avait fait irruption dans la vie de Chris Shepard parce qu'elle était convaincue que sa femme essayait de le tuer et elle ne se décidait pas à lui apprendre que ladite femme était maintenant allongée sur la table d'un médecin légiste probablement occupé à pratiquer une incision en Y sur sa poitrine…

Lorsque Alex s'était glissée dans le garage de Rusk derrière John Kaiser, elle ne se doutait absolument pas qu'elle y découvrirait un corps. Des agents biologiques mortels, peut-être, ou des sacs de pièces d'or. Tout sauf Thora Shepard. La femme qu'Alex avait toujours vue portant des vêtements chics avait été enveloppée dans une bâche maculée de peinture et repliée dans le coffre d'un 4 × 4. Au moins, c'est une Porsche, avait pensé Alex sur le coup. Mais l'état du cadavre avait aussitôt chassé de son esprit toute velléité d'humour noir. Les cheveux blonds soyeux étaient collés par le sang sur le crâne fracassé. La peau naguère parfaite avait la couleur blanchâtre d'un ventre de grenouille. Lorsque Kaiser avait remarqué la présence d'Alex, il avait soulevé les cheveux ensanglantés et lui avait demandé d'identifier le corps. Thora avait les yeux ouverts. Les magnifiques yeux bleus qu'Alex avait vus sur une photo chez Chris n'étaient plus que des billes ternes et troubles qui s'enfonçaient déjà dans leurs orbites.

— Je peux vous aider, madame ? s'enquit une infirmière passant dans le couloir.

— Non, merci.

Alex mit le mouchoir dans sa poche et entra dans la chambre.

Lorsqu'elle vit Chris frissonnant sur le lit, elle se dit que ce n'était pas le moment de lui parler de sa femme. A quoi bon ? Cela ne ferait que réduire ses chances de gagner son combat contre une maladie inconnue. Le Dr Clarke l'avait prévenue que Chris souffrirait peut-être. Sur la suggestion de Peter Connolly, il lui avait administré un autre médicament antiviral – expérimental, celui-là –, qui n'avait fait que provoquer une nouvelle fièvre.

— Alex ? chuchota-t-il. Venez plus près. Je ne suis pas contagieux, je crois.

Elle s'approcha du lit, prit ses mains dans les siennes et l'embrassa sur la joue.

— Je sais.

Il dégagea ses mains pour s'étreindre la poitrine pendant un accès particulièrement fort de tremblements.

— Désolé.

— Ne dites rien.

Il serra les dents.

— Ben est chez le Dr Cage ? demanda-t-elle pour le faire penser à autre chose.

— Oui. La femme de Tom est formidable, mais Ben a vraiment peur. J'aimerais être en meilleur état pour qu'il puisse venir ici.

— Et la chimiothérapie ? Vous n'avez pas commencé de chimio ?

— Non. Après la découverte du VCP et du labo privé de Tarver, je suis plus convaincu que jamais qu'il m'a inoculé un rétrovirus. Aucun virus ne provoque un cancer en quelques jours ; le meilleur traitement en ce moment, ce sont des antiviraux.

Chris changea péniblement de position et poursuivit :

— Je ne veux pas risquer une leucémie ou un lymphome en prenant du melphalan ou une autre substance tout aussi dangereuse.

Alex se força à répondre par une plaisanterie :

— Je crois plutôt que vous avez peur de perdre vos cheveux.

Il ferma les yeux mais l'ombre d'un sourire étira ses lèvres.

— On est amis, Chris ? murmura-t-elle.

Il rouvrit les yeux, l'interrogea du regard.

— Bien sûr qu'on est amis. Je vous dois la vie... Enfin, si je m'en tire.

— J'ai quelque chose à vous annoncer, au sujet de Thora.

— Seigneur, soupira-t-il avec lassitude. Qu'est-ce qu'elle a bien pu faire ?

De la frayeur apparut soudain dans ses yeux.

— Elle n'a pas emmené Ben ?
— Non, répondit Alex. Thora est morte, Chris.

La tête sur l'oreiller, il leva les yeux vers elle sans changer d'expression. Son regard était le même mais elle savait qu'à l'intérieur la faible maîtrise qu'il avait encore de la réalité se délitait. Après avoir scruté longuement le visage d'Alex, il comprit qu'elle avait dit la vérité.

— Comment ? souffla-t-il.
— Quelqu'un l'a tuée. On ne sait pas encore qui avec certitude. Probablement Rusk ou Tarver.
— Tuée comment ?
— Le crâne fracassé par un instrument contondant. Sans doute un marteau.

Elle vit du désespoir dans ses yeux puis il tourna son visage vers le mur.

— Je ne voulais pas vous l'annoncer, dit-elle. Mais l'idée que vous l'appreniez par quelqu'un d'autre était encore plus épouvantable.

Il secouait la tête, comme pour nier la mort de Thora.

— Où est-elle, maintenant ?
— On est en train de l'autopsier.

Elle entendit une brusque expiration : il savait trop bien ce que cela signifiait en termes médicaux.

— Ben n'est pas au courant, n'est-ce pas ? dit-il d'une voix brisée.
— Non, non.
— Il pourrait l'apprendre par la télé, ou quelque chose comme ça ?
— Non.
— Il faut que je le voie.

Alex s'en était déjà occupée.

— Il est en route.

Elle regarda sa montre.

— Il devrait arriver d'une minute à l'autre. J'ai téléphoné à Tom Cage dès que nous… dès que j'ai su. Il est allé prendre Ben à la sortie de l'école et il a promis de l'amener ici le plus vite possible.

— Merci d'y avoir pensé. Tom fréquente la mort chaque jour, il saura ce qu'il faut dire à Ben.

— Vous voulez bien vous tourner vers moi, Chris ?

Au bout d'une minute, il fit rouler sa tête sur l'oreiller et la regarda de ses yeux injectés de sang. Elle allait dire quelque chose quand il lui demanda :

— Aidez-moi à me lever.

— Vous ne devriez pas…

— S'il vous plaît.

Agrippé aux mains d'Alex, il parvint à se mettre en position assise. Il frissonnait et haletait toujours mais son regard ne recelait que de la détermination.

— Vous pouvez partir, maintenant.

— Je suis très bien ici, répondit-elle.

— Très bien ? répéta-t-il, plissant les yeux. Pourquoi n'êtes-vous pas en train de chercher Tarver ?

— Les autres ne m'y autorisent pas. Ils ont fait de moi une spectatrice.

— Et alors ? Vous n'attendiez jamais de permission, avant. Le seul moyen de sauver Jamie – ou moi – c'est de coincer Tarver. Il est le seul à pouvoir faire condamner votre beau-frère, à présent. Le seul à pouvoir révéler aux médecins ce qu'il m'a injecté. Sans cette information, peu importe que je récupère Ben. Je mourrai avant la fin de l'année.

Alex fut étonnée par la colère qu'elle percevait dans la voix et dans le regard de Chris. Elle élaborait en pensée une réponse rassurante quand son portable vibra dans sa poche. Kaiser. Elle pressa le bouton, approcha le téléphone de son oreille.

— Annonce-moi une bonne nouvelle, John.

— Promets-moi de me trouver la pièce du puzzle qui me manque encore et je te donne la meilleure nouvelle que tu aies jamais entendue de ta vie.

— De quoi tu parles ?

— La bonne nouvelle : je suis avec ton prétendu ami Neville Byrd. Il est revenu sur ses accusations et reconnaît maintenant qu'il a été engagé par Eldon Tarver.

Alex ferma les yeux de soulagement.

— Comment tu as fait ?

Elle mit l'amplificateur de son portable pour que Chris puisse aussi écouter.

— Quand M. Byrd a entendu les mots « loi sur l'espionnage », il est devenu très bavard, expliqua Kaiser. Mais Tarver n'a pas utilisé Byrd uniquement pour surveiller Rusk. L'avocat avait mis en place un mécanisme numérique qui causerait la perte de Tarver si celui-ci le liquidait. Une sorte d'assurance. Byrd avait pour tâche de découvrir quel était ce mécanisme.

— Il y est parvenu ? demanda Alex.

— Oui. Rusk avait recours à un site Internet, EX NIHILO, sur lequel il devait se brancher chaque jour et taper une série de mots de passe pour attester qu'il était encore en vie. Sinon, un dossier numérique révélant tous les crimes commis par les deux hommes serait transmis au FBI et à la police du Mississippi.

— Seigneur Dieu, dit Alex d'une petite voix. Dis-moi que tu l'as, ce dossier, John.

— Je l'ai sous les yeux. Mais je ne peux pas l'ouvrir.

— Pourquoi ?

— Il me manque le dernier mot de passe. Rusk n'est jamais allé sur ce dossier pendant qu'on le surveillait. Byrd a noté suffisamment de mots de passe pour permettre à Tarver d'aller sur le site et de se faire passer pour Rusk, pas assez pour ouvrir ou effacer le dossier des aveux. Byrd essaie de le pirater depuis hier soir, mais il n'y arrive pas.

Chris fixait des yeux le portable avec l'intensité d'un laser.

— Vous avez une idée de ce que pourrait être le dernier mot de passe ? lui demanda Alex.

— Ce que nous pensons, poursuivait Kaiser, c'est qu'après que Tarver lui a démoli le crâne à coups de putter, Rusk est resté conscient assez longtemps pour chercher à se venger. Ne pouvant pas se servir du téléphone, il a écrit quelque chose dans le sang avec son pied...

— « Nombre » et plus loin « 23 » ! s'exclama Alex.

— Exactement. Byrd et moi, nous avons passé en revue tous les nombres 23 possibles et imaginables. Les seules réponses que donnent les moteurs de recherche sont liées au cinéma, au basket avec Michael Jordan, aux nombres premiers, que sais-je encore, et ça ne nous avance à rien. Je viens d'appeler la NSA à Washington, ils m'ont mis sur la liste d'attente pour un super ordinateur Cray.

— Ça ne peut pas être aussi dur à résoudre. C'est quelque chose que Rusk a imaginé et qu'on peut retrouver... Quels étaient les autres mots de passe ?

— Il y avait notamment le nombre pi jusqu'à la neuvième décimale.

— Pi jusqu'à la neuvième décimale… murmura Alex.

— Des noms tirés de la littérature classique, continua Kaiser, la vitesse de la lumière…

D'un ton curieusement détaché, Chris répéta :

— Pi, la vitesse de la lumière…

— Qui a parlé ? dit Kaiser.

— Le Dr Shepard, répondit Alex.

Sentant la pression de la main de Chris sur son coude, elle tourna les yeux vers lui.

— « Nombre » et « 23 »… dit-il. Le nombre d'Avogadro…

— Qu'est-ce que c'est ?

— Une constante de concentration molaire. Tous les lycéens doivent l'apprendre en cours de chimie.

— De quoi vous discutiez ? s'enquit Kaiser.

— Chris a un mot de passe à te proposer, répondit Alex. Attends une seconde. C'est quoi ce nombre, exactement, Chris ?

— Six virgule zéro vingt-deux fois dix puissance vingt-trois.

— Vingt-trois ? répéta Alex. Ça colle avec « nombre » et « 23 » !

— Comment je tape ça ? voulut savoir Kaiser.

Chris regarda le plafond.

— Six, virgule, zéro, deux, deux, x, un, zéro, deux, trois.

— On a entendu, dit Kaiser. Byrd est en train de le taper.

Alex attendit, un rugissement dans les oreilles.

— Ça ne marche pas, annonça Kaiser, manifestement déçu.

Alex ferma les yeux.

— Recommencez sans les décimales, suggéra Chris.

— D'accord. Byrd essaie de...

Un cri de triomphe jaillit du portable.

— Ça y est ! On est dessus !

Alex serrait le téléphone si fort qu'elle en avait mal à la main.

— Qu'est-ce qu'il y a dans ce dossier, John ?

— Attends... Bon Dieu, ce sont bien des aveux. Des pages et des pages...

Elle prit la main de Chris dans la sienne.

— Tu vois le nom de Grace ? Dis-moi que tu vois le nom de Grace...

— Je cherche... Je vois celui de plusieurs des victimes dont tu m'as donné les noms...

Elle tremblait de tout son corps.

— Oui, je l'ai, dit soudain Kaiser. Grace Fennell.

Alex sentit des larmes couler sur ses joues. La boule qui bloquait sa gorge l'empêcha de parler jusqu'à ce qu'elle réussisse à déglutir.

— Fais une copie du dossier, John.

— Byrd y a déjà pensé. Il est en train de l'imprimer.

— Il y a quelque chose sur Thora Shepard ? demanda Chris. Ou sur moi ?

— C'est probablement la dernière entrée du dossier, fit observer Alex.

— Non. La dernière entrée est un nommé Barnett. Un magnat du pétrole. Rusk pense que Barnett ne tardera pas à venir le consulter pour un divorce.

— Continue à chercher.
— Je ne fais que ça... Oui, j'y suis... Christopher Shepard, médecin. Tout est là, Alex. Toutes les preuves.

Chris tenait son poing devant sa bouche, comme s'il craignait de craquer.

— Je n'ai jamais vu ça, reprit Kaiser, fasciné. Je suis tombé sur des « trophées » conservés par des tueurs en série... des horreurs... Mais là, il s'agit juste de... de business. De cupidité, pure et simple.

Alex vit des larmes dans les yeux de Chris.

— Ecoute ça, disait Kaiser. « En novembre 1998, j'ai été contacté par un ancien camarade de faculté, Michael Collins, un avocat du cabinet Gage, Taft et LeBlanc. Il voulait que je le conseille pour un client, un médecin nommé Eldon Tarver. La femme de Tarver était morte récemment d'un cancer, mais la famille soupçonnait un acte criminel. C'étaient des gens riches et Tarver pensait qu'ils s'étaient adressés à la police. Il avait engagé Collins parce qu'il craignait de se faire arrêter. J'étais étonné que Collins demande mon aide – je suis spécialisé dans le divorce – mais il m'a dit qu'il avait besoin de mon intuition en matière psychologique, pas de mes connaissances juridiques. Pendant mes deux entretiens avec le Dr Tarver, j'ai compris la nature du problème de Michael. Son client était coupable. Tarver ne l'avait pas reconnu, mais c'était évident. Jamais de ma vie je n'avais vu une telle arrogance, pas même chez mon père, ce qui n'est pas peu dire. Finalement, aucune charge n'a été retenue contre le Dr Tarver, essentiellement faute de preuves, malgré deux autopsies séparées, dont l'une pratiquée par un médecin légiste renommé. C'est d'ailleurs cette seconde autopsie qui a convaincu la police qu'il n'y avait pas eu meurtre. Mais je savais bien que c'était faux... » Je continue ?

Alex se tourna vers Chris, qui avait fermé les yeux.
— Vous voulez que j'enlève l'ampli ?
— Non.
— Continue, John.
— « Je n'ai plus eu de contacts avec Tarver pendant près de deux ans puis je l'ai de nouveau rencontré pendant un week-end au camp de chasse de Chickamauga. Lorsque je me suis retrouvé seul avec lui, il m'a posé des questions sur ma clientèle et j'ai eu l'impression qu'il me sondait. Curieusement certain de pouvoir lui faire confiance, j'ai pris des risques. Je lui ai confié qu'après des années de pratique du divorce j'en étais venu à penser que pour certains de mes clients fortunés une mort opportune du conjoint aurait été préférable à un divorce. Du tac au tac, il m'a répondu : "Vous voulez dire une mort prématurée, non ?" Ça a été le début de notre association. Sous l'effet de l'alcool, Tarver s'est targué de pouvoir tuer n'importe qui sans laisser de traces. C'était pour lui une sorte de défi professionnel à relever. Avant de quitter Chickamauga, nous avions élaboré les bases de notre plan. Je recevais chaque semaine des clients riches qui me suppliaient de leur épargner une pension alimentaire exorbitante et de leur obtenir beaucoup de temps avec leurs enfants. Je pouvais juger qui, parmi eux, nourrissait assez de haine pour envisager réellement l'élimination du conjoint. Tarver et moi aurions le moins de contacts possible. Après avoir reçu le feu vert d'un client, je devais prévenir Tarver en envoyant un faux spam à l'une de ses adresses informatiques. Le

lendemain, je devais garer ma voiture au country-club d'Annandale et faire dix-huit trous sur le terrain de golf. Il y aurait un paquet dans mon coffre à mon arrivée. Lorsque je repartirais, le paquet aurait disparu. Ce paquet contenait toutes les informations possibles sur la victime potentielle, fournies par le conjoint : dossier médical, emploi du temps journalier, double des clefs de voiture et de domicile, projets de vacances, codes des portes ou des systèmes d'alarme, mots de passe d'adresse électronique, tout. C'est le seul "contact" que j'aie eu avec Tarver ce jour-là, sans même véritablement le rencontrer. On ne pourrait pas en apporter la preuve car il n'était pas membre du club. Il avait un ami qui y jouait au golf presque tous les jours et, grâce à lui, Tarver y était admis comme invité. Il a ouvert le coffre avec une clef que je lui avais remise pendant le week-end de chasse à Chickamauga. Je n'ai parlé que deux fois au Dr Tarver en cinq ans, et deux fois par pur hasard. Mais au total et jusqu'à aujourd'hui, nous avons assassiné dix-neuf personnes, lui et moi »...

— Dix-neuf ! s'exclama Alex. Je savais qu'il y en avait d'autres, mais là...

— Attends, dit Kaiser dont le débit s'était soudain accéléré. Pendant que je lisais, Kelly m'a apporté un message. Un shérif adjoint du comté de Lamar vient de repérer la vedette d'Andrew Rusk. Sur une remorque, derrière un pick-up Dodge noir, sur la 49.

— Il a vu le chauffeur ?

— Un chauve avec une barbe grise et une tache de naissance sur la joue gauche.

Le pouls d'Alex s'accéléra.

— On le tient.

— Non, dit Kaiser. On sait seulement où il était il y a un quart d'heure.
— L'adjoint n'essaie pas de l'arrêter, j'espère ?
— Non. Le comté de Lamar est sur le chemin de la côte du Golfe, non ?
— Peut-être. C'est là que se trouve Hattiesburg. Tu sais à quel endroit exact renvoient les coordonnées GPS ?
— Oui, répondit Kaiser. Ce n'est pas sur la côte mais carrément dans le golfe du Mexique. Vingt-trois milles au sud de Petit Bois Island.
— Hors de portée des gardes-côtes, commenta Alex en regardant sa montre. Comment...
— Ne t'inquiète pas, tu y seras.
— Sérieux ?
— Toi et moi, baby.

Elle eut l'impression qu'on venait de couper une bande métallique qui lui comprimait la poitrine.

— J'ai un hélico en attente, poursuivit Kaiser, d'une voix entrecoupée comme s'il courait. File jusqu'à la piste du centre hospitalier. On embarque six gars des SWAT[1] de Jackson et on retrouve quelques-uns de mes hommes du bureau de La Nouvelle-Orléans...
— Ne me laisse pas en rade, John. Je me fous que le directeur menace de te virer si tu m'emmènes. Tu poses cet hélicoptère sur le toit de l'hôpi...
— Je serai là dans dix minutes, assura Kaiser.
— Fonce, dit-elle avant de raccrocher.

Chris l'observait, parfaitement immobile.

---

1. Le Special Weapons and Tactics est l'unité de police spécialisée dans les opérations paramilitaires dans les grandes villes des Etats-Unis.

— Il faut que j'aille là-bas, expliqua Alex. Je ne veux pas vous laisser seul mais…

— Pas de problème. Je…

On frappa trois coups légers à la porte et une voix qu'Alex ne connaissait pas demanda :

— Chris Shepard ?

— Oui, répondit Alex.

Elle se dirigea vers la porte, qui s'ouvrit avant qu'elle y parvienne. Un homme d'une quarantaine d'années se tenait sur le seuil, avec deux enfants devant lui, un garçon et une fille.

— Je suis Penn Cage, se présenta-t-il, la main tendue. Le fils de Tom Cage. Vous êtes Alexandra Morse ?

Elle acquiesça, lui serra la main.

— Mon père a une angine, j'ai pensé qu'Annie et moi pouvions emmener Ben voir son père. J'espère que ça ne pose pas de problème.

Ce fut seulement alors qu'Alex se rendit compte que le jeune garçon en uniforme d'écolier était Ben Shepard.

— Non, pas du tout. Je vous en remercie.

Elle s'écarta afin que Chris puisse voir ses visiteurs.

— Penn ? fit-il de son lit. Qu'est-ce…

Penn Cage s'avança et pressa doucement la main du malade en disant :

— J'ai pensé que Ben aimerait faire une petite balade avec Annie et moi.

Alex vit Chris s'essuyer les yeux en hâte avant que les enfants soient assez près pour voir ses larmes.

Annie Cage était une fillette de onze ans solidement bâtie, aux cheveux roux et au regard intelligent. Elle prit la main de Ben pour le conduire au chevet de son père et, à la surprise d'Alex, le garçon se laissa faire.

— Salut, mon gars, dit Chris d'une voix faible.

Ben avait le visage rouge, comme s'il se retenait de pleurer.

— Tu es malade, papa ?

— Un peu. Mais je serai remis dans deux ou trois jours. Ça va, toi ?

— C'est monsieur le maire qui m'a amené.

— Je vois ça. Bonjour, Annie.

— Bonjour, docteur Chris.

Penn Cage sourit, prit sa fille par l'épaule et l'attira vers lui.

— On va vous laisser seuls un moment.

Chris lui adressa un sourire reconnaissant.

— Vous avez besoin de quelque chose ? Un Coca ?

— Non, merci.

— Alors, à tout à l'heure.

Penn lança à Alex un regard appuyé et entraîna Annie hors de la chambre.

Chris pressa l'épaule de Ben, se tourna vers Alex.

— Allez coincer votre bonhomme. Et ne revenez pas avant de l'avoir arrêté. OK ?

Refoulant son émotion, elle hocha la tête, fit un signe de la main et sortit dans le couloir, où Penn Cage l'attendait. Annie était assise sur une banquette près du poste des infirmières.

— Comment va-t-il ? demanda le maire de Natchez.

— Il risque de mourir.

Penn gonfla ses joues, en chassa l'air.

— Je peux faire quelque chose pour vous aider ? Ce ne sont pas des paroles en l'air. J'ai été procureur à

Houston, j'ai gardé beaucoup de contacts dans les organismes fédéraux.

Alex se rappela soudain que Penn Cage était l'avocat qui avait démoli un ancien directeur du FBI en démontrant qu'il avait étouffé une affaire de meurtre dans le cadre de la lutte pour les droits civiques remontant aux années soixante.

— Si seulement vous m'aviez fait cette offre il y a une semaine, soupira-t-elle.

Le regard de Penn Cage prit un éclat d'une intensité étonnante quand il assura :

— Je ferai tout ce qui est en mon pouvoir pour aider le Dr Shepard.

Alex consulta sa montre en pensant à l'hélicoptère de Kaiser.

— Vous le connaissez bien ?

— Pas autant que je le voudrais. Mon père pense que c'est le type le plus formidable avec qui il ait travaillé. Cela veut dire quelque chose.

— Ça, aucun doute, approuva Alex.

— Je ne vous retiens pas plus longtemps. N'oubliez pas ce que je vous ai dit.

— Je m'en souviendrai.

Alex se retourna et s'élança vers l'ascenseur. Après avoir parcouru dix mètres dans le couloir, elle passa devant la porte de la chambre de sa mère. Margaret Morse ne le saurait jamais si sa fille n'en profitait pas pour revenir brièvement la voir et Alex continua à courir. Mais à mi-chemin de l'ascenseur elle s'arrêta dans une glissade, fit demi-tour et se précipita dans la chambre. Comme elle l'avait fait avec Chris, elle pressa la main de sa mère et posa sa tête près de son visage.

— Maman ? murmura-t-elle. C'est Alexandra. Tout ira bien pour Jamie. Tu peux partir, maintenant.

Elle pria pour obtenir un signe en réponse, un battement de paupières, le mouvement d'un doigt, mais il n'y eut rien. Après avoir embrassé la joue de sa mère, Alex ressortit de la chambre d'un pas rapide.

52

L'hélicoptère qui se posa sur le toit du centre hospitalier universitaire était un Bell 430 blanc aux lignes pures, capable de transporter huit passagers et un équipage à cent quarante nœuds pendant près de quatre heures. Alex avait souvent voyagé en hélicoptère quand elle était négociatrice, mais rarement dans un appareil aussi puissant. Presque pliée en deux, elle courut sous les rotors tournoyants dont le *weup-weup-weup* familier lui fit battre le cœur plus vite. Elle sauta à l'intérieur par la portière ouverte, jeta un coup d'œil aux six hommes des SWAT vêtus de noir se tenant derrière Kaiser, se harnacha à côté de lui.

— Prête ? lui cria-t-il.

Elle lui fit signe de son pouce dressé.

Il sourit quand le bruit des rotors s'intensifia et dit :

— Ces engins me rappellent toujours le Vietnam.

— C'est de bon ou de mauvais augure ?

— Excellente question, répondit-il en lui pressant l'épaule pour la rassurer. L'important, c'est de prendre Tarver vivant.

Alex hocha la tête.

— C'est là que tu interviens, poursuivit-il. J'ai convaincu le directeur de la nécessité de ta présence avec cet argument.
— Alors, je suis de nouveau négociatrice ?
— D'une certaine façon. Tu négocieras, sauf qu'il n'y aura pas d'otages. Du moins, espérons-le.
— Amen.
— Je vais devant une seconde. Je dois parler au pilote avant qu'on décolle.

Kaiser fit deux pas, se pencha près du casque du pilote. Alex regarda le ciel, gris au-dessus d'eux et chargé de nuages noirs au sud. Sentant une vibration contre sa cuisse, elle tira son portable de sa poche et baissa les yeux vers l'écran LCD. « 1 nouveau message », lut-elle. Lorsqu'elle appuya sur le bouton, elle découvrit qu'il était de Jamie. Enfin !

Mon dab fait nos valises ! Il dit qu'on part. Aujourd'hui ! L'ai entendu parler Mexique à 7 femme. Il peut m'emmener au Mexique ? Il a l'R d'avoir peur. G peur. Tu peux venir me chercher ?

Alex referma le portable contre sa jambe. Le timing de Bill était parfait, comme d'habitude. Elle aurait voulu pouvoir demander à Kaiser de donner l'ordre d'envoyer l'hélico au bassin de retenue Ross Barnett. Les aveux d'Andrew Rusk cloueraient Bill Fennell au mur, mais pour le moment il avait la garde légale de l'enfant.

Après avoir cru que cet hélicoptère l'amènerait au meurtrier de Grace, elle se rendait compte qu'Eldon Tarver n'était pas le vrai coupable. Il n'avait été que l'instrument. Le bras armé. Bill Fennell était le véritable assassin. Et, comme Tarver, il s'apprêtait à quitter le pays… en emmenant Jamie. Alex n'avait pas le choix. Elle ne pouvait cependant pas dire à Kaiser qu'elle devait descendre de l'appareil. Elle serait peut-être amenée à commettre elle-même un crime dans la demi-heure à venir – un kidnapping – et elle ne pouvait pas mêler Kaiser à ça.

Le portable à l'oreille, elle feignit d'avoir une conversation avec l'une des infirmières de sa mère.

— Quoi ? cria-t-elle. Je ne vous entends pas !

Kaiser se retourna et la regarda du cockpit.

— Quand ? dit Alex. Qu'est-ce que… Ses reins ? Maintenant ? Dans l'heure qui vient ? Mon Dieu… D'accord, j'arrive… Dans dix minutes environ.

Kaiser revint, s'accroupit à côté d'elle.

— Qu'est-ce qui se passe ?

— Les reins de ma mère ont lâché. Comme elle a signé un document demandant à ce qu'on ne cherche pas à la maintenir artificiellement en vie, elle peut mourir d'un instant à l'autre.

Kaiser regarda sa montre, baissa les yeux vers le plancher métallique, les reporta sur Alex.

— A toi de décider. On ne pourra pas t'attendre si tu retournes là-bas. Elle est consciente ?

— Par moments. Le plus souvent, non. Mais quand même… c'est ma mère, tu comprends ?

— Je comprends.

Il regarda de nouveau sa montre, calcula mentalement.

— Je préférerais que tu sois avec nous, dit-il. Ça va sûrement se terminer par une situation bloquée et tu aurais été là pour parler dans le mégaphone.

— Ne me complique pas les choses, d'accord ? dit Alex. Je te suis reconnaissante de m'avoir donné une chance d'être dans le coup, ajouta-t-elle en se forçant à sourire. Allez-y. Epingler Tarver, c'est ça le principal.
Elle défit son harnais, quitta l'hélicoptère. Accroupi près de la large porte coulissante, Kaiser la regardait avec compassion. Par-dessus le rugissement des pales, il cria :
— Désolé pour ta mère !
Elle lui adressa un geste de la main et courut vers le passage couvert longeant le bord de la piste.
Le 430 s'éleva dans le ciel qui s'assombrissait puis prit la direction du sud en décrivant un arc de cercle.
Alex ouvrit son portable et appela Will Kilmer.

L'hélicoptère du FBI était à cinquante kilomètres de Jackson quand le doute qui rongeait Kaiser devint insupportable. Avec son téléphone, il appela les Renseignements, obtint le numéro du centre hospitalier universitaire. Quand il eut le standard, il se présenta comme un agent du FBI, demanda à parler d'urgence à la surveillante du service oncologie. Pendant qu'il attendait, un de ses hommes s'approcha de lui et s'enquit :
— Qu'est-ce qui se passe, John ? Du nouveau ?
Il secoua la tête.
— Je n'arrive pas à croire à l'histoire de Morse sur sa mère...
— Pourquoi ?
— Cette fille ne laisserait jamais passer l'occasion de cravater le type qui a tué sa sœur. Elle a presque bousillé sa carrière pour cette affaire, elle ne manquerait le dernier acte pour rien au monde.

— Allô ? fit une voix féminine irritée. Qui êtes-vous ?

— Agent spécial John Kaiser, du FBI. Nous effectuons en ce moment une opération d'une extrême urgence à laquelle participe la fille d'une de vos malades, Margaret Morse. Cette fille est l'agent spécial Alex Morse.

— Je... nais.

— Vous pourriez parler plus fort ? Je suis dans un hélicoptère.

— Je la connais !

— Je vous entends cinq sur cinq, maintenant. Elle est à l'hôpital, en ce moment ? Alex Morse, je veux dire.

— Je ne l'ai pas revue depuis qu'elle est sortie en courant il y a vingt minutes.

— Et sa mère ? Son état s'est subitement aggravé ?

— Je ne crois pas qu'il puisse s'aggraver beaucoup.

— Ses reins ont lâché, non ? Quelqu'un a-t-il appelé Morse il y a quelques minutes pour la prévenir que sa mère était sur le point de mourir ?

— Je ne crois pas. Pas à ma connaissance. Attendez, je vérifie...

Kaiser regarda le pilote, montra le compteur kilométrique et fit signe de ralentir. Une minute plus tard, la surveillante revint en ligne :

— Non, personne n'a appelé d'ici. En fait, les reins de Mme Morse fonctionnent un peu mieux ce matin. Ils évacuent davantage d'urine.

Kaiser raccrocha, se pencha vers le pilote et décrivit un cercle avec son index.

— Demi-tour !

Alors que le 430 virait au-dessus de l'I-55, Kaiser appela le bureau de Jackson et demanda à parler à un technicien.

— Oui ? fit une voix plus jeune qu'il ne s'y attendait.

— Il me faut les coordonnées GPS d'un portable. Le plus vite possible. Appelle la compagnie de téléphone, dis-leur que c'est une question de vie ou de mort !

Kaiser communiqua le numéro du portable d'Alex et ajouta :

— Je crois que c'est un Cingular. Rappelle-moi dès que tu auras les coordonnées.

— Entendu.

Le pilote se tourna vers Kaiser et cria :

— On va où ?

Qu'est-ce qu'elle fabrique, Alex ? se demanda Kaiser. Elle ne croit pas que l'homme qui tire la vedette de Rusk vers la côte est vraiment Tarver ? Est-ce que quelqu'un l'a appelée pour lui apprendre ça ? Il ne le pensait pas. Chris Shepard ne pouvait pas le savoir. Est-ce que Will Kilmer était encore sur l'affaire ? Est-ce que l'ancien flic avait découvert quelque chose à la dernière minute ? Possible. D'un autre côté, la raison d'Alex pour les lâcher au dernier moment n'avait peut-être aucun rapport avec Tarver et comptait peut-être plus pour elle que l'enquête. Qu'est-ce qui pouvait être aussi important ?

— Tourne en rond ! ordonna-t-il au pilote. Reste là où on est.

Au moment même où il prononçait ces mots, il sentit que le stress l'empêchait de raisonner. Il avait constaté le phénomène très souvent : dans les situations critiques, les gens ne parvenaient plus à établir les relations logiques les plus simples. Personne n'était à l'abri : ni les combattants aguerris, ni les astronautes, ni...

Son portable sonna.

— Allô ? Allô ?

— J'ai les cordonnées. Le portable se trouve à 36 ° 25' nord et 90 ° 4'...

— Dis-moi simplement où c'est, petit ! Mets-moi un nom sur ces putains de chiffres !

— C'est déjà fait. L'appareil est dans Coachman Road, près du yacht-club de Jackson. Au bord du bassin de retenue.

— Le Ross Barnett ?

— Oui.

— Rose's Bluff Drive est dans le coin ?

— Oui. Juste à côté. La personne qui a le portable sur elle s'en approche en ce moment.

— Bon Dieu, c'est la maison du beau-frère.

— Pardon ?

Son neveu, pensa Kaiser avec colère. Une connerie d'histoire de garde ? C'était pour Jamie Fennell qu'Alex avait enquêté sur cette affaire avec une telle obstination. Mais... si c'était pour autre chose ? Si ce gosse était important aussi pour Tarver ? Si Bill Fennell aidait Tarver à s'enfuir ? Impossible, si Tarver roulait vers la côte. Et à supposer que ce ne soit pas lui ?

S'il y avait quelqu'un d'autre au volant du pick-up ?

53

Bill Fennell habitait sur la rive sud-ouest du bassin de retenue Ross Barnett, cent trente kilomètres carrés d'eau qui moutonnaient comme l'océan quand une tempête se préparait, ce qui était le cas ce jour-là. Malgré la proximité du yacht-club de Jackson, la plupart des maisons étaient plus anciennes que les constructions toutes identiques de la rive est. Fennell avait réglé le problème en achetant quatre terrains contigus au nord du yacht-club et en faisant abattre les maisons qui s'y trouvaient pour leur substituer sa vision d'un paradis de nouveau riche.

Alex et Will Kilmer s'en trouvaient à moins de cinq minutes, fonçant sur Coachman Road dans la Nissan Titan bleue par laquelle Will avait remplacé son Explorer, lequel se remettait lentement de l'explosion du labo des primates. Le 357 Magnum du détective était posé entre eux et un fusil de chasse occupait une partie de la banquette arrière. En plus du Sig emprunté à Will qui se trouvait dans la boîte à gants, Alex avait un Smith & Wesson 38 attaché à la cheville gauche.

— T'as eu d'autres textos ? lui demanda Will.

— Non. J'espère qu'ils ne sont pas encore partis. Ils passeraient par ici, non ?

— Pas forcément. Il y a une dizaine de façons de sortir de ce vieux quartier.

— Super.

Lorsque les eaux turbulentes du lac furent en vue, Will tourna vers le sud pour longer la bande de terre où se trouvaient le yacht-club et la maison de Fennell.

— Tu veux la jouer comment ? dit-il.

— On va leur demander Jamie poliment puis on le sortira de là. Bill sera arrêté pour meurtre avant la fin de la journée.

— Il peut être violent et imprévisible, ton beauf. Il a déjà failli aller au trou pour avoir dérouillé quelqu'un sur le bas-côté de la route. Cas aigu de rage automobile.

— Je l'ignorais. Bon, disons que nous sommes préparés à cette éventualité, répondit Alex en laissant sa main gauche tomber sur le 357.

Elle tendit le bras vers une haute grille en fer forgé distante d'une cinquantaine de mètres.

— Ralentis.

Will s'approcha de la grille, s'arrêta.

— Fermée par une chaîne, constata Alex.

Will descendit, monta sur le plateau de son pick-up, ouvrit une boîte à outils étincelante, y prit un coupe-boulons. Il cisailla facilement la chaîne, lança le coupe-boulons sur le plateau et remonta dans le pick-up.

Alex lui fit un grand sourire.

— C'est pratique, de t'avoir à ses côtés.

Il la regarda dans les yeux.

— Avant qu'on entre, laisse-moi te demander une chose. Y a des chances pour qu'on nous ait attirés dans un piège ?

Alex tenta de ne pas s'attarder sur cette possibilité et de se préparer plutôt à tout ce qui pouvait arriver. Mais la question de Will avait donné voix à la peur qu'elle éprouvait.

— C'est pour ça que tu es là, répondit-elle avec douceur. Si j'étais certaine qu'il n'y a que Bill, je n'aurais besoin de personne pour m'occuper de lui.

Kilmer soupira comme un septuagénaire en mal de sieste.

— J'avais compris.

— Je peux y aller sans toi, proposa-t-elle, sincèrement. Tu m'attendras ici.

Il inclina la tête sur le côté et la regarda longuement de ses yeux larmoyants de vieux chien de chasse.

— Ma petite poulette, ton père m'a tiré de tant de galères que j'arrive même pas à les compter. Je suis ici parce qu'il ne peut pas y être. Et je vais faire exactement ce qu'il aurait fait, j'en suis certain.

Il embraya et fit repartir le pick-up.

— Allez, on va le chercher, ce môme.

Après avoir franchi la grille, il descendit la longue allée courbe menant à l'arrière de la vaste résidence de Fennell, copie démesurée d'une maison de planteur de Louisiane, avec de hautes colonnes blanches et une véranda enserrant tout le bâtiment. Il ralentit lorsqu'ils furent à une centaine de mètres, se gara derrière un épais bosquet.

— On est assez loin, estima-t-il.

Comme il coupait le contact, la pluie qui menaçait depuis des heures s'abattit enfin sur la propriété. Les premières gouttes claquèrent sur le pick-up comme les coups d'une carabine à plombs, puis un rideau gris masqua presque le bâtiment. Par les brèches entre les arbres, Alex apercevait à peine la surface d'étain du lac. Elle ouvrit la boîte à gants et prit le Sig Sauer que Will lui avait donné deux jours plus tôt, descendit et marcha vers un chêne. Le détective tenait le fusil de chasse contre sa jambe gauche et serrait dans sa main droite la crosse de son pistolet. Quand il eut rejoint Alex, ils se tournèrent tous les deux pour inspecter la maison et ce qui l'entourait.

Le bâtiment avait été construit face au lac. Des bassins, des centaines d'arbres et d'arbustes parsemaient un parc paysagé de six hectares qui avait dû coûter à lui seul plus que les maisons voisines. A leur droite, des courts de tennis, à gauche une piscine à débordement, avec un toboggan en spirale pour Jamie.

Alex savait que devant la maison une jetée s'élançait au-dessus du lac. A son point de départ, un hangar à bateaux abritait une vedette deux fois plus grosse que celle d'Andrew Rusk. Un bow-rider Carrera, se souvenait-elle, avec des moteurs hors-bord jumeaux capables de le propulser à une vitesse de quatre-vingt-dix nœuds.

— On a fait ça souvent, ton père et moi, dit Kilmer. Des milliers de fois, si on compte les interventions pour querelles de ménage.

Agacée par la pluie qui se glissait sous son col, Alex remua le cou, tendit le bras vers une tache jaune dépassant d'un lointain garage.

— C'est le Hummer de Bill. Il en a deux. Des H1.

— Je sais. Je l'ai vu au volant de l'un ou de l'autre, quand il déposait Jamie pour qu'il vienne pêcher avec ton père et moi.

— J'avais oublié que tu les accompagnais, parfois.

Il hocha la tête, commença à marcher vers la maison.

— Jamie est un bon garçon. Il a jamais beaucoup aimé son père, pourtant. Un con et une grande gueule, le gars, si tu veux mon avis.

— Tu sais ce que je pense de lui, répondit Alex, qui le suivait de près.

Kilmer changea brusquement de ton :

— S'il essaie de nous empêcher d'emmener le gamin, tu retournes dehors et tu m'attends.

— Oncle Will...

Il se retourna sans cesser de marcher et posa sur elle un regard froid et déterminé.

— Pas de ces conneries de négociations. Tu sors et tu me laisses faire.

Elle ne l'avait jamais entendu parler comme ça. Kilmer avait travaillé à la Criminelle pendant plusieurs dizaines d'années, il savait qu'un procès pour meurtre est une affaire imprévisible, surtout quand l'accusé peut s'offrir des avocats de haute volée. Si Bill Fennell trouvait la mort au cours d'une bagarre, le problème de la garde de Jamie serait réglé. Raisonnement inhumain, pensa-t-elle. Ou plutôt profondément humain ? Dans un cas comme dans l'autre, l'argument de Will se tenait : ce qui comptait avant tout, maintenant, c'était Jamie.

Ils avançaient sous la pluie, telles des ombres. Kilmer pressa le pas, un peu haletant mais sans montrer le moindre signe de fatigue. Lorsque la maison ne fut plus qu'à vingt mètres, ils firent halte derrière de hauts arbustes à feuilles persistantes.

— On monte les marches de la véranda ? demanda Alex.

— Non. On fait le tour et on essaie de voir ce qui se passe à l'intérieur.

— Chacun de son côté ?

— Normalement, je dirais oui. Pas aujourd'hui. Quand on sera au coin droit, on ira sur la véranda pour regarder par les fenêtres.

Ils s'approchèrent. Kilmer traversa l'épaisse haie entourant la véranda, passa par-dessus la balustrade et attendit Alex.

A travers les vitres de la première fenêtre après le coin droit, ils ne virent qu'une pièce vide. Ils longèrent le mur jusqu'à la fenêtre suivante. Toujours personne.

— Les mains en l'air, ordonna une voix derrière eux. J'ai un fusil de chasse à canon scié braqué sur vos dos.

Alex eut l'impression de sombrer dans un gouffre d'un noir absolu.

— Restez face au mur, jetez vos armes par-dessus la balustrade.

— D'où il vient ? murmura Kilmer.

La haie, pensa-t-elle. Il nous attendait derrière la haie.

Le détective se tourna à demi et lança d'une voix dure :

— Ecoute-moi, Fennell. T'es déjà dans la merde. Pas la peine de…

— Ce n'est pas Bill, le détrompa Alex.

Kilmer regarda par-dessus son épaule, ferma les yeux et secoua la tête.

Alex ne pouvait s'empêcher d'admirer la stratégie de Tarver. Il lui avait envoyé le « message de Jamie », puis il s'était posté derrière la haie de la véranda. Simple mais brillant, puisque cela lui éviterait de se retrouver bloqué dans la maison si un commando du SWAT l'encerclait. Mais ce commando n'arriverait jamais. La question était de savoir ce que Tarver faisait chez Bill.

— Ne joue pas au héros, dit Tarver en se déplaçant vers la droite. L'esprit chevaleresque coûte cher et tu as passé l'âge. J'ai une photo de toi dans mon portable, papy. Tu dors à poings fermés après quelques bières.

Kilmer marmonna quelque chose d'inintelligible.

— Quant à vous, agent Morse, vous vous souvenez de l'effet que cela fait de recevoir une décharge de plombs, non ?

Des picotements parcoururent le côté droit du visage d'Alex. Elle sentit Kilmer se raidir, tel un chat s'apprêtant à bondir. Elle ferma les yeux, tenta de communiquer avec lui par la force de sa pensée. N'essaie pas... Tu ne peux pas être plus rapide qu'une balle, ni même qu'une volée de plombs...

— Vos armes ! répéta Tarver. Tout de suite.

— Où est Jamie ? demanda Alex en jetant le Sig derrière elle.

— Vous verrez.

Mon Dieu, faites qu'il soit vivant...

— Je t'aime, mon bébé, murmura Kilmer à côté d'elle.

« Mon bébé » ? C'était comme ça que Will appelait sa fille, avant qu'elle meure dans...

D'un même mouvement, Kilmer lança le fusil par-dessus son épaule et s'écarta d'Alex aussi rapidement qu'un homme de soixante-dix ans pouvait le faire. Tournant sur lui-même, il tira avec le 357 pour perturber Tarver et donner une chance à Alex. Elle avait presque la main sur la crosse du 38 fixé à sa cheville lorsque le grondement d'artillerie du fusil de chasse couvrit les détonations du pistolet de Kilmer. Elle se retrouva dans la banque, le jour où un pauvre type désespéré avait détruit en une poignée de secondes la moitié de son visage et l'homme qui l'aimait. Quand elle se redressa avec le 38, la gueule fumante du fusil de Tarver était à cinquante centimètres de sa tête.

— Ce serait dommage d'abîmer le reste, dit-il.

Ne bougeant que les yeux, elle regarda à sa droite.

Kilmer gisait sur le ventre dans une flaque sombre, un trou au milieu de la colonne vertébrale.

— Aaaaah, gémit Alex. Espèce de salaud.

— Il a choisi son sort, dit Tarver. C'était un homme courageux.

Il est mort comme mon papa, geignit en elle une voix de petite fille.

— Quoi ? demanda Tarver en lui prenant le 38.

Avait-elle parlé à voix haute ?

— Entrez dans la maison, lui enjoignit-il.

Quand elle voulut enjamber le corps de Kilmer, Tarver secoua la tête et indiqua le devant du bâtiment, côté lac. En marchant, Alex regarda la jetée, se demanda si le Carrera était dans le hangar à bateaux. Bill laissait souvent la clef sur la serrure. Si elle parvenait à faire sortir Jamie de la maison…

La partie avant de la véranda était protégée par un fin grillage métallique. Alex s'avança, s'arrêta devant la porte en cyprès donnant accès à la maison. Quel cauchemar l'attendait de l'autre côté ?

— Entrez, ordonna Tarver.

Elle tourna la poignée, ouvrit.

Bill Fennell était étendu au pied du grand escalier, les jambes repliées en une curieuse position, la bouche ouverte. Alex cherchait désespérément Jamie du regard quand le canon du fusil s'enfonça dans son dos pour la pousser en avant.

— Pourquoi vous l'avez tué ?

— Il n'est pas mort, répondit Tarver. Je l'ai simplement endormi.

Vrai ou faux ?

— Où est Jamie ?

Il indiqua un couloir conduisant à l'arrière de la maison.

— Par là. Allons-y.

Un engourdissement envahit la partie inférieure de la poitrine d'Alex, monta vers le haut avec une rapidité effrayante. Elle se retourna vers le médecin.

— Il va bien ?

Moue amusée dans la barbe grise.

— Pour l'instant, oui. Entrez dans la buanderie.

Se préparant à une horreur insoutenable, Alex ouvrit la porte à lattes.

Perché sur la machine à laver, Jamie fixait des yeux deux rubans noirs enroulés par terre. Il fallut un moment à Alex pour comprendre. Les serpents étaient épais et courts, avec une grosse tête triangulaire. Des mocassins d'eau...

— Tante Alex ! s'écria l'enfant. Tu es venue !

Elle se força à sourire.

— Bien sûr, mon gars.

Elle se tourna vers Tarver et murmura d'une voix sifflante :

— Espèce de sadique.

— Il va très bien, dit-il en ricanant. Vous voyez ça ?

Il tendit le bras vers deux caisses métalliques étanches. Des Pelican. Le genre de caisses dans lesquelles les ingénieurs transportent leurs instruments coûteux à travers le monde. La plus volumineuse était jaune vif, l'autre blanche.

— Portez-les devant. Allez, vite.

— Je reviens, promit-elle à son neveu.

Jamie hocha la tête avec une confiance absolue mais son regard retourna aussitôt aux serpents se tortillant par terre. Les caisses étaient presque trop lourdes pour qu'Alex parvienne à les soulever. Tandis qu'elle les emportait, Tarver prit un sac en jute blanc et défit la cordelette qui le fermait.

Il va peut-être y mettre ces foutus serpents...

Se rendant compte que Tarver ne l'avait pas suivie, Alex laissa tomber les caisses et se précipita vers le placard où Bill rangeait ses armes. Il contenait un véritable arsenal mais il était fermé à clef. Alex cherchait un moyen de forcer la serrure quand Tarver revint dans la pièce, tirant Jamie par un bras. Le garçon se mit à crier, d'une voix furieuse et aiguë d'enfant de dix ans :

— Ma tante Alex va vous exploser la tête, gros singe !

Tarver lui décocha une taloche qui l'expédia par terre. Jamie cessa de crier.

Où est le fusil, maintenant ? se demanda Alex.

Tarver s'approcha d'une bibliothèque, tendit la main vers l'étagère la plus haute et prit un automatique dans

lequel Alex reconnut un Beretta de la collection de Bill. Puis il tira de derrière son dos le Sig Sauer d'Alex.
— Pourquoi vous faites tout ça ? lui demanda-t-elle. Pourquoi vous ne vous êtes pas simplement enfui quand vous en aviez la possibilité ?

Il lui adressa un sourire tendu.
— Je commence aujourd'hui une nouvelle vie. Je disparais sous une autre identité. Je vous aurais volontiers laissé la possibilité d'accéder un jour au grand âge, mais je crains que vous ne déteniez un indice sur la voie qui mène à cette nouvelle vie. Vous l'ignorez peut-être, mais vous le détenez. Et si je vous épargne, vous finirez par vous le rappeler.

Alors, avec une extrême désinvolture, il se tourna à demi et tira une balle dans le crâne de Fennell avec le Sig d'Alex. La stupeur la fit sursauter, mais elle ne se soucia pas longtemps du sort de Bill : Jamie remuait par terre. S'il levait la tête, il découvrirait le cadavre de son père. Alex se jeta dans l'espace qui les séparait et couvrit Jamie de son corps.

— Scénario parfait, vous ne trouvez pas ? reprit Tarver. Vous ne supportez pas que votre neveu soit au pouvoir de votre beau-frère, vous accourez ici pour le sauver. Fennell résiste, vous l'abattez. Malheureusement, le garçon écope d'une balle perdue. Je crois que le FBI veillera à ce qu'on expédie l'enquête le plus rapidement possible.

— Je vous en supplie. Tuez-moi mais laissez-le vivre.
— Je ne peux courir le risque que cet enfant raconte à vos amis du Bureau que deux inconnus ont débarqué chez lui la veille.

Alex cligna des yeux.
— Deux ?

— Moi et mon frère Judah.
— C'est lui qui conduit le pick-up...
— Un peu de maquillage peut faire des merveilles. Adieu, Alexandra. Vous m'avez donné du fil à retordre.

Il fit passer le Beretta dans sa main droite, recula, décrivit un arc de cercle avec le canon de l'arme comme s'il cherchait la cible cadrant avec l'histoire qu'il avait concoctée. Alex éprouva une impulsion viscérale quasi irrésistible de prendre Jamie dans ses bras et de se mettre à courir. Elle n'irait pas loin, elle le savait, mais n'était-ce pas préférable de mourir en essayant quand même ? Le Beretta s'immobilisa lorsque Tarver le braqua sur l'enfant. Au moins Jamie serait resté inconscient jusqu'à la fin.

Passant ses bras sous le garçon, elle tenta de le soulever. Il n'y eut pas de détonation. Elle leva les yeux sur Tarver.

Il avait la tête penchée, comme s'il s'efforçait d'entendre quelque chose par-dessus le bruit de l'orage. Alex tendit l'oreille elle aussi, d'abord en vain puis... Un grondement de rotors se détacha du crépitement de la pluie et elle sut que le superbe Bell 430 de John Kaiser descendait sur la maison comme l'Air Cavalry sur un village assiégé pendant la guerre du Vietnam.

— Votre plan ne peut plus marcher, maintenant, docteur, énonça Alex avec l'équanimité d'un négociateur qui n'a aucun enjeu personnel dans une confrontation. Vous ne ferez plus gober votre histoire à personne, quoi que vous racontiez. Votre présence ici fiche tout en l'air.

Tarver s'approcha, posa le canon du pistolet contre le front d'Alex. Manifestement, il n'était pas convaincu. S'il l'abattait maintenant et s'il réussissait à s'enfuir à la faveur de l'orage, son histoire de tragédie familiale pourrait encore paraître crédible à la direction du FBI, pensa-t-elle. Mais le temps jouait contre lui, le temps et les hommes qui se déployaient au-dehors.

Le Beretta s'abattit sur le visage d'Alex, qui s'effondra sur Jamie. Aveuglée par la violence du coup, elle se demanda ce qui allait se passer. Des pas s'éloignèrent, revinrent. Tarver la mit brutalement debout. Quand elle recouvra sa vision, elle s'aperçut qu'il tenait dans sa main une corde et un rouleau de ruban adhésif. Son sac à dos était à ses pieds.

— Ce sont... les SWAT du FBI qu'on entend, bredouilla-t-elle. Vous n'avez aucune chance de vous en tirer.

Tarver coupa un morceau de la corde, attacha les jambes de Jamie, noua l'extrémité de la corde à un pied du canapé.

— Dites-moi qui dirige l'opération.

— Je suis la négociatrice. C'est à moi que vous devez vous adresser.

Il la frappa de nouveau, cette fois sur l'arête du nez. Un flot rouge coula sur les lèvres et le menton d'Alex. Crachant du sang, elle prit son portable dans sa poche et le lui tendit.

— Numéro préenregistré 4. John Kaiser.

Tarver lui entoura les poignets avec du ruban adhésif comme s'il faisait ça tous les jours. Puis il glissa le téléphone d'Alex dans une poche et prit le sien dans une autre. Il appuya sur une touche, attendit. Alex s'agenouilla et serra son neveu contre elle comme elle put. Le bruit des rotors avait faibli mais semblait provenir maintenant de l'arrière de la maison. Kaiser s'était-il posé entre les courts de tennis et la piscine à débordement ? Alex pria pour que les SWAT aient déjà pris position dans le parc.

— Edward ? dit Tarver dans le téléphone. Où êtes-vous, maintenant ?... Une dizaine de minutes. Restez en altitude jusqu'à ce que je vous donne la position finale... D'accord.

En altitude ? pensa-t-elle. Un avion vient le chercher ?

Tarver ouvrit le portable d'Alex, appuya sur une touche.

— Agent Kaiser ?... Bien, voici mes conditions. Je veux qu'on amène un Suburban du FBI avec les vitres teintes en noir à la porte de derrière de cette maison et qu'on l'y laisse. C'est le côté où se trouve votre hélicoptère. Je veux qu'un Cessna Citation m'attende à l'aéroport du comté de Madison avec un pilote, réservoir plein et moteur tournant. Un pilote du FBI, si ça vous chante. N'essayez pas de bloquer la piste quand nous décollerons. Ne demandez pas à échanger des hommes à vous contre mes otages. Si le Suburban n'est pas ici dans vingt minutes... Arrêtez de jacasser, agent Kaiser, vous n'avez rien à me dire... Non, je ne prononcerai pas de menaces. Ecoutez-moi attentivement, vous comprendrez pourquoi. Lorsque la porte de derrière s'ouvrira, le petit Fennell sera devant moi. Vous n'avez pas intérêt à tirer. Je vous le répète : le Suburban dans vingt minutes.

Tarver referma le téléphone et le glissa dans sa poche, alla prendre le fusil de chasse de Fennell derrière le canapé et tira dans le sol.

Jamie se recroquevilla contre la poitrine de sa tante.

Tarver prit le cadavre de Fennell par les chevilles et le traîna vers l'arrière de la maison. Alex rampa jusqu'au canapé, glissa dessous ses mains entravées et rassembla toutes ses forces pour le décoller du sol. Elle entendit la porte de derrière s'ouvrir, puis un grognement : Tarver soulevant le corps de Bill, exploit quasi impossible.

— Libère la corde ! dit-elle à Jamie. Vite !

Elle entendit un autre grognement, cette fois celui d'un lanceur de poids réalisant une performance extraordinaire, et la porte de derrière se referma en claquant. Jamie avait presque fait passer la corde sous le pied du canapé quand Tarver revint dans la pièce d'un pas résolu. Alex secoua la tête, Jamie se laissa retomber sur le sol.

— Vous comprenez pourquoi je ne profère pas de menaces ? dit Tarver dans le portable. La prochaine fois, ce sera l'enfant, Kaiser. Il vous reste dix-neuf minutes.

Alex vit qu'il avait pris un drap dans la buanderie, l'un des draps de Grace en coton égyptien. Il le déplia, tira une paire de ciseaux de sa poche revolver et découpa deux trous au centre du tissu de couleur crème.

— Qu'est-ce que vous faites ? demanda Jamie, toujours par terre. Un costume de fantôme pour Halloween ?

— Exactement, répondit Tarver en riant. Et il va faire peur à certaines personnes.

Il se pencha pour couper le lien attachant le garçon au pied du canapé, prit un autre morceau de corde, plus long, qu'il noua autour de leurs deux tailles en laissant à peu près un mètre de jeu.

— Ne faites pas ça, le supplia Alex. Laissez-le sortir. J'irai avec vous, je vous servirai de bouclier.

Elle aurait pu tout aussi bien parler à une statue.

— Prenez le sac à dos, lui dit Tarver en montrant le Kelty bleu posé par terre.

— C'est là-dedans qu'il y a les serpents, prévint Jamie.

— Il y a autre chose que des serpents, dit Tarver en coupant le ruban adhésif des poignets d'Alex.

Elle hésita, s'assura que le sac était bien fermé avant de l'enfiler sur ses épaules. Il était lourd mais, à son soulagement, elle ne sentit aucun mouvement à l'intérieur.

— Préparez-vous à porter les caisses, poursuivit Tarver, les yeux tournés vers la porte de devant.

Alex comprit soudain que les exigences du médecin n'étaient qu'un leurre pour Kaiser et ses hommes. En ce moment, ils prenaient sans doute position pour couvrir sous un feu croisé l'espace de quelques mètres entre la porte de derrière et l'endroit où le Suburban du FBI se garerait dans un quart d'heure. Ils répétaient une scène qui ne serait jamais jouée, et ils le faisaient du mauvais côté de la maison.

Tarver souleva Jamie aussi facilement qu'un sac de provisions, passa le drap par-dessus leurs deux corps. Alex n'aurait pu dire où s'arrêtait celui de Tarver, où commençait celui de son neveu.

— On va au hangar à bateaux, annonça-t-il. Si vous laissez tomber les caisses, je tire dans la tête du gosse. Dis-lui où est le pistolet, Jamie.

Alex perçut un mouvement brusque sous le drap.

— Contre mon menton, répondit la petite voix de l'enfant.

— Vous marcherez devant nous. Si vous sautez de la jetée, je le tue. Je sais qu'il y a très peu de chances pour que vous l'abandonniez, mais les gens font des choses totalement inattendues sous l'effet du stress. Rappelez-vous votre vieil ami, sur la véranda.

Alex ne l'oublierait jamais. Elle souleva les lourdes caisses.

Au moment où Tarver tendait le bras vers la poignée de la porte, le portable d'Alex sonna sous le drap. Elle vit le tissu remuer, puis entendit la voix de Tarver :

— Je présume que vous m'appelez pour me dire que vous m'accordez tout ce que j'ai demandé, alors inutile de parler. Je regarde ma montre. Au revoir.

Il ouvrit la porte, fit signe à Alex de passer la première.

— Droit vers le hangar. Si vous ralentissez, Jamie est mort.

Alex commença à traverser la pelouse sous la pluie battante. Elle tenta de repérer des hommes des SWAT parmi les buissons et les arbres, n'en vit aucun. Elle voulut regarder derrière elle, mais Tarver lui cria :

— Plus vite !

Elle courait presque, maintenant. Kaiser devait commencer à s'affoler : Eldon Tarver avait retourné la situation. Comme il était trop tôt pour qu'il ait reçu des renforts, l'agent ne disposait que des hommes qu'il avait amenés avec l'hélicoptère. Il en avait probablement posté un ou deux sur le devant de la maison, pas davantage. Ils devaient être en train de lui décrire l'étrange cortège : une femme portant des caisses métalliques et suivie d'un fantôme.

Lorsqu'elle atteignit la jetée, ses pas résonnèrent sur les planches malgré le crépitement incessant de l'averse. A moins d'une erreur commise par un sniper nerveux, ils arriveraient tous trois vivants au hangar. Tarver avait déjà prouvé qu'il tuait sans la moindre hésitation, et même si Kaiser pensait qu'un de ses hommes était en position de tirer, il n'en donnerait pas l'ordre. De son point de vue, Tarver ne pouvait pas lui échapper. Cent trente kilomètres carrés d'eau, cela pouvait paraître beaucoup pour un homme disposant d'une vedette, mais face à une équipe des SWAT et un Bell 430, c'était moins que rien.

— Remuez vos fesses ! beugla Tarver derrière Alex.

Elle entendit son téléphone sonner faiblement et, cette fois, Tarver ne répondit pas. Une des phrases qu'il avait prononcées plus tôt repassait en boucle dans la tête d'Alex : « Restez en altitude jusqu'à ce que je vous donne la position finale. » Qui viendrait au secours du médecin par la voie des airs ? Un service de renseignements étranger ? Ce serait un acte de guerre.

— Ouvrez !

Arrivée au hangar, elle franchit la porte, pénétra dans une obscurité fétide. Le Carrera, d'un blanc étincelant, était déjà sur l'eau, ballotté par les vagues qui se brisaient sur les murs couverts de moisissures.

— Les caisses à l'arrière ! Allez !

Alex posa la plus grosse des Pelican, monta avec précaution sur le bateau qui tanguait. Elle poussa la caisse blanche vers les moteurs jumeaux.

— L'autre, maintenant !

Elle prit la caisse jaune restée sur la jetée. En la plaçant à côté de la blanche, elle se fit la réflexion que Rusk et Tarver avaient soigneusement préparé leur fuite. Ils avaient acheté ces caisses étanches en prévision de ce genre d'éventualité. Malgré leur poids, les Pelican flotteraient si elles tombaient à l'eau, et grâce à leurs couleurs claires on les repérerait facilement d'en haut.

— A l'avant, maintenant, ordonna Tarver, toujours sous le drap avec Jamie.

Alex se débarrassa du sac à dos, alla vers les banquettes rembourrées où l'on pouvait s'asseoir pour boire une bière ou prendre un bain de soleil en regardant les autres faire du ski nautique. Une main puissante jaillit de dessous le drap et lui saisit les poignets.

— Gardez les mains jointes !

Deux secondes plus tard, Tarver colla dessus un long morceau de ruban adhésif puis entoura les poignets d'Alex avec.

Son portable sonna de nouveau. Ce coup-ci, il répondit :

— Changement de plan, Kaiser. Je pars en croisière. Si votre hélico s'approche à moins de trois cents mètres de mon bateau, je tire une balle dans la tête du garçon.

Sans ôter le drap qui le recouvrait, il se mit à la barre et lança les moteurs, dont la puissance fit trembler tout le bateau. La vedette sortit du hangar, s'avança sous la pluie.

Les vagues cognant l'avant la soulevèrent. Lorsqu'elle prit de la vitesse, cependant, elle se mit à glisser de crête en crête. Kaiser pensait probablement que Tarver commettait une erreur fatale, Alex, elle, savait qu'il n'en était rien. Un hélicoptère attendait quelque part pour conduire le médecin vers la liberté. Elle aurait voulu avertir Kaiser d'un signe – il y avait forcément un sniper des SWAT qui les observait avec la lunette de son arme –, mais Tarver la fixait par les trous de son ridicule costume de fantôme. Elle vit le Bell 430 apparaître au-dessus de la maison, s'élever, virer vers le lac et prendre le sillage du bateau, six cents mètres en arrière.

Lorsque Tarver se retourna pour regarder ses poursuivants, Alex le désigna puis fit tourner un doigt en un large arc de cercle pour imiter le mouvement d'un rotor. Elle priait pour qu'un des SWAT soit en train de l'observer, mais comprendrait-il son geste ? Il penserait sans doute qu'elle demandait à être secourue par l'hélicoptère du FBI.

Tarver dirigeait le bateau vers une île située à quelques centaines de mètres de la rive. Longue d'une quarantaine de mètres, elle était couverte d'arbres et Alex se souvint d'y avoir pêché avec Jamie et son père. Un hélicoptère pouvait-il s'y cacher ?

Tarver poussa les moteurs à fond et la vedette se retrouva plus souvent suspendue en l'air que sur l'eau. Lorsque l'île fut droit devant, il vira à tribord, s'arrêta sous des arbres dont les branches s'avançaient au-dessus du lac. Il se débarrassa du drap, braqua son pistolet sur Alex.

— Sur le pont ! Vite.

Elle obéit. Bientôt elle entendit le *weup-weup-weup* de l'hélicoptère du FBI par-dessus les moteurs au ralenti du Carrera. Kaiser se rapprochait. Il devait être face à un dilemme : rester à distance pour ne pas mettre la vie d'Alex et de Jamie en danger, ou

approcher pour ne pas laisser Tarver les exécuter tranquillement. Le bruit des rotors se fit plus fort. Alex ne pouvait rien voir à travers le feuillage mais elle savait que Kaiser se rapprochait encore. Son portable sonna.
— Couchez-vous ! cria Tarver.
Alex s'aplatit entre les banquettes. L'instant d'après, deux détonations résonnèrent à ses oreilles. Terrifiée pour Jamie, elle leva la tête et vit Tarver tirer un troisième coup dans l'eau clapotant près du bateau.
Qu'est-ce qu'il fait ?
Il s'accroupit, ouvrit un compartiment long et étroit dans le pont du Carrera. On y rangeait normalement des skis mais il en sortit une carabine de gros calibre. Aux arabesques gravées sur la crosse, Alex reconnut une autre arme de la collection de son beau-frère à présent mort.
La suite se déroula avec l'inéluctabilité effroyable des cauchemars. L'hélicoptère du FBI apparut à une centaine de mètres de la vedette. Tarver sourit, se dressa d'un bond, tel un chasseur jaillissant d'un affût à canards, et tira cinq coups en succession rapide.
Une fumée noire monta des rotors du Bell avant même que la dernière balle atteigne sa cible. L'appareil partit dans une série d'embardées. Alex entendit une explosion puis l'hélicoptère commença à tomber. Ses rotors tournaient encore et le pilote s'en servit pour freiner la chute et toucher la surface du lac sans briser l'échine des hommes assis derrière lui.
— Il tombe trop vite, murmura Alex en imaginant Kaiser se préparant au choc dans l'appareil condamné. Oh, mon Dieu…
L'hélicoptère percuta les vagues, projetant dans l'air une haute gerbe d'eau. Par chance, il n'y eut pas

d'autres explosions. Alex se leva pour chercher du regard des survivants mais fut projetée sur le pont quand le bateau surgit de dessous les arbres. Son portable à la main, Tarver hurlait par-dessus le rugissement des moteurs :

— Il y a une île à l'est du point de rendez-vous ! Petite, allongée. Vous verrez un hélico abattu d'un côté. Je serai de l'autre côté. Restez loin de l'hélicoptère !

Tarver longea l'île et ils se retrouvèrent bientôt de l'autre côté. Elle les protégeait à présent du vent, mais la pluie cinglait toujours le visage d'Alex, qui scrutait le ciel sombre. Accroupi sur le pont, Jamie avait les mains plaquées sur les oreilles, comme s'il craignait que le fou auquel il était attaché se remette à tirer. Alex chercha quelque chose avec quoi couper la corde qui les reliait. Jamie était un excellent nageur, elle n'hésiterait pas à le jeter par-dessus bord si elle le pouvait, mais elle ne repéra aucun couteau.

Entendant de nouveau un bruit de rotors, elle se figea. Etait-ce le complice de Tarver ? Ou Kaiser avait-il demandé des renforts aériens ? La police de la route et la DEA avaient sans doute des hélicoptères basés à Jackson, sans parler des services des shérifs des comtés environnants.

Un hélicoptère descendait bien vers l'île mais, malgré ses efforts, elle ne parvenait pas à le voir. Le bruit se rapprocha et soudain des projecteurs s'allumèrent à cinquante mètres au-dessus du bateau. Pas étonnant qu'elle n'ait pas réussi à repérer l'appareil ! Il était gris foncé, presque impossible à distinguer du ciel. En regardant l'hélicoptère descendre encore, Alex perdit tout espoir. Tarver parlait dans son portable pour guider le pilote.

Le souffle des rotors la plaqua sur le pont. Tandis que Tarver braillait dans le téléphone, Alex comprit soudain pourquoi il n'avait pas coupé la corde le reliant à Jamie. Avec le FBI si proche, s'échapper ne suffisait pas. Tarver avait besoin d'une assurance pour garantir sa survie.

Cette assurance, c'était Jamie.

54

L'hélicoptère gris était suspendu près de la vedette, si bas que les vagues léchaient ses patins. Une portière coulissa, ouvrant un espace assez grand pour permettre à une escouade de marines de descendre en rappel. Au signal de Tarver, ce fut un Noir qui sauta de l'hélicoptère dans le bateau.

— Charge ces caisses ! cria Tarver en indiquant les Pelican.

Tandis que l'homme gagnait l'arrière, Tarver coupa la corde l'attachant à Jamie, en enroula l'extrémité autour de sa main comme une laisse. Alex se leva, guettant une possibilité de faire quelque chose, n'importe quoi. Tarver glissa son pistolet sous sa ceinture, au creux de ses reins, lança la carabine dans l'hélicoptère. Le Noir souleva Jamie comme un gros chien, posa le pied droit sur le bastingage et s'apprêta à le lancer à son tour dans l'appareil qui oscillait.

— Tante Alex ! hurla le garçon, blême de terreur. Les laisse pas m'emmener !

Alex se jeta en avant pour saisir le pistolet de Tarver. Ses doigts se refermèrent sur la crosse...

Elle se retrouva allongée sur le pont, le côté gauche du visage endolori. La forme floue d'un Noir armé d'un revolver se pencha vers elle. Certain qu'elle avait son compte, l'homme alla de nouveau à l'arrière et revint. Lorsqu'il enjamba Alex, le sac Kelty à la main, elle se redressa sur un coude, s'agenouilla. Regardant par-dessus le bastingage, elle vit Tarver qui souriait de la porte de l'hélicoptère tandis que le Noir chargeait les caisses.

Jamie était invisible.

Lorsque Tarver se tourna pour aider le Noir, Alex découvrit le pilote de l'hélicoptère et en eut la respiration coupée. C'était l'homme aux cheveux gris qu'elle avait croisé à la clinique gratuite la veille. En cet instant où tout semblait suspendu, elle se rendit compte que c'était aussi l'officier qui se tenait devant le bâtiment du VCP sur la photo dans le bureau de Tarver. Elle vit alors Jamie, assis sur un siège derrière le pilote, ses traits enfantins figés en un masque de peur. Il avait le même regard terrifié que Grace, agonisant avec la terrible certitude qu'elle laissait son fils dans les mains d'un monstre.

Alex jeta des regards désespérés autour d'elle, mais Tarver n'avait rien laissé qui pût lui servir : pas de pistolet lance-fusées, pas de hache. Il avait même emporté la clef de la vedette. Lorsque l'hélicoptère monterait dans le ciel, elle resterait seule sous l'orage, Jamie serait perdu à jamais. Des profondeurs de son être jaillit un cri d'échec et de désolation.

Comme à ce signal, l'appareil piqua du nez et commença à s'élever. Cinq mètres, dix mètres, vingt mètres. La portière était restée ouverte et Alex vit bientôt pourquoi. Tarver, agenouillé, braquait la carabine sur elle. Une partie lointaine du cerveau d'Alex lui cria « Baisse-toi ! » et cependant son corps demeura immobile. Si elle était incapable de tenir la promesse qu'elle avait faite à Grace, que lui importait son propre sort ? Elle regarderait Jamie jusqu'au dernier moment, quoi qu'il pût lui en coûter. Si Grace lui demandait des comptes dans l'autre monde, elle pourrait au moins dire qu'elle avait fait ça.

Attendant l'éclair qui sortirait du canon, elle vit une tache blanche descendre devant le visage de Tarver. Le drap ? Non, il était sur le pont, derrière elle. Alex découvrit alors la figure de Jamie à côté de la tache blanche en mouvement. Il avait jeté ses petits bras autour du cou de Tarver. Le Noir apparut, saisit Jamie par-derrière, mais l'une des petites mains tenait fermement quelque chose.

La cordelette. Le sac en jute !

Tarver se mit à battre des bras, la carabine tomba par la portière. Il avait l'air d'un épouvantail agité par un marionnettiste fou. Il bascula en arrière, s'effondra sur le pilote. L'hélicoptère cessa de monter, tangua fortement. A vingt-cinq mètres au-dessus de l'eau, il fit un tour complet sur lui-même. Lorsque la portière réapparut à la vue d'Alex, la caisse Pelican jaune fut projetée dehors, suivie par le Noir. L'homme fit deux sauts périlleux dans l'air, heurta la surface agitée du lac.

Au second tour de l'hélicoptère, Alex vit de nouveau Tarver dans l'encadrement de la portière. Il tenait le sac blanc à deux mains et il tirait dessus pour le détacher de son cou. Un épais ruban noir était accroché à l'une de ses joues. Alex frissonna en pensant que c'était l'un des mocassins d'eau, qui avait enfoncé ses crocs de cinq centimètres dans la chair du médecin. Tarver arracha le serpent de son visage, le jeta dans le vide. Le reptile noir parut demeurer un instant suspendu, se tordant dans l'air, puis disparut dans l'eau.

Au moment où Tarver se retournait vers la cabine, l'hélicoptère descendit brusquement de cinq mètres et Jamie fut projeté à l'extérieur comme un boulet de canon. Alex poussa un cri d'horreur, mais se rendit compte aussitôt que c'était un saut contrôlé. Son neveu ne tournoyait pas comme l'homme qui l'avait précédé. Il tombait droit, les pieds en avant, tel un écolier frimant devant ses copains à la baignade. Il toucha l'eau à soixante-dix mètres du bateau et Alex le perdit de vue dans les vagues.

Elle se rua vers le tableau de bord, se souvint que Tarver avait emporté la clef. Elle abattit ses deux mains liées sur le bastingage, courut à l'arrière. L'espoir l'envahit. Côté bâbord, le Carrera avait un moteur de secours. Une équerre permettait de sortir ce moteur électrique de l'eau quand on ne l'utilisait pas. Deux câbles le reliaient à une batterie installée sur le pont, à l'arrière. Alex se tourna de nouveau vers l'endroit où Jamie était tombé. L'hélicoptère continuait à descendre. L'espace d'un instant, Alex s'inquiéta pour son neveu, puis elle comprit que c'était la caisse que Tarver et son complice cherchaient.

Elle promena les doigts sur le haut du moteur électrique jusqu'à ce qu'elle ait trouvé le bouton de démarrage. Elle souleva ensuite l'équerre pour faire sortir l'hélice de l'eau, juste au-dessus du bastingage. Lorsqu'elle appuya sur le bouton, l'hélice se mit aussitôt à tourner. Alex tint ses poignets entravés au-dessus du cercle noir flou, baissa lentement les bras en étirant le plus possible le ruban adhésif. Son instinct se rebella quand elle approcha le ruban du bord de l'hélice. Un bruit de débroussailleuse lui vrilla les tympans, une brume rouge emplit l'air. Alex tomba sur le pont. La force de l'hélice avait projeté ses mains contre son visage, la déséquilibrant. Mais lorsqu'elle baissa les yeux sur ses poignets sanglants, elle vit qu'il ne restait qu'une mince partie du ruban intacte. Elle libéra ses mains, se releva, abaissa l'hélice tournoyante dans l'eau.

Le bateau s'ébranla lentement. Alex se glissa à la barre, dirigea l'avant vers l'endroit où elle estimait que Jamie avait touché l'eau. Sa main droite était en sang. L'hélice avait profondément entaillé le poignet, cisaillant des veines et dénudant une bande blanche d'os carpien. Alex se força à regarder ailleurs. Elle pouvait bien se vider de son sang, du moment qu'elle gardait assez de forces pour tirer Jamie de l'eau quand elle l'aurait retrouvé.

Devant, sur sa droite, l'hélicoptère gris s'était stabilisé à un mètre environ de la surface de l'eau. A califourchon sur le patin gauche, Tarver essayait d'arracher la caisse jaune aux vagues. Alex était arrivée à l'endroit où elle pensait que Jamie était tombé mais l'enfant était invisible. A vingt mètres d'elle, Tarver réussit à hisser la Pelican à hauteur de la portière. Au même moment, une grosse vague déferla dans la cabine. Presque aussitôt, l'appareil toucha le lac, une autre vague s'engouffra à l'intérieur. Pris de panique, le pilote inclina ses rotors à droite pour évacuer l'eau et porter l'hélicoptère à deux mètres au-dessus de la surface. La manœuvre précipita Tarver dans le lac.

Le pilote monta de trois mètres de plus et demeura suspendu à cette hauteur, comme s'il hésitait. Il avait le sac de Tarver et ses caisses. Avait-il encore vraiment besoin de lui ?

Apparemment, oui.

Tandis qu'Alex tournait lentement en rond à la recherche de son neveu, l'hélicoptère redescendit assez bas pour que Tarver puisse grimper sur le patin et réintégrer la cabine. Cette fois, le nez s'inclina vers l'avant et l'appareil remonta. A quinze mètres. Trente. Plus haut encore. Alex cherchait toujours Jamie quand des claquements secs résonnèrent au-dessus de l'eau. Deux détonations... cinq. Derrière elle, la rive renvoya l'écho d'une explosion. L'hélicoptère de Tarver était monté assez haut pour que les snipers de Kaiser l'aient dans leur ligne de mire ! Alex vit l'appareil dégringoler vers le lac, ses rotors crachant une fumée noire.

Craignant qu'il ne lui tombe dessus, Alex s'éloigna de la trajectoire prévisible. L'hélicoptère frappa les vagues avec un étrange bruit sourd, à moins de vingt-cinq mètres de la vedette.

La jeune femme décrivait des cercles de plus en plus larges en tâchant de maîtriser sa peur. Que découvrirait-elle d'abord de son neveu ? Une touffe de cheveux roux ? Une chaussure de tennis argentée ?

— Jamie ! cria-t-elle, stupéfaite de ne pas l'avoir fait avant.

Je suis peut-être en état de choc, se dit-elle en baissant les yeux vers la flaque de sang qui s'élargissait autour de ses pieds.

— Jamie ! Jamie ! C'est tante Alex !
Pas de réponse.

Le moteur de secours était d'une lenteur exaspérante. A sa droite, l'hélicoptère s'était déjà enfoncé jusqu'au capot du moteur.

— Jamie !

— Par ici ! appela une voix faible.

Ce n'était pas Jamie. C'était Tarver, ou le pilote. Elle aperçut alors la tête chauve du médecin émergeant de l'eau. Il disparut derrière une vague, cria de nouveau :

— J'ai Jamie ! Il est là ! Aidez-nous !

Elle savait que c'était probablement une feinte, que Tarver avait peut-être encore une arme, mais elle devait s'assurer qu'il n'avait pas trouvé Jamie. Baissant la tête sous le bastingage, elle tourna lentement le volant taché de sang pour faire décrire au Carrera un autre cercle qui l'amènerait plus près de Tarver. Quelques secondes plus tard, son pouls s'accéléra : Jamie flottait sur le dos entre les vagues et Tarver nageait dans sa direction. Il parviendrait au jeune garçon bien avant Alex.

Alors, au lieu de se diriger vers eux, elle continua à décrire son cercle, qui l'amena hors du champ de vision de Tarver. Avec une force qu'elle ne pouvait ignorer, son instinct lui disait que le médecin venait d'entrer sur son territoire à elle. Depuis six semaines, elle était à la traîne, remontant des pistes froides qui ne menaient à rien. Même après avoir eu le médecin dans son viseur, elle avait toujours gardé quelques longueurs de retard. Cette fois, ce serait différent.

Ce serait une négociation.

Tandis que le Carrera tournait, elle courut à l'arrière, chercha le tuyau d'alimentation en carburant. Là. Un conduit transparent, à peine plus gros que son petit doigt. L'aorte d'un être humain n'était guère plus large, et c'était bien là l'artère vitale du bateau. Elle l'arracha, répandant de l'essence sur le pont. Elle retourna à l'avant, dirigea la vedette vers Tarver, qui tenait maintenant Jamie contre sa poitrine, à la manière des sauveteurs. L'enfant semblait inconscient. Lorsque Alex ne fut plus qu'à dix mètres d'eux, elle alla à l'arrière arrêter le moteur de secours.

— Dépêchez-vous ! cria Tarver. Nous n'avons pas beaucoup de temps !

Comme Alex regagnait l'avant, un souvenir lui traversa l'esprit. Elle revit Bill Fennell, un 4 juillet, soulevant le coussin d'un siège pour prendre des outils. Elle s'arrêta, passa les doigts sous ce siège, tira. Le coussin se détacha. Dans le compartiment qui se trouvait dessous, elle vit un tournevis, un rouleau de ruban isolant, un jeu de clefs hexagonales et du fil de cuivre. Pas de couteau. Pas de lance-fusées. Merde.

— Qu'est-ce que vous faites ? fit Tarver. Je veux conclure un marché...

— Je suis blessée ! Je saigne beaucoup... Attendez.

Elle ôta son tee-shirt trempé et le noua autour de son poignet entaillé. Puis elle prit le tournevis et le glissa sous le pansement de fortune.

— Je veux le bateau ! dit Tarver.

Alex leva les yeux. Le Carrera s'était rapproché du médecin.

— Je veux Jamie !

En quelques battements de pieds, Tarver se rapprocha encore en maintenant le haut du corps de Jamie hors de l'eau.

— Alors, je pense que nous tenons un accord.

Alex secoua la tête.

— Vous avez un pistolet, je le sais.

— Je l'ai perdu quand l'hélicoptère est tombé.
— Pas de pistolet, pas de bateau.

La main droite de Tarver cessa de faire son mouvement, s'enfonça dans l'eau, réapparut avec un automatique.

— Jetez-le ! cria Alex.

La rage aux yeux, il lança le pistolet dans les vagues.

— Sautez du bateau ! brailla-t-il. J'ai la clef. Quand vous aurez sauté, je monterai à bord...

— Non ! Eloignez-vous d'abord de Jamie.

— Il coulera.

Elle se retourna, saisit une bouée de sauvetage – une des rares choses que Tarver avait laissées dans la vedette –, la lui lança.

— Mettez-lui ça sous les bras et éloignez-vous.

N'ayant pas le choix, Tarver entreprit de faire passer le corps du garçon dans la bouée. Pendant qu'il s'escrimait, Alex se rendit compte que la marque violacée sur le côté gauche du visage de Tarver n'était pas sa tache de naissance, comme elle l'avait cru, mais une morsure de serpent.

— Voilà ! cria Tarver.

— Eloignez-vous !

Malgré une réticence manifeste à se priver de son moyen de pression, Tarver lâcha Jamie et nagea rapidement vers l'arrière du bateau.

— Sautez, vous !

Encore méfiante, Alex retira ses chaussures et son jean. Dans des eaux aussi houleuses, on pouvait se noyer rapidement avec un jean mouillé. Elle grimpa sur le bastingage, plongea dans le lac. Alors qu'elle nageait en brasse vers Jamie, elle sentit un mouvement sur sa gauche. Tarver n'était pas monté à bord de la vedette, il retournait vers Jamie. Alex se mit à nager le crawl, mais il arriva quand même avant elle. Sous ses yeux stupéfaits, il posa sa grosse patte sur le dessus de la tête du garçon et, le poussant à travers la bouée, l'enfonça dans l'eau.

— Sauve-le, maintenant, cracha-t-il d'une voix mauvaise.

Jamie ne semblait pas se débattre et Tarver le maintenait sous l'eau aussi facilement qu'il l'eût fait d'un nouveau-né. Alex songea au tournevis, mais ce n'était pas la solution. Jamais elle ne viendrait à bout de Tarver dans un affrontement direct.

La réponse lui vint avec la soudaineté d'une révélation. En plongeant sous les vagues, elle entendait dans sa tête la voix de son père : « Quand tu te retrouves le dos au mur, fais quelque chose d'imprévisible. C'est comme ça que tu sauveras ta peau. » Elle battit des jambes, descendit à trois mètres sous la surface, ouvrit les yeux et regarda au-dessus d'elle. Tout ce qu'elle distingua, ce fut une tache noire sur la surface grise. Comme elle remontait lentement, un tentacule sombre passa devant ses yeux. Elle le saisit.

C'était une cheville, une cheville lisse de jeune garçon.

Sachant que Tarver se préparait à se battre, Alex vida l'air de ses poumons, tira sur la cheville et nagea de toutes ses forces vers le fond. Elle sentit le corps de Jamie la suivre. Au bout de quelques secondes, elle l'entraîna sur le côté, mais elle commençait à manquer d'oxygène. Il fallait qu'elle remonte à la surface.

Battant des jambes, elle vit une forme noire qui descendait vers elle, suivie par une traînée de bulles. Alex fit passer la cheville de Jamie dans sa main gauche, tira le tournevis du bandage et attendit. Lorsque l'ombre s'approcha d'elle, Alex se propulsa vers le haut et frappa avec sauvagerie.

L'outil s'enfonça dans quelque chose, mais l'ombre ne s'arrêta pas. Une main puissante empoigna la gorge d'Alex, qui ramena son bras sur le côté et frappa de nouveau. Une explosion de bulles l'enveloppa. Le corps massif de Tarver s'agita convulsivement tel un requin blessé, la main relâcha son étreinte. Afin de porter un dernier coup, Alex voulut dégager le tournevis mais n'y parvint pas.

Elle lâcha le manche de son arme, tenta de remonter. Ses poumons brûlaient. Elle prit Jamie sous les bras, agita les jambes pour retrouver la surface.

Quand elle émergea parmi les vagues, elle vit le bateau danser, une quinzaine de mètres plus loin. Elle amenait Jamie sur sa poitrine pour lui tenir la tête hors de l'eau lorsque Tarver creva la surface juste devant elle. Il avait les yeux brillants d'un homme visité par une vision religieuse et sa bouche avait quelque chose d'anormal. Elle était tirée sur le côté, comme celle de Grace après son attaque. Alex se demandait comment faire pour s'occuper de Jamie et se battre en même temps. Mais quand le bras de Tarver sortit de l'eau, il ne s'abattit pas sur elle. La main de Tarver était ouverte et elle tâta le côté de sa tête, comme pour chercher une blessure. Alex et Tarver saisirent en même temps l'horreur de la situation : le manche du tournevis dépassait de l'oreille gauche de Tarver, où la tige de métal était enfoncée jusqu'à la garde.

Les yeux écarquillés, Tarver referma ses doigts sur le manche, parut sur le point de retirer le tournevis. Au dernier moment, ses connaissances médicales prirent le pas sur son instinct et il laissa retomber son bras. Après un dernier regard haineux adressé à Alex, il se retourna et se mit à nager gauchement vers la vedette.

Alex pivota dans l'eau et battit des jambes en direction de l'île. Elle était à une cinquantaine de mètres, une distance facile à couvrir dans des conditions normales mais en l'occurrence potentiellement mortelle. Sa vision trouble et sa fatigue étaient le signe qu'elle avait perdu plus de sang qu'elle ne le pensait. Elle continuait cependant à nager dans les vagues. Quarante mètres. Trente. Ses membres de plomb commençaient à s'enfoncer. Jamie avait le visage bleuâtre mais elle n'arrivait plus à battre des jambes. Ils allaient mourir tous les deux, là, à quelques mètres de la rive. Dans son esprit, elle vit défiler des images de Grace, de son père, de sa mère inconsciente dans son lit d'hôpital. Nous sommes les derniers, Jamie et moi, pensa-t-elle. Elle continuait d'avancer, mais elle n'en pouvait plus. Elle embrassa la joue de son neveu, pria pour avoir encore la force de lui maintenir la tête hors de l'eau pendant qu'elle se noierait.

Alex avait la bouche pleine d'eau quand elle entendit une voix d'homme lancer des ordres. Kaiser ? Elle remonta le corps de Jamie, essaya de remuer des jambes mortes. Puis un bras puissant les entoura tous les deux et les tira vers l'île. Quelqu'un lui prit Jamie des bras. Elle eut vaguement conscience d'une forme qui s'affairait près d'elle en comptant. Une main d'une tiédeur exquise lui toucha le visage et elle ouvrit les yeux. John Kaiser, agenouillé à côté d'elle, la regardait avec inquiétude.

— Alex, tu m'entends ?
Elle acquiesça.

— Il y a quelqu'un d'autre dans la vedette ?
Non, fit-elle de la tête.
— Jamie ? Il est vivant ? croassa-t-elle.

Comme en réponse, l'enfant se mit à tousser longuement à côté d'elle.

— Bloquez le bateau ! cria Kaiser en se relevant. Tirez dans le moteur !

Alex se souvint du tuyau d'alimentation qu'elle avait défait et que Tarver, à en croire le rugissement du Carrera, avait remis en place.

— Non !

Son cri fut couvert par les détonations d'une carabine.

Elle se redressa sur un coude.

— Arrêtez... L'essence...
— Quoi ? dit Kaiser en revenant vers elle.

La carabine tira de nouveau, l'arrière de la vedette s'embrasa. Une silhouette monta sur le bastingage tribord mais avant qu'elle puisse sauter le bateau explosa.

Alex retomba dans la boue. Elle voulut parler des caisses Pelican, du sac à dos bleu, mais sa voix se perdit dans le crépitement des radios, les ordres de Kaiser, les cris signalant un homme dans le lac. Le pilote de l'hélicoptère de Tarver ? Tout cela n'avait plus d'importance, maintenant. Elle roula sur le flanc et vit Jamie, étendu à côté d'elle, qui la regardait avec des yeux agrandis par l'émotion. Mais c'était Grace qui la regardait, avec ces yeux, et ils n'étaient plus désespérés. Quand Jamie tendit vers elle une main tremblante, elle l'attira contre elle et pressa son visage contre sa poitrine.

Elle avait finalement tenu sa promesse.

EPILOGUE

Deux semaines plus tard.

Alex ralentit la Corolla et demanda à son neveu de chercher un chemin de gravier sur la gauche. Ils roulaient sur une route grise déserte dans un interminable tunnel de chênes.

— Tu es sûre de savoir où tu vas ? dit Jamie.
— Je crois. Ça ne fait pas si longtemps que j'y suis venue. Nous étions restés un moment sur le pont qu'on vient de passer.

Jamie défit sa ceinture, s'agenouilla sur le siège et appuya son coude sur la jarre en terre cuite posée entre eux.

— Attention, lui dit Alex.
— Pardon.

Il se pencha en avant, le visage près du pare-brise.

— Je crois que je l'ai trouvé. C'est vraiment un chemin ?
— Oui, Œil-de-lynx.

Le garçon regardait avec appréhension l'étroite percée dans les arbres.

— La vache, il fait sombre, là-dedans.

Alex ralentit encore, tourna à gauche dans le chemin creusé d'ornières.

— Chris m'a raconté que des hors-la-loi se cachaient dans le coin.

— Quand ? demanda Jamie. Y a longtemps ?

La voiture eut un cahot si fort qu'il se cogna la tête au plafond.

— Aïe !

— Désolée. Il y a deux cents ans, quelque chose comme ça.

— Ah oui, quand même, fit-il, perdant aussitôt tout intérêt pour la question.

Alex regrettait presque d'être venue. Le chemin défoncé était quasiment impraticable sans une propulsion à quatre roues motrices. Au bout de cinquante mètres, elle dut renoncer et se garer, sans savoir comment elle réussirait à retourner sur la Natchez Trace proprement dite.

— Bon. A partir de maintenant, on marche.

Jamie parut surpris mais descendit de la voiture. Alex prit la jarre sur le siège, verrouilla les portières et passa devant son neveu sur le gravier qui se transformait rapidement en sable. L'air était lourd et humide ; des taons assoiffés de sang s'abattaient en piqué sur leurs visages.

— Ça craint, déclara Jamie. Y a rien, par ici.

— Un peu de confiance, allons. Tu es un dur, non ?

Alex marcha quelques mètres encore et s'arrêta, tendit l'oreille.

— Tu entends ?

Il s'immobilisa à son tour.

— C'est quoi, ce bruit ?

Alex sourit.

— L'eau.

Elle se mit à courir et Jamie s'élança derrière elle. Un moment plus tard, ils émergèrent des arbres pour se retrouver sous un soleil éclatant qui faisait étinceler la surface d'une rivière large et claire.

— Hé ! appela une voix d'homme. On pensait que vous aviez renoncé.

Protégeant ses yeux du soleil, Alex suivit du regard le cours de la rivière. A trente mètres d'elle, Chris et Ben Shepard étaient assis sur un tronc d'arbre abattu devant un feu de camp. Le vent porta à ses narines une odeur de viande en train de griller. Avec un cri joyeux, Jamie se mit à courir sur le sable. Alex suivit, plus lentement.

Le temps qu'elle arrive au feu de camp, Ben et Jamie s'étaient précipités dans l'eau et pataugeaient, cinquante mètres plus bas, à la recherche de pointes de flèche et d'os de dinosaure. Chris se leva, serra Alex contre lui.

— Qu'est-ce qu'il y a dans la jarre ? demanda-t-il.

Elle ôta le couvercle de terre cuite, tira du pot une bouteille de vin blanc recouverte de buée.

— Ma participation, dit-elle. Ça relèvera un peu le niveau.

Chris prit la bouteille en riant.

— J'espère que vous avez apporté un tire-bouchon.

— C'est un bouchon qui se dévisse.

Il fit le service, remplit deux gobelets en plastique. Assis tous deux sur le tronc d'arbre, à un mètre l'un de l'autre, ils burent lentement.

— Comment va Ben ? finit par demander Alex.

Chris regarda en direction de la rivière.

— Il fait de mauvaises nuits, parfois. Pour le moment, il dort avec moi. Mais dans l'ensemble, il va plutôt bien.
— J'en suis heureuse.
— Je crois qu'il connaissait mieux Thora que je ne la connaissais.
Cela, Alex le soupçonnait depuis le début.
— Les enfants voient ce que nous sommes, pas ce que nous prétendons être.
— Et Jamie ?
— Il va beaucoup mieux. J'ai l'impression que Will Kilmer lui manque plus que son père. Will lui rappelait son grand-père.
Chris ramassa un bâton et tisonna le feu.
— Et vous ? demanda Alex.
— Sur le plan physique ou autrement ?
— Les deux.
— Pas trop mal, physiquement. J'ai encore quelques symptômes étranges, mais Pete Connolly pense que c'est une réaction à l'antidote. Dans ses dossiers, Eldon Tarver mentionne des réactions similaires de certains des patients de sa clinique gratuite.
Alex n'avait pas été informée en détail des travaux de Tarver. Chris avait été soigné par un médecin de l'armée autorisé à lui administrer des injections d'une substance contenue dans l'une des fioles retrouvées dans les caisses Pelican. Cette fiole représentait le seul espoir pour Chris de neutraliser le virus oncogène que Tarver lui avait inoculé. Roberts, le nouveau directeur du FBI, avait plusieurs fois assuré à Alex que plusieurs des meilleurs virologues du pays avaient étudié les notes de Tarver et étaient convaincus que Chris se remettrait sans garder de trace du virus dans son

organisme. Facile à dire pour Roberts, pensait-elle. Ce n'est pas à lui qu'on a inoculé le cancer. Mais Chris avait reçu plus d'informations techniques qu'elle et il semblait croire qu'il finirait par se rétablir.

— Et sur l'autre plan ? demanda Alex avec douceur.

— Un jour après l'autre. Penn Cage m'a beaucoup aidé.

— Vraiment ?

— Sa femme est morte d'un cancer quand il avait trente-sept ans. Ben et Annie sont devenus amis. Je crois qu'elle l'aide aussi beaucoup quand il se pose des questions du genre « Pourquoi moi ? »…

— Moi aussi, j'ai parfois du mal à y répondre, avoua Alex.

Chris se pencha pour remplir son gobelet.

— Et pour la garde de Jamie ?

— Elle me revient, ça ne fait aucun doute. Le juge a respecté la clause du testament originel. Je suis la marraine de Jamie, et le testament stipule qu'en cas de décès de Grace et de Bill j'élèverai Jamie. Voilà.

— Vous avez réfléchi à ce que vous allez faire ?

— Le directeur m'a proposé de revenir à Washington.

— Comme négociatrice dans les prises d'otages ?

Elle hocha la tête.

— Mon ancien poste.

— C'est ce que vous vouliez, non ?

— Je le pensais. Mais il y a deux jours, on m'a fait une autre offre.

Chris plissa les yeux.

— Laquelle ?

— Le directeur régional de La Nouvelle-Orléans souhaite que je sois affectée à son bureau pour remplir les mêmes fonctions.

— John Kaiser est derrière ?

Alex confirma d'un hochement de tête.

— Je crois qu'il a pas mal d'influence, par là-bas. De toute façon, il se passe beaucoup de choses à La Nouvelle-Orléans, en ce moment. La criminalité devient incontrôlable. On a déjà dû faire intervenir la garde nationale et la police de l'Etat à plusieurs reprises.

— L'endroit idéal pour élever un enfant…

— Je sais, dit Alex avec un sourire malicieux. Mais Kaiser et Jordan vivent de l'autre côté du lac. C'est vraiment très agréable, là-bas. Et c'est le Sud. Je crois que le moment est venu pour moi de rentrer au pays.

— Vous avez raison, dit Chris en la regardant dans les yeux.

Elle soutint son regard puis tira de sa poche un boîtier en plastique.

— Qu'est-ce que c'est ? demanda-t-il.

— La cassette originale de Thora et Lansing sur le balcon.

— Pourquoi vous avez apporté ça ? grogna-t-il en se renfrognant.

— Elle était dans les affaires de Will. Elle vous revient, maintenant, je suppose.

Chris fixait de nouveau le feu.

— J'ai pensé que vous voudriez peut-être vous venger de Shane Lansing, ajouta-t-elle.

Elle lui tendit la cassette, il la prit.

— Lansing est un salaud mais il a quatre enfants, dit-il. S'il fait un enfer de sa vie, ça le regarde. Je ne serai pas celui qui brisera sa famille.

Chris jeta la cassette dans les flammes. Le plastique fondit, une odeur âcre s'éleva du feu. Ils se levèrent, reculèrent de quelques mètres.

— Laisser le passé au passé ? murmura Alex.

La regardant de nouveau dans les yeux, il lui dit :

— Vous pourriez essayer, vous aussi, vous savez.

Soudain, il tendit le bras vers le visage d'Alex et toucha les cicatrices entourant son œil droit. Elle tressaillit, commença à s'écarter mais quelque chose la retint.

— Vous haïssiez la beauté de Thora, n'est-ce pas ? poursuivit-il, ses doigts explorant la chair décolorée.

Avec un frisson intérieur, elle hocha la tête en silence.

— Extérieurement, Thora était parfaite. A l'intérieur... elle était hideuse. Egoïste et cruelle.

— Ça ne rend pas mes cicatrices plus faciles à porter.

— Vous devriez savoir qu'elles n'ont aucune importance.

Avec un sourire triste, elle répondit :

— Mais si, elles en ont. Je le sais parce qu'avant je ne les avais pas. Et les gens me traitaient différemment.

Il se pencha, posa ses lèvres sur la plus laide des balafres, une crête violacée sous la tempe.

— Comme ça ?

Alex fut si profondément émue qu'elle voulut se détourner mais il la retint.

— Je vous ai posé une question, insista-t-il.

— Peut-être, répondit-elle à voix basse, couvrant sa bouche d'une main tremblante.

Un cri aigu s'éleva dans l'air et ils tournèrent tous deux la tête vers la rive. Ben et Jamie couraient dans le lit de la rivière, soulevant de hautes gerbes d'eau. Jamie brandissait dans sa main droite quelque chose que Ben montrait du doigt.

— Je crois qu'ils ont trouvé quelque chose, dit Chris.
— Il semblerait.

Chris laissa son bras retomber, prit la main d'Alex dans la sienne et l'entraîna sur le sable chaud.

— Allons voir ce que c'est.

De sa main libre, elle s'essuya les yeux et le suivit dans l'eau claire et fraîche.

Remerciements

Comme pour chaque livre, je dois beaucoup aux nombreuses personnes qui m'ont aidé à écrire ce roman. Je suis toujours étonné et ravi de la générosité avec laquelle les gens donnent de leur temps quand ils savent qu'ils contribuent à une activité créatrice.
Tout d'abord, je remercie les médecins qui m'ont accordé leur collaboration : Joe Files, Rod Givens, Tom Carey, Jerry Iles. Aucun de mes lecteurs ne doit penser que le centre hospitalier du livre s'inspire du centre hospitalier universitaire de Jackson. Je ne me suis rendu à l'Institut anticancéreux qu'il abrite qu'après avoir terminé ma première mouture du livre, et surtout pour gommer les ressemblances fortuites qui auraient pu s'y trouver. Tous ceux qui connaissent le véritable centre hospitalier universitaire constateront que j'ai créé un hôpital imaginaire, avec un personnel imaginaire. Cela posé, je tiens à ce que tous mes lecteurs sachent que le Dr Files et ses confrères ont bâti à Jackson un établissement de premier ordre, en particulier avec l'unité de transplantation de moelle osseuse. J'invite tous les habitants du Mississippi, tous les Américains qui se soucient des soins à assurer aux

personnes les plus défavorisées de notre pays, à soutenir financièrement l'Institut anticancéreux du centre hospitalier universitaire de Jackson. Ils ne sauraient trouver cause plus méritoire.

Je tiens ensuite à exprimer ma gratitude aux nombreux amis dont les connaissances et le talent m'ont beaucoup aidé à écrire ce livre. Mike MacInnis, remarquable juriste, camarade de faculté, en fait partie. De même que Lee Jones, Clinton Heard, Kent Hudson, Betty Iles, Nancy Hungerford et Curtis Moroney.

Merci infiniment pour son aide à tous les stades de l'écriture de ce roman à mon ami et ancien éditeur Ed Stackler. Toute ma reconnaissance également aux professionnels de la chaîne, qui voient dans mes livres plus qu'un simple boulot : Aaron Priest, Susan Moldow et Louise Burke. Un merci tout particulier à mon éditeur, Colin Harrison, qui connaît bien les besoins d'un écrivain parce qu'il en est un lui-même. Merci également à Karen Thompson, pour la sérénité avec laquelle elle a affronté ma frénésie de travail. Enfin, je tiens à exprimer toute ma reconnaissance à John Fulbrook, graphiste et dessinateur, pour son implication dans les projets de couverture successifs et son acharnement à se surpasser.

Il se glisse toujours une erreur au moins dans chacun de mes livres, et certains d'entre eux en comportent plusieurs. Les experts mentionnés ci-dessus n'y sont pour rien, toutes ces erreurs sont de mon fait.

Composition et mise en pages : FACOMPO, Lisieux

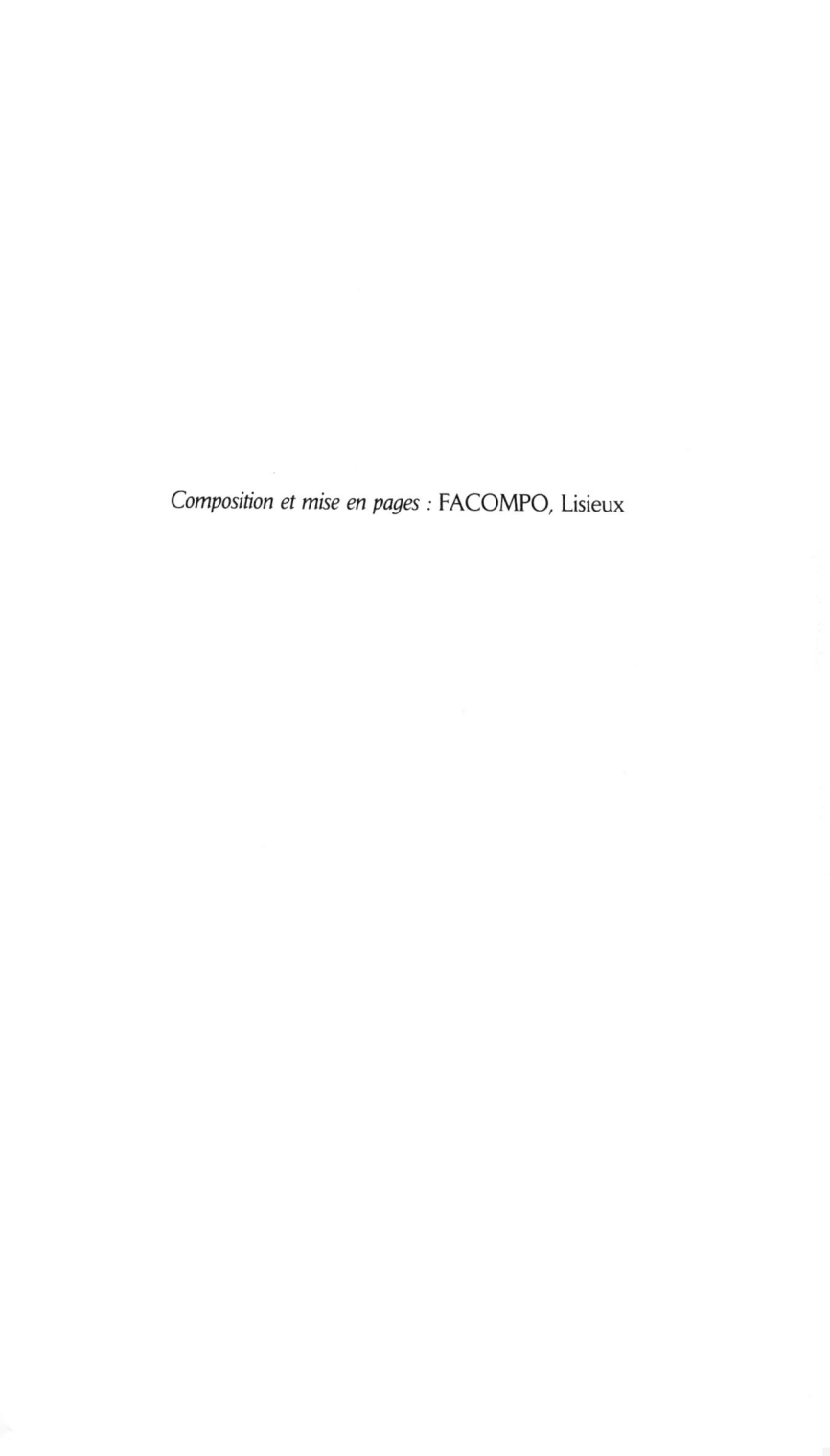

Achevé d'imprimer par GGP Media GmbH, Pößneck
en juillet 2010
pour le compte de France Loisirs,
Paris

N° d'éditeur : 60141
Dépôt légal : août 2010

Imprimé en Allemagne